广东戏剧文库

优秀剧作选

1949-2019

客家山歌剧卷

GUANGDONG XIJU WENKU
YOUXIU JUZUO XUAN
KEJIASHANGEJUJUAN

（第1册）

广东省艺术研究所

主编

中国戏剧出版社

CHINA THEATRE PRESS

图书在版编目（CIP）数据

广东戏剧文库．优秀剧作选．客家山歌剧卷：1949-2019 / 广东省艺术研究所主编．— 北京：中国戏剧出版社，2019.10
ISBN 978-7-104-04818-3

Ⅰ．①广… Ⅱ．①广… Ⅲ．①客家－山歌剧－地方戏剧本－作品集－广东－现代 Ⅳ．①I236.65

中国版本图书馆CIP数据核字（2019）第129215号

广东戏剧文库·优秀剧作选·客家山歌剧卷（1949—2019）

责任编辑：肖　楠　齐　钰
责任印制：冯志强
校　　对：张爱华

出版发行：中国戏剧出版社
出 版 人：樊国宾
社　　址：北京市西城区天宁寺前街2号国家音乐产业基地L座
邮　　编：100055
网　　址：www.theatrebook.cn
电　　话：010-63381560（发行部）　010-63385980（总编室）
传　　真：010-63383910（发行部）

读者服务：010-63387810
邮购地址：北京市西城区天宁寺前街2号国家音乐产业基地L座

印　　刷：保定市铭泰达印刷有限公司
开　　本：787mm×1092mm　1 / 16
印　　张：44.5
字　　数：798 千字
版　　次：2019年10月　北京第1版第1次印刷
书　　号：ISBN 978-7-104-04818-3
定　　价：228.00 元（全2册）

编委会名单

序　言

为全面贯彻党的十九大和习近平总书记重要讲话精神，坚持以习近平新时代中国特色社会主义思想为指导，充分发挥广东戏剧在广东文化大省建设中的作用，促进广东戏剧观念、戏剧实践的发展，繁荣广东戏剧事业，推动广东戏剧事业走在全国前列，值中华人民共和国成立七十周年之际，在广东省文化和旅游厅的领导下，广东省艺术研究所自 2018 年开始启动《广东戏剧文库 · 优秀剧作选（1949—2019）》丛书出版工程，将广东戏剧 70 年来（1949—2019 年）的剧目进行梳理、总结，现结集出版。

《广东戏剧文库 · 优秀剧作选（1949—2019）》由广东省文化和旅游厅策划，广东省艺术研究所承担组织编选工作。按照广东省文化和旅游厅的统一部署，由全省各演出院团报送剧本，我们聘请省内的戏剧专家、学者 30 余人，按照艺术质量与社会影响双重标准，将 1949—2019 年 70 年间历届省级以上戏剧赛事获得剧本奖的剧目、在市场演出中经久不衰的剧目、名家演出的代表性剧目、经专家推荐论证在现当代较有价值和意义的剧目甄选出来。自 2018 年开始，历时两年，我们从征集到的近 2000 个剧本中挑选出 200 多个，交由中国戏剧出版社出版。

《广东戏剧文库 · 优秀剧作选（1949—2019）》分 8 卷共 25 册，包括粤剧卷（8 册）、潮剧卷（4 册）、广东汉剧卷（2 册）、雷剧卷（2 册）、稀有剧种卷（含正字戏、白字戏、西秦戏、花朝戏 4 个剧种，3 册）、客家山歌剧卷（2 册）、韶关戏曲卷（含粤北采茶戏和乐昌花鼓戏 2 个剧种，1 册）、话剧卷（3 册）。

该剧作选所选录的剧本，就戏曲部分而言，既有经过整理的传统戏，如粤剧《白蛇传》《秦香莲》《审死官》，潮剧《荔镜记》《苏六娘》《告亲夫》，广东汉剧《齐王求将》，正字戏《张飞闯辕门》，白字戏《白罗衣》，西秦戏《辕门罪子》等；又有现当代新编写的历史剧，如粤剧《关汉卿》《昭君公主》《袁崇焕》，潮剧《辞郎洲》《陈太爷选婿》《东吴郡主》，广东汉剧《白门柳》，西秦戏《留取丹心照汗青》等；更有全新创作的现代戏，如粤剧《土缘》《驼哥的旗》《刑场上的婚礼》，潮剧《老兵回乡》《赠梅记》，广东汉剧《热嫁冷婚》，雷剧《抓阄村长》，梅县山歌剧《漂流的新娘花》《等郎妹》，粤北采茶戏《人生路》等。除戏曲剧目外，我们也留了3册的篇幅，用来收录广东70年来的优秀话剧剧本。所选剧本基本上比较真实地反映了广东戏剧70年来的剧目生产概况，比较完整地呈现了广东戏剧人在党的文艺方针指引下持续努力的轨迹，这对于今后的研究和创作而言，无疑是一份珍贵的参考资料，意义颇大。

鉴于时间跨度长、资料浩繁，编辑经验有限，书中错漏在所难免，祈请读者、方家批评指正。

《广东戏剧文库·优秀剧作选（1949-2019）》编委会

2019年3月

总目录

（1）

（2）

目录

客家山歌剧卷的剧本全部由梅州市戏剧研究工作室提供

·客家山歌剧卷·

彩　虹

编剧：夏　浓

人　物　表

彩　虹　　19 岁

雁　姊　　20 岁

胡　标　　25 岁

白军排长

白军士兵若干人

时　间： 1935 年秋夜。

地　点： 闽粤边区的游击队地下联络点。

布　景： 舞台半边是紧靠悬崖的一所小房，台上所见仅是小厅，有一门通屋外。边幕是通内室的过道。厅上有大水缸及桌凳等摆设。屋后是悬崖，有看不见的隐蔽小路一条。舞台的另半边是屋前空地，有通山下村子的山道。远处崇山峻岭。

［序曲：　“雷声滚滚压群山，

暴雨狂风闽粤边。

红军被迫长征去，

白军凶焰遍地燃。

血雨腥风何足怕，

红灯不灭长夜天。”

［幕启：彩虹在厅上油灯下编织竹箩，屋外风雨交加。

彩　虹　唉！（唱）夫妻共守交通站，

标哥送信未回乡，
我朝编竹箩到日暮，
夜织焦虑到天光。
标哥呀！
莫非你信儿没送到？
莫非你路上遇豺狼？
信儿虽小泰山重呵，
刀山拦路你要上！

（远处传来隐约枪声）咦？枪声？

深山雨夜枪声鸣，
莫不是标哥回家遇敌人？
枪声响在风雨里，
子弹打在我的心！

（开门观望，侧耳细听，屋外唯风雨声）唉，是我听错了！

夜雨呀你莫这样大，
山风呀你莫这样狂，
月亮你快照亮羊肠路，
接他快些回家乡！

（回到屋里，关上门，扭亮油灯）

彩虹我呀一心为革命，
灯儿你呀一心为光明。
我俩同心要同愿，
一同等哥到天明。

（哼着，哼着，又编起竹箩来）

[雷鸣电闪，雁姊奔上。她手持短枪，手臂负伤。

雁　姊（内唱）雷鸣电闪雨狂倾，（上）

前有深谷后有追兵，
臂上受伤又无路走，

　　　　不如回头去拼一拼！

（欲回又止）不，不能，不能啊！

（唱）　交通线内出叛徒，

　　　　疑云重盖未查明，

　　　　情况紧急不容缓，

　　　　县委才派我赶夜程。

　　　　我若莽撞去拼命，

　　　　谁到闽西报急情？

　　　　多少同志性命在我手，

　　　　是生是死任务要完成！

（晕眩）啊！天旋地转，头重脚轻，难道我走不了啦？

［幕后歌："阿雁呀，阿雁！

　　　　闽西已经在前面。

　　　　怎能近岸船才翻？

　　　　大江无渡你要过，

　　　　高山无路你要攀！"

雁　姊（唱）　大江无渡我要过，

［幕后伴唱："你要过！"

雁　姊（唱）　高山无路我要攀！

［幕后伴唱："你要攀！"

雁　姊（见小屋，灵机一动）啊！我还是打门找群众，问路奔下青石岭吧！（敲门，伤痛发作）

彩　虹（闻敲门声大喜）呵，标哥回来了！（开门发现是雁姊，一惊）啊！你是谁？

雁　姊　我，我……（昏眩）

彩　虹（扶住雁姊，发现她臂上血迹）血！

［远处狗吠声骤起。

彩　虹（一看）啊，白狗子！（自语）她一定是自家人！（向雁）阿姊！白狗子追来了！

雁　姊（闻语一看彩虹）是呀，白狗子把我打伤了。阿妹，哪里有路，可下青石岭？

彩　虹　走不得了，快到屋里去！

雁　姊　不！（要走）

彩　虹　（焦急地）不能走！

雁　姊　啊？

彩　虹　你放心，我有办法应付那些“斩千刀”的！

［彩虹扶雁姊入屋，关门，移开屋角大水缸，欲扶雁姊入密洞，雁姊有点犹豫。

彩　虹　放心，保长搜粮食，多少次都没搜到。（扶雁姊入密洞，移缸堵好洞口，取油灯入内室，下）

［白军排长带数士兵追上。

兵　甲　（口吃）报……告排……长，追到这青……石岭上，没……有去路，又没……人影。

排　长　啊？（唱）前面无去路，

旁边有深渊，

井里撑船她没路走，

难道插翅飞上天！

捉到一个活共党，

上面赏银三百元。

肥肉到嘴还溜掉，

砍你狗头油锅煎！

兵　甲　是，是！报……告排……长，一定躲到屋……里去了。

排　长　搜查！

兵　甲　（打门）开……门！开……门！

彩　虹　（拿着小油灯，由内室上）谁呀？

兵　甲　老……子是谁，你还管……得着？快……快开！

彩　虹　唉，就来啦！

［彩虹开门。排长与兵甲入屋，兵乙留守门外。

彩　虹　哎哟！半夜三更，你们干什么来呀？

排　长　他妈的，还装蒜！你把人藏到哪里去了？

彩 虹 哦，你们找人哪！找的是什么人呀？

排 长 我要捉个女红军！莫废话，来，给我搜！

彩 虹 （拦住）哎，长官呀！

（唱） 要吃西瓜园里寻，

要吃桃子进桃林。

莫到瓜园摘桃子，

我家哪有女红军？

排 长 嘿嘿嘿！

（唱） 哪有做贼心不惊，

哪有吃鱼口不腥。

如果没藏共产婆，

老子要搜你何必惊！

彩 虹 （唱） 平时做事不亏心，

怎怕半夜鬼叫门！

我看呀！

单筷食藕专挑眼，

你分明是借故搜金银！

排 长 住口！嘿嘿嘿，我一看样子，就知道她躲在这里。给我搜！

[众士兵分头里外搜查，翻箱倒柜，一片砸烂家具声。

彩 虹 （唱） 一见白狗我怒火烧，

[幕后伴唱："怒火烧！"

彩 虹 （唱） 恨不得把他斩千刀，

[幕后伴唱："斩千刀！"

彩 虹 （唱） 只怕藏人露了底，

[幕后伴唱："须防露了底呀！"

彩 虹 （唱） 咬紧牙根……

[幕后伴唱："咬紧牙根压下怒火饶他这一遭！"

兵 甲 （从内室搜毕出来）排……排长，连壁……缝都……搜了，没……有。

排　长　（扫兴地）他妈的，我一看样子，就知道没有！

兵　乙　（出现在门口）报告排长，山下有狗吠声。

排　长　混账，快追！

[士兵们从来路下。

排　长　（慌忙出门，头碰在门上，手电棒掉下地）哎哟！

[兵甲闻声回头，为排长拾起手电棒。

彩　虹　长官呀，莫看木粗梁矮，门可牢固，小心莫撞破头呀！

排　长　住口！他妈的……

兵　甲　（发现地上血迹）呃！排……长，血……迹……

排　长　啊！（夺过手电棒照着）

彩　虹　（吃惊，同时地）啊……

排　长　（向兵甲）都给我回来！

兵　甲　（向士兵们去处）都……给我回……来！

[士兵们回来了，又开始搜查。

[幕后伴唱："呵……

一波未平一波起，
点点血迹招了疑。
彩虹彩虹快想法，
千钧一发火燃眉！
彩虹彩虹快想法，
千钧一发火燃眉！"

彩　虹　（唱）　彩虹我该怎么办呀？
救人哪有退兵计？

排　长　（唱）　真真奇来真真怪，
和尚庙里有肉卖！
没藏受伤共产婆，
斑斑血迹从何来？

（向彩虹）嘿嘿嘿！我一看你这样子，就知道你不是个好东西！人呢？

兵 甲 排长，这血，滴……到这里！（指缸边地上）没……啦！

排 长 （怀疑人在缸里）原来躲在这里！嘿嘿，来人啊，对准目标，预备！

[彩虹误会目标被发现，想与他们一拼，悄悄摸起劈竹刀，向排长背后靠拢。

[士兵们枪口纷指水缸。

排 长 你这共产婆，快缴枪！不出来，老子要开枪啦！

[兵甲在排长示意下，用枪尖挑开缸盖。

排 长 （扑在地上）不要动！

[彩虹明白地洞未被发现，灵机一动，趁士兵们伏地之际，悄悄举刀把手一割。

排 长 （发觉水缸里空无一物，呆若木鸡）这是怎么搞的？

彩 虹 （已悄悄弃刀，趋前舀水给排长）呵，原来长官想喝水！

排 长 （挥手打掉水瓢）去你妈的！

彩 虹 （故意惊叫）唉哟！血才止住，可又流啦！

排 长 （抓住彩虹的手，愕然）啊，你这手……

彩 虹 （挣脱）怎么，我这手犯了什么法啦？

（唱） 朝编笠帽晚编箩，
哪天不挨几次刀？
不知手上挨刀割，
犯了国法哪一条？

排 长 （看看地上血迹，迷惘地）这血……

彩 虹 （唱） 利刀破竹割伤手，
怎能叫人血不流？
流血不止地上滴，
难道流上屋檐头？

排 长 （失望，恼羞成怒）住口！当心老子给你一枪！

兵 甲 咳！真是狐……狸打蚊，有嚼无……吞！

排 长 他妈的！，一看样子，就知道没有。走！追三百块光洋去。

彩 虹 急什么呀！人走了就算了，喝碗茶再走……

排 长 混账！快追啊，快！（赶士兵们从原路下）

［彩虹松一口气，看看白军走远，关上门，从密洞扶出雁姊。雁姊听了听屋外动静。

彩　虹　白狗子走了！

雁　姊　（激动地扶着彩虹负伤的手）我全听见了！为了我，你……

彩　虹　没什么。

雁　姊　真多亏你，冒死把我救了！

彩　虹　好险啊！真是头发上吊油罂，虽然不断得人惊。你伤得厉害吧？ 来，我给你包扎。

雁　姊　不，白狗子走了，我得马上就走。

彩　虹　哪里也走不了，下这么大的雨，山洪暴发了。（推开小窗，传来山洪咆哮声）你听！

雁　姊　山洪不是滚油汤，我也得走呀！（开门要走，忽觉一阵昏眩）

彩　虹　（扶住雁姊进屋，关门）阿姊！山洪虽然不是滚油汤，可就像从半天泻下来一样，插翅也飞不过呀，何况白军还在附近搜查，你又受伤了。坐下来，我给你包扎。（给雁姊扎伤，忽觉雁姊颇面熟）啊！我，我好像在哪里见过你！

雁　姊　（抬头注视彩虹）你……

彩　虹　你可认识有个叫方大忠的？

雁　姊　方大忠？（思索，又仔细端详对方）啊！你是赤卫队方队长的女儿彩虹？

彩　虹　雁姊，真是你啊！（二人拥抱）

雁　姊　（激动地）想不到在这里见到你啊！阿彩，你长大成人了！

彩　虹　唉！（唱）对面相见不相识，

原来相逢是亲人。

数年相别难相忘，

是醒是梦我思念深。

常想当年在家乡，

同志哥姊常来临。

教我立志闹革命，

情比亲人还要亲。

雁　姊　是啊！

（唱）　你娘常为红军去送信，
爹是赤卫队的带头人。
赤胆忠肝照日月，
一片丹心向红军。
自从风雨相别后，
我日牵肠来夜挂心，
不知阿伯在何处？
伯母身体可安宁？

彩　虹（唱）　提起往事恨满腔，
血海深仇永难忘！
那一天，妈妈带我去送信，
乔扮走亲过哨岗。
可恨叛徒去告密，
母女途中遇豺狼。
妈妈吞下密信骂白狗，
壮烈牺牲在那哨岗旁。
白狗把我踢下万丈崖，
万丈崖上刻下仇万丈！
多亏松树救彩虹，
爬回村来只见大火光；
树上挂着爹爹的头，
地上砸断爹爹的枪。
我擂破青山没人应，
我踏破丛林亲人影渺茫。
我咽下眼泪舐干血，
我把亲爹埋在青松旁。
我带上竹刀去流浪，

为找亲人我走四方。
雷劈火烧我要革命，
天长地久，地久天长，
血债要他血来偿！

雁　姊　唉，彩虹妹，已经三年了！你是怎么到这里来的？

雁　姊　三年了！这三年啊，我走尽饥荒路，受尽人间苦，后来遇见标哥……雁姊！我，我和标哥结了婚。他在山下村里教书，也在干革命工作啊！

雁　姊　好呀！阿彩妹，我真太高兴了！哎，他呢？怎不见？

彩　虹　他呀，他有任务出去了。哎呀，只顾着说话，把正经事都忘了。来，快到房里，把湿衣服换下来。

雁　姊　不！（稍一考虑，决定求助）阿彩妹，队伍内出了问题，事情十分紧急，我身挑重担，才连夜赶去闽西，不能停留啊！彩虹妹，赶快帮我寻路呀！

彩　虹　呵，是这样啊！雁姊，口渴喝不了滚汤，山洪拦路，就是拼了性命，也过不了呀！

雁　姊　（自语）是呀，安危不是我一个人，如果莽撞出了事，谁传急信到闽西？

彩　虹　雁姊，闽西就在前面。等明早山洪退了，我带你去！

雁　姊　（无奈）好吧，我就歇一会儿再走。

彩　虹　来吧，到房里休息去。（扶雁姊入卧室下）

［胡标心事重重从山路上。

胡　标　（唱）　雨过云浮月半藏，
星夜回到家门旁。
往日回来心欢喜，
今日回来心里慌。
但愿逢凶能化吉，
跳出苦海有春光。
从今两脚向后转，
水鬼也能升城隍。

（打门）彩虹，彩虹！

彩 虹 （从卧室闻声上，警惕地）谁呀?

胡 标 是我呀！（有节奏地敲门）

彩 虹 呵，是标哥！（喜出望外，急开门）标哥，你到底回来了！（深情地）唉，你瘦多了，身体不好吗?

胡 标 （脱下长衫，抛在一边，心不在焉地）不，没什么。

彩 虹 你气色可不好呀！你怎么啦?

胡 标 我，我身体有点不舒服。

彩 虹 嗯，还说没什么，没什么！标哥呀，你说五天就回来，怎么一去十天不见人，我就怕你出了事，没有完成任务啊！

胡 标 我送信走远了。唉，我累死了，你让我睡吧！（要进卧室）

彩 虹 （拦住他）等一等，房里有客人。

胡 标 （一愣）有客人?

彩 虹 嘘！莫大声，人家刚刚睡着了。

胡 标 哪里来的?

彩 虹 是山外来的呀！

胡 标 呵，是男的，还是女的?

彩 虹 是个女同志。

胡 标 叫什么名字？

彩 虹 叫雁姊。

胡 标 可有带枪?

彩 虹 当然有啦，用不着为她担心。

胡 标 她的任务是什么?

彩 虹 （自豪地）她去闽西，半路上遇到白军，臂上受伤，凑巧逃到这里，是我把她救了的！

胡 标 （自语）是个过路的！她去闽西？（向彩虹）哎，她什么时候走?

彩 虹 你问雁姊? 她有急事，明早我就送她走。

胡 标 她那么急，去闽西干什么?

彩 虹 听说是队伍内出了问题啊！

胡　标　出了问题？（一想，吃惊，旁白）难道上面发现我了？（向彩虹）她是不是说出了叛徒？

彩　虹　什么叛徒？

胡　标　（急掩饰）呃，外面情况很紧，咱们要小心哪！

彩　虹　（自语）出了叛徒？是呀，难怪雁姊那么着急。该杀的叛徒！

［胡标一震。

彩　虹　哎！你怎么啦？

胡　标　我累死了，眼睛睁也睁不开。

彩　虹　睡吧！去睡吧。就在后房里，将就睡一夜，嗯？

胡　标　好吧，你也去睡吧！

彩　虹　唉！你在外面走累了，明早把家里那只鸡杀了，给你和雁姊补养补养好吗？

胡　标　嗯，快去睡吧。（下）

［彩虹在厅上给雁姊放哨。

彩　虹　（唱）　雁姊雁姊你放心眠哟！

今夜彩虹给你当哨兵。

单等月斜山洪退，

送你东去走一程。

赶路最好是四更后，

过尽青山无别人。

路滑天黑我扶你，

山高无路我会寻。

［幕后伴唱：

“路滑天黑我扶你，

山高无路我会寻。”

［彩虹累极，哼着，哼着，却伏在桌上睡着了。

［胡标悄悄上。

胡　标　（轻声试探地）彩虹，彩虹！（不见动静）

（唱）　彩虹话里露端倪，

不由我胡标心惊疑。
分明是，我被捕自新风声漏，
组织上，派人送信去闽西？
怪只怪，保安队长鬼心思，
放我长线钓大鱼，
只怕鱼儿未上手，
先断我这钓鱼丝！

咳！（念白）

到如今，想要隐蔽难隐蔽，
我胡标，未得大鱼钓小鱼！

哼哼，客人呀！

（唱）　天堂有路你不走，
地狱无门偏来投。
猪肉上砧惹刀切，
莫怪胡标是死对头！
今日要借你的命，
垫我踏步上高楼。
从此夫妻城里去，
时来运转正开头。

（念白）　趁她熟睡三更时，
出门报与保长知，
等他带了白军到，

（唱）　叫你活着不得到闽西！

[胡标开门，有响声，取瓢舀水淋湿门臼，开门出去，把门锁上，急下。

[鸡啼，已是黎明前，屋外疏星晓月。

彩　虹　（醒来）哎，我怎么睡着了！（取刀欲杀鸡）

（哼小调）

大公鸡呀大公鸡，

莫吵人呀！

……

大公鸡，我俩要分手了，你可要欢欢喜喜呀！

雁　姊　（上）彩虹妹！

彩　虹　雁姊！

雁　姊　七早八早，你忙什么呀？

彩　虹　没什么。雁姊，还早呢，你再睡一会儿吧！

雁　姊　我得趁早赶路呀！

彩　虹　急什么呀！哎，我标哥回来了！

雁　姊　呵！他回来了，在哪里？

彩　虹　标哥！（发觉胡标不在）咦，标哥呢？

雁　姊　哪里去了？

彩　虹　是呀！他到哪里去了？（踢到地上水瓢，拾起）

雁　姊　（接过水瓢，诧异，发现门臼被淋湿，欲开门，又发现门被反锁，惊讶地）啊，门被反锁了！

彩　虹　反锁了？（拉门）

雁　姊　（自语）好奇怪呀！交通内线出了叛徒，来到这里，又出了这种事，难道……（向彩虹）难道你们这里就是联络点？

彩　虹　是呀！

雁　姊　（一震，旁白）呵，果然是联络点！我走的时候，组织上叫我莫走联络点啊！

（旁唱）　正愁叛徒未查出，

难道冤家巧碰头？

彩　虹　（旁唱）　难道因为家有客，

他也放哨在外头？

雁　姊　（旁唱）　半夜出去门反锁，

分明其中有阴谋！

彩　虹　（旁唱）　若是出门去放哨，

何必反锁大门又淋门臼？

雁　姊　（旁唱）　看来夫妻不同路，

一壶装的两样酒。

彩　虹　（旁唱）　葫芦装的什么药？

真叫彩虹猜不透！

雁　姊　（旁唱）　不管胡标是人还是鬼，

此地一刻不能留！

（急拉门，门不动）彩虹，有无别的出路？

彩　虹　出路？屋后有个小窗，劈开出去，有条隐蔽小路。

雁　姊　我走了！（要走）

彩　虹　（拦住雁）雁姊，不能这样就走！

雁　姊　啊！

彩　虹　外面情况不明，我先出去看看！

雁　姊　不，我马上就走！（又要走）

彩　虹　（拉住雁姊，着急地）雁姊，这到底是怎么回事？

雁　姊　怎么回事？胡标他，到白军那里去了吧！

彩　虹　啊！你是说，他……不，不可能，不可能呀！

（唱）　他为革命多苦辛，

万水千山走得勤。

雁　姊　（唱）　头光面净蒙人眼，

只怕是，泥塑观音假正神！

彩　虹　（唱）　标哥入党数年久，

你莫冤屈自家人？

雁　姊　（唱）　酸酒变甜才难得，

甜酒变酸容易寻！

彩　虹　（唱）　白玉蒙尘还是玉，

雁　姊　（唱）　烂铜擦亮不成金。

彩　虹　（唱）　坏人我也不放过！

雁　姊　（唱）　好人又怎怕人疑心？

彩虹，你妈是怎么死的？

彩　虹　我妈？死在白军刀下，死在叛徒手里！

雁　姊　交通线内，出了叛徒……今晚情况，又是这样，那胡标到底是个什么人？

彩　虹　他……（沉思地）他一去十天无踪影，回来心神不安宁，半夜出去门反锁，他……

[忽传来数声狗吠。

彩　虹　（急开窗探望）啊，胡标一个人回来了！

雁　姊　（深思地）一个人？

彩　虹　雁姊，你快走吧！

雁　姊　你呢？

彩　虹　我要弄个水落石出！

雁　姊　彩虹，这里离白军驻地有多远？

彩　虹　二十里。

雁　姊　二十里？好！（向彩虹）彩虹，你要冷静，你要坚强！我走了！（急进内室，下）

彩　虹　啊！（唱）猛听得雁姊刚才一番话，

彩虹我心里好比钢刀扎！

雁姊呀！

苦瓜再苦我吞落肚，

腊蔗再甜要吐渣；

胡标如果是叛徒，

千刀万剐不饶他！

（一眼瞥见胡标刚才脱下的长衫，拿起长衫，愤恨交集地唱）

啊……彩虹呀！

怕听噩讯我偏要问，

怒火千丈心如麻。

要问他，早将人鬼分清楚，

怕听得，阿标果是响尾蛇！

[胡标上，开锁入屋。

彩　虹　你到哪里去了？

胡　标　嘘，雁姊还没睡醒，莫吵醒她。

彩　虹　（唱）　何事使你难成眠，

半夜出门甚原因？

胡　标　（唱）　阿标有事出门去，

哪次不是在更深？

睡觉去吧！

彩　虹　（唱）　既然有事出门去，

为何即刻又回身？

胡　标　（唱）　我到村口凉亭去，

为接信件等个人。

没你的事，睡觉去吧！

彩　虹　（旁唱）　往日接头在家内，

凉亭接信岂当真？

（向胡）　既然要到凉亭去，

反锁房间何居心？

胡　标　你怎么这样啰唆呀！

（唱）　山间夜里多野兽，

须防狼虎来伤人。

（旁唱）　彩虹声声紧盘问，

莫非她已起疑心？

彩　虹　（旁唱）　他神色不对话有假，

准是烂铜假真金！

（向胡）　就算有事出门去，

为何门臼用水淋？

胡　标　（唱）　雁姊赶路多劳累，

我又何必吵醒人！

（旁唱）　只道阿雁是对头，

怎料杀出个程咬金！

彩　虹　难道你真是……

胡　标　你为什么这样盯着我？

彩　虹　为的是把你看清！

胡　标　嘘，莫把雁姊吵醒了！

彩　虹　雁姊？哼，她早走了！

胡　标　（掀帘一看卧室，自语）啊，果然走了！（向彩虹）大门反锁，怎么走得？

彩　虹　锁上大门，还有小窗！

胡　标　啊！（一惊，欲夺门而出）

彩　虹　（揪住他）你到哪里去？

胡　标　我，我怕她走不了，我去给她带路。（又要走）

彩　虹　（再拦）带路？（发现胡标裤管上有黑泥浆，痛心地）你要用这双狗腿，去带白狗子来追捕我们的革命同志？

胡　标　彩虹，你怎能开这样的玩笑！

彩　虹　哼！你刚才是去密报狗保长，叫他去带白军来捉人？

胡　标　胡说！我是到村边凉亭去的。

彩　虹　凉亭路上，有的是红泥浆，只有保长门前，有片黑泥肥田，你不去找狗保长，哪来的黑泥浆？

胡　标　呃……咳！彩虹，就算是这样，也是为了我俩的幸福呀！

彩　虹　（气极）幸福？呸！

（唱）　我为救亲人拼性命，

你为享福去杀人。

这一声啊……

这一声似雷炸心肺，

这一声里血淋淋！

多少夫妻爱，

多少往日恩，

都在一声里，

化为万丈恨！

胡　标　彩虹啊！

（唱）　中央大军进苏区，

红军失败离江西，

如今是秋风落叶寒霜降，

想望春来春无期。

识时务者为俊杰，

好汉不吃眼前亏，

不如及早寻出路，

双双展翅城里飞。

彩　虹　无耻的叛徒！

（唱）　一心种竹望入云，

谁知竹尾向下沉，

恨我当初瞎了眼，

错把禽兽当作人。

灯草跌落长江水，

付水空流一片心！

胡标呀胡标，你这猪狗不如的禽兽！

胡　标　滚开！（推开彩虹，想夺门而出）

彩　虹　叛徒！（给胡两记耳光）

胡　标　去你妈的！（踢倒彩虹，开门欲出）

雁　姊　（突然出现在门外，枪指胡标）站住！

胡　标　你，你没走？

雁　姊　（厉声地）对，就为了扯下你的画皮，看清你的真面目！

胡　标　我，我给你带路！（想溜出门去）

雁　姊　不要动！哼，带路？你的话，我全听见了！胡标，你干的好事！

胡　标　呃……你不要误会，我们是同志呀！

雁　姊　误会？砒霜还作白糖卖，你出卖了交通线，今晚又想捉我去立功，想使消息

传不到闽西 。哼，你做梦！

胡　标　同志！不，不要冤枉好人。你，你请坐，我有话讲。

雁　姊　你想缠住我，拖延时间，好等白狗子来？叛徒！

胡　标　（转向彩虹）彩虹妹……

彩　虹　滚开！（决然地）雁姊，你快处理吧！

胡　标　（噗的一声跪下 ）雁姊，雁姊，求求你，莫开枪呀！……

雁　姊　这就是叛徒的下场！（要开枪）

胡　标　（为转移目标，突然叫喊起来）保长！

[雁姊一愣。胡标一纵身，挥拳击落雁姊手枪，踢倒前来围攻的彩虹，与雁姊搏斗起来。雁姊不支。胡标抽出怀里匕首，欲向雁姊刺下。彩虹从背后用劈竹刀把他劈死。

雁　姊　彩虹妹，我的好同志！

彩　虹　雁姊！天亮了，白狗子……

[天亮，远处狗吠声骤起。

雁　姊　白狗子来了！快走吧！

彩　虹　走，我同你一起去闽西！（带上劈竹刀，与雁姊从屋后下）

[幕后歌："雨落西边日出东，
彩虹似桥架长空。
叠叠关山无阻隔，
九霄云外过征鸿。"

[幕徐落。

[剧终。

山稔果

（原名《人缘》）

编剧：廖　武

山稔树，长在山里红土上，栉风沐雨结红果；
山稔果，几分酸涩，几分甘甜。

——题记

人　物　表

阿福婆　　60多岁，农村妇女、接生婆。

钟阿庆　　30岁左右，男，农村个体企业老板。

二　牛　　20多岁，阿福婆的儿子。

天　娥　　20多岁，钟阿庆之妻。

阿　翠　　20岁，钟阿庆的妹妹。

老　三　　30多岁，男，钟阿庆手下。

山歌手、儿童、包工头、伴娘、帮闲者、后生、姑娘及其他群众。

时　间：20世纪90年代。

地　点：粤东某山村。

第一场

[钟阿庆家。

[幕启。淡光。一群群众的造型剪影。

[山歌手空灵灵游离人群之外。

山歌手　（唱山歌）六月六，山稔酸溜溜，

七月七，山稔红一滴，

八月八，山稔红一刹（半），

九月九，山稔好蒸酒。

[喜庆音乐起，造型的群众活跃起来。

［幕后伴唱：

“鼓乐声声震山乡，
彩带飘飘绕花墙。
喜事光临钟家院，
排排场场结鸳鸯。”

［光亮。老三神气地立于贺喜的人群中央。

老　三　欢迎各位嘉宾光临钟府。大家都知道，河上游有个桃花村，是有名的美人窝，那儿的妹子从来都是外嫁给有身份有地位的人。我们下水这一河两岸的小伙子干瞪眼也没办法。那一朵朵水灵灵的桃花就是不顺水往下漂，为什么？穷。这方圆几十里，就没有一个有能耐的大富人家。现在这位能人在我们下水出现了——请新郎钟老板同大家见面！

［钟阿庆春风得意地上。

钟阿庆　（唱）　榕树擎天盖一方，
为人蔽日遮荫凉。
阿庆富甲一条水，
润泽乡里美名扬。
捐款养老院，
修建小学堂；
东西两岸河来隔，
我手掌一翻，架起一座好气派的大桥梁！

老　三　（唱）　英雄就该美人配，

钟阿庆　（唱）　娶天娥，真是郎财女貌震八乡。

包工头　（外地口音）早听说新娘天娥是桃花村的一枝花，快露露脸吧！

钟阿庆　李老板别急。（示意）老三！

老　三　现在钟老板是种瓜得瓜，种豆得豆——请新娘！

［天娥新娘打扮，挺着肚子，在阿翠和一伴娘的陪同下上。众人哗然。

天　娥　（责怪）阿庆，登记手续早就办了，可你硬是拖到肚子大了才请酒，你看！

钟阿庆　你不懂，我要的就是今天这个场面。我现在不是从前吃了上餐寻下餐的癞蛤蟆了。我有小煤窑，有砖厂，有工程队。这些家产今后是谁的？（手指天娥的肚子）是他的——我儿子的！

[众人一片喝彩叫好声。

阿　翠　（对钟阿庆）阿哥，开席吧，再折腾，别伤着胎！

钟阿庆　不，阿翠，阿哥是有身份的人。这成亲的规矩一条也不能比人家少。我们这儿自古兴的是一拜高堂，二拜天地……

包工头　（小声地）钟老板，这上有天，下有地，我可听说你从小没爹没娘，这高堂……

众　人　是啊，你从小没爹没娘……

钟阿庆　你们看不起人！我钟阿庆凭什么就不该有高堂？

天　娥　阿庆，看你！

钟阿庆　（平和了口气）哦，我是说不能委屈天娥。我和她商量好了，今天要认个妈！

众　人　（惊奇）认妈？

钟阿庆　对，认妈。

众　人　谁？

钟阿庆
天　娥　阿福婆！

老　三　（拉开钟阿庆）遵你的吩咐，我亲自去送帖。偏偏上村刘家媳妇临产，昨晚福婆被请去接生。这时辰不等人，庆哥，反正是过过场面，我看另找个年岁大的……

天　娥　阿庆，要真心实意，过场面可不行！

钟阿庆　我钟阿庆的面子谁敢不领？福婆、福婆，送福多多。今日就是要讨个送子添丁、大吉大利。等！

[天际边传来纯真稚气的童音："福婆婆！"

[众人定格。光暗。众人隐去。

[童声齐喊："福婆婆——"

[阿福婆的声音："哎——哈哈哈！"

[童声合唱：

"山稔树，结红果，

挂灯笼，圆啰啰。
圆啰啰，肚啰啰，
俚在阿妈肚里坐。
又爱踢，又爱闹，
去寻福婆婆。
又爱踢，又爱闹，
哈哈哈，遇到福婆婆。”

［歌声中，阿福婆手提“福”字灯笼笑呵呵地上。

阿福婆 （唱） 十里八乡一条河，
人人识 俚阿福婆。
手擎灯笼千家走，
送子添丁福多多。
年年瓜果俚亲眼看到熟，
家家阿伢俚亲手接他把地落。
转眼细妹讲做妈，
细细阿伢又讲娶老婆。
刚刚落地个阿肥四，
称一称，足足九斤八两多。
乡亲话俚观音相，
好事总爱寻福婆。
谁家迎得灯笼到，
阿伢落地就唱喜歌。（听到喧闹声，张望）
迎亲锣鼓好热火，
头一回，看见桃花飘下河。
桃花漂入钟家院，
福婆我笑在脸上喜心窝。
我儿大牛与阿庆，
自小好伙伴，秤杆不离砣。

两人发誓要娶河上游的桃花女——
争口气，谁敢看衰山坑旮旯的后生哥！
大牛他，应征入伍到海岛，
雨淋日晒去巡逻；
阿庆他，顺风顺水成首富，
美人窝里娶天娥。
锦上添花好得意，
财大气粗他把戏多。
三番五次来送帖——

[阿翠、老三上。

阿　翠
老　三 阿福婆！

阿福婆 哦，是阿翠、老三哪！

阿　翠
老　三 阿福婆到！（挽起阿福婆手臂，唱）

请你来当妈，
快把上桌坐。

[后台光亮。钟阿庆、天娥迎上。

钟阿庆 阿福婆，总算把你老盼来了。

天　娥 是啊，阿福婆。

阿福婆 阿庆，我这个老太婆就这么要紧？

钟阿庆 要紧！万事齐备，就等着你来当妈了。

阿福婆 天娥，认我当妈就这么好？

天　娥 （真切地）那一次我失足落水，是大牛哥从冰冷的河中把我救起。他说，遇难不救，我妈饶不了我。从那时起，我就认定你是个好妈妈。

阿福婆 （自豪）大牛他见不得旁人有难，像我！

钟阿庆 福婆，我也像你，见不得旁人有难，所以才在这河上架起这座桥。福婆，你说呢？

阿福婆 哈哈！好，你们都像我。

天　娥 阿庆，你不是说没有福婆就没有你的今天吗？

钟阿庆 （提高嗓音对众人）对，三十年前那一天，我妈上山割鲁枝，风雨中临了盆。是福婆寻到了难产的妈妈，在深山窝里把我接生下来……

阿福婆 那一天电闪雷鸣的，我真担心惊吓了你。

包工头 一出生就惊天动地，难怪钟老板今日如此发达。

钟阿庆 多谢福婆！（唱）

福婆为我送吉祥，
才有今日好春光。
父母早故无人惜，
你的恩情胜爹娘。

阿福婆 不敢当！

天　娥 （唱） 真心相认莫推却，
你老端坐在中央。
当着众人将把福婆拜，
让我俩虔虔诚诚喊声娘。

阿福婆 好好，既然这么虔诚，也不好坏了今天的规矩。不过，我还有话要说。

钟阿庆
天　娥 你老说吧！

阿福婆 天娥，你为什么要嫁到下水来？

钟阿庆 还用问，人往高处走，这里现在变富了。

阿福婆 就这些？

天　娥 这里人好，老嫩大细都好。

阿福婆 对，人好才是最要紧的。天娥啊！（唱）

你三头两日转娘家，
理直气壮要将下水夸：
这里互帮互爱个个好心地，
这里相亲相敬处处好人家。

后生阿哥求上进，
品貌端庄他们顶呱呱。
夸得那些妹子心肝痒，
都来下水寻婆家。

阿　翠　福婆，我可听说桃花村好几个妹子都对大牛哥有心思哩！

阿福婆　天娥，是吗？

天　娥　（点头）桃花村的妹子眼界高，可她们眼光也准，大牛哥他品性好啊！

钟阿庆　福婆，要娶桃花女，先要置家业，大牛他还在部队扛枪……

阿福婆　不，阿庆啊！（唱）

大牛扛枪，守边卡，
他的婚事妈当家。
阿庆你先拜天地，
大牛也该戴桃花。
喊前天娥细叮嘱，
要代福婆捎句话：
有心妹子过来嫐，
看看大牛的新屋家。
虽难比醒醒目目大宅院，
却也是新柱新梁新天瓦，
新枕新帐新被褥，
新幔新帘新窗纱。
细嫩的瓷瓶桌上摆，
就盼着新瓶插桃花。

天　娥　（唱）　你老的嘱托俚应承——

阿福婆　好！（接唱）

我就欢欢喜喜来当你们的妈！

钟阿庆　老三！

老　三　好嘞！福婆坐。（对众人）福婆自家两个儿子，大牛在外当兵；二牛在山里放竹排——

阿　翠　放竹排怎么啦？

老　三　我是说现在不同啦，添了个钟老板，这个儿子可是大富大贵了！好，先敬认亲酒，饮过就喊娘。

［钟阿庆、天娥庄重地将一杯酒捧给阿福婆。

［一阵狗吠声传来。

钟阿庆　咦？怎么回事儿？我这正宗德国狼狗知人识面，从不乱吠。

［二牛提一撑排竹篙，汗水淋淋上。

二　牛　妈！

阿福婆
众　人　二牛！

老　三　（拦住二牛）今天是钟老板大喜的日子，来宾们都光光鲜鲜，你看你这一身……

二　牛　是啊，连狗都拦门！（把手伸向钟阿庆）

钟阿庆　（一惊）血？

二　牛　（淡淡地）狗咬的，你家的狗咬的。

阿　翠　二牛哥，快上点儿药。

阿福婆
天　娥　是啊，快到医院看看，上点儿药。

二　牛　没关系，狗不讲理我不怪，阿庆，这人总该讲道理吧？

钟阿庆　什么意思？

二　牛　这东来西往，这么多乡亲要过河，你为什么要封桥？

钟阿庆　（低声）老三，怎么还不放行？

老　三　庆哥，地理先生说了，（指天娥）在桥东头扎上彩门才能保胎神。算好了时辰，等我们这儿爆竹响三遍，才能开彩门。

钟阿庆　二牛，这样吧，你找条船，把要办急事的乡亲渡过河，工钱我包了。（掏钱）

阿福婆　（拦住钟阿庆）二牛啊，要紧的不是来论理，应该先渡人哪。去吧，啊！

二　牛　妈，我是咽不下这口气儿。钟老板，你知道吗，有几个桃花村的姑娘要过河来认认我哥的家门，可桥头一拦就是大半日，人家气得扭头回去了。你钟阿

庆有本事架桥娶亲，可也不该横行霸道啊！呸！（提竹篙下）

阿　翠　二牛哥！（追下）

钟阿庆　（大度地）老三，追上去，工钱照付！

[老三接钱下。

阿福婆　二牛……（对钟阿庆）阿庆，二牛的话是重了，可他的心肠是直的啊！

钟阿庆　福婆，二牛说得不错。我是有本事，有本事第一个娶来桃花女，有本事在河上架起第一座桥。有本事好啊，就连我那院里的看门狗都价值八千块……

[一阵狗的哀嚎。老三上。

老　三　庆、庆哥，那狼狗咬着二牛不放，被二牛一拳打死了！

包工头　（愤愤不平）钟老板，你可是个出头露面的人物，不能让他们……

钟阿庆　住口！（对阿福婆）福婆，你老讲句公道话，打狗看主人，我钟阿庆现在是一跺脚山都摇，他二牛——

阿福婆　（自言自语）一跺脚山都摇，本事大了啊！

天　娥　（责怪）阿庆！你……

老　三　庆哥，时辰不能再拖了，婚礼接着来。这认妈……

钟阿庆　哦，认妈……

天　娥　认妈！阿福婆，这杯认亲酒……

[天娥、钟阿庆将酒杯奉给阿福婆。

阿福婆　（接过）认妈？（唱）

甜酒变味色变浑，
混混沌沌寒了心。
寒心酒水难落肚，
福婆我不愿高攀这门亲。（轻轻地泼酒于地）

钟阿庆
天　娥　啊？

[收光。

[山歌手过场。

山歌手　（唱）　无相干来无相干，

再好的甜酒也会酸，
再好的红花也会谢，
再好的人情也会断。

第二场

[光亮。次日傍晚，桥边。

[远处传来阵阵小伙子们的嬉闹声。

[阿福婆的喊声传来："二牛，快回来，你哥从部队来信了！"

[二牛内应："妈，来了！"赤裸上身，衣服搭肩，上。

二　牛　（手掌成喇叭状朝对岸）喂，阿妈，等我们把这戏台搭好，就回来！（擦了擦汗，欢喜地唱）

城里剧团入山来，
父老乡亲笑颜开。
我邀到一帮后生仔，
赤膊上阵搭戏台。（朝内一挥手）

[几个后生边唱边上。

后生们　（唱）搭呀搭戏台。

二　牛　（唱）　锣鼓响定会引来桃花妹，
好难得上游下游、河东河西共一堆。

后生们　（唱）　共呀共一堆。

二　牛　（唱）　台上做人戏，

后生们　（唱）　台下打眼拐。

二　牛　哎哎，打眼拐干什么？

后生们　（相视，使眼色）给大牛哥当参谋咧！（唱）

看看哪个妹子最般配，
托人来做媒。

若有缘，大牛娶转屋家去，

福婆乐呀乐得心花开。

二　牛　没错，为我哥相亲，是我妈最牵肠挂肚的事。哎，我先回去，阿石古，记住，给我妈留个座儿。

一后生　放心，给福婆留下最好的位置，走！

［后生们下。二牛上桥，阿翠手挎竹篮由桥的另一端上，两人迎面相逢。二牛闪身欲过，阿翠拦住。

阿　翠　二牛哥！

二　牛　哦，阿翠！不，钟老板的妹妹——二老板！

阿　翠　（委屈）二牛哥，你别这样叫我好吗？

二　牛　不喜欢我叫你，你就别拦着。（欲走）

阿　翠　我等了你好半天，今天我是非要见到你不可。

二　牛　等我干什么？

阿　翠　你忘了，你打死了我家的狗。

二　牛　怎么，想找我算账？

阿　翠　恶狗咬人理该受死！你看，我已经狠狠地把它切成碎块，放上配料，炖绵煮烂了。你尝尝，味道怎么样？（递过竹篮）

二　牛　拿远点儿！

阿　翠　你尝尝嘛……（掀开竹篮盖）哎，你可别多嘴，我哥还张罗着选地穴厚葬它呢！

二　牛　（气不打一处来）你哥，哼！拿开，再往我嘴边送，我可就不客气了！

阿　翠　（一惊，护住竹篮）二牛，这可是我的心意啊！也好，你真的不愿意领情，就当它是天上掉下来的，地下冒出来的，河水冲下来的，大风吹过来的……只要你把它吃下去！（将竹篮轻轻放在石墩上，尔后一步步慢慢朝桥头走去）

［二牛毫无所动。一群后生寻着香味悄悄上，抢过竹篮。

一后生　闻着狗肉香，和尚也跳墙。

另一后生　冬至羊夏至狗，他不吃我们吃！

［众后生吃狗肉。

二　牛　（愣住）喂，不能吃！

阿　翠　（急了）你们——（上前抢夺）

［争抢中，阿翠仅剩个空竹篮。

阿　翠　（愠怒）你们哪！（唱）

我好酒好肉手中拿，

敬神敬错灶王爷。

汤汁你们都食净，

留下一个空煲钵。

我满肚怒气朝谁发——

后生们　（擦着油光光的嘴唇，接唱）

任你惩来由你罚。

阿　翠　（唱）　惩你还——

后生们　好！

阿　翠　（唱）　可吞落肚中难吐渣。

罚你赔——

后生们　好！

阿　翠　（唱）　可情意浓浓难论价。

罢罢罢，狗肉食哩人安乐，

有件小事劳大家。

后生们　什么事？

阿　翠　（唱）　今晚看戏留好两个位，

他挨着我来我挨着他。（指二牛）

后生们　好哩！

二　牛　（对后生们发火）胡说！

阿　翠　（对后生们）那就把这狗肉原原本本给我吐出来！

后生们　这可就难为我们了。（拖二牛）二牛，坐在一起有什么相干，答应了吧？

二　牛　（对阿翠）钟家二老板，你总缠着我这个撑竹排的就不怕跌了身价？

阿　翠　我愿意！愿意和你坐在一起！

二　牛　我不愿意！

阿　翠　我想做的事，就一定要做到！

二　牛　哼，你以为你们钟家有钱，想做什么就能做成什么？我二牛偏偏不吃这一套。

后生们　（急了）那你吃哪一套？

二　牛　要挨着我坐？哼！（随意一指）除非她绕着那小山坡跑它一百圈。

后生们　开啥玩笑！

阿　翠　（断然）好，大家作证，你要说话算数。我就跑它一百圈！（跑下）

后生们　阿翠！（追下）

二　牛　（意外地望着阿翠的背影）嗐！（唱）

我讲落河她脱袜，

我话上岗她就爬。

我声大来她声细，

硬石遇到软棉花。

[老三带着两个帮闲跑腿的走过桥来，其中一人提着铜锣。

老　三　（打量着二牛赤裸的上身）嘀，有戏看，做出汗。啧啧，学过功夫的人，肌肉硬过铁呀。行，做粗活还得靠这一身蛮力。

[二牛不理，扭头过桥。

老　三　慢，戏班子缺个灯笼做道具，就用福婆的。费用嘛，和这搭戏台的工钱一起算，钟老板包了。

二　牛　什么意思？

老　三　什么意思？（示意帮闲者敲锣）

[一帮闲者敲了一阵锣。

老　三　（往高处一站，喊）各位乡亲，天娥在城里医院做了检查，她怀的是双胞胎。钟老板高兴，请来了戏班子，请大家开开心心看一晚戏。

二　牛　钟阿庆请的剧团？

老　三　（得意）城里红得发紫的名角都来了。这一河两岸除了钟老板谁请得起？把戏台搭在这桥头河边，就是要在外人面前显显下水人的本事。（掏出一沓红绸条交给两个帮闲者）上面的名字都是附近有身份的人，去，挂在前面两排。

[两个帮闲者下。随即传来争吵声。

二　牛　（对内吼）听着，那个位置谁也不准动，是留给我妈的！

老　三　你妈？哎呀，可惜，她不是钟老板的妈——昨天，庆哥放低身价认她当妈，她摆谱不做。过了这村可就没这个店了，后悔去吧！哼，你妈算什么？（对内）把红绸条挂上。

二　牛　你！（对内）阿石古，你们把那些破布条都给我撕了。

[后生们内应："好！"

[两个帮闲者倒退着上。

帮闲者　（心虚）他、他们把布条……（扔掉铜锣溜下）

老　三　混蛋！（欲亲自去拾绸条，又心有余悸，对二牛）二牛，你去，把那些布条一条条都给我捡起来，给我重新挂上！

二　牛　我没那闲工夫！

老　三　你！（欲挥拳相向）

[钟阿庆由搭戏台的一侧上。

钟阿庆　（制止）老三！（对二牛）二牛，不就是给福婆留个好位置吗？可以，只要你向我低头认个错。

二　牛　对不起，我还没学会低头。（上桥）

钟阿庆　老三，他不低头就不准他过桥！

[老三当桥拦住。

二　牛　让开！

老　三　这桥是钟老板建的，他说不能过就不能过。

二　牛　我今天就过给你看！（一把拧住老三手臂，用力按老三跪下，挥拳欲打）

老　三　（鬼叫般喊起来）庆哥救命！

[阿福婆急上。

阿福婆　（制止）二牛，二牛！

钟阿庆　（上前）福婆，你看看，这就是你的儿子！那天搅了我的喜堂，今天又逞蛮打人！

阿福婆　二牛……

二　牛　妈，我不打好人。

钟阿庆　（指老三）可他也不是坏人。老三，别怕，咱们理不亏行得正，我给你撑腰，你放开胆子让他打。打呀？

阿福婆　住手！（将老三与二牛隔开）二牛，你不该打！（对钟阿庆、老三）你们也不该硬逼着他打啊！（唱）

同山同水同村庄，
河东河西常来往。
一架桥来众人过，
相逢一笑是老乡。
朝夜相见本该人情暖。
又何苦面皮冷过二月霜。
二牛啊，
让人三尺天地阔，
狭路相逼不是好儿郎。

二　牛　妈，（指老三）他刚才竟敢看衰你，骂你！

阿福婆　（唱）　阿妈不怕人看衰，
骂我两声又何妨？

二　牛　不！（握紧拳头）

阿福婆　（唱）　若是任性硬要打，
就打生你养你的娘。

二　牛　妈！（松开拳头）

阿福婆　这就对了。孩子，记住，一个巴掌他就打不响了。

钟阿庆　没错，今下逞的可不是拳头硬，比的是真本事。老三！

老　三　（会意，操起铜锣敲了几下）各位乡亲，钟老板又兴善举——（将钟阿庆让到高处）

钟阿庆　我和乡政府商定，合资加宽乡道，连接国道线。到那个时候，大家出入赶圩、上州过县可就顺畅多了。特别是上游西岸的桃花村……

老　三　庆哥，你看，桃花村的姑娘们可都来了！

钟阿庆 （清了清嗓子）姑娘们，你们都看见了，我们下水人有什么不好？天娥嫁给我是食蔗蘸糖，甜上加甜。这不，我在城里大医院包了套房，让她安心养身保胎。今晚的第一出戏就是为她点的——《送子添丁》。

老　三 （悄声）庆哥，添丁添丁，没灯可添，这出戏怎么唱？

钟阿庆 灯笼？不是叫你找吗？

老　三 算命先生说，最合适最吉利的就是阿福婆那盏。

阿福婆 你们想要我的灯笼？

老　三 借。

钟阿庆 福婆，你开个价。

阿福婆 价不高，把前面这两排位置让出来。

老　三 那不行，这可是留给光景好的体面人家……

钟阿庆 不，让！福婆的意思？

阿福婆 （站在高处召唤）喂，上村的阿秀，下村的阿珍，你们都有孕在身，别挤着，到前面坐。

二　牛 对，三叔公、六叔婆……年岁大的都往前面坐。

[台内一阵叫好。

钟阿庆 福婆，这灯笼？

阿福婆 慢，我还有话要讲。今下时兴做广告，我呀，就当着乡亲们、当着桃花村姑娘们的面，实打实地讲讲我家大牛——（掏出信）这是刚收到的喜报，他在部队立了二等功！

[台内一片喝彩。一后生内问："大牛哥什么时候回来？"。

阿福婆 信上说了，山稔果一熟，他就回来探家。他呀，最好食东山坳的山稔果，甜！

[一姑娘内声："大牛哥的人品长相怎么样？"

阿福婆 姑娘啊！（唱）

不是福婆自家夸，
人品相貌他都顶呱呱。
高鼻梁来双眼目（皮），
肉色红来牙齿白。
军装合身惹人看，

身材一米七十八。

我学讲一句时髦话——

他……二牛。

二　牛　（接唱）　他又英俊来又潇洒。

阿福婆　哈哈哈，对！（接唱）

又英俊来又潇洒。

好了，姑娘们，福婆去拿灯笼——《送子添丁》。

钟阿庆　（满肚不是滋味，将老三拉过一旁）老三，公路的事，你明天就叫人放红线。

老　三　这红线内要拆迁的第一家可就是大牛的新房……

钟阿庆　乡政府有精神，谁也不能拦路！（与老三下）

[阿翠气喘吁吁跑上。

阿　翠　二牛哥……二牛哥！

阿福婆　（扶住）阿翠，你怎么了？

阿　翠　二牛哥，你让我绕着那个小土坡跑，我跑完一百圈了。（扑倒在阿福婆怀里）

阿福婆　二牛，你——

二　牛　我……嗐，她为什么偏偏是钟阿庆的妹妹！

[收光。

[山歌手上场。

山歌手　（唱）　白白嫩嫩佢唔贪，

乌乌赤赤佢唔嫌。

阿妹好比山稔样，

乌乌赤赤还过甜。

第三场

[光亮。十天后，清晨。

[福婆家。

［一个顽童惊喜地喊声："哎，山稔熟了，

上——山——摘——山——稔——啰！"

［阿福婆上。

阿福婆 （推门走到外面，张望着喊）喂，哪家的细仔，山稔真的熟了？

［儿童内声："阿福婆，熟了，甜脱牙，好蒸酒了！"

阿福婆 哈哈，好！（唱）

细仔喊声醉心间，

终于盼得山稔甜。

大牛儿，明日就要回家转，

待我摘一篓，让他好好尝尝鲜。

［幕后伴唱：

"大牛明日回家转，

满满摘一篓，让他好好尝尝鲜。"

［阿福婆入屋，扎头帕，拿竹篓。

［两个帮闲者扛着一个"拆"字木牌上，忙碌着找地方想把牌子插上。

［天娥上。

天　娥 等一下！

帮闲者 哦，是老板娘回来了。

天　娥 是谁让你们插这个牌子？

帮闲者 钟老板交代老三，老三又交代我们。

天　娥 我和阿庆谈了，由我先同主家商量，等工作做通了再插。

帮闲者 二牛今天去乡里开会，政府会宣布的。老三说，我们就不必再多费口舌了。

天　娥 把牌子扛回去！

帮闲者 这……

天　娥 扛回去！

帮闲者 既然老板娘发话，我们就扛回去。（扛木牌下）

［天娥欲敲门，阿福婆挎竹篓推门而出。

天　娥 阿福婆！

阿福婆　（惊奇）天娥？

天　娥　福婆，你这是……

阿福婆　山稔熟了，我想上东山坳……哦，天娥快进屋，坐！（与天娥进屋，递上一杯茶）阿庆不是让你在城里大医院养身子，你怎么……

天　娥　唉，城里大医院我住不惯……

阿福婆　你身子重了，不能乱走啊。

天　娥　我来是为了这房子……

阿福婆　这房子？哦，看看吧，当然比不上钟阿庆的气派。

天　娥　这房子……（不忍说出口）好！

阿福婆　是啊，在老围龙屋住了几代，这些年光景好，手头有了点儿钱，就为大牛建了这两间新房。你看，这些新家具也是替他准备的。

天　娥　大牛他……

阿福婆　他明天就回来探家。

天　娥　明天！可这房子……

阿福婆　这房子就留给他成家。（为天娥斟茶）天娥，你如今也是人家媳妇了，福婆才敢跟你讲真话。自从大牛救了你，他呀，晚上做梦都会念着你的名字。

天　娥　（惊奇）念我的名字？

阿福婆　儿子的心思瞒过天也瞒不过阿妈，他梦中还说要为你建一座桥呢。这孩子！

天　娥　为我建一座桥？他怎么从来没向我表示过？

阿福婆　他参军要到边防海岛，那地方又荒凉又危险，一去不知多少年，怕委屈了你啊！所以，这孩子就一直藏在心里。

天　娥　藏在心里！

阿福婆　他也知道阿庆心里也想你。他信上说了，你能嫁到下水来，他就高兴。

天　娥　大牛！

阿福婆　我的大牛聪明能干，这年月好做食，如果他在家也能做出好光景。可他二话没说，穿上军装就去了海岛，多好的孩子啊！我这个当妈的有个心愿，一定要为他寻一个贤贤惠惠、漂漂亮亮的好姑娘。天娥，你说能吗？

天　娥　能，一定能！

阿福婆 啊，天娥你等等。（急入内）

天　娥 （心绪烦乱）福婆啊！（唱）

原本是为了拆房上门来，
到如今心潮翻滚好无奈。
可这是乡道扩建必经地，
圈定的红线难更改。
回身再将福婆喊，
硬着心肠把口开——

[阿福婆内喊：“天娥，坐一会儿，福婆就来！”

天　娥 （接唱）福婆她心中好畅快，
布置了新床新帐新铺盖。
盼着大牛明日回家转，
欢欢喜喜住入这新房来。
此时讲拆屋，
不该，不该，太不该！
大牛啊，莫怪这缘分深浅天安排，
从来是栽花未成柳叶开。
话你知，一条大河难相隔，
有心你只管架桥来。
河那边，灵灵秀秀桃花妹，
个个都光彩。
艳艳花朵含情意，
定有你的爱。
天娥我愿做月下娘，
将把这相思红线牵起来。
祝福你，情缘早相结，
并蒂花儿开。
到那时，山歌唱，彩绸舞，

喜炮响，鼓乐吹；
你擎迎亲伞，
她戴红头盖。
两人手拉手，
手拉手走进这花烛洞房来。

（环视房间）这房子……不！（唱）

我寻阿庆再理论，
这公路转到天边外，也要绕道开。

[天娥欲走，阿福婆笑呵呵端汤上。

阿福婆 天娥，先别走，这新鲜鱼汤补身又养胎。来，喝点儿。

天　娥 我、我喝不下。

阿福婆 （以长辈口吻）喝！我不是让你喝，是让你肚子里的孩子喝。来，先尝尝。（把汤匙举到天娥嘴边，唱）

两个小阿伢，
张开小嘴巴。
一匙鲜汤难分匀，
两人莫相打。
你问这是谁的屋？
这是大牛叔叔的家。
叔叔他在哪儿？
他参军到天涯。
保卫你呀小宝贝，
保卫我呀老人家。
为了叔婆伯姆食得甜香睡得稳，
为了兄弟姐妹都建新屋住新家。

天　娥 （忍不住脱口而出）可这新房子——

阿福婆 这房子怎么了？

[老三带着帮闲者上，将“拆”字牌子插在房外，下。

天　娥　这房子要拆！

阿福婆　要拆？这房子……（汤碗落地）

天　娥　福婆。

阿福婆　为什么？

天　娥　因为……开公路。

阿福婆　可这是大牛的房子！

天　娥　拆了房子可以补钱。

阿福婆　这话是谁说的？

天　娥　阿庆……

阿福婆　你去告诉阿庆，这房子不能拆！

天　娥　（安慰）福婆放心，我就去找他！（出门，看见木牌，欲拔掉）

[阿福婆软绵绵跌坐在椅子上。

[二牛心事重重地上。

天　娥　二牛，帮个手，拔掉它。

二　牛　（感激地）天娥，谢谢你！我去乡里开了会……迟早的事儿。

天　娥　可福婆她……

二　牛　是啊，这新房是我妈的命根子，她想不通，我也不敢做主啊，让我去和她……

[阿福婆已经走出门来。

阿福婆　二牛，这是什么？

二　牛　（用身子挡住木牌）妈，没什么？

阿福婆　让开！让妈看看。

[二牛让开。

阿福婆　（看后心里一震，呆立）这就要拆？

天　娥　福婆，不……

阿福婆　这就要拆？

二　牛　妈，不……

阿福婆　听着，大牛他明天就要回来探家，这房子他还没住过呢！

天　娥　不拆！

二　牛　不拆！

天　娥
二　牛　不拆！（天娥、二牛二人合力拔掉牌子）

［天娥心情沉重地下。

二　牛　（搀着阿福婆）妈，别难过！来，我们把这房子好好打扫打扫，让我哥哥住得舒舒服服，啊？

阿福婆　二牛，我……

［幕后伴唱：

“盼儿转来住新间，
未曾欢喜先作难。
杨梅掉入蜂糖钵，
不知是甜还是酸？”

［伴唱声中，老三带人又悄悄将牌子竖起，下。

［阿福婆深情地环视间内的摆设，并未动手收拾房间。

二　牛　妈，这房子哪里还不干净？我来……

阿福婆　这房子阿妈一日清扫三次，哪里都是干干净净的啊！

［收光。一束追光照在“拆”字牌上。

［山歌手出现。

山歌手　（唱）　背袋豆子入磨坊，
哥想腐皮妹爱浆。
辛辛苦苦磨一夜，
到头难得共盘装。

第四场

［光亮。次日。桥边。

［儿童的喊声：“蚂蚁搬家啰！蚂蚁搬家啰！”

［钟阿庆与老三由桥侧爬上。

钟阿庆 （拍了拍身上的灰尘）蚂蚁把家搬，洪水要上山。看来要落一场大雨了。

老　三 可这桥底裂了好几道缝……

钟阿庆 （燃起一支烟）老三，抓紧加固，不要省钱。妈的，当初就不该让那个李老板包料，这个见利忘义的东西！哎，老三，我布置的那几件事……

老　三 （掏出本子）公路的情况我估算了一下，我们这山区木材、茶叶、煤炭资源丰富，如果乡路与国道接通，那么按投资比例收取过路费，前景是非常可观的。

钟阿庆 好！为民造福，有利可图。

老　三 凡在红线内的建筑限期拆迁……

钟阿庆 不，大牛的新房缓些日子再拆。

老　三 怎么？

钟阿庆 他就要回来探家了，总得让他住上几天新房。他是我小时候的朋友，在我吃不饱肚子的时候他可没少拿番薯给我吃。现在轮到我钟某人关照他了。

老　三 还有，照你的吩咐，我费尽了口舌，总算派专人送天娥上了车，到城里养身保胎去了。

钟阿庆 我最挂心的就是这件事，她身上怀的可是钟家的财产继承人。还有，老三，你别同二牛这类人逞蛮，记住，咱们是企业家。（下）

老　三 记住了。庆哥慢走！（恭送钟阿庆下，眺望远处）是二牛？（退下）

［清脆的童音念：

“六月六，山稔酸溜溜，
七月七，山稔红一滴，
八月八，山稔红一剎，
九月九，山稔好蒸酒。”

［童谣声中，二牛捧着紫红的山稔果沉痛而艰难地移上桥头。

［童声合唱：

“蒸的什么酒？
偃来尝一口。
无点甜滋味，
心里苦啾啾。”

[二牛哽咽着将山稔果撒向河中。

[阿翠穿戴一新上。

阿　翠　二牛。

[二牛背身抹泪。

阿　翠　二牛，你知道我今天为什么打扮得这么漂亮？

[二牛背着身摇了摇头。

阿　翠　约会。你知道吗？约会！

二　牛　（淡淡地）是吗？

阿　翠　二牛啊！（唱）

妹子二十桃花开，
花枝探出墙头外。
风吹枝头轻轻摆，
问你当采不当采？

二　牛　别问我！

阿　翠　不！（接唱）

只缘你明来明去人爽快，
只缘你直肠直肚心不歪；
只缘你骨头硬来身不屈，
只缘你挺胸走路头不低；
只缘我心中暗暗藏着爱，
发了芽，今天捧出花儿来。
莫怪妹子不含羞，
这花儿就是为你开。
你将我这上上下下仔细瞧一瞧，
你将我这左左右右认真裁一裁；
放个大方给你看，
但愿你过后相思挂念倕。
只要你说我相貌生得靓，

只要你中意我这好身材。
只要你赞我人温顺，
只要你夸我品性乖。
只要你呀说我与你两般配，
这朵花儿就心甘情愿让你采。

二　牛　阿翠，好姑娘，我……

阿　翠　你哭了？

二　牛　我心里……我哥他……

阿　翠　别说了，二牛，我划算好了，等你哥寻到了中意的姑娘，我们就一起办婚礼。办一个十里八乡最热闹的婚礼，让阿福婆、让大牛哥好好高兴高兴！

二　牛　让我哥哥好好高兴高兴？

阿　翠　对。

二　牛　阿翠，晚了！

阿　翠　你说什么？

二　牛　（泪水滚下）我哥哥在探亲途中遇见歹徒持刀凌辱一个姑娘，他挺身冲上前去与歹徒奋力搏斗……姑娘得救了，可哥哥他、他却被歹徒刺死了！

阿　翠　（惊恐）不，不是的，你骗人！

二　牛　（沉痛万分）是乡民政办的同志亲口对我说的。

阿　翠　（呼喊）天哪，这不是真的！不是……（远远望见阿福婆）福婆来了，我去问问她……

二　牛　（捂住阿翠的嘴）求求你，小声点儿，我妈她还不知道呢！

［童谣起。阿福婆上。

［童谣声念：

九月九，山稔好蒸酒，
八月八，山稔红一刹，
七月七，山稔红一滴，
六月六，山稔酸溜溜……

［童谣声中，阿福婆疲惫地一步步走上前来。二牛、阿翠惊慌地一步步后退。

阿翠忍不住痛苦，冲下。阿福婆像没发现他们似的，独自在桥边坐下。

二　牛　妈！

阿福婆　妈累了，帮妈捶捶背！

二　牛　哎！（发现阿福婆身上的泥）妈，你这一身黄泥，上山了？

阿福婆　（掏出一捧山稔果，轻声）上山了，去为你哥摘山稔果。

二牛，你来看喏——（唱）

这一只嫩嫩恁般样？

二　牛　（唱）　未曾熟透苦难当。

阿福婆　（唱）　这一只软软好不好？

二　牛　（唱）　又皱又瘪又无浆。

阿福婆　（唱）　这一只圆圆好多汁，

二　牛　（唱）　甜甜留给哥哥尝。

阿福婆　这一只食得？

二　牛　这一只食得。

阿福婆　（轻轻拿起一只山稔果，唱）

你哥他从来好心肠，

不与他人争甜香。

二　牛　（唱）　那一年歉收饭餐紧，

摘来山稔补口粮。

阿福婆　（唱）　你哥他熟的让给你先吃，

二　牛　（唱）　甜的送给妈妈尝。

阿福婆　（唱）　留下一捧酸又涩，

二　牛　（唱）　哥哥他一人充饥肠。

阿福婆　（唱）　妈妈我今天摘来甜果子，

二　牛　（唱）　哥哥他含在口中赛过糖。

[老三上。

老　三　哎呀！福婆，我到处找你。

二　牛　你给我离远点儿！

老　三　二牛同志，我有急事要和福婆商量。

阿福婆　二牛，让他说。

老　三　庆哥想成全好事，在圩上订了酒席，桃花村的漂亮妹子都来，为大牛接风洗尘。如果大牛他对哪个有意思……这是大牛的请帖。（送上请帖）

阿福婆　（推开）收起来。

老　三　福婆？（再送）

阿福婆　收起来！（手掌一推，请帖落地）

老　三　这可是你老不对了，你家大牛好体面？钟老板请他是对他的抬举！

阿福婆　抬举？

老　三　当然抬举了。大牛不就是个小排长吗？可钟老板手下有好几个公司。只要钟老板手指打开一条缝，流出的米就能养活他妈的一连人！

阿福婆　哼！（陡地站起身）二牛！

二　牛　妈？

阿福婆　你练过武功？

二　牛　练过。

阿福婆　你一拳能打死一条大狼狗？

二　牛　能！

阿福婆　（指着老三）你把这个家伙给我拖过来！

［二牛一把将老三揪到阿福婆面前。

老　三　（吓坏了，半跪着）福婆，你老这是干什么？

阿福婆　二牛，以前妈不准你打人，今天你给我狠狠地打。

老　三　我没干坏事啊！

阿福婆　你污辱了我家大牛。打！

［二牛狠狠一巴掌，老三翻倒在地。

老　三　（爬到阿福婆跟前）福婆饶命……

阿福婆　听着，你可以骂我，也可以骂他（指二牛），但是，不准你骂我家大牛！

（唱）　大牛他身子有分量，

铁打的汉子响当当；

心比黄金更珍贵，
怎容你恶言恶语来贱伤！
我的儿，胆雄不怕大海浪，
我的儿，骨硬敢抵风和霜；
耐得边防苦中苦，
甘愿肩扛五尺枪。
只要母亲一句话，
火海他敢落，刀山他敢上。
试问哪个轻骨头，
敢随他去闯这地狱生死场？
为娘敢将儿夸赞：
天底下难寻这顶天立地的好儿郎！

给我打！

[二牛揪住老三，又是一掌。老三求饶。

[钟阿庆上。阿翠随后追上。

老　三　（故意叫喊）打出血了！庆哥为我做主，庆哥为我做主啊！

钟阿庆　（上前拦住）二牛，又是你！

阿福婆　不，是我让他打的！

钟阿庆　福婆，你？

老　三　（指着地上的请帖）我可是照你的吩咐来成全好事的，可这老太婆不识抬举。

钟阿庆　福婆，好心不图好报，可这打狗也得看主人哪！你看你们把他打成这样！

阿福婆　（痛心地）阿庆，你知道吗，他刚才竟敢骂我的大牛啊！

钟阿庆　福婆，我钟阿庆对大牛可是给足了面子。摆下酒席，为他接风洗尘；请来桃花村的妹子，为他牵线搭桥。就说这修公路的红线早已画好，可拆迁日期我一拖再拖。为什么？就为了让大牛住上新房……

阿　翠　（悲愤难忍，脱口而出）阿哥，大牛他已经不能……

二　牛　（制止）阿翠！

阿　翠　（一惊）我？

阿福婆 傻孩子，你前脚离开乡政府，阿妈后脚就到了。

二　牛 妈！

阿福婆 孩子啊，这个死字你不愿意说，妈也不愿意说，可总得有人说出嘴啊！

二　牛 妈！（抱住阿福婆）

钟阿庆 什么，福婆，你说什么？

阿　翠 哥，大牛他在探亲途中为救一位姑娘，被歹徒……他牺牲了！

钟阿庆 （大惊）啊！

[静场。

钟阿庆 （喃喃自语）大牛兄弟，大牛兄弟……（猛然对着天空，几乎在喊）大牛兄弟，这房子不拆了，不拆了！留给你，永远留给你！这公路……我他妈绕着开！

阿福婆 （声音很轻）二牛。

二　牛 妈！

阿福婆 咱家的房子真的拦路？

二　牛 妈，乡里说这房子不拆的话，这项工程就要多花几十万。

阿福婆 二牛，你跟乡里怎么说的？别瞒妈。

二　牛 我向乡里表示，同意拆房，可现在……

阿福婆 现在怎么样？

二　牛 我听你的。

阿福婆 你再说一遍。

二　牛 孩儿听妈的。

阿福婆 妈的好孩子！（抱住二牛）妈听政府的！

二　牛 妈！

阿福婆 我们不能给你哥丢脸啊。拆，拆房！

[收光。

[一声孩童的呼喊："落雨啰——"

[山歌手出现。

山歌手 （风雨中声嘶力竭地唱）

阿哥走撇妹寒酸，

秤砣跌撇剩秤杆。
秤钩拿来挽内脏，
又挂心来又挂肝。

第五场

[紧接前场。光亮。雨。

[阿福婆家。钟阿庆家。两个表演区时空交错。二牛擎伞扶着阿福婆，钟阿庆与阿翠，分别冒雨艰难走进各自家中。

阿福婆、二牛
钟阿庆、阿翠 （合唱、重唱）

老天有情同声哭，
无停无歇好伤怀。
淋湿了门前树，
淋湿了圩上街；
淋湿了雀巢百灵不歌唱，
淋湿了青竹青竹头低低。
好大雨，十里八乡都淋透，
伤心泪，涨满村前一条溪。

[幕后伴唱：

“好大雨啊，十里八乡都淋透，
伤心泪啊，涨满村前一条溪。”

二　牛　妈，你坐！

阿福婆　（像是没听见，走到床边自言自语）大牛啊，这房子阿妈做主要把它拆掉了。唉，阿妈对不起你！你看，什么都准备好了，可你到现在还没睡上一觉啊！今天你要回来了，来，让妈帮你把床铺好，啊！（边铺边唱）

摆好鸳鸯枕，

撩开蚊帐纱。
煲滚山泉水，
泡上头春茶。（对二牛）
帮妈推开这扇门，
迎你哥哥今日转屋家。

［阿福婆家光暗。钟阿庆家光亮。

钟阿庆 阿翠，去，把我的卧室收拾收拾，换上最新最好的枕头、床单、被子……

阿　翠 哥，你要干什么？

钟阿庆 我要把阿福婆接过来。

阿　翠 接过来？（痛苦地摇了摇头）她老人家就是住回老围龙屋去，恐怕也不愿搬到这儿来呀！

钟阿庆 阿翠，你帮哥传个话，从今后阿福婆她老人家要什么，我就给她什么。

阿　翠 哥，你现在还有什么？

钟阿庆 我有公司，有房子，有钱……

阿　翠 可是她要的你有吗？

［天娥捧一捧鲜灵灵的山稔果，浑身湿淋淋缓步而上。钟阿庆、阿翠震惊。

［静场。

天　娥 （含泪对钟阿庆）她要大牛，你有吗？

钟阿庆 我……

天　娥 她要大牛，你有吗？

钟阿庆 我……

天　娥 不会有了！你没有，她没有，我们都没有了啊！

钟阿庆 （轻声地）天娥，你、你不是进城？你不是去医院了吗？

天　娥 路上我就得知了大牛的消息。大牛最好食东山坳的山稔果，我就去为他摘了一捧……不单我去了，乡亲们，还有桃花村的姑娘们都去了。阿庆，你和大牛是好朋友，你看，我摘的这些他能合意吗？啊？（见钟阿庆欲接）轻点儿，你轻点儿，别碰坏了，这些都是我一颗一颗、一粒一粒精心挑选的……

钟阿庆 （轻轻接过）一颗一颗、一粒一粒精心挑选的……大牛兄弟，你合意吗？你说话啊！大牛兄弟，你放心，我会代你孝敬阿福婆的。你走了，我就是她的儿子！

天　娥　你是她的儿子？

钟阿庆　只要她老人家不嫌弃。

天　娥　你配吗？

钟阿庆　（一震）我配吗？我……（唱）

天娥一句揪心话，
说得我心肝都发麻。
为什么，好意铺路乡情却疏远？
为什么，行善架桥人心总相隔？
为什么，我这棵招金摇银的富贵树，
配不上寒窑土坯的粗泥钵？

（仔细端详手中的山稔果，唱）

都话这山稔果子生得贱，
方知晓，这粒粒珍贵本无价。
风雨中来把大牛喊，
重重高山相阻隔；
风雨中将把大牛寻，
阴阴云雾又来遮。

[钟阿庆家光暗。阿福婆家光亮。

阿福婆　（唱）　透过山岭穿过坳，
我听见大牛喊妈妈。
他踏着长长田埂回家转，
身影山难隔；
他沿着弯弯河岸回家转，
笑容雾难遮。

[阿福婆家光暗。钟阿庆家光亮。

钟阿庆　（唱）　大牛他，一路脚印行得正，阿庆我，步子歪来身影斜。

福婆啊，你的儿身高与山齐，

阿庆我形矮低檐下。

今日里尝到了穷滋味，

我是个有屋有钱的乞食客！

天　娥　是啊，这个家好像什么都有，又好像什么都没有……（气息忽变）啊，我、我……

阿　翠　天娥姐，你怎么了？（大惊）哥，不好，天娥姐怕是临产了！

钟阿庆　天娥，你怎么啦？

天　娥　（痛苦地点了点头）快，阿庆，快！

钟阿庆　（扶着天娥喊）老三，老——三！

[老三由外面气喘吁吁地跑上。

老　三　庆、庆哥……

钟阿庆　快，叫车送天娥进城，她要临产了！

老　三　庆哥，雨大风猛，洪水下山，这通往城里的公路被冲断了七八处啊！

钟阿庆　那就打电话，请城里的医生来！

老　三　庆哥，你是急糊涂了！公路断了，乡下的人出不去，城里的人也来不了啊！

钟阿庆　（一把揪住老三）可天娥要临产，时间不等人哪！

阿　翠　（扶着天娥）天娥姐，我先扶你进里屋……

天　娥　（期盼地回过身来）这方圆几十里，能接生的只有阿福婆了！

[钟阿庆家收光。阿福婆家光亮。

阿福婆　（精神难支）二牛！

二　牛　妈！

阿福婆　妈的脚无力。

二　牛　妈……

阿福婆　妈的手也没力。

二　牛　妈！

阿福婆　妈这身子好像都不是自己的。

二　牛　妈，你这手脚都冰凉冰凉的，快躺下。（扶阿福婆躺下）

[阿翠上气不接下气地跑上。

阿　翠　福婆，福婆……

阿福婆　阿翠？（强撑起身体，又倒下）

阿　翠　福婆……（见阿福婆心力交瘁的样子，惊呆了）我……（欲说又止，退向门口）

二　牛　阿翠，什么事儿？

阿福婆　（虚弱地）阿翠，你回来，回来！福婆不喜欢你把话藏在肚子里。

阿　翠　福婆……

阿福婆　阿翠，福婆浑身无力，起不来。你靠前点，说给福婆听。

阿　翠　（不忍开口）福婆，落雨了……

阿福婆　落了一天一夜了！

阿　翠　刮风了……

阿福婆　刮了一天一夜了！

阿　翠　风吹断了山上的树。

阿福婆
二　牛　吹断了山上的树？

阿　翠　洪水冲毁了村外的路。

阿福婆
二　牛　冲毁了村外的路？

阿　翠　冲毁了好几处，城里的车进不来，村里的人出不去。可偏偏这个时候，天娥姐她……

阿福婆　天娥她怎么啦？

阿　翠　她、她、她在家里，要临产了！

阿福婆　什么？天娥……（挣扎落地，又跌倒）

二　牛　（扶住）妈！

阿福婆　她是头胎又是双胞，万一难产，这不是叫天天不应，叫地地不灵嘛！（起身欲走）

二　牛　妈，你的身体……

［阿福婆一步一步地向门边移去……

［童声在夜空中回荡："大桥被洪水冲断了！桥——断——啰！"

［两个表演区的灯同亮。人们一齐涌向门边。一道闪电映出正在断裂的大桥，一声响雷震住了众人的脚步。

［幕后合唱：

桥断了？
桥断了！
桥断了……
一声雷响人惊呆，
一条火蛇咬断颈（喉）。
洪水无情如刀利，
硬将两岸割呀开。"

钟阿庆 （唱） 割呀开，心痛彻，

阿福婆 （唱） 心痛彻，割呀开。

众　人 （唱） 水猛浪急十八旋，
奈何偏偏天安排。
隔岸来眺望——

二　牛
阿　翠 （唱） 那一边，红墙碧瓦，宽宽敞敞大宅院，

阿福婆 （唱） 似听见天娥声声呼喊倨。

老　三 （唱） 那一边，低檐矮舍，狭狭门楼小院落，

钟阿庆 （唱） 盼望她红红灯笼亮起来。

阿福婆 （唱） 呼喊倨，

钟阿庆 （唱） 望你来。

阿福婆 （唱） 呼喊倨，

钟阿庆 （唱） 望你来。

［幕后伴唱：

"喊烂喉咙头，

望穿眼底底。”

钟阿庆 （唱） 恨那座徒有虚名的水泥桥，

不经风雨败衰俷。

真该用钢浇铁来铸，

将把这河东河西牢牢连起来。

阿福婆 （唱） 连起来，

连起来，

筋骨粘着肉，

手心连手背；

心肝贴心肝，

血脉连血脉。

莫论贫和富，

家家都有情；

不分贵和贱，

人人都讲爱。

这情爱就是那钢浇铁铸桥一座，

河水隔不开！

［幕后伴唱：

“这情爱就是那钢浇铁铸桥一座，

河水隔不开！”

阿福婆 二牛，阿翠，桥断了，这河东过河西……

二　牛
阿　翠 要绕十几里的山路。

阿福婆 这十几里的山路——

钟阿庆
老　三 （眺望远方）沟沟坎坎——

二　牛
阿　翠 岭岗叠叠。

钟阿庆
老　三　野藤绊脚——

二　牛
阿　翠　荆棘丛生。悬崖处常常有人失足落河。

钟阿庆
老　三　危险哪！

［阿福婆拖着疲惫的身体朝挂灯笼的地方走去……

二　牛　妈？

阿福婆　灯笼……（一阵昏眩，身子晃了晃）

阿　翠　（扶住）福婆……

二　牛　妈！（抢先将灯笼拿在手中）

阿福婆　灯笼。

二　牛　妈，你行吗？

阿福婆　旁人有难不相助，这可不像我的儿子！

二　牛　我……

阿福婆　来，让乡亲看看，我的儿子该是什么样。灯笼！

二　牛　妈！（举灯笼）

［静场。

阿福婆　（从二牛手中接过灯笼，划火点燃，边点灯笼边轻声哼唱）

天寒去送炉中炭，
屋漏去铺棚顶瓦。
葡萄挂果爱缠扶，
世上人，你帮我来我帮他。

［阿福婆家升起一片红光。

［一个孩童在呼喊："阿福婆的灯笼亮了！阿福婆的灯笼亮了！"

阿福婆　孩子，走！

二　牛
阿　翠　妈（福婆），我扶你！（扶着手擎灯笼的阿福婆出门）

[阿福婆家光暗。钟阿庆家光亮。

钟阿庆 （冲出门去）阿福婆——

老　三 庆哥!

钟阿庆 迎着灯笼走，去迎妈妈!

[“福”字灯笼招引着钟阿庆、老三。

阿福婆 （唱）　透过山岭穿过坳，

钟阿庆 （唱）　我真真切切喊妈妈。

阿福婆 （唱）　透过山岭穿过坳，

钟阿庆 （唱）　我虔虔诚诚寻妈妈。

阿福婆 （唱）　踏着这长长的石路山岗走，

钟阿庆 （唱）　山岗莫阻隔；

阿福婆 （唱）　沿着这弯弯的小道雾中走，

钟阿庆 （唱）　云雾莫来遮。

阿福婆 （唱）　山难隔，

钟阿庆 （唱）　喊妈妈。

阿福婆 （唱）　雾难遮，

钟阿庆 （唱）　迎妈妈。

阿福婆 （唱）　山难隔来雾难遮，

钟阿庆 （唱）　喊妈妈哟迎妈妈!

（喊）　妈——妈!

[钟阿庆与老三沿河而下。

[二牛、阿翠扶着阿福婆在雨中艰难地行进着。

[一群手捧鲜花、山稔果枝的姑娘们拥上。

姑娘们 阿福婆!

阿福婆 你们?

姑娘们 我们是桃花村的姐妹，这些山花是我们为大牛哥采的!

阿福婆 （接过一束）大牛，你走的时候红红火火，你回来的时候又是这样风风光光，你值得!

姑娘们（簇拥着阿福婆，边行边唱）

当年送你参军到村外，
为你披红又挂彩。
今日采来花一束，
乡亲们迎你回家来。
哎啊——
红红火火迎你回家来。

［歌声中，阿福婆、二牛、阿翠在花丛中穿行。

［钟阿庆、老三上，在花丛中寻觅着。

姑娘们（唱）妈妈怀倕十月胎，
福婆接倕落地来。
冒雨采来山稔果，
兄弟姐妹迎你回家来。
哎啊——
红红火火迎你回家来。

［阿福婆、钟阿庆等相遇。

［音乐骤停。静场。

钟阿庆 妈！（长跪不起）

阿福婆（慢慢扶起钟阿庆）孩子！

［一阵呻吟传来。

［阿福婆走入钟家。

［一阵婴儿啼哭，嘹亮而有力。

［天放晴了。阿福婆怀抱两个婴儿端坐云霞里：

［童声内喊："阿福婆！"

阿福婆 哎——

［童声分唱：

"山稔树，结红果，
挂灯笼，圆啰啰。

圆啰啰，肚啰啰，
匿在阿妈肚里坐。
又爱踢，又爱闹，
去寻福婆婆。
又爱踢，又爱闹，
哈哈哈，遇到福婆婆。”

[收光。

[剧 终。

·客家山歌剧卷·

漂流的新娘花

编剧：罗锐曾

人　物　表

月　桂　　20 多岁，年轻寡妇。

凌　云　　男，20 多岁，农村青年。

陈来福　　年近六旬，月桂的公公。

李主任　　50 多岁，镇妇女主任，凌云的妈妈。

凌　燕　　20 岁，凌云的妹妹。

秋　香　　20 多岁，镇文化站干部。

赖　二　　男，30 多岁，乡村游手好闲者。

疯　妹　　20 多岁，飘忽村寨的疯女人。

一群男女青年。

时　间：20 世纪 80 年代。

地　点：客家山乡——相思渡。

一、招　嗣

[一个云雾中的山村。

[相思河畔的渡口，大榕树下。

[伴唱：“相思河哩十八湾，

岁岁年年水打滩。

相思峰啊十二岭，

岭岭岗岗雾盘山。

［一束追光打在榕村上，树干上现出一张“招嗣榜”。

［一个飘忽村寨的疯妹子打着竹板上。

疯　妹（唱）　黄连树上吊苦瓜，

打起竹板走千家。

讨得一碗长情水，

庙里观音能说话，

河里石头会开花。

（四处环顾，发现榜文，上前默念）

［传来陈来福的画外音：“独子不幸过世，家有贤淑儿媳。敬告来往诸君，陈门要招子嗣。有钱有势不贪，无牵无挂合适。愿者改名换姓，上门有妻有子。”

疯　妹（傻笑）嘻嘻、嘻嘻！

［陈来福抱着婴儿，提着小锣，张望着上。

陈来福（喊）招嗣喽！

疯　妹（回应）讨水喽！

陈来福（喊）招嗣喽！

疯　妹（回应）讨水喽！

陈来福（恼怒）你、疯妹子？莫跟我捣乱！

疯　妹嘻嘻、嘻嘻，有讨长情水讨么？给我一碗长情水，我要观音说话，石头开花！

陈来福去去！这几日不知哪里冒出个疯妹子，尽是疯言疯语。

［一声“啊——嘘！”赖二挥着竹竿赶鸭上。

疯　妹（转而讨向赖二）有长情水讨么、有长情水讨么？

赖　二疯妹子？滚开！（没好气地将疯妹赶下）长情水长情水，我有苦水！（循着远处疯妹的讨情声望去）看她白皮嫩肉，真真可惜了。你可惜，我可怜，老天不公啊！

（唱）　赖二生来命唔靓，

养只鸭子叫个鸭公声。

单只鸭古难传代，

它孤单来我孤单。

陈来福　赖二！

赖　二　到！

[陈来福将小锣交给赖二，示意敲锣。

赖　二　来福叔，你这是……

陈来福　敲！

赖　二　不年不节，敲什么锣呀？

陈来福　招……

赖　二　招魂？

陈来福　招你死佬！是招嗣！

赖　二　招嗣？

[陈来福指了指树上的“招嗣榜”。

赖　二　（看榜文）哟！来福叔，你这是在为月桂挑选接班人呀？高，实在是高！

陈来福　敲吧！

赖　二　好嘞！（“咣”的一锣）

[婴儿受惊吓哭起来，陈来福忙哄孩子。

赖　二　（扬手抬脚地边敲边喊）乡亲们，快来看榜喽、来福叔招嗣喽、招嗣喽……

[慢慢地锣声越来越小、喊声越来越弱……

赖　二　（醒悟过来）慢敲锣、慢敲锣。这无牵无挂，我赖二不是最合适的人选吗？还敲什么锣呀？！（把小锣胡乱一丢，急冲冲拜倒在陈来福脚下）岳父大人呀！

陈来福　（一怔）你……

赖　二　（唱）　不用敲锣去招贤，
最佳人选在眼前。
路上野花我不采，
专爱月桂味清甜。
河唇菩萨我不拜，
专拜你这大慈大悲的老泰山！

陈来福　你……做什么白日梦！起来、起来！

赖　二　老菩萨，你不显灵，我起不来呀！

陈来福 呸！你真是一只癞蛤蟆！

［凌燕与若干青年上。

凌　燕 赖二！

［赖二慌忙从地上爬起。

凌　燕 一大早锣响鬼叫，又卖什么狗皮膏药呀？

赖　二 哟，凌燕妹子，妇女主任的大小姐，你们来得正好，给我作个见证！

众　人 见证？见证什么呀？

赖　二 来福叔出榜招贤，我应聘啦！

众　人 出榜招贤？

赖　二 （指榜）喏。

［众人看榜，议论纷纷。

赖　二 （捡起小锣边敲打边驱赶围观的众人）让开啦、让开啦！（跳上土墩）各位乡亲，本榜已有主啦。他就是本乡本土的、远在天边近在眼前的鄙人——赖二！

［众人哗然。

陈来福 （恼怒）赖二，下来！

［疯妹拉着月桂上，凌云随上。

月　桂 阿爸，你怎么能这样丢人现眼呀？

［凌云上前，一把将榜揭下。

陈来福 妇女主任的大公子，你想干什么？

凌　燕 阿哥你……

凌　云 我……我揭榜啦！

月　桂 凌云……

凌　云 月桂……

［乐起。两人默默相对，似有千言万语……

［伴唱："本是两小无猜情相挂，

谁知错失机缘成两家。

枯井又出清泉水，

想喝还怕凉了牙。”

[月桂突然夺过凌云手中的榜撕碎，向河中抛去。

[凌云跳下河去捞榜……

[压光——众人隐去。

疯　妹　有长情水讨么？有长情水讨么……（下）

二、缠　心

[陈家庭院内外。

[淡光中，弦月挂半天，纱窗现出月桂身影，凌云在窗下痴望。

[女声伴唱遥远、动情：

“月儿弯弯角尖尖，
又似镰刀又似船。
是镰莫割连心线，
是船载我银河边。”

凌　云　月桂、月桂啊！（唱）

等你一更又一更，
千呼万唤不回声。
脚下月影都踏碎，
头上纱窗怎紧关？

月　桂　（唱）　你一声喊来我一阵惊，
喉咙结丝难出声。
怕你栽桃不结果，
劝你别处去采青。

凌　云　（唱）　两小无猜度长年，
心有暗恋埋肚尖。
你不开窗见一面，

夜夜来守四五更。

月　桂　（开窗）凌云，你真固执。

凌　云　（示手中“招嗣榜”）月桂，你看，我把撕碎的“招嗣榜”粘起来了。

月　桂　凌云，你傻了？

凌　云　不，我不傻，我只恨自己当年在你未嫁时不敢把窗纸捅破。

月　桂　时过境迁，莫提当年。

凌　云　不，我还爱着你！

月　桂　可是，我不能连累你。

凌　云　连累？连累什么呀？

月　桂　（唱）　你是凌家独根独苗一单丁，

我是陈门寡妇心已残。

往昔情苗变枯草，

唯留冷心泪自弹。

罢罢罢，关窗推开天边月，

梦里莫问桃花源。（关窗）

［暗转——“月儿弯”旋律起。

［一声鸡啼光复明，又一个明媚的早晨。

［凌云仍如雕塑一般立在窗下。

月　桂　（披衣出门见状一惊）凌云！

凌　云　（摇摇欲倒）月桂……

月　桂　（忙上前扶住）你这是干什么呀？

凌　云　（仍在朦胧中）我……等你。

月　桂　（心疼地）你呀……

［室内传来陈来福的咳嗽声，月桂一惊，忙把凌云藏在鸭围子后。

陈来福　（上）月桂，谁人来了呀？

月　桂　（慌乱地）没人、没人……阿爸，天还早，你再睡一会儿吧。

陈来福　人老觉少，闲着手痒。那个鸭围子破了个洞，我来帮你补好。

月　桂　（忙阻拦）阿爸，我来我来。你老人家腰不好，莫再劳累。

陈来福 没事没事，做惯了。别看我年老了，竹篾、石工都还拿得起、放得下。（又欲走向鸭围）

月　桂 （再拦）还是我来，阿爸，你快回屋去休息。

陈来福 你日夜操心鸭场，够累了，阿爸帮一把。

月　桂 不用不用……

[远处传来了锣鼓声。

陈来福 咦？哪来的锣鼓声？

[陈来福张望之际，月桂用鸭围子将凌云罩住，解下围裙盖上。

[此时，李主任、秋香率领抬着“好媳妇”匾牌的授匾队上。

李主任 来福叔、来福叔。

陈来福 噢，是李主任呀。妇女主任出门还鸣锣开道啊？

李主任 来福叔，昨天镇上召开妇女会，月桂被评上“好媳妇”啦。今天我们授匾来了。

月　桂 “好媳妇”？

李主任 对啊。月桂，祝贺你，你评上“好媳妇”啦！（对众）同志们呐，“好媳妇”是文明典型、妇女榜样。做一个寡妇难，寡妇要开创事业就难上加难！我们的月桂不但尊老爱幼，嫩肩挑起一个不幸的家，还努力走致富路，办起了养鸭场，是个女强人呐！

月　桂 不不，我不是女强人，我不是好媳妇，李主任你还是另外选人吧。

众　人 月桂嫂，你就别谦虚啦！

李主任 对了，无须谦虚。现在挂匾仪式开始！秋香，你这个文化站长把拿手好戏亮出来！

秋　香 好嘞！来，大家把“祝贺舞”跳起来！

众　人 啊——嗨！（欢歌喜舞）

唱起来，跳起来，
五彩云霞剪下来。
绣上金线做金匾，
文明之花向阳开。

唱起来，跳起来，
笙箫伴着鼓乐吹。
新时代的好媳妇，
贤淑新风树起来。

[歌舞队队形不断变化，但始终围着鸭围子转圈圈……

[月桂吓得惊慌无措。

[歌舞中，红匾挂上了门楼。

李主任 好，大家鼓掌祝贺！

[众人鼓掌。

月　桂 李主任，你这“好媳妇”我担当不起……

李主任 月桂呀！

（唱） 你是高山顶上一朵花，

众　人 （伴） 悠悠清香飘万家。

李主任 （唱） 你是历过严冬青松树，

众　人 （伴） 根深身正影不斜。

李主任 （唱） 你是尊老爱幼贤淑女，

众　人 （伴） 勤劳善良众人夸！

李主任 （唱） 最难得寡妇门前风平静，
自尊自爱不把是非惹。

众　人 （唱） 最难得弱女要把鸭场办，
自立自强勇于把财发！

陈来福 （唱） 有这样的好媳妇，
真是上代葬了“青龙脉”。

月　桂 李主任、李主任，我求你，把匾取下来吧，我不是好媳妇。

众　人 月桂嫂，这“好媳妇”的称号你最合适啦！

李主任 月桂啊，这“好媳妇”是妇代会集体选出来，经过镇党委批准的，是你全家的光荣，也是相思渡精神文明建设的成果啊！下面，不但要加强宣传你尊老爱幼的好品德，还要推广你科学养鸭的致富经呐！

众　人　向月桂嫂学习！

李主任　同志们呀，听说月桂又引进了一批良种鸭苗，大家来观赏观赏——

[众人围向鸭围，月桂阻挡不及，李主任一把掀去了上面的围裙。

凌　云　（尴尬地从鸭围子中站起）妈……

众　人　（大骇）吓？！

[切光。

[台后伴唱：

“尴尬多，
鹞婆孵出呆头鹅。
一心望他天上飞，
谁知懵懂跳落河。”

三、荐　婿

[野外。

[李主任在焦虑地徘徊。

李主任　（唱）　十月怀胎少睡眠，
养个儿子不精灵。
凌云将把月桂恋，
泥水洗身糊涂人。
自家香火自家旺，
怎顾他人冷灶神。

[赖二挥竿赶鸭上。

赖　二　（远眺）啊——嘘……咦？前面那个妹子在望什么？莫非在等情哥哥……对，等我唱首山歌来撩撩她。

（唱）　噢嘿——
对面阿妹系哪人？

日头耀眼看唔真。
鸭子也晓寻阵嬲，
怎么阿妹打单身？

李主任 咦？谁人“撩撩刁刁”？

赖 二 吓？！是妇女主任！（欲溜）

李主任 （喝住）赖二！好歌才哇？！

赖 二 不敢当、不敢当。嘿嘿，随便唱唱，随便唱唱，请主任大人多多指教。

李主任 我说赖二呀，怎么还一天到晚游游荡荡？三十多岁的人了，你就不想成个家，立个业？

赖 二 想啊，我做梦都在想，癞蛤蟆都还想吃天鹅肉呢，何况我还是个堂堂正正的人呐！看，我已经养了一只鸭子，迈出了致富的第一步！至于成家么……

李主任 我帮你牵牵线怎么样？

赖 二 好呀，有目标么？

李主任 当然有哇。

赖 二 是哪个村的？生得标致么？

［李主任与赖二耳语。

赖 二 这个……好是好，不过她家官是难啃的骨头啊。

李主任 有我呢。

赖 二 你有本事搞定？好！搞成了，我这只鸭古就孝敬你这大媒人！

［暗转。

［陈家庭院。

［陈来福坐在院里凿石刻碑。

陈来福 （唱） 昨日上山选坟地，
今朝拿凿刻墓碑。
铁锤打凿声声响，
苦情报与青石知。
媳妇难耐孤枕夜，
母鸡带崽会双飞。

我今残年风前烛，
寿终后事谁料理？
今世不修修来世，
自造阴间长住居。

［凌燕寻找月桂上。

凌　燕　阿哥有勇气，敢钻鸭围子，妹妹两边再打气，早日当上小姑子。（欲喊）月……（见陈来福在刻碑，转而蹑手蹑脚上前探看……突然忍俊不禁笑起来）

陈来福　（吓一跳）你！燕妹子你笑什么？

凌　燕　（念碑文）“十八世显考来福陈公之墓。孙：小宝立。”（大笑）哈……

陈来福　（气）神经病！

凌　燕　来福叔，你想死啦？

陈来福　是，早死早安乐，眼不见，心不烦。

凌　燕　唔，聪明呀！脑瓜跟不上时代，不如早打死算。

陈来福　（厌烦地）走开、走开！你这大主任的公主牙尖嘴利，我惹不起。

凌　燕　我不惹你。不过，我还是得提醒你，将来殡葬改革，到时你老两脚一伸，送到火葬场一烧，就只好肥田喽！

陈来福　（动怒）狗血泼！

凌　燕　你老别发脾气嘛，我说的是实话哦。

陈来福　我不想听乌鸦叫，出去出去！

凌　燕　我要不出去呢？

陈来福　想做黏人草呀？

凌　燕　我不黏你，我是来找月桂姐的，她在家吗？

陈来福　（没好气地）建火葬场去了！

凌　燕　在哪里建呐？

陈来福　清水湾！

凌　燕　哦，是去养鸭场了。（送个飞吻）拜拜！（下）

陈来福　拜你个祖宗！

［李主任上。

李主任 （唱） 凌云食了迷魂药，

凤凰去钻棘蓬窝。

我这主任丢脸面，

一日到夜无安乐。

平日里台上张口新风尚，

事临头暗中声声叹奈何。

怎能让生米成熟饭，

抽柴头莫待水开锅。

（来到陈来福身后）来福叔。

陈来福 （误作凌燕）你还不滚？！

李主任 来福叔，怎么发这么大火呀？

陈来福 （转身）啊，是你呀？主任大人大驾光临啊！

李主任 怎么？不欢迎？

陈来福 敢不欢迎么？只是我正忙，莫怪招呼不周。

李主任 你在干什么呐？

陈来福 我在自挖坟墓自刻碑，免得死后被人当化肥！

李主任 哎哟，刻什么碑哟，你这不是更伤月桂的心嘛。

陈来福 （冷笑）哼哼，月桂！

（唱） 来福人老眼不矇，

月桂早已野了心。

有人不用宰鸡做月酒，

白白想捡一个孙。

李主任 你呀！（唱）

月桂心里想再婚，

正是陈家喜临门。

你把媳妇认作女，

招婿上门树新风。

陈来福 这么说来，你愿意凌云改名换姓进我家？

李主任 这……他们真有这回事，我也无权反对。

陈来福 真心话？

李主任 真心话。

陈来福 那好，我马上筹备个“招婿宴”，让乡亲们见证我们已经是儿女亲家！

李主任 你先别急嘛。我们做长辈的对儿女婚事都要前后左右多多考虑。

陈来福 你反悔啦？

李主任 你想想，凌云是我家支撑门户的单丁子，月桂是你家奉老带小的好媳妇，他们结合也不现实嘛。

陈来福 你以为我想攀高枝呀？是你儿子自己找上门的！

李主任 据我了解，凌云和月桂只是乡邻间的友谊，那天是怕我误会才钻到鸭围子里去的。

陈来福 那你就管好自己的儿子，莫钻来钻去钻出麻烦来！

李主任 话说回来，月桂也是够可怜的了，年纪轻轻不能让她守一辈子呀。

陈来福 我没让她守，我是让她招！

李主任 说得对！这件事我这个妇女主任责无旁贷。经过日夜劳心，现在已替你物色好一个十分般配的上门快婿！

陈来福 这……真的？

李主任 堂堂妇女干部能讲假话么？

陈来福 那……他符合我“招嗣榜”上的条件吗？

李主任 符合，百分之百符合！

陈来福 人品怎么样？

李主任 他这个人嘛——（唱）

三十出头正当年，
孤身一人无挂牵。
就像园中豆签竹，
日夜望着有藤缠。

陈来福 最关键一条是他愿意改名换姓上门吗？

李主任 愿意，一百个愿意！

陈来福 是谁？哪个村的？

李主任 到时自然就晓得了。

陈来福 （自语）她这葫芦里卖的是什么药啊？

[台后传来赖二笑声："哈……"

李主任 （眺望，旁白）哟，他来了。这小子，这么性急，火烧屁股啊！（转对陈来福）来福叔，就这样说定了，等会让你检验一下。（匆匆下）

陈来福 这就走啦？（疑惑地）定了？和谁定？检验？检验谁？

[赖二戴着太阳镜，手提礼品，一身"时尚"打扮，道貌岸然地上。

赖　二 （唱）

妇女主任指方向，
心雄胆壮上情场。
长筒袜子打死结，
吊在颈上不短又不长。
反领上衣开后门，
哗啦哗啦通风又透凉。
牛仔裤子挖个老鼠洞，
追求时尚来包装。
平光眼镜涂上红药水，
又有气派又遮阳。
断帮皮鞋镶上马蹄铁，
咯嗒咯嗒敲动妹心房！

（整装进门，操着客家味的普通话）陈来福同志，你好哇！

陈来福 啊，你是……

赖　二 我是李主任介绍来的。

陈来福 （旁白）啊，莫非就是李主任说的那个？她也够雷厉风行啊！（对赖二）坐，你请坐。

赖　二 不客气、不客气。

陈来福 同志，贵姓？

赖　二 免……免贵，小姓赖，贱名二（念"哦"）

陈来福 什么？懒鹅？

赖 二 No,No。罗——歪——赖，赖二！

陈来福 啊，明白了，是赖岳。

赖 二 Yes,Yes。

陈来福 赖岳同志在哪里高就？

赖 二 小打小闹，是私营养鸭场的经理。

陈来福 哦，个体户老板？

赖 二 和月桂同行。今天是李主任介绍来看望月桂同志的。

陈来福 （注视赖二）唔，人倒长得周正，只是不知他……赖同志呀！

（唱） 我家世代香烟细，

赖 二 （唱） 香烟细细上云端。

陈来福 （唱） 招婿上门需改姓，

赖 二 （唱） 我正想把姓换新鲜。

陈来福 （唱） 月桂不是黄花女，

赖 二 （唱） 黄花白花都香甜。

陈来福 （唱） 到我百年归仙后……

赖 二 （唱） 我披麻戴孝送你上西天！

陈来福 （注视赖二脚下）同志，你的鞋怎么前穿孔，后断帮呀？

赖 二 这……这是最时兴的流行产品，叫作"空前绝后"！

陈来福 （注视赖二眼镜）你这眼睛不会有什么问题吧？

赖 二 不会的，不会的！不信，你看——（摘下眼镜）

陈来福 （一惊）吓？是你——赖二！

赖 二 对，是我。来福叔，李主任说我赖二打扮起来百分百像个男子汉，这一点都不假吧？

陈来福 李主任介绍的是你？

赖 二 绝对是我、绝对是我！我是真心想上门做你女婿呀。不信你就在这石碑上的立碑人提前刻上"赖二"……不对，是"陈二"两字！嘿嘿！改姓了。

陈来福 呸——！（唱）

你像纸鹞悠悠闲，
东飘西荡不着边。
陈家不收你这浪荡子，
好女不嫁你这野神仙！

赖　二　（唱）　你莫嫌我悠悠闲，
前世修来福无边。
浪子回头金不换，
送货上门你要签单。

陈来福　好，我签、我签……

赖　二　这就对喽，过了这村就没这店喽！

陈来福　（举起钢凿）我签！

赖　二　干什么？你想干什么？

陈来福　我要看看你这屎窖里的石头有几臭、有几硬！

赖　二　什么屎窖里的石头，来福叔，人是会变的！

陈来福　呸，你就烧成灰也是浪荡子、野神仙！

赖　二　（顿时气上心来）好呀，陈来福！你敢门缝里看人，把我看扁！浪荡子浪荡子，我浪得有气质！一个小寡妇，好金贵呀？不是妇女主任求我，我才不来呢。我赖二是什么人？吓！

陈来福　我不管你是神仙老虎狗，都给我滚出去！

赖　二　要滚也得先纠正你的错误认识！告诉你，我是堂堂男子汉、纯正的童子身，不是旧货摊收破烂的！

陈来福　好个金身玉骨，那我问你，为什么三十七八还打光棍？

赖　二　为什么？因为我是旗杆顶上的猴哥——眼界高！找细妹子坚持要高标准、高水平、高质量！老实说，要是年轻几岁，脸上有个狗虱点的我都无眼看，何况是“二手货”！

陈来福　那好，我就送你个“一手货”！（举起椅子追打赖二）

赖　二　你干什么、干什么？告诉你，打人犯法、犯法！（惊惶失措地逃下）

陈来福　呸——什么东西！

[暗转。

[光束下，赖二在慷慨激昂地“演说”——

赖　二　陈来福你张开耳朵听好：我是什么东西——好东西！你儿媳妇又是什么东西——“二手货”！（对观众）本人平生最最讨厌那个“二”字的了。我的桃花运所以迟到，不就是我那死鬼阿爸给我起了个“赖二”的名字吗？现在——(掏出烂怀表看）午时三刻，我郑重宣布：改名了！叫……赖一！对，坚决叫赖一！从今以后，我赖二……（自打一嘴巴）我赖一食茶不食二水茶，走路不走二马路，喝酒不喝二锅头！拿出男子汉的气魄来！我赖二……（又打一嘴巴）我赖一说一不二！什么“二手货”，我赖一就这么低档吗？（托起下巴）大家看我这副尊容，几靓呀！不是吹牛，只要我赖二……（这一嘴巴打得狠）赖一、赖一！只要我赖一站在十字路口这么一笑——嘿嘿！保证就有妹子喊着哥哥找上门来……

[就在赖二一笑间，疯妹走了上来。

疯　妹　赖二哥哥，我来了，我来了……

赖　二　（没好气地送去一巴掌）呸！我要原装货！（神气“浩然”地下）

疯　妹　赖二哥哥，等等我……我们去听观音说话、我们去看石头开花……

[收光。

四、摆　宴

[上场数月后。

[凌燕兴冲冲上。

凌　燕　（唱）　妈妈多日叹唉唉，
　　　　　　　　今日突然笑颜开。
　　　　　　　　为哥摆下生日宴，
　　　　　　　　要请贵客上门来。

看来妈妈解开了心头结，哥哥的坚持有了曙光！走，请贵客去啰！（欢快地下）

［秋香身穿新衣裙，手擎花伞上。

秋　香（唱）　花伞掩脸过小巷，

眉头带喜步匆忙。

李主任那天对我说心愿，

秋香我一股蜜流心中荡。

往日暗把凌云念，

春蚕结丝肚里藏。

只道是凌云心田“种月桂”，

却原来两人不是“唱西厢”。

打开关春锁，

迎来一片芳。

今日里应约去赴连心宴，

盼着那双杯共饮甜酒浆。

［暗转。

［李主任家。“文明户”的红匾高挂厅堂。

［凌云面对一桌酒菜迷惑不解。

凌　云（唱）　一桌酒菜摆厅堂，

妈妈设宴费猜详。

年年生日平淡过，

如今来个大铺张。

含含糊糊说是有个贵客光临，

神神秘秘不知做的什么文章。

秋　香（上，进门）凌云！

凌　云（一愣）秋香，是你？

秋　香　是呀，是你妈请我来……

凌　云　“贵客”原来是你呀？

秋　香　怎么？不欢迎？

凌　云　欢迎欢迎，文化站的大站长，敢不欢迎吗？

李主任　（上）哟，秋香来啦。

秋　香　主任。

李主任　坐坐，（将秋香按坐凳上）今天凌云生日，要好好庆祝一下。你们两个年轻人坐下来喝两杯，谈谈心，好好沟通沟通。

凌　云　妈……

李主任　还呆什么？凌云，给秋香斟茶！

［凌云提起茶壶，心不在焉地把茶水倒在秋香衣袖上。

秋　香　哎哟！

李主任　（责怪凌云）看你！

［凌燕拉月桂欢快地上。

凌　燕　快点走呀，我妈一定等急了。（拉月桂进门）妈，贵客请到！

月　桂　大妈。

众　人　月桂？（一时怔住）

凌　燕　怎么？都不认识了？她是我现在的月桂姐，未来的那个、那个……

李主任　（喝止）凌燕！

［众人皆感气氛不对，一时无话——静场。

［台后伴唱：

“一只盆子种两花，
一桌酒宴请谁家？
五人十目面对面，
眼线缠作一团麻。”

月　桂
秋　香　（同唱）凌家设下生日宴，
为何请我变请她？

凌　燕　（旁唱）莫非我领差神来会差意，
料定的鸳鸯变成鸭？

四青年　（旁唱）蹊蹊跷跷想不透，
糊糊涂涂难回答。

李主任 （旁唱） 冒失妹子搅浑水，

一盘乱棋怎么下？

凌　云 妈，你今天怎么回事啊？

李主任 给你过生日呀。（应变地）嗯，大家还呆什么？相请不如相逢，来，坐下来吃餐便饭。坐，统统坐下！

凌　燕 对！坐坐。（将月桂按坐在凌云身旁）

李主任 月桂，你和阿燕坐一块儿。

［月桂尴尬地起身移位。

李主任 秋香，你过来。（将秋香按坐在凌云身旁）

凌　燕 妈，你主、客颠倒呀？

秋　香 （不安地）主任我……

凌　燕 （快言快语）你是陪……

李主任 （脸色突变，拍桌）凌燕！

［众人呆住——静场。

月　桂 李主任，我走错门了，另外有事，先走了。（欲下）

李主任 （拦住）月桂，过门便是客，既然来了你就坐下，我们谈谈心。

月　桂 （凄然一笑）李主任，你的心，我明白。

（唱） 风吹竹叶满天飞，

各有落脚各有归。

主任摆宴别有意，

未料节外生横枝。

蜂恋三月初花蕊，

娘盼媳妇黄花闺。

我不怨，我自知，

此身不是未嫁时。

今日里误撞酒席惹尴尬，

月桂我唯有一声对不起。

李主任，对不起！

秋　香　（愧疚地）月桂姐……

凌　云　月桂，你不要误会！

月　桂　秋香、凌云，我失陪了！（忍悲含泪冲下）

凌　云　月桂……（追下）

[众人呆若木鸡。

[收光。

五、排　誓

[夜晚的相思河上，月如钩，水粼粼。

[赖二撑排荡漾，怡然自得。

赖　二　（唱）　相思河上雾朦胧，
吟风弄月学斯文。
转移目标追凌燕，
马失前蹄劲更雄。

（诗兴大发）啊！小燕子，你是天上的一弯明月，日夜勾着我的魂！啊……

凌　云　（急匆匆上）赖二哥、赖二哥！

赖　二　（顾自抒发）啊——小燕子！你在天上飞，影在河中浮，我愿化流水，紧紧把你搂！啊、啊……

凌　云　（大喊一声）赖二！

赖　二　干什么你？！激情都被你吓跑了。

凌　云　见到月桂吗？

赖　二　没有！

凌　云　她和凌燕放鸭，这么晚都还未归来。

赖　二　（精神一振）什么？凌燕和月桂在一起？

凌　云　是呀。你撑排载我去寻好吗？

赖　二　好的好的，快上来，快上来！

[凌云跳上竹排，二人撑排歌舞。

凌　云（唱）　河风剪剪扑在胸，

吹不散心头雾重重。

妈妈百般来阻隔，

月桂关了情爱窗。

赖　二（唱）　河风阵阵扑在胸，

扇起爱火一重重。

动情话语备一篓，

铁打心肝也会熔。

[凌云、赖二四处睃寻。

凌　云　月桂——

赖　二　凌燕——

凌　云　看！那边来了一支竹排！

赖　二　快看看是不是她们。

[远处，月桂、凌燕撑排上。

月　桂（唱）　河里月色水上天，

凌　燕（唱）　托起姐妹似浮莲。

月　桂（唱）　长篙点碎天边梦，

凌　燕（唱）　月到十五总会圆。

凌　云　月桂！

赖　二　凌燕！

凌　云　你们怎么这么晚才归来？

凌　燕　是鸭群走散了。

凌　云　现在呢？

凌　燕　赶回来了。

赖　二　赶回来就好。人不见影，我心肝都跌到下格去啦！（示意）凌云，我们过排！

月　桂（横篙拦住）别过来！（唱）

小小竹排一丈三，

贵人踏来排会翻。
急水滩头去游水，
只怕卷落深水潭！

凌　云　月桂，难道你……

凌　燕　过来吧！（冷不防将凌云拉过排）

月　桂　凌燕你……

凌　燕　我来了！（点篙飞到赖二排上）

赖　二　（喜从天降）哇……（扶住还在摇摆的凌燕，情不自禁地哼起歌来）“小燕子，穿花衣，年年月月在我心里……”

凌　燕　（放声大笑）哈……赖二！

赖　二　到！

凌　燕　扎硬马步——开篙！

赖　二　是！（撑排载凌燕下）

凌　云　月桂，那天我妈是自作主张……

月　桂　别说了，我理解她。

凌　云　她代表不了我。

月　桂　代表不了又能怎样？

凌　云　我们……我们明天就去登记！

月　桂　你……你疯了？

凌　云　月桂啊！（唱）

星作证，月为凭，
凌云对你一腔情。
好比不尽相思水，
永向东流不回程。

月　桂　（唱）　你不嫌此身不是未嫁时？

凌　云　（唱）　世俗烟尘看得轻。

月　桂　（唱）　你不嫌家有老小成拖累？

凌　云　（唱）　两人夹心万事兴。

月　桂（唱）　你不怕流言蜚语当头压？

凌　云（唱）　风刀霜剑我担承。

月　桂（唱）　你不怕母子反目成陌路？

凌　云（唱）　铁索难捆男儿身。

月　桂　你不怕……

凌　云　我不怕、我不怕！

月　桂　你不怕——我怕！

凌　云　你怕什么？

月　桂　我……我怕对不起你。

凌　云　蠢话！

月　桂　凌云，如果我不能再生孩子……

凌　云　如果你不想生……

月　桂　不，是不会生！

凌　云（旁白）怕我亏待小宝呀？（对月桂）我会把小宝当亲生骨肉！

月　桂　真的？

凌　云　真的！

月　桂　你……人好。

凌　云　月桂！

［凌云上前将月桂抱住，竹排失去平衡——排摆——排翻——双双落水挣扎。

月　桂　凌云……

凌　云　月桂……

［两人在河中几番扑腾，终于游上堤岸。逆光下脱衣拧水、越拧越近、越拧越近……

月　桂　凌云……

凌　云　月桂……

［两人情不自禁地相拥——隐去。

［灯光幻化，台面现出男女形体演员跳双人舞。

［伴唱："月儿弯弯角尖尖，

又似镰刀又似船。
是镰莫割连心线，
是船载我银河边。”

[暗转。

[形体演员隐去。

[赖二撑排载着凌燕复上。

凌 燕 赖二，撑快点。

赖 二 急什么，慢慢来、慢慢来。你看这月光、这流水，多美呀！（哼唱）“月朦胧，鸟朦胧，花月正春风……”

凌 燕 哟，真看不出你还懂得诗情画意呀？

赖 二 那当然，那当然。我作的诗都快赶上李白杜甫了。

凌 燕 哟，真没想到，你脱胎换骨，成诗仙了。

赖 二 那当然，我最懂风花雪月了。喂，燕妹子呀，我说你哥哥嫁给月桂，你们家不就阴盛阳衰了吗？

凌 燕 （招水泼去）去你的！

赖 二 我是说，你也该招一个回来才不会蚀本啊。

凌 燕 哈哈，我这个辣妹子，谁要？

赖 二 有人想哦。萝卜白菜，各人所爱嘛。

凌 燕 谁呀？

赖 二 这……（作羞状）嘿嘿，这你……你还看不出来吗？

凌 燕 我看不出来。

赖 二 你看……（上前）你看我怎么样？

凌 燕 你呀？哈……

赖 二 怎么样？

凌 燕 猴子样！（推开）

赖 二 （突然跪向凌燕）燕妹子呀！

（唱） 我是冬笋埋土间，
春风一吹就露尖。

莫话烂泥不上壁，
妹子一扶稳过钉。
相信妹子识得货，
指望妹子多成全。
我们两人来配对，
横向联合做典范。
领导婚姻新潮流，
扫除传统旧观念！
到那时——
我是你家全额婿郎全额子，
你是我的十全十美好婵娟！

凌　燕　（笑得直不起腰来）哈……

赖　二　怎么样？莫只顾笑，你表个态嘛。

凌　燕　好，我表态了——

赖　二　（万分期待）你说！

凌　燕　你准备好了？

赖　二　准备好了！

凌　燕　好！（用力颠排）

赖　二　（难禁左右摇摆）哎哟哎哟……（被甩下河去）哇！燕妹子你……

凌　燕　（望着赖二在水中挣扎，放声大笑）哈……

赖　二　好个燕妹子，有本事你下来洗鸳鸯浴……

凌　燕　做你的春梦去吧！开篙喽——（撑排而去）

赖　二　（划水追下）燕妹子、燕妹子……

［暗转。一把花伞出现在台角。

［赖二爬上堤岸，抖着身子连打几个喷嚏。

赖　二　（见花伞大喜）哟，燕妹子！原来她还在这里等我，好在我经得起考验哟。（手舞足蹈上前）“小燕子，穿花衣，原来你还在这里……”（拨开花伞——现出疯妹）

疯　妹　（傻笑着伸过手来）嘻嘻，赖二哥哥，你送长情水来啦？

赖　二　（大骇）又是你？！呸呸呸——衰气！（气下）

疯　妹　（唱）　黄连树上吊苦瓜，
打起竹板走千家。
只要讨到长情水，
不信观音不说话，
不信石头不开花。

[收光。

六、闹　堂

[上场数天后。

[村道上。赖二垂头丧气地上。

赖　二　唉！（唱）凌家姑娘实在刁，
好比柑子水上漂。
你想捞时沉落底，
你想行开又浮高。

（坐在台沿喃喃自语）短命燕子，跛脚燕子……

秋　香　（上）赖二哥，无精打采，生病啦？

赖　二　唔，病啦。

秋　香　什么病呀？

赖　二　相思病！

秋　香　啊，哈……我早听人说你得了这种病。不过我说赖二哥呀，感情这东西是勉强不得的。

赖　二　站着说话腰不疼。要是你呀，早跳河喽！

秋　香　不见得吧？我还刚刚经历过尴尬事呢，现在我不但活得好好的，还要去为人家操办喜事呐。走，参加月桂的婚礼去！

赖　二　不去！

秋　香　怎么？还跟自己过不去呀？那好，等会儿去食喜糖。（下）

[暗转。

[村文化室布置的喜堂。

[一群男女青年在扑朔迷离的灯光中随着迪斯科节奏起舞。

[台后伴唱：

“迈开轻盈的脚步，
踏着时代的节拍。
我们同声高唱——
爱恋之歌。
我是枫叶一片，
你是云霞一朵。
八十年代爱情——
炽热红火！
砸开世俗锈锁，
奔上爱的楼阁。
向着生活远景——
奋勇开拓！”

[幕后传来一声呼喊：“新人到——！”

众　人　（欢跃）新郎新娘来了！

[秋香偕新婚打扮的凌云、月桂上。

月　桂　（唱）天边红云头上盖，
雨后山花胸前开。
婚纱上身飘飘舞，
清风阵阵扑面来。

一青年　秋香姐，大家都等急了，怎么才来呀？

秋　香　好，婚礼马上开始。同志们，凌云和月桂相爱，在相思渡掀起了风风雨雨，连我也卷了进去，差点儿做了电灯胆——不通气呐！

众青年 （大笑）哈……

秋　香 今天，我们文化站出面，在这村文化室为凌云、月桂举办一个新潮婚礼，一定要办得隆重、热烈！

众青年 保证隆重热烈！

月　桂 感谢秋香，感谢大家！乡亲们呀——

（唱）　我是山溪一水流，
九曲十弯才出头。
是树总盼甘雨露，
是人谁不梦温柔？
今日求得真情在，
闲言碎语脑后丢。
小宝随母认继父，
日后三姓过春秋。
昂首做人挺胸走，
出入不是矮门楼！

众　人 说得好！

（唱）　如今不是旧年头，
寡妇再嫁显风流。
莫道四月芳菲尽，
梅开二度笑迎秋！

拜堂啦！拜堂啦！（众人拥着新人嬉闹）

秋　香 慢，今日的婚礼还有一个小客人呢！你们看——

[秋香手指处，凌燕抱着小宝上。

众　人 小宝！

凌　云 小宝也来参加婚礼？

凌　燕 （递过孩子给凌云）阿哥，为了表示向世俗挑战，抱着小宝拜堂！

凌　云 （迟疑）月桂，这……合适么？

月　桂 怎么？你嫌羞人吗？

凌　燕　（快嘴快舌）有什么羞人？人家结婚双拜堂，我的哥嫂就来个三拜堂！

秋　香　对，创造一个奇婚新礼！

众　人　（起哄）好主意！三拜堂、三拜堂……

凌　燕　（高举小宝）哟！小宝拜堂喽……

［喜庆音乐起，众人歌舞，小宝在舞中传递，如是"击鼓传花"。

众　人　（唱）　三拜堂，三拜堂，

千古奇闻出山乡。

两代新人"鸡啄米"，

小宝认爸在喜堂。

三拜堂，三拜堂，

小宝周岁进洞房。

心头得意射泡尿，

胜过那十年老窖甜酒浆。

三拜堂，三拜堂，

小宝有话不开腔，

等到明年三月后，

一声阿爸一声娘！

［最后，小宝突然被传到凌云手中——音乐戛然而止。

秋　香　好，婚仪开始！

众青年　拜堂！

秋　香　一拜天地——

［月桂与手抱小宝的凌云拜向观众。

秋　香　二拜高堂——

［月桂、凌云转身欲拜——众人方才醒悟高堂未来。

众　人　哎呀，李主任和来福叔都还没来，怎么办呐？

［台内传来陈来福的吟唱声：

"我命苦来我命歪，

鸡公走哩鸡嬷啼。"

一青年 （指远处）你们看，新丈人来了！

众青年 （远眺）来福叔——！

秋　香 大家列队欢迎！

众青年 （整整齐齐地排成一行恭候）欢迎欢迎，热烈欢迎……

[陈来福擎着“好媳妇”红匾、赖二捧着香炉一脸肃穆地上。

陈来福 （唱）　我命苦来我命歪，
　　鸡公走哩鸡嫲啼。
　　眼看陈家香火断，
　　身后大事谁安排？

月　桂
凌　云 阿爸你……

秋　香 来福叔，你想做什么呀？

陈来福 我要在这里“做生斋”！

众　人 （面面相觑）做生斋？

陈来福 我怕死后无人替我做斋，就先走一步啦！（放下红匾，坐到地上）赖二，开始！

赖　二 好嘞！（唱“亡魂曲”）
　　亡哎——魂嘞！
　　亡魂恰似一炉香，
　　香烟绕绕上天堂……

凌　燕 你们这是搞什么名堂？

赖　二 超度亡魂啊。

凌　燕 赖二，你别胡闹！

赖　二 本人收了劳务费就得尽职尽责啊。来，上香！（把香炉端到陈来福头上边转圈边念）亡魂、亡魂，
　　众魂、众魂。
　　生莫叹，死莫愁——
（唱）　且从生死听因由……

陈来福 （念） 人死想要进天堂，

和尚念经到天光。

孝子孝孙齐跪拜——

（唱） 酬恩尽报一炉香……

秋　香 来福叔，你文明点，这里是文化室，你不能乱来。

陈来福 乱来？你们先斩后奏办婚礼才是乱来呐！

凌　燕 （柳眉倒竖）陈来福，你出去！

陈来福 哟，你这个小姑子好大口气呀！凌云、月桂，我能出去吗？

凌　云
月　桂 你……

陈来福 凌云，你如果真心做陈家子，就先把这香炉端起来！（捧过香炉，逼得凌云步步后退）端呀？！

月　桂 阿爸……

陈来福 月桂，你如果真心永远做陈家好媳妇，就把婚纱脱下，换上麻衣先替阿爸做生斋！脱呀？！

凌　云 来福叔……

秋　香 陈来福，你太过分啦！

陈来福 过分？月桂不是陈家的“好媳妇”吗？现在考验时刻到啦！

月　桂 我不配！（气急地举起红匾砸在地上）

[众人一惊——静场。

[音乐如诉如怨……

[胸前佩着红花的疯妹突然手舞足蹈地奔上。

疯　妹 呵呵！我又做新娘喽……

众　人 疯妹子！

疯　妹 我不是疯妹！我家娘说我是石货，不会生孩子，把我赶出家门。不，我不是石货！我会生、我会生！我现在不是有孩子了吗？（夺过小宝）呵呵，我有孩子喽、观音说话喽；我有孩子喽、石头开花喽……

众　人　疯妹子、疯妹子……

陈来福　（一把夺回孩子）我走！（奔下）

月　桂　小宝、小宝……（追下）

众　人　来福叔——

[收光。

七、漂　花

[紧接上场。

[相思渡口，景同第一场。

疯　妹　（上）哈哈！我有孩子了、观音说话了、石头开花了……（忽见两手空空）咦？孩子呢？孩子不见了、孩子又不见了！我的孩子、我的孩子！哎呀呀——我好苦哇！

（唱）　黄连树上吊苦瓜，
　　　　打起竹板走千家。
　　　　世间最是情难讨，
　　　　观音几时能说话？
　　　　石头几时会开花？

观音娘娘啊，长情水在哪里？长情水在哪里……

[台后传来呼喊声："来福叔！""小宝——"

疯　妹　小宝？我的孩子！我的孩子在哪里、在哪里……（下）

[陈来福抱着小宝上，月桂、凌云追上。

月　桂　阿爸，我不是跟你说过，结婚后一身顾两家嘛。

陈来福　说得轻巧，只怕我死后连小宝都不姓陈了！

月　桂　把小宝给我。

陈来福　休想！我一个儿子换来一个孙子，小宝我要带走，你们以后就别进陈家的

门！（下）

月　桂　阿爸！（欲追）

凌　云　（挡住）月桂，他既然这样绝情，我看就算了吧。

月　桂　（愕然）你……

凌　云　小宝让他带去，以后我们再生一个。

月　桂　（吃惊）什么？你说什么？

凌　云　我们再生一个！

［“再生一个！”的回声勾魂夺魄地放大、残响……

月　桂　（神智昏乱）啊——（跌坐石墩）

凌　云　（怔住）月桂，你怎么啦？

月　桂　凌云你、你怎么反复无常呀？

凌　云　我怎么啦？

月　桂　你不是答应过不再生么？

凌　云　那，那只是表明我对你的爱。

月　桂　心底里还是要我为你生孩子？

凌　云　这是女人的天职呀。

月　桂　可是，我曾经告诉过你，我，我已经不能再生育了。

凌　云　我理解，你是怕我亏待小宝。

月　桂　不，我真不能生！

凌　云　我不明白，这是为什么？为什么呀？

月　桂　我生小宝时发现有妇科病，医生替我做了手术……

凌　云　吓？不，不！这不是真的、不是真的！

月　桂　（异常平静地）是真的。

凌　云　（失态）啊——不是真的呀！不是真的呀！

月　桂　（心悸）凌云、凌云……

［男声伴唱：

“眼看日出天转晴，

谁知横云又来拦。

眼前本是心中桂，

为何偏要枝叶残？”

凌　云（唱）　怎么办？怎么办？

难解的缆绳难划的船。

月　桂（唱）　怕看他，怕看他，

陌生的眼睛陌生的脸。

凌　云（唱）　怎忍心凌家祖坟香烟断，

月　桂（唱）　莫非是缺角月光遭人嫌？

凌　云（唱）　难道说，从此两分手，

狠将那情爱抛一边？

月　桂（唱）　难道他，已经悔当初，

我不该爱火又重燃？

凌　云　不，不能！

（唱）　抚心问凌云不是无情汉，

月　桂　不，不会！

（唱）　怎能忘河边同唱“月儿弯”？

凌　云（唱）　猛想起世间儿孙绕膝天伦乐……

月　桂（唱）　细思量人生常在十字路口边……

凌　云（唱）　聚也难，散也难，

春蚕作茧自相缠。

月　桂（唱）　进也难，退也难，

只怕一场镜中缘。

[两人默默相对，欲言难言。

[远处飘来男女二重唱的歌声：

“月儿弯弯角尖尖，

又似镰刀又似船。

是镰莫割连心线，

是船载我银河边。”

[李主任从树后转出。

李主任 凌云。

凌　云 妈。

月　桂 李主任。

李主任 月桂，刚才的一切我都看在眼里，你愿意听大妈一句话吗？

月　桂 你说吧。

李主任 月桂，凌云和你相好，这是新的婚姻观念在新一代年轻人身上的具体表现，按理，我应该全力支持。不过，人生在世，生儿育女是社会义务，希望代代相传也是人之常情。凌云是单丁子，你又……

月　桂 别说了，我明白。我现在只要凌云说一句话：是聚？还是散？

凌　云 我？

月　桂 对，你！

凌　云 我……

月　桂 怎么样？说呀！

李主任 凌云，听妈的话。

凌　云 （内心挣扎）聚？散？聚？散？

[天宇中“聚”“散”两声反复回响……

李主任 凌云，我给你跪下啦！（跪）

凌　云 （大惊）妈——！

李主任 快说呀！

凌　云 （忍悲含泪）月桂，我……我对不起你呀！

月　桂 （如扎一针）啊……

[凌云被妈妈拉着一步三回头地下。

月　桂 对不起我？对不起我？！哈……（终于不支，扑倒在地上）

[河雾中，疯妹打着竹板缥缥缈缈地上。

疯　妹 有长情水讨么、有长情水讨么……（走上堤岸）啊，相思河、相思河！（对河跪拜）

月　桂 （苏醒）这是哪里？我在哪里？

疯　妹　（与月桂隔空对话）相思河，在相思河！

月　桂　你是谁？

疯　妹　我是你，你是我……

月　桂　啊不，我不是你，你也不是我！

疯　妹　你看，这相思河中有我们的双双倒影呢。

月　桂　啊？相思河、相思河！

（唱）　双影跌落相思河，
哪个是你？哪个是我？
三月寄花汛，
六月把情托，
为何转眼之间化漩涡？

疯　妹　（唱）　——大风吹来水倒波。

月　桂　（唱）　深埋的恋歌刚出口，
偏偏断了胡弦索！
怎么唱呀怎么歌？

疯　妹　（唱）　——讨情歌子唱天角。

月　桂　（唱）　怨她？怨他？怨我？
各人难有难念的弥陀。

疯　妹　（唱）　——南无阿弥陀、南无阿弥陀！

月　桂　（唱）　线无头，债无主，
我该向谁诉啊向谁说？

疯　妹　（唱）　——风不语呀水不说。

月　桂　（唱）　都说是处处春风吹大地，

疯　妹　（唱）　我看到观音庙前盛香火。

月　桂　（唱）　都说是寡妇不再受折磨？

疯　妹　（唱）　我看到旧绳缠身难解脱。

月　桂　（唱）　为什么枯枝发芽难结果？

疯　妹　（唱）　人世间花开常常伴花落。

月　桂（唱）　为什么山河未改誓言改？

疯　妹（唱）　也许是女人总是罪过多！

月　桂（唱）　梦已破，心如割，

似见那黄泉路近、人情远隔。

疯　妹（唱）　——忍向孟婆讨水喝！

［疯妹一步一步地走下相思河——隐去。

月　桂（唱）　错！错！错！

错把情感轻寄托。

看不清日头底下阴云罩，

想不到情语后面情还薄！

［疯妹身影在河中出现——

疯　妹　啊，孟婆汤、忘情水……

月　桂　（惊呼）疯妹子、疯妹子……

疯　妹　（在水中挣扎）不，我不喝孟婆汤、我不喝忘情水！我要姻缘汤、我要长情水！我要再做新娘！我要新娘花、新娘花……（慢慢地沉落水中去了）

月　桂　（惊呼）疯妹子！（摘下胸前的新娘花向河中抛去）新娘花——！

［河面上浮起一朵硕大的新娘花向远处漂去、漂去……

［剧中人涌上。

众　人　月桂——！

［伴唱："啊……

漂流的新娘花，

卷起那浪淘沙。

一河春潮雾难锁，

笑向天边觅彩霞。"

［伴唱声中，彩霞漫天，人物造型。

［全剧终。

虹桥烟雨

（又名《虹桥风流案》）

编剧：罗锐曾

人　物　表

柳含笑　　女，20多岁，李志业的初恋情人。

李志业　　男，20多岁，新潮时装店店主。

杨通宝　　男，30岁，柳含笑的丈夫。

欢喜婶　　女，50岁，杨通宝之母。

神剪张　　男，50多岁，老裁缝，李志业的师傅。

许萍萍　　女，20多岁，柳含笑与李志业的同窗学友。

柳三杯　　男，50多岁，柳含笑之三叔。

伴郎、伴娘、众村姑、众大婶、众乡亲。

时　间：20世纪80年代。

地　点：客家山区小镇——虹桥镇。

一、撞　喜

[一座石拱桥连接小镇两岸。烟雨迷蒙，层柳叠翠，境如水墨。

[伴唱："噢嘿——咿溜喂……

一帘烟雨虹桥头，

千年山歌唱风流。

歌声跌落长河水，

情也飘飘，梦也悠悠。"

[锣鼓阵阵，唢呐声声，催开了漫天红霞。

[远处现出一队送嫁队伍的剪影。

[西装革履的李志业手提小皮箱上。

李志业 （张望）哟，谁家娶新娘？好热闹呀！

（唱） 一别故园三年久，
又见虹桥千重柳。
耳边鼓乐连天响，
如是祝我恋人重聚首。
想当年我与含笑情意厚，
无奈家贫他乡走。
分别之时立过誓，
不洗穷相不牵手。
看今朝春风得意霞铺路，
志业我远道归来要把爱果收。

[柳三杯吹着唢呐手舞足蹈倒退着走上桥来。

柳三杯 （唱） 口吹大喇叭，（嗒嘀嗒嘀嗒）
两脚弹棉花。（嘀嘀嘀嗒嗒）
我送侄女去出嫁，
乐得笑脱牙！（嘀——）

[运气不足，唢呐声变音走调，终于戛然而止。

柳三杯 哎，吹得我气喋喋。（喊）送嫁队迎亲队注意了，良辰一到，即刻上桥！

李志业 柳三杯？（上前）三杯叔，是哪家娶新娘呀？

柳三杯 是西街的杨……（转身注视）你是？

李志业 不认得了？当年神剪张裁缝店的……

柳三杯 哦，是那个学徒崽李志业！哟，鸟枪换炮喽，这一向在哪里发财呀？

李志业 在特区一家时装公司学技术。

柳三杯 特区？不得了，听说那边马路都是金子铺的，是吧？

李志业 哈哈！三杯叔你是做梦看到天屙银了吧？

柳三杯 我还听说那边风气挺那个、那个……

李志业 新潮！

柳三杯 对对，挺“湿”的。你可不要“受潮”了，山里人有山里人的规矩。

李志业 我明白。

柳三杯 明白就好、明白就好。（传来一阵爆竹声）哟，吉时到了！（喊）各方闲杂人等让让路，不要冲撞了喜神啊！

[李志业退下。

柳三杯 （司仪）下面，新郎新娘进行虹桥会——奏乐！

[喜乐又起，迎亲队、送嫁队伴着新郎新娘舞向虹桥两端：

[伴唱：“天上架呀架鹊桥，

地上走呀走彩桥。

新郎新娘虹桥会，

永结百年好！”

柳三杯 乐停！婚礼仪式正式开始——现在，请新郎唱“想妹歌”！

杨通宝 （慌乱地）糟糕糟糕，三杯叔，我、我忘词了。

柳三杯 昨天晚上不是给你抄好了吗？

杨通宝 哦，对对！（掏出一张纸，在伴郎陪同下踏上桥头，对稿而唱）

九冬十月到春暖，

日夜想妹无时断。

伴　郎 （接唱）麻石心肝都想碎，

铁打眼珠也望穿！

杨通宝 （唱）想妹想到肚里斋，

爬床野（挠）席到鸡啼。

伴　郎 （接唱）目汁好像漂江水，

打走床下双双鞋！

柳三杯 好。下面——由新娘唱“哭嫁歌”！

[红绸盖顶的新娘在俩伴娘的搀扶下缓步上桥，却是默不开腔。

柳三杯 （焦躁）唱呀！

[伴娘微掀盖头，露出一脸凄苦的柳含笑。

柳含笑 （唱） 我命苦来我命衰，
纸鹞断线随风吹。
一方红绸头上盖，
千斤石板压下来。

柳三杯 大吉利市！唱岔了、唱岔了，重来，重来！

[许萍萍拉着李志业冲上桥来。

许萍萍 停！停！

柳三杯 许萍萍！你要干什么？想捣乱吗？！

许萍萍 含笑、含笑，你看看谁回来了？

柳含笑 （把盖头扯下）萍萍姐……

李志业 含笑！

柳含笑 （大吃一惊）志业？你回来啦？你回来啦！（情不自禁地向对方扑去）

杨通宝 （冲上阻拦）李志业，你……你想抢亲吗？

李志业 通宝哥，这是怎么一回事啊？

杨通宝 告诉你：我杨通宝和柳含笑是领了结婚证的！

李志业 （如遭重锤一击）啊？！

柳三杯 （慌忙接着司仪）现在，仪式进行最后一项——新郎背新娘入门！

[杨通宝强行背起柳含笑下，众人亦随之远去。

李志业 （悲怆地）含笑——！

[暗转。

[小场景：神剪张在河边（台沿）垂钓，遥望着对岸窗口的“囍”字窗花心潮起伏。

神剪张 （唱） 虹桥垂钓三十秋，
岁月流过几多愁。
手牵长丝隔河望，
旧人身影把魂勾。
今夜晚远看囍字窗前闪，
神剪张我三分欢喜七分忧。

[欢喜婶提着酒壶悄然而来，柳三杯随后跟踪，不时隐身。

欢喜婶 （唱） 月夜偷偷送娘酒，
柳条疏影半遮羞。
（走近神剪张）裁缝哥！

神剪张 （转身，慌神）喜妹子！你、你怎么来了？

欢喜婶 我倒要问你，今天怎么没来赴通宝的喜宴？

神剪张 我心里像打鼓，不敢去坐桌啊。

欢喜婶 通宝成了亲，你也该高兴嘛。（递酒壶）给你——喜酒！

神剪张 喜妹子呀！（不无忧虑地接唱）
好酒变酸容易得，
酸酒变甜怕难求。

欢喜婶 你咒通宝呀？

神剪张 喜妹子，我是又喜又愁哇！今天在桥上……

柳三杯 （现身阴影处）神剪张、欢喜婶？他们不会在那里约会吧？（干咳两声）

[神剪张与欢喜婶闻声慌忙散去。

[收光。

二、烛　泪

[当天晚上。

[洞房：红烛高照，囍字上墙。

[烛光辉影里，柳含笑一声长叹——

柳含笑 （唱） 洞房烛泪抛，
把心来烧焦。
志业忽回镇，
往事眼前飘。
多少回河唇嬲月嫌夜短，

多少回柳下相依涌春潮。
怨只怨阿爸生前不通情，
叹只叹阿爸死后债台高。
志业啊为何三年无音信，
你可知含笑盼星盼月受煎熬？

（喃喃自语）志业……

［杨通宝乐滋滋地上。

杨通宝 （唱） 三十年揽着枕头来睡觉，
没料到天上掉下嫩阿娇。
杨家祖坟冒起青烟，
传宗接代莫负春宵。

（进门）含笑，累了一天，早点睡吧。

柳含笑 你先睡吧。

杨通宝 那我陪陪你。

柳含笑 我不用你陪。

杨通宝 不早了，我们一起进去睡吧。

柳含笑 我不想睡。

杨通宝 那我就陪你到天光！

柳含笑 好，我睡。（进内室）

杨通宝 这就对了嘛。

［柳含笑抱出一枕一被褥摊在地上。

杨通宝 （愕然）你这是什么意思？

柳含笑 你睡床，我睡地。

杨通宝 为什么？

柳含笑 地上舒服。

［杨通宝气冲冲地也从内室拿出一个枕头来。

杨通宝 那好吧，我们就一起“舒服”！

［柳含笑又抱枕欲走，杨通宝亦抱枕紧跟；柳含笑回头将枕丢回地上。

杨通宝 （气恼）柳含笑！你到底想怎么样？我看你今天是在桥上中了邪！

柳含笑 （冷漠地）我是中了邪。

杨通宝 你……（冲出门外呼叫）妈，妈！

[欢喜婶匆匆上。柳含笑却把门闩了。

欢喜婶 怎么了？怎么了？

杨通宝 柳含笑她……

欢喜婶 （推门不动）含笑，你怎么把门闩上了？

柳含笑 欢喜婶啊……

杨通宝 （怒喝）要叫妈！

欢喜婶 你凶什么？吓坏我媳妇就剥你的皮！（对着门柔声地）含笑呀！

（唱） 自古鸳鸯要共塘，
从来夫妻要圆房。
你今把门来闩死，
做人媳妇欠思量。

[柳含笑伏案痛哭。

欢喜婶 （接唱） 含笑莫要把心伤，
劝你起身开洞房。
麻竹也从竹笋大，
哪个妹子不做娘？
妈妈也曾哭过嫁，
妈妈当时也痛肠。
收敛心性过日子，
至今无人道短长。

杨通宝 柳含笑！（唱）
送条丝线你细细量，
杨家恩情几尺几寸长？
你爸病重我付医药费，
你爸归天我哭丧到灵堂。

半份孝子已尽到，
为何翻脸不认我新郎？

欢喜婶 含笑，先把门打开吧，有话好商量。

杨通宝 再不开，我就破门了！

欢喜婶 通宝，你不能乱来！三更半夜，吵闹起来被人笑话。她是一时糊涂转不过弯来，让她静一静，迟早会想通的。你先到隔壁房去睡吧！

杨通宝 （哀叹）咳，结的什么婚哟！

［切光。

三、心 曲

［半年后。

［傍晚的新潮时装店门前。

［迷离的灯光罩着一株盛开的含笑花。李志业在提壶浇水。

李志业 （唱） 回乡不觉近半年，
花开不见旧时颜。
虽说是办起新潮时装店，
心中旧潮还在翻。
三年书信石沉海，
一条心结紧相缠。
此情绕绕无处寄，
天天问花花不言。

（对花呼唤）含笑啊含笑，你好吗？你还记得当年吗？你说过繁花时节再相聚啊。含笑，你在哪里，你在哪里……

［凄美的音乐起。情境幻化——当年的柳含笑从花丛中款款而来。

柳含笑 志业哥！

李志业 含笑、含笑……（一步步迎上前去）

[伴唱："含笑花，含笑花，
亭亭如画，玉洁无华。
你是一杯浓情酒，
你是一壶醉心茶。
天旱我会挑水润，
日辣我会脱衫遮。
梦里寻你千百转，
人在眼前啊又隔重纱。
含笑花，含笑花——
你是云中月，
你是雾中霞……"

[伴唱中柳含笑与李志业隔空双人舞，几番趋前又错身而过……最终，柳含笑幻化成了许萍萍。

李志业 （拉住许萍萍）含笑、含笑！

许萍萍 志业、志业，你醒一醒，看看我是谁啊？

李志业 萍萍！怎么是你？

许萍萍 怎么不能是我？

李志业 你……有事吗？

许萍萍 我来看望你呀。

李志业 谢谢，谢谢。

许萍萍 我们出去找个清静的地方……喝酒。

李志业 喝酒？萍萍你……你怎么啦？

许萍萍 没怎么，出去换换空气，我有话对你说。（拉手）走！

李志业 不不，萍萍，有话就在这里说吧。

许萍萍 老同学呀！

（唱）　船到滩头要转弯，
车到山前寻路行。
愁云遮脸难过日，

我要为你送天晴。

李志业 （唱） 送天晴，天难晴，
霜雪铺地草不青。
月照单竹留孤影，
风吹黄叶叹飘零。

许萍萍 （唱） 你莫叹啊你莫愁，
彩虹总在风雨后。
寒梅也会开二度，
冬雪化尽春满楼，

李志业 （唱） 一杯苦酒吞落喉，
心底深埋相思豆。
莫道藤断有箴驳，
驳来驳去留结头。

许萍萍 （唱） 旧的结头你解开，
新打葡萄会做堆。
萍萍为你牵红线，
今日上门来做媒！

李志业 做媒？

许萍萍 做媒！

李志业 开玩笑！

许萍萍 我说的是真心话。

李志业 是谁？

许萍萍 这个么……远在天边，近在眼前。

李志业 你？

许萍萍 （坦然地）我！

李志业 （摇头）……

许萍萍 不信，我现在就敢和你手牵手到大街上去走一圈。（再次牵手）

李志业 萍萍，不要这样。你这是在可怜我哇！

许萍萍 不！是你不明白我的心！

（唱） 当年同窗三人行，

天长日久情苗生。

眼神里有我的爱意，

话语间有我的心声。

你选择含笑我祝福，

唯把心曲暗自弹。

到如今你俩断情我心痛，

续旧缘但愿天阔地也平！

李志业 萍萍，谢谢你的好意。

许萍萍 怎么？你对我就……就没有一点感觉？

李志业 原谅我。

许萍萍 事既如此，你就不能再重新选择一次？

李志业 我……

许萍萍 你痛痛快快表个态啊。

李志业 我的心很乱，很乱……（折下一支含笑花遥望着西街）

许萍萍 （吃惊）啊？你心里还在想着她？！

李志业 萍萍，对不起。

许萍萍 （失望地）好一个痴情汉子啊！（迟疑片刻）好吧，我尊重你。你说，需要我帮你和含笑做些什么？

李志业 不需要你做什么。

许萍萍 改天约她和你见一面怎么样？

李志业 萍萍，你可不要乱来！

许萍萍 怎么？你又怕啦？我真不明白，一个从开放地区回来的人，算是见过世面了，为什么又变成缩头乌龟了呢？

李志业 虹桥镇山风大啊。

许萍萍 身正就不怕风邪！就这样定了，你就等着我的安排吧。拜拜！（下）

李志业 （欲言又止）萍萍……唉！

神剪张 （从内室出来）志业、志业。

李志业 （浑然不觉，仍在闻花轻语）含笑……

神剪张 唉！杨家啊杨家，为什么我们师徒两代的命运都和你紧紧相连呀？

（唱） 志业好似丢了魂，

朝夕对花把梦寻。

几番想要来相劝，

话到嘴边哑了音。

一边是骨肉亲；

一边是师徒情。

有口难唱分离曲，

有手难理乱线琴。

（喊）志业。

李志业 哦，师傅你叫我？

神剪张 你在跟谁说话呢？

李志业 我……我跟自己说话。

神剪张 唉！志业，都半年了，你不能再这样下去哟。俗话说，一朝落地命安排，认了吧。

李志业 你是说命不由人？

神剪张 来，我跟你讲个故事。

李志业 讲故事？

神剪张 好久好久以前，我老家水口村有个后生哥爱上了一个打柴妹。他们一起唱山歌，唱得山回水转；他们真心相爱，爱得死去活来……突然有一天，打柴妹却被她的父母逼着嫁到一个小镇上……后来，后生哥也出现在小镇上，每天含着眼泪远远地对着那洞房唱情歌，一连唱了三天三夜……终于，有一天晚上，洞房里突然传出了打柴妹悲凉的山歌声。那歌是这样唱的——（吟唱）

今世无缘结鸳鸯，

灯芯架桥难行往。

妹本凡身非织女，

劝君莫再做牛郎。

李志业 师傅，你是在编故事劝我吧？

神剪张 有缘千里来相会，无缘对面不相逢。这就是命啊！

李志业 命？这真是命么？！

[收光。

四、许 愿

[小场景：夜。柳三杯持香火上。

柳三杯 （唱） 莫道人老百事休，

三杯心像翻春柳。

欢喜妹子风韵在，

惹得我神魂颠倒好几秋。

本想含笑嫁过去，

我也借机搭秤头。

可惜老妹唔识货，

只好求神来保佑。

[欢喜婶与神剪张亦各自持香火分头上。

二 人 （唱） 娶个媳妇花一朵，

好事偏偏要多磨。

伯公坛前去许愿，

河神显灵息风波。

[三人各自举香许愿：

欢喜婶 （唱） 一炷香，保佑那小夫小妻和和睦睦把日过，

神剪张 （唱） 二炷香，保佑我三十年的守望结出黄金果。

柳三杯 （唱） 三炷香，保佑我心想事成单只筷子成双对，

三 人 （唱） 河神爷啊，他日如愿得福再敬三牲添灯火。

[欢喜婶与神剪张拜神碰头。

欢喜婶 你？裁缝哥！

神剪张 你？喜妹子！

柳三杯 （见状一惊）哇！又是他们两个！（闪在一旁窥视）

神剪张 喜妹子，你也来给河神烧香？

欢喜婶 是啊，含笑和通宝大概是八字不合。

神剪张 我也听说他们在闹别扭。

欢喜婶 难逢难遇，我们就一起在河唇伯公面前为他们许愿吧。

神剪张 不方便不方便，瓮里咸菜怕露风啊。还是你忙，你忙……（欲走）

欢喜婶 （挡住）裁缝哥！我看你还是劝劝志业离开虹桥镇吧。

神剪张 （为难）这……

欢喜婶 当年我出嫁，你跟到虹桥镇，可以隔河守望三十年；现在的年轻人可不一样了，弄不好会出大乱子哇——裁缝哥！

神剪张 嘘——你小声点、小声点。

柳三杯 （吃惊）吓？！原来他们是老情呀？（哀叹）咳！烧香惹鬼，我自作多情、自作多情呐！（一阵河风袭来，打个寒颤）哎哟！这河风好大，吹得我一身发冷、冷……（禁不住打了个大大的喷嚏）

[神剪张欢喜婶闻声，惊慌而去。

[暗转。

[杨记小酒店庭院：柳含笑神情忧郁地洗抹桌凳。

柳含笑 （唱） 手拿湿布抹灰尘，
油漆酒桌照愁人。
擦不干眼中牵情泪，
抹不平脸上苦命纹。
日日难过低头过，
夜夜无眠梦中眠。

杨通宝 （手提肉篮从店内出来）含笑！

柳含笑 （如木头人一般地向河对岸痴望）……

杨通宝　柳含笑，你聋啦？你哑啦？！

[柳含笑慢慢转过身，陌生地看着杨通宝。

杨通宝　看你一副死佬相！

柳含笑　我天生就是这个样子。

杨通宝　哼！谁不知，当年你和那个旧情人是有说有笑、又唱又跳！

柳含笑　你……

杨通宝　来到杨家就变成木头！

欢喜婶　（急上）你凶什么！吞了火药啦？吓坏我媳妇，你替我屙出个孙子来！

杨通宝　孙子孙子，求她放屁都难！

欢喜婶　你少说两句就会烂舌头啦？

杨通宝　好啦，我去买猪头皮。柳含笑，先把那腊猪肝切好！（出门而去）

[柳含笑默默地走向砧板切猪肝。

欢喜婶　唉！（唱）儿子媳妇不相生，

贴岔门神脸背脸。

烧香点烛不灵验，

蒸酒糊锅做娘难。

柳含笑　（心不在焉地切肉，一不小心切在手指上）哎哟！

欢喜婶　怎么？切到手啦？哎呀，出血啦！（忙把柳含笑的手指放在嘴里吮吸）

柳含笑　（动情地）妈……

欢喜婶　快，进去包扎！（将含笑推进屋内）

欢喜婶　切猪肝切猪肝，切到我心肝！

柳三杯　（上）欢喜婶……噢，应该叫亲家。亲家，又有新鲜腊猪肝呀？

欢喜婶　啊，是她三叔呀？你早。

柳三杯　不早不早，含笑哪？

欢喜婶　在店里。

柳三杯　（向内喊）含笑，给三叔来四两！

欢喜婶　含笑，你三叔来了。

柳含笑　（手拿瓶子出来）三叔，好有心呀，难为你天天光临！

柳三杯　那是那是，酒店不能冷，一冷生意淡。

［柳含笑斟上一大碗，柳三杯仰起脖子一饮而尽，突然手脚打颤。

柳三杯　哎呀！你这是什么酒呀！酸得我牙根发软，心尖发、发寒、寒！

欢喜婶　（上前闻了闻酒碗）哎呀，拿错了，这不是酒，是醋！

柳三杯　（大惊失色）吓？你以为我肚皮包的是猪肠，可以腌酸呀？！（“哇”的一声吐了出来。）

欢喜婶　（为之拍背）三叔，你好了点吗？

柳三杯　唔，唔，快拿烧酒来洗肠！

［柳含笑换一壶酒放到桌上。

柳三杯　唔，撸命喽！亲家，肠子都吐空了，来一碟腊猪肝补充补充。

欢喜婶　好，好。（送上一碟腊猪肝）三叔，你慢饮。（拉柳含笑进内）

［柳三杯一边自斟自饮，一边拿出塑料袋偷偷地㨃肉打包。

［许萍萍肩挽挎包来到小酒店前。

许萍萍　（唱）　志业念旧动我心，

且做银河摆渡人。

穿针引线小酒店，

圆他一段未了情。

（进店）哟，三杯叔，神仙过的日子呀？

柳三杯　（一惊，忙将打包袋藏起）哟，新潮妹光临小酒店，欢迎、欢迎！

许萍萍　哟，你什么时候成了老板啦？

柳三杯　嘿嘿，自家人开店，一样一样。你想要点什么？

许萍萍　我不要什么，我来给你陪酒！

柳三杯　不敢当不敢当，你陪帅哥去吧！（起身喊）含笑——记账！

许萍萍　自家人记什么账，免了吧？

柳三杯　（自语）衰哥遇到骚妹，闪远点、闪远点。（摇头晃脑地离去）

许萍萍　（学样）闪远点、闪远点，哈哈哈！（向内喊）含笑！

柳含笑　（上）萍萍姐，你来了？

许萍萍　我看望你来了。

柳含笑 多谢萍萍姐关心。里边请。

许萍萍 （环顾）就你一个人在守店？

柳含笑 他不在。

许萍萍 不在最好，今天有朋友来聊私房话。

柳含笑 朋友？私房话？

许萍萍 等会儿你就明白。

柳含笑 是你有男朋友了？

许萍萍 是我的朋友也是你的朋友。

柳含笑 谁？

许萍萍 （向远处招手）你看——他来了！

李志业 （心神不定地上）含笑……

柳含笑 （吃惊）志业，是你？！萍萍姐你这是……

李志业 萍萍不是说，你要做裙衫，叫我来量尺寸吗？

许萍萍 对对，你看，布料都准备好了。（从挎包里拉出一块布料来）

柳含笑 这是你的！

许萍萍 这是我送给你的！

柳含笑 我不需要。

许萍萍 怎么？不给面子？

柳含笑 萍萍姐……

许萍萍 同学一场，你们有话直讲。我给欢喜婶帮厨去了。（进内）

李志业 含笑……

柳含笑 志业……

[两人尴尬相对，欲说还休，远处飘来山歌声：

“往日无处说心思，

今朝对面无言语。

梅子树上结青果，

几多酸涩无人知？”

柳含笑 （旁唱） 想言语，难言语，百爪抓心泪如雨。

李志业 （旁唱） 想言语，难言语，

熟悉的身影半生疏。

柳含笑 （旁唱） 多想要扑向前去亲个够，

任凭他人说是非。

李志业 （旁唱） 多想要张开双臂将她抱，

一生做她护身衣。

二　人 （重唱） 人相见，步难移，

五味翻腾闯心堤。

往事如烟长相忆，

昔日春光唤不回。

柳含笑 （唱） 志业啊——

花落难得转树枝，

我种苦果自伤悲。

酿出酸酒且做醋，

你要想宽另寻妻。

李志业 （唱） 含笑啊——

尘缘散去无归期，

同窗友谊永不离。

通宝若是对你好，

我心有石头也落地。

柳含笑 志业，为了忘记过去，我们饮一杯吧！（倒酒）

李志业 （犹豫）这……

柳含笑 交杯酒饮不成，同窗友谊还在。我们就借这杯酒许个愿吧。

李志业 好吧！

柳含笑
李志业 （执杯同唱）

今日我俩喝一杯，

淋灭心头旧相思。

面对长天同许愿：

日后做个好邻居。

（两只高举的酒杯在空中打颤，却迟迟难于靠近嘴唇）

[杨通宝买肉归来突然撞进，见状大怒。

杨通宝　（大喝一声）柳含笑！

[“叭”的一声，两只酒杯掉地——切光。

[主题曲旋律起。

五、河　风

[清晨的河边。

[许萍萍率领一群打扮得花枝招展的村姑舞上。

[伴唱：“河边吹来春日的风，

虹桥头一夜间叶绿花红。

山妹子穿时装半羞半喜，

对水梳妆醉了娇容。”

[村姑们情不自禁地相互嬉戏。

村姑甲　萍萍姐，穿这样的时装上街会不会被人说闲话呀？

许萍萍　怕什么？山妹子也要学城里人，穿出时代风采来。姐妹们，放个大方！

众村姑　对，放个大方给人看，谁人眼邪就让他偏颈筋！

许萍萍　好，大家打起精神，再梳洗打扮一番，迷死河里的鲤鱼精！

众村姑　哈哈哈！大家梳洗起来呀！（梳妆歌舞）

洗洗洗，洗去村野俗气，

梳梳梳，梳出新潮风姿。

梳梳洗洗洗洗梳梳清莲出水，

河风吹吹长发飘飘牵妹情思。

梳梳梳，洗洗洗……

［柳三杯趔趄着上。

柳三杯 （唱） 夜里食下三杯酒，

一觉睡到出日头。

日里食了酒三杯，

哎哟哟，着衫上扣搭下扣。

（整衣，张望）哟，哪里冒出一帮新潮妹？等我唱条山歌来撩一下她们！

（唱） 噢嗨——

拐子（青蛙）剥皮光溜溜，

想同滑哥（塘虱）做朋友。

阿妹着裙风骚样，

莫非想把老哥勾？

许萍萍 死酒鬼，敢唱山歌撩人！姐妹们，把他拖下河去！

众村姑 （撸手捋脚）拖下河去！拖下河去！

柳三杯 （慌神）莫搞莫搞，开个玩笑、玩笑，我讨饶了还不行吗？

许萍萍 不行！

柳三杯 我叫你们一声姑奶奶还不行吗？

众村姑 （起哄）叫呀叫呀！

柳三杯 （深鞠一躬）姑奶奶——

众村姑 （齐齐应答）哎——！（哄笑）哈哈……

许萍萍 我说三杯叔呀，现在都八十年代了，莫再老眼光看世界啦，时代变了！

柳三杯 是变了，变得让人眼花缭乱喽！

许萍萍 你看你还穿得这样“艰苦朴素”，每日少喝几杯，到李志业的时装店做件时装赶赶潮流吧！

柳三杯 （不屑地）时装有什么好？

许萍萍 时装好看呐！（掀起裙摆转圈）你看！

柳三杯 哟，穿戴穿戴，稀奇古怪；前面穿风，后背日晒——我看世风要变坏！

许萍萍 你这叫少、见、多、怪！

柳三杯 你多见，你多见，穿条裙子可当扇！

许萍萍 哟，重大发现！姐妹们，让三杯叔凉快凉快——扇起来呀！

众村姑 扇起来、扇起来！（掀起裙摆向柳三杯扇去）

柳三杯 （左躲右闪）你们别乱来！别乱来！

[许萍萍与众村姑嘻嘻哈哈笑下。

柳三杯 呸呸呸！被这帮骚嫲一扇，起码都要衰三年呐！

[数位大婶挎洗衣篮一步三摇地来到河边。

一大婶 三杯叔，又在撩细妹子，人老心花呀？

柳三杯 不是不是，是讲笑。唔讲唔笑，唔得昼到嘛。

众大婶 还不承认，都差点被人家拖下河去了。

柳三杯 嘿嘿，是我想洗澡、想洗澡！（自语）一帮妇人家，赛过烂风车，惹不得，惹不得！（溜下）

众大婶 （开怀大笑）哈哈哈！洗衫去喽！

[伴唱："河边又吹阴雨的风，
虹桥头转眼间天色迷蒙。
众大婶聚一块交头接耳，
闲打牙花暗传绯闻。"

大婶甲 （对乙）哎哎，告诉你一个秘密，不要告诉别人哦。

（念） 柳含笑，做嫁娘，
闩死间门不圆房。

大婶乙 （对丙）哎哎，告诉你一个秘密，不要告诉别人哦。

（念） 杨通宝，新婚悲，
无处播种盖冷被。

大婶丙 （对丁）哎哎，告诉你一个秘密，不要告诉别人哦。

（念） 欢喜婶，拜河神，
一拜拜出老情人。

大婶丁 （对戊）哎，告诉你一个秘密，不要告诉别人哦。

（念） 李志业，心恋旧，

偷情共饮交杯酒。

大婶戊 喂喂喂，你们几个鬼鬼祟祟打什么鬼嗑呀？

四大婶 这是秘密，不好乱传的！

大婶戊 哼，你们不说，我也猜得到，还不是讲杨家那风流韵事！

[杨通宝提肉篮路过桥头，闻声驻足。

大婶甲 哎哎，算了吧，多年的老姐妹不是外人，我们干脆来个资源共享！

众大婶 对，资源共享！（分组对唱、合唱）

杨通宝娶含笑望梅止渴，

欢喜婶神剪张暗送秋波。

杨家祖葬了个风邪宝地，

庇荫出婆媳俩风流共窝。

这天机你知我知烂在肚中，

千祈唔好嗑舌嚼骨到处传播！

杨通宝 （气冲脑门）放你娘的狗屁！（举起肉篮向河中砸去）

[切光。黑暗中传来众大婶的一片“哇哇”的惊叫声。

六、含 辱

[紧接前场。

[房内：柳含笑衣衫不整，面对残烛百感交集。

柳含笑 （唱） 心灰意冷度时光，

烛泪流干我泪长。

那一天本想共饮忘情酒，

想不到志业被诬偷情郎。

大街小巷流言起，

出门三步被人指脊梁。

昨夜通宝泄积怨，

拳脚打醒梦一场。
本是孽缘难长久，
不该认命惹祸殃。

（着手打叠衣物）

[欢喜婶端一碗鸡蛋汤走来。

欢喜婶 （唱） 冤家相斗苦娘亲，
长夜相守到天明。
可叹儿子福分浅，
思量媳妇旧情深。
想起当年我婚事，
苦命人惜苦命人。

欢喜婶 含笑，妈给你煮了碗荷包蛋，吃吧，身子要紧。通宝这蛮牛，我会管教他，凡事你要想开些。

柳含笑 （接过碗，凄然泪下，唱）
手捧蛋汤神不安，
目汁点点滴落碗。
和风吹人生愧疚，
奈何此身心已寒。

欢喜婶 （唱） 我儿且把心放宽，
食碗鸡蛋暖心肝。
你有委屈妈做主，
莫亏身子莫误餐。

柳含笑 （把碗推回）妈，我吃不下。

欢喜婶 还是吃一点吧。

柳含笑 妈，你吃吧！

欢喜婶 （见叠好的衣物）含笑，你，你真的要走？

柳含笑 ……

欢喜婶 留下吧，妈求你了。（欲跪）

柳含笑 （大惊，急扶）妈！我对不起你呀，我的好妈妈！

（唱） 看妈妈，悲白发，
脚下打颤心发麻。
我为你家招不幸，
你却把我惜心洼。
慈母恩如山泉水，
滴滴润我苦菜花。
祈望来生投胎做母女，
膝前尽孝来报答。

欢喜婶 好妹子，你真的不能再留了？

柳含笑 （泪涌无言）……

欢喜婶 唉，我知道你和通宝无感情。几个月来，我眼前好像看到一根头发丝吊着一个秤砣，时时都怕丝断砣落……这一天终于来了。

柳含笑 妈妈，我也是无可奈何哇！

欢喜婶 含笑，妈知道了。（忍悲含泪）妈也不忍心再留你了。

柳含笑 （顿感意外）妈，你这是……

欢喜婶 妈说的是真话。你，你就回到娘家去吧。（抹泪）

柳含笑 不，妈应该恨我、怨我、打我！

欢喜婶 人心都是肉长的，妈也是过来人。

柳含笑 （拿起扫帚奉上）妈，求求你，打我吧、打我吧！

欢喜婶 （夺过扫帚放一边）含笑——我的好妹子呀！

（唱） 妈不恨，妈不怨，
扁担烧火炭（叹）无圆（缘）。
水浸石灰心想化，
妈牵妹子娘家还。
分手时节无奢望，
听妈一席肺腑言：
今后我俩难做伴，

嘱你记顾身子单。
天热唔好食凉水，
天寒你要把衣添。
来日找个好归宿，
逢年过节还爱行。
有了儿女搭个信，
我剪布料做裙衫。
等到妈妈归天后，
你也不用披麻戴孝着麻衫。
清明扫墓烧叠纸，
保佑你夫妻恩爱到百年。

柳含笑 （心如刀绞）妈妈，妈妈！你就是我的亲妈妈！我不走啦，我不走啦！
（唱） 含笑不再去嫁人，
解脱罪孽过独身。
妈妈认下做妹子，
从今改姓在杨门。
日里替妈来做饭，
夜里同妈共枕眠。
只要阿哥不驱赶，
侍奉妈妈度光阴。

欢喜婶 傻妹子，讲的什么傻话啊！你还是走吧。

柳含笑 我不走、我不走啊！

[杨通宝气呼呼地闯进门来。

欢喜婶 通宝，你回来啦？买的肉呢？

杨通宝 丢到河里喂王八了！

柳含笑 怎么回事呀？通宝哥。

杨通宝 （吼）柳含笑，别来哥哥妹妹这一套！你这个扫把星，把我杨家害惨了！

柳含笑 通宝哥，你听我说——

（唱） 你莫怨，你莫烦，
我敞开心扉把话摊。
当初错披红盖头，
害你忧囫过半年。
欠你缕缕温柔梦，
欠你丝丝话语甜。
欠你贤淑两个字，
欠你恩爱一笑颜。
你莫怨，你莫烦，
桩桩件件我承担。
糊涂人欠下糊涂账，
情债难还心债还。
真心叫你一声哥，
但愿一天乌云散。
你娶过贤妻过日子，
我姑嫂相称共屋檐。

杨通宝 好一个如意算盘！你当我是傻子呀，我早就知你想弃新恋旧！

柳含笑 不，我从此打单身！

杨通宝 骗鬼！我看你是骨头又痒了！好吧，你要还债我就让你还！（怒举扫把）

（唱） 你害我枉做七尺男，
你害我祖上坟头无草生。
花言巧语不改风流性，
莫怪我不留情面再逞横。
手举秆扫把债讨，
讨回我杨家世世代代清清白白好名声！

欢喜婶 （按住扫把）通宝，你莫乱来！你要打就打我吧！

杨通宝 妈，你总是护着她！你知道吗？镇上的人都在背后讲……

欢喜婶 讲什么？

杨通宝 （难于启齿）讲……

欢喜婶 讲什么？你说呀！

杨通宝 讲我杨家祖上葬了个风邪宝地，家娘媳妇都是风流货！

欢喜婶 啊……（脸色青白跌坐椅上）

杨通宝 都是你这害人精！（忽然举起扫把向柳含笑打去）

欢喜婶 （抬手一挡）哎哟！

杨通宝
柳含笑 （大惊，忙趋上前去）妈！妈！

欢喜婶 （惨笑一声，语无伦次）打得好呀！骂得好呀！风流货，风流货！三十年了，报应的一天终于来了。

杨通宝 妈，是我不小心打了你。

欢喜婶 风流货，该打啊！

杨通宝 妈，是镇上的人嚼舌头胡说八道！

欢喜婶 不是胡说，不是。

杨通宝 妈，你怎么啦？

欢喜婶 （突然平静得让人害怕）通宝，你姓杨吗？

［杨通宝惶惑地怔住。

欢喜婶 杨门家风好清白哟！可是你，你并不是杨家后代！

杨通宝 （一震）妈，你说什么？你气懵啦？

欢喜婶 不，妈懵懵懂懂几十年，今日被你骂醒了，打醒了。有件事，已经过去好多年了……

柳含笑 妈，你没事吧？

欢喜婶 苦命的妈妈年轻时是水口村的一个打柴妹，在老家时也有个相好，嫁到虹桥镇后，七个月就生下了一个男孩……

［杨通宝一脸惊愕。

欢喜婶 通宝，你不该姓杨呀！

［这一声如天崩，似地陷——杨通宝傻眼了，柳含笑惊呆了。

杨通宝 （如发疯一般）什么？我是私生子？私生子？！这不是真的，不是真的！

欢喜婶 通宝，我对不起杨家。

杨通宝 （声嘶力竭）不，我不是私生子！我是杨家后代！妈疯了，妈疯了！

柳含笑 妈，你怎么啦？

杨通宝 （怒指柳含笑）都是你这个惹祸精把我妈气疯了！

柳含笑 （害怕地）通宝，你……

杨通宝 你这个骚嫲，马上给我滚——！（一巴掌把柳含笑打得天旋地转）

柳含笑 （跪向欢喜婶）妈——你保重！（起身捂脸跑下）

欢喜婶 （哭喊）含笑——！

[一阵闷雷滚过——收光。

七、寻　情

[小场景：柳含笑默默地上，柳三杯迎面而来。

柳三杯 含笑，天黑了，快要下雨了，你还要去哪里？

柳含笑 你管不着！

柳三杯 哎，何必发这么大的火呢？我是你三叔啊！还是听三叔讲几句吧！

（唱）　小夫小妻两公婆，

床头打跤床尾和。

共薮（窝）鸡子有相啄，

心里想开事就冇（无）。

俗话说，打是亲，骂是爱。听话，回家去吧。

柳含笑 我没有家！

柳三杯 哎，那杨记小酒店不就是你的家吗？

柳含笑 那是你的家！

柳三杯 我的家？

柳含笑 不是吗？（唱）

我到酒店半年多，

砧头一响你就坐。
若说你是客光临，
分文不见你付过。
若说你是叫花子，
吃饱喝足无唱歌。
要香要辣可随意，
不是店主是什么？

柳三杯 哎呀！你说话怎么这么难听？阿叔时常光顾，一是为你们捧场；二是对你的关心！

柳含笑 关心？要不是你这样“关心”，我也不会嫁给杨通宝！

柳三杯 哎哟，天地良心，你爸病重住院我替你向杨家借了那么多钱，把你嫁过去，是你爸的临终遗嘱呀。

柳含笑 遗嘱遗嘱，你是想占我那几间房屋！

柳三杯 哎呀！好心当作狗肺啦！我那死去的大哥呀，你在阴间也要替我平反哇！当初是你不让那个孤儿勾搭含笑，把他的来信都藏了起来的呀。

柳含笑 （一怔）来信？什么来信？

柳三杯 （掏出一叠信）喏，这是我接管你家房产后，在你爸房间里找到的。这就是你爸禁止你们往来的证据！

柳含笑 （夺过信）志业的来信！天呀——！（含泪奔下）

柳三杯 含笑、含笑！（追下）

[暗转。

[时装店内外。风雨之夜，电闪雷鸣。神剪张对着窗外的风雨发呆。

神剪张 （唱） 风声紧，柳枝摇，
雨打纱窗泪潇潇。
当初开店小镇上，
一腔苦衷谁知晓？
多少夜举头遥念旧时月，
一回回弯月勾得魂儿销。

几十年楚河汉界严相守，

只把那镜花水月慰情潮。

未料到多年的隐私吕（笃）穿底漏，

再难有隔河偷影暮暮朝朝。

街谈巷议惊长梦，

雷声催人离虹桥。

（收拾东西准备离店）

李志业 （兴冲冲地上）师傅，好消息，县成衣商场同我们订了长期供货合同！

神剪张 （心不在焉地）哦，好事，好事。不过……

李志业 （见师傅神情萎靡，一怔）师傅，你怎么啦？是不是病啦？

神剪张 不，我，我没病。

李志业 （发现包袱）师傅，你要去哪里？

神剪张 我……志业，我们师徒缘分尽了，我要回到水口村乡下去了。

李志业 （愣住）什么？你、你这是为什么？

神剪张 我老了。

李志业 不，你是虹桥镇享有几十年信誉的头把剪，是我的镇店之宝呀！

神剪张 哎，我神剪张在虹桥镇默默地过了几十年，做了几十年不清不白的梦啊！

李志业 师傅，你也听到了那些闲言碎语？

神剪张 志业，虹桥镇比不得外面世界，坑坑洼洼多着呢，一脚走偏就会摔跟斗的。我看你也回到特区去做你的事业吧。

李志业 不，我不走！师傅，我一人做事一人当，有人把你和欢喜婶牵扯上，纯粹是捕风捉影，造谣生事！

神剪张 志业，都说外面的世界很精彩，我看山里的世界很无奈。我还是回老家去吧。俗话说，小心驶得万年船，希望你把今后的路走好！（打伞下）

李志业 师傅你不能走、不能走啊……（无力地靠在门背上）

[柳含笑无遮无挡冒着风雨上。

柳含笑 （唱） 雨一行，泪一行，

黑云遮天路茫茫。

头顶一声惊雷炸，
凄风扑面透心凉。
（敲门）志业、志业！

李志业 （上）谁？

柳含笑 我，含笑！

李志业 有事？

柳含笑 杨通宝把我打出门了！

李志业 你说什么？

柳含笑 我……我寻情来了！

李志业 啊？！含笑你……你不要冲动。

柳含笑 我找你有话说！

李志业 三更半夜，你还是回去吧。

柳含笑 你开门！

李志业 你回去！

柳含笑 我不回！

李志业 你……唉！

[柳含笑和李志业在店门内外相持。

[头戴竹笠的柳三杯悄然而上，闪过一边窃看。

柳含笑 志业，你快开门呀！

（唱） 志业莫再把门关，
含笑只把旧债还。
雨夜上门求一面，
了却今生半分缘。

李志业 含笑！（唱）

你在门外唤声声，
声声如刀割心尖。
我若开门惹风雨，
两人都会落泥潭。

柳含笑 （唱） 难道你把我记怨？
难道你怕口水淹？
不念以往惜花时，
忍看落红随水掀？

李志业 （唱） 我想做你挡雨伞，
我想做你遮风帘。
命运捉弄天违愿，
船漏难得靠岸前。

柳含笑 （唱） 雨咁急来话咁冷，
天无晴来人也淡。
冷雨打在我身上，
冷语寒透我心间。

李志业 含笑，你别误会。

柳含笑 那你快开门呀！

[李志业欲开门又犹豫，向窗外探望，闪电中发现暗处人影。

李志业 不好，暗处有人！含笑啊——
（唱） 你是风中灯一盏，
我是身困急水湾。
鲫鱼也想逆水上，
只怕眼前有网拦！

柳含笑 好吧，你不开门我不走！
（唱） 有胆寻情就敢行，
唔怕别人眼盯盯。
等你等到天破晓，
三更擂门到五更！
（用力拍门）

李志业 好吧！天塌下来就当笠麻花！含笑你别敲了，我开门！（一把打开大门）

[柳含笑冲进，返身把门掩上。

[柳三杯从角落转出，靠近窗口向内窥视。

李志业 含笑，你是来……

柳含笑 我来还债！

柳含笑 还债？还什么债？

柳含笑 （掏出一叠书信）这是你当年写给我的信。刚刚才收到！

李志业 （惊愣）信？刚刚才收到？

柳含笑 是我爸生前把它藏起来了！

李志业 是你爸……

柳含笑 志业呀——

（唱） 细读书信捶碎胸，

字字句句情意浓。

迟到三年天地变，

竹篮打水一场空。

阴差阳错，我欠了你的情，我欠了你的债！过去我对不起你，今天我要向你表白——（猛地撕开外衣，指着自己的胸膛）我这颗心，永远向着你李志业！

李志业 （震惊）含笑你……

柳含笑 志业——（情不自禁地向李志业的怀中扑去）

[两人紧紧相拥——静场。

[台后传来轻轻的哼唱声：

"哼……

风停了，雨歇了，

大地一片静悄悄。

月落秋水水抱月，

难分难舍醉今宵。"

柳含笑 志业……

李志业 含笑……

柳含笑 志业，我问你一句：如果我离婚，你还敢娶我吗？

李志业 （一愣）什么？！含笑你说些什么啊？

柳含笑 我说，让我们回到过去吧。

李志业 （惊醒，松开双手）回不去了，过去的事……还是让它过去吧。

柳含笑 这是你的心里话？

李志业 心里话。

柳含笑 不假？

李志业 不……不假。

柳含笑 不悔？

李志业 不……不悔！

柳含笑 哦，甜言蜜语原来是过眼云烟！

李志业 含笑，你穿好衣服，赶快回去！

柳含笑 （绝望地）我好傻哟！（捧着的书信在颤抖的指间纷纷滑落）

[“咚”的一声，虚掩的大门被一脚踢开——柳三杯冲了进来。

柳三杯 （大喝一声）李志业！你做的好事！

[柳含笑转过身来，一步步逼得柳三杯害怕地步步后退……

柳含笑 （冷冷地）三叔，你进错了门吧？是我做的“好”事，你想怎么样？

柳三杯 羞八代——柳家出了你风流货！

[“啪”的一声，柳含笑冷不防给柳三杯送去一巴掌。

柳三杯 （捂脸愣住）你，你敢打我？！

柳含笑 风流货、风流货！哈哈……（似疯似癫地摔门而去）

[收光。

八、桥　诉

[翌日凌晨。

[小场景：欢喜婶呼唤着“含笑”上。柳三杯追到欢喜婶面前。

柳三杯 亲家！亲家！

欢喜婶 （不屑地）亲家亲家，还冤家呐！

柳三杯 亲家，冤有头，债有主，我亲眼看到了……

欢喜婶 你看到了什么？

[柳三杯对欢喜婶耳语。

欢喜婶 你目屎糊眼了吧？（欲走）

柳三杯 （拉住）亲家、亲家，我们去告他。李志业这个暴发户、勾引犯，不死都会脱身皮！

欢喜婶 你与他往日有冤？

柳三杯 无冤。

欢喜婶 近日有仇？

柳三杯 无仇。

欢喜婶 一无冤，二无仇，你凑什么热闹？！

柳三杯 我是替你们杨家打抱不平呀！

欢喜婶 各姓人做好事，你来披麻戴孝，难得一片苦心喂！

柳三杯 喜妹子……

欢喜婶 我不是你妹子！我问你，当初含笑嫁通宝，你说过她自愿吧？

柳三杯 她是对着她死鬼阿爸点过头嘛。

欢喜婶 哼！你占了她家的房产，得了我家的媒人钱，把我们都害苦了，造孽啊！

柳三杯 我冤枉、我冤枉！我是一片好心呀！不信，我发誓给你看（跪地）：上有天，下有地，中间有空气。我柳三杯有半点私心，就雷公天上响，水打桥下过；还生鸡唔啄，死了狗唔拖！（偷眼回望，不见人影）咦？走啦？（起身）咳，枉我跪烂膝头皮！

[暗转。凌晨。

[云遮雾罩的虹桥头。一脸疲惫的柳含笑出现在桥上，默默地望着桥下漂漂东流水……

[伴唱：“烟缈缈，雾蒙蒙，

天角月西沉。”

柳含笑 （唱，加伴）

笛声残，杜鹃吟，

悲泪湿衣襟。
痴情反被情伤透，
流言压身脏水淋。
面对漂漂东流水，
一浪卷来一揪心。
石桥洞失去双双影，
风前柳剪碎话卿卿。
往昔的脚印无踪迹，
远去的情丝化作云。
问春风，何日吹过重重岭？
问大地，何处安宁可栖身？
青山绿水无回应，
人生渡口难觅撑船人。
回想起桥头对唱山歌调，
回想起荷塘坐听蛙声鸣。
禁不住再望一眼胞衣迹，
多想要乡音乡情送一程。
别了——我的虹桥！
别了——我的乡亲！
从此后虹桥再也无我柳含笑，
愿只愿天晴气朗柳暗花明！

[李志业、杨通宝分别从桥两端呼喊着“含笑”上，见状大惊。

李志业 / 杨通宝 含笑，你想干什么？

柳含笑 我在寻找安身之地。

杨通宝 你马上给我滚回来！

李志业 含笑，你不要做蠢事！

柳含笑 我蠢？我是好蠢呀！（惨笑）哈……

柳三杯 （手拿绳索突然冲上）柳含笑！你发什么疯？！

（唱）　你嫁鸡鸭笼里关，
　　　你嫁狐狸就住山。
　　　三叔管不住你这不肖女，
　　　死到阴间也无面见祖先！

再不回去，别怪三叔不客气了！（一步步逼上桥去）

柳含笑　你站住！你再走前一步我马上跳河！

李志业
杨通宝　（欲阻）三杯叔！

柳三杯　我就不信你会猴子吊颈嫌命长！（不管不顾地向前扑去）

[柳含笑果然一跃跳下河去……

柳三杯　（惊呼）不好啦！柳含笑跳河啦！柳含笑跳河啦！

李志业
杨通宝　（大惊）含笑……（李志业急忙跳河救人）

柳三杯　通宝，你还呆什么呀？！

杨通宝　（撕心裂肺）我不会水呀！（痛心疾首地跪在桥上）

[压光。凄厉而揪心的音乐起。

尾　声

[紧接上场。

[台后，寻找含笑的呼唤声此起彼伏。

[桥上，杨通宝仍在跪着；河滩上，李志业抱着被救起的柳含笑百感交集……

柳含笑　你为什么要救我？为什么要救我？！

李志业　因为你还是我心中的含笑花！

柳含笑　（喃喃自语）含笑花、含笑花……

李志业　（轻轻回应）含笑花、含笑花……

[柳三杯与欢喜婶、许萍萍及众乡亲涌上。

众　人　含笑……

柳含笑　（突然将李志业紧紧抱住）志业——！（这一声山回谷应）

柳三杯　哎呀！大家快闭上眼睛！

［伴唱："啊……

一帘烟雨虹桥头，

千年山歌唱风流。

歌声跌落长河水，

情也飘飘，梦也悠悠。"

柳三杯　（声嘶力竭地呼喊）世风日下、世风日下喽！

［在主题曲的旋律里，一袭烟雨把一切都遮盖了……

［全剧终。

·客家山歌剧卷·

啼笑冤家

编剧：罗锐曾

人　物　表

黄二嫂　　40多岁，妃子红酒店老板。

刘十三　　50多岁，醉八仙酒铺老板。

刘　酽　　20多岁，刘十三长子。

刘　醇　　20多岁，刘十三次子。

香　香　　20多岁，黄二嫂长女。

甜　甜　　20多岁，黄二嫂次女。

仙　哥　　20多岁，闲汉，自称“信息专业户”。

喜叔婆　　八旬老妇。

品酒员四人、女歌舞队员若干人。

时　间：20世纪90年代。

地　点：客家山乡——桂花村。

序　幕

[一阵欢快的锣鼓音乐过后，舞台升光。

[颈上斜插着“信息专业户”小旗的仙哥与挥动“风采酒楼”招标彩带的广告模特（歌舞队）随歌起舞。

[幕后伴唱：

“锣鼓声声——

锣鼓声声敲落半天霞。

喇叭嘀嗒——
喇叭嘀嗒吹开一树花。
山村出了新奇事啊，
广告模特村前村后扭呀，扭莲花！
屁股翘出山包包，
彩带舞成转风车。
打的什么鼓？
吹的什么调？
风采酒楼要招能人来当家！”

[歌舞队造型。

仙　哥　大家注意啦！“仙哥信息专业户”发布重要信息：新建铁路即将经过桂花村，村里的客家风采酒楼成了肥肉一块，谁包到谁发财呀！

[在一阵热烈的锣鼓声中，刘十三率领刘酽、刘醇扛着“蹦蹦跳肉丸店”招牌乐滋滋上。

刘十三　这座酒楼我包了！

仙　哥　刘十三刘老板，你有无搞错？风采酒楼要突出客家黄酒，你这肉丸店……

刘十三　我换“汤头”啦！（将招牌翻转，现出“醉八仙酒铺”字样）

歌舞队　（围拢）“醉八仙”！

[黄二嫂率香香、甜甜手持“妃子红”酒旗上。

黄二嫂　（将旗往地上一插）刘老板，我这“妃子红”酒旗要插上风采楼！

刘十三　（一愣）黄二嫂？你……

黄二嫂　（意味深长地大笑）哈哈哈……

[在黄二嫂的笑声中，众人隐去。

歌舞队　（边舞边唱）

“八仙”“妃子”斗冤家，
山回水转起浪花。
只道是棋逢对手，
不知晓月落谁家。

[收光。

一

[歌舞队在淡光中检场。

[追光下，刘酽擎着上书“招聘”两字的木牌，边上边照着纸条上的文字呼喊。

刘　酽　（喊）招聘啰——招聘啰！时代在发展，本号在变化，适应新形势，打出新招牌。为了跟上新潮流，本号“醉八仙酒铺”特来招聘靓妹做礼仪小姐，报酬丰厚，待遇从优啊！（见歌舞队在检场，忙上前）村妹子们，到本号来当礼仪小姐吧？

歌舞队　我们呀——

刘　酽　怎么样？

歌舞队　要到特区去！拜拜！（扬长而去）

刘　酽　（追赶）哎，哎……（踢脚趾）哎哟！嗨！（坐地揉脚）

[香香、甜甜姐妹俩满面春风舞上。

香　香
甜　甜　（唱）　山一程，水一程，

山水相迎笑盈盈。

进城学到新技术，

唱唱跳跳回家门。（见人影）

甜　甜　（唱）　十字路口是哪个？

香　香　（唱）　莫非是情哥哥在等心上人？

甜　甜　姐姐，羞、羞……

香　香　（注目远处的刘酽）哦，原来是未来的妹夫阿哥！

甜　甜　姐姐，你坏，你坏……

香　香　（开心大笑）哈……甜甜，说真的，你是不是真爱上他弟弟刘醇啦？

甜　甜　我不知道，不知道！

香　香　哼，你再不把这层纸捅破，当心阿醇他爱上别人！

甜　甜　我不听，我不听……

刘　酽　（突然一声喊）招聘啰！

[香香、甜甜吓了一跳。

香　香　阿酽哥，你喊什么呀？招亲呀？

刘　酽　（顿感难为情）没喊什么，没喊什么！（匆匆下）

香　香　走，看看他们搞什么名堂！（拉起甜甜追下）

[灯光转换。醉八仙酒铺门前。

[刘十三手捧对联上。

刘十三　（唱）　今个年头讲竞争，

马步不稳也打拳。

脑子当磨碌碌转，

肠子扭它九九八十一个弯！

村里考察“风采楼主”候选人，我和黄二嫂成了对头筋。黄二嫂呀，黄二嫂，这回你不念旧情强结怨，就别怪我不客气了！（往门上贴“换招牌靓女添风采，巧经营八仙上高楼”的对联）

[喜叔婆拄着拐棍颤颤巍巍地上。

喜叔婆　（喃喃自语）变了，真是变了，一天一个样，看得人眼花缭乱！这世界真是变了！不是么？我这地方，自古以来是男人出外赚钱，女人在家耕田。这就叫“鸡公唱歌，鸡嫲孵蛋”！今下反过来了，后生妹子都飞去什么“区”，鸡嫲咯咯啼啦！唉，要是早六十年，我也飞出去“啼”它两声！今下老啰，老啰……（抬头忽见刘十三贴对联，一惊一乍地）哟！十三古！

刘十三　（一惊，差点儿从凳上跌下来）哟，是喜叔婆呀！

喜叔婆　又披红又挂彩的，有喜事呀？

刘十三　有喜、有喜！

喜叔婆　恭喜、恭喜！

刘十三　同喜、同喜！

喜叔婆　是哪家妹子呀？

刘十三 等下招来了，你就明白。

喜叔婆 有几大年纪啊？

刘十三 当然是鲜鲜嫩嫩的。

喜叔婆 （自语）哟，他做生意发了起来，老牛就要食嫩草啦！

刘十三 你说什么？你说什么？

喜叔婆 唉！回想起二十多年前那件事，我心里总觉得欠你一笔债。当年，你托我去黄家提亲，我一走神儿就把二妹子做给了娘家侄。不然的话，那黄二嫂就应该是十三嫂啰！

刘十三 别提了，别提了！

喜叔婆 也好在那二妹子没进你家的门，不然，你今天就不会有老夫迎少妻的福气啰。

刘十三 你说什么乱七八糟呀？

喜叔婆 你这条老牛不是要食嫩草了吗？ 、

刘十三 食你个死佬！我是招聘礼仪小姐！

喜叔婆 鲤鱼小姐？

刘十三 是礼仪小姐！

喜叔婆 （不解）理——你……

刘十三 喏，就是请两个小姐穿得漂漂亮亮，（示范）站在这酒铺门前，客人来了——微笑——鞠躬——请！

喜叔婆 哦——看门的石狮子呀？

刘十三 （与之说不清）好，好！看门的石狮子！（进内）

喜叔婆 （自语）这看大门，我也会呀……对！我来替他做“鲤鱼小姐”捡几个零花钱！（欲进店，又退回）慢，这十三古不是说要穿得漂漂亮亮吗？我得先回去检点一下。（乐滋滋下）

[刘酽上。香香、甜甜随上。

刘　酽 （韵白）　招聘不成快步归，

香　香 （韵白）　姐妹二人紧跟随。

刘　酽 （韵白）　走过小桥心还跳，

香　香 （韵白）　刘家酒铺看稀奇。

甜　甜　（韵白）　心头羞见那一位，

三步行来两步企。

香　香　（拉甜甜）你快点呀。

刘　酽　（把招聘牌丢在地上，向内喊）阿爸！

［刘十三上。香香、甜甜藏过一旁。

刘十三　酽古回来啦！你招的礼仪小姐呢？

刘　酽　哼！今天是你在家里敲锣，我在外边做猴戏。

刘十三　怎么？没招到人？

刘　酽　村姑、村妹都到特区做工去了。

刘十三　我就不信桂花村会成为和尚村。

刘　酽　妹崽还有。

刘十三　怎么不招来？

刘　酽　还穿着开裆裤哪。

刘十三　（气）你……番薯儿子。

［躲在一旁的香香、甜甜掩嘴忍笑。

［喜叔婆穿着一新复上。

喜叔婆　十三古、十三古……啊，刘老板呀，我帮你看门来了。

刘十三　（不耐烦）你不行！

喜叔婆　怎么不行？你不是要找个会笑会鞠躬的"鲤"什么老大姐吗？

刘　酽　喜叔婆，我们家招的是小姐！

喜叔婆　什么小姐？叔婆不一样？

刘十三　喜叔婆，你还是去干你那做媒人的老行当吧！

喜叔婆　不行！刚才你自己说要请个看大门的，怎么一转眼就变卦了？十三古，你说一句，我哪点不行？（胡搅蛮缠地爬上门口石墩，腿颤身摇）

（唱）　刘老板，你看看我，

眼前是人老心雄的喜叔婆。

背驼驼那是自然鞠躬相，

牙露风正好整天笑呵呵！

[喜叔婆身子摇晃，刘家父子吓得忙上前搀扶。

[笑弯了腰的香香、甜甜从藏身处出来。

香　香　喜叔婆不合格我来！（跳上另一石墩）

刘十三　香香，你们来凑什么热闹！

香　香（唱）　刘老板，你看看我：

眼前是能扭能笑的嫩娇娥。

舞裙摆敢称扇倒男子汉，

飞眼线缠来客人任你宰割！

（大笑）哈……

[刘醇舞着一串爆竹兴冲冲上。

刘　醇　阿爸，纸炮买回来啦。啊，礼仪小姐招到啦？

刘十三　招个屁！

刘　醇（看清是香香姐妹）啊，怎么回事？

刘十三　今天阴鬼缠身。不招啦！不招啦！

刘　醕　买纸炮的钱又浪费了。

刘十三（发泄地）放炮！

刘　醇　小姐都没招到……

刘十三　辟邪！

刘　醇　是！（点炮——鸣两响即断音）

刘十三　怎么回事？

刘　醕　死火啦！

刘十三（晦气地发作）呸！大吉利市！

[切光。

[随着仙哥"卖信息啰——"的一声叫喊，舞台升淡光——刘十三、刘醇仍呆在场上。

[黄二嫂引仙哥上。

黄二嫂　去，把这个信息通给他！（闪过一旁）

仙　哥　好咧！（上前拍刘十三）刘老板，你还在发呆呀？你知晓黄家姐妹前几天进城干什么吗？

刘十三 干什么——寻老公！

仙 哥 错了！她们是去学酿酒新技术，这是竞争风采楼的手段哪！

刘十三 啊？

仙 哥 好啦！这信息费就勾销往日的肉丸钱啦！（得意洋洋地下）

[刘酽捧着肉丸店招牌上。

刘 酽 阿爸，人家说我们和尚庙搞不好酒店，还是做传统肉丸吧？

刘十三 你懂个屁！火车一通，黄金地段上的风采楼就能够屙金屙银，我不包到手死不瞑目！（将招牌抛向远处）

[黄二嫂一笑，扛起刘家肉丸店招牌下。

刘 醇 阿爸，我们兄弟为你勾两个媳妇回来做门面！

刘 酽 啊？不行，不行，我不行！

[仙哥复上，一旁窃听。

刘十三 （思考片刻）行！酽古去勾香香，醇古去勾甜甜！把她们统统承包过来！

刘 酽 我怕、怕……

刘十三 怕什么？迎着困难——上！

仙 哥 哇！挖墙脚呀？

[切光。

二

[追光下，仙哥在使劲地转呼啦圈。远处现出歌舞队转圈伴舞的剪影。

[幕后伴唱：

“刘十三勾情设圈圈，
仙哥赚钱舞圈圈。
圈里圈外看景致，
你话无圆（缘）还有圆（缘）！”

仙　哥　（喊）卖呼啦圈啰！（引歌舞队下）

［黄二嫂肩挑两瓮酒喜盈盈地上。

黄二嫂　（唱）　日头出山天半红，
黄二嫂我送货出店门。
五尺扁担肩上舞，
一路酒香伴清风。
经济搞活山门开，
山里人碰上了好时辰。
好时辰，喜重重，
新建铁路即将要竣工。
来日酒楼包到手，
笑看巨龙出山、海内海外迷醉我这“妃子红”！

仙　哥　（追上）二嫂子，二嫂子！

黄二嫂　仙哥，怎么？送酒钱来啦？

仙　哥　嘿嘿，暂时……

［黄二嫂挑担欲下。

仙　哥　（拦住）哎哎，你急什么呀？我又有重要信息向你透露呢？

黄二嫂　什么信息？

仙　哥　这信息关系到“妃子红”的生死存亡哪！

黄二嫂　哟，这么严重？你说我听听。

仙　哥　刘十三那两个小子打你妹子的主意啦！

黄二嫂　男女交友挺正常嘛，何必大惊小怪！

仙　哥　你莫傻呀！这都是那老东西的鬼点子，等到你两个女儿都嫁过去，你这酒店就冷锅死灶，“妃子红”就成了“妃子尿”！风采楼也就飞了！

黄二嫂　这个……

仙　哥　他那是一箭双雕哇！

黄二嫂　（思索）十三哥真的这样来算计我……

仙　哥　这信息费就抵销那赊欠的酒钱啦！（下）

[灯光转换——一村口路旁。

[刘醇手持信封在路口张望。

刘　醇　（唱）　听说甜甜进城去，
一连三日路边企。
日里晒出满身汗，
夜里冻起鸡嫲皮。
望到眼皮要加撑，
望到河水流向西。
望到肚里生钩搭，
时刻想勾妹子归！

（抽出信轻声念）亲爱的甜……

[仙哥挽几只呼啦圈悄然上。

仙　哥　哟，情书！

刘　醇　（一惊）啊，仙哥……

仙　哥　怎么样？勾甜甜有什么高招？

刘　醇　哟，你怎么知道我勾甜甜？

仙　哥　嘿嘿！天上地下我哪点不知？我告诉你，这年头谈恋爱要有绝招才能成功！

刘　醇　那当然！你看，我这情书是一首诗！

仙　哥　（不以为然）哎，情诗算什么绝招。

刘　醇　我还准备把情诗唱给她听呢！

仙　哥　唱诗？新鲜新鲜！先唱给我听听。

刘　醇　好！（唱）阿哥送妹一首诗，
字字句句说相思。
妹是针来哥是线，
针行三步线跟尾。

仙　哥　“线跟尾”？哈……好，好，绝句，绝句！

刘　醇　（得意地）那还用说！

仙　哥　不过，你这情诗打算怎样交给她？

刘　醇　见面就交！

仙　哥　不，不，这样太不幽默、太不现代化、太缺乏诗意了！来，我卖给你一个城里刚流行的呼啦圈，你就用它先套近乎后套心——

刘　醇　最后亮出“线跟针”！

仙　哥　对啦！来，成本价20块！（交呼啦圈，收款）

[远处传来一阵单车铃响。

刘　醇　（远望）哟，甜甜回来啦！

仙　哥　老弟，看你的啦！（哼唱《红高粱》插曲）“妹妹你大胆地往前走哇，往前走……”（下）

[刘醇持圈造型注视远方。

[甜甜骑车舞上。

甜　甜　（唱）　头戴天边一片霞，
脚踩飞轮两团花。
新酒试验碰难题，
甜甜我，进城拜访了酒专家！
得了真经回家转，
坐骑当作千里马。

刘　醇　（舞圈挡道，唱）
呼啦圈，呼啦圈，
上身缠，下身缠。
缠得肉痒痒，
缠得骨弯弯。
又健身，又娱乐，
兼把情妹牵。

甜　甜　（打铃）闪开，闪开！

[甜甜向左刘醇挡左，甜甜向右刘醇挡右，逼得甜甜从车上跳下来。

甜　甜　阿醇哥，你干什么呀！

刘　醇　你看这个——（递过情诗）

［甜甜展看情诗，呆住。

［《线跟针》情歌从天际飘来……

甜　甜　（醒悟过来）哎呀，你真坏！（一推刘醇）

刘　醇　（顺势跳落水沟）哎哟，救命呀！

甜　甜　（惊呼）快来人哪，有人跌到沟里去了！

［黄二嫂急上。

黄二嫂　出什么事啦？

甜　甜　快，阿醇哥跌到沟里去了！

黄二嫂　还不快把他拉上来！

［甜甜欲拉又羞。

［黄二嫂上前拉刘醇——一手伸向刘醇，一手伸向甜甜。刘醇拉住黄二嫂的手，误把黄二嫂当作了甜甜。

刘　醇　（唱）　阿哥落沟望妹来，
阿妹牵起就做堆。
今日有缘手拉手，
另日交情不用媒。

黄二嫂　（气）你这衰崽！（一放手）

刘　醇　（重落水沟）哎呀，痛死我了……

黄二嫂　（从地上捡到一纸团）咦？这是什么东西？（念）“亲爱的甜……”啊？甜甜，你们真的那样……那样啦？

甜　甜　（捂脸）羞死人了，羞死人了！

刘　醇　（在沟下焦急）糟糕，穿底啦！

［切光。

三

［歌舞队挥动彩球歌舞上。

［幕后伴唱：

"'醉八仙'，下金钩，

'妃子红'，抛彩球。

彩球连着金丝线，

且看钩缠线喏还是线缠钩！"

[歌舞队舞下。黄二嫂舞着两个连着丝线的小红盒上。

黄二嫂 （唱） 刘十三打我小九九，

我这灯盏也不省油。

一对盒子设机关，

你挖墙脚，我把魂勾！

（向内喊）香香、甜甜呀！

[香香、甜甜应声上。

黄二嫂 （唱） 花木逢春要抽芽，

妹子大了要成家。

妈送你们小盒子，

选准对象就给他。

小小盒子周身红，

不装金来不装银。

装有妈妈一心愿，

不到时候不开封。

香　香
甜　甜 （迷惑不解）啊？

黄二嫂 哪个得到了小盒子，就叫他来见我，我要开盒考核他。合格就是称心婿，不合格便是一旁人！明白吗？（送盒子）

香　香
甜　甜 （面面相觑）这……

[压光——黄二嫂与甜甜隐去。

[追光下，香香在细看小盒子。

香　香 嘻嘻！"不到时候不开封"？我偏要看看是什么把戏！（打开盒子，取出一张纸条看——点头——复把纸条塞回封好）好！香香我就立个新风尚！

[灯光转换。夜幕下的香香闺房。

[喜叔婆拄着拐棍颤颤巍巍地上。

喜叔婆 （唱） 刘十三托我来做媒，
香香妹子松了口。
应承今晚来见面，
刘酽吓得两脚把筋抽。
只好陪他来壮胆，
行行已是月上柳梢头。

（向内喊）酽古喂，你快点呀！

刘　酽 （上）来啦！

（唱） 为了门楣添锦绣，
阿爸逼我上彩楼。

喜叔婆 （唱） 楼上有个仙桃子，
人见人爱口水都会吞落喉！

刘　酽 （唱） 只怕是个辣椒种，
口莫乱张手莫抠。

喜叔婆 （唱） 事到临头莫放臭屁，
喜叔婆做媒——猫公老鼠也聚头！

（拉住刘酽）走！

刘　酽 哎哟，我的脚又抽筋了！

喜叔婆 你真是蚊子胆，屋里有老虎呀？阿香是我娘家侄孙，有我在，你放胆去！

刘　酽 那你去代我谈，我在窗下听着。

喜叔婆 这能代吗？要么你先在窗下和她对情歌。

刘　酽 我不会唱呀！

喜叔婆 （来了兴致）这个我就老手啦，你看我喉咙都痒了！（清清嗓子）我来教你！

（唱） 天上月光照银河，
阿妹屋里暗摸摸。

真是早早上床睡，
还是出门等阿哥？
[屋里灯亮，现出香香身影。
香　香　（唱）　屋里听到鸡乱啼，
窗外看到鸡脚跛。
难怪老个伸长颈，
嫩个只会头伏低。
喜叔婆　（更来劲）她搭上腔了！
（唱）　阿妹你莫眼糊糊，
阿哥伏低是打功夫。
牛角不尖不过坳，
功夫不精不……
（唱不下去，向刘酽）不什么好？
刘　酽　你都唱些什么呀？
喜叔婆　怎么？走火啦？
香　香　（唱）　鸭嘴扁扁声不清，
无牙无齿莫啮人。
真是有心入来嬲，
泡杯好茶你提神。
喜叔婆　快，香香请我们进去呢！
刘　酽　（一惊一乍）哎哟，不好！
喜叔婆　你又怎么啦？
刘　酽　脚又抽筋了！你做代表，你做代表！
喜叔婆　（一拍膝盖）好！代表就代表！
[喜叔婆进门。刘酽藏身窗下。
香　香　（迎上）哟，喜叔婆，你来啦！刚才得罪你老人家了。哎呀，走得一身汗（递扇）
喜叔婆　得罪什么，老叔婆一唱山歌就乐，就好像回到六十年前……

香　香　阿酽呢？

喜叔婆　我代表，全权代表！

香　香　他走啦？

喜叔婆　老实人容易发虚惊，我叫他在门外等一下。

香　香　这打的是什么拳路呀？

喜叔婆　这……这叫作“隔山吊炮”！

香　香　哈……这个炮怎么吊呀？

喜叔婆　这个……嗯，当年我和你老叔公谈婚就对山歌对到成。今天我们也来对个歌！

香　香　那好吧，我就禾雀来学画眉唱。

喜叔婆　我就老旦来唱小生声！

香　香　（提起茶壶）喜叔婆，请先食杯茶。

喜叔婆　慢，你就喊阿酽，我现在代表他。

香　香　好，阿酽喂！

喜叔婆　（应声）哎！

［以下两人对唱情歌——香香献茶，喜叔婆舞扇花表演。

香　香　（唱）　一杯香茶敬酽哥。
茶叶青青长山坡。
今日摘来泡滚水，
酽酽香香有味么？

刘　酽　（另场唱）有味啊，有味啊！

喜叔婆　（唱）　手舞扇花笑呵呵，
食妹香茶跟妹坐。
连茶并杯吞落肚，
妹个人情热心窝。

香　香　（唱）　二杯来敬痴情人，
热里拨扇才凉身。
妹子不是纸扎扇，
难有清风入你心。

喜叔婆 （唱） 折叠扇上画芙蓉，
难比妹子好娇容。
妹是六月狗爪豆，
未曾浸净会晕人！

刘 酽 （唱） 会晕人啊会晕人！

香 香 （唱） 三杯香茶慢慢斟，
细水长流交情深。

喜叔婆 （接唱） 滴滴吊着哥心肺，
死落阴间也还魂。

刘 酽 哎哟，唱的什么呀？

喜叔婆 吓？又走火了？再来过，香香呀——（唱）
嫁郎爱嫁老实郎，
老实阿哥锁匙样。
开门事事他会管，
出门带在裤腰上。

刘 酽 （唱） 着裙就挂裙带上！

香 香 哈……（笑得直不起腰来）

喜叔婆 （兴奋得大喊一声）成啦！成啦！？

[刘酽忘情地冲进门。

香 香 慢，我还要问哪！
（唱） 两家做酒开店堂，
哪个手艺过高强？
哪个香甜哪个好，
哪个他日会称王？

喜叔婆 （语塞）这……（转身）酽古，你上！

刘 酽 （唱） 我家酒店新开张，
阿爸声言要称王。
对手就是“妃子红”，

计谋就是挖香香！

香　香　（吃惊）你说什么呀？

喜叔婆　傻货！（转身笑对香香）阿香呀，他说啦——（唱）

“妃子红”胜过瑶池浆，

醉八仙不如迷魂汤。

另日改换庙门来投靠，

他是酒阿哥，你当酒娘娘！

香　香　他真的这样说？

喜叔婆　有半句假话，我……我一口牙齿都脱光！

香　香　（大笑）哈……

刘　酽　香香，我们就定下来吧？

香　香　慢，还有哪！（掂起丝线吊着的小红盒）阿酽，你看！

[刘十三悄悄上，从窗口向内窥视。

[香香掂着小红盒边叙说边转圈，刘酽随之转圈。

[喜叔婆将灯关灭，舞台切光。

[黑暗中传来刘酽的喊声：“火、火……”

[追光下，刘十三一脸得意。

刘十三　傻货！暗摸谈恋爱，正好大放开！（隐去）

[灯光转换。

[刘醇提着红盒子哼着小曲过场。香香追上。

香　香　阿醇，阿醇！

刘　醇　啊，是香香姐姐！

香　香　得了我妹妹的小红盒，嘴也甜啦？

刘　醇　嘿嘿！

香　香　你知道盒子里面有蹊跷吗？

刘　醇　蹊跷？什么蹊跷？

[二人开盒取纸条。

刘　醇　（看条吃惊）啊，我不干！

香　香　急什么？我们来个偷梁换柱！

刘　醇　怎么换？

香　香　（取出预先准备好的纸条）你看！

刘　醇　（看字不解）什么意思？

香　香　（将新纸条替换进盒内）你过来！（与刘醇耳语）

[二人突然爆发出一阵大笑。

[切光。

四

[幕后伴唱：

“桂花村里出奇闻，
冤家相亲去登门。
瓜苗爬上葡萄架，
你缠我绕结重重。”

[刘十三肩挑礼品做前导；刘酽、刘醇擎着线吊小红盒紧随其后。

刘十三　儿子们，快走呀！

（唱）　肩挑礼品脚下舞，
呀呀喳喳出店铺。
两条金鲤上了钩，
我要赶紧把线收。

刘　醇（唱）　小小红盒竹枝挑，
摆上摆下好逍遥。

[远处传来一阵狗吠声。

刘　酽（唱）　擎得低时又怕狗，
擎得高时还怕猫！

刘十三　蠢货！不会不高不低左右摆动呀！

刘　酽　摆来摆去线会断……

刘十三 呸，大吉利市！

［幕后伴唱：

“三人去赴定亲会，
赶得狗跳鸡乱飞。
黄家门前看热闹，
迎亲摆开一盘棋。”

［刘十三率儿子们同下。

［暗转。黄二嫂在“妃子红”酒店前抹桌摆凳。

黄二嫂 （唱） 桃李逢春会开花，
妹子大哩心野野。
男婚女嫁本常事，
无奈那刘家老树长歪芽。
为了我家“妃子红”，
我只能，你歪生来我歪打。
今日设关来对阵，
不成亲家就会变冤家！

（向内喊）香香、甜甜，把茶壶、茶杯拿出来！

［香香、甜甜送茶具上。

香　香
甜　甜 来啦！

甜　甜 （唱） 妈妈开盒试亲家，
甜甜心头乱如麻。

香　香 （唱） 二老明争又暗斗，
香香背后打一耙！

黄二嫂 香香、甜甜呀，阿妈今日开盒考婿，合格不合格还无个定准，等下你们就在店里听消息。

香　香 妈，我们也得参与意见呀？

黄二嫂 过了我这一关，一切放开！现在你们先进去！（把姐妹赶进店里）

[刘十三率刘醪、刘醇上。

刘十三 亲家、亲家！

黄二嫂 慢来，慢来。你这“亲家”叫得急了点吧？

刘十三 （一愣）那……二嫂子！

黄二嫂 二嫂子，你比我还老哪！

刘十三 二妹子！

黄二嫂 二妹子……当年听起来——挺甜；今日听起来——够酸！

刘十三 黄老板！

黄二嫂 嗯，这还算顺耳。先食杯茶吧！（给父子三人倒茶）

[刘醇手端茶杯，眼睛却往店内瞄。

刘十三 叫香香、甜甜出来吧！

黄二嫂 慢着，慢着。今天这亲对得成对不成，关键在你们身上！

刘十三 怎么啦？

黄二嫂 我要看你们的心诚不诚！

刘十三 （急）哎呀！我的二嫂子、二妹子、黄老板呀！

（韵白） 你问我心诚不诚，
月亮代表我的心！
不怨当年缘分浅，
老骨断了还有筋。
希望寄托下一代，
父辈遗愿子继承。
你有条件只管讲，
条条款款我答应！

黄二嫂 我讲？

刘十三 请讲。

黄二嫂 你答应？

刘十三 我答应！

黄二嫂 不后悔？

刘十三　不后悔！

黄二嫂　（对刘家兄弟）你们呢？

刘　醇
刘　酽　我们……

刘十三　（示意）快叫“妈”！

刘　醇
刘　酽　（突然上前给黄二嫂鞠躬）妈！

黄二嫂　（吓一跳）什么，什么？这样就“妈”了？

［香香、甜甜出现在店门边窃笑。

［刘酽羞得躲过一旁。

刘　醇　嘿嘿，那就暂时不叫“妈”。

黄二嫂　我问你们，你们是怎么对上象的？来，一个一个讲！

［刘酽缩进角落。

刘十三　阿醇，你先说！

刘　醇　好！（唱）我和甜妹转圈圈，
一转转到水沟边。
沟边打滚跌落水，
好得丈母伸手牵。

刘十三　什么？打滚？

［黄二嫂忍住笑。

［香香羞甜甜，甜甜捂脸跑下。

黄二嫂　还有呢？

刘　醇　（唱）　我和甜甜打糍粑，
糍粑打滚粘芝麻。
咬下一口吞落肚，
甜甜在我心里安了家！

黄二嫂　你很会说话啊？

刘　醇　多谢丈母娘！

黄二嫂 （对刘酽）你呢？

刘 酽 （畏缩不前）我……

刘十三 （一推刘酽）上！

刘 酽 是，上，上！

（唱） 我和香香打啊啃，
窗子脚下溜山歌。
谁知喉咙发炎症，
好得帮腔的喜叔婆。
叔婆话我老实哥，
我话阿爸心事多。
香香送我小盒子，
我做黄家大石磨！

[香香掩笑下。

刘十三 （气得说不出话来）你……

黄二嫂 什么大石磨呀？

刘 酽 你一差使，我就随磨心转。

刘十三 （跳脚）傻货！

黄二嫂 你跳什么？我看他挺老实。（高声宣布）初试合格！

刘十三 （回不过神）啊……（由气转喜，示意儿子）快拜谢呀！

刘 醇
刘 酽 （又上前打躬）拜谢丈母娘！

黄二嫂 慢，把小红盒拿过来！

刘十三 （递过红盒）又有什么名堂？

黄二嫂 这里装着我的心愿！

刘十三 心愿？这不是香香、甜甜送的爱情信物吗？

[香香、甜甜复上观看。

黄二嫂 启封！（将一个小红盒抛向刘酽）

[刘酽接住红盒开封看纸条。

刘十三 （急不可耐）怎么样？要多少聘礼？一万二万，阿爸都出得起！（夺过纸条念）“招婿上门”！（转对黄二嫂）你……你还不如去挖我的祖坟哪！

黄二嫂 哟，怎么啦。刚才还说“条条款款我答应”，怎么又变卦啦？

刘十三 我说的不算！酽古你说：甘愿去做人家的大儿子吗？

黄二嫂 阿酽说啦，“做黄家大石磨”！

刘十三 （气）轻骨头、轻骨头！

黄二嫂 还有哪！阿醇——接好！（将另一盒子抛出）

刘　醇 好咧！（接盒开封，高声念字条）“牵牛入瓮”！

黄二嫂 （大吃一惊）什么，什么？“牵牛入瓮”？……香香，怎么回事？

香　香 甜甜肖牛……

刘十三 （一拍大腿）好！我来拍板啦！酽古那一对作废！（上前拉住甜甜）这条“小牛”我先牵回去……

刘　醇 慢。阿爸，我也肖牛哇！

黄二嫂 （上前拉住刘醇）还是我把这条“小牛”牵过来……

刘十三 你……

黄二嫂 （对峙）你……

香　香 别争，别争！这“瓮”是指好酒，这“牵牛入瓮”嘛，就是将来谁把酒推上档次，就进谁家门！

刘十三 啊，你们母女勾结起来糊弄我，想让我做蚀本生意呀？不行，干脆散伙！

黄二嫂 散伙就散伙！

香　香
刘　醇 （爆发地）我们不散！（各自站到对方一边）

刘十三 不散就勾！

黄二嫂 勾？（胸有成竹地大笑）哈哈。

［收光。

五

[夜雾轻烟中，香香姐妹手弹吉他对景而歌。

[远处歌舞队在姐妹弹唱中挥动柳条伴舞。

甜　甜（唱）　望天空，雾重重，

银河路，远又近。

眼前垂柳飘线线，

起也匆匆，落也匆匆！

那一天窗纸被捅破，

羞在眉梢，笑在梦中。

一夜西风起，

心悬在半空……

香　香（唱）　望天空，月朦胧，

牛郎织女盼重逢。

抬手来把星星数。

左也成双，右也成双！

待来日心花结并蒂，

人更温馨，酒更香浓。

琴歌唱新曲，

送我过长虹……

香　香
甜　甜（唱）　望天空，雾重重，

望天空，月朦胧……（弹唱着远去）

[歌舞队隐去。

[仙哥颈挂呼啦圈上。

仙　哥（望着远去的姐妹身影）哟，发相思病了？

[黄二嫂呼唤着上。

黄二嫂　香香、甜甜——

仙　哥　哟，黄二嫂，你来得好！

黄二嫂　什么事？

仙　哥　你可知道，火车一响，黄金万两？

黄二嫂　什么意思？

仙　哥　铁路下个月通车，车站边的风采楼承包权这个月要拍板！

黄二嫂　拍板就拍板，你莫阎王不急小鬼跳！

仙　哥　哎哎，我有最最要命的信息向你汇报呀！

黄二嫂　说！

仙　哥　嘿嘿，要我说不难，我这呼啦圈你得帮忙推销推销！

黄二嫂　你这“簸箕甲”不是在领导时代新潮流吗？还要我推销？

仙　哥　唉，别提啦！退潮就在一夜间，我蚀本蚀到割心尖，想要上吊树又高，想要跳河水还冷……

黄二嫂　莫啰唆啦，我买下织园篱！

仙　哥　太好了！（神秘地）我告诉你，那刘十三呀，准备给村干部送礼！

黄二嫂　（一惊）真的？什么时候？

仙　哥　今晚黄昏后，月上东山时！

黄二嫂　（自语）刘十三呀，想不到你也会这一套，我不会放过你！

［灯光转换。

［月上东山。村中小河边，单板木桥上现出一个端坐着的人影。

［幕后伴唱：

“东山月上坡，
桥上人端坐。
冤家要对头，
额角碰额角！”

［刘十三挑着礼担心虚胆怯地上。

刘十三　（唱）　月色朦朦云遮盖，
躲躲闪闪出门来。

谁包酒楼眼看要拍板，

我急忙打出送礼这张牌。

嘿嘿，招标酒楼说是要比经营，比酒好。这好好坏坏还不是关键人物一句话！关键人物说好，就是好，不好也好；说不好，就不好，好也不好。今日我就来个破财讨好！（欲上桥，发现桥上有人，急退回，仔细探看）什么东西呀？（轻喊）喂，桥上是人就快让路呀！（见桥上人影不动）遇到鬼啦？喂，人吓人会吓死人的呀！（见桥上人影仍不动）等我唱首山歌骂骂她！（唱）

乌云遮月路朦朦，

不知什么桥上蹲。

你若是人就晓走，

只有树头唔晓动。

[人影站起——原来是黄二嫂。

黄二嫂 好哇，敢骂我树头？

（唱） 天上月影照河堤，

堤上趴着一稀奇。

缩头缩脑真是怪，

莫非是只老乌龟？

刘十三 啊，是黄二嫂呀！

黄二嫂 哟，是亲家呀，得罪了！

刘十三 莫搞，莫搞，谁是你亲家？

黄二嫂 你呀，不是你亲自带着儿子来相亲的吗？怎么这么健忘啊，亲家！

刘十三 你别亲家长亲家短的，那件事早就丢落河，水打走了。

黄二嫂 只怕打不走哩——亲家！

刘十三 早就一刀两断了！

黄二嫂 只怕断不了哩——亲家！

刘十三 你亲家亲家，喊得我心惊肉跳，受了河风要你赔医药钱。

黄二嫂 钱是小事，你有病肯医，我端汤送药到床前！

刘十三　你……你少啰唆，闪开点，让我过去！

黄二嫂　（拦住）慢！

刘十三　你想怎么样？

黄二嫂　叫我一声“亲家”，我就让你过去。

刘十三　（恼）亲家，亲家，你那个家我不敢“亲”！

黄二嫂　不喊亲家，我们就把账算清楚！

刘十三　什么账？

黄二嫂　陈年老账。

刘十三　你发高烧吧？我会欠你的账？

黄二嫂　（悠悠叙说）好多好多年前，也是这般月色，也是这般风轻，当年的二妹子我正浆裙洗衫在这小桥边。是你，唱了酸溜溜的山歌来撩我，害我三日不思茶饭。我等啊，等啊，没想到却等来喜叔婆的一句传话！

刘十三　什么传话？

黄二嫂　她说你不愿黏上我这长了资本主义尾巴的酒家女！

刘十三　（气得跳起来）什么？那个“死叔婆”在制造冤假错案！

黄二嫂　哈……冤也罢，错也罢，都过去了，你不必脸红，不必跳脚，我也不会小肚鸡肠。我现在要问你一句话：你三更半夜跌跌撞撞是不是去讨好村干部？

刘十三　是……你胡说！我去拜……拜神！（旁白）这个狐狸精，我差点上当！

黄二嫂　拜神？

刘十三　拜神。

黄二嫂　什么神？

刘十三　官……社官。

黄二嫂　社官？拜社官有讲究呀。

刘十三　什么讲究？

黄二嫂　我来教你吧。（唱）

　　　　　　　　你拜社官心要诚，

刘十三　（接唱）　一跪一拜我手脚轻。

黄二嫂　（唱）　　银纸带了有多少？

刘十三 （失口接唱）

红包一叠……

啊，不，不！（接唱）

阴币叠了足半斤。

黄二嫂 （唱） 香纸酒水可齐备？

刘十三 （失口接唱）

名烟名酒……

啊，不，不！（接唱）

黄香红烛照天明。

黄二嫂 （大笑）哈……你漏底了。你到底去孝敬谁？

刘十三 我想孝敬谁就孝敬谁。（冲上桥欲溜下）

黄二嫂 （大吼一声）站住！

刘十三 （顿住）你发什么神经？（心虚脚颤）

黄二嫂 你怕我啦？

刘十三 笑话！我行得正坐得直，怕你？

黄二嫂 那怎么双脚像弹弦？

刘十三 是桥板不平。

黄二嫂 小心跌跤。

刘十三 多谢关照。（又欲下）

黄二嫂 （一惊一乍）哎哟！

刘十三 （复回身）你遇到鬼呀？吓得人心肝扑扑跳！

黄二嫂 你不是不怕我吗？

刘十三 不怕！

黄二嫂 不怕，你敢不敢行前三步？

刘十三 哼！阎王还怕小鬼叫？行前就行前！（走到黄二嫂面前）

黄二嫂 （一把抓住刘十三肩上扁担）哈……

刘十三 你想干什么？

黄二嫂 刘老板，（神秘地）你听到风声了么？

刘十三 什么风声？

黄二嫂 昨天我进城，听到满街人都在纷纷议论。

刘十三 议论什么？

黄二嫂 反腐倡廉！

刘十三 这关我屁事！

黄二嫂 你要小心。有句顺口溜说：行贿受贿，败坏风气；情节恶劣，（往刘十三肩上一拍）坐牢等死！

刘十三 （一震）吓？（担子落肩人落水）哎呀……

黄二嫂 哈……（翻看礼担）哟，名烟名酒，高档礼品。

刘十三 那是供品。

黄二嫂 只怕是“贡品”吧？

刘十三 快拉我一把，我要上岸。

黄二嫂 哟，你也知道回头是岸啦？好吧，就拉你一把。（伸手拉刘十三）

刘十三 好你个黄二嫂，竟敢调戏我！

黄二嫂 我调戏你？呸！（把刘十三重推落水）

刘十三 哎哟！不是调戏，是戏弄，戏弄。

黄二嫂 你说戏弄就戏弄。这担“贡品”我代你去送啦。（挑起礼担扬长而去）

刘十三 （挣扎着爬上桥面，对远处吼）黄二嫂，我要拆了你的尼姑庵。等着吧，我斗不过你，就从你的裤裆下爬过去。（掩口）

[收光。

六

[在阵阵锣鼓声中手挥“醉八仙”和“妃子红”小旗的仙哥与招标广告模特（歌舞队）上，随歌起舞。

[幕后伴唱：

“锣鼓声声——

锣鼓声声敲落半天霞。
喇叭嘀嗒——
喇叭嘀嗒吹开一树花。
风采酒楼要拍板，
广告模特十字路口扭呀扭莲花。
‘妃子’‘八仙’大斗法，
且看谁戴笠嘛谁擎伞！”

仙　哥　喂，走一走，看一看啊，招标擂台开锣啦！（与歌舞队舞下）

[灯光转换。

[刘、黄两家斗酒擂台。台左“醉八仙”招牌下挺立着肩披“礼仪先生”绶带的刘酽、刘醇兄弟；台右“妃子红”招牌下站立着肩披“欢迎光临”绶带的香香、甜甜姐妹。

[刘十三执签筒、黄二嫂手提酒壶分别上。

刘十三
黄二嫂　（同唱）　招标锣鼓响天外，
手执签筒/酒壶笑颜开。

黄二嫂　（唱）　当年的“妃子”添风韵，
敢争高下上擂台！

刘十三　（唱）　红包打点了品酒员，
再把勾魂的签筒摇起来！

黄二嫂　香香、甜甜！

[香香、甜甜不应，眼神分别注视刘酽、刘醇。

刘十三　阿酽、阿醇！

[刘酽、刘醇不应，魂魄似被香香、甜甜勾去。

[黄二嫂、刘十三发现女儿、儿子眼神有异，各自沿着女儿、儿子的眼线寻找焦点，寻着、寻着，二人在台中撞了额门。

刘十三　你？

黄二嫂　你？

[刘家两兄弟、黄家两姐妹同时掩笑。

刘十三 （对儿子）笑什么，笑？快把红布横标挂起来！

刘　酽
刘　醇 是！（打出“饮酒大抽奖”布标）

黄二嫂 香香，甜甜，把红布横标挂起来！

香　香
甜　甜 好咧！（打出“新酒品尝会”布标）

刘十三 走！（率儿子们下）

[传来仙哥的呼喊：“品酒员到！”

[歌舞队与仙哥拥着四位别着胸章的品酒员上。

黄二嫂 诸位，请先品一品我这“妃子红”！

品酒员 好哇！

[黄二嫂给品酒员斟酒。

[刘十三潜上窃看。

歌舞队 （唱）

“妃子红”，“妃子红”，
祖传佳酿香又醇。
当年宋帝南逃难，
唤回皇妃一脉魂。
几度兴衰技艺在，
名声传遍十八村！

黄二嫂 （唱）

谢乡亲，多奉承，
今日“妃子”不相同。
新制配方别样味，
我家妹子改了老传统。

香　香
甜　甜 （唱）

创名牌，靠创新，
不能抱着旧历看时辰。
试出新酒初待客，

请君品味请君评！

黄二嫂 诸位，请——

[品酒员品酒。

品酒员甲 好香——香得醉人！

品酒员乙 好甜——甜得入心！

品酒员丙 好醇——使人醒脑！

品酒员丁 好甘——令人回味无穷！

众　人 好酒——“妃子红”！

歌舞队 （唱） “妃子红”，“妃子红”，

今日“妃子”展新容。

黄二嫂 （唱） 生子月婆煮鸡酒，

众　人 （接唱） 老个过健细个雄。

香　香 （唱） 挑担赶路喝一碗，

众　人 （接唱） 脚筋过硬身过松。

甜　甜 （唱） 过番游子带海外，

众　人 （接唱） 邀月对饮乡情浓。

黄二嫂 好，今天请大家喝个够！

仙　哥 多多捧场！请——

[众人拥下。

刘十三 （焦躁难禁）叛徒！叛徒。这些品酒员得了我的红包，替他人唱赞歌！（向内）酽古，酽古！

[刘酽上。

刘十三 红包你是怎么送的呀？

刘　酽 我交给香香去送的。

刘十三 哎呀！你“里通外国”啦！你……你坏了我的大事了！蠢猪！

[刘酽害怕地下。

刘十三 ……不行！赶紧补救！我的酒再加点香精调味剂！（急下）

[喜叔婆拄拐棍上，左顾右盼听动静。

喜叔婆 十三古这边怎么冷冷清清呀？（喊）十三古！

[刘十三上。

刘十三 啊，喜叔婆！请，里边请！

喜叔婆 请我喝相亲酒呀？

刘十三 嗨，你就别提相亲了，今天喝我的酒有奖！

喜叔婆 有奖？

刘十三 对，有重奖！请进——

喜叔婆 新鲜、新鲜……（进内）

刘十三 （高喊）食酒有奖！食酒有奖！饮酒大抽奖啰！

[仙哥执小旗从黄家酒摊出来。

仙　哥 （顾自宣扬）好酒，好酒！好酒妃子……

刘十三 仙哥！

仙　哥 （一震）啊，刘老板！

刘十三 什么好酒？

仙　哥 啊，（转口）好酒“醉八仙”！（展“妃子红”小旗）

刘十三 （气）你搞什么鬼把戏！

仙　哥 （看旗）啊，错了！（换“醉八仙”小旗）

刘十三 快喊呀！

仙　哥 （喊）喂！最新信息：这边饮酒有奖啊，要想中奖快来呀！

刘十三 饮酒大抽奖！奖品有超薄型电视机、无霜牌电冰箱、静得好洗衣机、轻便式摩托车！

[歌舞队化作村民百姓与品酒员从黄家酒摊上。

品酒员甲 刘老板，怎么回事？

刘十三 品酒员同志，本号新潮经营，隆重推出饮酒大抽奖。买一碗酒，发一张兑奖券，摇签对号，中者有奖！

仙　哥 （小旗一挥）祝君好运！请——

[刘十三引众人入内。

[刘家酒摊霎时传来喧闹声：“来，干！”；“再来一碗！”；“舍命碰运气，再

干！”；“奖券，奖券……”

黄二嫂 （上，注视刘家布标）饮酒大抽奖？刘十三真会下这么大本钱？

刘十三 （兴冲冲上）哈……热闹热闹真热闹！喂，大家快来看醉八仙的繁荣景象呀！不看不知道，这里真奇妙呀！（发现黄二嫂）嗯？黄老板，你呆什么呀？我说黄二嫂呀，你也不用头低低，当今世道，经商要懂奥妙，好坏无标准，关键要把顾客的胃口吊！有胃口，酸醋都顺喉；无胃口，甜酒也变臭马尿！这胃口怎么吊？嘿嘿，里边学问高！

［台内喧闹声：“抽奖啦！抽奖啦！”

［仙哥拿签筒与持兑奖券的村民上。

［香香、甜甜亦上来看热闹。

刘十三 好！现在抽奖开始！

［以下刘十三摇签，仙哥报号。

仙　哥 四等奖 04 号！

刘十三 奖洗衣机——静得好！

仙　哥 三等奖 44 号！

刘十三 奖电冰箱——无霜牌！

仙　哥 二等奖 444 号！

刘十三 奖电视机——超薄型！

仙　哥 一等奖 4444 号！

刘十三 奖摩托车——轻便式！

众　人 奖品在哪里呀？

刘十三 仙哥，帮我抬出来！（与仙哥下去抬出一个大纸箱）

众　人 （拥上）电视机？

刘十三 （拦）急什么？有食慢慢到，莫来爬上灶！（揭开纸箱，现出一堆玩具）

众　人 奖玩具呀？

刘十三 嘿嘿，今日我是和大家做游戏——各位玩一玩，乐一乐。妹子乐——花朵朵，老人乐——命过长，后生乐——胜过食了壮阳药！把戏是假酒是真，另日我红帖请诸位到风采酒楼坐！

众　人　（吵闹）我们上当啦！上当啦！（纷纷把奖券抛向刘十三）

[刘酽、刘醇用酒篓抬着喜叔婆上。

刘　醇　（大喊）别吵啦，别吵啦！出事了！

[顿时静场。

刘　酽　阿爸，喜叔婆醉得不省人事了！

众　人　（吃惊）啊！

黄二嫂　快拿我家的解酒汤来！（扶喜叔婆出酒篓）

[甜甜应声下。

喜叔婆　（有气无力地）我没有醉，没醉！我要电视机……

[甜甜送上解酒汤。黄二嫂替喜叔婆解酒。

[喜叔婆一声呕吐，脏物溅到刘十三身上。

[品酒员甲提一壶酒上。

品酒员甲　刘老板，你的酒有问题！

刘十三　什么，什么？你们有无搞错？

众　人　吓？假酒？（顿感不适，纷纷乱吐起来）

刘十三　（情急跺脚）我的酒好得很！（从品酒员甲手中夺过酒壶）不信，我喝给你们看！（喝一口）你们看看，有什么问题？——香得很！（再喝一口）你们再看看——甜得很！我喝它十壶八壶都不会有问题！（仰起脖子大喝不止）

黄二嫂　（慌了神）十三哥……（急上前夺下酒壶）

刘十三　看看，有什么问题？——我快要成仙！（忽然感到天昏地暗）不好……（挺“僵尸”倒地）

[众人“哇！”的一声——愣住。

仙　哥　（上前试刘十三鼻孔）坏啦！有气出无气入！

黄二嫂　（回神）香香、甜甜快帮忙，背到我家去抢救！（在香香、甜甜帮忙下，背起了刘十三下）

[收光。

七

[刘十三小店内外。“醉八仙”招牌已拆去。

[幕后伴唱：

“柳树枝头挂银钩，
寒寺更鼓唱晚愁。
八仙斗酒仙气散，
一腔气恨上心头。”

刘十三 （正在店内发狠地飞锤剁肉丸，口中又骂又唱）

黄二嫂，野猪嫂，
把我招牌拱得颠颠倒。
重操旧业难服气，
门牙落肚恨不消！
黄二嫂，狐狸嫂，
把我儿子勾去做“种草”。
我这锤刀也不留情面，
把你打成丸子落锅熬！
黄二嫂，冤家嫂，
前世结怨到今朝。
我哭你还笑你，我骂你一声娇，
不怕激人去上吊！
招牌倒，冷了庙，
大丈夫，不弯腰。
烫死的鸭子嘴还硬，
剥皮的蛤蟆我还要跳、跳、跳！

（跳骂得气喘吁吁，终于四肢无力，再也跳不起来，忽又挣扎地发出一声吼）冤家——黄二嫂！

[黄二嫂内应："喂，我来了——"肩挑刘十三的"贡品"欢快地上，担子上挂着"蹦蹦跳肉丸店"招牌。

黄二嫂 （唱）　十三的"贡品"肩上挑，
月夜来把亲家找。
不信犟牛难调教，
石灰遇水化成膏。
（放下礼担，把肉丸店招牌挂在门旁，静听片刻，敲门）

刘十三 谁？

黄二嫂 我。

刘十三 你是人还是鬼？

黄二嫂 我是黄二嫂。

刘十三 啊？怎么？你斗赢了，看笑话来了？告诉你：拔须的老虎威还在！大丈夫宁肯站着死，不会跪着生！

黄二嫂 哟，还生我的气呀？

刘十三 不敢！

黄二嫂 不敢就好，你没有忘记我是你的亲家吧？

刘十三 冤家！

黄二嫂 冤家就冤家，你开门，让冤家碰碰头。

刘十三 你去撞石头！

黄二嫂 我给你送"聘礼"来了。

刘十三 送给鬼吧！

黄二嫂 （气）你……你开不开？

刘十三 不开！（顾自剁起肉来）

黄二嫂 好你个刘十三！（欲踢门又停住，拍门）开门，开门！

刘十三 我不得闲！

黄二嫂 我来做你的帮手。

刘十三 我不要帮手，你别猫哭老鼠假慈悲！

黄二嫂 我来向你拜师，学做"蹦蹦跳"肉丸！

刘十三 哟，天转侧啦？堂堂风采酒楼大老板要到小店来学艺？

黄二嫂 风采酒楼老板不是我。

刘十三 不是你还会是我？

黄二嫂 也不是你。

刘十三 当然不是我呀，我斗不过你这村中的女强人嘛！

黄二嫂 强中自有强中手！

刘十三 （疑惑）强中自有强中手？什么意思？莫非风采酒楼真是给别人包走了？（幸灾乐祸地）嘿嘿！黄老板，你也败下阵来了？

黄二嫂 就算是吧。

刘十三 我们平起平坐了？

黄二嫂 平起平坐了。

刘十三 （似悟）啊，风采酒楼被人包走了，你有苦无处说了，找我寻开心来了？

黄二嫂 不，我找你谈谈心。

刘十三 好啊！斗来斗去，我败了你也败了！黄老板，你败得光荣，败得辉煌，败得灿烂！我真想唱支歌来向你表示祝贺啊！

黄二嫂 好呀，你唱吧！你想唱歌我还想跳舞呢！

刘十三 好啊，我就放开喉咙唱起来啰！

黄二嫂 好啊，我就扭起屁股舞起来啰！

［刘十三、黄二嫂门内门外扭起秧歌来。

刘十三
黄二嫂 （边舞，唱）

喜从天降神仙乐，
隔着门皮扭秧歌。

刘十三 （唱） 往日囫气烟消散，

黄二嫂 （唱） 今日和你共凳坐。

刘十三 （唱） 失败了——

黄二嫂 （唱） 算什么？

刘十三 （唱） 你莫哭——

黄二嫂 （唱） 我笑呵呵！

刘十三 （唱） 从今后，你和我——

黄二嫂 （唱） 胡鳅黄鳝共一锅。

刘十三 （唱） 请你常听我砧板响，

黄二嫂 （唱） 你就打鼓我敲锣。

刘十三 （唱） 老天不让十三爬裤裆，

黄二嫂 （唱） 你我共做塘中一对鹅！

刘十三
黄二嫂 （唱） 乐啊乐，哆来咪，

乐啊乐，咪发唆……

刘十三 （仍嫌不解气）黄老板，你跳呀，你唱呀，你再唱支山歌我乐一乐呀！

黄二嫂 好呀！你听着啊！（站到高处）

（唱） 我俩自小共山窝，

我做妹时你眼关多。

少时无埋情种子，

为何敢唱山歌来撩我？

刘十三 （唱） 黄老板你莫搞错，

篾骨不敢乱缠箩。

我唱山歌是逗乌鹩，

见你勾眼是酒喝多。

黄二嫂 （唱） 黄酒好食莫贪多，

留着两瓮放棚角。

等过十年二十载，

越老越甜回味多。

刘十三 （唱） 哎哟哟……

她那情歌绕绕韧，

听得我一身骨酥酥。（瘫软在地）

黄二嫂 （唱） 老妹念你活得累，

今日替你来按摩。

刘十三 唉哟，魂都会被她勾出来啊。

黄二嫂 十三哥，你开门呀。

刘十三 我起不来啰……

[远处传来仙哥的叫卖声："卖信息哟——"

黄二嫂 十三哥，有人来了。再不开门让我进去，就说不清是我勾引你，还是你勾引我了。

刘十三 吓？（被吓得一跃而起，把门打开）

[黄二嫂挑担闪身而进。

[仙哥上，似见什么，忙从门缝向内窥视。

黄二嫂 （将礼担一放）物归原主了。

刘十三 你这是什么？

黄二嫂 （高声）你想送给村干部的"贡品"呀！

刘十三 （急阻）我的老天！声音像破锣，这事好光彩呀？

黄二嫂 （掏出红包）还有你想送给品酒员的红包！

刘十三 哎哟！你是来撕我的面皮啊！（坐凳）

黄二嫂 我哪里敢呀？你不是说，我们都是平起平坐的人了吗？（与刘十三坐一块，不断趋前）哈哈！

刘十三 （一惊，跳起）哟，莫搞，莫搞……

仙　哥 （门外）嘻嘻，重大信息！卖给他们的儿女，我又可以赚一笔啰！（乐滋滋地下）

黄二嫂 十三哥，你脸红什么呀？

刘十三 嘿嘿……

黄二嫂 莫非又是酒喝多了？今天我也想红红脸……（斟酒举杯）来，干一杯！

刘十三 （执杯疑惑）什么意思？

黄二嫂 庆祝平起平坐！（强挽住刘十三手臂一饮而尽）

刘十三 哟，这不成了"喝交杯"吗？

黄二嫂 交杯就交杯！（强灌刘十三一杯）

刘十三 你这是什么意思嘛？

黄二嫂 （似有醉态）我就是想意思意思！

刘十三 慢，你今晚来得奇奇怪。

黄二嫂 你不要怕和尚庙里有裙晒！

刘十三 为何灌我一杯酒？

黄二嫂 还你当年相思债！

刘十三 （自语）她的神经出毛病啦？

黄二嫂 你说我发神经？哈……

刘十三 （突生一腔同情）黄老板，风采酒楼丢了就丢了，（诵诗一般）你莫痛苦、莫悲伤，你要冷静、要坚强！抹干眼泪抬头望哪，前面道路绕绕长！

黄二嫂 （笑得更欢）哈……

刘十三 （劝慰不迭）你莫痛苦、莫悲伤，你要冷静、要坚强……

黄二嫂 （突然收笑）告诉你吧，风采酒楼的承包人就是你的儿子、媳妇，我的妹子、婿郎！

刘十三 什么？（愣住）

黄二嫂 今下后生长知识有文化，我那新酒就是她们姐妹俩酿出来的！（取下门口的肉丸店招牌）十三哥呀，火车一通，桂花村就成了黄金宝地，传统手艺丢不得，客家小吃样样可为啊！我们共同来打“蹦蹦跳”肉丸供应给风采酒楼吧！

刘十三 （回不过神来）我，我这不是在做梦吧？

黄二嫂 是梦，我们就把它做圆！来，把肉丸打起来！

（唱） 你剁肉，我掐丸，
一条心思做团圆。
我把鱼丸肉丸共锅煮，
浮上浮下翻来滚去都是团团圆！
你剁肉，我掐丸，
一条心思做团圆。
明日大丸小丸迎宾客，
欢欢喜喜有滋有味大家品团圆！

你剁肉，我掐丸……

[仙哥引刘酽、刘醇、香香、甜甜上 —— 隔门偷视。

刘十三 （突然指着肉丸锅惊叫）哎呀，熟了！

黄二嫂 （双关地）我知道成熟了。

刘十三 快捞！

黄二嫂 （举篓一捞）我捞到了！

刘十三 （尝肉丸）你只顾着唱！肉丸都老了！

黄二嫂 （意味深长地）老 —— 老有老的味哪！

刘十三 你……（注视片刻，顿悟）哎呀！我的二妹子呀！（情不自禁地搂住黄二嫂欲吻）

仙　哥 （大叫一声）停 ——（推开大门）

[刘十三和黄二嫂停在欲吻状态中 —— 定格。

仙　哥 门外还有你们的儿子、妹子哪！

[儿女们一哄而进。

众儿女 阿爸、阿妈！

刘　醇 明天火车一进村，酒楼就开张。

众儿女 我们请二老给风采酒楼剪彩！

[画面造型。

[收光。

尾　声

[黑暗中火车轰鸣声由弱渐强……

[一声笛鸣，灯光骤然而亮 —— 风采酒楼前一片红光。

[歌舞队牵起了彩绸串串。刘十三、黄二嫂挥剪下去 —— 霎时彩绸飞舞、歌声阵阵。

[幕后伴唱：

“山醉了——啊哎哟，
人醉了——啊哎哟！
彩绸飘飘舞，
笑声满山坡。
剪开一个新世界，
裁下云霞千万朵。
剪开一个新世界，
裁下云霞千万朵！
山醉了——啊哎哟，
人醉了——啊哎哟……”

[音乐渐缓……

[众人聚拢造型。

[全剧终。

·客家山歌剧卷·

山寨红灯笼

编剧：罗锐曾

生子上（挂）灯是这方水土一支古老的歌，在岁月的长河里年年传唱。

——题记

人　物　表

莲　嫂　　40 多岁，山里寡妇。

胡阿四　　40 多岁，村长。

大　炮　　30 多岁，大龄男青年。

八　婆　　60 多岁，山村老妇。

喜　梅　　30 多岁，八婆的儿媳妇。

小　莲　　18 岁，莲嫂女儿，高中生。

一群村姑村嫂。

时　间：20 世纪 90 年代。

地　点：客家山村胡家寨。

第一场

[正月十五上灯时分。

[胡家寨祠堂。

[喜庆的鼓乐声中一束追光投下，台中现出一个头戴男孩面具、身套大红灯笼的灯笼娃娃；背景衬以一群挑灯村姑的造型剪影。

[台后传来女声独唱：

“一支古老的歌，
淌过千年的河。
这方水土的上灯节啊，

年年红火！”

[一声“上灯喽！”引出一队身背娃娃的村嫂——霎时，挑灯的村姑、背娃的村嫂与灯笼娃娃欢歌喜舞。

[众人舞唱：

新年过，元宵到，
喜庆的灯笼高高挑。
上灯时节锣鼓响，
山寨祠堂哟好热闹！
新灯舞，贵子笑，
生子的女人头抬高。
脚下迈出莲花步，
身上一扭啊摇三摇！

[众人开怀大笑。

[台后传来一阵小孩的呼喊声：“撒莲子喽！抢花生喽！”

[忙得满头大汗的大炮匆匆跑上。

大　炮　大家莫吵闹，有食慢慢到，莫来爬上灶。年年上灯有规矩，村长主持不乱套。现在村长还未来，莫要做馋猫！

村嫂甲　大炮，村长未来就你主持。

大　炮　不行不行，我大炮想抢班还不敢夺权哪！

姑嫂们　（齐向内喊）胡村长——

[胡阿四人未到笑声先到。

胡阿四　（上）……哈哈！

（唱）　胡阿四当村长人缘顶好，
山寨里办喜事最愿操劳。
眼前的灯火红红旺，
我祝各位贵子个个长成龙虎豹！

村嫂们　多谢村长的祝福。

大　炮　村长，时候不早了。

胡阿四 好，（登上高处庄重地喊）时辰到——上灯！

[喜乐骤响，众村姑将灯笼高悬。

胡阿四 烧香敬祖！

[缥缈的音乐中，胡阿四率众人祭祖（舞蹈化的仪式）——隐下。

[莲嫂抱一娃娃上，喜梅追上。

喜　梅 莲嫂，莲嫂！

莲　嫂 喜梅，你怕什么呀？

喜　梅 （抱过娃娃）我招娣是妹子，这个时候上不得祠堂呀！

莲　嫂 这是什么规矩呀？妹子就不是人啦？走！（抢过娃娃跑下）

[喜梅呼喊着追下。

[随着台后“撒喜果喽！”的喊声，大炮引一队挎果篮的村姑涌上。

村姑们 （歌舞）　撒喜果，撒喜果，
喜果抛飞笑语多。
瓜子莲子红枣子，
子子孙孙旺香火！

大　炮 （喊）“新丁”上场！

[数位抱娃娃的村嫂涌上。

村嫂们 （舞唱）　红灯映照花朵朵，
怀里乖崽笑呵呵。
拜过祖宗谢天地——
哎哟哟，
小枪一杆指天河！

“新丁”射尿喽！

[村嫂们齐举娃娃——飞流似泉。

[众人开怀得七颠八倒。

[莲嫂抱着女娃突然奔上。

莲　嫂 （将娃娃高举）大家看啊，妹子同样会射尿！（果然把娃娃逗出一股尿来）

众　人 （大骇）哇……！

喜　梅　（追上）莲嫂……

八　婆　（急上）造孽啊！喜梅，你们搞什么名堂？！

喜　梅　（有口难辩）妈，我……（急忙抱回孩子下）

八　婆　（对着远去的喜梅吼）有本事，明年给我屙出个孙子来！

莲　嫂　八阿婆，你说话怎么不讲理？

八　婆　（生气地）去！（径自双手合十，面对祖堂念念有词）祖公祖婆，得罪了，得罪了！（跪地一拜，屁股拱得高高）

[众人见状，忍俊不禁哄然大笑，八婆在笑声中下。

[胡阿四急匆匆上。

胡阿四　（气急败坏地）你们别笑啦，别闹啦，坏事了！

众　人　村长，又出什么事啦？

胡阿四　女同胞们呀，刚才镇里送来紧急通知，要召开各村妇女干部会，研究计划生育问题！（扬了扬通知书）

大　炮　哎，我还以为鬼子进村了，不就是开会嘛？

胡阿四　说得轻巧，自从桂花出嫁后，胡家寨这个女人村就无人当“妇头”。现在要开会，谁去？（对大炮）你去？！

大　炮　你是村长，你去呀！

胡阿四　我去？我敢去吗？

众　人　怎么不敢去呀？

胡阿四　唉，女人村里我当村头，偏偏难寻妇女头，妇女工作已经落在后头，人口产量跑到了前头，我去开会难交差，好比送肉上砧头！

莲　嫂　头头头，我看你是自寻烦恼、自找苦头。我就不信胡家寨没有人能当妇女头！

村嫂甲　嗯，村长你光棍一个，不如娶个夫人来当妇女头。

村嫂们　（纷纷起哄）对，村长娶妇头，里外不用愁！

胡阿四　（大喝一声）别闹了，你们太不像话了！现在我宣布：你们就在此时此地此刻立即给我选出个妇女主任来！

村嫂们　哟，打卵就见黄呀？

胡阿四　势急马行田，上头等着要开会，特殊情况特殊处理。

[众女人面面相觑，无言以对。

胡阿四　说吧，选谁？

村嫂乙　我的猪还没有喂。（欲走）

村嫂丙　我的鸡鸭还未关。（欲走）

村嫂丁　哎哟，我肚子痛！（欲走）

胡阿四　（突然冒火）统统给我站住！谁走就谁当！

[台上一片死寂。

莲　嫂　胡村长，无人肯当就我来当怎么样？

胡阿四　（急得直眨眼将莲嫂拉到一边）这个风头你出不得。

村嫂们　（众口一词）好，我们选莲嫂！

胡阿四　不行，绝对不行！

村嫂甲　村长你怎么回事呀？想当的不让当，不愿当的硬要人家当。

胡阿四　（忙换笑脸）嘿嘿，嫂子们呀，这当妇女头嘛……脑子要多几个弯……是不是？（边说边暗示莲嫂离开，莲嫂偏站立不动）嘿嘿，再说，再说现在任用妇女干部要讲究……讲究年轻化，是不是？

大　炮　像我这样三十挂零的就合格——是不是？

胡阿四　你凑什么热闹！

大　炮　（玩世地）无人合适就我来当喽！

[众人一阵哄笑。

胡阿四　（气）光棍炮！

莲　嫂　（突然和大炮站在一起）好！现在两人愿当。胡村长你说一句：我当？大炮当？

大　炮　（倍觉有趣）对对对，村长一句话！

胡阿四　（又气又恼）我……我……

村嫂们　快点将呀！

胡阿四　好，我点、我点……（急得如困兽）

大　炮　谁当呀？

胡阿四 大炮就你……就你当——做代理主任!

村嫂们 （哗然）哇!（起哄地鼓起掌来）

胡阿四 无牛着驶马啦!（气冲冲下）

大　炮 （一愣，醒悟过来）哎哎，村长，我是开玩笑、开玩笑的呀!（欲追）

莲　嫂 （拉住）大炮，村长让你当，不当白不当!

大　炮 （忽感一身酥软）哎哟，我的好莲嫂，我这光棍炮敢管天管地，也不敢去管女人的肚皮呀!

莲　嫂 怕什么?我给你撑腰!

大　炮 你?你一个平头百姓，一无权二无势，撑得了吗?

姑嫂们 还有我们哪!

大　炮 你们?你们个个都是癞痢头，领教领教。好姐姐，好姑姑，好奶奶，你们就饶了我吧!

莲　嫂 大炮，听我的，干好了有奖。

大　炮 奖?奖什么?

莲　嫂 这……奖个又白又嫩又水灵的细妹子。

大　炮 （顿时两眼放光）细……细妹子?

姑嫂们 大炮，快谢大媒娘呀!

大　炮 啊啊，谢诸位，谢莲嫂!

[众人哄然大笑。

[收光。

第二场

[数月后。

[胡阿四提礼品上。

胡阿四 （唱）　光溜溜的秤杆想挂砣，

心尖尖的人儿难捉摸。

想莲嫂，怕莲嫂，
多年的相思像条索。
今晚莲嫂一声请，
好比月光从天落。
手提礼品快步走啊，
卷高裤脚去过女人河。
走啊，哈……（下）

[暗转。厅堂里的莲嫂正在往桌上摆蛋糕。

莲　嫂（唱）　月上枝头鸟归窝，
我为女儿把生日过。
十八岁的女儿长成人，
十八年的苦水又扬波。
请村长，来赴宴，
指望打开心头一把锁。

[小莲持蜡烛上。

小　莲　妈，不对吧？

莲　嫂　什么不对？

小　莲（俏皮地唱）
请村长，来赴宴，
指望藤断再把篾来驳！

莲　嫂　鬼妹子，牙尖嘴利，嘴角痒了？（佯打）

小　莲（躲闪）嘻嘻！

莲　嫂　等下不准你胡说八道！

小　莲　妈，女儿长大了，转眼考大学了，你和村长大叔就再不要一阵阴一阵阳了。我看今天晚上就拍板成交算了。

莲　嫂　哼，我这家宴说不定是鸿门宴呢！

小　莲　鸿门宴？

莲　嫂　小莲，你过来。（与小莲耳语）

[胡阿四闯进。

胡阿四 莲嫂！

小　莲 哟，说曹操曹操到。

胡阿四 （对莲嫂一躬）祝你生日快乐！

莲　嫂 什么呀？是小莲生日。

胡阿四 啊啊，（转对小莲一躬）祝小莲生日快乐！

小　莲 （俏皮地对躬）祝村长大叔经住考验。

胡阿四 （迷惑）考验？

小　莲 （忍笑）嘻嘻！

莲　嫂 小莲，别打牙花，快去准备菜。

小　莲 是！（三步一回首，笑着进内）

莲　嫂 胡村长，你坐哇！

胡阿四 坐坐。（心慌神乱，一屁股坐歪，差点儿跌倒）

莲　嫂 你怎么心神不定呀？

胡阿四 莲……莲嫂，小莲刚才……

莲　嫂 啊，我今天准备了一样特殊的菜，小莲是说要你品尝品尝。

胡阿四 特殊的菜？好，我尝尝。

莲　嫂 （向内喊）小莲，上菜！

小　莲 （提一盏上书“千金喜”的旧灯笼上）来啦！

胡阿四 （面对灯笼）啊，这是什么菜呀？

莲　嫂 “火烧心肝”！

胡阿四 啊？

莲　嫂 胡村长，这盏灯逢小莲生日必挂，整整十八年了。今天请你赴宴，一起看灯、说灯……

小　莲 对对对，在灯下交心……

莲　嫂 小莲！去去去，去买瓶酒来。

小　莲 （旁白）哟，嫌我碍眼碍鼻呀？

莲　嫂 还不快去。

小　莲　就去就去。（复又小声叮嘱胡阿四）村长大叔，机不可失，时不再来。

莲　嫂　小莲……

［小莲做个鬼脸匆匆下。

胡阿四　阿莲，你今天有话跟我说？

莲　嫂　有，发自肺腑的心里话。

胡阿四　（满怀希冀地）好，你快说，快说！

莲　嫂　说了你莫生气。

胡阿四　嗨，我高兴都来不及，你说。

莲　嫂　（将灯高悬）十八年前，我这个外乡人嫁到胡家寨，生下小莲后，不顾这里的规矩，正月十五也到祠堂上灯……

胡阿四　这地方生女不上灯。

莲　嫂　结果灯笼被人丢落天井！

胡阿四　（不无讨好地）对对，当时还是我悄悄把灯笼捡起送回你家。

莲　嫂　胡村长呀！

（唱）　这灯伴我十八年，
十八般滋味说不全。
十八年我做过百回梦，
回回梦见上灯换了旧时颜。
灯下一群生女嫂，
光光彩彩站人前。
醒来不见梦里景，
耳边只听你声声把男灯赞。
胡村长啊，
为什么村子里年年生子大比赛，
为什么女人头上少了一方天？

胡阿四　这个……哎，上灯不过是一处风俗，祖祖辈辈都是这样过，你何必自寻烦恼？

莲　嫂　你是说我心胸狭窄？

胡阿四 不不，你宽广、你宽广！

莲 嫂 我这个人不肯随俗，讨人嫌是吧？

胡阿四 不不，你无嫌、无嫌！

莲 嫂 无嫌？

胡阿四 对，你人好。

莲 嫂 人好？怎么好？

胡阿四 你……德才兼备！

莲 嫂 德才兼备？哈……德才兼备你就不会三番五次阻挡我当妇女主任了。

胡阿四 这……我是一片苦心哇。

莲 嫂 苦心？什么苦心？

胡阿四 我是为你好。

莲 嫂 为我好？

胡阿四 妇女主任要兼抓计划生育呀！

莲 嫂 我不怕！

胡阿四 你不怕，我还怕哪。

莲 嫂 你怕什么？

胡阿四 我是怕……

莲 嫂 怕什么？说，大胆说呀！

胡阿四 怕……怕人说我任人唯亲。

莲 嫂 任人唯亲？我是你的什么亲呀？

胡阿四 这个……

莲 嫂 什么亲？你说呀？

胡阿四 这个……你还不明白我的心？

莲 嫂 不明白！

胡阿四 那……我就直说了。

莲 嫂 直说。

胡阿四 （鼓起勇气）好，我说！（如背书一般）我有心，你有情，窗纸捅破就是一家亲。

莲 嫂 哎呀！你这个该死的胡老四呀！（佯作生气地唱）

平日里看你是老实忠厚样，
肚皮中却包着一副弯弯肠。
我几时应承过做你亲眷？
你竟然讲梦话说短道长？
胡老四，快坦白，
竹筒倒豆从头讲。
你几时开始盘算，
你几时布下情网？
我哪点让你想入非非，
我哪点让你日思夜想？
若有半句虚假话，
拧你耳朵出厅堂！

胡阿四 （慌了神）啊？那……那是我领悟错了，你，你就饶了我吧。

莲 嫂 （作态地）不饶！你说，我要听。

[小莲悄悄上，向里窃视。

胡阿四 （哭丧着脸）阿莲啊！

（唱） 我这衰嘴受了风凉，
缺嘴茶壶漏了茶汤。
虽说是点点流露心中出，
也不该急急忙忙叫人尝。
我眼歪不知起于何年何月，
我走神多半在三更夜长。
一次次你在我身边过，
如是六月春风荡。
一番番你骂我麻辣辣，
过后回味又甜香。
只怕是前生情未了，

今生才让我绞肚绞肠。
往日是空有贼心无贼胆，
今日里自作多情愧难当。
鱼骨卡到喉咙半啊，
难下难上谁人思量？

[莲嫂虽是端着架子，却听得一脸滋润。

胡阿四 （心灰气丧）我坦白完了，该走了……（一步一步向门口走去）

小　莲 （另场）什么？就这样收场？

莲　嫂 回来！

胡阿四 （急转回）阿莲……

小　莲 （另场）嗯，还有戏。

莲　嫂 你的心……我明白了。

胡阿四 （一喜）明白就好，明白就好！

莲　嫂 可惜，你名声不好。

胡阿四 什么？我名声不好？！

小　莲 （另场）他是出名的温柔村长啊！

莲　嫂 你知道，村嫂们背后笑你什么吗？

胡阿四 笑我什么？

莲　嫂 “挨批”村长。

胡阿四 “挨批”村长？

小　莲 （另场）嘻嘻！

莲　嫂 村里妇女工作搞不起来，你不是挨了批么？

胡阿四 那是那是。

莲　嫂 那是那是，好“光彩”啊，我可不敢沾光！

小　莲 （另场，泄气）唉，又完了！

胡阿四 （几近哀求）我改，我改还不行么？

莲　嫂 改？怎么改？

胡阿四 我听你的。

莲　嫂　听我的？那好啊，你就从最让我堵心的事改起。

胡阿四　你指示，我照办。

莲　嫂　我要你，明年上灯节开个上女灯的先例！

胡阿四　这个……

莲　嫂　我要你，让所有的生女嫂不再为生“男丁”去搏命！

胡阿四　这个……

小　莲　（另场打气）快答应呀，这是爱情考验！

莲　嫂　算了，你办不到。

胡阿四　不不，我……办得到！

莲　嫂　办不到。

胡阿四　办得到！

莲　嫂　办不到！

胡阿四　（急得晕头转向）我……我们来打赌？

莲　嫂　怎么赌？

胡阿四　（伸出一指）勾手指。

莲　嫂　勾手指？哈……

小　莲　（急冲进门）阿妈，和他赌！（强拉莲嫂与胡阿四勾指）村长大叔，要是你赢了——我妈妈就赔给你！

[“哎呀”一声，莲嫂与胡阿四羞。

[切光。

第三场

[数天后。

[八婆家。

[大炮西装革履，腋下挟着皮包神气活现地上。

大　炮　（唱）　光棍的日子过得缺盐少味，

一朝行运宽天阔地。
自从当上了准干部，
水鬼升社官我添了神气。
隔三岔五上镇去开会，
女人堆里经常作指示。
大姑娘，小媳妇，
声声主任喊得我就像着了鸭绒衣。
莲嫂许我牵红线，
我听莲嫂来指挥。
今日里又领下重任一件，
陪喜梅到医院去做手术。

（来到门前端详）咦？怎么一早这大门就反锁了？难道她走了？（喊）喜梅嫂，喜梅嫂！

喜　梅　（腆着微凸的肚子上）谁呀？

大　炮　我，胡代理！喜梅嫂，怎么还不动身呀？

喜　梅　我恐怕走不了啦！

大　炮　什么？你不是答应过莲嫂的么？怎么又变卦啦？

喜　梅　咳，昨日莲嫂走后我就把意思和我家娘说了，谁知她一听就开声骂，今天还把我锁在家里，我出不去了。

大　炮　这个死八婆，老顽固！看我把锁头砸了！

喜　梅　你不要乱来呀，破门入屋，人家把你当贼！

大　炮　那怎么办？

喜　梅　看看你的锁匙能不能开，我收拾下东西就来。（进内）

大　炮　好，我就当一回通锁匠。（掏出一大串锁匙通起锁来）

［八婆挎一盖着红布的竹篮上。

八　婆　哈哈……

（唱）　一早去烧香，
求神赐儿郎。

拈到一个上上签，
今年得一孙，
屙尿乍（沿）壁上。
我那独生子，
往日叹声长。
未娶女人他发女人狂，
娶来老婆生女一眠床。
今下神保佑，
喜得我两眼泪汪汪。

（来到家门前发现大炮）谁在这里鬼头鬼脑呀？

大 炮 （一惊，转身见八婆，忙装笑脸）哟，八阿婆，你吓我一跳。

八 婆 你在这里做什么？

大 炮 我找喜梅嫂……

八 婆 （敏感地）找她做什么？

大 炮 啊……（灵机一动，神秘地）八阿婆，现在计划生育风声紧，我是来跟她打个招呼，让她趁早进城去她老公那里避避风。

八 婆 （疑惑）哟？你这样好心？

大 炮 当然啦，乡里乡亲嘛，你看我也要进城办事，正好送她一程。

八 婆 那就太谢谢你了。进来坐一会儿。（开锁）

大 炮 不用客气，不用客气。（喊）喜梅嫂，准备好了吗？

喜 梅 （提一小包袱上）来啦！你快把锁打开呀，等我家娘回来就走不脱了。

八 婆 （狐疑）走不脱？

大 炮 （急得干眨眼）……

喜 梅 今次走不脱那手术……（迎面碰到进门的八婆，顿住）

八 婆 做手术？（顿悟）好哇，你这个光棍炮，敢骗我，想让我家绝后呀？！（拿过门角扫把便向大炮打去）

大 炮 哎哟！好哇，老八婆你敢打革命干部！（捂着头逃下）

八 婆 喜梅，今天是怎么回事？

喜 梅 妈，我还是想去引产结扎。

八 婆 不行！

喜 梅 莲嫂说得对，女儿也是宝，做女人的没理由反过来把女孩看贱。

八 婆 你不要听那寡妇婆挑唆。告诉你，我求过签了，你这一胎是男的，明年祖公厅上灯，我家要挂一个最大最亮的红灯笼！

喜 梅 妈呀！（唱）

观音面前你念弥陀，
许下心愿一箩箩。
回回都说生男崽，
次次无灵枉香火。
三年抱两我肚无闲，
生儿生得我气轻血也弱。
到如今身子骨病病怏怏，
人面前闪闪躲躲。
怀胎无个终点站，
这样的日子怎么过？

八 婆 （唱） 怎么过——照样过！
朝晨看日出，夜里看月落。
山上流有清泉水，
田里不会有旱禾。
你老公建筑队里当老板，
有钱哪有爬不过的坡？
要罚款自有他打点，
你身虚他会买补药。
只要你生出一个胖小子，
到那时我做媳妇你做婆！

喜 梅 妈……

八 婆 莫讲了，别伤了我孙子的胎气，快进房去给我好好躺着！（推着喜梅下）

[胡阿四心事重重地上。

胡阿四 （唱） 懵懵懂懂把指勾，
半是欢喜半是愁。
想要赢下这场赌，
硬将额角去磕石头。

（欲敲门忽又止住，手指在空中勾了勾，似觉添了勇气，终于把门敲响）

八 婆 （闻声）那衰鬼又回来了！（悄悄拿起扫把，猛拉开门便打——扫把停在了空中）哟，是村长呀？

胡阿四 是我，你拿扫把做什么呀？（进门）

八 婆 这……嘿嘿，打扫卫生，打扫卫生。

胡阿四 老叔婆，喜梅呢？

八 婆 又是来寻喜梅的，来者不善呀。（转对胡阿四）你找她有什么事？

胡阿四 有要紧的事。

八 婆 她病啦，穿着背心裤衩躺在床上。怎么？要不要进去检查一下？

胡阿四 啊，不不，病了就算了，改日再来。

八 婆 这个家我做主，有什么事对我说，省得你来来回回鬼到路。

胡阿四 啊，好好好。老叔婆，喜梅生了四胎了吧？

八 婆 对对对。（转背）我当年还生八胎呢？

胡阿四 其实生女孩也好。

八 婆 是啊，也好，女的能顶半边天。

胡阿四 对对对！

八 婆 （背白）——可惜是赔钱货！

胡阿四 现在计划生育抓得紧。

八 婆 这就苦了你们当干部的，抓就得罪人，不抓受批评。

胡阿四 对对，理解万岁，理解万岁！

八 婆 （背白）——多管闲事！

胡阿四 今下上头有政策，结扎有奖。

八 婆 有奖？那好啊！

胡阿四 超生户不分男女结一个。

八　婆 （一拍大腿）结一个好、结一个好！

胡阿四 （大喜）你老人家想通了？

八　婆 通了！（拉起胡阿四）走走走！

胡阿四 去哪时里？

八　婆 结扎呀！

胡阿四 谁结扎？

八　婆 我！

胡阿四 （吓得打个趔趄）你开什么玩笑啊？

八　婆 谁和你开玩笑呀？你不是说不分男女结一个吗？

胡阿四 老叔婆你别闹，我有难处啊。

八　婆 难处？什么难处？是不是我儿子捐资办学的钱不够？

胡阿四 不是不是。

八　婆 是不是我儿子出钱做的村道是豆腐渣工程？

胡阿四 不是不是。

八　婆 是不是村里不想让我儿子投资办茶场了？

胡阿四 不不不，我想啊，做梦都在想！

八　婆 胡村长呀！

（唱）　你曾说一庵菩萨我儿最显灵，
你曾说一山树木我家最遮荫。
你曾说我功德无量生了个好儿子，
造福乡梓是功臣。
你曾说要为我授块光荣匾，
“文明母亲”字字金。
胡村长啊，
今日我要告诉你——
“功臣儿子”绝了后，
菩萨面前你枉念经；

“文明母亲”不见孙灯挂，

死落阴间目不瞑！

想不到呀，我那当老板的儿子做了这么多功德事，还有人和我过不去！

胡阿四　老叔婆，你误会了，误会了。

八　婆　我误会了？那你不是来抓人的喽？

胡阿四　不是，绝对不是！

八　婆　还想我儿子投资办茶场啊？

胡阿四　想，想啊！

八　婆　那我家有我一个结扎就得喽？

胡阿四　得，得……不不，你老人家就免了。

八　婆　免了？那不是给村长出难题吗？

胡阿四　这……（权衡再三）你是特殊家庭，应该特殊关照！

八　婆　计划生育风声紧啊！

胡阿四　我做你挡风的……（不敢说下去）

八　婆　挡风门板！是吧？

胡阿四　（心虚）这……

八　婆　好，有你这句话，我敬你一杯！（从篮里拿出敬神用过的酒）

胡阿四　不不，我现在脑子有点糊，你别把我灌醉了。

八　婆　喝水酒喊醉，你这十几年干部也白当了。看起来是不想要投资！

胡阿四　（慌神）不不，要投资要投资！

八　婆　那好，干！

胡阿四　干！

［二人举杯相碰。

喜　梅　（上）你们在演什么戏呀？

［面对喜梅展示微凸的肚子，胡阿四、八婆各有心曲——僵立。

［大炮引莲嫂及一群手持彩扇的村嫂上。

大　炮　嫂子们，我的头被八婆打起瘘了，大家要为我报仇啊！

莲　嫂　大炮，别胡说！嫂子们——唱！

[大炮与众村嫂挥着彩扇对着大门舞唱起来——

众　人（歌舞）　彩扇飘飘舞起来，

扇得春风把门开。

阿婆出来开开窍，

扇净你头上一层灰。

开开窍，

扇净灰；

牢记女子能顶天一半，

超生求子要打胎！

八　婆（猛地把门打开）狗血泼！告诉你们：我这里有大门板，不怕你们扇阴风！（把胡阿四推出）

众　人（一愣）村长，你在这里……

八　婆　商量投资！

莲　嫂　胡村长，我们组织了个村嫂宣传队……

胡阿四　胡闹！（匆匆下）

众　人（怔住）啊？

[切光。

第四场

[流动的时空。

[一阵电话铃响，莲嫂正与大炮通电话。

莲　嫂　大炮大炮，妇女干部会情况怎么样？

大　炮　莲嫂莲嫂，会议刚刚结束，形势一派大好！

莲　嫂　会上有没有按照我写的讲话稿发言。

大　炮　放心，一切照你的指示办，发言精彩，调门高，收效好！

莲　嫂　好！值得嘉奖。

大　炮　那做媒的事……

莲　嫂　这事不急，你还要继续表现。

大　炮　肯定的，肯定的！

莲　嫂　你现在马上把会议情况向村长汇报！

大　炮　是！

[暗转。场景变成了大炮与胡阿四眉飞色舞地通电话，他越说越来劲，转而边说边唱又边跳。

大　炮　村长村长，我是大炮！

胡阿四　大炮大炮，我是村长！

大　炮　（唱）　胡村长，你听好，
　　　　　　　　我有大事来报告。

胡阿四　（唱）　有话你就快快讲，
　　　　　　　　莫要吓我心肝扑扑跳。

大　炮　（唱）　汇报会上我显身手，
　　　　　　　　先进村的荣誉跑不掉。

胡阿四　（唱）　你莫打屁安狗心，
　　　　　　　　不挨批评我就把香烧。

大　炮　（唱）　我汇报，胡家寨计育力度大加强，
　　　　　　　　满村尽是标语和墙报。

胡阿四　（唱）　这个嘛……这个哟，
　　　　　　　　大概是雨打风吹了。

大　炮　（唱）　我汇报，生女嫂子大翻身，
　　　　　　　　祖公厅里把灯笼吊。

胡阿四　（唱）　这个嘛……这个哟，
　　　　　　　　怕只怕我脑袋会被老辈当作木角敲！

大　炮　（唱）　我汇报，办了村嫂大学校，
　　　　　　　　女人村的女人大换脑。

胡阿四　（唱）　这个嘛……这个哟，

远景规划猴年马月会做到。

大　炮　（唱）　还汇报六七八九上十条，

调门一条更比一条高！

胡阿四　哈……（唱）大炮你呀够威力，

一炮打出了山村新面貌！

大　炮　（唱）　胡村长哟，还有一事最重要，

我请镇上来参观——

你要抓紧行动把那奇迹来创造！

胡阿四　（闻之一惊）什么？参观？

（唱）　不要，参观的事就免了。

大　炮　（唱）　镇长一锤定了音，

十天半月人马到！

胡阿四　（唱）　推掉，推掉！

大　炮　（唱）　迟了！！

胡阿四　（唱）　完了，完了……

[灯渐收，两人身影隐去。

[伴唱："胡家寨一夜之间出了名，

胡村长急得头重脚下轻。

翻肠搅肚来补漏啊，

怕只怕杆搭戏台要穿棚。"

[灯复明时，舞台分作了前后两个演区——室内为村广播室；室外为野地路旁，高处挂一大喇叭。

[广播室里，胡阿四正对着话筒呼喊——

胡阿四　喂，全村妇女听好啦！紧急通知：上级妇女工作参观团近日要入山来突击检查指导。何时进村，卜卦算命都难预料。为了展示本村妇女形象，本村长定下纪律三条：一，到时敲锣打鼓列队欢迎，老老幼幼不得溜号；二，穿戴整齐面带微笑，说话检点莫乱放炮；三，孕妇回避，以免影响村容村貌！这三条大家一定要做到，本村长拜托啦！（把话筒往桌上一顿，抹一把虚汗）嗨！

（唱）　烧香惹鬼到，
逼得小神跳。
锅里煮的是夹生饭，
想要添火又无柴烧。
胡阿四走到这一步，
思前想后有蹊跷。
大炮为何乱做主，
莫非是阿莲背后在使招？
难道说她后悔打了那场赌，
成心绊我跌一跤……

[胡阿四正在焦躁，莲嫂突然进门。

莲　嫂　好一个“孕妇回避”呀！

胡阿四　（回首一怔）莲……你？

莲　嫂　怎么？不认识还是不欢迎？

胡阿四　啊，欢迎欢迎！有什么事？

莲　嫂　胡村长，我向你讨聘礼来了。

胡阿四　聘礼？这么快……啊，阿莲，你不是又在吊我的胃口吧？

莲　嫂　是真的。

胡阿四　真的？那你说，要金耳环还是金戒指？

莲　嫂　哈……

胡阿四　你笑什么嘛，三几千块我还出得起。

莲　嫂　那你听好了！

（唱）　观音镀金是假面光，
春风有意花自香。
我这聘礼金不换，
只要你脚踏楼梯步步上。

[在莲嫂歌唱中，后演区喇叭下陆续出现一群手持凉帽的村姑在闻听。

胡阿四　你这是……

莲　嫂　我这是爱情考验！

[以下前后演区交替进行。

胡阿四　（接唱）　请你莫再打哑谜，

脚下有云我愿为你上天摘月光！

众村姑　（接唱）　哎哟哟——

是谁人这样般改革开放，

喇叭里谈恋爱风流四方。

莲　嫂　（唱）　不要你猜哑谜，

不要你摘月光。

只要你给参观团一个满意答卷，

到那时我卷起包袱入洞房！

众村姑　（互相调闹地舞唱）

天上有月光，

地上有花香。

只要你答应，

即刻入洞房！

啊——哈……

[胡阿四心虚地将门关上，忽又觉不妥，改为半掩状。

[喇叭里又传出声响，村姑们复归寂然。

胡阿四　你就不能给我一点优惠政策呀？

莲　嫂　什么优惠政策？

胡阿四　先登记后考验。

众村姑　先登记后考验？嘻嘻！

莲　嫂　不行！打过的赌就是板上的钉，不能变！

众村姑　打过赌？（叽叽喳喳地议论）

胡阿四　（注视莲嫂片刻）啊，你现在是等着看我的笑话？

莲　嫂　不，我等你的聘礼！

胡阿四　（突然生气）聘礼聘礼，我现在被大炮搅成一锅粥，什么礼都难了！

莲　嫂　你行动起来呀！

胡阿四　行动起来？我是神呀？我是仙呀？一时半刻能呼风唤雨呀？

众村姑　吵起来啦？

胡阿四　参观团一到就笃穿底漏，我等着“一票否决”啦！（将椅子一墩，气鼓鼓地坐地上）

[莲嫂怔住。

众村姑　打起来啦？

莲　嫂　（心头忐忑）胡村长……（胡阿四转身不理）

众村姑　哟，是村长呀？

莲　嫂　（软语款款）阿四哥……（胡阿四又转个身赌气）

众村姑　（学腔）阿四哥——哈……

莲　嫂　（突然大喝一声）胡老四！

胡阿四　（吓得猛地从椅上跳起）阿莲？！

众村姑　阿莲——是莲嫂呀？

[小莲匆匆上。

一村姑　小莲，小莲，快来听重要新闻！

小　莲　什么重要新闻呀？我还要去学校查高考分数呢。

众村姑　（拉住小莲）这喇叭给你送喜来了！

小　莲　送喜？

[喇叭里又传来声响——

莲　嫂　（又转轻柔）你就这样等着人家来“否决”呀——阿四哥！

胡阿四　（气犹未消）我有什么办法呀——阿莲妹！

莲　嫂　我有办法——阿四哥。

胡阿四　你是神仙——阿莲妹？

莲　嫂　听我说嘛。

胡阿四　（背向）我听着！

莲　嫂　你看着我，对我笑一笑嘛。

胡阿四　（转身强装笑脸，比哭还难看）嘿嘿！

莲　嫂　（忍俊不禁）嘻嘻！

小　莲　（闻声大羞）哎呀！（欲下）

众村姑　（挡住，对着小莲学腔）阿四哥——阿莲妹；阿莲妹——阿四哥！笑一笑嘛——嘿嘿——嘻嘻——哈哈……

[小莲终于挣脱阻拦捂脸跑下。

胡阿四　（对莲嫂）说吧，怎么办？

莲　嫂　现在生米煮成熟饭了，只有立即拿出行动来！

众村姑　（惊讶）生米都成熟饭啦？

胡阿四　怎么行动？

莲　嫂　按大炮吹的牛皮去做！

胡阿四　这标语专栏……

莲　嫂　落实给大炮。

胡阿四　这村嫂学校……

莲　嫂　我来筹划。

胡阿四　这，这宣传演出队……

莲　嫂　你去牵头，我俩同登场！

胡阿四　（犹豫）这……

莲　嫂　怎么？你不想过“否决”关了？

胡阿四　（强下决心）好吧，看来脸皮不厚难过关。

莲　嫂　以前在业余剧团我们不是唱过《新四季歌》吗？来，今天先练一练！

胡阿四　（勇气倍增）练就练！

众村姑　（闻声附腔）好啊，恋——恋——恋！

[莲嫂与胡阿四手摇杯花舞唱《新四季歌》；众村姑另场挥动凉帽伴舞：

春季里来过大年，
情妹等哥来团圆。
生育计划制订好，
食个年糕都过甜。
夏季里来过端阳，

新婚妹子吐了酸，
记牢生男生女一个样，
粽子包的是肉心肝。
八月中秋望月华，
妹爱嘱郎一句话：
多子多女多拖累，
唔当养好一盆花。
冬日青藤结了瓜，
家里多个小娃娃。
妹炖狗肉郎受用，
补好身子去结扎！

[小莲气喘吁吁地赶到广播室门口，猛把门推开。

小　莲　妈！扩音机……扩音机……

莲　嫂　（怔）哎呀，扩音机未关！

胡阿四　（大惊失色地扑向话筒）阿姆呀……

众村姑　（开心地学腔）阿姆呀——（大笑）哈……

[收光。

第五场

[半月后。

[临时设立的“村嫂学校”门前。

[莲嫂身穿印着“村嫂学校”字样的运动衣上。

莲　嫂　（喊）胡村长，胡村长！

大　炮　（手持广告纸跑上）莲嫂。

莲　嫂　村长呢？

大　炮　村长亲自督战，差不多了。

莲　嫂　那标语口号……

大　炮　写了一百条!

莲　嫂　欢迎小旗……

大　炮　做了二百支!

莲　嫂　宣传专栏……

大　炮　搭好三四排!

莲　嫂　文艺节目……

大　炮　排好五六个，就差你和村长的《新四季歌》二重唱还……

莲　嫂　啊，这几天我光顾忙村嫂学校的事了。抽空我再和村长练一练。

大　炮　（旁白）嘿，全村人都知道她在和村长“恋一恋”！

莲　嫂　你说什么?

大　炮　没说什么，没说什么。

莲　嫂　去，叫村嫂们来上课!

大　炮　（取下颈上的哨子猛吹）村嫂子们，胡家寨的村嫂学校开课喽!

村嫂们　来喽!（跑步上场，排成一列）

大　炮　莲嫂你看，一个个就像出格的水豆腐——有模有样!

[众村嫂笑。

大　炮　笑什么?严肃点!

莲　嫂　村嫂子们，我们胡家寨在胡村长的支持下，村嫂学校办起来了，今后姐妹们就可以在这里学科学长知识，还可以交流家长里短，议论男婚女嫁!

村嫂们　好啊!

莲　嫂　今天上第一课——

大　炮　（将广告纸抖开）看录像：“婚育知识！”

村嫂们　婚育知识?

大　炮　对，精彩刺激，儿童不宜。

村嫂们　（吃惊）吓?！

莲　嫂　大炮……

大　炮　嫂子们，请——!

[村嫂们面面相觑。

莲　嫂　（对村嫂们）看吧看吧，不看不知道，看了才开窍。

村嫂们　对，开窍去！

[莲嫂率领村嫂们进内。

喜　梅　（腆着凸肚上）胡代理，我也来上课。

大　炮　哟，喜梅嫂，村长不是交代孕妇回避吗？

喜　梅　还回避什么？告诉你吧，莲嫂做通了我老公的思想工作，我现在不但打了胎，还结了扎呢！

大　炮　（疑惑地注视）那……你怎么还前凸后翘呀？

喜　梅　（从衣摆下取出个小枕头）喏，你看！

大　炮　你这是……

喜　梅　怕我家娘一时想不通，暂时遮掩一下她老人家的耳目。胡代理，等你忙过这阵，就帮我去说服老家娘。

大　炮　（下意识地摸摸脑袋）我这瘘还没散呢。

喜　梅　你是代理妇女主任呀！

大　炮　（立时振作）对，大小也是干部了，打破脑壳也要上！

[台内传来八婆的喊声："喜梅——"

喜　梅　糟了，我家娘来了！（手忙脚乱将枕头塞回衣摆下去）

八　婆　（上）喜梅，快回去喝莲子汤。

喜　梅　妈，我不想喝。（刚走两步枕头就掉了下来）

八　婆　哎哟，喜梅，什么掉了？

喜　梅　没什么没什么……（慌乱地逃下）

八　婆　（捡起枕头愣怔片刻，顿悟到什么，随即哭喊起来）哎呀！完啦完啦，我的宝贝孙子呀——（抱着枕头如哭如歌地唱）

我的孙子你命好歪，
未见阳世就遭灾。
戴不上阿婆买的虎头帽，
穿不到阿婆做的健步鞋。

阿婆还未闻到你的尿腥味，
你还未含一口阿婆的吊菜奶。
雨打灯笼香火灭啊，
日后谁做我的小乖乖，小乖乖……

大　炮　八阿婆，你就别唱了，吵吵闹闹干扰课堂，你实在想孙子借（亲），我给你借一下算了。

八　婆　（怒）你滚远一点！（更加有板有眼地对着村嫂学校唱起来）

小乖乖呀快回来，
前边是个望乡台。
登台去唱断肠曲，
唔当（不如）转身再投胎，再投胎……

大　炮　（又急又气）八阿婆，你就别在这里喊魂了！你媳妇怀的说不定是个女的呢。

八　婆　是男的！

大　炮　是男是女你说了算呀？

八　婆　我都拈过签了。

大　炮　嘿，你还信那个呀？看起来你老人家在生育方面虽然有实践功夫，但是，无理论知识，还得再培训培训。

八　婆　培什么训？

大　炮　里面正在放录像，你进去一看就知道怎么生男，怎么生女。

八　婆　比卜卦算命还灵？

大　炮　这是宣传科学，免费培训。进去吧进去吧！（把八婆推进大门）嗨，这想孙子想疯了的老八婆！

[胡阿四手持胸花上。

胡阿四　（唱）　参观团要进村风声日紧，
村子里闹腾得狗叫鸡鸣。
寻典型树形象难觅对象，
这个推那个挡我跑断脚筋！（欲下）

大　炮　村长，村长！

胡阿四 什么事?

大　炮 里面正在放婚育知识录像。走，你我一双筷子两条光棍也进去补补课。

胡阿四 补课补课，参观团说来就来，我这“典型开路”还不知找谁来当差哪!

大　炮 别急，别急，办法是人想出来的。

胡阿四 我能不急吗?

大　炮 坚定信心，再找!

胡阿四 找谁?

大　炮 (沉思) 这个……

[胡阿四灵机一动，突然盯着大炮转圈。

大　炮 村长，你怎么啦? 你不认识我啦?

胡阿四 认识认识，你不是关键时刻挺身而出，勇当妇女头的男子汉吗?

大　炮 我是男子汉。

胡阿四 你不是大龄青年吗?

大　炮 我是大龄青年。

胡阿四 对了，你既是妇女工作的热心人，又是个难得的晚婚模范。

大　炮 我……

胡阿四 这胸花你来戴!

大　炮 戴花?

胡阿四 这典型你来当!

大　炮 什么?!

胡阿四 哈哈，这叫作踏破铁鞋无觅处，得来全不费工夫!

大　炮 不行，我不行!

胡阿四 你就不要谦虚啦! (把胸花塞到大炮手中)

(唱) 你是个有为青年，
带头晚婚意志坚。
蝶飞花舞眼不乱，
情线缠身也等闲。
参观团到你表态，

决心要像壁上钉：
为了破除山寨旧观念，
再打单身坚持三五年！

大　炮　吓？再坚持三五年？只怕行路都会打脚偏了！

胡阿四　表示个态度嘛，何必紧张。

大　炮　这花我不要！（把花推回）

胡阿四　要！（再把花递过）

大　炮　不要！（推花）

胡阿四　要！（递花）

大　炮　胡村长，别说三五年，三五个月我都顶不住了！

胡阿四　参观团是你惹来的，你不消灾谁消灾？

大　炮　（束手无策）这……

小　莲　（上）大炮哥，啊不，代理主任，我妈给你介绍的对象来了。

大　炮　在哪里？

小　莲　在我家里。

大　炮　啊？好，村长拜拜，村长拜拜！（急下）

小　莲　（对胡阿四）你看，大炮哥欢喜得快神经错乱了。

胡阿四　（气鼓鼓地）我也要发神经了！

小　莲　你这又是怎么啦？

胡阿四　（无名火起）问你妈去！

小　莲　（杏眼圆瞪）我妈招你啦？惹你啦？我告诉你，你敢不尊重我妈，就不准你再向我妈打眼拐（线）！

胡阿四　（一愣，道歉不迭）啊，对不起，小莲妹子，小莲妹子……

［八婆惊惊慌慌地从录像场跑出来。

八　婆　哎呀，不得了哇，不得了哇！

胡阿四　八阿婆，出什么事了？

八　婆　说不得呀，说不得呀！

胡阿四　什么说不得呀？

八　婆　羞死人哪，羞死人哪！

胡阿四　（一惊）放黄色录像？不得了！（冲进录像场）

小　莲　八阿婆，怎么回事呀？

八　婆　那个破录像呀——啧啧，羞八代！

胡阿四　（气呼呼边喊边上）胡闹、胡闹！

［莲嫂与若干村民涌出与胡阿四论理。

村嫂们　胡村长，为什么把机关了？

胡阿四　你们闯下大祸了！

［村嫂们面面相觑。

［台内传来呼喊声："胡村长，参观团进村了！"

胡阿四　（顿觉头晕脑涨）坏事啦……（跌坐地上）

村嫂们　胡村长！（趋前乱作一团）

胡阿四　……

小　莲　村长大叔，你怎么啦？

村嫂们　胡村长、胡村长……

莲　嫂　快送医疗站抢救！

胡阿四　（突然从地上跳起）抢抢抢，抢你的祖宗！

莲　嫂　你……

胡阿四　（气鼓鼓地）我，我头痛！

莲　嫂　（转身招呼）走，到村口列队欢迎！（率村嫂们下）

胡阿四　（喃喃自语）黄色录像……参观团……（不寒而栗）

［收光。

第六场

［翌日。

［村医疗站内外。

［头缠绷带的胡阿四正在医疗站里唉声叹气地喝闷酒。

胡阿四（唱）船到江心翻了底，
录像事件难交差。
此身好似中了风，
头又痛来颈又歪。
医疗站里藏一夜，
噩梦相伴到鸡啼。
参观团不知有无走，
扫黄队不知何时来……
当日打赌未圆鸳梦，
今日衰台招来祸灾。
棋输一子满盘乱，
火钳剪布谁能裁？

［一阵锣鼓声过后，莲嫂率一队手持花手绢的村嫂子上。

莲　嫂　快点呀，晚上就要演出了，你们还脱不了“灶下嫂”的习气，磨磨蹭蹭。放出点神气来！

众村嫂（将头一昂）是！

胡阿四（走出医疗站，手中仍提着酒瓶）你们干什么、干什么？！

莲　嫂（意外）吓？！好一个村长大人，我们满世界找你，你却躲到医疗站里灌猫尿！

胡阿四　这个时候你们还敲锣打鼓涂脂抹粉，送丧呀？

莲　嫂　你说话吉利点！我们这是嫂子演出队……

众村嫂　准备登台庆大喜！

胡阿四（摸不着头脑）大喜？

莲　嫂　胡村长呀！
（念）参观团，进村里，

众村嫂（念）村头视察到村尾。

莲　嫂（念）宣传栏前读文章，

众村嫂（念）个个点头就像鸡啄米；

莲　嫂（念）　村嫂学校看录像，

众村嫂（念）　个个伸颈又像鸭肚饥。

莲　嫂（念）　大炮再把措施来汇报，

众村嫂（念）　个个听到伸出大拇指。

莲　嫂（念）　都说是胡家寨今日变了样，

众村嫂（念）　胡村长一夜之间创奇迹。

莲　嫂（念）　这样的大喜事啊——

众村嫂（念）　千年等一回！

胡阿四（如梦如幻）真的？那黄色录像……

莲　嫂　什么黄色录像？那是健康的科教片！

胡阿四　科教片……

莲　嫂　镇长交代，今天晚上的演出要隆重热烈，我还准备把跑旱船的节目搬上台呢！你看——

[莲嫂手指处，两村嫂把旱船摇上。

胡阿四（恍然）哎呀呀，这真是天外飞来横福啦！（把酒瓶一丢，一把扯下头上的绷带）大喜大喜，今天晚上这旱船我来划！（跳上旱船）

莲　嫂　我来掌船舵！（亦跳上船尾）

[莲嫂与胡阿四舞旱船，众村嫂耍着手绢伴舞——

众村嫂（唱）　花巾飘飘浪千层，

莲、胡（唱）　船头昂起浪里颠。

众村嫂（唱）　心潮更比浪潮涌，

舞出满天是吉星。

胡阿四（唱）　吉星照我天灵盖，

莲　嫂（唱）　手把船舵我笑盈盈。

胡阿四（唱）　前世有修祸变福，

众村嫂（唱）　风流歌子唱风情。

胡阿四（唱）　半醉半醒浮鸳梦，

莲　嫂（唱）　眼前好像彩船来迎亲……

众村嫂 （唱） 啊……

百年修得同船渡，

千年修来共枕眠……

[大炮急匆匆迎面而上。

大　炮 胡村长，坏事啦坏事啦！

[众人愣住。

胡阿四 尽讲衰话，什么坏事啦？

大　炮 镇上来电话，通知你去检讨！

胡阿四 吓？！（骇得跌下“船”来）

莲　嫂 大炮，怎么回事？

大　炮 有人把村长告了，说胡家寨弄虚作假临时抱佛脚搞花架子糊弄参观团！

[众人面面相觑——静场。

众村嫂 村长，你好衰哟！

胡阿四 你们——（无名火起）滚！

[众村嫂惶惶随“船”下。

大　炮 村长，这可怎么办呀？

胡阿四 你问我，我问谁去……（忽指着大炮吼）都是你！

大　炮 什么？怪我？

胡阿四 是你当初乱放炮，害得我揿得头来尾又翘，苦苦竭竭到今日，没想到竭成了打假对象！

大　炮 哎哟，莲嫂，我冤枉呀！

胡阿四 还喊什么冤？现在我去向镇上口头检讨，你回去写书面向我检讨！

大　炮 我……（在莲嫂示意下怏怏离去）

莲　嫂 胡村长，这事不能怪大炮。

胡阿四 不怪他，怪你？

莲　嫂 对，怪我。是我指使大炮在妇女干部会上放炮，招来参观团……

胡阿四 （气怨难忍）是你？果然是你！

莲　嫂 （坦然地）对，是我。我在赶鸭子上架！

胡阿四 把我当鸭子赶?

莲　嫂 我是无可奈何。

胡阿四 啊……(似乎悟到什么)想不到,想不到你会使暗针暗钻呀!

莲　嫂 你,什么意思?

胡阿四 (唱)　我好傻,我好傻,
猴哥套索被人拖。
你明明苦苦逼我去跳井,
却又在频频向我送秋波。
你害我水中望月惹下相思病,
你害我祸到临头还在自作乐。
你桌面勾指桌下踢脚,
你怕赌输做我老婆!
我傻,我傻!
细想起来我悔烂肠子,
恨不得斩断手指丢落河!

莲　嫂 (气冲脑门)你,你放屁!

胡阿四 (反而人静语冷)是呀,我放屁,屁放出来,人也就轻松多了。

莲　嫂 (被噎得干瞪眼)你……

胡阿四 我想开了。(自叹而又悠然潇洒地唱)
我想化(哪)我看穿(喔),
再好的风水(哟)轮流转。
狗虱当官戴高帽——
贪得荣耀(时)身压干。
企在河边放纸鹞——
想得风流(时)线会断!
我想化,我看穿……

莲　嫂 别唱了,有话直说,别来阴阳怪气!

胡阿四 我还有什么好说呢?这场赌,我输了;爱情,烟消云散了。这个芝麻绿豆官

既然要被“否决”，我也就自己先“枪毙”啦！单身过逍遥，无官一身松，哈……（如疯似狂地笑着欲下）

莲　嫂　（气得大吼一声）胡村长！

胡阿四　（顿住转身）我很快就不是村长了。

莲　嫂　你……（气得说不出话来）

胡阿四　怎么啦？

莲　嫂　你给我坐下！

胡阿四　坐就坐，我现在还怕你？（坐地）

莲　嫂　（一跺脚指着胡阿四气呼呼地数落）胡阿四，胡阿四，好一个胡村长呀！

（唱）　你是化不开的石，
你是推不动的磨。
你是经不得风雨的缩头龟，
你是让人抽气的死田螺。
多年来胡家寨重男轻女陋习依旧，
做女人我心头百般滋味难说。
我盼着有朝一日清风入寨，
我盼着你这村长能风风光光唱新歌。
因此上才有那场荒唐赌，
不怕世人牙笑脱。
你可知啊你可知，
打赌的是我，盼输的还是我。
我盼输——一步步逼你往前走，
我盼输——一回回想想摘心肝做你秤杆砣。
我盼输呀——我盼输！

［伴唱：“盼输难输啊——怎奈何？！”

莲　嫂　（续唱）　我指望你这老猴能上杆，
明里暗里敲烂几多锣。
我指望高挂女灯红光遍地，

谁知你打出降旗把我心戳。

你害我一腔情感空抛洒，

你害我赢了赌誓悔恨交错。

罢罢罢，

从此后你是山高水低枕冷被寒我都无眼看，

出门三步也要和你隔山隔岁隔重坡！

[莲嫂声声如诉如怨，偏又口不对心地一屁股坐在胡阿四身边，两人背向各怀心曲。

[远处飘来山歌声：

“弯弯曲曲一条河，

河上漂来一对鹅。

拉长颈茎像斗怨气，

声声句句又像唱歌。”

[山歌声里两人偷视，四目相碰又慌忙避开……

胡阿四 （愧疚地）莲……莲嫂……

莲　嫂 你还叫我做什么？

胡阿四 我，我错怪你了。

莲　嫂 （余怨未了）不会吧？你不是想化了么？你不是看穿了么？

胡阿四 我们握手言和吧？

莲　嫂 不可能吧？你不是要斩手指吗？（坐近）

胡阿四 你……你就忍心看着我像霜打的茄子秧，直不起腰来么？

莲　嫂 我又不是你什么人，管你是茄子还是冬瓜！（再坐近）

[两人再次偷视。

胡阿四 你就不能原谅我了么？

莲　嫂 是我闯了祸，要我原谅你什么呢？

胡阿四 唉，怨我，平时不烧香临时抱佛脚……

莲　嫂 不，该怪我，急于求成烧了煳锅饭……

胡阿四 怨我！

莲　嫂　怨我！

胡阿四　我不怨你，我这个村长该去检讨！

莲　嫂　好，你放心去吧，说谎有错，我就不相信功不能抵过。

胡阿四　（走几步又回头）你，你还有什么交代吗？

莲　嫂　（一怔）我？（悟）对了，我是有句话要说。

胡阿四　（无限期待地）说吧。

莲　嫂　我们的赌还要打下去，一直打到你赢了的一天！（伸指）来！

胡阿四　好！（与莲嫂勾指）

［小莲兴冲冲上。

小　莲　妈，村长大叔，我考上大学了！（扬起通知书）

［莲嫂与胡阿四急将勾在一起的手缩回。

莲　嫂　什么？考上了？（抱住小莲抹泪）好女儿，你为妈争了气，你为全村生女嫂争了气啊。

胡阿四　（附和）争气争气……

莲　嫂　（忽然想起什么）胡村长，检讨的事我去，这前因后果我才说得清楚！

胡阿四　（感到突然）这……

莲　嫂　不过，临走之前我有个要求。

胡阿四　说！

莲　嫂　今天的晚会上为全村的生女嫂补上“女灯”！

胡阿四　（决然地）好，破旧例，上女灯！

小　莲　（雀跃）啊，上女灯喽！上女灯喽……

［收光。

尾　声

［一声锣响，追光投下，台角现出手提“千金喜”旧灯笼的胡阿四和提小锣的大炮身影。

胡阿四 （喊）上女灯喽！

[台左随之现出一排擎灯的村姑。

大　炮 （一锣）上女灯喽！

[台右又现一排擎灯的村姑。

胡阿四 胡家寨千古才出一“状元”，今日要挂史无前例第一灯啊！

大　炮 （又一锣）祖公祖婆莫惊怪啊，今下的“千金”有能耐！

[莲嫂率一队手抱娃娃的生女嫂跑向台中。

莲　嫂 （高喊一声）上——女——灯喽！

众村嫂 （将娃娃高举）上女灯喽！

[头戴女娃面具，身套大红灯笼的灯笼女娃舞上。

[音乐骤起，星星点点的红灯似从天而降，交相辉映，红光遍地。

众　人 （歌舞）　一支古老的歌，

淌过千年的河。

这方水土的上灯节啊，

今朝唱新歌！

[歌舞中八婆上，追逐灯笼女娃一脸惊诧。

八　婆 哇——世道变喽！（朝天一拜）

[台前幕后爆出笑声一片——压光。

[红灯映照下的人群如雕如画。

[全剧终。

相思豆

编剧：廖　武

人　物　表

陈大强　　男，鹭海市轻工局长。

刘红豆　　陈大强之妻。

大　姐　　陈大强的童养媳。

张　欣　　刘红豆大学时的老师。

家　家　　陈大强的女儿。

徐　涛　　家家的男友。

外商、泼妇、阔嘴佬、记者、男女青年、表演模特等。

时　间：20 世纪 40 年代末到 80 年代初。

地　点：东北某山村。南方鹭海市。

[一支古老的曲子由喧嚣渐渐低沉遥远。

[幕前歌起：

“啊……

远方有口手摇井咧，

井水深深井绳长；

远方有口手摇井哪，

冬天暖来夏天凉……”

[歌声中，大幕渐启。初秋的一个深夜。天空一弯残月，月下一座破旧的农家小院。一堵泥砖围墙，墙后隐约可见高粱。小院门前一侧有一口围栏手摇井；另一侧有向日葵。

[男女声伴唱：

“啊……

手摇井水清幽幽，

照人欢乐照人愁。

水深水浅千百转，

渗甜渗苦几时休？”

[一个肩挎背包的小青年在围墙后露头，机警地往墙外窥探。他翻墙而过，欲跑下，突然迟疑，回步井旁，面向小院双膝跪下。他就是陈大强。

陈大强 爸爸，别怪我不孝，都是你逼得我……（移位，单膝跪）大姐，原谅我出走……（默默起立，正欲下，猛听得小院开门声响，急躲在井栏后）

[一位二十八岁的农村姑娘肩搭毛巾、手端脸盆，从院门内走出，神情欣喜。她就是陈大强称呼的“大姐”。

[女声独唱：

“旧时月色暗无明，

今宵月色分外清；

花开花落十二载，

两重天地两样情。”

[十二年后。鹭海市海滨公园。

[月色像轻纱掩映着景物，星星在天边眨着神秘的眼睛。在抒情的音乐声里，陆续有对对情侣出没在假山、椰林之间。

[陈大强与刘红豆正坐在花丛下的石凳上。

刘红豆 陈厂长，我……

陈大强 （腼腆地）别再叫我厂长了。

刘红豆 那叫什么？

陈大强 叫大强。

刘红豆 （亲密地）大强。

陈大强 哎！

[两人相对无言。

刘红豆 半年的实习，明天就要结束了，真快呀！

陈大强 是啊，明天才开始实习该多好啊！

刘红豆 毕业后还不知分到哪里去呢！

陈大强 就到我们厂来吧，我们需要你……我——

刘红豆 （急忙用手捂住陈大强的嘴巴）你这件军装好像不太合身，你这个服装厂的厂长，以后穿戴可得讲究点儿。

陈大强 （抓住刘红豆的手）红豆！（急觉腰痛）

刘红豆 为了救我，你摔伤了腰，往后可要自己多注意身体。

陈大强 （一阵激动，把刘红豆拉到怀里）红豆！我……

刘红豆 （悄悄地往刘大强靠近）嗯！不怕天上的星星在偷看吗？

陈大强 （笑了笑）嘿……我……我想起了那天问你为什么名叫红豆的时候，你说红豆是爱的象征，还唱了起来！（唱）

红豆生南国，
春来发几枝。
愿君多采撷，
此物最相思。

刘红豆 这首唐诗，就只唱给你一个人听的啊！你……懂吗？说呀！

[二人绕花丛漫步。

陈大强 我……我懂！（鼓起勇气）我说……（唱）

相思豆芽暗发苗，
心底情株早抽条。

刘红豆 （唱） 曾记得啊——
你腰伤时节住医院，

陈大强 （唱） 你日夜守护不辞劳；

刘红豆 （唱） 你强忍伤痛牙咬碎，

陈大强 （唱） 你含泪为我细揉腰。

刘红豆 （唱） 亲手喂汤药，

陈大强 （唱） 深情人心痛已消；

刘红豆 （唱） 并肩去散步，

陈大强 （唱） 轻声细语话滔滔；

刘红豆 （唱） 灯下同学习，

陈大强 （唱） 谈古论今诗兴高。

刘红豆 （唱） 往事历历犹在眼，

陈大强 （唱） 只可惜，只可惜又要分手在明朝。

从今后，对月遥寄相思意，

万缕情思向谁抛？

刘红豆 大强哥！（唱）

鹭海碧波接蓝天，

浪花飞涌展笑颜。

我多想，化成海鸥展双翅，

随君翱翔云水间。

连心桥，隔不断，

鹭海情涛波相连。

莫道今夜半圆月，

自有良宵月团圆。

陈大强 红豆，你……

刘红豆 我送你一件东西，要吗？

陈大强 要，你的什么我都要。（伸手）

刘红豆 （递给陈大强一个精致的小盒）喏！

陈大强 （迫不及待打开）啊！豆！

刘红豆 嗯！红豆——又叫相思豆！

陈大强 噢，这就是相思豆？咦？这上面怎么有两个黑点？

刘红豆 那是我的眼睛！

陈大强 你的眼睛！

刘红豆 （含羞地）嗯！一双诚实的眼睛、思念的眼睛、期待的眼睛！

陈大强 啊！（狂喜）你！真的……

刘红豆 （默默点头）傻瓜！你的军人气质哪儿去了？

陈大强 嘿！（急抱起刘红豆打旋）

[两人在花丛间接吻。

[灯渐暗。天空只剩下半圆月。

[暗转。

[大姐窗前苦苦相盼的剪影。

[幕后伴唱：

“月儿弯来月儿残，
窗前人影好孤单。
夜夜苦盼望穿眼，
不知亲人几时还？”

[大姐剪影隐去。只剩残月。

[残月变圆月。

[灯复明。陈大强住房，一派新婚喜庆场面。透过洞房大纱窗，可见人影闪烁。闹洞房的阵阵嬉闹声传来。

[幕后伴唱：

“物换星移又一年，
月老终把红线牵。
新线打成鸳鸯结，
谁知旧线飞来缠。”

[刘红豆新娘打扮，进房。两个女青年追上。

两女青年 红豆阿姨，你非得把这杯酒干了不可！

刘红豆 你们饶了我吧！

[陈大强胸前挂着三个军功章上，两个男青年追上。

男青年 陈厂长，这杯酒你不干不行！

陈大强 算了，算了！我都醉了。

[四个青年把刘红豆、陈大强推到一起，塞给他们两杯酒，喊刘红豆、陈大强端着酒杯，挤到一起。

[窗后，男青年甲时而把头伸出窗内，时而又向窗后。

青年甲 （喊）请新郎、新娘喝交杯酒啰！

[大家鼓掌。掌声齐鸣。刘红豆、陈大强干杯。众人欢呼声。

青年甲 跳舞啰！

[众人跳舞，一对对飘入纱幕后。

[刘红豆拉着陈大强旋舞，飘入纱幕后。

[前场灯暗。纱窗后舞影憧憧。

[纱窗外灯暗。舞曲停，一片静寂。只有陈大强与刘红豆的笑声。

[追光。陈大强把刘红豆按坐在沙发上左看右看。

[灯渐明。

刘红豆 大强，告诉我，什么叫爱情？

陈大强 今天晚上就是我俩的爱情！

刘红豆 什么？

陈大强 爱情就是结婚，结婚就是爱情的结晶！

刘红豆 这么说，结了婚，爱情就结束了。

陈大强 （动情地）红豆，从今天起，你就是我的，我要一辈子爱你。

刘红豆 我可是个任性的调皮鬼，你不怕吗？

陈大强 只要你喜欢，我什么都舍得，甚至生命！

刘红豆 真的？

陈大强 嗯！

刘红豆 强，你真好！

陈大强 说心里话，你我相差十岁，你不觉得我……

刘红豆 我只嫌我自己太小了！（深情地拿起陈大强的手端详着）

陈大强 我的手很粗吗？

刘红豆 不，我喜欢这双手。（唱）

一双大手在眼前，
阵阵暖流涌心间。
这双手，曾经飞刀斩顽敌，

驰骋南北扬征鞭；
曾经风雨浪中救红豆，
相思常忆鹭海湾。
这双手，给我鼓舞和力量，
生活中，扬起理想一片帆；
这双手，给我温暖和甜蜜，
拨响了爱的琴音情的弦。
大强啊——
我是雏鹰初展翅，
一路风雨要人搀。
今后漫漫人生路，
还需你一双大手来引牵。

陈大强 （动情地）红豆……

刘红豆 嗯。

[两人紧紧地依偎着。

[门铃响声。

陈大强 谁呀？

刘红豆 我去看看。

[刘红豆开门。一个捧着一盒贺礼的中年男子进来，他叫张欣，文人的气质，但神情却使人难以捉摸。

陈大强 （意外地）张欣！

刘红豆 （欣喜地）张老师！

张　欣 陈厂长，真对不起，我来晚了。

刘红豆 张老师，不晚，不晚！我俩都欢迎你！

陈大强 是呀，请坐，请坐！

张　欣 谢谢，谢谢！来，祝你们幸福！（打开盒子，取出“白鹭姑娘”塑像）

刘红豆 哎呀，“白鹭姑娘”，太美了！谢谢你……（摆在最显眼的地方）

陈大强 谢谢！

张　欣　好，我不打扰了。

陈大强　再坐一坐嘛。

张　欣　不，我还要回去准备一下，我……我要出国了。

陈大强 / 刘红豆　（吃惊）出国？

张　欣　（惆怅地）爸爸病情加重……唉，我明天就走！

刘红豆　（难过地）明天？

张　欣　哦，我告辞了！

刘红豆　等等，我送送你。

[张欣、刘红豆下。

[大姐手拿信封上，对上了门牌，迟疑了一下，终于举手敲门。

陈大强　（边开门边说）红豆，这么快就回来了！

大　姐　（眼神一亮）大强！（扑向陈大强）总算找到了！总算找到了！

陈大强　（一时还未反应过来）你是——

大　姐　（吃惊地）你不认识了？（摘下头巾）是我呀！

陈大强　（如梦初醒）啊，大姐？（下意识地退了几步）

大　姐　大强！（又疲劳又激动，跌扑进屋）

陈大强　（急迎上挽起大姐）你来得真……真不容易啊！

大　姐　你可叫我找得好苦啊！

陈大强　你变老了。

大　姐　（不顾一切地扑到陈大强怀里）变老了，变老了。我想你盼你，朝朝泪洗面，夜夜伴寒星，我能不变老吗？十二年啊，今天可终于见到你了！

陈大强　（伤感地）我对不起你。

大　姐　别松手，抱得紧一点儿，紧一点儿！

陈大强　大姐，别这样，快松手，松手啊！

大　姐　我不放。我孤苦伶仃一个人，只能依靠你了！

陈大强　（心里一抖，挣脱大姐的手）什么？你说什么？

大　姐　爸爸他……去年过世了！

陈大强　啊？你为什么不写信告诉我，为什么，为什么？

大　姐　（泣不成声）这能怨我吗？每次收到你寄来的信和钱，我都想托人给你带个回信，可爸爸说什么也不让回信，钱也不准用。眼看爸爸病得快不行了，我偷偷托人给你写了个信。爸知道了，把信抢过去，一边撕一边吐血，骂你不是他的儿子。如果给你写了信，花了你的钱，他就是死了也不合眼……

陈大强　爸爸——儿对不起你啊！（痛心疾首，泪流满面，默默临窗低头致哀）

大　姐　（跟至陈大强身边）爸爸临终前说，我进了陈家门就是陈家人。

陈大强　（回身，擦泪）大姐！当初我就叫你别等我了啊！

大　姐　我，我命苦啊！（取出一个荷包）这是你寄给家里的钱，都在这里。

陈大强　大姐，你这是何苦呢？

大　姐　大强，我苦苦等了你十二年，让我俩一起过吧！

陈大强　一起过？（猛地推开大姐）不，不行！

大　姐　（哭）为什么不行？为什么啊？

陈大强　大姐……别哭，别哭！啊，你太累了！快坐坐……（扶大姐坐沙发）你听我说，今天是我……（不忍心再说下去）

大　姐　（紧紧握着陈大强的手，生怕他跑掉，急迫地）你什么，你什么？

陈大强　大姐，慢慢再说，先喝喝茶……（趁机摆脱，倒茶）

大　姐　（抬头打量房间的陈设，看见了贴在墙上的双喜字和桌上种种贺礼，似乎悟到了什么，但十多年含辛茹苦的岁月已把她磨炼出能压抑住巨大悲痛的性格，只木然地点了点头）哦，哦……

陈大强　（递上茶水）大姐！你喝茶啊……

大　姐　（还在呆着）好……好……今天是你和……和人家成亲……成……（茶杯掉地，晕了过去）

陈大强　（急扶住大姐）啊！

[定格。

[无词伴唱起：

“啊……”

[大姐苏醒。

陈大强　大姐，你千万要……

大　姐　（咬着嘴唇）啊……我……没什么，就是累了点儿……我恭喜你……我不该来打扰你……

陈大强　大姐……

大　姐　新娘呢？

陈大强　她……她送客去了……

大　姐　啊，我要见见她，有话对她说……

陈大强　大姐，你……

大　姐　大强，你去烧点儿热水给我洗洗脸、洗洗脚，等一会儿……等一会儿好上路。

陈大强　（泪流满面）不！大姐，说什么你也得等明天才……

大　姐　听话。我是你姐姐，弟弟听姐姐的话……烧水去。

陈大强　大姐！（深深一揖，一步一回头地下）

大　姐　（战战兢兢地望着陈大强的背影，忍受着无限悲痛，看着手中玉镯，唱）

早先有泪泪成行，
此时有泪吞落肠。
十二年盼日盼夜盼圆月，
多少回，玉镯成双梦甜香；
不怕那，人地生疏路途远，
忍受得，口渴肚饥夜茫茫。
有脚能过山和水，
有口能逢热心肠。
怕只怕，亲人在外成双对，
忘了我，手摇井边老姑娘。
眼见他，蜜蜂采花酿成蜜，
如今我，雪块落肚冷心肠。
忍下悲痛换笑脸，
从此后，他是弟弟不是郎！

[刘红豆上，看见大姐。

刘红豆　你是……

大　姐　啊……我是大强的大姐。

刘红豆　（高兴地）哎呀，你就是大姐，怎么这么晚才到啊！

大　姐　人生路不熟，问了不少路。

刘红豆　难为大姐寻找啊。嗯，大强呢？

大　姐　他给我烧点热水去啦！

刘红豆　大姐，我去煮点儿东西给你吃……

大　姐　（拉住刘红豆）路上吃了，不饿。来，坐下亲热亲热！

刘红豆　哎，大姐！

大　姐　姑娘，你叫什么名字？

刘红豆　我叫红豆。

大　姐　红豆！好名啊，名靓人也靓。红字吉利，才有福气嫁上大强哪……

刘红豆　（娇羞地）大姐，看你……

大　姐　我说的是真心话啊……嗯，红豆，大强对你提过了什么吗？

刘红豆　他老夸奖你呢！他说你是他的好大姐，因为妈妈死得早，你又当姐姐又当娘……

大　姐　还有呢？

刘红豆　还有好多好多，总之就是再好不过的大姐了。

大　姐　哦……（苦笑）他从没说过我不是他的亲姐姐吗？

刘红豆　（惊讶地）什么，你不是他的亲姐姐？

大　姐　不是亲阿姐。红豆，事到如今，我可不瞒你了，说出来你可别多心，也别怪大强，好吗？

刘红豆　哎！

大　姐　（指指手中玉镯）大强没跟你提起过这手镯的事？

刘红豆　（意识到什么）没、没提过。大姐，莫非……

大　姐　红豆，大强那里也有个这样的手镯。我是大强的童养媳！

刘红豆　（惊讶）啊？

大　姐　红豆，可别多心啊！大强性气倔，不肯和我成亲，十八岁那年本来就要……可他逃走了，直到如今……

刘红豆 噢……大姐，这些年真难为你啊。你不怪我吧？

大　姐 咳！不怪大强，我不配他，更不能怪你，这都是命中注定的啊！你俩才是天生一对，看到你俩过得幸福，我就欢喜。再说，我都到了这把年纪了，什么事都看得淡如水啦……

刘红豆 （感动地）大姐，我的好大姐！

大　姐 红豆，有些话大姐我要你记住，就不知你乐不乐意听？

刘红豆 大姐！我爱听你的话，你说吧！

大　姐 这就好，这就好！（唱）

今夜里，虽然花烛与洞房，
也要你，耐性听我说一场。
你俩已结鸳鸯对，
大强他，不用我再挂肚肠。
青竹伸尾伸到顶，
夫妻间，和和气气多商量。
碗筷难免会相碰，

刘红豆 （唱） 我只当风吹过耳旁。

大　姐 （唱） 毛毛细雨润干土，

刘红豆 （唱） 他发火，我会以柔来克刚。

大　姐 （唱） 大强口味喜辛辣，

刘红豆 （唱） 小院墙下我栽辣椒两三行。

大　姐 （唱） 大强身体不太好，

刘红豆 （唱） 我会多买补品给他尝。

大　姐 （唱） 妻是秤砣夫是秤，
任他推下又推上。
千般话语嘱不尽啊，

刘红豆 （唱） 我字字句句入心房。

大　姐 （唱） 吉日无礼来相送——

只有这……这只同心镯送你，好和大强那只成双成对……（接唱）

祝你俩，天长地久好鸳鸯。

刘红豆 （感动得热泪盈眶）大——姐！（紧抱大姐）

大　姐 红豆，大姐说的话你记住了吗？

刘红豆 大姐，我、我都记住了！

大　姐 记住了就好，等会儿我洗过脚就走……

刘红豆 走？上哪儿去？

大　姐 上哪儿都行。

[陈大强端水上。

刘红豆 大姐，你就是我的亲姐姐，这个家就是你的家，留下吧！（转对陈大强示意）

刘红豆
陈大强 留下吧，大姐！我俩求求你！

大　姐 红豆！我的好弟媳！（与刘红豆拥抱）

[灯暗。时钟“嘀嗒”声越来越响，随着一声沉闷的“当”声，“嘀嗒”声渐渐消失。

[追光。陈大强、刘红豆执手相对。窗后，大姐暗暗擦泪的剪影。

刘红豆 大强！

[陈大强在沉思中。

刘红豆 大——强！

陈大强 （猛醒）唔？

刘红豆 你在想什么？

陈大强 我在想过去。

刘红豆 过去？

陈大强 是啊，过去！

刘红豆 大强，我们还是多想想将来吧。

陈大强 将来？

刘红豆 对，将来……（含情脉脉）睡吧！

[灯暗。

[五年后。

[幕后伴唱：

“天上月儿圆，
人间情绵绵。
情有明和暗，
味有苦与甜。
糖精甜中带苦味，
药茶加糖苦中甜。
甜甜苦苦难分解，
苦苦甜甜又五年。”

[婴孩哭声。大姐催孩子睡眠声：“嗬嗬……”

[灯复明。陈大强家客厅。沙发上放着一件未织完的毛衣。

[刘红豆提热水瓶上，放在桌上，发现“白鹭姑娘”塑像被搁在角落里，移出摆正。

大　姐　（摇摇篮）嗬……（哼着古老的曲调）

家乡有口手摇井，
冬天暖来夏天凉……

刘红豆　（边织毛衣边对大姐）大姐，你最喜欢这支歌了。

大　姐　可不是吗？大强也喜欢。这里的水都带药味，家乡的水可甜了。还是家乡好。要不，这孩子为啥叫家家呢？

刘红豆　是呀。（拿起毛衣为大姐比量着）这孩子真调皮，多亏了你照料啊。大姐，我和大强几次都想帮你找个老伴，可你就是不同意，把心思都放在这孩子身上了。

大　姐　不要再提我的事了，你们的孩子不就是我的孩子吗？能看着你为陈家生儿育女，我也满足了。

刘红豆　大姐，来试试，看合身不合身。

大　姐　（高兴地比试毛衣）红豆，你怎么老是为我操心呢。我不是提醒你多照顾大强吗？

刘红豆　大姐，这个你就放心好了。

大　姐　哎，大强怎么还不回来吃饭呀？

刘红豆　他开会去了，可能要晚些回来。

大　姐　咳，他总是开会来开会去的，有那么多的话要说吗？

刘红豆　哦，大姐，你一定饿了，我们先吃吧。

大　姐　红豆，这样可不行，还是等大强回来一块儿吃。

刘红豆　也好。

[刘红豆收拾桌子，摆上碗筷。大姐进厨房端饭菜。

[陈大强手提公文袋兴冲冲地上，进屋，挂公文袋，发现"白鹭姑娘"塑像，眉头一皱，把塑像又推往角落里。

陈大强　红豆！

刘红豆　看你刚才神采飞扬，准有好事情。

陈大强　打一歇后语，你猜猜。（悄声，但压不住心头喜悦）脚踏楼梯——

刘红豆　步步高。啊，你提升了！什么职务？

陈大强　轻工局局长！

刘红豆　那好啊，到时候对我们设计室可要多加照顾啊！

陈大强　还有呢！

刘红豆　还有什么？

[大姐从厨房出，已摆好饭菜。

大　姐　千事万事不干食事，天大的事都吃完饭再说。

陈大强　对！（对刘红豆神秘地）欲知还有什么，且听下回分解。

[三人哈哈大笑，坐下吃饭。一家人相敬如宾。

刘红豆　（忍不住地）大强，你刚才说的下回分解是……

陈大强　哦！（笑了笑，俨然说书似的）话说局党委作了决定，把刘红豆同志调到局里去……

刘红豆　去做什么？

陈大强　去当陈大强局长的秘——书！

刘红豆　啊？当你的秘书？

大　姐　背书？我说大强，红豆整天忙里忙外的，这背书的事不会叫几个年轻力壮的人去干吗？

[陈大强哈哈大笑，刘红豆也笑了一下。

大　姐　（莫名其妙）你们笑什么？（摸摸嘴角，以为嘴角沾有饭粒）

[两人放下碗筷，更笑弯了腰，把大姐笑愣了。

陈大强　大姐，你不懂。红豆的“背书”呀，是在我身边“做——长——工”！

刘红豆　做长工？

大　姐　噢……（不禁为自己的无知笑了起来）哈哈哈……这样“背书”好，这样“背书”好！一天到晚都能照顾你了……我去添点儿菜来！（端碗下）

刘红豆　大强，为什么事先不征求我的意见？

陈大强　征求？你的事还不是我说了算吗？

刘红豆　大强！（唱）

烹调得当汤菜鲜，
不善配料空摆筵。
我从事，服装研究搞设计，
这专业，红豆酷爱入心田；
案头上，多少方案待审定，
脑海中，多少款式正萌生。
每见那，新潮服装人争购，
心甜透，万紫千红影翩翩。
秘书于我无兴趣，
舍本逐末味索然。

陈大强　什么？不愿意？唉，你怎么不理解我的一片苦心啊！

刘红豆　你难道不知道我心里想的是什么吗？

[陈大强、刘红豆食欲陡减，不悦离桌。

[大姐端菜上。

大　姐　（看见陈大强、刘红豆分立一边神色不悦）怎么啦？

陈大强　（哄刘红豆）红豆，这是工作需要、组织决定，懂吗？

刘红豆　你这不是把我当作一花瓶放在办公台上吗？

陈大强 红豆!

刘红豆 我不理你!（进房间）

[陈大强追进。

[摇篮里的家家哭了，大姐急忙哄她。

大　姐 唉，亲亲热热过了五年，今天怎么了?（摇摇篮，唱）

家乡有口手摇井，

冬天暖来夏天凉……

[在古老的乐曲中，一束微弱的追光照着不停地晃动的摇篮。

[灯暗。

[二十年后。

[灯亮。乐曲变化为节奏活泼的吉他声。

[陈大强家客厅摆设体现出80年代的气息。“白鹭姑娘”的塑像摆在角落里蒙上了一层灰尘。

[一个夏天的下午。

[二十岁左右的家家半躺在沙发上，弹着吉他。

家　家 （弹奏着《童年》旋律，唱着自撰的歌词）

告别了小摇篮，

家家我微微地露出笑脸。

古老的催眠曲，

它还时时响在耳边。

一阵阵烦人的腔调它哼哼呀呀吵个不停，

它是在哀怨，

它是在感叹，

感叹着过去的流年。

（唱着唱着，不由得跳起舞来）

[大姐提着菜篮子上。她成了老态龙钟的老太婆。

大　姐 家家，你总是疯疯癫癫的，没正经。

家　家 服装厂都停工了，我有什么事干?都怨爸爸不会用人!

大　姐　怎么能怨你爸爸呢，人家都说怨“四人帮”。

家　家　“四人帮”早都判刑坐监牢啦！

大　姐　好了好了，你爸爸快要下班了，我还得买菜呢。（下）

家　家　（烦闷地）这个姑姑，一天到晚就惦记着爸爸。（坐回沙发拨弄着吉他）

［徐涛上，他是家家的男朋友，一个风流英俊的小伙子。

家　家　（猛地拨了一下吉他）烦死了！

［徐涛吓了一跳。

徐　涛　（小心翼翼地）家家。

家　家　（伸出手表）你看看都什么时候了？才来。以后再不准时，取消你跟我跳舞的资格。

徐　涛　我新设计了一种背心裙，急着加工出来，误了点儿时间。（抖裙子）是根据你的身材设计的。

家　家　（高兴地一把夺过）啊，真漂亮，有新潮味道。

徐　涛　快穿上试试。

［家家进内室试衣。

［徐涛打开图纸，在比画着。家家换好裙子，哼着华尔兹舞曲一个旋转舞步，飘到徐涛身边，又顺手拉起徐涛转了一圈。欢声笑语充满客厅。

［两人停下，徐涛像欣赏艺术品似的从各个角度看着家家。家家学着时装模特儿的姿势，任徐涛尽情地欣赏。

徐　涛　你的身材太标准了，这件背心裙穿在你身上，充分表现出女性的特点，每一处线条都是美的展现。

家　家　（得意地又旋转起来，刚转了半圈忽然停住）咦？原来你把我当成你的服装模特儿啊！

徐　涛　本来就是嘛。几年来，我设计的每一种款式，不是首先在你身上试验、修改？

家　家　行啊，咱俩一起引导服装潮流！

徐　涛　哎，家家，说实在的，这种背心裙如果我们服装厂生产的话，肯定能畅销。

家　家　服装厂眼看就要倒闭了，你这个小小的设计员还操那份闲心干什么？

徐　涛　你说我们厂真的会倒闭吗？

家　家　轻工局招聘厂长的招贤榜都挂半个月了，就是没人敢揭。唉，要是倒闭了，我们就失业啦！

徐　涛　没关系，我开个裁缝店，照样养活你。

家　家　我才不要你来养活！

徐　涛　连张欣叔叔都不敢揭榜。这个厂也是糟透了，谁愿涉足这个烂泥潭啊！

家　家　你别啰啰唆唆这些烦人的事儿了。这些事情我一概不感兴趣！

徐　涛　你感兴趣的是什么？

家　家　我感兴趣的是——（装出神秘的样子）把耳朵伸过来。

（见徐涛把头侧过来，乘机在他脸上吻了一下）爱情万岁！

徐　涛　（愣了一下，也给家家一个吻）万万岁！

家　家　（把吉他递给徐涛）来，为了爱情，唱一段。

[徐涛弹起吉他。

家　家　（唱起《童年》的旋律，填上自撰的歌词）

大海边的晚霞里，
太阳它羞羞地藏起笑脸。
海岸边的岩石上只有我俩坐在上面，
你看那洁白的浪花蹦蹦跳跳闹个不停。
打湿了鞋子，
弹湿了裙角，
溅湿了我们俩的脸。

徐　涛　（随曲接唱）

夜幕边的云朵里，
月亮它微微地露出笑脸。
月亮下的绿竹上两只画眉睡在上面，
一阵阵迷人的轻风吹得竹叶叽叽喳喳响个不停，
那是在歌唱，
那是在催眠，
多么美妙的夏天。

家　家
徐　涛　（随曲唱）蔚蓝蓝的鹭海湾，

我们俩轻轻地摇着小船。

海岸边的凤凰花它张开了红扑扑的脸，

为什么我们俩总是亲亲热热谈个不完。

因为你爱我，

因为我爱你，

约会在快乐的星期天。

［陈大强已经五十多岁了，鬓角平添白发，皱纹也爬上了额头。这时他夹着公文包出现在客厅门口。

陈大强　（皱着眉头，实在听不下去了）家家，家家！

家　家　（吓了一跳）爸爸
徐　涛　（吓了一跳）陈伯伯。

陈大强　你们刚才唱的什么？哎？再给我唱一遍！

家　家　（迟疑，灵机一动，唱）

家乡有口手摇井……

陈大强　别蒙我，不是这……

［徐涛抱起吉他，跟在家家后面，续唱。

陈大强　（把公文包一摔）别唱了！什么乱七八糟的。你看你，这像什么东西，穿在身上人不人鬼不鬼。这这这，这带子你不怕断了吗？哼！简直是无法无天！

家　家　（不屑一顾地）爸爸，这叫作“沙滩装”背心裙！要是再短一两寸，领口再低一点儿，就更美了，懂吗？

陈大强　（一拍桌子）放肆！

家　家　老封建！

徐　涛　家家，别这样对陈伯伯说话。

［陈大强气得说不出话来，一屁股坐在凳子上。

［家家见势不妙，急忙拉徐涛欲走。

陈大强　不准动！

家　家　阿爸同志，你还有什么指示？

［大姐买菜回来，看见家家的衣裙，“啊”地叫了一声，忙用双手遮住眼睛，菜篮子掉在地下。

大　姐　（慢慢地放下双手）家家，怎么穿着这种东西，我看了尽起“鸡嫲皮”……（边说边解下围裙给家家披上）

［家家哭笑不得。

陈大强　（压了压火气）我告诉你，从今以后，你哪里都不准去，给我老老实实地待在家里！

家　家　工厂都关门了，家务由姑姑包了，你有妈妈伺候了，我待在家里做什么？

陈大强　姑姑这么大年纪了，你帮她买菜、煮饭、拖地板。

家　家　我不会做家务。

陈大强　不会就学。

大　姐　哎呀，别吵了，家务事我一个够了。家家，要出去玩就去吧！哎，要穿上衣服，我给你拿衣服去。（进房间）

家　家　（甩开围裙，挽起徐涛的手臂）走！

陈大强　站住！

家　家　又有什么？

陈大强　不准拉手！

家　家　（搂起徐涛的腰）走！

［家家与徐涛急下。大姐拿上衣出。

大　姐　（追到门口）家家，家家！唉，这孩子！像条“滑鼻牛”。

陈大强　都是你们把她惯坏了。

［大姐拿起地上的围裙围上，拾起散落在地下的菜。

大　姐　唉，能怪谁呢！你近来的火气越来越大，动不动就火星四溅的，还不是竹筒打石板——越打越反！

［陈大强烦心得无话可说。

大　姐　家里一吵，我心里就难受，老是这样，日子可怎么过呀！唉，还是家乡好，那小院，那茅屋，还有那手摇井……

陈大强 （鼻子一酸）大姐，别老是说这些了……今天买了什么菜啊？

大　姐 喏！青菜、豆腐、鱼、肉，还有半斤烤鸭。

陈大强 好，今天上午我约了一个客人，让我来炒菜。（欲夺篮子）

大　姐 你坐一会儿，等我把菜洗好了，你再来。（进厨房）

陈大强 唉！（唱）

我真似，风吹灯草心烦烦，
近月来，改革闹成乱麻般。
服装厂，销路阻塞频亏本，
弄得我，蒙头转向举步难。
上级玩出花套套，
张什么红榜招什么贤！
棉纱击鼓没声响，
时过半月榜空悬。
最烦恼，红豆日渐失温顺，
每日里，心不在家推迟下班，东跑西走把我丢一边。

（无可奈何地摇了摇头，进厨房）

[张欣上，他已年过五十了，无情的岁月在他的额头留下深深的印记。

张　欣 陈局长，陈局长！（环顾四周，发现“白鹭姑娘”塑像，快步奔过去，捧起，唱）

轻轻捧起白鹭像，
睹物伤情泪成行。
二十年后重相见，
旧时情愫已茫茫。
张欣我，当年依依别故国，
漂流异邦侍高堂。
也曾想，男儿有艺随身带，
好花到处可飘香。
谁知道，插足之地非乐土，
铜臭充斥人情凉。

父亲一病不复起，
母亲又因车祸亡。
百念俱灰心将死，
华夏召唤亲儿郎。
怎能料，归来难躲连阴雨，
赤心未报苦先尝。
到如今，虽幸蓝天普丽日，
只可惜两鬓斑斑已染霜。

（拿起抹布擦拭着塑像上面的灰尘，把塑像放到显眼之处，又觉不妥）

[陈大强从厨房上，见状。两人均有点尴尬。

陈大强 （笑得很不自然）你来啦！快坐坐，喝喝茶！（泡茶）

张　欣 不用，不用！陈局长，你叫我来有什么指示？

陈大强 （缓和气氛地）张欣，别说指示嘛！只是有些事想和你商量商量……

张　欣 什么事？

陈大强 吃过饭再谈吧！你坐坐，我去炒菜！（欲入内）

张　欣 哎，哎！陈局长……

陈大强 （回头）无论如何也要赏我一次脸吧！（有点儿过分亲热地拍拍张欣的肩膀，下）

张　欣 （无奈地摇摇头）嘿！今天这顿饭，可是秀才的书担——大有文章啊！（饮茶）

[刘红豆另侧上，进门看见张欣，大喜。

刘红豆 哎呀！张老师！（亲热地上前牵张欣的手）今天是什么风才把你吹来啦？

张　欣 （神情复杂地把手摆脱）哦！是陈局长叫我来的……你……

刘红豆 老陈呢？

张　欣 去厨房啦。你坐，你坐！

刘红豆 （忍俊不禁）哈哈……张老师，你这可是反客为主呀！

张　欣 （不知所措）这……（苦笑）你以后叫我老张吧！

刘红豆 不！我是你的学生，你永远是我的老师啊！

张　欣 （渐渐恢复常态，玩世不恭地）不不不！你可是今非昔比，鸟枪换炮啰，堂堂的局长夫人兼秘书。

刘红豆 啊，张老师！你也这么看我？（伤心地）哦，我明白了。怪不得你回国十几年来，我一直想找你聊聊，你都躲着我，我多么想聆听老师的教诲啊。

张　欣 啊……（一阵难受，抑制地咬咬牙，苦笑）嘿……（自嘲地）俱往矣……

刘红豆 张老师，你……（唱）

正话反说冷冰冰，
不由红豆痛在心。
昔日良师无踪影，
眼前好似陌生人。
曾记否？鹭海泛舟描美景，
双桨荡起一片情。
曾记否？校园月下抒壮志，
豪气满腔血沸腾。
彩笔指点云山秀，
言传身教细叮咛。
可今天，你一副脸孔寒霜样，
句句言语是板钉。
避开风浪求安逸，
枉为七尺男子身。
老师啊！
倘若这白鹭姑娘会开口，
她也要大声喊，
挺腰杆，莫沉沦，
休辜负，艳阳天，
献才华，扬鞭催马上征程。

张　欣 （被刘红豆的一番话深深打动了）我……红豆，请你原谅，但是也请你体谅一下我的心情。

刘红豆 你的心情我理解，你的苦衷我同情。但是，张老师，如果你的学生工作中遇到了困难，你还愿不愿意帮助、支持？

张　欣　帮助？支持？

刘红豆　对，轻工局出的招贤榜我揭了。

张　欣　你？

刘红豆　是的。我想请你当设计室主任。

张　欣　（吃惊）什么？难道你忘了吗？“文化大革命”中红卫兵把我的日记都公布于众了，谁不知道我曾经追求过你？可你，你……你这不是叫我为难吗？

刘红豆　张老师，还记得这句格言吗：走自己的路，由人家讲去！

张　欣　别说了！我……我……（痛苦地冲出门）

刘红豆　（追出门）张老师，张老师！

［陈大强端菜上，差点儿被张欣撞着。

陈大强　哎呀，张欣，你怎么能走呢？吃饭去！吃饭去！

张　欣　不！陈局长，我还有点儿事。

陈大强　怎么啦！刚才不是说定了吗？

张　欣　我确实还有事啊！

陈大强　这……既然这样，就不勉强了。是这么回事，我想请你这个隐士出山——当厂长。

刘红豆　啊，好啊！

张　欣　（似哭似笑地）嘿……不敢，不敢！小人无能耐，自有能耐人……（下）

陈大强　唉！真是个怪人……红豆，你怎么现在才回来呀？

［二人边谈边进屋。

刘红豆　下班后我到服装厂看了一下。

陈大强　到那里干什么？那是烂泥滩，离得越远越好！

刘红豆　（若有所思，投石问路）老陈，轻工局不是出榜招贤吗？是不是敢揭榜的就能当厂长呢？

陈大强　这是市委决定搞的，当然算数。

刘红豆　是不是谁都能揭榜啊？

陈大强　当然啰。唉，挂了半个月，就是没人敢碰这马蜂窝啊？我看张欣担任最合适，可他又不识抬举……

刘红豆 话不能这么说。老陈，他不是想要求调回美术学院搞他的工艺专业吗？

陈大强 他是打了三次报告。但是，夫妻间我才掏心底话，我能背上不爱惜人才、让知识分子外流的黑锅吗？我让他当厂长，我还能争个伯乐的美誉呢！

刘红豆 （惊讶）原来你是这么想的……可美院已多次催我们发商调函了。

陈大强 要调可以，不过要等到我离休之后。

刘红豆 你这叫爱惜人才？

陈大强 时髦不能不赶啊！（忽觉腰间一阵隐痛，轻轻地揉了揉）天又要下雨了！

刘红豆 你休息一下，我去拿药酒。（下）

［家家兴高采烈地上。

家　家 报告爸爸，我回来了。

陈大强 玩够了，玩饿了，就回来了。

家　家 爸爸，这可是冤枉我了。我特地回来向你报告一个振奋人心的好消息！

陈大强 什么好消息？无非是什么乔其纱啦，蝙蝠衫啦，什么乱七八糟的裙啦，我不感兴趣。

家　家 这个好消息保证你高兴得跳起来！

陈大强 什么消息？

家　家 我也是刚刚听说的。

陈大强 快说嘛！

家　家 好！氢弹爆炸开始：我家又多一个当——官——的！

陈大强 什么什么？

家　家 你也太官僚主义了。这么大的事还不知道，妈妈揭了你贴出的招贤榜，要当厂长啦！

［刘红豆上，取桌布抹桌子。

陈大强 什么？（对刘红豆）真的？

刘红豆 （平静地）真的。

陈大强 你！你！岂有此理！你为什么不与我商量？

刘红豆 刚才不是征求你的意见吗？

陈大强 我不同意！

刘红豆 为什么？

陈大强 我是你丈夫，你是我妻子；我是局长，你是局长秘书！

刘红豆 老陈，别激动，这件事反正上下都知道了，市委也找我谈了话。

家　家 大家那个高兴劲儿呀，啧啧，都说这回服装厂就有救了。爸爸，听说妈妈年轻时是个出色的设计师，她那时设计的连衣裙，曾经畅销了好几年呢！你硬要把妈妈绑在身边，这不是埋没人才吗？

陈大强 去去，这里没有你说话的地方。

家　家 不喜欢听就算了。

刘红豆 说实话，大强，这二十多年的秘书，没有一天是我心甘情愿的，就请你松松绑，给我一片天地吧。

陈大强 别说了，反正我不同意！

刘红豆 这件事可是市委决定的，明天要对我进行考核。另外，我想请张欣当设计室主任。

陈大强 （触动心病）哦，原来是这样！

刘红豆 大强！你的情绪不对头啊——

陈大强 （一拍桌子）别说了！哎哟——（按住腰间）

刘红豆 （扶陈大强坐下）怎么腰又痛了。（给陈大强按摩）

陈大强 走开！我不要你管！（狠狠地将刘红豆推开）

[灯暗。

[幕后歌声：

“一阵天晴一阵阴，
一时水浅一时深。
一树结出两样果，
一对夫妻两样心。”

[灯亮。陈大强家客厅。

[陈大强焦急地等待着刘红豆。

[大姐拿一件外衣上。

大　姐 （为陈大强披上外衣）这么晚了，红豆怎么还不回来？大强，别等了，早点儿

睡吧，啊？（下）

陈大强 （心中烦闷）唉！（唱）

穿袜不知脚下暖，
脱袜方知脚下寒。
走了秘书好妻子，
头昏腰痛膝头软。

[幕后伴唱：

“往日红豆在身旁，
绿叶相衬花飘香。
送水端茶接电话，
代阅文件写文章。
局长闲时脚一跷，
秘书还要捶背囊。
团团转，转团团，
夫唱妇随好时光。”

[歌声中，陈大强倒到沙发上慢慢入睡。

[幕后伴唱：

“孤独更把娇妻盼，
昏昏沉沉入梦乡。”

陈大强 （呓语）红豆！红豆！

[刘红豆飘然而至。

刘红豆 老陈！老陈！

陈大强 （惊喜）红豆，我在等你，等得你好苦啊！

刘红豆 （坐在陈大强身边）老陈啊！（唱）

见你夜夜对愁眠，
夜半三更苦沉吟。
知你愁肠千百结，
只缘妻是牵肠人。

大强啊，若是我有分身法，
我真想，一人化作两人身。
一个工厂当厂长，
一个形影随郎亲。

陈大强 （唱） 伴我行来伴我坐，
刘红豆 （唱） 伴你食来伴你眠。
陈大强 （唱） 伴我唱来伴我笑，
刘红豆 （唱） 伴你影来伴你音。
陈大强 （唱） 伴我窗前赏夜景，
刘红豆 （唱） 月儿弯弯伴星星。
陈大强 （唱） 伴我滨海看白鹭，
刘红豆 （唱） 青山绿水脉脉情。
可是啊，梦幻终归是梦幻，
一人怎能分两身？
工厂千头与万绪，
我三头六臂难理清。
大强啊，真情掏尽心底话，
望你体谅与同情。

陈大强 我……

刘红豆 唉，这厂长真是不好当，我累了，累得浑身一点儿力气也没有，多想让你抱着我，好好睡一觉呀！（伸手勾住陈大强的脖子）

陈大强 睡吧！好久没听你讲这样的话了。（搂住刘红豆）

[幕后伴唱：
“窗外月色清，
人静夜更深。
夫妻相依偎，
执手总牵情。”

刘红豆 大强！

陈大强 嗯！

刘红豆 我真希望你能放手啊。

陈大强 放手？不！

刘红豆 我心里害怕。

陈大强 怕什么？

刘红豆 怕你！

陈大强 怕我？（松手）怕我干什么？

刘红豆 因为你是局长啊！

陈大强 哼，你现在不当秘书当厂长了，有自主权了，还怕我干什么？

刘红豆 可你还是我的丈夫啊！

陈大强 （将刘红豆抱住）不，局长我可以不当，但丈夫我不能不当！

刘红豆 放手！

陈大强 不放！

刘红豆 （挣脱）老陈，工人们在等着我呢。

陈大强 不，你不能走，我需要你！

刘红豆 你看，他们来了——

［神奇的音乐中，众工人捧着一朵大红花。腾云驾雾上。

［众工人欲拉刘红豆走，陈大强拼命拖住。拉扯中红花抖开，变成一条绸带，双方各执一端。

众工人 陈局长啊！（唱）

谢你挂榜来招贤，
送来一位女状元。
局长讲话要算数，
莫再把她手脚缠。

陈大强 她是我的红豆，我的妻啊！

众工人 局长大人！（唱）

众雁南飞靠头雁，
八音班子听头弦。

这样的厂长不能走，

我们盼了多少年。

[众工人将刘红豆拉到身边，拥着下。陈大强将刘红豆拖回，抱住——却是大姐。

[陈大强从梦中惊醒。

陈大强 红豆，红——豆！你在哪儿啊？

[大姐上。

大　姐 大强，大强！你喊什么？

陈大强 我……我做了一个梦——我想红豆啊！

大　姐 唉，她当了厂长，事情就多了。

陈大强 她就知道抛头露面，早把我给忘了。你知道人家讲她什么？

大　姐 什么？

陈大强 讲她……唉！

大　姐 （感叹）做女人难啊！唉！

陈大强 （若有所思）不行，不能让她再生惹是非了，明天让她陪我去温泉疗养。

大　姐 哪儿也比不上家乡好，那小院，那茅屋……

[灯暗。

[阵阵的海鸥声。

[灯渐明。

[幕后伴唱：

“鹭海岸上鹭海滩，

海滩如画色斑斓。

山光水色任描绘，

画景容易画情难。”

[周末的鹭海湾，轻快的音乐伴随着度假的游人。

[一对恋人依偎地走着，徐涛紧跟在后头。恋人慢慢转入礁石丛中。

徐　涛 哎，同志，请等一下。

男青年 （不解地）嗯？

徐　涛　（拉过女青年，仔细打量着她的裙子）真好看！

男青年　喂，你小子要干什么？

徐　涛　（恍然地）啊，对不起，她的这件荷叶裙真别致。

女青年　是吗？这是他刚从深圳带回来的。

徐　涛　谢谢！

［家家抱吉他上，见状站立一旁观察。这对恋人下，徐涛转身看见家家。

徐　涛　家家！

家　家　老实交代，为什么追着那个姑娘？

徐　涛　她太吸引我了，她的那件荷叶裙设计得很新颖。不过，下摆角度再大一点儿，叶瓣再低一点儿就更美了。

家　家　我看你想变心了。

徐　涛　（着急地）别、别、别误会，千万别误会。

家　家　你近日总是神不守舍的，约会也常常迟到。今天下午约好两人在海滨公园门口碰面，可你却一个人散心，害我白等两百三十六分钟。

徐　涛　请你原谅，今天新上任的主任——张欣叔叔把设计室的全体人员都拉出来了。我这个设计员不早点行动，行吗？

家　家　爸爸硬拉着妈妈陪他到温泉疗养去了，家里只剩下我和老姑姑，真烦！

徐　涛　近来我急着要为订货会多设计几款新潮时装，没有很好地照顾你，你不怪我吧？

家　家　哎，听说服装厂要成立时装表演队，在订货会上表演。你看我行吗？

徐　涛　你？你怎么行呢？

家　家　你不是说我的身材最标准吗？

徐　涛　我说你没有必要去当模特儿。

家　家　头几天考试又不合格，妈妈硬着心肠把我刷掉了。我不能老是这样混啊！

徐　涛　没事你就在家闲着，我有本事让你舒心。

家　家　让我在你的太阳伞下过日子？哼，我才不呢！

徐　涛　家家，我们结婚吧！

家　家　结婚？我才不傻呢。女人占主导地位的阶段就是“拍拖”的时候，说一不二，说东不西，就像国家元首。

徐　涛　你永远是国家元首。

家　家　那好，把你的脸伸过来。

徐　涛　（小心地）干什么？

家　家　让我吻一下。

徐　涛　（难为情地）这……众目睽睽之下……

家　家　哼，胆小鬼！

徐　涛　（咬咬牙，闭上眼）好吧！

[家家、徐涛正欲接吻，张欣上，见此情景咳了一下。

徐　涛　（一惊）张主任！

家　家　（气恼地）张叔叔，你真坏！

张　欣　怎么？

家　家　情绪全让你破坏了？

张　欣　（眺望着大海）是啊，碧海蓝天，白鹭翱翔，真是谈情说爱的好地方啊！不过，得找个安静点儿的角落，免得那些单身汉看见了，心里不好受。

家　家　对不起，张叔！（拉徐涛下）

[刘红豆边喊："张老师！"边上，张欣欲走。

刘红豆　张欣，你为什么老躲着我，为什么？

张　欣　你不是陪局长去温泉疗养了吗？怎么就回来了？

刘红豆　身在曹营心在汉呀！

张　欣　我也正想找你谈谈。

刘红豆　是吗？

张　欣　新官上任三把火，未免烧得太猛了吧！

刘红豆　你这是……

张　欣　也用不着与人家商量，一纸公文就把人家调来了。

刘红豆　因为我知道一个工艺专业的高材生，是不愿意一辈子当工厂的伙食管理员的。

张　欣　是不愿意，所以我才申请调动。

刘红豆　我反复考虑过，工厂设计室更能发挥你的才干。另外，我刚上任，很需要你来帮助。

张　欣　你当了厂长我更应该调走。

刘红豆　这是为什么？

张　欣　人言可畏呀！

刘红豆　我真不明白，你为什么要作茧自缚呢？

张　欣　我是为你着想呀！

刘红豆　最近，我收到一封匿名信，里面对工厂的工作提了几条很有见地的建议。（拿出信）要不要念念啊？

张　欣　这……

刘红豆　如果我没有看错的话，这信就是老师你的笔迹。

张　欣　红豆！

刘红豆　（一把抓住张欣的手）老师，你虽然在“文革”中被赶进伙房，但是我知道，你对事业的追求没有停止过，你无时无刻不在关心着服装厂的命运。这几年，你不是收集了很多国内外新潮服装的资料吗？老师，请你接受学生的聘请吧！

张　欣　我们……我们还是不要在一起好。

刘红豆　我真没想到，你会变得这么自私。

张　欣　我自私？

刘红豆　为了求得心灵上所谓的安宁，宁可抛弃事业，这难道不是自私吗？

张　欣　你顶得住恶言的围攻吗？

刘红豆　我还是那句话：走自己的路，由人家说去！

张　欣　红豆！

刘红豆　老师！

［两人紧紧握手。

张　欣　（拿出一沓资料）这是我最近收集的一些时装资料，你看看。

刘红豆　太好了！我们边走边谈！

［张欣、刘红豆下。

［陈大强上。海边景色，对对情侣的身影，勾起了他遥远的回忆。

［大姐拿一件外衣上。

大　姐　大强，你怎么一回家就跑到海边来？

陈大强　我来找红豆！

大　姐　找红豆？唉，你身体不好，这里风大，可别受凉！（为陈大强披衣，下）

陈大强　（感激地）大姐！（唱）

一件外衣御风凉，
遮在身上暖心房。
大姐料理好仔细，
时时将我挂柔肠。
衫烂密密补，
药汤亲口尝。
二十年来日复日，
滴水汇成溪水长。
看看大姐想红豆，
不由大强心忧伤。
红豆她，毛遂自荐揭红榜，
闹出风头个性强。
我的劝告全不理，
夫妻之情丢一旁。
红豆啊，你身姿丰满惹人眼，
仍似当年俏模样。
若与大姐来相比，
只可惜，少了一副贤孝温顺柔和善良的好心肠。

唉！（突然发现了什么，隐入花丛）

［张欣、刘红豆边谈边上。

刘红豆　现在时装要赶上潮流，除了在形式上出新，还要特别注意流行色的变化。

张　欣　对，流行色对时装的影响极大，外国还有专门研究流行色的机构呢。

刘红豆　我们要及时沟通各方面的信息，集中力量设计出一批新产品，同时兼顾各个年龄层次。

张　欣　（拿过刘红豆手里的资料，打开放在石凳上）你看，这些都是美国“加尔文”时装公司最新推出的时装。

［陈大强见两人坐在一起，极不舒服，干咳了一声。刘红豆、张欣都未发觉。

刘红豆　看来组织时装表演队，已刻不容缓了。

张　欣　越快越好，我们可以根据模特的身材来设计。

刘红豆　还要请你协助训练模特儿。

陈大强　（故意喊）家家！

刘红豆　（来到陈大强身边）老陈，你怎么也跑回来了。

陈大强　你问我？我还问你呢！为什么把我丢在疗养院，一个人偷着跑回来？

刘红豆　我不能丢下工作嘛。

陈大强　哦，是的，你是丢不下“工作”啊！

刘红豆　老陈，你应该懂得尊重人啊！

张　欣　陈局长，我们是在研究工作！（递过资料）你看！

陈大强　（一把夺过资料）哼！（自知失态，又缓了口气）对不起！我们夫妻要谈谈！

［张欣下。

刘红豆　老陈，你听我说。

陈大强　我不要听。哼，一上任就把张欣调到身边，你当我不知道你的用意吗？

刘红豆　发挥他的才干，这难道不对吗？

陈大强　联合起来和我对着干，是吗？想抛弃我，是吗？

刘红豆　看你讲些什么？

陈大强　（伤心地）现在大学生吃香，大老粗无人要喽！

刘红豆　难道连你也不了解我？

陈大强　告诉你，想抛弃我，你就死了这条心吧！哎哟！（按住腰间）

刘红豆　（急忙扶陈大强坐在石凳上）老陈，当年你为了救我，落下这腰病。从那时起，我就爱上了你。我的感情，就一直倾注在你身上，何曾想过要抛弃你呀？

陈大强　（缓缓地）是啊，当年我救了你。（突然歇斯底里）可是，当年救你的陈大强在你心里已经不存在了，不存在了！

[随着陈大强一声狂呼，全场灯暗。

[乌云翻滚，电闪雷鸣，暴雨如注。

[幕后伴唱：

“想当年啊话当年，

当年情景现眼前。

只因一场暴风雨，

千里姻缘一线牵。”

[张欣大喊：“红豆！红豆！你在哪里——”顶风冒雨上。

[无声伴唱：

啊——

[张欣跌跌撞撞地在崖边搜索。拾到一个画架。

[幕后伴唱：

“红豆写生断崖边，

谁知转眼变了天。

画架遗落人何在，

张欣心内似火煎。”

张　欣　（大呼）救命啊，有人掉海里啦——

[陈大强冲上，毫不犹豫地跳进海里。

[片刻，陈大强抱着刘红豆从海边上。

张　欣　（急忙迎上去）红豆，红豆，你醒醒。

[陈大强把刘红豆放在岩石上，疲惫地坐下。

刘红豆　（慢慢苏醒过来）我好像做了一场可怕的梦。

陈大强　不是梦，是死里逃生。

张　欣　多亏这位同志救了你。

刘红豆　（坐起）这不是给我们讲战斗故事的陈连长吗？

陈大强　我叫陈大强。现在好了，我们回去吧。（欲站起，忽然腰间一阵酸痛）哎哟！

张　欣　啊，你受伤了！

陈大强　腰间好像被什么撞了一下。

刘红豆 快，到医院。

[全场灯暗。

[幕后伴唱：

“雨过天晴景色新，
催开相思一片情。
情丝绕绕千百转，
紧紧缠着两颗心。”

[陈大强画外音：“这些事好像是昨天发生的。”

[刘红豆画外音：“是啊，可转眼就过了二十多年了。”

[灯亮。陈大强与刘红豆仍保持回忆前的姿势。

陈大强 从那以后，我们热烈地相爱。你是一朵含苞欲放的花，我是一个幸福的人。

刘红豆 从那时起，我就把全部感情都给了我最尊敬的人。

陈大强 （突然伤感地）可现在，我老了，你却还是充满青春的活力。

刘红豆 你还未老，五十多岁正当年富力强。老陈，还可以大干一番事业呢！

陈大强 干？怎么干？

刘红豆 我需要你丰富的工作经验，也需要张欣厚实的业务基础，有你们的支持，服装厂一定创出名牌，打开销路。

陈大强 你总是念念不忘张欣！

刘红豆 （痛心地）我万万没想到你会变得这样庸俗、狭隘。

陈大强 我狭隘？可是我不像某些人那样朝三暮四的！

刘红豆 （激动地）你说谁？谁朝三暮四？

陈大强 不是吗？当年战斗英雄吃香，就依附在我身上；现在大学生吃香，又千方百计把张欣拉到一块儿。

刘红豆 你讲什么？

陈大强 这不是朝三暮四是什么？你说！

[刘红豆气得几乎昏了过去，摇摇晃晃地扶住石凳的靠背。

[幕后伴唱：

“啊——”

刘红豆 （唱） 眼前一片雾茫茫，
电击雷轰震心房。
曾指望两人同栽相思树，
谁料到花开花落叶枯黄。
至今日夫妻同床难同梦，
心中似隔一重墙。
红豆我抛尽几多痴情意，
难道是一片芳心付海洋。
为什么啊为什么，
对天长叹苦思量。

大强啊大强，难道为人妻子，就不能在事业上有所追求吗？

陈大强 追求？（打开资料）你追求的是什么？无非是乱七八糟的时装表演队！我看不惯，你这是背叛！

刘红豆 你说对了，这是背叛！是对旧观念的背叛！

陈大强 也是对我的背叛！

刘红豆 作为妻子，我永远也不会对你背叛；作为领导，你过去搞的那一些经营方式，我就是要背叛。

陈大强 好，你愿意怎么做你就怎么做吧。不过，我丑话说在前头，你如果做了对不起我的事，别怪我不客气！

[大姐手提药酒上。

大　姐 大强，哎呀，你怎么还在这里呀！该吃药了，药酒我给你拿来了。

[陈大强正欲举步，一阵腰痛，险些跌倒，大姐、刘红豆急忙扶住。

陈大强 （喝了一口酒）唉！药！药！药不能医假病，酒能解真愁呀！（在大姐、刘红豆扶持下，慢慢地走了）

[彩霞满天。徐涛和家家上。徐涛弹吉他，家家跳舞。

[《童年》的旋律不断变化着节奏，越来越慢，渐渐消失在夜空中。

[没有月亮的晚上，星星眨巴着神秘的眼睛。

[灯渐亮。陈大强客厅里，房间的窗口现出大姐补衣服的剪影。

[刘红豆在研究着设计图纸。

[幕后伴唱：

“窗前人，窗后人，
隔窗亦隔心。
万千情丝结，
谁人理得清。”

[歌声中，刘红豆困倦，揉揉眼睛，强打精神继续埋头工作。

[大姐房里灯光熄了。

[家家背着吉他蹑手蹑脚上。

家　家 妈妈。

刘红豆 （起身）孩子，怎么这么晚才回来？

家　家 妈妈，你不是也没睡吗？

刘红豆 妈妈睡不着啊！

家　家 妈妈，你瘦多了。我真想为你做点儿什么呀！

刘红豆 傻孩子，你能帮妈做什么呢？

家　家 （掀开外套）妈妈，你看！

刘红豆 （惊喜）礼服裙？我设计的？

家　家 嗯。刚才我特意穿着它到舞厅跳舞，把姑娘们都馋死了。

[刘红豆激动地抚摸着家家。

家　家 妈妈，我决心报考时装队，别人不敢穿的我敢穿。妈妈，你就尽情发挥，大胆设计吧。

刘红豆 你真是妈的好孩子！

[母女拥抱。切光。

[在强烈的流行轻音乐声中，灯亮。

[客厅里，家家围着一条色彩对比鲜明的围巾，学着时装表演的样子，斜线向观众走来，然后一个转身，猛地甩掉围巾，露出身上穿着新设计的上装。

[大姐系着围裙，见状大吃一惊。

大　姐　家家，你这是干什么？

家　家　（顾自表演）排练。

大　姐　排练？

家　家　今晚时装表演队首场公演，场面可大啦！国内外几十家时装公司的代表、市里的领导都要来观看，电视台还要现场直播呢。

大　姐　你就穿这样的衣服上台？

家　家　对！我们的服装可多了，五光十色，琳琅满目，什么样子的都有。

［门铃响。

大　姐　有人来了，还不快穿衣服。

家　家　我偏不。（欲去开门）

［大姐急忙解下围裙给她围上。

［门外徐涛喊："家家！"

家　家　是徐涛。（急忙去开门）

［大姐正在家家背后结带子，只好跟在后面边走边结。

［门开，徐涛手拿两瓶"健力宝"饮料进来，见状哭笑不得。

徐　涛　家家，你这是什么装啊？

家　家　（将围裙甩掉）这……啊，是姑姑设计的"最新时装"！

大　姐　（捡起围裙，摇摇头）唉，现在的年轻人，真是……（下）

徐　涛　（心事重重）家家……

家　家　嗯？

徐　涛　我……

家　家　怎么啦，吞吞吐吐的？

徐　涛　我……我是说，你真的要穿这种时装去表演吗？

家　家　当然真的！嗯，你问得好奇怪啊。

徐　涛　哦，我……我想你的身段、曲线一定会使观众倾倒。

家　家　涛涛，我的好涛涛！

徐　涛　（递过"健力宝"）家家，来，祝你演出成功，干杯！

家　家　干杯！

[电话铃响。

家　家　（边喝“健力宝”边去接电话）喂，是妈妈啊，好，我就去！（放下电话，感觉头晕）徐涛，我这是怎么啦，头晕晕的。

徐　涛　（扶住家家）大概困了，睡一会儿就好！

家　家　不！不！（身子一软，倒在徐涛怀里，有气无力的）快，求求你，送我去演出……（睡去）

[电话铃响。

徐　涛　（拿起话筒搁在一旁）家家，你还是睡一会儿吧。（扶家家进卧室，片刻复上）

[大姐上。

大　姐　家家她怎么啦？

徐　涛　她困了，让她休息一下。（进卧室，复上）姑姑，你不要惊动她，让她好好睡一觉。

大　姐　对，最好睡到明天。

[切光。

[表演前的剧场。抒情的音乐声、嘈杂的人声交织在一起，间或夹杂着一两句含混不清的问候声。

[灯亮。剧场的后台。时装表演队的演员们正在化妆，职工们正在检查自己负责的工作。人来人往，显得有点儿忙乱。

[张欣在指挥着调整灯光角度。

[两个已化好妆的女演员正在交头接耳。

[刘红豆上。

刘红豆　你们都准备好了吗？

演员甲、乙　好了。

刘红豆　自我感觉怎么样？

演员甲　感觉还好，就是心口老是跳个不停。

刘红豆　要放松一点儿，不要紧张。张老师不是叫你们千万要保持心理平衡吗？过于紧张，肌肉僵死，风度就显不出来了。好，去那边喝点儿水，平静一下。

演员甲乙 好！（下）

[一群记者上，几只话筒伸到刘红豆面前。

记者甲 请问你是刘厂长吗？

刘红豆 是的。

[几架照相机对刘红豆闪光。

记者乙 请你谈谈你组织这次时装表演的想法。

记者丙 你有什么感受？

众记者 请谈谈……

刘红豆 诸位记者，请原谅，马上就要表演了，此时我什么想法都没有，只想着如何组织好今晚的演出。谢谢！（钻出人群急下）

[众记者下。

[张欣手拿笔记本在看着，看看手表。

张　欣 表演队全体集合！

[众演员从四周跑上，排队。张欣觉得少了谁，在看来看去。

张　欣 你们有谁看见家家了吗？

众演员 （七嘴八舌）没有……（交头接耳）

张　欣 请安静，演出马上就要开始了，我再强调一下几件注意事项。（比着手势，在向大家讲话）

[刘红豆四处张望着上。

张　欣 大家抓紧时间再检查一遍。解散。

[众人四散。

刘红豆 张老师，家家呢？

张　欣 是呀，大家都说没有看见她，我再去找找。（下）

刘红豆 （焦急地）唉！这孩子太任性了。

[一个泼妇与一个阔嘴佬上。

泼　妇 刘红豆，你厂长家小姐为什么躲起来，偏让我女儿上台卖相。你这是安的什么心？哼！

阔嘴佬 刘红豆，你长得不也很标致么，为什么不敢登台，把我女儿当替死鬼！

刘红豆 你们——

泼　妇
阔嘴佬 呸！（分头抓到自己的女儿，边拉边骂地下）

［刘红豆脑子“嗡”的一声，耳边响起恶狠狠的声音：“厂长小姐为什么躲起来！”“你长得不也很标致吗？”

［开场铃催人地响了起来。剧场音乐停了，观众厅传来嘈杂的声浪。

刘红豆 （绝望地）啊……（撕心裂肺，四壁回声在脑子轰鸣）

［伴唱声起：

“啊——啊——”

［场铃又响，一声紧似一声。

刘红豆 （唱）　铃声紧催如火警，
熊熊烈火烧焦心。
此举成或败，
事关工厂衰和兴；
成则进：多少合同待签订，
多少交易将做成。
服装能通五洲路，
干群笑谈月利盈。
败则退：信誉威风将扫地，
重整的士气又消沉。
我心血空流虽痛苦，
最难受，对不住全厂数百人。
今夜里，红豆亲身处困境，
才深信：辟通途，路不平，
多坎坷，多险峻，
难怪志士叹艰辛。

到如今，我欲背水一战亲上阵，
也少个，训练有素同台人。
眼看着，宏图大计成灰烬，
禁不住，心灰意冷泪淋淋。

[一旁几次欲对刘红豆说什么又忍下的张欣，此时再也抑制不住了。

张　欣　（旁唱）　怎忍见，逆境红豆泪盈盈，
不由我，热血冲开铁石心。
任凭世俗横冷眼——

（转对刘红豆）　红豆！上台去！

（接唱）　我与你，踏浪同做弄潮人。

[切光。

[四周一片漆黑，似乎从黑暗深处传来家家的声音："我在哪里？我在哪里啊！"

[一束追光照着迷惘的家家。

家　家　真静啊！爸爸——妈妈——姑姑，你们都走了。徐涛——我的涛涛，你在哪里？

[徐涛像幽灵般地冒了出来。

徐　涛　家家，我的小家家，别怕，我在这里。

家　家　（拉着徐涛的手）我这是怎么啦，我在干什么啊！

徐　涛　（使劲地摇晃家家）家家，你醒醒，你醒醒，你刚才不是睡觉吗？

家　家　哦，对。我喝过你的"健力宝"就睡着了。

徐　涛　你太累了，需要休息。

家　家　这饮料太厉害了，好像是迷魂汤，一喝完，我就睡了。

徐　涛　家家，这不是迷魂汤，是我……（自知失口）

家　家　是你什么，快说！

徐　涛　家家，原谅我，是我放了安眠药。

家　家　（惊叫）啊！你……

徐　涛　家家，你是我的……

家　家　什么？我是你的？

徐　涛　是我的，你的一切都是我的，我不忍心……

家　家　你这个无耻的家伙！（狠狠打徐涛一耳光）你给我滚！

徐　涛　你听我说！

家　家　快滚！（下）

徐　涛　家家！（追下）

［灯暗。

［灯亮。陈大强家电视厅。一个占据舞台大部分的电视，屏幕展现在观众眼前。

［大姐在门口张望。陈大强上。

大　姐　怎么这么晚才回来？

陈大强　最近市里开会，要我们到年龄的老干部退下来，心里烦死了！

大　姐　退了更省心。回老家去，眼不见口不问，就没有那么多烦恼了。咳，那小院，那茅屋，还有手摇井，多平静啊！

陈大强　（自言自语）也许，我真的该回去看看了！

大　姐　饭菜都冷了，我给你热热去！（向厨房走去）

陈大强　别去了，我没胃口。看看电视吧！（打开电视）

［切光。

［响起节奏强烈的电子音乐。

［电视机屏幕亮。五光十色的灯光划来晃去。模特儿川流不息地登台表演。

［家家穿着时装。过场。

［刘红豆和张欣穿着裘皮大衣一同表演，飘逸潇洒，风度翩翩。

［众人掌声雷动。模特儿拥上，跳舞。表演达到了高潮。

［一个外商给刘红豆献花。转眼间一束束鲜花投给演员们。刘红豆和张欣高举双手向观众致意。

［一阵刺耳的玻璃击碎声传来。

［灯暗。

[难于忍受的寂静。片刻，灯复明。仍是陈大强家中电视厅。屏幕消失，陈大强呆若木鸡地站着，脚下是一台破碎的电视机。

[大姐出，见状吓了一跳。

大　姐　大强，怎么发这么大的火？（欲拿扫把）

陈大强　别动！你进房去，不准出来。

大　姐　我？

陈大强　进去！

大　姐　（吓坏了）好，好……（急忙进房）

[刘红豆容光满面地上，见此情景，心里好像被鞭子猛抽了一下。

刘红豆　大强，你……

陈大强　你干的好事！（迎面打了刘红豆一记狠狠的耳光）

刘红豆　（重重地摔倒在地上，一只手捂着脸，艰难地站起）你！

陈大强　我……

[幕后合唱：

“丈夫挥手手不颤，
妻子含泪默无言。
恩爱夫妻二十载，
为何毁于一瞬间？”

刘红豆　（走近陈大强）再打一巴掌！打呀！打呀！

陈大强　（自感失态，苦笑）我……红豆！我……对不起，也许我们之间的年龄悬殊太大了，十岁，整整十岁呀！我想回老家走一趟。

刘红豆　把手给我！

陈大强　手？

刘红豆　手，你的手！（唱）

行前拉起你的手，
放在红豆泪眼前。
串串泪水化成血，
流过心头起伤痕。

行前拉起你的手，
轻轻放在嘴角边。
嘴角五条手指印，
条条都是无情鞭。
行前拉起你的手，
慢慢贴在胸口间。
哪有半点温柔意，
只觉心头冷冰冰。
同是这双手，
曾拨响，爱的琴音情的弦。
当年牵起这双手，
红豆心里淌甘泉；
如今牵起这双手，
我悲痛难忍苦熬煎。
这双大手如鞭狠，
打在脸上痛心肝。
老陈啊，
莫道共床近咫尺，
心中可隔九重天；
莫话两人差十岁，
仿佛相隔一百年。

陈大强 我……（抱头，跌坐沙发）

[切光。

[残月之夜，寒星点点。

[幕后响起无词伴唱：

“啊 ——”

[陈大强画外音：“红豆，我对不起你，我要回老家去了，或许能拾回那失落

了的东西。”

[灯亮。陈大强与大姐结伴而去的身影。

[刘红豆追上手捧一个小盒子。

刘红豆 大强！

陈大强 你来送我吗？

刘红豆 你忘记了一件东西。

陈大强 什么？

刘红豆 （递上小盒子）你看。

陈大强 啊！（打开盒盖）相思豆？上面还有两个黑点！

刘红豆 不，那是我的眼睛，诚实的眼睛、思念的眼睛、期待的眼睛。

陈大强
大　姐 红豆——（渐渐隐去）

[火车疾驰声由近而远。

刘红豆 大强！我——等——你！（回音不息）

[一丛相思豆，蓬蓬勃勃地长出无数绚丽的鲜花。

[收光。

[剧终。

长泉情

编剧：林钦兰

人　物　表

春　芳　　女，农村青年。

大　银　　男，大队农科组长。

秀　梅　　女，大队团支书。

杨　躁　　男，农村青年。

桃　英　　女，农村青年。

凤　婶　　女，大银母亲。

百劳嫂　　春芳的母亲。

小　玲　　农村青年。

青年男女若干人。

时　间：20 世纪 70 年代。

地　点：客家山村。

第一场

[初春。山溪河畔。

[一条小山溪从深远处向台前流过，连接两岸的木桥被春水冲垮。台左有汲水码头；台右桃李争芳。

[伴唱："春山春谷映朝霞，

春到人间处处花。

得意黄雀枝头唱，

声声春色到农家。”

秀　梅　（唱、上）脚踩露珠头顶云，

山鸡未唱就出村。

因为村里育种事，

穿山过沟到溪唇。

[传来清脆布谷声。

（接唱）　布谷为何迟迟叫？

不为秀梅早催春！

（拾石打鸟，却溅起一阵水声）

桃　英　（上）是哪个死鬼呀！

（唱）　哪个死鬼咁撩刁，

好比墙上屎缸鸟。

有日被我捉呀到，

先拗翅膀后拔毛。

秀　梅　咯咯咯……

桃　英　秀梅姊是你呀！（用水斛秀梅）

秀　梅　桃英快过来，杨躁在这等你呢。

[桃英忙下水过河到对岸。

桃　英　（左右张望）秀梅姐，他在哪儿？

秀　梅　（扑哧一笑）……

桃　英　好呀，竟敢骗我！（上下其手挠秀梅）收拾你，收拾你……

秀　梅　（躲闪）痒、痒……痒死了我，你自己找大银和春芳去。

桃　英　找他俩？

秀　梅　是呀！大队决定重新成立农科组，由大银当组长，并且要杨春芳参加。

桃　英　散坛的伯公，斗逆的牛，还能做一堆！

秀　梅　怎么不能？

百劳嫂　（喊、上）春芳，春芳…… 哟，你们俩在这呐，看见春芳了吗？叫她看鸭子，刚一转背就不知哪去了。

秀　梅　百劳嫂，这么大的女儿，还怕被人吃了？

百劳嫂　怕呐。这几天她魂不守舍，我怕她魂被人吃了。春芳——春芳——（下）

秀　梅　听说，春芳还留有农科组的良种呢。

桃　英　“长泉”种？

秀　梅　是呀！种子金贵，人才难得，我们找春芳去。（下）

桃　英　（俏皮学百劳嫂）春芳，春芳……（忽见春芳上，忙隐入树后）

春　芳　（拿小包上、唱）

二月春早催人忙，
春花灿灿枝头香，
眼看春牛犁春水，
耳闻春歌带蜜糖。
春芳饱尝春风意，
溶了心中一层霜。
盼这一包好宝贝，
能搭连心金桥梁。

桃　英　（上，学百劳嫂腔调喊）春芳——春芳——

春　芳　（心里一惊，忙把种子藏进衣袋，回头见是桃英）你……死鬼！

桃　英　从实招来，你找陈大银吧。

春　芳　我呀，才不找他呢！

桃　英　不找他？你还送礼物呢。（一把搜出春芳衣袋里的“长泉”种）

春　芳　（佯怒打桃英）种子是老支书叫我拿来参加农科组的。

桃　英　秀梅姐正为这事找你呢。

春　芳　（惊喜地）真的？

桃　英　看你那欢喜样，一定是今朝解了相思结，妹子心中正——想！他！

春　芳　（伤感地）我曾经揭发他，让他受尽苦头，他会原谅我？

桃　英　那就看你敢不敢承认错误，向他赔礼道歉。

春　芳　我……

桃　英　哎，他来了。

春　芳　（慌乱地）我、我走了。

桃　英　（拉住春芳）怎么又要走了？我教你摸摸他的心思。

[把春芳拉到树丛中。

[大银背两个布袋上。

（唱）　回头一出蒙雾开，

两脚生风回村来。

寻得良种重试验，

定要金谷成山堆。

大　银　（喊）杨躁！杨躁！

杨　躁　（执锄上）哎呀，我以为你一辈子都不回来了呢。

大　银　没有寻到良种，哪里敢回来见江东父老！

杨　躁　找到“长泉”种啦？

大　银　（拍拍口袋）只有老朋友“长白”“珍泉”。

杨　躁　怎么，还用“长白”和“珍泉”种子杂交？

大　银　嗯，只能这样了。

杨　躁　那最少要用三年时间呐，太难了。

大　银　再难也要干。

杨　躁　一想到“长泉”，我就恨死杨春芳。

[大银，杨躁下河洗脚。

[桃英鼓动春芳以歌试探，春芳扭捏着。

[桃英向河中投小石子，水花四溅中，歌声悠悠飘来。

桃　英　（唱）　山溪流水清又清，

心想打鱼怕湿身。

心想过河桥又断，

投石落水探浅深。

大　银　（唱）　要想过河莫怕深，

打鱼莫怕会湿身，

想吃鲜鱼怕脚湿，

丢尽石子也闲情。

桃 英 春芳，大银的意思是要讲和，就要有勇气。你把勇气拿出来！

春 芳 （唱） 哪有过河怕水深？

哪有打鱼怕湿身？

有心来找线头驳，

惊怕摸上倒头针。

杨 躁 大银你听，是杨春芳的歌声。我来对对她们。

（唱） 教你摸摸倒头针，

怎知针尖会刺人，

拿起金针折两段，

要驳断头枉费神。

桃 英 哼！这死羊躁子！

（唱） 哪有利剪难断绸，

哪有锅铲不沾油，

先日炒过热锅菜，

今日不念冷锅头。

杨 躁 （唱） 隔河鹧鸪叫咕咕，

想寻相好不知羞，

打过锅铲换过柄，

不要你那臭猪油。

[春芳听到如此伤人的歌，黯然离去。

桃 英 太欺负人了！找他们辩论去。（朝对方怒喝）你算什么人，帮什么腔？

杨 躁 桃英，是我……

桃 英 你？！你为什么骂春芳？

杨 躁 她批人家那么狠心，毁灭宝贵种子那么忍心，骂她两句还不行？

桃 英 什么毁灭种子，“长泉”还在这里呢！（把小包种子举起来）

大 银 真的？

桃 英 信不信由你！（欲下）

大　银　回来，回来嘛。你把种子丢过来，我看是不是真的。

桃　英　我丢了哦。（佯丢种子）

杨　躁　（久没动静）桃英，莫戏弄人。

桃　英　谁戏弄人（拾起泥团丢去）你们接好了！

［大银、杨躁未料接个泥团，摇晃着身子掉到河里，好一会儿才爬上岸。

桃　英　嘿嘿，你们摸上倒头针了吧？！

［大银、杨躁哭笑不得地狼狈在原地，无奈地摇了摇头。

［秀梅上。

秀　梅　（见状，大笑）你们这是怎么啦？

杨　躁　我们、我们学游泳。

秀　梅　你们疯了，这么冷的天，在这里学游泳。我找你们半天了。

大　银　有急事？

秀　梅　“四化”向我们要种子了。

杨　躁　我们向谁要？

秀　梅　向保护“长泉”种的人要呀。

杨　躁　谁，我马上找去！

秀　梅　你？你还不够格，非要大银出马不可。

大　银　那人是谁？

秀　梅　育种能手杨春芳！

大　银
杨　躁　啊……

［收光。

第二场

［前场次日晚。

［春芳家。

春　芳（唱）　有心牵引长流水，

谁知断了水源头。

手捧清泉来洗面，

反惹一身“臭猪油”。

（越想越气）臭猪油，臭猪油，我还要它做什么！

[把种子包摔在地上，伏案哭泣。

[百劳嫂从屋内拿出一大包衣料上。

百劳嫂　哭什么？我早说过，跟陈大银他们一起无什么好处，惹伤心，莫哭，莫哭，阿妈早替你想好了，（解包抖开衣料）你看——

（唱）　你看这件的确良，

漂漂亮亮广州装。

红绿毛线进口货，

尼龙围巾四四方。

配上这些衣料子，

身上无花也会香。

头上再配云花结，

恰似天宫月娘娘。

嫁上这个好女婿，

屋里无灯也发光。

答应吧。这是打着灯笼也难寻的！你舅父说，男方跟县里书记是至亲，结婚后一定把你调到城里工作。春芳呐，这是你前生修的福呀！

[春芳把衣往其母身上一摔。

百劳嫂（一怔）啊！你不听话，早晚要把你娘气死。你还舍陈大银不得？人家早把你当臭猪油了。村里哪个不向你瞪眼睛、吐口水？！你还有脸，我的脸都不知哪放了！

春　芳　别说了，烦死。

百劳嫂　那你听妈的话，同意这婚事？

[春芳不吭声。

百劳嫂 春芳呐，妈年轻时也这样过，我懂。你写信给男方吧，把这婚事定下。要多写好话，多情多幸福嘛。进屋写去。（推春芳入内）

[大银上。

大　银 （唱）　一年没到这地方，
桃花飘落不留香。
昔日花枝迎人笑，
今宵门槛冷如霜。
秀梅语重又心长，
要为“四化”找春芳。
连夜上门要种子，
还得请她同育秧。

（敲门）春芳，春芳！

[春芳出，欲捡地上谷种包，闻声一怔。

春　芳 是他？！

（旁唱）　先日盼他上门来，
恰似风吹云雾开。
今日断桥丢尽丑，
脚踏门边手难抬。

大　银 （旁唱）　声声春芳没回音，
不知里面有无人。
莫非听到不答话，
还是心中怨大银。

春　芳 （旁唱）　我是一碗臭猪油，
不敢香汤上面浮。
今日将我来看死，
我也不愿再低头。

大　银 （旁唱）　天上无月还有星，
地下大路人踩平。

谷种浸透芽晓哔，

涯再回头喊开门。

（敲门）春芳，春芳！

[春芳进退两难，欲开门而又止。

[凤婶追上。

凤　婶　大银，蛋煮熟了怎么不带去呀？（递蛋）

[大银接蛋欲吃。

凤　婶　（急夺蛋）给春芳吃的。你呀你，都二十七八了，怎么有些事还不懂。（把蛋塞进大银衣袋、并整大银衣领）。

大　银　妈，你想到哪了？我是找春芳取谷种、并聘请她到农科组一起工作的。

凤　婶　别多说了，去吧！（深看着大银站在春芳家门前，满意下）。

[春芳开门，入内。

[房内灯亮，窗口照出春芳剪影。

[伴唱："悄悄开门不留音，

只见窗前影照人。

一层薄纸千重壁，

隔开语言隔开心。"

[大银入屋碰发出声音。

[百劳嫂内声："谁呀？"

大　银　叔姆，是我。

百劳嫂　（上，一怔）大银？星夜上门，你可真有心。

大　银　我找春芳。

百劳嫂　她……真凑巧，她不在家。

大　银　（指剪影）呃！好像回来了吧！（窗内灯忽熄灭）

百劳嫂　这鬼妹子，自从批斗你以后，就直想外溜。我说与大银一起搞农科多好呀，她就不听。她一溜到城里，就托她舅父在城里给她找了个对象。我还没同意呢，人家就把这么多东西捎回来了。你看这些，（指着桌上一堆衣物）真是的……

大　银　啊……恭喜叔姆！

百劳嫂 不敢当，不敢当。你找春芳，有什么重要事？

大　银 登门求宝。听说她还存有“长泉”良种？

百劳嫂 什么良种？坏种！怕是让她丢了。（佯找）

大　银 （识破一笑）丢了？

百劳嫂 给鸭嫲做点心了。三更半夜了，我要休息了，你走吧。（进屋关门）。

大　银 （站在门口，仰天长望）春芳，春芳……

（唱）　抬头望月昏沉沉，

只见人影不闻音。

今夜坐到冷凳板，

凳板无针也刺人。

手拆庵堂要废（费）神，

索性等到月西沉。

滴水穿石耐心等，

世上哪有铁心人。

百劳嫂 （从房内伸出头）大银，你还没走？我都睡醒一觉目了！ 你还要等？

大　银 嗯，心中有事放不下。

百劳嫂 （从房出，低骂）真是大番薯，线断还想驳。（厌烦地）大银哪，春芳她人不自在，别在门口等了。（把大银推出门外几步，闩上门）

大　银 叔姆，我……（触到蛋，心生一计）叔姆，我妈送点东西给你。

百劳嫂 （速开门）什么东西？（见蛋、高兴地）怎么咁有心，大银进来坐。

大　银 我妈说这是你最喜欢吃的。

百劳嫂 我娘俩都喜欢吃春……呀……春（蛋）咁大只。

[窗内灯忽亮，春芳趋窗前剪影。

春　芳 （窗内）蛋！

百劳嫂 （旁白）哎呀！莫非他是拿蛋来传情寄意的？差点上了当。（转念一想）嗯，春芳写的信，我拿给他念念，好叫他死了那条心。大银呐，我不认得字，你帮叔姆念封信吧。（进内取信给大银）

大　银 （接过信，翻来覆去地看）叔姆，这信我不敢念。

百劳嫂 怎么，是不是写得太……太爱情了？不怕，她怎么写你就怎么念吧！

大　银 “陈大银，陈大银……”

百劳嫂 （一怔）怎么？写的尽是陈大银？（接过信翻转查看）在这边呢。（又递给陈大银）

大　银 （接过念）“鹧鸪唔肯飞出窦，只因心中闷气多。纸上画只鹧鸪子，样般开口唤哥哥。”

百劳嫂 （一把夺下信）啊，还唤哥哥，你们这条线还没断呀……

大　银 叔姆，我……我是代表农科组聘请春芳一起工作的。

春　芳 （一把扯破窗纸）大银哥！（拿着种子奔出房）。

百劳嫂 （把春芳拦在屋内）你出来干什么！

百劳嫂 （把谷种夺下）种子，种子，你就想把种子给他！（把谷种丢出大门）。

[大银忙出门外拾谷种。

[百劳嫂速把大门闩上。

春　芳 大银哥！（扑向大门）

大　银 春芳！

百劳嫂 （拦住）别喊了！

大　银 “长泉”种！

[切光。

第三场

[前场几天后。

[农科组院子。

[春芳采花上。

春　芳 （唱）　花儿开放遍地春，
　　迎来万户早耕耘，
　　它为我们来报喜，

祝贺“长泉”返家门。

（愉快地把花插在门上后接唱）

端起箩筐河边去，

春水浸种我浸春。

（端箩筐下）

［大银拿着“长泉”种与秀梅上。

大　银　“长泉”种拿来了，不过混了很多杂谷。

秀　梅　哦？（向内喊）春芳！桃英！

桃　英　（上）哎！春芳在河里浸谷种了。

秀　梅　大银，你到河里帮助春芳浸种去，我与桃英挑杂谷。

大　银　……

秀　梅　去吧，你浸谷种有经验。

［大银下。

秀　梅　他们的事情，到底是怎么一回事呀？

桃　英　说起来话长！

（唱）　想当初正少年，

决心建设好家园。

育良种搞科研，

育出良种叫“长泉”。

那一日，月上坡，

两人并排河边坐。

月映杨柳情线动，

低声细语溜山歌。

［女声内唱：

“哥爱种子妹爱哥，

同心变作好田禾。

等到田禾黄熟日，

哥哥要把镰刀磨。”

[男声内唱：

“哥爱种子好‘长泉’，
铺金铺锦在人间。
爱妹好比爱良种，
一同生根入秧园。”

秀 梅 今天怎么变冤家了呢？

桃 英 去年初，开展什么“反击右倾翻案风”，工作组要春芳在大会上发言，春芳就把大银平常对她说的“批判不能当饭吃”，“不搞生产就会喝西北风”，你搞你的大批判，我搞我的“长泉”种全说出来，结果大银被公社到处游斗……

秀 梅 啊！

桃 英 这是他们原来的盟约，全烧毁了，我拈了两页。

秀 梅 春芳也太幼稚了，（感慨地）难怪大银有气。

[大银、秀梅抬谷种上。

桃 英 我施肥去了。（回头对秀梅做劝和动作，笑下）

秀 梅 你们两个一起挑杂谷吧。

大 银 嗯……（旁唱）莫把旧事来重提，免得尴尬无言语。

春 芳 （旁唱）失手拗断池中藕，恁得妙手来接回。

大 银 这……这种子怎么混下那么多杂谷。

秀 梅 批判你以后，有人要把种子毁掉，是春芳偷偷在砻谷机膛里留下它的。

大 银 （意外地）哦……

春 芳 你说这些做什么？

秀 梅 选种不忘人嘛！大银你看，这种子可爱不可爱？

大 银 可爱，做梦还想着它呢！

秀 梅 春芳，听见没有？

春 芳 他的梦我怎么能听见。

秀 梅 日有所想，夜有所梦。啊！还念着一首歌呢！

（唱） 哥爱种子好“长泉”，

铺金铺锦在人间。

爱妹好比爱良种，

一同生根入秧园。

大银，是不是这样？

大　银　秀梅姐，今年是公元一九七七年，你翻的是过时皇历。

秀　梅　（意味深长地）春芳，是不是这样？

春　芳　我……不知道！

秀　梅　哟，两个人都不承认。（取出那两页笔记簿纸，凑到面前）这是谁写的？

［大银、春芳探头观看，秀梅顺势将两人扯在一起。

春　芳
大　银　（挣开）你……

（同唱）　河边无路空架桥，

松香无炉莫乱烧。

桃花李花风吹散，

莫望结果坠枝条。

秀　梅　（对大银唱）

莫望结果坠枝条，

有人心中扑扑跳。

大　银　……

秀　梅　（对春芳唱）

船在江心想靠岸，

早盼我这桨来摆。

春　芳　（羞涩地，追打秀梅）乱猜，乱猜……

秀　梅　（躲闪着）哟，要赶我走了，好，好，我走开……

［秀梅走后，大银和春芳更加尴尬起来，一时不知所措。

［大银想借故避开，去端簸箕，春芳也同时伸出两手去端。两人又像触电一样放了手，但见对方松了手，同时又去端两人对视着，春芳矜持地笑了。

大　银　农科组又恢复起来了……

春　芳　叫我参加是你提出来的？

大　银　是大家的意见。

春　芳　想不到你还上门来叫我……

大　银　搞良种试验，哪能少你这个大资料！还记得金珠矮么？

春　芳　这个种子季节性强，最宜于惊蛰前七日浸种，二十七天起秧。它性子娇，在温水催芽时要多加小心。

大　银　（惊喜）啊，你记性真好，一点都没有漏。

春　芳　大银哥，我通过回忆，已经把资料重新记在笔记本上。

大　银　啊？！本子呢？

春　芳　（鼓起勇气地）给你。

[春芳羞涩地将两只鸡蛋。偷偷放在大银身边桌上。

[百劳嫂喊着春芳上，大银闻声下。

百劳嫂　春芳，春芳！早饭还没吃，怎么又在这里？

[杨躁背谷种上。

百劳嫂　（见杨躁故而提高嗓子）今日人家得势了，早望你衰呀！他们打击你，丢开你，你还没日没夜干什么？

春　芳　（唱）　离群孤雁有谁怜。

百劳嫂　（接唱）　春芳有苦口难言。

春　芳　（续唱）　检举本想为佢好。

百劳嫂　（接唱）　谁知春芳遭折腾。

春　芳　（续唱）　揭发并非我本意，
害得大银受熬煎。

百劳嫂　（接唱）　木匠担枷是自造，
哪能怨地又怨天。

杨　躁　（将谷种摔在地上）昧着良心，翻牛倒齿，指牛骂马，打鸡骂狗，偏心护短，不怕牙痛，呸！（下）

百劳嫂　春芳，你看看，还死心塌地赖在这里？哼！同仇人共眠哪！谁知道他哪日想起来一脚蹬你到床下？不要跟他们混在一起，回家去。

春　芳　回家？去嫁城里那个人？

百劳嫂　对对对，妈就讨你这句话！（把米饭给春芳）吃吧，吃了长肉，人家才称心！

春　芳　（大口地吃着）吃饱了，好跳河，叫他来收尸。称心吧？

百劳嫂　（一怔）啊，你要寻死！

春　芳　是你迫我寻死！

百劳嫂　（恼怒地）哟，雷打火烧的！敢指着鼻子骂我，告诉你，这次若不答应，我就不放过你！

春　芳　就不答应！

百劳嫂　好呀，我不要命了，我投河，我投河……（说着跳到溪边，看看春芳并无慑服的意，又把伸出岸边的腿缩了回来）我投河啦！

春　芳　（跑上桥头，跨过栏杆）我喊一、二、三，母女一起投河……

百劳嫂　不好，不好，我的心肝……（欲拉春芳）

春　芳　（喝住）你走近一点我就跳！

百劳嫂　（慌乱地退了几步，不知所措）哎……（向远处大呼）救人哪，救人哪！……

［杨躁、桃英及一些青年男女从各方急上。

百劳嫂　你们农科组迫得春芳要跳河了，快救啊！（装哭）

众　人　啊？

春　芳　不，是她逼我！

（唱）　我似茄子遭了霜，
　　　　你还泼水来加凉。

百劳嫂　（唱）　大银看衰你春芳，
　　　　怎好来怪你亲娘。

春　芳　（唱）　左村生风右村刮，
　　　　弄得春芳无面光。

百劳嫂　（唱）　推窗望日人光亮，
　　　　鼓起志气嫁好郎。

春　芳　（唱）　你若想他你去嫁，
　　　　自己扎花做新娘。

百劳嫂 （又跳骂起来）吓，这个雷打火烧的……

[桃英把春芳拉过桥栏。

春　芳 我给她迫得好苦，还老是拿死来威胁人，不给她个好看不行了（下）。

桃　英 看我的。(扛起大石块丢下河去，河里“轰”的一声水响。

百劳嫂 （惊慌地）春芳！春芳！快救人呀，快救人哪！

桃　英 哎呀，尽冒水，春芳在喝水呀！

[百劳嫂揪心扯肝地大哭。

[大银匆匆跑上。

大　银 出了什么事？

众　人 春芳跳河了。

大　银 （急脱衣）杨躁还呆什么？

杨　躁 不要跳，不要跳！

大　银 （欲挣脱身）救人要紧！

杨　躁 （小声地）不是人！

大　银 听不清。

杨　躁 （提高嗓子）掉下去的是石头。

百劳嫂 吓？石头？

大　银 什么事情搞得风风雨雨。

百劳嫂 你们农科组迫她跳河，还装不知道？

大　银 呃，你们谁迫她了？

百劳嫂 就是你，把我一个好好的女儿迫疯了！你这个不知羞的人，死死缠住春芳，那天晚上来我家，春芳不理你，你死皮赖脸的不走，在门背等到天亮。

大　银 叔姆，当心阎王来割舌头哟，我是去取谷种呀。

百劳嫂 取谷种还带热蛋（发现桌面上放的蛋，扬起）不要脸的，搞得我家么安么乐。陈大银，你再缠来缠去，我就对你死！（一头向大银撞去）。

[众人忙上前解救。

杨　躁 既然你不想活了，我们把你抬到桥下深潭里去吧。

[几个村民附和着欲动手，百劳嫂忙爬起来骂着跑下。

男 甲 陈大银呀陈大银，春芳揭发批斗他不算，丈母娘还无理取闹羞辱他。这母女俩，我就是狗也不嗅一下，他可真是软脚蟹。

男 乙 男子汉大丈夫，批是亲，骂是惜嘛。就这一对活宝母女，凤婶还盼着花好月圆，结婚用的木料还留着呢。

[俩人大笑。

[大银听了一时羞愤难当，一把拿起桌上蛋，狠狠地摔在地上，议论声戛然止住。

[切光。

第四场

[前场几天后。

[大银家院子里散乱着木工器械。一群鸭子“嘎嘎”叫唤。

大 银 （唱） 试验风波起得狂，

众人口舌似刀枪。

鸭子也来闹意气，

叫得大银心里慌。

[杨躁板着脸孔上，“咚”地一声躺在地上。

大 银 怎了，桃英欺负你了？

[杨躁白了大银一眼。

大 银 气得不会讲话啦？

杨 躁 谁有你那个闲心！

大 银 到底开口了，什么事这么怄气？

杨 躁 你给我看这个。（递过纸条）

大 银 （念）“坚决要求将杨春芳调离农科组……”这是你的好主意？

杨 躁 你别管，签字吧。

大 银 （调侃地）这可是国家大事，我得认真考虑考虑。

杨　躁　考虑什么？我早说过，把杨春芳请回农科组就不会有好事，你就是不听。你看她们母女俩把农科组闹得像什么话？！

大　银　她不是提供了好多农科资料嘛。

杨　躁　没有她地球不会转呐？你别对杨春芳抱什么幻想了！她直到现在都认为揭发你让你受批斗是正确的！

大　银　（一怔）谁说的？

杨　躁　我亲耳听的。她跟她妈还一唱一和在秀梅面前告状呢！（绘声绘色地）“检举是为佢好，大银游斗是木匠担枷自造”……

大　银　（刺到痛处）别说了！

杨　躁　你为什么要把杨春芳留在农科组呢？

大　银　别把公事、私事扯在一起！

杨　躁　扯在一起？毛连皮，皮连肉，你能公私分明？谁都知道你对杨春芳心存念想，家里曾经为你们结婚准备的木料，至今留着！

大　银　（唱）　句句言语刺心房，
胸中好似龙翻江。
历历在目以往事，
怎不叫人把心伤。
曾种梧桐在山岗，
一心望它搂凤凰，
梧桐偏偏遇秋霜，
秋风秋雨逼得狂。
不如砍断梧桐树，
免得留来惹愁肠。

杨　躁　大银，你到底签不签字？

［大银拿过纸条慢慢撕碎。

杨　躁　你……好，我退出农科组！

大　银　等等。

［大银进内抱出木料。

杨　躁　（惊疑地）这结婚木料不留了？

大　银　锯掉。

杨　躁　你不等同杨春芳结婚时做家具用？

大　银　做谷种保温箱用。

杨　躁　（长长舒口气）杨春芳呀杨春芳，从今后你再也别自作多情了。

[凤婶上。

凤　婶　大银，你们在锯什么？

杨　躁　做保温箱。

凤　婶　你疯了！这木料是和春芳结婚做家私用的呀！

[杨躁赶忙溜下。

大　银　（赌气地）做和尚去，还做什么结婚家私。

凤　婶　（一惊）你不想结婚，妈可要抱孙子啦！（夺下大银斧头）

大　银　妈！

[凤婶夺过木料垫在屁股下稳稳坐着。

大　银　……妈，你看这木料都锯残了，只能做箱子了。

凤　婶　这……那好，你就把这箱子做成衣柜，我监督着做。

大　银　妈……

凤　婶　你看你自己，衣扣掉光了，没老婆照顾你，还不是要妈来同你钉扣子？还敢不结婚呢，妈能陪你一辈子为你钉纽扣？多大人了，还不让我省心。去，进房去换件衣裳去。

[大银进屋。

[凤婶穿针引线钉纽扣。

[小玲上。

小　玲　（唱）　倒春寒流冷又阴，
谷种浸下愁死人。
大银两天没见影，
我今心急找上门。
大银哥！大银哥！（进内）

凤　婶　是小玲呐，快进来。

［杨躁随小玲蹑手蹑脚跟进院子。

小　玲　（惊喜地）谷种有救了，这保温箱……（杨躁急制止）

凤　婶　杨躁子，你又来干什么？

杨　躁　我……我给你带快活来了。（作鸟叫）

凤　婶　（恼怒地）蛇声鬼叫！看来你们是火砖和瓦共窑货，出去出去。

［把杨躁、小玲撵出门外。

小　玲　（沮丧地）怎么办？

杨　躁　怎么办？嘿嘿，她有辣椒我有醋，冷湖蜞就要石灰治。（大声地学着鸭子的惨叫声）嘎嘎……哎，狐狸叼鸭啦！狗——咬（又学狗吠）

［凤婶赶紧抓过一条棒，开门追出去。

［杨躁趁机潜入院子。

［凤婶赶出门外未见动静，回头却见杨躁站在院子里笑，顿觉气恼。

凤　婶　（举棒）死羊躁子，原来叼鸭子的狐狸就是你，打死你……

［小玲吓得连连闪人。

大　银　（急上）怎么啦，怎么啦……

杨　躁　大银，保温箱快给我。

凤　婶　我家没保温箱！

大　银　妈！（唱）为育良种抢时光，
季节迫人人紧张。
偏偏又遇寒流急，
冻坏谷种会损秧。

凤　婶　（唱）开口谷种闭口秧，
指东道西想推搪。
自己园中芥蓝菜，
你今乱拗心会伤。

大　银　（唱）园中芥蓝早伤心，
么淋么管半丢荒，

拗皮菜叶心就死，
留佢也是误田庄。

凤　婶　春芳是个好妹子，她劳动积极，人也淳朴，在那风风雨雨的年月里，讲错几句话，有什么好记恨的？再说，人家心里还记挂着你呢。

大　银　妈，天气恶劣，谷种不抓紧放在保温箱保暖，会不出芽的。

凤　婶　你别打这木料主意！要做保温箱，你干脆把棚板拆下来做吧！（门前稳稳一坐，做起针线活来）

［眼看天气恶劣，保温箱又回不到农科组，大银、杨躁急得团团转。

［小玲更是在门外焦灼不安。

［杨躁看到小玲，眼珠子一转，与大银耳语一番，大银听着眉眼渐开。

大　银　（高声地）妈，你听着，杨躁帮我做衣柜喽！

杨　躁　凤婶呀，卡凳不稳当，斧头一用力就后滑，拿一条绳子吧，把它绑牢点。

凤　婶　（忙站起）只要你们是做衣柜用的东西，有得是。（往杨躁背上爱昵地打一巴掌后递上绳子）

杨　躁　凤婶，你看小玲在门口转悠不停，一心想大银做保温箱回农科组救谷种，看着心烦，我打发她走吧。

凤　婶　（信以为真）早该这样了！

杨　躁　（暗示地）小玲呀，别在门口转了，大银不跟你回农科组，你走吧。（示意到那边接绳子）

［小玲会意下。

［杨躁拿过绳子与大银把木头一端绑好后，把绳子抛过墙外。外边人一拉动，斧头便敲在地上，发出“咚咚”声，佯装出他们在努力做衣柜的声响。

凤　婶　（警觉地听着动静）羊躁子，你们不回又再玩什么把戏吧？

杨　躁　放心吧，婶，大银正努力地做衣柜呢。

［大银悄悄背着箱往院墙角走。

［杨躁挡着凤婶视线，东拉西扯地与她唠叨实为掩护大银翻墙而走。

［凤婶渐觉察杨躁神情有异，赶紧推开他，见大银正翻墙……

凤　婶　站住！你竟敢骗你妈……

大　银　妈，我……

凤　婶　好呀！（唱）

你被良种迷了心，
竟敢捉弄你娘亲？
问你心肝哪里去，
活活气杀年迈人。
我千担汗水育条树，
点点心血养你身。
如今树大叶茂密，
不为阿妈来遮荫。
妈盼儿与春芳好，
你偏不听话伤妈心。

大　银　（唱）　妈妈爱儿我知情，
养育恩情海样深。
不是大银不听话，
和弦先爱听准音。
妈要媳妇由你找，
你合意来我欢心。

凤　婶　你爱不爱春芳妈妈也不强求，但你莫记恨往事去伤人。

大　银　妈，这个我晓得。

凤　婶　晓得？我看你还是个大傻瓜！

杨　躁　呵呵，傻瓜，我们都是大傻瓜。叔姆，傻瓜我走了。（背箱下）

［临行故意用脚碰碰大银，大银会意跟下。

凤　婶　哎哎哎，衣柜，我的衣柜……

［百劳嫂上。

百劳嫂　哎呀，老嫂子，你在家呀！

凤　婶　什么风把你吹来了？

百劳嫂　门前种竹想咁长，早想来踏贵地方，手拿鸡蛋来慰劳，又好充饥又补养。

凤　婶　唔敢当，唔敢当！

百劳嫂　鲫鱼有下，鲤鱼有上。那天你送蛋给我，我得还个礼吧。

凤　婶　我送蛋给你？

百劳嫂　是呀！大银送来的呀！今日送还两只给你老人家，顺便讲个事。

凤　婶　你有事就说吧！

百劳嫂　不瞒你说，我那春芳已在城里找了对象啦。

凤　婶　真的？！

百劳嫂　我百劳嫂一辈子不说假话。哎，你得管住你儿子，以后别勾引我家春芳。就是要勾，也勾不上呢！

凤　婶　（旁白）真是姑娘心，海底针。百劳嫂，既然我儿子勾不上春芳，你还怕什么？

百劳嫂　我怕你儿子乱来，扰乱人心哪。大银都二十七八了，你该给他打个主意，找个姑娘了。这村里与他上下年纪的人，哪个还打着光棍？上屋的二婶已经抱上孙子了，山边四娘……

凤　婶　好了，好了，你别说这些了。

百劳嫂　男大当婚，女大当嫁。托个媒，找个细妹就好成亲嘛。

凤　婶　这村里头我哪找媒人去。

百劳嫂　哎呀！远在天边，近在眼前呀。

凤　婶　你做媒人？

百劳嫂　你要是不嫌弃，我就给大银介绍一个。

凤　婶　好。你看哪家细妹适合大银呢？

百劳嫂　我想起来了，有一个妹子与你家儿子般配得很呢。

凤　婶　谁呀？

百劳嫂　分水桥张三嫂的二妹子。细妹一等人品，相貌端庄，身体健康，做事大方，还是个团员呢！就不知大银中意不中意。

凤　婶　大银留话给我了，由我选。我合意，他就欢心。

百劳嫂　真的？

凤　婶　真的。

百劳嫂　那就约个时间会会面。

凤　婶　好！

百劳嫂　一言为定？

凤　婶　一言为定！

[切光。

第五场

[前场第二天。

[农科组院子。

[众村民在杨躁指挥下进行秧苗防寒的紧张劳动。

众　人　（合唱）　早春防寒霜，

薄膜来育秧。

众人拾柴火，

哪怕寒流狂，

嗨、啰、嗨！抗寒流育壮秧。

定叫农家谷满仓，

山村户户有余粮。

杨　躁　喂，大家休息下！

[众村民下。

[桃英递上毛巾给杨躁擦汗。

杨　躁　你这几天去哪了？

桃　英　到外婆家住了几天。

杨　躁　那天我掉在河里冻着了。

桃　英　（扑哧一笑）活该！

杨　躁　感冒了，病了几天。

桃　英　（吃惊、关切地）真的？现在怎么样？

杨　躁　发热，头痛。哎哟，现在还痛呢。（撒起娇来）。

桃　英　（心疼地伸手摸摸杨躁额角后脸又贴过去试体温）没发热啊，真痛吗？

杨　躁　你一关心就不痛了。阿英，再关心一下吧！（把脸伸过去）

桃　英　（一推）真不害羞！

杨　躁　（佯气地）那我走了……

[桃英赶紧拽住杨躁，双手把他的脸扭过来，刚想亲热，秀梅就从农科所出来。

[秀梅咳了一声。他们一惊，杨躁慌乱站起欲走，桃英反倒落落大方。

桃　英　走什么，就亲热给她看。

秀　梅　（嗔怪地）你们只管自己乐，不管朋友愁。你们也得帮大银与春芳亲热起来呀。

杨　躁　这个……女的不认错，帮不了！

桃　英　男的记旧账，我看他们和不了。

秀　梅　呦，现在就夫唱妇随了呀。说真的，我们同住一座山，同耕一丘田，哪个不跌个跟头，做错个事？我们应该伸手去拉一拉，去帮一帮呀。

杨　躁　（思忖）这……

桃　英　都怪杨躁，乱刺人，骂春芳是臭猪油。

杨　躁　怪我？怎么不怪杨春芳，她为什么要揭发大银？

桃　英　那年头里，你也喊过口号呀。

[春芳挑担上。

秀　梅　别吵了，她来了，看你们的本事了。（下）

桃　英　杨躁，你把化肥送到秧田里去，我跟春芳谈谈。

杨　躁　这秧盆是大银的，你帮我还他。（下）。

[桃英闪在一边。

春　芳　（唱）　先日实验育盆秧，
为他挑土喜洋洋，
今日为他来备土，
心中酸苦牵愁肠。

[幕后伴唱：

“手攀花树望花开，
妹子盼望阿哥来。
丝线打有千百结，

盼望阿哥来解开。”

[桃英悄悄走到春芳背后。

桃　英（唱）　半山岗上一条羊，

不贪吃草望山岗，

不贪吃草望山哟，

盼望同伴快上岗。

春　芳　桃英……

桃　英　你望什么？

春　芳　我……我望桃花几时开。

桃　英　桃花早开过了。

春　芳　我……

桃　英　你是盼望隔河的陈大银吧。

春　芳（伤感地）我盼他做什么？他已经另有所爱了。

桃　英（吃惊地）谁说的？

春　芳　我妈。凤婶托我妈做媒找妹子，说是大银的意思。

桃　英　你信了？

春　芳　我……

桃　英　你呀，别再扭扭捏捏了。你的心事当着陈大银当面锣、对面鼓地敲吧！

春　芳　怎么敲？

桃　英　你揭发陈大银的旧事，诚恳地向他认错、道歉。他若是原谅你，说明他心里还舍不了你，那你就拉上他的手，到村里喊：我俩和好了！我俩和好了……

春　芳　这……这锣我怎么敲得下手。

桃　英　想吃汤丸又怕烫嘴。你呀，拿育秧盆还他时趁机表表心思吧。（下）

[大银上。

大　银（唱）　小溪流水流不停，

光阴刻刻不等人。

有心育种抢季节，

无心辩白了精神。

（发现地上松土，蹲下细理）

[春芳走近。

春　芳　大银……这土够不够？

大　银　春芳？土是你挑来的吧？原来是七仙姑下凡帮手呐。

春　芳　大银，我给你带件东西。

大　银　什么东西？

春　芳　月亮！

大　银　月亮？

春　芳　（唱）　日想圆来夜想圆，
昨夜上天端一盘。
问你喜欢月缺角，
还是爱个月团圆。

大　银　（唱）　看你想圆想得狂，
胆大敢去闯天堂。
明明月尾二十七，
也要天上圆月光？

春　芳　你不信？

大　银　不信！

春　芳　（亮出秧盆）你看！

大　银　嘿嘿，原来是“杨氏月亮”呐。
（旁唱）　什么月缺与月圆，
明明旧藤想来缠。

春　芳　（旁唱）　他是不解其中意，
还是无心驳琴弦。

大　银　（旁唱）　理清断线才好驳，
破镜回炉才会圆。

春　芳　（旁唱）　我要趁机再试探。

大　银　（旁唱）　我也试探来周旋。（进屋）

春　芳　大银哥……（抬头见大银正端着育秧箱堵在门口出不来）

（唱）　扛轿唔行单打一，

鹧鸪能飞有双翼。

大　银（接唱）　一时忘了老搭档，

多谢你这——

春　芳（一喜）我什么？

大　银（接唱）　多谢你这强劳力。

春　芳（接唱）　什么忘记不忘记，

我就单是劳动力？

大　银（接唱）　都说你是——

春　芳（含羞地）是什么？

大　银（接唱）　都说你是资料袋，

试验还要你的笔。

春　芳（旁白）再试探一下。大银，我妈要我捎句话给你。

大　银　我听着。

春　芳（唱）　我妈做媒去东庄，

叫你准备做新郎。

那头亲事说妥当，

春芳等着吃喜糖。

大　银（唱）　你编故事唔在行，

梧桐落叶一身光。

愿与种子来结伴，

爱情许给好田庄。

春　芳　大银哥——（唱）

我家那只小山羊，

妈要牵去赴圩场。

你要买来快开口，

迟了后悔惹悲伤。

大　银　这羊……

[杨躁上。

杨　躁　大银，这羊你快买呀！这是条养了二十多年的“嫩母羊”呢。

大　银　买羊是大事，哪能随意，说买就买呀。

春　芳　（伤心地）大银你……

[桃英上。

桃　英　春芳，怎么哭了？

杨　躁　（小声地）春芳试探大银心事，大银闪烁其词伤了春芳。大银还把结婚木料毁了做保温箱呢！看来他们没戏了。

春　芳　（绝望地）大银，你把结婚木料都毁了……

[幕后歌：“晴天霹雳碎人心，
手摸木箱思前情。
都说莫砍藤缠树，
为何今日砍了藤？”

春　芳　（拿出笔记本与信喃喃自语地）我多蠢……我多傻……

（唱）　叶已黄来花又残，
怎好争春入人园？
长长河水东流去，
我短短竹篱怎能拦？

（笔记本与信落地，跑下）

[大银与桃英追赶而下。

[杨躁捡地上笔记本与信欲下。

[百劳嫂喊着春芳上与杨躁碰个满怀。

百劳嫂　你们追追赶赶做什么？

杨　躁　（拍拍箱子）就为这同心木料呗。

百劳嫂　同心木料？陈大银他还想缠春芳？我非把这祸根斩断不可！（背起箱）

[收光。

第六场

[紧接前场。

[春芳家。

[百劳嫂扛育种箱上，进屋闩门，打开育种箱见里面是谷种，大喜。

百劳嫂 （唱） 箱子里面还有谷，
鸡公髻上外来肉。
跌跤捡到金戒指，
我有运气鸭有禄。
赶紧撒给鸭嫲吃，
明天生蛋又长肉。
（撒谷种喂鸭）
扭断这条勾心搭，
春芳出嫁我享福。

（把箱内的谷全撒给鸭吃）

[小玲急匆匆上。

小　玲 （唱） 因为木料两情伤，
转眼不见育种箱，
大银气得流苦泪，
叫我赶快找春芳。

春芳！春芳！

[百劳嫂闻声一怔，忙把育种箱藏桌下。

百劳嫂 （开门）小玲呐。春芳她……没有回来呀！

小　玲 （疑惑地）那你让我进屋说吧。（欲进屋）

百劳嫂 （忙堵住）哎哎，这门一打开，鸭会溜出来。你有话门外说。

小　玲 保温箱不见了。我想问问春芳落在哪了。（欲进屋）

百劳嫂 （堵门）你别进来，春芳不理这破事。

小　玲　保温箱不仅是大银的命根子，更是我们山里人的希望啊！

百劳嫂　什么命根子，就是谷种嘛。没那种子，耕田人照样落秧、莳田、割禾……

小　玲　你知道保温箱里是谷种？

百劳嫂　（心虚地）你……你别这样看我。

小　玲　（急智地）春芳呀春芳，你怎么像你妈一样促狭，跟陈大银闹意见就把人家箱子藏在家里了……

百劳嫂　（恼火地）你认定我家藏着箱子是不是？来呀，你入屋查呀，没发现箱子，我狗血泼你！

小　玲　我正等你狗血泼呢。（欲进）。

百劳嫂　（急拦住）不行不行！我家的鸭子在屋里生蛋。鸭一受惊，蛋就生不出来，鸭嫲就会给蛋塞死，我的鸭心肝啰！

小　玲　鸭塞死了我照价赔偿！（冲进屋）

百劳嫂　（撒泼地拿起扫帚）阿玲妹，你走开！

小　玲　（发现箱子）果真藏在你家。

百劳嫂　莫动！这木料我女儿有份的。

小　玲　箱子是春芳叫你拿回家的？

百劳嫂　春芳叫我拿的又怎样？我女儿的木料，她拿不得？你别动箱子，你敢动箱子我就扫把铲、狗血泼！你走。

小　玲　不行，我得把这事告诉大家。（下）

［看小玲已走，百劳嫂忙将箱子再次藏起来。

［凤婶上。

凤　婶　春芳，春芳在家么？

百劳嫂　天，又来了！（开门欲打）我家扫把可不是借来了的，看打！

凤　婶　（大惊）这、这怎了……

百劳嫂　凤、凤嫂呀，我以为刚才欺负我家鸭子的那条狗又上门了呢。

凤　婶　你也怕狗呀？春芳在家么？听说大银闹得春芳不愉快，她为这事难过呢，我得劝劝她。

凤　婶　春芳不在家。再说这事嘛，也不大相干。

凤 婶 年轻人不这样看。春芳回来，你帮我劝劝她。我回头再来。（欲下）

百劳嫂 哎哎哎，你等等。上次托的那门亲事，我跟人家说了，约定明日相亲。

凤 婶 讲定了？这么快就定了？

百劳嫂 胡须都八尺长了，还等什么时候？再说那妹子呀，干活像条牛，性情温柔柔，人品又好又贤淑，打着灯笼也难找！

凤 婶 哦……过几天再定吧。（下）

百劳嫂 （自语）看她推三推四的，一定还在打春芳的主意。不行！凤嫂！凤嫂！（追下）

[春芳痛苦地上。

[幕后歌："雨打杨柳泪涟涟，

泪洒池中千万斑，

春芳好比垂头柳，

滴尽目汁苦难言。"

[小玲带一群青年男女义愤填膺上。

小 玲 杨春芳！

春 芳 （冷冷地）做什么？

众 人 找你算账！你真狭隘，跟大银和好不了，就拿保温箱出气！

春 芳 （莫名其妙地）你们说什么？

小 玲 别装糊涂了，把保温箱交出来吧！

春 芳 你们……你们想墙倒众人推吗？你们进屋抄吧！

[众进屋。

小 玲 箱子刚才还在这桌底下。

[众找寻，不见木箱。

春 芳 告诉你们，杨春芳也不是烂泥路，任人踩上踩下，今日要是拿不出箱子……

小 玲 箱子找到了！（屋内端出）

春 芳 这……

众 人 杨春芳，你还有什么话说？

小 玲 （打开箱）谷种不见了！（发现地上一粒谷种）原来"长泉"种喂鸭了！

众 人 这是破坏生产，存心搞垮农科组。批判杨春芳！开除杨春芳……

小　玲　大家不要吵了！我们找大银去。

众　人　这回大银要狠狠地回敬她一顿！（下）

[一阵乱轰，把春芳刺得冤愤交加，不禁号啕大哭。

[鸭叫声声里，春芳突然冲进房内。

[百劳嫂笑嘻嘻地上。

百劳嫂　哈哈，我这两张嘴唇皮就是有用，要圆要扁由我讲，那凤嫂给我几句话就讲通了，答应跟女方见面呢。

[春芳持刀从房冲出。

百劳嫂　你、你拿刀做什么？

春　芳　（怒声地）保温箱谁拿回来的？！

百劳嫂　我呀！怎了？

春　芳　谷种呢？

百劳嫂　鸭吃了。

春　芳　（把刀往凳上一拍）你害得我好苦……

百劳嫂　（大骇）你、你发疯了？

春　芳　是你逼的……（向门内扑来）

百劳嫂　（慌忙跑出）救命呀，社员们，快来救命呀……

[春芳把门闩死，撸起双袖抓鸭就杀。

百劳嫂　（听见屋内鸭叫，蹑手蹑脚走过去，从门缝往里看）杀鸭！

[春芳从室内往外丢鸭子一个，二个，三个……

百劳嫂　（猛推门不动，呼天抢地）我的鸭子呀，我的心肝呀……

[收光。

第七场

[上场次日。

[百劳嫂挑箩筐上。

百劳嫂 （唱） 穿上一件花衣裳，
挑担鸭肉上圩场。
总算说服春芳女，
并搭带她会呀会婿郎。

春　芳 （内唱） 三步行来两步企，
又想溜来又想离。
人要离家恋故土，
鸟要归林恋竹尾。
流水无情往东走，
春芳无奈去奔西。

百劳嫂 春芳，走吧，还有什么舍不得！（下）

[大银扛锄头从试验田上。

大　银 （唱） 打下种子想望春，
谁知阴雨逼大银。
“长泉”已毁情已断，
井水、河水两相分，
拆掉旧灶重新起，
良种试验另找门。

[凤婶手提花篮上。

凤　婶 大银呐，今天好日脚，我看这亲事准成。

大　银 （推脱地）妈，你看我这身打扮，斑面看了也不会中意。

凤　婶 唉，你这个人呀！快回去换吧，妈在分水桥等你（下）

[桃英上。

桃　英 大银，春芳要走了，快去拦住她吧！

大　银 对不起，我要找“心爱的”。（找谷种动作）

桃　英 （没好气地）谷种完了，人也走了。你就这么心安理得去相亲？

大　银 这可是冤枉好人呐！

[单车铃响，秀梅拿一小挂包上。

秀　梅　大银，春芳已经走了，你赶快把她追回来！

众　人　真走了？

桃　英　大银还有心思去找谷种呢。

秀　梅　（从挂包里取出一小包）谷种在这呢。

大　银　我的团支书，这次你又雪中送炭！

秀　梅　雪中送炭不是我，是——杨春芳！

众　人　（惊愕）她？

秀　梅　对，谷种是她妈妈拿回去喂鸭子的，你们走后，她从十二只鸭肚里夺回了“长泉”种。

大　银　春芳……

秀　梅　你们冤枉她了。这是她昨天丢下的。（取出笔记本交给大银）

大　银　信？

秀　梅　她把心里话都写在里面了！

［大银打开笔记本看。

［春芳画外音：大银哥，花开花落又一春，遭雨打的“长泉”啊！今又回到了家门。历史虽然成了过去，但是，我心里也确实不宁，因为我的过错，叫你受苦伤心，你就骂我打我吧！再狠再重我也甘心……你还记得那首山歌吧：“鹧鸪唔敢飞出窝，只因心中羞愧多，纸上画只鹧鸪子，快替妹妹唤哥哥。”

秀　梅　同志们，像我们这么大一个村庄，为什么就容不下一个杨春芳？难道是我们家乡的山不美，水不甜吗？

桃　英　我说呀，就是有一些人浅肚狭肠！

［好些人表示赞同。

秀　梅　大银，你看呢？

［大银痛恨，转身追下。

［众纷纷跑下。

［暗转。

［灯复明，天幕出现第二景。

［百劳嫂、春芳上。

春　芳（唱）　行行来到分水桥，
心中急跳脸加愁。
燕子迁窝有三顾，
春芳此刻想回头。

百劳嫂　怎么不走了？

春　芳　我……（随地坐下，揉脚）

百劳嫂　那就歇一会吧！（放下担，对群众）我这位千金小姐，下一次上州落县呀，就不用走路啰！不是坐小车，也有单车骑……，哈哈，以后我最低限度也要学会坐单车！

[说罢坐在春芳身边，替其理理头发。凤婶上。

凤　婶（唱）　孩子大了难为娘，
日挂心来夜挂肠，
在家忙得团团转，
今日忙去相亲赴圩场。

百劳嫂（见凤婶迎上去）哎，凤婶，你来了，大银要看的细妹子就在前面。

凤　婶（取笑地）哟，百劳嫂，打扮得那么标致，我以为是哪来的黄花细嫩女。

百劳嫂　哈哈，丑人不敢穿新衫，一穿新衫有人嫌……

凤　婶　我看不是有人嫌，而是打打扮扮有人贪了！怎么你今天做起鸭肉生意来了？

百劳嫂　卖……哈，春芳去会对象，总得有点见面礼吗？顺便送几只鸭颈给我婿郎尝一尝。

凤　婶　啊，春芳真的要嫁人了？

百劳嫂　嘿……，那还有假？

凤　婶（走近春芳）春芳！（春芳不理）唉！……大婶也望你找个好丈夫……

百劳嫂　哈哈，借你金言！（拉过凤婶唱）
财贸主任我婿郎，
贪这名声也清香。
有钱有权讲话响，
还愁以后无打帮。

他想挑个同乡人，
死死看中我春芳。
多大本钱他敢出，
再贵千金我送上。

凤　婶　（带嘲讽地）哦，难怪你日夜忙忙碌碌，不怕走断脚骨！

百劳嫂　以后不用走了，我决心学会骑单车。

凤　婶　（又惊怪）你会骑单车？

百劳嫂　会学哩。

凤　婶　七老八老的，骨头硬了还学得会？

百劳嫂　能，就这样，（忘乎所以地装学骑单车样子，跳了几步，摔倒在地）！

［凤婶大笑，百劳嫂也笑起来。

［两条狗正在筐篮前面争吃鸭肉，相咬声把百劳嫂从笑声中惊醒。

百劳嫂　狗、狗、狗！（忙爬起身去抢）

凤　婶　哎哎，发疯狗！（也帮着赶狗）

百劳嫂　（操起担竿）你跑，你跑！（追下）

凤　婶　追！（向另一边追下）

春　芳　（从苦思中醒过来，见此情景，幸灾乐祸地）哈，哈。

［大银内喊：春芳！春芳忙躲闪花丛，大银上。

大　银　（走近前去）春芳……

春　芳　……（不理，闪到一旁）

大　银　（又走过去）！

春　芳　哼！（又避到另一方）

大　银　（自责地）事情都明白了，我们错怪你了。

［大银与春芳背对背地坐下。

大　银　（唱）　檐前一盆海棠花，
是我栽种莫过家，
天晴我晓多淋水，
落雨我会脱衫遮。

[静场片刻。

春　芳　（不好气地）怎么不唱了？

大　银　人在痛苦的时候也想唱歌，我一肚子的话真想唱出来。

春　芳　别在我身边唱，你去向山唱向水唱。

大　银　（唱）　　叫我唱山就唱山，
　　　　　　　　我喊青山帮我拦，
　　　　　　　　若是青山晓人意，
　　　　　　　　定起清风送你还。

春　芳　（唱）　　休想留得月西沉。

大　银　（唱）　　你就舍得“长泉”种？

春　芳　（唱）　　育种自然有能人。

大　银　（唱）　　你就任人准羊卖？

春　芳　（唱）　　生死唔使你操心。

大　银　（唱）　　看你箭比弓还硬。

春　芳　（唱）　　弓狠箭才飞得成。

大　银　（唱）　　出走到底恨哪个？

春　芳　（唱）　　我恨——我恨——
　　　　　　　　我恨不休来气难平。

死了的苗，就让它死了吧，（说着欲下）

大　银　（忙拦住）难道你今天就不能谅解我吗？

春　芳　还有什么好说，你走吧（甩开大银）。

大　银　春芳……

[幕后无词歌：“啊……”

大　银　如今既然是各走各的路，这些东西你拿回去吧！（把笔记本和谷种包捧在春芳面前）

（唱）　　你要走来我难留，
　　　　　白鸽上天任你游。
　　　　　笔记谷种你带走，

留下会割我心头!
信与资料且留下，
大银一生无他求。
愿你走出新天地，
薄纸伴我度春秋。

（从笔记本上慢慢撕下几页纸）

[春芳瞧瞧种子，看看大银，不知不觉接下本子与谷种，流下泪来。

[伴唱：“真情恸得山低头，
实意牵住水慢流，
为何人生多波折，
春芳呀，到底是走还是留？”

[春芳痛苦地奔下，大银追下。

[杨躁招呼众青年上。

杨　躁　你们瞧见没有，那边在追狗，这边在追人，多有意思!

[凤婶手挽篮，上气不接下气地复上。

凤　婶　那瘦狗专拣肥的叼，追都追不上。

杨　躁　（俏皮地）是啊，是一只顶肥的鸭。

[众笑。

凤　婶　笑什么?

桃　英　笑大银，叼只大鸭真真肥。

凤　婶　（不解地）啊?

众　人　伯姆，快把喜酒早准备。

凤　婶　（误会）唉，怎么就给你们知道了?

众　人　我们看得清清楚楚。

凤　婶　（迫切地）啊，在哪儿?

众　人　站在桥脚下。你们快出来吧！（下）

凤　婶　对对，出来出来，让阿妈看一看。

[凤婶理理头发，扯扯衫袖。

凤　婶　哎呀，做亲娘的不能与新娘相撞头！不行，我先躲一躲，见机才出来。

[百劳嫂持担竿气咻咻地跑上。

百劳嫂　唉，狗没有追到，新衫又扯烂了。（脱下衫，身上抽下针线缝补）

[凤婶出。

凤　婶　（喜冲冲地走近）妹子，我是大银他娘，你跟大银相爱……

百劳嫂　（惊诧地）怎啦？

凤　婶　是你？唉唉……我今天尽是遇到瘟东西！

百劳嫂　哎哎，你真是想儿媳妇想发癫了。

凤　婶　咳呀！是那些无日愁的鬼东西哄我，说你牵线的妹子与大银会面了。

百劳嫂　呦，都这么把年纪了，她们一闹你就信？

凤　婶　我……

[杨躁上。

杨　躁　百劳嫂，你不信？我带你去看看。

百劳嫂　在哪里？（杨躁引她下）

[桃英、小玲等拉着大银和春芳上。

桃　英　凤婶，这次可把她抓来了。

凤　婶　谁？

秀　梅　你的媳妇呀！（众把春芳、大银推到她跟前）。

凤　婶　啊！是春芳……是真的？

大　银　妈，是真的（捅捅春芳）

春　芳　（腼腆地）阿妈……

凤　婶　（大喜）唷——哈哈，我这老太婆呀，早就想你喊一声“阿妈”！
真是瞎操心，真是瞎操心！

[百劳嫂上。

百劳嫂　哟，真热闹，我也看看。

春　芳　（把大银拉到百劳嫂面前）妈！（捅捅大银）

大　银　阿妈！

凤　婶　亲家姆！

百劳嫂　啊！你们……

[众欢跃。

杨　躁　大家吹起喇叭，热烈欢送他俩回家！

百劳嫂　咳，真是猪猁送酒一双舌（蚀）！

凤　婶　亲家姆，回去！

[收光。

[剧终。

·客家山歌剧卷·

挽水西流

编剧：陈衣谷　静　江

人　物　表

玉　兰　　女，18 岁，农村妇女。

阿　旺　　男，20 岁，村里的一个孤儿，玉兰的恋人。

秀　妹　　女，16 岁，叔公头家里的婢女。

三　叔　　男，40 岁，阿旺的亲房，船夫。

和　伯　　男，50 岁，更夫。

福　寿　　男，60 岁，族中的强房叔公头。

家丁甲、乙，男，福寿的帮凶爪牙。

时　间：“民国”初年。

地　点：客家地区，松江河畔。

第一场　月　圆

[时间：中秋之夜，明月初升。

[地点：村外江边。

[幕启，玉兰剪影，造型。

[幕前伴唱：

“秋风吹送桂花香，

妹子出门等情郎。

若是有人来相问，

就说中秋嫐月光。”

玉　兰　（唱）　月色清清照松江，
　　　　　　　　　照见鲤鱼腾水上。
　　　　　　　　　鲤鱼唔怕漂江水，
　　　　　　　　　恋哥唔怕路头长。

（向前探望）咦？为什么他还没来呢？（想了一想）
　　　　　　　　　郎是路边单竹单，
　　　　　　　　　无依无靠度日难。
　　　　　　　　　田头地尾两头黑，
　　　　　　　　　收得工来月上山。

（白）对，我还是再等一等吧！（刚坐下，忽见有人影动，忙起身探望）啊？那个人影，好像是旺哥呀！（喜悦地）
　　　　　　　　　隔远看见旺哥来，
　　　　　　　　　玉兰心里花花开。
　　　　　　　　　灯芯架桥你要过，
　　　　　　　　　竹叶做船你要来。

[福寿与家丁甲乙暗上，福寿见玉兰，忙打发家丁急下。

福　寿　（暗上，顺手把玉兰的头裙取过来。）玉兰！

玉　兰　是你？

福　寿　哈哈！是我呀！原来你在这里，害我到处找哇！

玉　兰　寻我有什么事？头裙还给我。

福　寿　嘿嘿！莫急，玉兰。今夜机会难得，前次对你说的事……

玉　兰　我不知道，裙子不还来，我就……

福　寿　不要喊！（送回头裙）何必这样呢？

玉　兰　（夺过裙子）哼！（欲走）

福　寿　（拦住）玉兰，你急什么？你看……
　　　　　（吟唱）　你看月色多迷人，
　　　　　　　　　望你珍惜好良辰；
　　　　　　　　　你若当我天上月，

我就做你七姑星。

玉　兰　哼！你是族内的叔公头，敢说这鬼话？（欲走）

福　寿　（再拦住）咦，不用怕，谁敢管我们的闲事呀？哼！

（唱）　我是强房叔公头，
眉毛一动天地愁；
包揽全族公尝产，
租谷堆满大高楼；
满清我是秀才底，
袁世凯衙门我也相投；
谁敢把我威严惹，
那就叫他未死先脱头。

玉　兰　（气恼地）你……？

福　寿　（假作无限同情地）唉！讲起来你也是可怜，三岁从外村嫁到这里，不满十岁就死去配偶，成了寡妇。

玉　兰　什么？寡妇？

福　寿　是呀，按照礼教族法，你应该守寡。

玉　兰　啊？守寡？

（唱）　我名为做人“细心舅”，
八岁死去小丈夫；
硬要逼人活守寡，
这种冤枉太无辜；

福　寿　就是么，太无辜。其实我也不忍呀！

（唱）　看你越大越斯文，
貌似天上五彩云；
犹如三月桃花醉，
怎忍心看你孤寂守冷门。

玉　兰　（冷冷地）真是这样，那就不应该叫我守寡。

福　寿　对，我正是为了此事，只要你肯答应的话，我可以以桃换李，金屋藏娇哇！

玉兰！

玉 兰 什么？你想我做妾？我问你现在是什么朝代？

福 寿 啊，虽说现在是“民国”三年，满清也早已推翻，这是国事与我们这件事无关系，无关系。嘿嘿！至于妾不妾嘛！也没有什么关系，只要你愿意。（转低声调）嗯，这叫作表面守寡，暗中么……（欲调戏）

玉 兰 呸！我老实告诉你！

（唱） 竹篙打水两边开，
鲜花不插牛屎堆。
玉兰我是清白女，
你想糟蹋后生来。

福 寿 玉兰，你不要这样固执嘛！

玉 兰 固执？哼！

（接唱） 檀木不与野藤缠，
我的话语讲绝无多言。

福 寿 （接唱） 野藤也能结花果，
吕洞宾专寻白牡丹。

玉 兰 （唱） 你莫饿狗想吃天鹅肉，
任你汪汪狂吠也枉然。

福 寿 （唱） 那就按照族法办，
阳间守寡一百年。

玉 兰 （讽刺地）哦！我打铜锣你就说噪耳，你打铜锣就喊议事？哼！

福 寿 胡说！特别和十九房的孤儿刘阿旺，你以后斜眼都不准看他一下！

玉 兰 难道我们正当的往来都不准吗？

福 寿 不准！这是礼教、族法不容！我问你，你手里的头裙是谁给你的？

玉 兰 是去年八月中秋，旺哥卖柴买的。

福 寿 混账！

（唱） 男女同族各分行，
你们为何常来往；

玉　兰 （唱）　他帮我犁田和种地，

我帮他割橹洗衣裳；

福　寿 （唱）　无亲无故私约会，

有伤风化败族章。

玉　兰 （唱）　同甘共苦相怜爱，

光明正大有何妨。

福　寿 说得好听！告诉你，族法全在我手里。自古道：“山无倒插竹，水不向西流！”如果胆敢和同族人私通，就休怪叔公无情！

家丁甲 福寿叔公，梁百万老爷有请，叫你就去。

福　寿 知道，回去。

家丁甲 是！（欲下）

福　寿 回来！（两人耳语）走吧。

福　寿 玉兰，我劝你认真想想吧！不要不识抬举啊！好，来日方长，我等你回话。（下）

玉　兰 （慌乱地）

（唱）　今夜事情难测量，

叔公言语半阴阳；

追究我与阿旺事，

鬼鬼祟祟乜心肠；

葫芦装的什么药，

叫人担心费思量；

火烧灯草心焦急，

等到旺哥再作主张。

阿　旺 （偷偷地打着暗号上场）“布谷”（不见玉兰探望）那边有人影，莫非是玉兰？（欲喊）不能呀！喊错别人会误事的呀！真是！

（唱）　同妹相爱莫露风，

惹到族法难相容；

燕子含泥口要稳，

蜘蛛挂网藏肚中。

[转身藏树后。打暗号后玉兰出。

玉　兰　（兴奋地上）旺哥，看你满头大汗。（扶旺坐在树下，拿头裙替他抹汗）福寿叔公刚才来过！

阿　旺　啊？他来过？

玉　兰　是呀，他还追究我们的事呢！他说按照礼教我应守寡，按照族法，同族不能结婚。看来还会有一场风波呀！

阿　旺　这……怎么好呀？

玉　兰　旺哥。

（唱）　事到如今莫惊慌，

玉兰生死不丢郎；

如果逼到无办法，

就同我哥出外乡。

阿　旺　（惊愕地）远走？私奔？

玉　兰　是呀！

（接唱）　同哥相爱已声张，

索性展翅双飞翔；

逼上梁山做好汉，

甜酸苦辣共担当；

阿　旺　可是……？

玉　兰　可是什么呀！旺哥！

阿　旺　玉兰呀！

（唱）　妹的心事哥知详，

无奈我单身又弱房；

万一私奔人知得，

恐怕雪上又加霜；

还是请妹细思量。

玉　兰　那……么好呀？

阿　旺　难呀！

（唱）　天井撑船难开篙（交），

对头是个霸坑鸟；

冤家是个坐山虎，

心肠恶毒又奸刁；

怕只怕恋得妹来命难逃。

玉　兰　旺哥！

（唱）　你越愁来我越难，

妹似古井种箭兰；

阿哥若是怕伸手，

谁再敢牵我出井栏；

难道我一生圂死在深水间？

阿　旺　（唱）　你苦情来我苦情，

猪胆配上黄连茎；

我爱你，爱你如同月中桂，

但是上天无路也闲情；

我爱你，爱你如同镜中宝，

但是只能顾影自相怜；

怕只怕，爱到头来反作害，

都怨王法族法不由人。

玉　兰　（悲切地）王法？族法？老天呀！

（接唱）　是王法族法不由人，

还是人间地狱多恶魔；

如果说王法族法是正道，

却为何有人有秤没有砣？

如果说王法族法是正道，

却为何有人几个小老婆？

如果说王法族法是正道，

却为何光明正大受折磨？
看起来仁义道德全是假，
玉兰我一片真心向谁说？

阿　旺　玉兰，我……唉！

玉　兰　旺哥！
（唱）　叫声情哥问声郎，
亲手栽花为哪桩；
眼看花开将结果，
难道你甘心人损伤？

阿　旺　这……（咬了咬牙）是呀！
（唱）　亲手栽花望花香，
哪肯任人来损伤。

玉　兰（唱）　飞蛾爱光尚敢去扑火，

阿　旺（深思片刻，唱）
我为何爱在心上又彷徨；

玉　兰（唱）　小小画眉都晓展翅膀，

阿　旺（唱）　我为何不敢与玉兰双飞翔？

玉　兰　旺哥，快拿定主意吧！前几个月我们不是听了城里讲演团的演说吗？能够像那些无拘无束、扬眉吐气的男女学生那样多好呀！

阿　旺　是呀！他们说几千年来的皇帝统治制度都被推翻了，还有什么不可以打倒的呀！

玉　兰　是呀！现在不是"民国"了吗？旺哥，你要作主呀！

阿　旺　好呀！
（唱）　千思万想定主张，
决定同妹出外乡；

玉　兰（唱）　生同生来死同死，
天塌两人共肩扛；

阿　旺
玉　兰　（激动地）

（唱）　说要交情就要交，

不怕叔公两面刀；

玉　兰　（唱）　百年偕老自作主，

玉石来造万年桥；

阿　旺
玉　兰　（合）　呦嗨，天长地久心一条。

[福寿叔公和家丁们从树后突然地出现。

阿　旺
玉　兰　你们想做什么？

福　寿　（奸笑而出）要赃、要据、要双！

阿　旺
玉　兰　（怒指福寿）你！

[造型。急落幕。

第二场　月　缺

[时间：紧接上场 月挂中央

[地点：福寿的后花园

[幕前曲："猿啼声声夜茫茫，

悲泪点点恨绵长；

月圆人缺鸳鸯散，

怎得天明见太阳。"

秀　妹　玉兰姐。

玉　兰　（好像看见亲人，过去相互拥抱）秀妹！

秀　妹　唉！身体要紧呀！留得青山在，不怕没柴烧。

玉　兰　（顽强地）留得青山在，不怕没柴烧？

秀　妹　对，玉兰姐，听说最近县城的革命青年学生又出来造反啦，说什么要赶袁世凯下台呀！

玉　兰　你怎么知道？

秀　妹　听叔公头他们在议论呢！

玉　兰　好呀，皇帝都垮了，这样害人的鬼王朝，也总有一天会水打沙壅的呀！

秀　妹　所以，玉兰姐想开点吧！（拿过东西）叔公叫我送茶点给你，先吃点吧！

玉　兰　这是狐狸给鸡拜年，我不要！（看了看四周，然后激动地扑过去。）桂花！秀妹，你知道我家门口也有桂花么？

秀　妹　知道，是阿旺哥帮你种的。

玉　兰　是呀！

（唱）　想起前年中秋时，
两人插种桂花枝；
谁知花开人事变，
恶鬼使我两分离。

秀　妹　唉！有什么办法呢！

（唱）　恩爱分离真苦凄，
有谁出面破常规；
都说山无倒插竹，
怎得河中水流西。

玉　兰　（余想着）河水不能西流？

[幕后声："快追！快追！"

秀　妹　咦！可能是旺哥逃走啦！

玉　兰　（惊喜地）真的？（拉着秀妹欲速走）走吧。

秀　妹　（拦住）不能呀！叔公把你送到花园来，另有鬼计呀！对你管得特别严，连他的老婆都不知道呀！还有……

玉　兰　（失望地）还有……？我明白，如果我一走，就要把你抵罪！

秀　妹　（悲苦地）玉兰姐呀！

（唱）　　你我同是受苦人，
　　　　　同病相怜总相亲；
　　　　　说过几多知心话，
　　　　　谈尽几多姐妹情。
（白）今日我还会无情无义吗？
　　　　　叔公叫我陪伴你，
　　　　　叫人寸步也难移；
　　　　　前有狼来后有虎，
　　　　　哪怕插翅也难飞。

玉　兰　唉！那我只有一死了。

秀　妹　也不能这样呀！自古道："天无绝人之路。"再想个办法吧！

［幕后声："打！打！打！"

秀　妹　（向内看了看）唉呀！玉兰姐，旺哥被他们捉回来了。

玉　兰　旺哥！

秀　妹　玉兰姐。

玉　兰　秀妹，打在郎身、痛在妹心。我宁愿死，不能叫旺哥受害呀！

秀　妹　是呀，不能叫旺哥受害。（忽闻叔公咳嗽声）叔公头又来啦。（扶玉兰石凳上坐，福寿由内而上。）

福　寿　（威严地察看了一会儿，得意地面对玉兰）玉兰，怎么样想醒了吗？

玉　兰　想醒了。

福　寿　（喜悦地）想醒了就好哇！我保证另造楼阁，金屋藏娇。哈哈！

家丁甲　（上）福寿叔公，猪笼准备好了！

福　寿　好！把我的话传下去，准备动手！

家丁甲　是！

玉　兰　啊？拿猪笼做什么？

福　寿　（一时难于对答）这……为了斩草除根，必须假借族法，把刘阿旺偷偷处死！可是……（偷看了玉兰）她知道的话，会对我怎样呢？

玉　兰　（逼上一步）哼！你这人间的阎王，难道真的敢处理我俩人？

福　寿　（一想）这……不敢，不敢。不过……（忽觉得在秀妹面前有失体统，回头对秀妹）还不走开！

秀　妹　（点了点头）是！叔公！（下）

福　寿　只要你肯答应我的话，那么，还可通点人情。

玉　兰　这……不管怎样说，你先给我办好几件事。

福　寿　好呀！讲吧！

玉　兰　我要你说到做到。

福　寿　绝不虚假。

玉　兰　好吧。

（唱）　快放旺哥出牢笼，
　　　　不准迫害再逞凶；

福　寿　（唱）　他敢公然犯族法，
　　　　理该严办不能容。

玉　兰　（唱）　要办族法也可以，
　　　　召集大众来评理；
　　　　叔公强迫侄孙嫂，
　　　　该当何罪先处理。

福　寿　这个……你一定要放他？

玉　兰　一定要放！

福　寿　那你对我……？

玉　兰　对你是另一件事。

福　寿　对他呢？

玉　兰　也是另一件事。

福　寿　好吧，只要你从今以后，和刘阿旺一刀两断，把他送给你的头裙，当面交回给他，这样……我就依你！

玉　兰　这个……

福　寿　怎么样？

玉　兰　（把牙咬）好吧！

福　寿　可当真？

玉　兰　真的。

福　寿　不后悔吗？

玉　兰　少讲！

福　寿　好，反正你们都是我手上的苍蝇——飞不了。（向内喊）来人呀！把刘阿旺带出来。（家丁们把阿旺由内带出来）

玉　兰　阿旺（阿旺遍体鳞伤，被家丁推上。玉兰，阿旺两相对，不禁叫喊一声，欲扑过去，但被家丁隔开）

（白）玉兰！旺哥！

（唱）　郎悲伤来妹悲伤，
左思右想痛心肠；
千回百转肠欲断，
节节肠断苦思量。

福　寿　好了，好了，阿旺，你对玉兰死了心吗？

阿　旺　哼！不逼不反，越打越亲！

福　寿　什么？你到底死不死心？

阿　旺　（坚决地）不死！

福　寿　（恼羞成怒地）好！（对家丁）准备刀、准备猪笼！

玉　兰　（着急地）旺哥……你就……（有口难言地）

福　寿　哈哈！

阿　旺　（惊愕地）吓？

家丁乙　玉兰说，你就死了心吧。

阿　旺　你，你到底说什么？

玉　兰　（欲言又止）我……我……

福　寿　（威逼地）你怎样？快说吧！

玉　兰　（欲拥扑过去，但又不敢，只好忍住心酸，解下头裙送了过去）你……你就远走高飞吧！

阿　旺　（摇着头，接过头裙）头裙？

（唱） 你不念今日也要念旧时，
当初为何爱恋你；
今日送回定情物，
问你良心在哪里？

玉　兰（再也忍不住了，扑上去。）旺哥！
（接唱） 没相干来没相干，
恁好娘酒也会酸；
恁好红花也会谢，
恁好人情也会断。

［阿旺乘势把玉兰推倒。

福　寿 把他逐出去！不准再回本乡、本土！

家丁甲乙（推阿旺）走！

阿　旺（咬了咬牙）好吧！我走！我走！（阿旺昂然地下，家丁跟随下）

玉　兰（悲痛地扑了过去，昏倒）旺哥！

秀　妹（赶紧欲扶）玉兰姐！

福　寿（拉开秀妹）走开！（秀妹没法，只好下去。福寿乘机欲捉玉兰，奸笑地调戏玉兰。玉兰气极，打了福寿一耳光。）

玉　兰（急挣扎惊退）
（唱） 你 你 你！
你算什么老叔公；
为老不尊大奸雄，
狼心狗肺比蛇毒；
下流八贱比狼凶，
硬把我俩活拆散；
欺压弱女无父兄，
今日对你讲清楚；
我与你水火不相容。

福　寿（恼羞成怒地拍桌）你反面无情，敢打老子？来人，把族法搬来（命家丁）

家丁甲 （迟疑地）福寿叔公……？

福　寿 福寿叔公名高德望，做了再说！

家丁甲 是！（下）

玉　兰 （气极，直指福寿）族法？族法不是你的家私，要处理就喊齐一族人来评理。

福　寿 胡说！族法在我手里，族法任我摆布！

家丁甲 （搬来麻绳、一把刀，一瓶毒药上）福寿叔公，都拿来了。

福　寿 叫她看看！（家丁将族法摆在玉兰面前）

家丁甲 麻绳、刀、毒药！

福　寿 哼！族法如山，刻不容缓。如果你回心转意的话，有你的福、禄、寿，否则，任你挑选！（下）

玉　兰 这……这（把牙一咬，拿起麻绳面对远方，悲痛地）

（唱）　旺哥呀！

玉兰生死当闲情，
只怕我哥难脱身；
风吹茅草无依靠，
转眼无个痛肠人；
病痛无人来照料；
甘苦无人共担承，
岁月长长谁体贴；
黑夜茫茫谁相怜，
今宵一别成永诀；
我只望来生再相亲，
但愿你莫把玉兰怪；
但愿你立志做赢人，
妹在阴府等郎会；
九泉重恋有情人。

福　寿 （上）你到底是想生还是想死？

玉　兰 身入虎口，只有一死！

家丁甲乙　走！（和伯大声地喊福寿叔公急匆匆赶来）

和　伯　（问福寿）福寿哥……福寿哥，刚才打更，看见老哥搬用族法，不知处理谁呀？

福　寿　处理这个贱货！

和　伯　合不合“六逐”之条呢？

福　寿　同族私通，侮辱门风。

和　伯　咦，恐怕说不过去吧？玉兰是从外村买来的，头上并不共姓呀！

福　寿　胡说！她从小就死了丈夫，应该守寡！

和　伯　这……所配阿二，十岁就已经夭折，也要守寡，岂不太冤枉了吧？

福　寿　这……反正我认为她是个寡妇，为了维护族法的尊严，就要严加管教。（命家丁）来人，把她吊死！

和　伯　慢，吊死？既然大哥认为她是眼中钉，我想……

福　寿　你想什么？

和　伯　我想用“六逐”之条，把她逐走吧！

福　寿　唔，逐出村去？不是方便他们破镜重圆吧？我意已决！

和　伯　这个……大哥既然要动手，那就让她死得干净一些吧！把她丢落河去，让水冲水打，送到潮州府去！

秀　妹　（旁白，吃惊地）啊？和伯他……？

福　寿　这倒还有点道理，准备猪笼！

家丁甲乙　是！（下）

和　伯　唉……（摇头而下）

秀　妹　（扑上）玉兰姐！（爱抚地，声音抖动地）

玉　兰　秀妹！（抱头痛哭）

（伴唱）　天也昏来地也沉，
　　　　　生离死别碎人心；
　　　　　欲哭无泪泪流尽，
　　　　　欲喊无声哑了音。

秀　妹　（慢慢地抬起头）玉兰姐，你有什么话要留的吗？

玉　兰　秀妹呀！

（唱）　阎王要我三更死，
哪肯留人到五更；
感谢秀妹情义重，
烦你代我传一声；
见到旺哥从头说，
玉兰对你节气坚；
玉兰对你情不变，
玉兰对你哟；
死也死得有名声，
事后要把我情意念；
莫忘屈死玉兰名，
哥要做个金刚汉；
烈火金刚报仇冤，
来生再订鸾凤配；
恩爱姻缘一线牵。

秀　妹　（悲痛欲绝）玉兰姐！

秀　妹　（拥抱痛哭）玉兰姐！

玉　兰　秀妹！

家丁甲乙　（上，抓住秀妹）你敢！走！

秀　妹　玉兰姐！

玉　兰　秀妹！

［造型。落幕。

第三场　追　舟

［时间：紧接上场的五更天。

［地点：松江河畔、河上。

［幕启：雷电交加，大雨欲下，阿旺身背包袱内唱上。

（内唱） 五更鸡叫急啾啾，
满天起风又响雷；
愁云吞没中秋月，
苦水流落满江仇；

阿　旺 （急唱上）立志气莫彷徨，
远走高飞过南洋；
孤身漂泊无所依，
只好背井来离乡。

三　叔 （拿桨上）老侄，时间不早了，走吧！

阿　旺 （悲苦地迟疑）三叔……

三　叔 （爱抚地）唉！我们都是人单力薄呀！受人的气也受得多了，自从大哥大嫂死了以后，我就想叫你学撑船，一转潮州，一转嘉应，河里来河里去自由自在。谁知你又不愿干这一行。唉！如今大难临头，叫我怎么对得起你父母啊！

阿　旺 （越发伤心）三叔，莫提啦！

三　叔 （劝慰地）好吧，莫提就莫提吧！叔公头要把你星夜逐出，你就走吧！去潮州府、入猪仔行，出南洋去，再立志做人呀！

阿　旺 唉！也只好走这条路呀！

三　叔 是呀，只有走这条路呀！时间不早啦，真是！

（唱） 风雨欲来树叶飞，
催人离别水东西；
谁不怕唱阳关曲，
谁不怕听五更鸡；

阿　旺 （接唱） 恨只恨族法不公又不平，
玉兰有心变无情；
触目伤心无所恋，
空有两眼冒火星。

三　叔 算了，老侄，上船吧！

阿　旺　（咬了咬牙）好！（昂然地跟三叔下）

和　伯　（和伯扶着奄奄一息的玉兰上）玉兰，玉兰。

玉　兰　（慢慢醒来跪下）和伯，你是我的重生父母呀！

和　伯　唉！（扶起玉兰感触地）

（唱）　人非草木谁无情，
有情岂料不相亲；
只因世道糊涂生万恶，
礼教族法害了多少人。

和　伯　（玉兰一阵头晕，急扶住）玉兰，怎么啦？（忽然发觉）那边来了一个人，好像是叔公家里的。

玉　兰　和伯，这怎么好呢？

和　伯　快藏起来。（扶玉兰下）

秀　妹　（边唱边上）

玉兰惨死命归阴，
忙找旺哥报讣音；
谁知家散人走失，
只好沿途来追寻；
旺哥旺哥你是有情人，
莫负玉兰生前一片心；
你要把她情意念，
报仇雪恨莫把名义沉。

秀　妹　（向前呼唤）旺哥！（欲退下，急发现什么，退了几步）谁呀？

和　伯　（复上，惊喜地）秀妹，是你。你找阿旺，他在哪里？

秀　妹　（恨恨地）哼！（转身欲下）

和　伯　（急拦住）秀妹，你……你去哪里呀？

秀　妹　怎么？你……你害玉兰姐死尸漂流，又还想来害我吗？

和　伯　（委屈地）唉！秀妹呀！你想我会做这种伤天害理的事吗？

（唱）　河水汶来井水清，

你我同在受苦辛；
年三十夜食年饭，
彼此都是共家人；

秀　妹　（不解地）那么，你……？

和　伯　唉！如果是我年轻撑船时的性情，看到那些畜生，我早就和他们拼了。可是我现在无能为力了，只能凭自己的水性暗中把玉兰救起来。

秀　妹　你救了她？

和　伯　是呀，在那里，食过姜汤以后，精神好多了。

秀　妹　（高兴地）哎呀！和伯，快点带我去见她（欲去相会）

和　伯　（急拦住）莫急呀！你先去附近人家里，借一件干净的衣服给她换吧！

秀　妹　怎么好开口呀！人家会发觉的。（扭起衣角，忽然想起）和伯，我的衫裤和玉兰姐对换好吗？

和　伯　好呀！快！

秀　妹　（急奔入）

和　伯　（松了一口气）这就好啦！真是！

（唱）　亲帮亲来邻帮邻，
同病相怜总是亲；
若说谁无同情泪，
除非铁石心肠人。

[玉兰和秀妹由幕内出。

玉　兰　和伯……现在……我该怎么才好？

和　伯　不要愁，自从辛亥革命以后，听说世道又要变啦！这样吧，我先带你和阿旺到城里我亲戚那里，暂找点零工做一做。

秀　妹　玉兰姐，不能呀！旺哥过番啦！

玉　兰　（有如晴天霹雳）吓？！

秀　妹　（急扶住）玉兰姐！

玉　兰　老天哪！

（唱）　才从鬼门脱险身，

祸不单行又来临；
琴欲响时弦又断，
叫我怎样来做人。

和　伯　阿旺是什么时候起程的？

秀　妹　听说是五更。

和　伯　刚才打过五更，可能还没走远，我们快追他回来。

玉　兰　怎么追得上呀？

和　伯　这个……

秀　妹　咦，玉兰姐，你不是会唱山歌吗？

和　伯　对！自古道：山歌能够招远客，你先从岸上去赶，我去找一条船来。

秀　妹　玉兰姐，我跟你去。

玉　兰　不，你不能呀！你走久了，老乌龟会寻你的！

秀　妹　这……

玉　兰　莫因为寻你再捉我回去，（愁苦地）你回去吧！我有和伯同阵。

秀　妹　那我……

玉　兰　回去后，就说玉兰已经死了！

秀　妹　好，有事情我再来报信。（两人惜别而下）

玉　兰　（伤感地回身）（唱）

山重水复乱纷纷，
灯草磨碎心就溶；
一双筷子剩单只，
我要寻转来凑双。（哭喊）旺哥！（奔下）

［转景。阿旺和三叔划船由幕内出。

阿　旺　（唱）　无情棒打散鸳鸯，
付东流水渺渺茫；
世上哪有利刃能割水，
为何今朝流水割断肠。

玉　兰　（内喊）旺哥！

阿　旺　[忽听玉兰喊声惊疑地]咦？三叔，好像有谁在叫我呀？

三　叔　有谁叫你呀！连一份征尝田都要三年才轮一次的人，还有谁人来送你？老侄，是风吹水响。（隐隐约约听）

玉　兰　（幕内唱）甘露亭下上坝头，
紧追我哥心紧愁；
水浸麦苗没面见，
恰似有天没日头。

阿　旺　（惊喜地）三叔，不是风吹水响，好像是玉兰的歌声。

三　叔　莫疑心啦！玉兰她插翅也飞不出来呀！

阿　旺　是呀！情已断，路已绝，我还想她做什么呢？

[歌声又起，两人相听。

玉　兰　（内唱）　赶哥赶到灯笼桥，
灯笼桥下起浪潮；
目汁如同滩头水，
头裙抹烂几多条。

阿　旺　三叔，是玉兰逃出来啦！我想……

三　叔　你想什么？即使是玉兰，你也要想开点呀！

（唱）　鱼子坝下水泡花，
你也不必乱如麻；
抬起头来天柬阔，
世间唔单你两侪。

（白）站稳点吧！

[两人入幕内。

玉　兰　旺哥！

（唱）　眼前漆黑天地愁，
玉兰喊哥喊哑喉；
只见秋风扫落叶，
不见河中水回头；

松江河呀松江河，

你滚滚东流为什么；

怎能挽水西流转，

勒回船头留转哥。

[又一阵雷声带来狂风猛雨，逼得玉兰寸步难移，心情更为急切地。

（伴唱）“雷公哟，你为何要震善良人？

火蛇哟，你为何也要烧断情？

狂风哟，你莫再吹散并蒂蕊。

大雨哟，你切莫打断我行程。”

玉　兰（挣扎接唱）

我不能眼看旺哥走，

我不能老是泪盈盈；

脚痛也要爬上去，

跌倒也要站起身；

哪怕是天涯和海角，

哪怕是山穷水又尽；

我不过黄河心不死，

不共白头心不平。

（爬起来喊）旺哥！

和　伯（急上）玉兰，看你这个样子，我也顾不得狂风暴雨了，船已借到，我们快走吧！

玉　兰（感动地）好！

[两人入场，阿旺三叔幕内出。

阿　旺唉呀！狂风暴雨打得我好苦呀！

三　叔苦什么？事到如今你要拿定主意呀！

（唱）　河水无情急冲冲，

不觉船到五显宫；

菩萨都难分善恶，

老侄呀，你又何必苦重重。

[台内歌声又起，二人倾听。

玉　兰（内唱）　赶哥赶得妹心焦，

不觉来到琵琶桥；

不闻琵琶欢乐奏，

只见满江水漂漂。

阿　旺　三叔，你看，果真是玉兰追赶我呀！

三　叔　看得清楚吗？

阿　旺　看得清楚，她冒着风雨边赶边喊，不是为了我么？

三　叔　为了你？哼！真是为了你，头裙就不会交回给你了！

阿　旺　头裙？（取出头裙看）是呀！真是为了我，就不会讲断情话了。唔，我得问问她！

（唱）　柑子跌落古井深，

一半浮来一半沉；

你若要沉沉落去，

莫来浮起动郎心。

玉　兰（内唱）　大气透来细气吞，

老虎面前乱纷纷；

花园不用脱身计，

怎得我哥出鬼门。

阿　旺　三叔，是这样呀！你听到了吗？

三　叔　唔，难为她呀！

阿　旺　三叔，玉兰没变心，我们回去吧！

三　叔　回去？

阿　旺　是呀！

（唱）　铜琶行出是塔下，

紧想我妹紧想家；

灯草跌落涌水角，

这条心事放唔下。

三　叔　放唔下又怎样？同族不能结婚，河水不能西流，可恨呀！

阿　旺　这个……

三　叔　还是过番吧！说不定还会因祸得福呢！

阿　旺　唉呀！玉兰的船就快到了，三叔，等一等吧！

三　叔　等她有什么用？老侄，舍不得娇妻，做不得好汉呀！

阿　旺　可是，我实在舍不得呀！（向内喊）玉兰！

玉　兰　（内喊上）旺哥！

（唱）　哥你紧走妹紧跟，
丢下我形单影只正孤单；
钩针织布要到转，
免得我朝看日头夜看星。

阿　旺　（接唱）　塔下潭水曲弯弯，
妹也不用再三拦；
挽水西流无办法，
只望来日再团圆。

玉　兰　（接唱）　劝哥莫去过南洋，
人心难合水难量；
丢下妹子无依靠，
钥匙难带家难当；
犁田耙地谁照料，
上山下岌谁思量；
妹子怕看月缺角，
哥也难过七洲洋。

阿　旺　三叔，快转船头吧！

三　叔　不能呀！你单丁独子，不怕族法吗？不给你爸留点香火吗？

阿　旺　这个……

三　叔　我代你答话！

（唱） 七洲洋来七洲洋，
七日七夜渺茫茫；
不是阿哥无情义，
奈何族法得人狂。

玉　兰（接） 莫怕族法得人狂，
总爱两人意志强；
手脚生在我身上，
冲出牢笼飞凤凰。

和　伯（接唱） 飞凤凰来飞凤凰，
你要转来我相帮；
不信且看玉兰妹，
死下阴府也还阳。

玉　兰（唱） 你莫愁来你莫惊，
有人就有大路行；
夜尽总有天光日，
落得雨多总有晴。

阿　旺 对呀！
（唱） 黄雀盘山喊早归，
夜尽总有天光时；
谁说山无倒插竹，
我偏叫河水流转西。
（激动地）三叔，快转船头吧！

三　叔 吓！你真的不想过番了？

阿　旺 不去啦！

三　叔 我看你简直是癫了！

阿　旺 哈哈哈……
（唱） 我不癫来我不疯，
越思越想心越雄；

争取自由反族法，

打开锁链走蛟龙。

阿　旺（兴奋地）玉兰！

玉　兰（牵手）旺哥！（阿旺将头裙交回给玉兰。）

三　叔既然这样，那你们就走吧！

玉　兰
阿　旺三叔，打帮你哟！

秀　妹（幕后声）玉兰姐，叔公头又追来哟！

玉　兰
阿　旺吓！叔公头又追来了？和伯，我们现在怎么办才好啊？

和　伯不要怕，到大山嶂去，创造自由幸福的新天地！开船喽！

[伴唱："五更过了天就光，

挽水西流情意长；

打开封建铁枷锁，

冲出牢笼飞凤凰；

哦嗨，展翅高翔迎曙光。"

[全剧终。

广东戏剧文库

优秀剧作选

1949-2019

客家山歌剧卷

GUANGDONG XIJU WENKU
YOUXIU JUZUO XUAN
KEJIASHANGEJUJUAN

（第2册）

广东省艺术研究所
主编

中国戏剧出版社
CHINA THEATRE PRESS

客家山歌剧卷的剧本全部由梅州市戏剧研究工作室提供

目录

等郎妹

编剧：林文祥　罗锐曾

人 物 表

润　月　　等郎妹，开场时 8 岁。

王思焕　　开场时刚出世，后为某军阀部队军官。

金　狗　　开场时期 10 岁。

镇山虎　　土匪头子。

思焕娘　　思焕母亲。

老叔公　　九龙寨长者。

山　古　　军阀小卒。

一群儿童，一群村民。

时　间：20 世纪纪初，军阀混战年代。

地　点：客家山乡——九龙寨。

1

[夜色迷蒙，圆月高悬，寒星点点。九龙寨大围龙屋窗口的灯火若隐若现。

[静寂的村寨中，远远地飘来了山歌声：

“月缺哩，月圆哩，
等郎妹子好孤凄。
等得花开叶又谢，
等得日出月斜西。”

[“娶新娘喽！”随着一阵童声呼喊，一群山里娃涌出，踏着月色在围龙屋花

头岌上做开了“娶新娘”的游戏：他们以竹板作吹打器，敲敲打打唱唱跳跳地簇拥着以客家女人的围裙作盖头的小润月舞唱儿歌——

众娃娃 （念唱） 月光光，秀才娘，

骑白马，过莲塘，

莲塘背，种韭菜，

韭菜花，结亲家。

亲家门前一口塘，

放个鲤嫲八尺长。

鲤嫲头，做学堂，

鲤嫲尾，娶新娘。

娶新娘，娶新娘，

娶转新娘无新郎！

[众娃娃拉过割草归来的小金狗作新郎。

一娃娃 哎，揭盖头啦！

众娃娃 一、二、三……

小润月 金狗哥……

小金狗 哎——

[突然，一阵婴儿的嘶叫声穿越夜空、盖住嬉闹——众娃娃凝神听。

[老叔公喜气洋洋上。

小金狗 润月，你的老公——出世了！

众娃娃 （雀跃）啊，润月有老公喽、润月有老公喽……

老叔公 （站在高处宣布）九龙寨的村民听好了：王家祠 27 世第 21 孙出世了！本叔公赐给大名——王思焕。从今以后，死鬼王焕章有了后代，等郎妹润月有了老公啦！祠堂添灯庆贺喽！

[喜庆音乐骤起，满台红灯闪亮。

[灯渐收。

[音乐伴着娃娃们的喊声渐弱、渐远……

2

[15年后。

[九龙寨村道上，山古的几声重锣，敲碎了村寨的宁静。

山　古　（喊）九龙寨的村民注意了：马司令选上的新兵名单已经贴出来了，榜上有名的，准备明日跟随大部队围剿土匪镇山虎！

[明显地苍老了许多的老叔公和思焕娘等众乡邻急匆匆上来看榜……

老叔公　（念榜）“王德贵、王自发、王清明……王思焕。”

思焕娘　（眼前漆黑）长官，求求你，去和马司令讲讲情，思焕是我的单丁独子啊！

老叔公　是呀！好狗不咬讨饭人，义师不捉单丁兵。

山　古　兵荒马乱年月，还讲什么单丁双丁！

思焕娘　我儿子他，他只有15岁呀！

山　古　马司令是看中思焕人长得精神，想叫他去当勤务兵。

思焕娘　长官……

山　古　我不是长官，我山古是走脚板的小卒！

思焕娘　（对老叔公）这、这可怎么好啊？

老叔公　唉！思焕这一走可是人在江湖身不由己呀，不知要哪年哪月才能回来？要是能早日让他姐弟俩成亲，你也……

思焕娘　成亲……

[收光。

[音乐如诉……

3

[明月露容，万籁俱寂。

[远处飘来山歌声：

“榄树打子角尖尖，
嫩嫩榄子装入篮。
手挽竹篮问天地——
几分酸涩几分甘？”

[山歌声中升光。

[远处的山坡上现出金狗的朦胧背影——如雕如塑。

[近处的洞房内润月和王思焕端坐床前手足无措。

润　月（唱）　往日弟牵姐衣去放羊，
今夜姐牵弟手入洞房。
是羞是喜胸前小兔撞，
是站是坐手脚无处放。
我的小冤家嘞——
姐是黄藤缠上嫩竹笋，
你是嫩竹且作硬头黄。

王思焕　姐，我能给你揭罗帕么？

润　月　哎。

王思焕（替润月揭开罗帕，憨憨地看着她）姐，你好靓噢！

润　月　丑死啦，姐是大脚妹，辣性子哩！都老了，大你10岁哩，姐到你家做等郎妹的时候，你还没出世呐！

王思焕　不老不老！你比十六岁的妹子还好看！

润　月　你都长大了，姐能不老么？

王思焕　姐，听阿姆说，结婚时两个人在洞房要猜谜、唱山歌，今夜你能出个谜让我猜吗？

润　月　好啊，如果你猜不出，我可要刮你的鼻子的呀！

王思焕　行！

润　月（哼唱）　什么晓暗又晓光？
什么晓下又晓上？
什么晓软又晓硬？
什么晓短又晓长？

王思焕 （窘得满脸通红）姐，你是不是说那个呀？

润　月 你呀——真傻！

（哼唱）　星子晓暗又晓光，
纸鹞晓下又晓上。
甜粄晓软又晓硬，
蚯蚓晓短又晓长。

王思焕 哦……

润　月 思焕，你明天一早就要上路，早点睡吧。

王思焕 嗯。（茫然地看着润月铺床）

[远处的金狗慢慢转身长叹一声，面对静夜唱了支情歌——

金　狗 （唱）　蜘蛛肚里千重丝（思），
牵牵扯扯无人知。
三餐吃饭单只筷，
扒无两口就饱哩。（隐去）

润　月 （闻声打个激灵）金狗！（痴呆中，手里的枕头掉在地上）

王思焕 姐，你怎么啦？

润　月 （回过神来）没什么没什么。从今以后，我就不是你的阿姐了。

王思焕 （固执地）不，是阿姐！阿姐、阿姐、阿姐！

润　月 别闹。（掀起蚊帐一角）睡觉吧。

王思焕 你不让我叫阿姐，我就不睡觉。

润　月 你……好好，阿姐就阿姐。

王思焕 （高兴地扑向前）我的好阿姐！

[润月牵着思焕的手一步步向大床走去……

[突然一声锣响——润月、思焕惊散。

[山古提锣匆匆上。

山　古 （拍门）王思焕、王思焕，土匪镇山虎抢占了马司令的地盘，部队要提前开拔了！

王思焕 吓！星夜就走？

山　古 对，星夜就走！

润 月 （震惊）吓？！

山 古 （喊）新兵集合喽！（敲锣下）

王思焕 姐！

润 月 （百感交集地抱住思焕）思焕……

[小夫妻泪眼相对。窗外传来竹梆报更声。

润 月 （唱） 竹梆敲响三更天，
春光苦短难顾羞涩体面。
藏起哭泣的心，
换上甜甜的笑脸。
轻解罗衣慢移步，
牵起我郎到床前。
今夜我把女人做，
他日人在天涯也有梦缠绵。

[润月放下罗帐，期待地看着思焕。

王思焕 （热血沸腾）姐……

[山古拎着铜锣急冲冲上。

山 古 王思焕、王思焕……

思焕娘 （急上）长官长官，你听我说，我儿子今夜是新婚，再等等好吗？

山 古 新婚？那好吧。（朝屋内）喂，王思焕，快一点啊。

[屋里屋外一时显得非常尴尬。

思焕娘 长官，很快的，很快的。

山 古 （转念一想）不行不行啊，伯姆，军情紧急呀！（朝内）王思焕，快点儿。

思焕娘 再等一会儿。

山 古 一会儿是多久？

思焕娘 他们是第一次同房，很快的，很快的。

山 古 伯姆，贻误军机是要杀头的！（将锣猛敲一下）王思焕，一会儿——到了！

[洞房内，小夫妻难舍难分……

[暗转。

4

[淡光中，陆陆续续有些送别的人群一步三回头走过村口。

[伴唱："竹影披纱杜鹃鸣，
今夜月不明。
望穿秋水关山隔，
天涯断肠人。"

[润月背着行李，身后跟着王思焕，俩人默默无语上。

俩　人（同唱）三步行来二步企，
想再抬脚脚抽筋。
低头踏竹影，
抬头望星辰。

润　月　思焕！

王思焕　姐！

润　月（唱）出门在外你要多小心，
枪弹无眼你要多留神。
天黑出门你要有个伴，
赤脚过河你要试浅深。
衣服破了你要知缝补，
有冷有热你要把医寻。
有人来往给家捎封信，
报个平安叙叙别后情。

王思焕（唱）阿姐叮嘱我记在心，
家中担子重千斤。
阿姆年高身多病，
朝夜你要多费神。

润　月（唱）　在家千日好，

低檐矮舍可安身。

出门半朝难，

举目难寻亲。

贫贱富贵无要紧，

你要早早踏归程。

[金狗拎着一只灯笼上。

金　狗　润月、思焕。

润　月　金狗哥，你怎么来了？

金　狗　来送思焕一程。天黑路滑，带上这个——（将灯笼交给润月）

王思焕　金狗哥，谢谢你。今后我的家还得劳你多关照。

金　狗　你放心吧。

王思焕　你们回去吧。姐，我走啦。（匆匆下）

润　月　哎！

[勾魂掠魄的伴唱：“啊……”

[润月冲上土坡，高高擎起灯笼眺望，直到思焕消失在夜色中。

[音乐骤停。润月在孤灯夜风中战栗低咽……

金　狗（不知所措）润月！

[俩人相视片刻后隐去。

[远处飘来揪心的山歌声：

“月缺哩，月圆哩，

等郎妹子好孤凄。

等得花开叶又谢，

等得日出月斜西。”

5

[又过了五年。

[大围龙屋前的池塘边，一群村姑村嫂在洗衣服（音乐舞蹈）。

[思焕娘挑着水桶上。

思焕娘 （唱） 我儿一走五年整，
是福是祸无音信。
春燕归巢人不转，
夜夜噩梦伴我眠。

[润月赤着双脚扛着锄头上。

润　月 （赶忙抢过思焕娘的水桶担子）阿姆，我来挑吧。

思焕娘 哎。（怜爱地看一眼润月，接过她手中的锄头下）

[山古匆匆上，金狗也追了上来。

山　古 （喊）王思焕家眷接报！

金　狗 （拦住山古）请问长官你是……

山　古 马司令的部下。

金　狗 思焕他怎么样了？

山　古 他死了。

金　狗 啊！

[晴天霹雳把润月惊呆了，肩上的水桶担掉在地上。

金　狗 润月……

山　古 请问她是……

金　狗 她就是思焕的老婆呀！

山　古 唉！不幸啊！（从腰间掏出讣告，念）王思焕壮士从军五年，英勇善战，忠心耿耿，深受马司令的重用。半月前马司令让他带人去镇山虎老家捉他最宠爱的小老婆小桃花当人质，没想到回来的路上和镇山虎的人马相遇，一场血战伤亡惨重，王思焕他不幸中弹掉落江中，大水冲走了尸首，英勇就义。

润　月　（悲怆地）思焕……

山　古　马司令叫我送来抚恤光洋三块，拿去吧！

［山古将光洋交给润月；润月如触电般缩手，光洋掉地。

山　古　壮士家眷节哀！兄弟公务在身，告辞了。（下）

润　月　（痛苦难支）天呀！

［思焕娘喊着“润月”上。

［润月忙噤声，取下围裙将地上的光洋包起。

思焕娘　润月，谁在喊思焕？

金　狗　伯姆，是思焕部队的。

思焕娘　人呢？

金　狗　他走啦……

思焕娘　为什么不请他入屋喝杯茶？

金　狗　伯姆，思焕他……

润　月　金狗！

思焕娘　思焕他怎么啦？

润　月　（强作欢颜）思焕他……好呐。

思焕娘　（疑惑地看一眼润月）不行，我要去追他回来。（欲下）

润　月　（忙拦住思焕娘）阿姆。

金　狗　伯姆，他早就走远了。

思焕娘　不行，我要……（仍欲追）

润　月　（急拉住）阿姆、阿姆！（强作欢颜唱）

阿姆阿姆听我讲，
思焕他平平安安身健康……
三餐食个白米饭，
四季不缺新衣裳。
转眼长成七尺男子汉，
人前人后好风光。
今日托人捎回光洋三大块，

孝心一片敬亲娘。(递光洋)

金　狗　(百味上心)润月……

思焕娘　(急将光洋紧紧抱在怀里喃喃地)思焕!我的儿子!我的心肝……

[润月和金狗抹泪,忍痛地搀扶着思焕娘下。

[伴唱:“山无语,水无言,

泪花暗滴心打颤。

忍将寸心慰白发,

怎得春风抚娇莲?”

[收光。

6

[不知过了多少个长夜。

[窗外报更的竹梆笃笃响,宛如古刹僧尼的木鱼声。

[冷月下,一群村嫂在围龙屋内绣着红兜兜(歌舞)。

村嫂们　(唱)　针连线,线连针,

针行三步线来寻。

哥出远门妹牵挂,

妹绣肚兜哥贴心。

[手持绣帕的润月从屋内上,闻听山歌百感交集——关窗。

润　月　(唱)　绣断针头绣碎心,

故人只有梦中寻。

手中丝线打了结,

关窗推开情歌音。

怕看枝头花重发,

怕听慈母病中吟。

[金狗背着猎枪拎着一只山鸡上。

金　狗　（敲门）润月。

润　月　（开门）金狗哥！

金　狗　听说伯姆的心痛病又犯了，我上山打了一只山鸡给她补补身子。

润　月　金狗哥……

金　狗　（把山鸡递给润月）莫怕，伯姆有什么事你就叫我。

润　月　哎。（缓缓地将门关上，唱）

难得金狗好心肠，
热送凉来寒送暖。
真情一腔抚伤痛，
和风吹人心发酸。

金　狗　（唱）　大水冲塌你家一面墙，
我做篱笆为你挡风凉。
你是山间过冬草，
莫怕寒夜雪茫茫。

俩　人　（重唱）　你是石上苦黄连，
我是园中苦瓜藤。
头上有月来做伴，
苦水泡茶味也甜。

［屋内传来思焕娘有气无力地呼唤："润月……"

润　月　阿姆……（急进）

［金狗欲进又止，长叹一声坐在门槛上。渐渐地，清凉的山风将他带进梦乡。

［伴唱："青山当枕雾当被，
秋虫声声入梦里。
时过三更风吹醒，
冻起一身鸡麻皮。"

［远处传来急促的马蹄声……

［镇山虎内唱：

"镇山虎时乖运蹇受人欺，

雪耻恨穿州过省入乡里。”

[镇山虎骑着快马上。

镇山虎 （唱） 绿林中出生入死一身豪气，

黑道上横刀立马耀武扬威。

枪林弹雨我能从容漫步，

一口晦气让我瞪眼竖须。

马大头派爪牙抄我家底，

王思焕小人得志狐假虎威。

夺我地盘本是兵家常事，

奸我老婆却是伤了天理。

害我一怒把娇妻斩，

不摘绿帽枉做七尺须眉！

（发现睡在门边的金狗）请问兄弟……

[金狗转个身继续入睡。

镇山虎 （踢一下金狗）喂！

金　狗 （吓一跳，从地上爬起举起猎枪）谁？！

镇山虎 请问哪是王思焕的家？

金　狗 这就是。你是思焕部队的吧？有什么事？

[镇山虎一脚把门踹开。

润　月 （急匆匆披衣上）金狗哥，是谁呀？（猛见生人，一惊）你是……

镇山虎 这是王思焕的家吗？

润　月 请问大哥从哪来？找他有什么事？

镇山虎 （气势汹汹）从阴曹地府来！

润　月 大哥，你开玩笑吧？

镇山虎 没这份闲心。你是他老婆？

润　月 （点头）唔！

镇山虎 嘿，比我老婆靓多了！好，你跟我走吧。（拉润月出门）

金　狗 你……你想干什么！？

镇山虎 要她还债。

润　月 （挣脱）还债？还什么债？

镇山虎 王思焕欠下的风流债！

润　月 啊……你、你骗人！思焕一向老实本分……

镇山虎 他……捉我老婆当人质时搞了我女人！（再次走向润月）

金　狗 （用猎枪顶住镇山虎的胸膛）你、你不能乱来！

镇山虎 （夺过猎枪扔出门外）烧火棍，吓我的鸟！（拉住润月）

［润月挣扎不脱，一时性急，在镇山虎手上狠狠地咬了一口，疼得镇山虎嗷嗷大叫……

镇山虎 （气急败坏地掏出手枪）这泼妇嬷，我毙了你！

金　狗 （见状忙跃身抱住镇山虎）润月，快走！

润　月 金狗……

金　狗 （气急地）走呀！

［镇山虎猛地一弯腰，一把将金狗摔倒在地，朝着金狗的大腿就是一枪，转身拉着润月欲出门。

［思焕娘急上，悲呼："不！"紧紧拖着润月的手。镇山虎一脚将思焕娘踢倒在地。

润　月 （惊叫一声，挣脱镇山虎的手，扑向思焕娘）阿姆——

镇山虎 嘿嘿，好一个贤孝女人。我问你：你丈夫在外边寻花问柳，你就一点都不在意吗？

润　月 我！（唱）我疼他爱他想念他，

凭什么相信你的话？

他知书达理人憨厚，

喝水还怕凉了牙。

他见了女人还会受吓，

哪有胆量偷摘你家的老黄瓜！

镇山虎 （气得咬牙切齿）好个大脚蛮婆，今天我就来摘你这个嫩黄瓜！（再次冲向前欲抓淫润月）

思焕娘 （忙挡在润月前面）不，不！

镇山虎 老人家让开，这是后生人的事，你就不要碍手碍脚！

[金狗纵身一扑，死死地抱着镇山虎的大腿，镇山虎猛地一抬腿，再次把金狗踢翻在地……

润　月 （豁出去了）你再踏前半步，我就一头撞死在这墙上！

镇山虎 （一愣）啊？

思焕娘 （愧疚地）大兄弟！

（唱）　我儿果真惹祸根，
拆散你的好家庭。
老身愿代子还债，
任打任杀无怨情。

镇山虎 杀你？那我往后还有什么脸面在江湖中做人？

思焕娘 （唱）　灯笼点火你肚中明，
阎王索命无替身。
兄弟如果难解恨，
狭路相逢你打断他的脚跟筋。
冤有头，债有主，
切莫连累润月苦命人。

镇山虎 （狠狠地）找他？他早就被我乱枪打死了！这笔风流账，你让我去寻鬼讨债呀？

思焕娘 （喃喃地）思焕他、他死了？（晕在润月怀中）

[突然，远处传来一阵阵疾风骤雨般的竹梆声，随之四面火把闪亮，山民们如排山倒海般的呐喊如潮水般滚来："啊……"

镇山虎 （大惊）啊？！（忙从腰间拔出手枪）你们别逼我、别逼我！（步步后退）王思焕啊王思焕，我要让你的胞衣迹永远鸡犬不宁！（策马下）

[收光。

7

[数月后的王思焕家。

[伴唱：“榄树开花西风恶，
盼得打子子又落。
一日一日数日脚，
一夜一夜叹命薄。
娘亲思量把媒做，
重把妹子终身托。
轻手梳去悲和怨，
牵缕春光上鬓角。”

[伴唱声中升光：思焕娘正在为润月梳妆打扮。

润　月（唱）抬眼看花烛，
点点酸泪落。
润月再次披头盖，
物是人非昨。
原想今生梦中过，
来世再把前情驳。
谁知枯枝又抽芽，
人世间姻缘二字难捉摸。
愿此后风也平来浪也静，
和金狗百年系紧红绳索。

[一群闹洞房的青年簇拥着春风满面的金狗上。

[村姑们跳起了杯花舞——（唱）
摇杯花，摇杯花，
杯花摇落新月华。
月华照杯杯摇酒，

酒醉新人一脸霞。

金　狗　（显醉态，甜美地）润月……

一青年　哎哎！金狗，老祖宗的规矩别忘了，唱完“想妹歌”再入门。

金　狗　好！（与众青年一起醉舞着唱）

日想你来夜想你，
死落阴间变蝴蜞（水蛭）。
六月割禾洗手脚，
水浪一翻又沾你。

一青年　不行不行，不吉利，再来过。

金　狗　（傻乎乎地）我就会这……（欲进洞房）

一青年　（拦）慢！对歌闹洞房，新娘新郎对赢了乡亲才准圆房！

[房前屋后水井边突然冒出了三五成群的乡亲。

众乡亲　对歌闹洞房喽！（隐去）

[青年用一把大锁将洞房门锁住，转身下。

[众村嫂现身水井边——领唱、和唱：

新打水井圆叮当，
井里有水井面凉。
新郎新娘隔重锁，
问你心里痒不痒？

金　狗　（唱）　大嫂山歌系好靓，
难同你对到三更。
饶佢是个新脚相，
心里会痒也细细声。

[众村嫂起哄后隐去。

[众叔伯现身水塘前——领唱、和唱：

一朵红花隔重墙，
摘花唔到枉花香。
隔壁有架新梯子，

你系有心爬等（着）上。

润　月（唱）　老叔也曾门外呆，

芋荷缠颈野过颏。

担杆做过嫩竹笋，

今下子孙也堆打堆。

[众叔伯大笑着隐去。

[众青年现身禾坪中——领唱、和唱：

筷子撑船想过河，

船篙恁细唔奈何。

食奶猫公打老鼠，

爱请师傅教你么？

润　月（唱）　偓郎是个耕田郎，

惊蛰前后晓落秧。

劝哥莫误好时节，

看人秋收稻谷黄。

[众青年起哄后隐去。

[老叔婆现身大门角——唱：

今下后生最会晕，

晕来晕去对嘴唇。

嘴唇对到还过得，

舌麻咬到带血吞。

金　狗（唱）　妹送荷包簇簇新，

我日夜捧在手掌心。

睡觉挂在胸口上，

翻身转侧都手脚轻。

[老叔婆伸出拇指点头赞许，隐去。

[一群娃娃从花头岌上露出头来领唱、和唱：

新做花被四四方，

软软入入贴背囊。

轻身转侧俚也晓，

阿妈教俚莫着凉。

[各处乡亲一齐现身，哄堂大笑。

[思焕娘出现在大门口。

思焕娘 （唱） 各位乡亲叔伯娘，

多谢贺喜来赏光。

有歌明年再来唱，

我端月酒大家尝。

[在众人的欢呼声中，青年开锁，金狗入屋和润月饮交杯酒……

[众青年围着润月和金狗欢歌狂舞。

[伴唱："一个秤来一个砣，"

众　人 （唱） 嘿哟嘿哟！嘿哟嘿哟！

[伴唱："一个公来一个婆。"

众　人 （唱） 嘿哟嘿哟！嘿哟嘿哟！

[一声充满柔情的女高音脱颖而出：

"春来三月桃花水，

醉了妹妹醉了哥。"

[突然，传来一阵急骤的竹梆声，一群孩子慌慌张张跑上来。

一女童 叔公，土……土匪来了。

一男童 不，是官兵。

一女童 是土匪。

一男童 是官兵。

老叔公 莫慌，莫慌，这年头土匪官兵多……多得像牛毛，分也分不明白，理也理不清楚，见扛枪的闪远点不……不会错。大家先藏起来。

[众人匆匆隐下。

[山路上，王思焕策马扬鞭风尘仆仆上，身后跟着山古等一群兵丁。思焕脸上少了当年的稚嫩，多了几分霸气。

王思焕 （唱） 天保佑王思焕大难不死，
今日里骑白马衣锦荣归。
想起我家的等郎妹，
快马加鞭风难追。

山　古 王团长，贵府到了。

王思焕 （见老叔公坐在屋檐下，迎上前去）你老是……

老叔公 是啊，我是老眼昏花喽，看不清眼前是哪路神仙。不过，是神嘛……总晓保一方平安；是鬼嘛……就难说喽！

山　古 老叔公，你莫装懵懂了，看仔细，眼前是谁？

老叔公 你是……

王思焕 老叔公。

老叔公 （细辨认）你是思焕？（激动地向内喊）思焕娘、思焕娘，快，快，思焕回来了、思焕回来了……

思焕娘 （急上）老叔公？

老叔公 思焕娘，快看，谁回来了？

王思焕 （悲喜交集地）阿姆……

思焕娘 思焕？你是……思焕？我的讨食古？

［凄怆的板胡曲，如泣如诉。

王思焕 阿姆……

思焕娘 讨食古，不是说你在鸭麻江……

山　古 伯姆，王团长死里逃生升了官，现在回来光宗耀祖，母前尽孝，夫妻团圆。

思焕娘 （本能的母爱）思焕！（复杂痛苦地捶打着思焕的胸膛）讨食古，你怎么今天才回来呀？

王思焕 （忙跪在母亲的膝下）阿姆，让您受苦了！

思焕娘 （喃喃自语）晚了，晚了……

［润月和金狗等年轻人陆陆续续上。

润　月 思焕！

王思焕 姐？（抬头惊诧地瞪着穿着婚喜新衣的润月和金狗，尔后环顾一眼身边的人群）你们……

山　古　团长，他们成亲啦！

［润月扭头悲泣，金狗无所适从。

［思焕怒火燃眉，拔枪欲打金狗……

思焕娘　（挡住思焕）不！思焕，你不能冤枉金狗呀！

王思焕　（挣脱母亲的手）不！（再次将枪口对准金狗）

思焕娘　（用胸口挡住思焕的枪，无助地跪对苍天，喃喃地）天呀，我前世造下什么孽啊！

王思焕　（歇斯底里）啊——（向空中连开三枪）

［舞台上顿时一片漆黑。

［伴唱："聚聚散散，悲欢离合。

恩恩怨怨，阴差阳错。

酸泪和喜泪，

搅成粥一锅。"

8

［愁云起，黑色的月亮挂在半空。

［伴唱："是悲是喜还是怨，

四人跌落五味坛。"

［围龙屋的门洞里同时现出思绪万千的润月、思焕、金狗、思焕娘、老叔公的身影——形成多演区格局。

思焕娘　（唱）　母子喜重逢，

夫妻断了缘。

王思焕　（唱）　老婆又拜堂，

新郎换了脸。

润　月　（唱）　想爱不敢爱，

想散口难言。

金　狗　（唱）　一段好姻缘，

恰似昙花现。

［王思焕、润月二重唱：

王思焕　（唱）　一腔柔情化为灰炭，

润　月　（唱）　面对亲人羞相见，

王思焕　（唱）　满肚邪火怒发冲冠。

润　月　（唱）　心如火烤油锅煎。

［伴唱："怎么办？"

思焕娘　（唱）　阿姆心肝都想烂！

［伴唱："怎么办？"

王思焕　（唱）　思焕伤了男人的尊严！

［伴唱："怎么办？"

润　月　（唱）　酿出的苦酒我一人咽！

［伴唱："怎么办？"

金　狗　（唱）　明日的鹧鸪又唱单！

［伴唱："好比鲤鱼上急滩，

水深水浅难过这一关。"

思焕娘　我真糊涂呀！

老叔公　唉，你糊涂，我糊涂，世道更糊涂，糊涂日子就……就糊涂过吧。别伤心了，思焕总算回来了，明日我准备祠堂点灯，庆贺庆贺，再请个戏班冲……冲冲衰气。

思焕娘　是我害了孩子们呀！（突感胸口疼痛，捂住）

老叔公　（急扶）你……你的心痛病又犯啦？唉，认命吧，别想那么多了。夜露山风冷，身子要紧，回……回家吧。（与思焕娘同下）

金　狗　（仰天长叹）命里有时终会有，命里无时莫强求！

王思焕　人争一口气，佛争一炷香。

润　月　是福不是祸，是祸躲不过。

金　狗　润月，我走了。

润　月　（内疚地点头）哎！（又想起什么）慢，金狗哥。（唱）

花钵种菜园（缘）份浅，

难忘危困之时相惜恩。

他日润月为你牵红线，

娶过贤妻抚伤痕。

金　狗　牵线？

润　月　对，我娘家有位妹子……

金　狗　好吧，今生今世，我都听你的。

润　月　不过……她是个寡妇！

金　狗　是母的就行！（伤心地下）

润　月　金狗……

［昏灯相伴，更显润月孤单凄凉。

［众人隐去。

［一阵童声欢笑引出了幼年润月和思焕嬉闹的身影。

王思焕　姐！（四处寻觅皆扑空。沮丧地唱）

耳畔响起孩提嬉戏声，

心头好似刺进一枚钉。

曾相比，我是纸鹞你是线，

未料今日线缠颈！

［一束冷光打在思焕的身上，他脸上的表情渐渐地扭曲变形……

［暗转。

9

［次日傍晚，祠堂前。

［山古的几声重锣，敲碎了宁静的夜晚。

山　古　（上，喊）王团长请戏班慰劳乡亲，大家看大戏喽！

［一阵孩子们清脆的叫唤："看大戏喽！"

［一群群乡邻、娃娃端着椅子兴高采烈过场。

［一阵热闹的外江戏开场锣鼓。

［众乡亲簇拥着思焕来到戏台前。

老叔公　思焕，你是九龙寨的天空中最亮最亮的星星，光宗耀祖呀！叔公惭愧，这些年来没照顾好你的家庭，不过金狗他已经答应……

王思焕　老叔公，这个你就别操心了。山古，送老叔公回房休息。（走近山古交代）顺便把金狗请来。

山　古　是。（扶老叔公下）

王思焕　（走上戏台，抱拳）各位乡邻，小弟离家多年，今日回乡也算功成名就啦。这次祠堂祭祖，我还请来戏班让大家热热闹闹看场戏。润月，上来。

［润月顺从地走上戏台。

王思焕　大家评评：我老婆靓不靓？

众青年　靓！

王思焕　我老婆贤惠不贤惠？

众青年　贤惠！

王思焕　我老婆不但人贤惠，性善良，相貌长得靓！大家都知道：她还有一副好歌才呐！

润　月　（品出思焕来意不善）思焕！我……

王思焕　所以今晚在大戏开场之前，我想请润月先亮一亮歌喉，大家说好不好呀？

众青年　（不明真意）好！

润　月　（屈辱地）我……不！

王思焕　姐，俗话说百年修得同船渡，千年修来共枕眠。夫妻一场，这点面子都不给？

（唱）　爹娘生你水灵灵，

金口一开解风情。

唱唱你的贤和孝，

我请乡亲细细评。

[山古上，身后跟着金狗。

山　古　王团长，金狗请来啦。

润　月　（心头忐忑）思焕，你想干什么？

王思焕　你一个人唱独角戏，有旦无生不过瘾。（拉着金狗的手走上戏台）金狗兄弟，咱俩从小到大可是情同手足的呀！

金　狗　思焕，我对不起你。

王思焕　说什么话？不就和我老婆拜了天地么？没事，女人嘛，我王思焕在外边还有成连成排。

金　狗　思焕，你……

王思焕　金狗，听说我离家五年，你对我家老人和润月非常关照。常言道：有仇不报非君子，有恩不报是小人。今晚请你和润月登台唱头彩，大家也一起风光风光嘛。

润　月　思焕……（字字带血地）好，只要你喜欢，我唱！我就唱个《十五阿娇》！（唱五句板，村姑伴唱）

十五阿娇妹等郎，
早早做了心舅娘（媳妇）。
等着家娘生贵子，
生出贵子来做郎；
等年等月日脚长。
十五阿娇细细郎，
夜夜屎尿屙满床。
睡到半夜思想起，
唔知是子还是郎；
紧想紧真紧心伤。
十五阿娇花渐黄，
手牵倨夫入洞房。
烛泪未干夫君走，
妹子夜夜守冷床；

揽等（抱着）枕头望月光。

金　狗　润月，别唱了，要唱我来唱！

（唱）　等郎妹子遇风霜，

金狗牵肚又挂肠。

本是山间苦竹笋，

九冬十月土中藏；

不该错把雪影当春光！

众村姑（唱）　等郎妹子好凄凉，

忽传夫亡泪汪汪。

土匪又讨风流债，

哪人给她遮风凉？

月老牵线凤对凰。

[众人听得纷纷掉下同情泪，全场肃静。

王思焕（痛苦地）哈哈哈！（落地有声地）好！金狗，既然你们是郎有情妹有意，算了，我把润月送给你啦！

润　月　思焕……

王思焕（冷漠地）少插嘴，这是男人间的事。金狗，我是认真的！

金　狗　不！思焕，我从小吃百家饭长大，命里就无夫妻缘。

王思焕　怎么？嫌润月不靓？

金　狗　不！

王思焕　嫌润月不贤惠？

金　狗　不！思焕，你就别再为难润月了。

王思焕（突然怒发冲冠）我不心痛你心痛？那好！我再倒贴你二十块大洋把她送给你！

金　狗（惶恐地）不！

王思焕　你要也得要，不要也得要！

润　月（突然拉过金狗的手）金狗，走，咱们回家！

金　狗（惶恐地挣脱润月的手）润月，你疯啦？

润　月　没错，我是疯了！哈哈！（唱）

你说疯，我就疯，
鸭子落水还望双。
有血有肉我是女人，
有情有爱我想老公。
你说疯，我就疯，
夜夜爱做温柔梦。
今夜就在梦里死，
他日做鬼也从容。
你说疯，我就疯，
不守贞节敢思春。
此生为人心不亏，
唔怕十月响雷公！

[一束冷光打在思焕失魂落魄的脸上。

[思焕娘拄着拐杖趺趺撞撞上。

思焕娘 思焕，你今日好威风啊！但是你知道么？你走后的几年，润月的日子是怎么过的？

王思焕 我……可我这口气……该向谁出啊！

思焕娘 向谁出？向我出！（高举拐杖向思焕逼去）你恨我吧！你骂我吧！你打我吧！（突然，双手不停地颤抖……气绝倒地）

润　月 （撕心裂肺地）阿姆！

王思焕 （哭吼）阿姆——！（跪地）

[暗转。王思焕孤身一人，仍呆跪在地上……

[远处传来枪炮声，越响越烈。

一兵卒 （趺趺撞撞上）王团长，不好了！镇山虎带来了大队人马，已把我们的部队团团围住了。

王思焕 （惶恐地）啊！

[切光。

[音乐伴随着枪炮声延续不断……

10

［翌日。镇山虎率领众匪兵洋洋得意上。

镇山虎 哈……弟兄们，把冤家对头给我带上来！

［一群匪兵押着胸戴孝花的润月上，伤痕累累的王思焕也同时从另一侧被推了上来。

润　月 思焕！

王思焕 姐！

镇山虎 唉呀，王夫人，几年不见，风韵犹存嘛。王团长，你给我评评：论相貌，论风姿，你老婆比我的小桃花哪一个较有女人味？

王思焕 我……

镇山虎 你看看贵夫人胸前的两座山多高，风光无限呀！王团长，要不叫她脱光衫裤让弟兄们瞻仰瞻仰？

众匪兵 （一片馋相）好！好！

王思焕 不！镇山虎，我造下的孽由我来承担，你放了我阿姐。

镇山虎 要放容易，可是，你用什么还我的风流债呀？

王思焕 （语塞）这……她是无罪的！

镇山虎 那我的小桃花就有罪？

王思焕 （无言以对）……

镇山虎 好，既然你不愿意她脱，那我就把你的祸根阉了！

润　月 （惶恐地）不！

镇山虎 那就脱？

众匪兵 脱！

［金狗大喝一声："住手！"冲了上来。

金　狗 她是我的老婆，你们不能乱来！

镇山虎 老婆？谁是你老婆？

润　月 金狗……

金　狗　（指润月）她。昨晚我俩已经拜过天地了。

镇山虎　胡说！你敢搅黄我的一台好戏？滚开！

[众匪兵将挣扎着的金狗押到一旁。

镇山虎　王思焕，我现在把阎王的生死簿交给你，是脱是阉你看着办吧。

[伴唱："镇山虎复仇出毒招，
王思焕魂魄出了窍。"

王思焕　（唱）　天仓满时我遭报应，
悔也迟了，恨也迟了。

润　月　（唱）　思焕啊——
你是王家独根苗，
阿姆坟头等他把香烧。
今日留得青山在，
来年才有青青草。

王思焕　（唱）　我眼前飘起一根救命草……不不不！
岂能在阿姐伤处再把盐水浇！

金　狗　（唱）　思焕啊——
莫心惊，莫心跳，
望乡台上金狗陪你同声笑。
山里人生来骨头硬，
石鼓上面当槌敲。

王思焕　（唱）　我来迎这刀……不不不！
失去男儿身，面对祖宗也不孝。

镇山虎　（唱）　阉？

众匪兵　（唱）　阉了——

金　狗　（唱）　镇山虎——
善恶到头终会报，
莫把事情做绝了。

镇山虎　住口，没你的事。

王思焕 （唱） 罢罢罢！

阿姐脱去的不过一重遮羞布，

今后我会绫罗绸缎金丝银线给她做红袍。

（跪对润月）阿姐，我对不起你了……

润　月 （震惊地）思焕！

金　狗 思焕！你……

镇山虎 （心满意足地笑得地动山摇）哈哈哈……王思焕呀王思焕，你有情有义呀！那好，润月妹子……

众匪兵 （如狼似虎地拥向润月）脱——

润　月 （心寒如冰）好，我脱！

金　狗 不！润月！（唱）

客家人生个女儿也是宝，

还细只让爹妈抱。

十八妹子莲出水，

风情只向情哥俏。

镇山虎你莫恶来你莫嚣，

山里人命贱如野草。

来来来——

我代思焕挨这刀！

润　月 （平静得让人揪心）金狗哥，这里的恩恩怨怨与你无关，我娘家妹子还等着你去提亲呢。思焕，我成全你了，回去代我在阿姆坟前烧炷香吧。镇山虎，你不就是想看女人的身子吗？你母亲也是女人哪！

镇山虎 （怒）你……

润　月 哈……（唱）

我打声噢嘿喊得天应，

脱光衫裤唔怕风吹雨淋。

赤条条来赤条条去，

一生未曾染俗尘。
且当我清清白白出娘胎，
且当是月下无人我洗身。
一身无只狗虱点，
何惧作镜照世人？
身上披着丝丝缕缕，
哪条纱线可牵情？
今生做了等郎妹，
等到今日心半明。
天边风月好，
有梦再来寻。
脱去那人世间遮遮掩掩，
坦坦荡荡对鬼神。
脱去那往日里牵牵挂挂，
轻轻松松好登程！
我脱！（脱下外衣向空中抛去）

[一缕轻纱从空中飘落……

金　狗（大吼一声）我跟你们拼了！

[匪兵举枪，润月奋身挡住金狗……一声枪响，润月倒地——

金　狗（一声嘶喊）润月——！

[满台红光。众人隐去。

润　月（躺在金狗的怀里，艰难地遥指天际，宽慰地）金狗，你看——

俩　人（重唱）月光出来哩，
好大，好圆……
月光开花哩，
好红，好艳……

[润月无憾地闭上了双眼……

[灯光转换：天宇间缓缓地升起了血色的月亮，润月面对红月高举竹板做敲打造型——等郎妹仍在向长空诉说……

[无数竹板齐齐敲响，撕云裂帛的敲击声托起山歌号子穿过山岭、弥漫大地……

[剧终。

·客家山歌剧卷·

桃花雨

编剧：罗锐曾　林文祥

人　物　表

桃　子　26 岁，刘水生的妻子，后为桃溪村代理村长。

刘水生　28 岁，由农民工起步的建筑小包工头。

张树良　35 岁，从农村进城后成长起来的企业家。

萧　雨　20 岁，南下打工妹。

水生妈　水生的母亲，患老年痴呆症而时疯时醒。

秋　嫂　留守乡村的中年妇女。

半公嫲　桃溪村的中年村民，后兼职山村导游。

大海碗　半公嫲的老婆。

村　长　桃溪村村长，后进城打工。

二　狗　留守乡村的小顽童。

花扇柄　外村农民。

八位老叔婆、一群村姑村妹、若干留守儿童、一批游客。

时　间：当代。

地　点：桃溪村——深山里的一个客家古村落。

序　幕

[云雾山中，围楼层叠；一座古桥，两岸桃花。

[伴唱："依溜喂……

山一重哎水一重，

围楼浮在烟雨中。

竹排载过多少梦哟，

桃花飘飘几度春。”

[一支竹排载着桃子与刘水生出现在天幕上——剪影。

[男女二重唱：

“山一重哎水一重，

情侣出门去打工。

竹排驶落转水角，

花灯依旧照江红。”

[古桥头：水生妈擎着灯笼眺望着江心的竹排。

[一群手捧桃花灯的孩童翩翩而来，舞唱《火茕虫》童谣：

“火茕虫，吊灯笼，

飞到西，飞到东。

一飞飞到河滩头，

捉条鲤嫲拜祖宗……”

[童谣声中：竹排渐渐远去，花灯将河湾映得通红。

[伴唱：“啊——

花飘飘哎灯盏红，

古桥烟雨一梦中。

依溜喂、依溜喂……”

[灯渐收。

一

[若干年后。

[背着小孩的半公嫲一声悠长的唢呐吹开了半天红霞。

[一幢刚落成的小洋房张灯结彩当村矗立，将众多古朴的客家围龙屋遮掩成

片片碎影。

[秋嫂与手里拎着红鞭炮的众村姑簇拥着水生上，舞唱：

刘氏灯笼闪闪亮，
古村一派闹洋洋。
喇叭声声奏新曲，
喜炮重重绕高墙。

刘水生 （唱） 祖上过番建围屋，
我今发财造洋房；
祖上登科竖楣杆，
水生我要当个致富状元郎。

众村姑 （唱） 状元郎，状元郎，
桃溪乡亲轿来扛、轿来扛！

秋　嫂 姐妹们呀，我们把水生抬起来游村好不好呀？

刘水生 秋嫂，你想搞什么名堂？

众村姑 抬！（跃跃欲试要动手）

[桃子突然出现在新屋门口。

桃　子 乡亲们呐！（唱）

一个篱笆三个桩，
山里汉子众人帮。
不忘往日打工走，
乡邻关照我家娘。
从今后——
只要我俩有把火，
定把乡亲来照亮；
只要我俩有瓢水，
就有大家一锅汤。

村　长 （上）桃子说得好、说得好哇！

刘水生 村长，这两天辛苦你了。

村　长　应该的，应该的。你们是桃溪村的乡贤嘛！水生，桃子说得对啊，你们现在三餐食肉了，别忘了还住在围龙屋里的难兄难弟啊。

刘水生　忘不了。这次我回乡就是想带弟兄们到城里去闯荡、去发财。让桃溪村家家都搬出围屋住上洋楼，让光棍们一个个都娶上靓妹子。

[众乡亲一片欢腾。

[神志不清的水生妈上，径直向远处走去。

刘水生　妈，你要去哪里？

水生妈　（口念《火萤虫》童谣）老围屋，暖融融，上家点火下家红、下家红……

桃　子　阿妈又想回老围屋去了。

刘水生　妈，这是你的新家。

水生妈　家？（继续向外走）

刘水生　（拉住）妈，我们不住老围屋啦！

桃　子　水生，还是我来。（挽住水生妈转圈）火萤虫，吊灯笼。飞到西，飞到东。一飞飞到新屋中……（转着转着终于把水生妈转进新屋里去）

半公嫲　唉，对付这样的老懵懂还是桃子有办法。

秋　嫂　水生，娶桃子做老婆，是你的福气哟。

刘水生　那当然。

秋　嫂　自从你妈得病后，桃子丢下城里好好的工不做，跑回来照顾老人家。难为她年纪轻轻的，夜夜一个人眠冷床盖冷被，怎么过哟？

村　长　谁像你秋嫂呀？一夜不被老公摸，就爬床挠席唱山歌。

秋　嫂　（追打着村长）我睡不着，你怎么知道呀？

[众人哄笑。

村　长　反正桃子和你秋嫂不一样，人家是正经人，大能人。

半公嫲　水生，听说你能有今日这样发财，主要是桃子搞定了我们村出去的那个树头老板。是吧？

[刘水生顿时脸色大变。

村　长　半公嫲，你莫乱嚼舌头！

半公嫲　（口无遮拦地）这有什么？当今世界，男人有胆量，荷包勃勃涨；女人有本事，资源不浪费！

刘水生 半公嫲！（下意识地一巴掌打过去，转身气下）

半公嫲 （痛得呲牙咧嘴）你？

村　长 该死！

半公嫲 我……（醒过神来，自扇嘴巴）

村　长 大家各就各位，准备鸣炮驱邪！（下）

众　人 放炮喽、放炮喽！（涌下）

[张树良上。

张树良 （唱）　离开闹市进深山，

故土一别已十年。

围屋桃林依然在，

旧梦总在心头缠。

[突然一阵狗吠，吓得张树良四处逃窜。

桃　子 （手持香枝上，将狗叫住）大黄，去。

张树良 桃子。

桃　子 张总？哎呀黄狗吠贵人呀！什么风把大老板都吹回老家来了？

张树良 什么大老板，叫树良哥。

桃　子 这……

张树良 进村第一个就见到你，缘分哪！

桃　子 张总还是这样喜欢开玩笑。

张树良 （感慨）家乡的山水真是养人哪，一年不见，桃子你比在我手下打工时更加桃红花色啊！

刘水生 （呼唤着桃子上）桃子、桃子……（忽见张树良，怔住）你？

张树良 水生，搬新屋也不请我，不欢迎呀？

刘水生 你……（话中有话）你好有心哇！（返身下）

桃　子 水生……（追下）

[村长内喊："时辰到！大家各就各位。点喜炮喽——！"

张树良 点炮？好啊，我也去凑个热闹！（下）

[压光：一阵爆竹响，台上烟雾弥漫。

[伴唱：“喜炮红，喜炮长，

喜炮声里情意长。

桃子水生两头点，

点出一对好鸳鸯。”

[烟雾散尽，出现在众人眼前的却是三个持香人——刘水生手中的香枝仍未点燃；桃子、张树良手中的香枝却是烟雾袅袅……

秋　嫂　（上，对张树良）张树良？另一头纸炮是你点的？

张树良　是呀，城里禁炮了，想不到今天回老家过了一回瘾。

秋　嫂　唉哟，你忘了？家乡的风俗是要夫妻分头点喜炮的！

张树良　（愣怔）这……

刘水生　（将香枝狠狠地摔在地上）哼！

[切光。远处轻轻地飘来一曲原生态山歌：

“依溜喂——

门前养有一盆花，

莫被他人端过家。

天旱你要挑水润，

日辣你要脱衫遮。”

二

[小溪旁，流水潺潺。桃子与刘水生坐在岸边默然相对。

刘水生　（喃喃自语）回来了，张树良突然回来了……

桃　子　他是想叫我回他公司。

刘水生　你答应了？

桃　子　没有。阿妈这个样子，我走得了吗？

刘水生　哦……

桃　子　水生哥，你一下要带那么多乡亲进城，我真担心他们一时找不到活干。到时你可以去找张树良帮一帮……

刘水生　我就是讨吃也会走大路。

桃　子　其实张树良这人不坏。

刘水生　他好坏和我有什么相干？

桃　子　（娇嗔地）嘻嘻，吃醋啦？

刘水生　吃醋？（深情地看着桃子）我恨不得吃了你……（抱过桃子）

桃　子　（挣脱）别这样，有人来了。

刘水生　我抱我老婆，还怕人看么？桃子，我就要进城了……我会想你的。

桃　子　（依偎着水生）水生哥……

刘水生　桃子——（唱）

留下你伴妈受孤单，
我阵阵酸痛浮心尖。

桃　子　（唱）　梦里有你来依靠，
桃子今生无怨言。

刘水生　（唱）　分别之前约日脚，
每逢十五就团圆。

桃　子　（唱）　平时多多打电话，
听听声音心也甜。

刘水生　（唱）　待我城里撑起天一角，
再接你和阿妈出深山。

桃　子　（唱）　莫为心结苦了身子骨啊，
我要你永远是光光亮亮照着我心的长明灯盏。

刘水生　桃子……

桃　子　水生哥——

[两人情意绵绵……

[伴唱：“眼前溪水照双影，
人悠悠啊水潺潺。”

[灯光转换：村口，一个晨曦初露的清晨。

[“进城喽、进城喽！”的呼喊声此起彼伏……

[一群青年男女背着行囊兴冲冲上。

众青年 （舞唱）打起背包头昂昂，

脚踏地皮咚咚响。

一帮村里的好兄弟，

一群村里的俏姑娘，

水生招手进城去——

赚他城里人的钱，

吃他城里人的粮！

[半公嫲背着行囊气喘吁吁地边喊边上。

半公嫲 等等我……等等我——

刘水生 你来做什么？

半公嫲 进城打工呀！

青年甲 你也去打工，你细崽谁带呀？

半公嫲 妇人家的事！

青年乙 尿布谁洗呀？

半公嫲 烧火嫲的事！

刘水生 大海碗她点头啦？

半公嫲 （一拍胸脯）嗨！我堂堂男子汉，这点小事都做不了主，我那四两肉是生好看的呀？什么大海碗？在家里，大钵头都得听我的！

[大海碗抱着孩子上。

大海碗 （冷冷地）半公嫲，谁是大钵头呀？

半公嫲 （顿时蔫了）老婆……

大海碗 （上前将孩子塞到半公嫲手里，断喝一声）回去！

[半公嫲乖乖地下。

[众人爆发出一阵嘲弄的大笑。

[刘水生上，桃子跟上。

刘水生 桃子，桃溪村的后生都进城打工了，村里的老人小孩有冷有热的你就多费费神吧。

桃　子 你放心，我知道。（依依难别）水生……

[秋嫂追着村长上。

秋　嫂 村长，村长，你也去打工呀？

村　长 是呀，我老婆都舍得，你就舍不得呀？

秋　嫂 嚼舌头！你这个村长就这样只顾自己的荷包？

村　长 村长就不是人呀？每个月就那一点点补贴，不跟大家进城打工，你帮我养活老婆孩子呀？

桃　子 村长，你这主心骨都走了，村里怎么办？

村　长 老天安排，爱怎么办就怎么办！

桃　子 水生，你看……

刘水生 回去吧，看顾好阿妈、关照好乡亲。（转向众人）出发！

[打工队伍唱着“赚他城里人的钱，吃他城里人的粮！”渐行渐远……

[收光。

三

[夜，一片漆黑，虫声唧唧。

[伴唱：“夜沉沉，雨纷纷，
　　层层雾纱绕山村。
　　西窗不见人剪影，
　　村前飘出一点红。”

[青石道上，桃子头戴竹笠，手提着一盏灯笼远远地走来。

桃　子 （唱）　夜沉沉，雨蒙蒙，
　　村长一走无回踪。
　　镇里赶鸭来上架，

桃子我成了村长代理人。
今夜电路出故障，
家家蜡烛来照明。
心挂村中老和小，
手提灯笼把村巡……

[远处突然传来阵阵狗吠和令人毛骨悚然的猫叫声。

桃　子（唱）　夜沉沉，雨蒙蒙，
猫叫狗吠声声颤。
莫非狐狸入鸡薮（窝），
莫非外贼进了村？
按住心跳仔细看……

[突然“咚”的一声，一个黑影跳墙而出，消失在夜色中。

[桃子大骇。

[伴唱：“唉呀呀——
原来是三更半夜猫思春。”

桃　子（敲门）秋嫂，秋嫂，有人跳墙、有人跳墙……

[秋嫂衣冠不整，神色慌乱地上。

秋　嫂　桃子……

桃　子　秋嫂，有贼——你家入贼了。

秋　嫂（慌乱地）不不不……不是贼……

桃　子　我看到了，是个男人的身影。

秋　嫂（语无伦次）不是男人……是……桃子你看花眼了吧？

桃　子　秋嫂，五哥跟水生进城打工去了，你一个妇人家在家，夜里要关好门啊！

秋　嫂　我知道，我知道。

桃　子　知道就好，我先走了。

秋　嫂（呆呆地望着桃子的身影）桃子，我……

[伴唱：“夜沉沉，心沉沉，
桃子一步一揪心……”

[一阵吵嚷声由远而近，桃子忙上前看个究竟。

[大海碗手持火铳推搡着半公嫲上。

大海碗 走，见村长去！

半公嫲 老婆，你就饶了我吧。

大海碗 不饶！

半公嫲 （耍赖地坐在地上）哎哟，我的脚抽筋了。

大海碗 你走不走？

半公嫲 走不了啦！

桃　子 （将灯笼塞给秋嫂，走上前来）你们怎么啦？

大海碗 桃子，你是村长，你来把他修理修理。这个赌博鬼把我家娘医病的钱都拿去赌六合彩，输个精光！

半公嫲 我不赌了还不行么？

秋　嫂 大海碗，是人都有错，改了就好。村长，你说是么？

大海碗 他是狗改不了吃屎！

半公嫲 好好，我是狗牯，你是什么啊？

桃　子 半公嫲我跟你说：你今后如果还敢再赌，我送你到派出所去喂蚊子！

半公嫲 不敢了，不敢了，我对天发誓……（跪在地上）

[二狗及一帮小孩惊慌地逃上，花扇柄手里拿着木棍气势汹汹地追来。

二　狗 桃姑……桃姑救我——（躲到桃子身后）

桃　子 二狗，你又惹什么事啦？

花扇柄 他——他带着你们村一帮兔崽子用沙把我的儿子埋了。

桃　子 （大惊）什么？！

二　狗 没有埋掉，才埋到颈筋上。

花扇柄 还颈筋上？都快断气了。

半公嫲 你是山背村的花扇柄大哥吧？

花扇柄 是又怎么样？

半公嫲 有话好好讲……

花扇柄 讲讲讲，讲我的鸟！（将半公嫲推倒在地）他的家长呢？

秋　嫂　都进城打工了。

花扇柄　那你这小子就自作自受了！（一把将二狗拉过）

二　狗　桃姑、桃姑……

桃　子　大哥，他还是小孩。

花扇柄　小孩？可是他下手比大人还狠哪！

桃　子　大哥，我是村长，我求你了，放过二狗。

花扇柄　不行！今天我不打断他的手骨就是狗娘养的！

［小孩们突然上前，抓住花扇柄的手便咬……

花扇柄　（痛得嚎叫起来）哎哟哎哟……狗杂种！（追打小孩）

［小孩被追打得纷纷躲向桃子、秋嫂、半公嫲、大海碗身后。

桃　子　（一把夺过大海碗手中的火铳）花扇柄，你给我住手！

花扇柄　（愣住）你，你想干什么？

桃　子　花扇柄你听好了：你如果敢动小孩一根汗毛，我不敢开枪……我，我就是老妓嫲生的！（将火铳逼向花扇柄）

花扇柄　（步步后退）好，好，泼妇　，我到法庭告你……告你！（忿然而下）

［桃子见花扇柄远去，顿感身子一阵瘫软。

众小孩　（欢呼雀跃）哟，胜利喽！胜利喽！我们胜利喽！

桃　子　（突然起身震怒）你们……统统给我跪下！

众小孩　桃姑……（一个一个地跪了下去）

桃　子　（对秋嫂、半公嫲、大海碗）你们给我打！

众　人　这……

众小孩　（呼喊起来）妈妈（爸爸）！我想妈妈（爸爸）……

［哭爹叫娘声震撼着人心。

桃　子　（揪心地呼喊）孩子——！

［桃子、秋嫂、半公嫲、大海碗心颤地将孩子们抱在怀里……

［伴唱：“夜沉沉，雨纷纷，

山风吹来一身颤……

桃溪的山歌怎么唱哟——

夜沉、心沉、担子沉！”

[灯渐收。

四

[古桥头：出现水生与萧雨的身影。

萧　雨　哇，好漂亮的桃溪古村！水生哥你看哪 ——

（唱）　哎呀咧 ——

溪水清清出云端，

围楼叠叠竖楣杆。

十里桃花红朵朵，

百年水车日夜转。

哎呀咧……

刘水生　萧雨，你就别再“哎呀咧”了，走吧。

萧　雨　水生哥，生作桃溪人好幸福哦！

刘水生　那你就嫁到桃溪来吧。

萧　雨　好啊，水生哥，只要你答应。

刘水生　萧雨，我跟你说，不许你再叫我水生哥，我是你老板。

萧　雨　水生哥，我到你手下做工这么长时间了，难道你对我这个南下打工妹就没有一点感觉？

刘水生　萧雨，我再次声明：我是有老婆的人。

萧　雨　这个地球人都知道，我又不是想鸠占鹊巢。

刘水生　这次叫你一起回桃溪，是让你帮我接桃子和我妈进城。我就要和桃子朝夕相处了，你那黏糊糊的习惯得改一改。

萧　雨　哟，好钟情的男人，难道这就是传说中的爱情吗？桃子姐好幸福哦！

刘水生　看你，疯疯癫癫。

[灯光转换：刘水生家。秋嫂正在对着八位老叔婆训话。

秋　嫂　各位叔婆伯姆，这次桃子村长招商引资意义重大，关系到桃溪村能不能起死回生。目前，村里找不出后生妹子，接待重任就落在你们八大美女身上了。这个任务艰巨而且光荣哪！各位有没有信心呀？

八叔婆　（异口同声）保证完成任务！

秋　嫂　我教你们的《敬酒歌》唱得怎么样了？

八叔婆　包迷人！

［桃子引着张树良上。

秋　嫂　哟，贵客到了。大家欢迎！

八叔婆　（急列队）欢迎欢迎，热烈欢迎……

［张树良一进门，被眼前的阵势吓得一愣；众叔婆伸长脖子仔细端详张树良，看得他心头发毛。

一叔婆　哟，他不就是十年前张阿三带到城里去做工的树头古吗？

桃　子　现在要叫张总！

张树良　老辈叫我小名，亲切、亲切。

秋　嫂　叔婆伯姆们，唱起来呀！

八叔婆　好咧！（围着张树良手舞足蹈地吼唱起来）

桃花开来李花开，
日头照你天灵盖。
喝了这碗老娘酒呀，
天上掉下个七仙妹——哟嗨！
喝了这碗老娘酒呀，
老鼠猫公共床睡——哟嗨！
喝了这碗老娘酒呀，
阿哥阿妹尽斟嘴（亲嘴）——哟嗨！
喝了这碗老娘酒呀，
捉条猪嫲带胎来——哟嗨！

（气定神逸地饮干了碗中酒）

张树良　（目瞪口呆）桃子，你这设的不是鸿门宴吧？

桃　子　（接过秋嫂手中的酒碗）张总你忘了？这是乡俗：贵客到，酒先泡。来，你得把这碗酒干了。

张树良　好，我们同喝。（与桃子对饮）

桃　子　家乡的酒好喝吧？

张树良　当然。你三天两日来电话，不会就为了请我喝酒吧？

桃　子　当然不是，我是想告诉你：有人想开发桃溪村！

张树良　谁？

桃　子　我。

张树良　你？哈哈……

桃　子　笑什么，我准备在桃溪开发旅游度假村。

张树良　度假村？靠刘水生发的那点小财，在桃溪村开个小卖铺还差不多。

桃　子　我不靠他，靠你——

张树良　靠我？我是你的什么人呀？我的钱你说怎么用就怎么用？

桃　子　树良哥——（唱，八叔婆帮腔）

我相信你的人格，
我相信你的豪气；
相信你商人的眼光，
相信你雄厚的实力。
你把资金投下去，
桃溪村就会风生水起。
到那时，你发大财我富裕，
桃溪又是一番新景致。
到那时，我为张总立丰碑，
桃溪人世世代代都铭记。
来来来，你有条件尽管提，
我们下一盘双赢的棋！

张树良　桃子，我实话跟你说吧，桃溪村有商机不假，但得具备条件。

桃　子　只要不是上天摘月光，什么条件你说。

张树良 第一，要投资桃溪村，就要把它建成一个古色古香，古风古韵的天下第一客家村！

桃　子 好，符合桃溪村的特点。

张树良 第二，现有不协调的东西必须统统铲除。

桃　子 好，一定办到！

张树良 首当其冲的就是你家的新楼……

桃　子 我家新楼怎么啦？

张树良 和古村格格不入。

桃　子 这个……

张树良 怎么样？舍不得了吧？

桃　子 我可以和水生商量。

张树良 刘水生会答应？

桃　子 包在我身上。

秋　嫂 桃子，这不是要让我们世世代代都住破旧的围屋吗？

八叔婆 （七嘴八舌）是呀是呀……

桃　子 我们只要有了钱，不但围屋里面可以现代化，还可以在山外建新村。

张树良 哟，看不出，桃子你还真是个角色哪。

桃　子 同意了吧？叔婆伯姆们，行动起来！

[八位叔婆七手八脚欲向张树良灌酒。

张树良 慢，桃子，你不就是想把我灌醉好乖乖进你圈套么？太小儿科了吧？有本事就来个单打独斗。

桃　子 这个……斗就斗！（向秋嫂挥挥手）

秋　嫂 撤！（率八位叔婆下）

张树良 好，够爽快！

桃　子 （倒酒）今天斗酒得行酒令。

张树良 好，你说来什么酒令？

桃　子 接童谣。

张树良 想考我小时的功课？行！

[压光：两人执碗展身念起童谣斗酒：

桃　子　“火荧虫，吊灯笼，飞到西，飞到东”——接！

张树良　“一飞飞到河滩头，捉条鲤嫲拜祖宗”——干！（桃子饮）再来：“火荧虫，吊灯笼，飞到西，飞到东”——接！

桃　子　“飞到围屋叮叮转，上家点烛下家红”——干！（树良饮）

二　人　（情不自禁地同声念起来）“火荧虫，吊灯笼，飞到西，飞到东；飞到瓮边食娘酒，食到一脸泛泛红”——干！（两人同饮——大醉）哈……

（脚踏浮云般地同指对方）你……哈……你醉了……

张树良　（踉跄地）我没醉，其……其实我……我早就打上了桃、桃溪的主意。

桃　子　（趔趄着）我也没醉，其实我……我也知道你、你不会做蚀本生意。

张树良　我……最……最讲情。

桃　子　我……最……最重义。

张树良　我有情你有义，我们再来喝交……交杯。

桃　子　交……交就交！

[两人倒酒喝交杯，桃子将身子躲得远远的。

张树良　你……你这是隔山吊……吊炮哇？（一把将桃子搂紧）

[刘水生与萧雨突然上，见状一怔。

刘水生　哦，贵客——果然是贵客！（抓起酒壶往地上一摔）

[切光。如诉如怨的音乐起……

五

[深夜，残月。刘水生拎着酒瓶在家门前狂饮。

[萧雨身穿性感裸露的睡衣上，见状欲上前相劝，又犹豫止步。

萧　雨　（唱）　心想借伞来遮阴，

陪着水生进山村。

如今夫妻斗脱角，

是祸是福分不清。

我心好比柑子落水井，

一半浮来一半沉。

桃　子　（上，一把夺过酒瓶）水生，你不要命了。

刘水生　怎么？你要陪我喝？哈……可惜我没习惯叫三陪小姐，也没学会你那种“交杯”！

桃　子　（恼羞地）你——（忍下心头气，温柔地）水生，我知道你心里有气，可是商场应酬你何必在意？

刘水生　我早就看出张树良不是个东西。

桃　子　不，他已经答应回桃溪投资。

刘水生　哼！只怕是黄鼠狼给鸡拜年——另有主意。

桃　子　什么主意？

刘水生　你在他手下打工的时候，早就已经有风言风语。

桃　子　你也信？

刘水生　往日不信，今日我是大开眼界！

桃　子　刘水生，你混蛋！

刘水生　不对，我是乌龟王八蛋！

萧　雨　（急忙上前）水生哥，桃子姐，有话好好说、好好说。

刘水生　萧雨，山风冷，小心着凉。（拿起自己的外衣替萧雨披上）

桃　子　（冷冷一笑）哼，萧雨，既然水生这么看重你，你就劝劝他吧。

萧　雨　我？

桃　子　对，他会听你的。

萧　雨　这……好吧，水生哥啊！（唱）

有了缘分才成公婆，

床头打跤床尾要和。

今下世道大开放，

收起醋瓶把甜酒喝。

刘水生　萧雨，你还是回去睡吧，这里没你的事。记住：睡觉别忘了把门闩好。

萧　雨　（懵懂地）为什么？

刘水生　我怕半夜睡懵了，走错门。

萧　雨　这，哈……（调侃地）没关系，只要桃子姐没意见，我欢迎。

桃　子　你……

刘水生　桃子！（唱）

你也不用把戏做，

我只想问你个为什么：

为什么你不肯随我进城去？

是谁把你的衫尾拖？

桃　子　（唱）　没人把我衫尾拖，

我也从不把戏做。

山野妹子脾气犟，

我代理了村长就得兑现当初一承诺。

萧　雨　是什么承诺呀？

桃　子　让桃溪人换个活法！

刘水生　哼，只怕是你自己想换个活法。

桃　子　你……

刘水生　废话少说，进不进城？

桃　子　不去！

刘水生　那好，萧雨，帮我收拾阿妈的行旅，天一亮我们就进城去！（气冲冲下，萧雨默默地随下）

桃　子　你们……（颓然而坐）

[伴唱："彩虹不见风雨后，

抬头面对月如钩。

今夜无人来入睡，

流水不歌山含愁。"

[伴唱声中灯光转换：清晨的河畔渡口。水生妈提着灯笼坐在石墩上，萧雨在一旁心事重重。

萧　雨　伯姆，走吧，水生很快就会把竹排撑来。

水生妈　你是谁啊？

萧　雨　我叫萧雨，水生哥叫我来做你的保姆。

水生妈　我不认识你，我要桃子。

萧　雨　我会像桃子一样伺候你老人家，走吧。

［水生妈依然不肯走，俩人拉扯间，突然，一只大黄狗狂吠着朝萧雨扑来，吓得她瘫软在地……

［桃子匆匆上。

桃　子　（喝狗）大黄，听话，去！

［大黄狗乖乖地溜走了。

萧　雨　桃子姐，你真的不进城呀？

桃　子　（痛苦地摇摇头）……

萧　雨　桃子姐，你放心，水生哥交代过了，我会把老人家当作亲妈来看待……当然，如果你能进城，老人会更快乐。

桃　子　萧雨，看起来水生对你挺……挺好的。

萧　雨　桃子姐……

桃　子　阿妈，我再替你梳梳头吧。

水生妈　桃子……

桃　子　好妈妈啊！（边梳边唱）

你就要离家走外乡，
缕缕白发牵着我心肠。
桃子不再与妈长相伴，
寒暑冷热你要自思量。

水生妈　（唱）　天寒我转围屋花头岌，
天热我嬲门前半月塘。

桃　子　（唱）　萧雨啊！
阿妈曾经脑梗塞，
时醒时痴本无常。

出街入市要细牵带，
屎衫尿裤要勤洗浆。

萧　雨　（唱）　萧雨自幼失亲妈，
我把老人作亲娘。

桃　子　（唱）　好妈妈啊！
你睡前爱听山歌调，

萧　雨　（唱）　我学唱几首伴她入梦乡。

桃　子　（唱）　三更半夜做惊梦——

萧　雨　我，我……

桃　子　（唱）　叫声“阿妈”就安详。

水生妈　（唱）　惊梦过后有好梦，
桃树开花阵阵香。

萧　雨　（唱）　阿姐声声来嘱托，
萧雨句句听分相。

桃　子　（唱）　好阿妈，记心上，
你想桃子就把灯笼来点亮。

水生妈　（突然兴奋异常）啊，点灯笼、点灯笼喽……

[刘水生撑着竹排从桥洞中穿出。

刘水生　萧雨，上排吧。

[萧雨欲牵水生妈上排，水生妈不走。

桃　子　我来。（上前挽住水生妈，念）
火萤虫，吊灯笼，
飞到西，飞到东。
飞到围屋叮叮转，
上家点烛下家红……（一步步地把水生妈送上了竹排）

刘水生　桃子……

桃　子　水生……

刘水生　（期待地）你改变主意了？

桃　子　你……你一路走好！

［刘水生将竹篙用力一撑——竹排远去。

桃　子　（高擎灯笼映照着远去的竹排，悲情难抑）妈——！

［原生态山歌又起：

“侬溜喂——

一心种竹望伸尾，

谁料竹壳离竹枝。

手擎灯火照溪水，

唔知哪条是鲢鲤。”

［灯渐收。

六

［斗转星移，又是一年桃花盛开的时节。

［桃林倩影，流淌出村妹们的组合演唱：

众村妹　（唱）　青山还是那座青山哟，

河滩还是那个河滩。

围屋还是那围屋哟，

老水车却在诉说着变迁。

青山不像那座青山哟，

河滩不像那个河滩。

山歌好像浸了酒哟，

香醇醇醉入了客人心间。

［桃子心事重重地行走在桃花丛中。

桃　子　（唱）　桃花还是那样的娇艳哟，

杜鹃依旧那样孤单。

狠心的人呀无音信哟，

异乡的阿妈啊你可身安？

[传来村妹们的絮叨：

[“看，桃子有心事咧。”

[“想老公了呗——”

[“想老公就去找呀？”

[“女人要面子呗。”

[“哎，你们说桃子会不会跟张总好了呀？”

[桃子捡起一粒石子扔过去——众村妹惊叫着隐去。

张树良 （上）桃子。

桃　子 张总，你三头两天就往山里跑，怕我给你败家呀？

张树良 哪里，看到你这位经理把山庄经营得红红火火，我打心眼里高兴哪。

桃　子 说心里话，嫩肩挑重担，我心神不定啊。

张树良 有我在，你放心。嗯，水生还是没有音信？

桃　子 （强作口硬）他是他，我是我。

张树良 唉，刘水生不识货，多好的一颗桃子啊，我都流口水了。

桃　子 张总你又不正经了。

张树良 哈……

[秋嫂风风火火上。

秋　嫂 桃总，桃总……

桃　子 什么桃总桃总，秋嫂你也跟着后生乱叫。

秋　嫂 任命你当度假村总经理了嘛。张总是吧？

张树良 对，今后就叫桃总。

桃　子 叫桃子。秋嫂，有什么事？

秋　嫂 今天来了好多游客，山歌表演就要开始了，就等你去唱开场歌喽。

张树良 走吧。

[三人下。

[半公嫲一身奇装，挥着小旗率领一群游客来到桃溪边。

半公嫲 （操着一腔客音普通话）来，来来，大家这边来，看看我们桃溪村漂亮不漂亮。

（指远处）你们看——石牌楼、老水车、古榕树；石板路、老围屋、半月塘……

[一举着相机的游客突然发现村口的一座新洋楼——

游客甲 咦？村口怎么堵着一幢新洋楼啊？

半公嫲 （一时语塞）那个那个……那是土洋结……结合，和国际接……接轨。

游客乙 （讶然）你们这样接轨呀？

众游客 （叹息）大煞风景、大煞风景……

半公嫲 （忙把众人注意力引开）大家快往这边看哪——桃花红、李花白；溪水清、山歌甜……哦，今天正好是我们桃溪村的桃花节歌会，下一个项目就是请大家见识见识什么叫作“客家山歌特出名”。有歌才的来宾也可以去露一手。

众游客 （雀跃）对歌喽……

[暗转。桃溪两岸，“噢嗨”声声。

[秋嫂率一群村妹子踏歌而上。

[桃子唱着山歌出现在古桥头。

桃　子 （唱）　噢嗨——

山歌唔唱心唔开，

大路唔行生溜苔。

唱到河水倒流转，

唱到石子浮起来。

[众村妹边唱边跳，戏弄男游客：

城里阿哥上竹排，

斟等（对着）阿妹打眼拐（眼线）。

妹借流水放情意，

日后相思莫怨涯（我）。

[张树良上，接腔：

日后相思唔怨人，

抬头三尺有神明。

保佑阿妹嫩竹笋，

脱壳就嫁城里人。

半公嫲 城里来的后生哥，你们快唱起来呀！

[半公嫲领唱、众男游客和唱：

阿妹生得系苗条，
头上梳个招郎毛。
岭岗顶上放纸鹞，
阿哥问妹高（交）唔高（交）？

[秋嫂领唱、众村妹和唱：

手持钓竿石上企，
知你一心想鲢鲤。
鲢鲤偏偏唔食钓，
等你衰鬼想死哩！

[男游客们又对答不上来，你推我搡。

半公嫲 嗨！你们真是一帮缩头乌龟，有损堂堂男子汉的形象。看我的——

（唱） 新打草席四四方，
一摊摊上龙凤床。
花被盖郎郎盖妹……

众游客 怎么样呀？

半公嫲 （接唱） 狗虱啮妹哟妹啮郎！

[众人一阵哄然大笑。

秋　嫂 好你个半公嫲！姐妹们，把他的裤子扒下来看看是不是少了四两肉！

众村妹 扒下来、扒下来……（笑闹着追逐半公嫲）

半公嫲 （惊慌） 莫乱来、莫乱来……

[突然，远处传来一声嘶哑的山歌号子；随之，垂头丧气的村长上。

村　长 （唱） 好久唔曾（没有）唱山歌，
声音又涩痰又多。
今日开声像鸭叫，
山鸡落水无奈何。

众　人 村长……

秋　嫂　村长，跟水生在城里发大财了吧？是不是回来给大家发红包了呀？

村　长　发财？（苦笑）还有命回来就阿弥陀佛了。

众　人　怎么啦？

村　长　水生承包的工程呀，前两天突然塌方了，一下子就砸伤了十多个人，重伤的就有五六个。当时我幸好在外边撒尿，要不然……不敢想象，不敢想象！

众　人　（惊呆）吓？！

桃　子　村长！

村　长　桃子……

桃　子　水生他……他怎么样了？

村　长　他呀，就他那点家底呀——倾家荡产喽！医药费、赔偿金那些乱七八糟的费用算下来，欠人一身债喽……

桃　子　他现在……

村　长　逃债去了，连警察都找不到他。

桃　子　水生逃走了？那……我妈怎么办？

村　长　你妈……本来是萧雨在照顾她……现在也不见踪影了！

桃　子　吓？天呀——！

[切光。

[原生态的山歌绵长、缥缈：

“依溜喂——
一阵晴天一阵雨，
唔知擎伞着蓑衣。
心肝化作云边竹，
撑稳日头莫落西。”

七

[一座仿古的小酒肆。酒幌斜插，上书“客家娘酒”字样。

[数名身穿古风服饰的村妹在拖地摆凳打扫卫生。

众村妹 （舞唱）拖拖拖，拖出一地明镜，
摆摆摆，摆出一店庄严。
酒店天天迎宾客，
姐妹欢歌笑连连。

[秋嫂手持木牌出。

秋　嫂 （无名火起）笑笑笑，有什么好笑？！

众村妹 （愕然）老板……

秋　嫂 今天放假了，你们统统回家去吧！

[众村妹莫名其妙地退下。

秋　嫂 （一声长叹）唉——（唱）
自从桃子办起了旅游点，
桃溪村天天像过年。
没想到，水生突然遭了难，
桃子头上好像塌了天。

[桃子与张树良上。

秋　嫂 （迎上）噢，来了。二位老总请。

桃　子 秋嫂，来你这里求个清静，麻烦你了。

秋　嫂 不麻烦不麻烦，里面有好酒，两位慢慢谈。（知趣地下）

桃　子 张总，我们进去吧。

张树良 桃子，你今天怎么啦？无缘无故喝什么酒？

桃　子 我……

张树良 说吧，有什么事要我办？

桃　子 （迟疑）这个……

张树良 别这个那个了，你不痛快说出来我心里痒得难受。

桃　子 那好，张总呀。（唱）
桃子心头有个扣——

张树良 （唱）　树良为你解结头。

桃　子 （唱）　桃子眼前有个坎——

张树良 （唱） 树良牵你跳过沟。

桃　子 （唱） 今日求你一件事——

张树良 说！

桃　子 借——钱！

张树良 （一愣） 什么？！借钱？借钱救刘水生？

桃　子 不肯借？

张树良 （接唱） 一杯酸水堵在喉。

桃　子 张总，我求你了……

张树良 我就想不明白，像刘水生这样的人，有什么值得你念念不忘的？

桃　子 张总啊！（唱）

往事难忘怀，
旧梦难抛开。
忘不了他小时上学牵我过木桥，
忘不了他急水漂流抱我上竹排。
忘不了他直肠直肚汉子血性，
忘不了他呼风唤雨男儿风采。
到如今——
怎忍见他失足落水不伸手，
怎忍见他为躲债亡命天涯。

张树良 借钱容易，不过，刘水生他还得了吗？

桃　子 我了解他，只要有一池水，他这条陷落沙滩的鱼就会翻身。

张树良 真是女人心，海底针哪。好吧，你要的钱，我会满足你。

桃　子 谢谢张总。

张树良 不过，你要付出代价……

桃　子 （一愣）什么代价？

张树良 炸楼的事不能再拖了。

桃　子 是不是等水生回来……

张树良 等到猴年马月呀？他要是不回来呢？

桃　子 不会的，我相信他。

张树良 你这个女人哪，被人卖了还会替人家数钱。

桃　子 也请你相信我。

张树良 这无关相信不相信，在商言商，这笔钱就算是炸楼的交易。

桃　子 （咬咬牙）那……好吧！

[灯光转换。

[在两个空间里，失魂落魄的刘水生正与萧雨进行手机对话：

刘水生 （唱）　萧雨萧雨你到底少了哪根筋，
怎么就看不住一个大活人？

萧　雨 （唱）　你妈身上无绳索，
怎能怨我牵不紧？

刘水生 （唱）　千不该呀万不该，
不该把妈托给了你这样无情无义的扫帚星！

萧　雨 水生哥——（唱）
我也是个离乡背井的寻梦人，
莫怀疑我对你的片片痴情。
原谅我只是一个弱女子，
经不起那狂风卷起满天尘。
忘了我吧——
一切都是过眼烟云……（隐去）

刘水生 （仰天长啸）报应啊——！

[收光。

八

[刘水生的新屋门前，桃子手提一只刘氏灯笼正以独特的方式拜祭即将消逝的新楼。

桃　子　（唱）　别了，我的粉墙白屋，
你且歌，你莫哭。
你要为桃溪新村让让路，
你是为桃溪人粉身碎骨。
当初夫妻同携手，
血水汗水将你筑。
如今桃子做了旧梦想新梦，
忍撕旧桃换新符。
叹只叹啊——
水生至今音信无，
无缘送你一程点香烛。
别了，我的粉墙白屋，
你且歌，你莫哭……

（托起灯笼对着新楼深深一躬）

[挥着小旗吹着哨子的半公嫲与手拿爆破遥控器的村长同上。

半公嫲　大家走开呀，炸楼喽，炸楼喽！（忽见桃子情状，怔住）桃子……

桃　子　（遥望远处）水生，桃子对不起你了。

村　长　桃子，要不再等两日？

桃　子　（强忍伤感）不等了……炸！

村　长　那……那就炸喽。

半公嫲　炸楼喽！炸楼喽！

[刘水生突然出现在古桥上。

众　人　水生！

刘水生　（黑脸冷言地）炸屋？胆大包天呀？！

桃　子　（情难自禁地扑到水生的怀中）水生！水生你终于回来了……

刘水生　（一把将桃子推开）谁要炸我的屋？谁要炸我的屋？！

桃　子　是我……水生，我们的楼阻碍了桃溪开发，我又找不到你……

刘水生　谁出的主意？

桃　子　是我。

刘水生　是你？

桃　子　真的是我。

张树良　（上）不，这个主意是我出的，不关桃子的事。

刘水生　张树良，落井下石，主意不错呀？（一步步逼向张树良）

张树良　（步步后退）你要干什么？

刘水生　我要把你看清！

张树良　刘水生，你别忘了，你是负案在身的逃债人，我现在是在救你！

桃　子　对。水生，张总已答应为我们的新楼作高额补偿。

刘水生　高额补偿？哈……难得张总一副菩萨心肠啊！（从村长手中一把夺过遥控器）

村　长　水生……

刘水生　村长，这遥控器灵不灵呀？

半公嫲　灵，绝对灵，轻轻一按就起爆！

刘水生　灵就好。（向新楼走去）

张树良　刘水生，你想干什么？

刘水生　成全你们的心愿，炸楼哇！

桃　子　（急上前拉住）那你为什么还往新楼走啊？

刘水生　（终于爆发）我要为往日的情缘送终！

张树良　（惊愕）刘水生，你想寻死呀？

桃　子　水生，你发疯啦？！（紧紧抱住刘水生）

张树良　刘水生，你想威胁我？

刘水生　（冷冷一笑）嘿嘿，不敢。请你们放心，我生不会向你们来讨饭，死有警察来收尸！

张树良　水生，商场如战场，胜败兵家常事，你又何苦哪？

桃　子　水生，你有怨、你有气就向我发，赌什么命呀？

刘水生　赌命！哈……（唱）

世态人情早看化，

糊涂木匠自造枷。

今生难作同林鸟，
青藤莫缠破篱笆。

张树良 水生。（唱）
大丈夫生在世间像座塔，
莫拿老命来玩家家。
只要你答应把新楼炸，
我们共同把桃溪前景来描画。

刘水生 （唱） 你们是人前演戏暗擎伞，
把我的脸皮拿去垫在屁股下。
张树良呀张树良——
有种的你就脸莫变色心莫跳，
我们手牵着手去见阎王爷！

桃　子 水生，我求你了，别这样，别这样好吗？
（唱） 我知你不甘心重债压身挨长夜，
我知你不会让伤残民工苦挣扎。
炸楼一事你应承，
张总会为你解脱颈上轭。

刘水生 （唱） 张总张总喊得够亲热，
听得我汗毛直竖肉也麻。
炸吧，炸吧——
要炸就炸出天地一片光灿灿，
要炸就炸它个天翻地覆六月飘雪花！（扬起遥控器）

[情急之下，张树良突然冲上前去，一把拉开桃子。

桃　子 （挣扎）你放开我！

张树良 桃子，你想去陪死呀？

桃　子 这是我两公婆的事，不用你管！

张树良 （尴尬地）好，好，你够痴情。（转对刘水生）刘水生，你娶桃子做老婆够有福气。算了，这楼别炸了，我自认倒霉！

桃　子　张总……

张树良　噢，桃子，你要多少钱还债，自己跟财会说。

刘水生　张树良，我用不着你猫哭老鼠假慈悲！

张树良　我是借钱给桃子，与旁人无关！（气呼呼下）

村　长　张总……（与半公嬷追下）

桃　子　张总……（愣怔片刻）张总我对不起你、对不起你呀！（追下）

刘水生　（下桥追向桃子，忽而止步转身，歇斯底里地）我……我让你对得起、我让你对得起！（突然咬牙切齿地将遥控器按下）

［一声巨响，天际间掠过一道红光——新楼坍塌。

［充满火药味的场景顿时变得一片死寂。

［收光。

［幕后歌："笠麻笃会穿，
老酒也会酸。
筵席有聚散，
情缘断唔断？"

九

［淡光下的古桥前：刘水生遥望新楼废墟发出阵阵狂笑。

刘水生　哈……新楼炸啦、缘分断啦！桃溪村，我对得起你、对得起你了吧？！（似哭似笑）哈……

桃　子　（上，喜溢言表）水生，你、你终于想明白啦？

刘水生　（弦外有音地）明白啦，一切都明白啦！

桃　子　水生哥，等到新村建起来……

刘水生　你们就可以尽情享乐了。

桃　子　（迷惑地）水生哥……

刘水生　（冷冷地递过一张纸）桃子，拿去吧。

桃　子　什么？

刘水生　离婚协议。

桃　子　（步步后退）什么？离婚协议？（顿觉天塌地陷）水生，你这是为什么、为什么呀？！

刘水生　（凄然长笑，走向桃子）不为什么。桃子，你命好，有那样痴情的男人疼你爱你。仔细想想，我也确实不配做你的老公，只是我还想问你一句话：我这顶绿帽子究竟戴了多少年？

桃　子　刘水生你……你混蛋！（唱）

怨我当初眼睛瞎，
歪颈葫芦当金瓜。
你能不知？你会不晓？
你家院子几时开过出墙花？

［伴唱："你可知啊，
冷言伤人心，冷雨催花谢！"

桃　子　（唱）　为了这个家我逼你洗脚上田出山门，
为了这个家我与你风雨同舟摸爬滚打。
为了爱我无怨无悔工棚里过了新婚夜，
为尽孝我心甘情愿回山侍奉老阿妈。
为了桃溪的明天我才违心戏饮交杯酒，
为了你还清血债我自作主张把新楼炸……

［伴唱："此心坦坦对明月，
未料阴云把月遮！"

桃　子　（唱）　想不到呀想不到——
好心你作驴肝肺，
往昔的心血空抛洒。
刘水生哪——
我好痴，我好傻，
无搭担竿把心挂。

我该哭？我该笑？

昂首问青山——（伴）“山不应！”

低头问流水——（伴）“水无答！”

刘水生 桃子，往日情今日怨我都会记着。好聚好散吧！（丢下协议书，急下）

桃　子 （大放悲声）水生……

[桃子正欲追下，水生妈一身破烂，手拄木棍念着《火萤虫》童谣上。

水生妈 哟，围屋、我家的围屋啊！

桃　子 你……你是……阿——妈！

水生妈 桃子？我到家了、到家了！

桃　子 （看着水生妈一身破烂）妈，你怎么会这样、怎么会这样啊？

水生妈 妈要喝泉水，妈要听鸡叫，妈想回家……

桃　子 你是怎么回来的啊？

水生妈 走日头、走月光；走河滩、走山径。走啊、走啊……

桃　子 （将水生妈紧紧地搂在怀里）妈——！

半公嫲 （急上）桃子桃子，不好了，水生醉醺醺向河滩冲去了！

桃　子 （撕心裂肺地冲上桥端呼喊）水生——！

[满台回响着凄婉的山歌号子声：“哎嗨嗨……”

[桃子脚下的古桥突然随着号子声旋转、旋转……

[灯渐收。

尾　声

[夜。溪水似练，弯月如钩。

[喝得醉醺醺的刘水生撑着竹排上。

刘水生 （唱） 桃溪河水急湫湫，

难洗今朝满面羞。

石板下面埋竹笋，

九曲十弯也要出头!

（仰望星空，凄声而嚎）桃溪村，我刘水生一定要回来！一定要体体面面地回来！！（留下空谷残响，隐去）

[随着一阵阵呼唤水生的声音，逐次出现点点灯火沿江而来……

[桃子与手擎灯笼的水生妈追上。

桃　子　水生——!

水生妈　水生……

桃　子　（掏出离婚协议书，由颤声而转嘶吼）离婚协议、离婚协议、离婚协议——!（将离婚协议书撕得粉碎抛向空中）

[霎时，片片纸絮化作漫天花雨，纷纷扬扬。

[伴唱：“啊——

花雨飘哎，灯盏红哎，
花情灯意托春风、托春风。
花雨飘哎，灯盏红哎，
古桥烟雨一梦中、一梦中。
依溜喂、依溜喂……”

[在《火萤虫》童谣声中，现出张树良及众乡亲在花雨下高擎灯火遥望远方的剪影……

[音乐渐远。

[全剧终。

山　魂

（原名《褒忠义民传》）

编剧：廖　武　肖伟光

人 物 表

阿 义　　男，客家青年。

阿 美　　土豪大户的闺秀。

先坤公　　客家村寨有威望的长辈。

赏 伦　　阿美之父。台岛土豪，后为贼寇之首。

凤 妹　　阿义之妹。

阿 赞　　男，赏伦部属将军。

田 嫂　　客家大嫂。

根 叔　　客家大叔。

神 婆　　赏伦身边卜卦之人。

师 爷　　赏伦的谋士。

小头领　　贼寇之小头目。

壮汉们、客家乡亲、男女青年、义民军将士、贼寇兵丁、随从等。

时　间：清朝乾隆年间。

地　点：台湾地区。

距今约300年前，客家先辈冒着被风浪吞噬之险，渡海来到台岛。他们群聚而居，拓展创业，与岛上其他各族群一样，为宝岛的垦发洒下了艰辛的血汗。

清朝乾隆五十一年（1785年），有贼寇兴兵作乱于大里，设府主盟，建元顺天。其头领戴王冠，着龙袍，册封文武，受呼“万岁”，公然对抗、脱离朝廷；继而兵分两路，北路攻陷淡水，南路破彰化，直逼台湾府，台岛与大陆面临被割裂的危险。以林先坤为首的客家先辈举起了“义民军”大旗，集众千多人，会同清廷援军夹击贼寇，浴血奋战，连战连捷。征战中，有众多客家义军牺牲成仁。

乾隆皇帝特颁亲笔“褒忠”御匾。

后人在台北为义民军建立了一座规模宏大的“褒忠义民庙”。现在，这座庙已成为凝聚人心、魂系中原、期盼统一的象征。年年世界各地的客家乡亲和台湾地区民众，都会自发地在这里举办盛大的义民祭典。

我们据此演绎了这个故事，献给为中华统一而舍生取义的客家先辈。

——作者

序　幕

[清朝乾隆四十三年（1778 年）。

[台湾地区新竹境内凤山溪一带。一处草木葱郁、鸟语花香、童话般的地方。

[悠扬悦耳的牧笛声远远飘来。

[女声伴唱：

啊……

[大幕徐徐拉开。远景处，一个孩童横坐牛背吹笛的造型——他是 12 岁的阿义。一个小姑娘双手托着下巴、跷着两只小脚丫听得出神——她是 10 岁的阿美。两人的对话声音仿佛是从天际传来。

阿　义　（放下笛子，注视着阿美）彰化来的小阿妹，你背上有颗黑痣，一颗好大的黑痣！那黑痣像颗桃子……

阿　美　（一惊）黑痣？客家小阿哥，你刚才偷看我洗澡了？

阿　义　我不是故意的。

阿　美　客家小阿哥，你知道吗，我们寨子有个规矩，看了姑娘洗澡，就得娶她。

阿　义　那是大人们玩儿的。

阿　美　（噘着嘴）不，就不，我也要玩儿！

阿　义　那……好吧，怎么玩儿？

阿　美　（思寻着）嗯，寨子里的姐姐们变成大人的时候，都要来凤山溪洗一次澡，然后就……对了，客家小阿哥，你跪下吧！

阿　义　跪下，为什么？

阿　美　娶我们寨子里的姑娘都要下跪的，跪下背新娘……

阿　义　不行，我们客家人不能随便下跪。

阿　美　谁说的？

阿　义　我公太告诉我阿公，我阿公告诉我阿爸，我阿爸又告诉我。这膝头只能跪一个人——

阿　美　谁？

阿　义　吃谁的奶，就跪谁。

阿　美　吃谁的奶就跪谁？

[音乐起。

阿　义　来，我教你《拍手歌》。（边拍手边念）

奶水甜，奶水香，
寻味绕绕长。
不跪天，不跪地，
膝头跪亲娘。

阿　义
阿　美　（边拍手边唱）

奶水甜，奶水香，
寻味绕绕长。
不跪天，不跪地，
膝头跪亲娘。

[远景灯淡，两人定格。

[童真的歌声化为一个苍老的男声领唱：

嘿嘿嘿，嘿嘿嘿，
嘿嘿嘿，嘿嘿嘿。

[歌声中，前台出现一群舞蹈着的赤膊壮汉。

[一壮汉领唱，众人合唱。

壮 汉 （唱） 客家好儿郎，

赤脚闯四方。

祖宗胞衣迹，

黄河源头长。

客家好儿郎，

只只筋骨壮。

逢山敢开路，

遇水架桥梁。

客家好儿郎，

个个体魄强。

拓荒筑良田，

围野起村庄。

客家好儿郎，

代代头昂昂。

不跪天，不跪地，

膝头跪亲娘。

[前台灯光暗。壮汉们隐去。

[粗犷的男声又化为阿义、阿美的《拍手歌》。

阿 义
阿 美 （边拍手边唱）

奶水甜，奶水香，

寻味绕绕长。

不跪天，不跪地，

膝头跪亲娘。

[灯光渐弱。阿义、阿美仍在拍手。

[画外音："客家小阿哥，你叫什么名字？"

“我叫阿义。彰化小阿妹，你呢？”

“我叫阿美。”

“阿义哥，你可得娶我。”

“好，阿美，我娶你！”

[在两个孩童天真的欢笑声中，切光。

第一场

[乾隆五十一年（1785年）。中秋。

[客家村寨。

[幕后伴唱：

“风调雨顺好年景，
安居乐业享太平；
五谷丰登家家乐，
和和睦睦万事兴。”

[幕启。客家老少们载歌载舞，一派丰收喜悦景象。

根 叔 （唱） 风调雨顺好年景，

众 人 （唱） 好呀好年景。

根 叔 （唱） 安居乐业享太平，

众 人 （唱） 享呀享太平。

根 叔 （唱） 五谷丰登家家乐，

众 人 （唱） 家呀家家乐。

根 叔 （唱） 和和睦睦万事兴，

众 人 （唱） 万呀万事兴。

根 叔 乡亲们，乡亲们！丰收好年景，不能忘祖宗。请先坤公把谷种捧上来！

众 人 （喊）先坤公——

[先坤公虔诚地双手捧着一个红绸包上。

先坤公 （唱） 只只瓜儿牵着藤，

青藤绕绕连着根。

年年此时都相聚，

客家人遥望大陆念祖恩。

根叔，各姓都到齐了吗？

根　叔 先坤公，都到齐了。

先坤公 （登高呼喊）林陈王，刘吴彭——

左边乡亲（应）林陈王，刘吴彭！

先坤公 徐傅蔡，黄何钟——

右边乡亲（应）徐傅蔡，黄何钟。

先坤公 好！（唱）

林陈王，刘吴彭，

徐傅蔡，黄何钟……

姓是中原姓，

种是中原种。

血脉相连割不断，

一条中华龙。

众　人 （唱） 姓是中原姓，

种是中原种。

血脉相连割不断，

一条中华龙。

先坤公 父老乡亲们，我手里这些谷种是怎么来的？

众　人 一家一粒凑成的。

先坤公 对，一家一粒凑成的。捧起谷种干什么？

众　人 拜祖宗。

先坤公 对，把丰收的种子奉给祖宗。让祖宗保佑我们年年兴旺，岁岁平安！

众　人 年年兴旺，岁岁平安！

根　叔 先坤公，还按往年中秋的规矩，先比武，后赛花。

先坤公 对，武艺最高强的男子，才有资格掌鼓槌，到了时辰就击鼓邀月。

根　叔 花篮的鲜花最靓的妹子就是花姑——

先坤公 只有花姑，才有身价护送这百家的谷种到海边——敬奉祖宗。

根　叔 （一招手）好，后生们，比武开始！

［强烈的金属碰击声中，后生们跳起了粗犷的“铃刀舞”。领舞的是20岁的阿义。

众后生 （领唱、合唱）

铃鼓响，咳咕咳咕，
刀闪光，咳咕咳咕。
一身胆咳咕，
武艺强咳咕。
劈野狗咳咕，
斩豺狼咳咕。
保祖业呀咳咕，
安家帮呀咳咕。
俚最强，咳咕咳咕，
俚最强，咳咕咳咕。
咳咕咳咕，
咳咕咳咕！

［在众人呐喊助威声中，阿义比武获胜。

根　叔 谁最强？

众　人 阿——义！

阿　义 （威风地冲向前）我最强！

众　人 （高声喊）阿义！阿义！（唱）

他面盘圆鼓鼓，
他肌肉隆鼓鼓。
他手臂脚臂大大古，
嘿嘿嘿，他是最强的男子牯！

[阿义在众人有节奏的喊声中独舞。

[根叔将两根系着红穗的鼓槌递给先坤公。

先坤公 （接过，递给阿义）阿义，好小子！鼓槌！

阿　义 好咧！（郑重接过，插于腰间）

田　嫂 喂，后生哥比完了，该妹子们上场了。

先坤公 田嫂，你发话吧！

田　嫂 赛花啰！啊嗨——

[一排头戴斗笠、肩挑花篮的姑娘舞上。领头的是凤妹。

姑娘们 （唱）　啊嗨——
客家妹子戴笠麻（斗笠），
笠麻下面有朵花。
鸭卵脸盘樱桃嘴，
一笑晕倒几多侪（多少人）。

众　人 （唱）　哟哟喂，
赛花，赛花。

姑娘们 （唱）　一个妹子一朵花，
朵朵开在山洼洼。
泉水甘甘好滋润，
娇娇嫩嫩得人惜。

众　人 （唱）　哟哟喂，
赛花，赛花。

姑娘们 （唱）　千朵花，万朵花，
阿哥眼睛莫看花。
妹子似花花似妹，
最靓一朵是哪侪？

众　人 （唱）　哟哟喂，
赛花，赛花。

田　嫂 （唱）　妹子似花花似妹，

最靓一朵是哪侪？

[众后生拥上，纷纷从花篮上摘下花朵。

凤　妹（唱）　凤妹开声劝阿哥，

好花眼看手莫摸。

花香自然嗅得到，

甜甜蜜蜜醉心窝。

田　嫂　对对，大家眼看手莫动。哪朵最靓？

后生们（围着凤妹的花篮）这一朵！

田　嫂　再来！你们后生哥都把眼睛闭上。（示意凤妹与其他姐妹互调位置）

[幕后伴唱：

"后生哥，后生哥。

闭着眼睛打暗摸。

嗅着花香随妹走——"

田　嫂（接唱）　最靓的花是哪一朵？

[凤妹挑花篮走开。众后生闭着眼睛，随香而行；睁开眼，仍旧围着凤妹。

后生们（唱）　最靓的鲜花呀就是这一朵。

众　人（唱）　哟哟喂，就是这一朵。

凤　妹（欢喜地奔向阿义）哥哥，我赢了！

阿　义（开心地）凤妹，你是今年的花姑了！

根　叔　太好了！你们兄妹俩，一个比武第一，一个赛花夺魁。

先坤公（庄重地递过谷种）凤妹，这包谷种是乡亲们的心愿，你一定要把它送到大海边。

凤　妹（接过）先坤公，阿哥，乡亲们，我一定把它送到！

阿　叔　时辰到了，月亮快升起来了。

先坤公　阿义，击鼓邀月，为花姑送行！

阿　义（抽出鼓槌，走到鼓边）乾隆五十一年中秋之夜，台岛客家族亲，诚心邀月。月光啊，请你为今年的花姑照明，祝她一路顺风，将谷种撒到面向大陆的海边，敬奉祖宗。（击鼓）

[鼓声震耳，众人欢呼。一轮硕大的圆月冉冉升起。

[凤妹双手捧着谷种，在几位后生的护送下走向圆月……

[幕后伴唱：

“一轮明月照河山，
万里神州共婵娟。
东西南北无缺角，
年年岁岁都团圆。”

[凤妹远去，远去……隐下。

[几缕乌云掠过圆月。光渐弱。鼓声掺入了马嘶人喧声。

[一后生慌张地跑上。

一后生 先、先坤公，从彰化来了一帮人马，说是叫路人回避，他们寨子有个小姐要到凤山溪沐浴。

田　嫂 沐浴？他们的小姐年年都到凤山溪洗澡，可从来不叫人回避的。

根叔先 坤公，彰化的土豪赏伦近来聚众起事，抢男夺女，掠屋霸田。想必是他们骚扰到我们这儿来了！

[喊声由远而近：“回避，回避！”……“妈的，快回避！”

阿　义 不行，这条路是大家的，他们凭什么逞恶霸道？（欲冲下）

先坤公 （制止）乡亲们，我们从大陆来到宝岛，落地生根，全赖四邻百姓互助相帮。同是华夏子孙，和和睦睦才是根本。阿义，让路！（带头退下）

[乡亲们纷纷随下。

阿　义 哼，我自小在这放牛……谁也拦不住我！（愤愤而下）

[几个武士装束的人手持兵器，吆喝着：“回避，回避！”“碍事者打五十大棒！”上。

[片刻，阿美内唱：“女儿家十八岁春意荡心间——”上。

阿　美 （接唱）沐山泉吐花蕊就在这一天。
阿美我鞍上坐方寸似觉乱，
遮羞颜禁不住策马又扬鞭。（策马圆场）

[神婆一身古怪打扮，气喘吁吁地上。

神 婆 阿、阿美姑娘，慢、慢点儿！快把马打住，前面就是风山溪了。

阿 美 （下马）神婆，往年姐姐们来沐浴择亲都是热热闹闹的，怎么今年……

神 婆 今年不同了，你父亲赏伦老爷现在是王气护身，一呼百应。他家的小姐沐浴择亲怎么好吵吵嚷嚷？阿赞大将军已派兵丁把沿途的人都赶走了！

阿 美 阿赞？他原来可是个抢夺钱财的强盗，还封他当什么大将军？

神 婆 这你就不懂了。阿赞他带了几百人投到你爸的旗下，壮了老爷的声威，帮助老爷臣服了好几个村寨，囤足了大批粮草。老爷正值招纳兵马之时，而他肯舍命，只要能稳住他手下的兵马，别说封个大将军，他喜欢什么，老爷就送什么。说不定还能送他个……好了，你先定定神，待我给你作法。（对阿美吹了几口气，念念有词）保佑你沐浴行大福，福气与天齐！去吧，去——吧！（牵马而下）

阿 美 （心绪不宁地朝山中走去，唱）

阿美我一步步走向山泉边，
风不吹草不动好像谜一团。
此时刻就将要来把玉体袒，
泉水净月儿清无遮又无拦。
红丝绸，绿罗缎，
九层十八件。
宽下衣，解下带，
谁看第一眼？
这一眼，好了得，
订下终身缘。
十里屯，八里寨，
无人遂心愿。
我饭不思茶不想，
夜夜难入眠。
父母命，媒妁言。
那一个是谁猜也猜不穿。

愿苍天，巧安排，

送我个英俊好儿男。

[阿义出现在山坡上，朝阿美迎面走来。

阿 美 （一惊）谁?

阿 义 （愤愤地）有什么大惊小怪的，这条路我阿义常年放牛，为什么我行不得?

阿 美 （一愣）什么? 阿义?

[二人四目相对，两束追光。悠扬的牧笛远远飘来。

[阿义、阿美童年的画外音：

"你背上有颗黑痣，一颗好大的黑痣！"

"黑痣？小阿哥，你刚才偷看我洗澡！"

"我不是故意的。"

"我们寨子有个规矩，看了姑娘洗澡就得娶她。"

"那是大人们玩儿的。"

"不，就不，我也要玩儿！"

阿 义 你是阿美!

阿 美 阿义!

阿 义 阿美!

[幕后伴唱：

"话奇怪来不奇怪，

又是阿哥同阿妹。

自古缘分天注定，

注定的缘分拆不开。"

[阿义、阿美欲冲上前，又感到不妥。

阿 义 （唱） 从前那个小妹妹，

如今是仙女下凡来。

又像一颗夜明珠，

浑身闪闪有光彩。

阿 美 （唱） 从前放牛小男孩，

如今是相貌堂堂英俊才。
牧笛声声音袅袅，
此时分外动情怀。

阿　义
阿　美（唱）看一眼，情难禁，
看两眼，心难耐。
难禁难耐由它去，
偷偷又将他（她）来睐。

阿　美（唱）睐，睐，睐，
心摇荡，摇摇荡荡它好不乖！

阿　义（唱）睐，睐，睐，
心乒乓，乒乒乓乓它要跳出来！

阿　美　阿义哥！

阿　义　阿美妹！

阿　美
阿　义（唱）儿时的游戏思想起，
忽悠红了腮。

阿　美（唱）阿美我今日十八成人浴，
这游戏，这游戏正正经经从头来！

阿　义（唱）正正经经从头来……

阿　美（唱）从头来，跟我来，
只让哥哥一人睐。

阿　义　阿——美！

阿　美
阿　义（拉起手，唱）
既然是天公作美巧安排，
让你看（就来看）这一朵嫩嫩荷花出水来？

[追光熄。

[全台升光。一阵杂乱的马蹄声，阿赞腰挂弯刀，带几个兵丁恶狠狠地上。神婆后面紧跟。

阿　赞　来人，把这野小子捆了！

阿　义　你？

神　婆　这是赏伦老爷手下的大将军阿赞。

阿　赞　快捆！

[众兵丁冲上。

阿　美　住手！阿赞，你凭什么捆他？

阿　赞　小姐沐浴择亲，只能一个人看，他……

阿　美　这一个人已经在我心中了——

阿　赞　赏伦老爷已把你许给我了，今天你沐浴择亲，只能选我！

阿　美　（惊诧）什么？

神　婆　阿美，你爸让我卜了一卦，你配给他能助你爸祥云盖顶啊！

阿　赞　（指着阿义）别坏了我家老爷的大事，滚！（拔刀相向）

阿　美　（挺身护住）阿赞，要刺你就先刺我！

[护送凤妹的一个后生衣衫破烂，边喊边上。

一后生　阿义，不、不好了！

[先坤公与众乡亲上。

阿　义　怎么了？

一后生　我们护送凤妹去撒谷种祭祖，被一伙歹人抢劫了。他们说要借赏伦老爷的路，就必须留下买路钱。

先坤公　每年都走这条路祭祖，这是我们客家人的规矩。

阿　赞　哼哼，告诉你们，这规矩今年得改一改。走这条路没有我家老爷的同意，来一个抓一个，来两个抓一双！

阿　义　（焦急地）凤妹呢？

一后生　被、被那伙人抓走了。

阿　义　（大惊，抽出利刀）啊——还我凤妹！

阿　赞　（抽刀）来人！

[阿赞手下的兵丁们全都亮出兵器，客家乡亲也举起手中的家什，双方对峙。

先坤公 （上前）我们客家人不是被迫无奈，不会兵刃相见。乡亲们，往后退一退！（对阿赞）请放人吧！

阿　赞 不放！

阿　美 （冲上来，不容商量）放人！

阿　赞 这……（看了看阿美，对神婆）传话，派快马去追。

神　婆 （低声）已经押往老爷的军营大帐。这个时候拦回来，万一老爷怪罪下来……

阿　赞 这……

众乡亲 放不放人？

阿　赞 不能放！

众乡亲 放不放人？

阿　赞 不敢放！

阿　美 不能放？不敢放？各位客家乡亲……既然凤妹被抓走了，那我就留在客家村寨当人质……

阿　义 阿美？

阿　赞 不！

阿　美 （坚定地）什么时候放了凤妹，我就什么时候回去！

阿　赞
神　婆 不能！

[阿义抽出笛子轻轻吹响。

[笛声中，阿美头也不回地朝客家乡亲们走去。

[切光。

第二场

[紧接前场。

[光亮。赏伦的营帐前。客家村寨。

［二幕前。幕后伴唱：

“杀气腾腾升起来，
蝻蛇蜕壳想变胎。
梦见头上生龙角，
哪日登上帝王台？”

［持兵器的兵丁上，分列两排。

众兵丁 请赏伦老爷！

［赏伦打扮得不伦不类，一身霸气上。师爷随后。

赏 伦 （唱） 人多势众霸山寨，
财大气粗震四海。
心肝横，乱世称豪杰，
手段毒，鸿运盖顶来。
老爷我，筑关劫皇粮，
设卡敢收税。
此一番，几千兵勇旌旗晃，
刀光剑影卷尘埃。
踏平了六坑七里坳，
扫荡了九村十八寨。
叫他臣服伏地下，
无人斗胆把头抬。

众 人 （唱） 叫他臣服伏地下，
无人斗胆把头抬。

赏 伦 师爷，我那身龙袍做好了吗？

师 爷 做好了，供在军帐之中，以壮声威。

赏 伦 捧上来。

［师爷向内招手，两兵丁捧龙袍、头冠上。

众 人 （唱） 金色缎袍扎玉带，
两条苍龙盘起来。

王冠顶端结红缨，

正合老爷头上戴。

赏 伦 哈哈！（唱）

金色缎袍扎玉带，

两条苍龙盘起来。

王冠顶端结红缨，

正合老爷头上戴。

等到那另立门庭登基日，

人人呼万岁，三跪又九拜。

师 爷 （小声地）老爷，有一个人她死也不肯跪拜。

赏 伦 谁？

师 爷 就是阿赞将军派人押送来的、那个叫凤妹的客家姑娘，长得是细皮嫩肉、花容月貌……

赏 伦 细皮嫩肉？快带上来见我！

师 爷 可她不肯按规矩下跪，我怕冲了你的运气。

赏 伦 不肯跪就打，带上来。

众 人 带上来——

[一个小头领模样的人，腰前系着一条拖地的绳子，手拿酒壶，醉醺醺地上。

小头领 （语无伦次）带带、带上来……走，姑娘跟我走，我、我家老爷穿金袍戴红缨，要、要在彰化大里登基称王。快看，这是神婆卜的卦、画的图……走，见老爷去……

师 爷 混蛋！让你看住那姑娘，人呢？

小头领 唔，人……在这儿……（解下腰间的绳子）断、断了。

师 爷 不好，老爷，那个妹子肯定是趁他喝醉酒，跑了！

赏 伦 （揪住小头领）你小子把我登基的事都告诉她了？

小头领 告诉她、她了。我还把那张卜卦图给她了，我、我要让她向老爷三跪九拜……

赏 伦 来人，推下去斩了！

[两兵丁将小头领押下。

赏　伦　立刻派兵给我看守住客家村寨！

[马蹄声由远而近。阿赞、神婆上。

阿　赞
神　婆　老、老爷！

赏　伦　你们？阿美呢？

阿　赞　沐浴择亲，惹下祸端，阿美被客家人扣为人质。

赏　伦　（大惊）什么？我的女儿，我的心肝！

神　婆　老爷，是小姐自己硬要留下来的，说是放了凤妹，她才回来。

师　爷　老爷，既然凤妹逃回去了，阿美肯定也会回来的。这个时候发兵恐怕……

赏　伦　（自语）这鬼妹子，想借她助我成立大业，可她尽给我添乱子！

师　爷　老爷，天机已泄漏，夜长梦多呀！再说，我们这次一路广征强收，粮草财物积聚得差不多了，还是赶快拔营归故，回到大里，设府立盟，登基称王为妥呀。

神　婆　（悄声）老爷，客家人最讲信义，阿美不会有事儿的。我看阿美和那个客家后生阿义倒是有点儿那个……老爷，我路上卜了一卦，留下这条丝线，说不定能助老爷一臂之力。

赏　伦　真是这样？

阿　赞　老爷——

赏　伦　（自语）对，这条线先不要扯断！阿赞，你除掉身上的兵器，带几个人去迎候小姐。

阿　赞　这……遵命。

赏　伦　其余人等，回马大里。

[光暗。众人下。

[二道幕开。黎明，星稀。客家院落，爬满牵牛花的篱笆墙下有一石条凳。阿美坐在凳上，半靠着篱笆，似在远望，但已在不知不觉中睡着。田嫂在一旁燃一条艾火为她驱蚊。

[女声伴唱：

“啊——
凤妹未归家，
阿美心牵挂。
一夜眺望好疲倦，
困依竹篱笆。”

田　嫂　唉，是个好姑娘！睡吧，睡吧。（轻哼）啊啊睡，啊睡睡……（为阿美摇扇披衣）

[女声伴唱：

“艾火驱蚊虫，
蒲扇轻轻拨。
一件外衣披身上，
将把露水遮。”

[一声鸡啼。

阿　美　（惊醒）凤妹！凤妹她回来了吗？

田　嫂　阿美姑娘，你醒了？晚上让你进屋，你硬是不肯……

阿　美　在院子里能望见凤妹回家的小路。

田　嫂　可这里蚊虫多呀！

阿　美　（发现了什么）田嫂，这一夜你都在为我燃艾驱虫、摇扇赶蚊？

田　嫂　姑娘，我们客家人有句俗话：过门就是客。你从那么远的地方来，是贵客啊！

阿　美　过门就是客？

[传来姑娘们的歌：

“哟哟喂——
过门就是客，
过门就是客！”

[一群姑娘端着装满各种小吃的竹篮，舞上。

众姑娘　（唱）　有缘才相见，
过门就是客。

人心唔好两相隔，
拆开竹篱笆。
（进院内，围着阿美，唱）
有缘才坐嬲，
过门就是客。
条条溪水入大海，
东南西北是一家。
有缘才泡茶，
过门就是客。
糕饼送茶时时有，
客家乡亲最好客。（将食品端出）
喷香油角包豆沙，
糯米汤圆裹芝麻。
黏黏夹夹是甜粄（糯米糕），
绕绕韧韧是糍粑。
脱水豆干好可口，
新炊的发粄（粳米粿）笑哈哈。

阿　美　（高兴地接过，唱）
有缘到客家，
过门来做客。
结识众多好姐妹，
情难舍哟，真真唔想转回家。

众姑娘　（唱）　有缘就把情留下，
哟哟喂，带着嫁妆过客家。
哈哈哈！（边笑边下）

田　嫂　这些鬼妹子！

阿　美　田嫂，怎么没见阿义哥？

田　嫂　先坤公有交代，让你住在我家，不许后生哥们来打扰！

阿 美 不，阿义哥除外——

[阿义内唱："郎在这岗妹那岗——"提一竹篮上。

阿 义 （接唱） 郎是日头妹月光。

郎是鸡春（鸡蛋）妹鸭卵，

样得（怎得）团圆共盘装？

阿 美 阿义哥！（唱）

日头有心邀月光，

你就上岌妹落岗。

哥在东边妹西面，

样般路头有咁（这么）长？

阿 义 （唱） 有心莫怕路头长，

阿 美 （唱） 有情莫怕爬山岗。

阿 义
阿 美 （唱） 鸡春鸭卵一锅炒，

团团圆圆共盘装。

[阿义欲进院内。

田 嫂 （笑眯眯拦住，唱）

日月自古各侪光（各自亮），

鸡春鸭卵分开装。

有话就讲唔动手，

中间隔着篱笆墙。

（故意地）哈哈，我呀，进屋里忙点事儿，你们两个可别过界，别过界……（入内）

阿 美 阿义！
阿 义 阿美！ （隔着篱笆唱）

中间一座篱笆墙，

有话爱讲难商量。

[阿美开门，阿义入院内。

阿　义
阿　美（唱）　渔网来隔池中水，

拦转拦去共口塘。

阿　美　阿义哥。

阿　义　阿美，我是来送酒的。

阿　美　送酒？

阿　义　客家娘酒，是我妹妹用上好的糯米酿成的……我妹妹——

阿　美　（安慰）哦，阿义哥，你放心！我阿爸把我当成掌上明珠，我留在客山寨，你妹妹就一定能安全回来！

阿　义　阿美，我就是代我妹妹来感谢你的。（从竹篮拿出酒壶，倒了一碗酒）来，你尝一尝！（唱）

阿美阿美你尝一尝，
客家娘酒甜又香。
老人食哩唔驼背，
细人食哩头昂昂。
食哩酒，男人脚健去犁田，
食哩酒，女人力猛去插秧。
妹子出嫁食三碗，
红红卵卵桃花样。
嫂子坐月子食三碗，
劲头过足多奶浆。
养个阿伢肥又大，
三朝过后晓喊娘。

阿　美　哈哈，真的？那我可要连喝三碗！（喝酒）真甜！（忽然想起什么）哎，阿义哥，你说这酒是你妹妹做的，那你妈妈呢？我可听说客家村落里最会做工的就是母亲啊！

阿　义　我妈妈她不在了。（慢慢坐下）

阿　美　不在了？（坐在他的身边）

阿 义 （痛苦地）还在我小的时候，有一次妈妈出海，船被海盗劫持了。妈妈受尽了凌辱，身上还被刺上了外番的朱痕砂迹。她历尽艰辛终于回到了岛上，可却刮不去这丑恶的印记，她心一横吃了“鬼爪叶”……

阿 美 鬼爪叶？

阿 义 这屋后的山上就有。这种植物三钱落肚就能除疤蜕痕，再食三钱便通体如玉。可是，超过三钱的量人便挨不过几个时辰了……妈妈挣扎着回到家，扑倒在爸爸怀里，咽了气。但她是含笑死去的，因为她浑身洁白，无疤无痕。

阿 美 你妈——好妈妈！（唱）

好妈妈，
洁白又无瑕。
虽未相见面，
心已深深敬慕她。
她就是天上的月，
她就是云边的霞；
她就是山间清清长流水，
她就是盛开不谢的迎春花。

阿 义 爸爸安葬了妈妈，吐血三日，也随她去了……

阿 美 阿义哥……（为他轻轻擦泪）

阿 义 （感激地）阿美！

［田嫂上，轻轻咳了一声。

阿 义
阿 美 （一惊）田嫂。

田 嫂 哦，既然篱笆墙都隔不开——

阿 义
阿 美 我们……

田 嫂 （小声地）去，到后院去！

阿 义
阿 美 后院？（会意）谢谢田嫂！（下）

田　嫂　（目送）唉，看来是天生一对！

[凤妹风尘仆仆、气喘吁吁地上。

凤　妹　田、田嫂——

田　嫂　（一惊）凤妹？你回来了！

凤　妹　回来了……水……（接过田嫂递来的水一饮而尽）

[先坤公、乡亲们闻声纷纷上。

凤　妹　乡亲们，先坤公，赏伦他太狠毒，野心大过天啊！

众乡亲　怎么？

凤　妹　他想在大里称王。

众乡亲　什么，称王？

凤　妹　是他手下的一个贴身小头领说的。他们纠集了许多人，打制了许多兵器，等抢足了粮草财物就起事。大家看，这是他们卜卦的画图。（出示画图）

先坤公　（接过看，念）“赏伦爷大里登基，建元顺天。”

众乡亲　建元顺天？这不是跟朝廷对着干吗？

根　叔　他这一折腾，全岛的人都不得安生，我们客家人也不得安生啊！

凤　妹　听那小头目说，他们还要逼我们客家人向他们进贡纳粮。那我们的日子就没法过了！

先坤公　哼，逼人太甚！凤妹，你干得好！

凤　妹　情形紧迫，听说他们很快就要起事了。

众乡亲　怎么办？怎么办？

根　叔　哎，对了，那大贼头赏伦的女儿还在我们客家山寨，据说赏伦视她为心肝肉。如果我们把她扣押下来，或许能延缓他们起事的时间，这样一来……

数乡亲对，扣下来！扣下来！

田　嫂　那可万万使不得！这阿美是为了救凤妹主动留下当人质的，她是个好姑娘啊！何况她和阿义——

[阿义、阿美手拉手由后院走出。阿义边走边教阿美唱山歌。

阿　义　（哼唱）　种夹番豆好有情，

合心合胆两个仁。

阿　美　（学唱）　种夹番豆好有情，

合心合胆两个仁。

阿　义　（唱）　就像阿哥恋阿妹，

共床共被共枕眠。

阿　美　（学唱）　就像阿哥恋阿妹，

共床共被共枕眠。

太好了，阿义哥，我又学会了一首客家山歌。

[两人猛然发现院里院外站着许多乡亲，正默默地注视着自己。

阿　义　（惊奇）你们……凤妹，我的好妹妹，你回来了！

凤　妹　哥……我回来了。

阿　义　（拉前）凤妹，快谢谢阿美，她是为了你的安全才留在客家山寨当人质的。

阿　美　凤妹——

凤　妹　谢谢你，阿美！你是好人，和你爸爸他们不一样。

阿　美　我爸……凤妹，乡亲们，你们相信我，我回去后，一定要好好劝阻我阿爸，不让他再去抢屋霸田、袭扰四邻了。他会听我的……

根　叔　阿美姑娘，我想问你，你是不是想留在客家村寨？

阿　美　是的。总有一天，你们想赶我走我也不走了。

根　叔　那你就先不要回去了，现在我就不准你走。

众乡亲　对，现在就不准你走！

阿　美　现在？为什么？

阿　义　（急了）为什么？乡亲们，我和阿美商量好了，我要娶她。她必须马上回去禀报她的父亲，择好吉日。按客家风俗，我们把她迎娶过来。

众乡亲　（吃惊）娶她？

[静场。

阿　美　客家乡亲们不喜欢我？

阿　义　不会的，不会的。乡亲们，你们怎么了，开口说话啊！

阿　美　乡亲们，你们听见了吗？阿义要娶我，他跟我说，客家人说话算数！乡亲们，是这样的吗？

阿　义　先坤公，我要娶她！我们客家人讲话算数，你说是吗？

众乡亲　先坤公——

先坤公　（沉思片刻）阿美姑娘，阿义说的没错，我们客家人讲话是算数的。阿美呀，你回去劝你爸爸，不要把心肝生歪了，和和睦睦才有好生活啊！（高声地）乡亲们，是不是？

众乡亲　对，和和睦睦才有好生活！

阿　美　谢谢乡亲们！我一定劝爸爸。

［一阵马蹄声。

阿　美　快看，我阿爸派人来接我了。

根　叔　你——

先坤公　（制止）根叔！

阿　义　（依依不舍）我送你。

阿　美　不用了。乡亲们作证，我等着阿义来娶我！（缓缓而去）

［静场。

先坤公　（猛然）阿义！

阿　义　先坤公？

先坤公　（递上画图）你看——

阿　义　（看罢大惊）怎么，赏伦他们竟敢——

先坤公　根叔！

根　叔　在。

先坤公　你抄小路把这画图送给官府和驻军！

根　叔　是。

先坤公　阿义！

阿　义　在。

先坤公　你马上组织各村寨壮年男子演练兵操，以防不测。

阿　义　我……

先坤公　你！

阿　义　是！

［切光。

第三场

[数日之后。

[大里。一个插满旌旗、兵器的大祠堂。

[幕后伴唱：

“山雨欲来风满楼，
乌云打堆遮日头。
磨刀声声弓箭响，
有人欢喜有人忧。”

[师爷正在指挥人们搬运兵器、张灯结彩。

师　爷　各位听着，赏伦老爷已派阿赞率兵去攻打彰化城南面清朝官兵驻守的关卡，拿下它，我们进驻彰化城就无险阻了。老爷有令，各位擦亮刀枪，备好弓箭，布置好大堂，只等阿赞凯旋归来，老爷就设府立盟，登基称王。咱们就另立门户，不听清朝的了！

[众人一阵喧嚷、骚动。

[阿美边喊边上：“不！不——”神婆随上。

阿　美　阿爸！阿——爸！

神　婆　阿美，阿美，老爷交代了，要你试新衣。

阿　美　我不试！

神　婆　那衣服可是选了上好的绸缎专门为你定做的。

阿　美　不要！（推开神婆）阿——爸！

师　爷　（拦住）阿美！（示意兵丁们退下）阿美，老爷把你当成掌上明珠，可你从客家村寨回来后，这些日子天天扫老爷的兴、冷老爷的心……

阿　美　他不听我的劝告，我还要找他。

师　爷　不行，老爷有话，不想见你。

阿　美　我一定要见他！

师　爷　对不起，老爷说不能见就不能见。

阿　美　你……（喊）阿爸，阿爸，阿——爸！（唱）

呼天唤地无答腔，

枉费女儿苦心肠。

再喊三声你不应——

阿爸，阿爸，阿——爸！（唱）

阿美宁愿跪当堂。（跪下）

众　人　阿美，起来！

阿　美　不！

众　人　快起来！

阿　美　不起来！

［赏伦与几个随从上。

赏　伦　起来！

阿　美　阿爸，你不听我的劝告，我就不起来！

赏　伦　你——（气得一阵头昏）

阿　美　（一惊，忙起身扶住）爸爸，你？

赏　伦　被你气的！唉，是我把你惯坏了，你嫌蒜不够辣，我就派人去挖老生姜；你嫌蔗不够甜，我就派人去寻野蜂糖……阿美，阿爸也是为你好。你就不能顺顺爸爸，别再气爸爸了，啊？

阿　美　不，不行！阿爸啊！（唱）

女儿无奈又犯上，

心中的话儿还要讲。

阿爸啊，收起身上弓和箭，

放下手中刀和枪。

莫再去，掠男夺女毁房屋，

莫再去，抢田霸地烧村庄；

莫再去，袭扰四邻老和少，

莫再去，宰鸡杀鸭牵牛羊。

将把那兵器入库熔成铁，

铸犁耙，耕田耕地多打粮。

赏 伦 这些话不是你说的！

阿 美 是客家乡亲们说的，是阿义哥哥说的！

赏 伦 （强压火气）他的话比你爸爸的话还重要？

阿 美 （唱） 女儿的心已经属阿义。

女儿的情留在了客家小村庄。

他歌唱就是我歌唱，

他心伤就是我心伤。

他的爱和恨，

与我无两样。

（摇晃赏伦）爸爸，你不觉得他们的话有理吗？你就听女儿的话吧！

（唱） 将把那兵器入库熔成铁，

铸犁耙，耕田耕地多打粮。

赏 伦 （狡猾地）阿美呀！（唱）

耕田耕地多打粮，

阿爸中意这米粮仓。

四季瓜果甜得透，

雨水充足稻谷香。

操弓箭，为的是人人臣服我，

擎刀枪，独霸一方来称王。

到那时，老少都向我交税，

到那时，男女都向我纳粮。

荣华富贵享不尽，

女儿呀、这里是爸爸和你的锦绣天堂。

阿 美 不！（唱）

阿爸呀，挽水西流是妄想，

螳臂拦车不自量。

你不听，四面乡邻怨声沸，

你不见，八方百姓举刀枪。
都是自家人哪，
鲜血为何要流淌？
都是自家人哪，
怎好相残又相伤？
逆水行船船会覆，
背弃正义终归亡。
阿爸呀，莫要落得千夫指，
万古唾骂臭名扬！

赏　伦　（气急）你……你是受他人挑拨！

阿　美　苦口良药啊，爸爸！

赏　伦　听着，从今起不准你勾搭那个叫阿义的客家阿哥！

阿　美　不是勾搭，是相爱，是天意！

赏　伦　什么天意？胡说！

阿　美　阿爸，别忘了咱们寨子的风俗，谁看到姑娘沐浴，谁就必须娶她！

赏　伦　我安排的是阿赞——

阿　美　可老天安排的是阿义！阿爸，女儿身上的印记只有你知我知神婆知。谁先看了女儿沐浴，找到阿义、阿赞当面对质便知了。

赏　伦　你……你好大胆！（欲发作，又强忍火气）阿美啊，阿爸就你一个女儿，你也得替阿爸想想。我已将你许给阿赞，他手下有几百个惯征善战的兵丁，不稳住他，阿爸怎么登基称王？

阿　美　阿爸，你还想称王？好，这乌烟瘴气的地方我受够了，既然你们不回心转意，那我走！

赏　伦　站住！去哪儿？

阿　美　到客家山寨，找客家乡亲，找阿义！

赏　伦　神婆，公主的服装做好了吗？

神　婆　好了，老爷。

赏　伦　把她关在屋子里试服装，没有我的话，不准出来！

神 婆 遵命！

[神婆和几个随从推搡着挣扎不已的阿美下。

赏 伦 哼，气煞我也！

师 爷 老爷息怒，等阿赞带回好消息。

[阿赞内喊：“老、老爷！”落败而上。

阿 赞 禀、禀告老爷。

赏 伦 阿赞，怎么这般模样？

师 爷 快讲！

阿 赞 朝廷的关卡突然增加了许多兵丁，他们早有防备，我们久攻不下，还死伤了许多弟兄。

赏 伦 混蛋！（一把揪住）老爷我正欲登基，你却出师不利！来人——

师 爷 不可，不可。阿赞是员大将，虽不甚得力，但正值用人之机，我看还是高抬贵手，让他将功赎罪吧！

赏 伦 饶你这一回。取地形图来！

阿 赞 谢老爷开恩！（忙张开地形图）请看！

师 爷 关卡不破，阻碍了我们起事后进取彰化城的路线。而官兵进可攻退可守，若有两边客家辅助，官兵两面夹攻，那我们可就是腹背受敌了。

赏 伦 腹背受敌？师爷，如果西边客家刁民不攻击我们呢？

师 爷 那我们就可以放心攻打彰化城。凭我们的力量，倾巢而出，还是有望战而胜之的。怎么，老爷，你是想——

赏 伦 我想打客家人的主意。他们闯荡四方，结帮打阵，身强体健……

师 爷 特别是那个叫阿义的，武功高强，一呼而应，是个冲锋陷阵的将才。只怕他们不会归顺我们……

赏 伦 不敢奢求归顺，只望解我后顾之忧。既然阿义一呼百应，牵住了他，他们不就群龙无首了吗？（与师爷耳语）

师 爷 妙，妙！只要我们与他们联姻成功，这帮客家佬就不会被官府利用，我们的基业可就牢固得多了。

赏 伦 哈哈哈，双管齐下，一面联姻，一边登基称王，攻打城池！嗯，好，就成全他们。请小姐！

阿　赞　（急了）老爷，你不是将小姐许配给我……

师　爷　你功勋未建，还是先别急着当驸马，啊！

阿　赞　这……

［阿美上，神婆手捧服饰随上。

神　婆　老爷，老爷，这身公主服，小姐硬是不肯穿。

阿　美　哼！

赏　伦　（笑了笑）不穿也罢。阿美呀，阿爸错怪你了。

阿　美　（惊奇）阿爸，你？

赏　伦　我问你，你真的喜欢那个客家后生阿义？

阿　美　喜欢。我愿为他上刀山！

赏　伦　他也喜欢你？

阿　美　喜欢。他愿为我下火海！

赏　伦　哈哈！我不希望你上刀山，也不希望他下火海。

阿　美　那你——

赏　伦　阿爸同意你嫁给他。

阿　美　（惊异）什么？真的？

赏　伦　但有一个条件，阿义得到我们寨子里与你同床共枕，过上三百六十五日，然后才能把你娶回客家村寨。

阿　美　住上三百六十五日？

师　爷　这是老爷立下的新规矩。从今日起，不管谁出嫁，男方都得到寨子里住上三百六十五日。

阿　赞　（大吼一声）不行！与小姐同床共枕的应该是我！

师　爷　阿赞，照规矩，沐浴择亲。我家小姐身上有个印记，谁先看见她就是谁的！（低声）阿美这第一眼还不全在你——（高声）来人，备好绸缎银两、鸡鸭猪羊，马上送小姐到客家山寨沐浴择亲。

［内应：“来了！”一群兵丁挑、抬着各式礼品上。

阿　美　（旁唱）　白日出星好奇怪，

喜事从天降下来。

赏　伦　（唱）　只要婚事谈得成，

嫁妆几多尽你载。

阿　赞　（旁唱）　到手的凤凰要飞走，

咬牙切齿气爆肢。

阿　美　（唱）　瞬时手心变手背，

似觉其中有古怪。

赏　伦　（唱）　有情莫误好缘分，

天地为你做大媒。

阿　赞　（旁唱）　怒火冲天忍不得，

将把弯刀抽出来——

[师爷一旁悄悄按住阿赞的手。

赏　伦　阿美，你看，提亲的彩礼都备好了，快启程，到客家村寨去吧！

阿　美　客家村寨！（唱）

想起客家小村寨，

想起阿义深深爱。

心儿跃跃早飞走，

多留一刻也难耐。

莫理他表面方正心藏歪，

只惊这天赐良机不再来。

似听见牧笛声声又喊妹——

（对众人）走——

阿　义　哥呀，妹妹提亲寻你来！

[吹打乐起。抬着礼品的人们随阿美圆场。

[光渐弱。

[追光。阿赞拖住落在队伍后面的神婆。

阿　赞　（威胁）说，阿美身上到底有什么印记？

神　婆　这个……不知道。

阿　赞　（抽刀横在神婆脖子上）说，有什么印记？

神　婆　我说，我说……阿美的背上有个桃型的大大的黑痣。

阿　赞　大大的黑痣！

[切光。

第四场

[次日。客家村寨，景同一场。

[幕后伴唱：

“一声阿哥一声妹，
相思架起鹊桥来。
自古痴情动天地，
银河宽阔隔不开。”

[阿义站在高处挥舞一面小令旗，随着他上下左右的手势，台内操练的人们喊起了阵阵有节奏的号子。

阿　义　左、右、前、后……向前、向前——

[内喊：“嘿、嘿、嘿！”

阿　义　齐——（令旗一挥）

[内喊：“杀、杀、杀——”

[凤妹挑着两瓮娘酒上，将酒瓮放在一旁，欣喜地注视着阿义。

阿　义　好！就操练到这儿，大家休息。

[人声嘈杂，几个拿着兵器的后生边谈边上。

后生甲　阿义，你的操练方法真好。

后生乙　当然了，打虎得有人射头箭，上阵要有人擂战鼓。有阿义带着我们，我们就有主心骨了。

众　人　对！阿义……

[阿义悄悄坐在山坡上，向远方默默地眺望着。

后生甲　（递上竹筒）阿义，喝点儿水。

[阿义没有反应。

后生乙　（递上手巾）阿义，擦擦汗。

[阿义没有反应。

众　人　阿义！

凤　妹　嘘——（挥挥手）

[后生们退下。阿义习惯地摸了摸腰间。

凤　妹　（将手中的竹笛递过）在这儿，吹吧！

阿　义　哦……（接过，横在嘴边吹了起来）

凤　妹　哥，你又在想她了？

阿　义　（从憧憬中苏醒）凤妹，是你！你呀，钻到哥哥心里去了。

凤　妹　不用钻到心里，你的相思啊，全都画在脸上，藏也藏不住。

阿　义　我也不想藏。

凤　妹　所以呀，你就天天吹笛子。最好这笛声飘过山，飘过河，飘到她的心里，撩得她早点儿嫁到客家山寨来。

阿　义　凤妹，你说好吗？

凤　妹　（挨他坐下）哥哥，阿爸、阿妈去世后，你我兄妹相依为命，我也希望你能早点儿娶个嫂子过来啊。

阿　义　真的？

凤　妹　真的。阿哥，我听说阿美喜欢喝糯米娘酒，我刚刚去煨了两瓮，你看。

阿　义　我的好妹妹！

凤　妹　阿哥啊！（唱）

糯米甜娘火中煨，
只盼嫂嫂过门来。
鸡子煮酒我会做，
又健腰身又保胎。

阿　义　鬼妹子！

凤　妹　（唱）　腾出闺房我到杂屋睡，

正堂间留给你红烛花灯把亲拜。
阿田嫂裁好了窗帘门楣花帏布，
做好了新帐新枕新铺盖。
阿根叔送来了柔软软的棕索床，
还有那崭新崭新的梳妆台。
先坤公召集了八音班子和花轿——

阿　义　怎么？

凤　妹　只要阿美肯出嫁——（接唱）

再远的山路也要吹吹打打扛转来。

[先坤公、田嫂等上。

先坤公　哈哈，好嘛，妹妹帮阿哥扛媳妇。

凤　妹　先坤公，看你！

阿　义　先坤公，田嫂，谢谢你们为我操劳！

田　嫂　阿义啊，像阿美这样的好姑娘，村子里的乡亲们都盼着她嫁过来。

阿　义　先坤公，可我这心里总是七上八下。

先坤公　阿义，我们练兵布阵，准备以正压邪。另外我们也派出了几个后生前去打探消息，我们希望能带回好消息，希望阿美能劝赏伦顺从大义，让阿美和和顺顺地嫁过来。

[根叔内喊：“先坤公，先坤公……”气喘喘上。

[乡亲们纷纷围上。

根　叔　先坤公，乡亲们，那赏伦——

众乡亲　他怎么？

根　叔　他昨日在大里设府主盟，登基称王了。

众乡亲　啊？

根　叔　他号称顺元帝，出了告示，要各村寨都向他三跪九拜，还要纳税纳银，不然兵刃相见！

众乡亲　（大惊）什么！

先坤公　好啊，把刀架到我们脖子上了！

[一客家后生急呼而上。

一后生 先坤公，先坤公……

先坤公 慢点儿说。

一后生 不好了，赏伦率人马又去攻彰化南边的关卡。前些天他们没有攻下，这次他们打着顺元帝的旗号，倾巢出动，关卡危在旦夕。

先坤公 倾巢出动？那他的背后可就空了。

阿 义 如果官兵从后边围上去，两面夹攻，给他狠狠一击——

根 叔 可这背后哪有官兵啊？

众乡亲 怎么办？怎么办？

先坤公 乡亲们，这方圆几十里是什么？

众乡亲 是山。

先坤公 山旁边是什么？

众乡亲 是水。

先坤公 这山水间居住着什么人？

众乡亲 客家人。

先坤公 对，客家人。我们客家乡亲年年对月祭祖盼的是什么？

众乡亲 岁岁平安，团团圆圆。

先坤公 可是，现在有人硬是要把这圆圆的月光咬去一角，你们说，祖宗能答应吗？

众乡亲 不能！

先坤公 赏伦叛贼倒行逆施，我们客家乡亲能答应吗？

众乡亲 不能！

先坤公 祖宗在看着我们，乡亲们！

众乡亲 在！

先坤公 有枪拿枪。

众乡亲 有枪拿枪！

先坤公 有刀拿刀。

众乡亲 有刀拿刀！

先坤公 没有刀枪的，擎起锄头棍棒。

众乡亲 擎起锄头棍棒！

先坤公 阿义。

阿　义 在。

先坤公 你武功最高强，冲锋陷阵就看你了。

阿　义 先坤公，放心，我一定冲杀在最前面！

先坤公 乡亲们，阿义杀向哪里，我们就杀向哪里！

众乡亲 跟着阿义！

先坤公 阿义，击鼓！

阿　义 是！（朝着战鼓走出）

[远处传来一阵鼓乐声。

田　嫂 快看，那边来了一队人马，领头的好像是阿赞。

根　叔 他们怎么闹着八音，抬着彩礼？

阿　义 （远远眺望）阿美！阿美来了——（欲迎下）

先坤公 慢！阿义，你想想，他们为什么这个时候来？

阿　义 这……不管什么时候来，阿美都是个好姑娘。

先坤公 是个好姑娘啊！可你想过没有，好姑娘就不会被人当作诱饵？

阿　义 诱饵？不，不会的！

[远远传来阿美的喊声："阿义哥，阿义哥！"

阿　义 阿美！

[阿赞、神婆及抬着彩礼的兵丁上，阿美被夹在当中。阿美不顾一切推开众人。

阿　美 阿义！

阿　义 阿美！

[幕后伴唱：

"想妹（哥）想得苦啾啾，
一日不见如三秋。
两丘旱禾望滋润，
泥坎相隔水断流。

只愿老天落大雨，

打开田基共一丘。”

[阿义、阿美冲上前，相依在一起。

阿　义　阿美，你终于来了！

阿　美　来了，来了……

阿　赞　慢！（将阿义、阿美隔开）阿义，你小子离远点儿。还有你们这帮老嫩大细，不用眼瞪瞪。明白告诉你们，这个时辰，赏伦老爷已经登基称王了，阿美她现在是公主了。

阿　美　不，别听他的，我不想当公主，我是来提亲的。

阿　赞　不，不是提亲。老爷有旨：沐浴择亲，选择的对象——你，还有我！

阿　义　（一惊）我和你？

阿　赞　对，不是嫁给你，就是嫁我！（对手下）闲杂人等都赶开，就留我和他……

阿　美　不，我阿爸只答应我嫁给阿义。再说沐浴择亲谁输谁赢已在我心中。你们留下，做个证人！

神　婆　也好也好，这样赢得痛快，输得心服。（低声）阿义，阿美是冲着你来的，你是个心知肚明的人——（提高嗓音）乡亲们，假若阿义第一眼看见小姐沐浴，就请他先回我们寨子住上三百六十五天，然后……

众乡亲　什么？

阿　赞　哼哼，不管是谁，都得先进寨住上三百六十五天，这是老爷新立的规矩！

神　婆　阿义，反正都是与小姐同床共枕，这三百六十五天……

阿　义　这个时候，到你们寨子住三百六十五天？阿美……

阿　美　阿义，你去吗？

阿　义　我……

阿　赞　哼哼，老爷立下的规矩都不敢遵守？不用看沐浴，你已经输了！来人，阿美是我的了！

[几个兵丁将阿美围住。

阿　美　阿义！

阿　义　住手！（操起一把刀，与阿赞的弯刀“当”的一声架在一起）

[全场一震。

阿　赞　你——

阿　义　（咬着牙关，唱）

你问问这把刀，

你问问这把刀。

若想夺走阿美妹，

这把利刀它饶不饶？

神　婆　（欢喜）好，阿义他算认下老爷的规矩了。乡亲们，如果小姐沐浴阿义抢得先眼，就到寨子住上三百六十五天！

阿　美
乡亲们　阿义！

阿　义　三百六十五天……（慢慢将刀收回，唱）

这把刀……

这把利利的刀！

斩得藤劈得树，

削得铁断得毛。

劈过野猪豺狼狗，

杀过山狸和虎豹。

却不能，却不能，

斩断这贼人抛下的圈套套！

心上人，不能救，

这把断肠刀！（钢刀落地）

[根叔和几个后生欲上前抢下阿美。

阿　赞　（将刀往阿美面前一横）谁不守规矩，这个美人可就见血了！（一指阿义）我量他无胆去登老爷的寨门。带走，阿美归我了！

[兵丁们逼住阿美。

阿　美　（挣扎）慢！阿义哥——

阿　义　阿美——

阿 美 客家乡亲们，你们说过你们喜欢我！阿义哥，你说过你要娶我！

阿 义 是的，我说过。（对乡亲们）先坤公，我说过！乡亲们，我说过啊！

[先坤公和乡亲们沉默无语。田嫂欲上前，先坤公拉住她。众人以一种难以言状的心情注视着阿义和阿美。

阿 美 阿义哥，乡亲们为什么不说话呢？啊？

阿 义 不，我说，我代乡亲们说！阿美啊！（唱）

你看那客家小村寨，
寨门时时为你开。
叔婆姑嫂和姐妹，
爱你惜你人心怀。
凤妹呀！（拉起凤妹）
适才你将那糯米甜娘火中煨，
只为你嫂嫂早日过门来。
鸡子煮酒你会做，
望嫂嫂又健腰身又补胎。
腾出闺房你到杂屋睡，
正堂间留我俩红烛花灯把亲拜。

[凤妹点头。

阿 义 （对田嫂唱）

田嫂啊！
你裁好了窗帘门楣花帏布，
做好了新帐新枕新铺盖。

[田嫂点头。

阿 义 （对根叔唱）

根叔啊！
你送来了柔软软的棕索床，
还有那崭新崭新的梳妆台。

[根叔点头。

阿　义（对先坤公唱）

先坤公啊！

你召齐了八音班子和花轿，

吹吹打打要将那阿美娶转来。

[先坤公点头。

阿　义（唱）　你们都知我的心，

你们都懂我的爱。

天地都知晓，

不用再遮盖。

俚想妹，俚想妹——

想死哩床下两双鞋，

想死哩同妹共被盖。

[幕后伴唱：

“俚想妹，俚想妹——

想死哩床下两双鞋，

想死哩同妹共被盖。”

阿　美　阿义！

阿　义　阿美！

阿　美　阿义哥，别忘了规矩，谁第一眼看了姑娘沐浴，谁就必须与那位姑娘成亲！我求求你，快说，你已经看了……

阿　赞　不。应该是我……

阿　美　呸，轮不到你！（深情地对阿义）阿义哥，说吧，我身上有什么印记……

阿　赞　你身上——

阿　美　住口！你不配。阿义，说吧，我愿当场对证！

众　人（吃惊）阿美？

阿　义　阿美！不要……（一把抱住阿美）

阿　美　阿义，说吧，说出来我就嫁给你。既然我不能留在客家山村，你又不能跟我回寨，我们就到一个远远的地方去……

众　人　远远的地方？

[一个客家后生急促跑上。

一后生　乡亲们，关卡、关卡被赏伦他们攻破了！

[众乡亲震惊。

阿　义　（抱着阿美，好像天地间只有他们两人，轻轻地唱）

好一处啊月朗风清美人泉，
好一位花容仙女落凡间。
月儿明，水儿净，
无遮又无拦。
红丝绸，绿罗缎，
九层十八件。
宽下衣，解下带，
我看第一眼——

阿　美　（急切）阿义，你说，我身上有什么印记？

阿　赞　（亮出刀）说，有什么印记？

众乡亲　阿义——（心情复杂地注视着）

阿　义　（旁唱）　这一眼好简单，
这一眼好艰难；
这一眼好了得，
这一眼揪心肝。
她那熟悉的印记烙在心，
此时刻又怎能，怎能来说穿？
山那边，野火起冲天燃，
山那边，杀声近刀光寒。
不缠绵未必男子汉，
该断不断又怎算顶天立地的好儿男！
心里轻轻来呼唤：
阿美啊，原谅我，

自古忠爱两难全！

阿　美（期盼地）说吧，阿义！

阿　义（唱）　宽下衣，解下带，

我看第一眼——

嫩似藕，柔如水，

无疤无痕无污点！

阿　赞（狂笑）哈哈，错了，她背上有个桃型的黑痣！

阿　美（吃惊）阿义，你——

阿　义（唱）　嫩如藕，柔似水，

无疤无痕无污点。

阿　赞　哈哈，好，脱下衣服，让众人对证！

阿　美（痛苦）不！阿义，你为什么要这样？

［又一客家后生急切跑上报告。

后　生　乡亲们，贼寇兵分两路，北路逼近淡水！

阿　义（唱）　这是情啊这是缘，

是一条割不断的相思线。

妹呀，你就像一朵白雪莲，

生在悬崖上，开在山之巅。

白净净，白得好圣洁，

白净净，白得好鲜艳，

白净净，白得好灵秀，

白净净，白得好灿烂。

白白净净的雪莲花哟，

开在哥哥的心里边。

众乡亲（唱）　白白净净的雪莲花哟，

开在哥哥的心里边。

阿　美（含着泪水）阿义，客家乡亲们，我懂了，我懂了……阿义哥，我有个要求，你能再为我吹一曲笛子吗？

阿 义 能！（吹起笛子）

[笛声悠悠从天边传来。

[追光。阿义与阿美舞蹈：在笛声中模拟吹笛、听笛的动作，难舍难分。

[笛声渐弱。

[画外音："乡亲们，赏伦的南路兵马已攻到彰化城下！"

[笛声戛然而止。阿义身上一震，猛力将竹笛断为两截。

[静场。

[女声伴唱：

啊……

[阿美捡起笛子，颤抖着双手欲将笛子接起来。阿义背转身子，仰首朝天。

[幕后伴唱：

"断了，断了，
竹笛断了。
断了，断了，
笛声断了。"

阿 美 （捧着断笛，轻轻地唱）

不会断，
不会断。
笛声袅袅，
我要去寻找。（隐去）

[阿赞、兵丁等隐去。

[追光照着阿义的背影。他猛然回首。

阿 义 （仰天吼唱）

心肝碎了！

[先坤公和乡亲们围拢上来。

众乡亲 阿义！

先坤公 阿义！

阿 义 （一字一顿）先坤公，你老人家就发话吧。

先坤公 好孩子，好孩子啊！（对众人）乡亲们，举义旗，灭贼寇！

众乡亲 举义旗，灭贼寇！

先坤公 阿义，击鼓出征！

阿 义 是，击鼓出征！（擂响战鼓）

[鼓声催人，音乐激昂。伴着鼓点，众乡亲舞蹈。

阿 义 （唱） 客家好儿郎，
赤脚闯四方。
祖宗胞衣迹，
黄河源头长。

众 人 （唱） 祖宗胞衣迹，
黄河源头长。

阿 义 （唱） 客家好儿郎。
只只筋骨壮。
挺身灭贼寇，
擎起刀和枪。

众 人 （唱） 挺身灭贼寇，
擎起刀和枪。

阿 义 （唱） 客家好儿郎。
卫国保家邦。
不怕豺狼恶，
舍命也要上。

众 人 （唱） 不怕豺狼恶，
舍命也要上。

阿 义 （唱） 客家好儿郎。
代代头昂昂。
不跪天，不跪地，
膝头跪亲娘。

众 人 （唱） 不跪天，不跪地，膝头跪亲娘。

[歌舞中，一面“义民”大旗飞飘而起。

[众人造型。切光。

第五场

[十日后。

[幕后伴唱：

“刀光剑影好狰狞，

拼拼杀杀血淋淋。

剑锋碎了几多梦，

利刃断了几多情。”

[彰化城府衙。兵丁拥列。内喊：“大王驾到！”

众兵丁 （跪）迎接大王！

[赏伦、师爷等上。

师　爷 大王，这彰化城破了数日，到处败壁残垣，只有这府衙还合大王升班登朝，你看——

赏　伦 （点点头）破彰化时阿赞率兵断后，拖住了客家义民军，立了一功，理应将公主嫁给他。

师　爷 我全都准备好了，那是否今日成亲？

赏　伦 可是我怕硬逼会逼出意外，等一等吧！

[一兵丁急上。

兵　丁 报告大王，有大队官兵朝彰化城压过来。

赏　伦 什么？有多少人？

兵　丁 铺天盖地。

师　爷 会不会大陆的援兵到了……大王，果真如此，这彰化城可不是久留之地。

赏　伦 你的意思？

师　爷　一把火烧了彰化，我们回师大里，再图今后。

赏　伦　（想了想）好！回大里的路上，客家义军定会袭扰拦截，就让阿赞打先锋，杀他个回马枪。

师　爷　宣阿赞上殿。

［阿赞上。

阿　赞　大王！（跪拜）

赏　伦　起来吧，你阻敌有功，我要将阿美赐予你。

阿　赞　（惊喜）谢大王！敢问大王，不知何日与公主成婚？

赏　伦　军情有变，大队官兵很快就要杀到城下，我们要退出城外。令你为先锋，杀回大里之时，就是你与公主成婚之日！

阿　赞　（咬咬牙）好，遵旨！（自言自语）公主是我的了，是我的了。她背上有个黑痣，有个黑痣……哈哈哈！（痴狂地退下）

师　爷　（朝内喊）为公主打点行装！

［众人下。

［阿美内唱："好端端的城墙打到烂——"上。神婆随上。几个兵丁挎刀守着阿美。

阿　美　（接唱）　好端端的河山打到残。

弱女子手无缚鸡力，

目汁（眼泪）空流心中似油煎。

兵丁相随我如人犯，

想逃走插翅也艰难。

神　婆　公主，大王这次真的把你许给阿赞大将军了。

阿　美　哼！

神　婆　哎，公主，大王开金口，你就顺了吧！以后你们俩腾达了，可别忘了老身。我呀，早就看出你背上的痣是公主痣。

阿　美　呸！

［内喊："神婆，快收拾行装，要出城了。"

神　婆　公主，催了，快收拾收拾！这回去的路上尽是客家义民军，得当心点儿！

阿 美 客家义民军？

神 婆 我帮你收拾。

阿 美 不，你们都退下。

神 婆 这可不行，万岁爷交代要看稳你。

阿 美 怕什么，我又飞不了。收拾姑娘家的物件，他们在这里多不方便。

神 婆 这……好，你快点儿！（对兵丁）走，咱们到外边守着。（与兵丁下）

阿 美 （唱） 早听说义民抗贼捷报传，

早听说回回阿义冲在前。

提起他，贼兵个个手发抖，

提起他，贼头只只脚打颤。

押我随军行，

正合我心愿。

我要亲眼看一看，

看看那仇报仇来冤报冤。

看着那义民刀枪亮闪闪，

看着那义军大旗卷过山。

看着那阿义哥哥如猛虎，

率乡亲，杀得贼寇人仰马又翻。

[神婆内喊："公主，嫁妆也要备好，到了大里就与阿赞成亲！"

阿 美 见你的鬼！（唱）

阿美的心儿谁也夺不去，

伴阿义走到那海角天边！

（郑重地将一包东西藏入怀中）

[收光。

[升光。险峻的山隘。刀剑声声，战鼓咚咚。阿义率义民军与阿赞的贼兵激烈拼杀。几个回合，贼兵死伤大半，节节败退。

阿 赞 （狗急跳墙）不准退，不准退！谁退我就砍了谁！

兵 丁 将军，不好了，撞上了阿义带的义民军！

阿　赞　阿义？

［阿义一挥手，义民军冲杀过来，贼兵纷纷溃退。阿赞夺路而走，被阿义用剑逼住。阿赞举刀就砍，阿义剑影一晃，将其刀击落在地。

阿　义　阿赞！

阿　赞　（跪下）阿义大人饶命，饶命！

阿　义　说出实情，我就饶你不死。赏伦他们在哪儿？说！

阿　赞　大队官兵围住了彰化城，赏伦要退回大里，让我打先锋，他随后就到。

阿　义　随后就到？

阿　赞　对。这是赏伦后撤的唯一退路。

［马嘶人喧声由远处传来。

众　人　阿义，看，烟尘滚滚，他们来了！

义军甲　阿义，刀卷刃了，枪也钝了。

义军乙　我身上有弓无箭。

义军丙　阿义，先坤公和乡亲们一时增援不到。怎么办？

众　人　怎么办？

阿　赞　（幸灾乐祸）是啊，赏伦虽是溃逃，可他几千人马，箭足刀利。你们呢？几经拼杀，不足百人，又弹尽粮绝……

［马嘶人喧声渐近。

阿　义　你的意思？

阿　赞　好汉不吃眼前亏，让赏伦过去。你好我好，大家都好。

阿　义　哼哼！

阿　赞　嘿嘿！

阿　义　哈哈！

阿　赞　嘻嘻！

阿　义　好，（一指前面）这条路就是你的了。

阿　赞　（小心翼翼）谢谢，那我走了，走了……（向着赏伦来的方向跑去）大王！大王——

［赏伦、师爷等一帮人马上。

[阿义手臂一扬，一把短刀刺中阿赞背心。阿赞趔趔趄趄扑倒在赏伦面前。

阿 赞 大、大王，他、他们死不让路！（咽气）

[众贼寇大惊。

赏 伦 阿义，有道是识时务者为俊杰，只要你让开道，我就放你一条生路。

阿 义 你放我一条生路？笑话！别忘了，大队官兵就要杀到了，如不缴械投降，你们的死期就到了！

赏 伦 （冷笑）不错，我是被官兵追赶。可是官兵没到之前，我却有足够的时间杀了你们！

师 爷 （对内）弓箭准备——

赏 伦 慢。（一挥手）带上来！

[两个兵丁押着阿美上，神婆随后。

阿 义 （吃惊）阿美！

阿 美 阿义！

赏 伦 （得意）阿美啊，你劝劝他们，让开一条路。

阿 义 阿美？

阿 美 阿义，乡亲们，你们听，马蹄声，好响的马蹄声，大队官兵就要到了！阿义哥，你们千万不能让这帮强盗跑了啊！

赏 伦 （大怒）押下去！

[兵丁将挣扎的阿美推下。

阿 义 阿美——

赏 伦 到底让不让路？

阿 义 （一字一顿）弩弓空了有石头，刀枪钝了有拳头、有牙齿。只要我们还有一口气，乡亲们，就不能让这帮强盗过去！

众乡亲 对，不放强盗过去！

[追光。众乡亲造型——好似一座山。这座“山”一步步朝赏伦等人压迫过来。

赏 伦 （惊慌）你们给我停下！

师 爷 大王，你看，客家佬真的刀缺枪钝、弹尽粮绝了，只要我们一阵乱箭，他们都得见阎王！

赏　伦　弹尽粮绝？好！弓箭手准备——哈哈，阿义，你们若想不死，就都给我跪下！

师　爷　对，向大王称臣，跪下！

[这座“山”仍在向前移动。

赏　伦　放箭！放箭——

[鼓声阵阵。追光。阿义和许多乡亲中箭，摇摇难支。

[黑暗中赏伦的声音：“停！客家佬，只要你们给我跪下，我就留你们一命。”

[师爷的声音：“对，给大王下跪！”

[“义民”大旗不倒，众人屹立如山，这座“山”仍然摇晃着向前移动。

[黑暗中赏伦的声音：“放箭！放箭——”

[“山”不倒，向前移。

[黑暗中赏伦绝望的声音：“跪下，跪下——”

[男声伴唱：

啊——

[旗手中箭倒下，又一义民冲上去，接过大旗。他又中箭倒下，阿义接过大旗。

义民军　（领、合唱）

矗起一座山，
咳咳咳，一座山。
打不烂，
一座山。
压不弯，
一座山。
斩不断，
一座山。
刺不穿，
一座山。

一座山，

一座山！

[一切归于宁静，只有男声伴唱在延续。伴唱声中掺入了童声画外音：“我公太告诉我阿公，我阿公又告诉我阿爸，我阿爸告诉我：我们客家人从不下跪，至死不跪！”

[画外音中，倒下去的义民纷纷相搀相扶，挺立起来，艰难地拥向站在高处的阿义。阿义拄旗而立——这是一座不倒的山峰。

[天幕如血。

[亮光。一片空旷，天幕依然血红。

[女声伴唱：“啊——”

[伴唱声中，阿美飘然而上。她在寻觅、寻觅，没有悲泣，没有泪水，有的只是那种找到了归宿的满足。

阿 美 阿义哥——

[群山回响：“阿义哥！”

阿 美 阿义哥——

[群山回响：“阿义哥！”

阿 美 阿义哥，你听见了吗？阿美找你来了。你说我身上无疤无痕——你希望我身上无疤无痕！告诉你，我吃了“鬼爪叶”，吃了很多很多，真痛快……阿义哥，只有你才配得上看我的身体，你来看哪——（舞）

[女声伴唱：

“好一处啊月朗风清美人泉，

好一位啊花容仙女落凡间。

月儿明，水儿净，

无遮又无拦。

嫩似藕，柔如水，

无疤无痕无污点。

这是情啊这是缘，

是一条割不断的相思线。

阿哥啊，妹似那白雪莲，
生在悬崖上，开在山之巅。
白净净，白得好圣洁，
白净净，白得好鲜艳；
白净净，白得好灵秀，
白净净，白得好灿烂。
白白净净的雪莲花哟，
永远开在哥哥的心里边。”

[歌声中阿美身裹薄纱，灯光下好似一座裸体圣女塑像。她轻盈地舞向红红的天边。

阿　美（唱）　天知我的情，

[阿义画外唱：

“地知我的爱。”

阿　美（唱）　天地都知晓，

[阿义画外唱：

“不用再遮盖。”

阿　美（唱）　妹想郎！

[阿义画外唱：“郎想妹！”

阿　义
阿　美（唱）　想死哩床下两双鞋，
想死哩同妹/郎共被盖。

[幕后伴唱：

“妹想郎，
郎想妹。
想死哩床下两双鞋，
想死哩同妹（郎）共被盖。”

[阿美湮没在红色的天幕之中。

[光亮。牛铃声远远传来。客家乡亲们在先坤公带领下，随着牛车在一步一

移地上。那牛车装饰得形如花轿。众人神色庄重。

[幕后伴唱：

“老牛车呀老牛车，
载着英魂过山洼。
寻个好风水，
哥妹来安家。
老牛车呀老牛车，
当作花轿来迎嫁。
生未过门同枕睡，
死也共穴成一家。”

[老牛哞叫，众人牵牛不行。

[阿美的画外音：“乡亲们，这里是阿义哥看我沐浴的地方，到家了。大家别送了，老牛会带我们去……”

[牛车圆场而去……

[幕后伴唱：

“老牛车呀老牛车，
载着哥妹去安家。
真个好风景，
如诗又如画。”

[内喊：“御匾到！”乡亲们止步。内宣：“客家义民军，忠勇为国，精神感天动地，大清乾隆皇帝特颁亲笔‘褒忠’御匾。”

[静场。

[天边传来童谣：

“奶水甜，奶水香，
寻味绕绕长。
不跪天，不跪地，
膝头跪亲娘。”

[金色御匾半空悬下，上书“褒忠”二字。

[童谣声中，先坤公跪下。乡亲们一排排地、排山倒海般地跪下，跪下……

[童谣化为苍老的男声歌唱：

“嘿嘿嘿，嘿嘿嘿，
客家好儿郎，
赤脚闯四方。
祖宗胞衣迹，
黄河源头长。
客家好儿郎，
代代头昂昂。
不跪天，不跪地，
膝头跪亲娘。”

[远景褒忠庙若隐若现。收光。

[一阵悠扬的笛声，天幕升起一轮硕大的月亮。月光里一个男童坐在水牛背上吹笛，一个女童在倾听……

[光弱。圆月愈发耀眼夺目。

[幕落。

[剧终。

合家福

编剧：林文祥　罗锐曾

人 物 表

旺　婶　农村妇女，中年至耄耋之年。

王清明　旺婶的儿子，成年后外出经商，少年至中年。

秋　杏　夏阿楼的女儿，王清明的妻子，少年至中年。

夏阿楼　村民，中年至耄耋之年。

夏锦民　夏阿楼的儿子，民办教师，青年至中年。

三　凤　旺婶的三女儿，因失恋而精神失常，后愈，青年至中年。

小石头　清明与秋杏的儿子，少年至青年。

一群作串场的村妹、村嫂、村婶、村婆（由同组演员扮演）。

时　间：20 世纪 70 年代至 21 世纪。

地　点：客家山乡。

1

[一阵喜庆的鼓乐、鞭炮声过后，一群村妹子呼喊着“看新娘去喽！”涌上村头。

众村妹（唱）　一家后生娶新娘，
十家女儿看镜光。
铜鼓鞭炮连天响，
声声打动妹心房。

［三凤头披着红丝巾疯疯癫癫上，唱：

云飘飘，雾茫茫，
一场春梦绕绕长。
今朝铜鼓鞭炮响，
声声催我入洞房、入洞房！

三　凤　我要做新娘，我要入洞房……

旺　婶　（上，一把拖住三凤）三凤，那不是你的洞房，你也不是新娘……

三　凤　（嘶叫）不！不！我是新娘……

旺　婶　（紧紧抱住三凤）三凤……

［众村妹同情议论："唉！锦民与三凤多般配呀，怎么说散就散了呢！""都怪夏阿楼狗眼看人低，一心就想攀高枝。""苦命的王家妹子哟！"

三　凤　阿姆，你听，喜歌唱起来了。

旺　婶　那是乌鸦在叫春。

三　凤　锣鼓响起来了。

旺　婶　那是旱天打的雷。傻妹子，忘了那个负心的夏锦民吧。

三　凤　（语无伦次）忘了，不……我要听锦明唱山歌……

旺　婶　三凤，阿姆为你唱山歌。（唱）

霜打岭岗草木黄，
春来花开十里香。
平生不做亏心事，
人前走路亮堂堂。

［灯光转换——夜。

［舞台上切割成两个演区——夏阿楼家与旺婶家。

［夏阿楼家，贴着红喜字的纱窗映出新娘披着盖头的剪影。

［旺婶家，纱窗里映出三凤孤零零的身影。

［伴唱："共个乡里各屋场，
两家纱窗隔条巷。
夏家花烛流酸泪，

王家山歌叹悲凉。”

[夏阿楼、旺婶同时从各自家中出来，望窗长叹。二人背唱：

夏阿楼 （唱） 儿子大喜进洞房，

不挑盖头不上床。

阿爸急得火烧脚，

只恨有力使唔上。

旺　婶 （唱） 女儿失恋得痴狂，

夜夜唱歌到天光。

阿姆无奈门前守，

长夜难眠谁思量？

夏阿楼 （唱） 锦民啊——

阿爸为你铺下金光路，

莫负眼前好春光。

旺　婶 （唱） 三凤啊——

阿姆为你遮风又挡雨，

抛开噩梦挺脊梁。

[纱窗内，传出三凤凄婉的山歌声：

“约好月半妹等郎，

谁料元宵雨茫茫。

手拿针线吞落肚，

日刺心肝夜刺肠。”

[旺婶回望一眼屋里的女儿，长叹一口气——进屋。

[一身新婚装束的夏锦民从洞房里冲了出来，把正在听墙根的夏阿楼撞了个趔趄。

夏阿楼 锦民，你要去哪里？

夏锦民 我……去看三凤。

夏阿楼 疯女人有什么好看的。（勒令）给我回去！

夏锦民 （痛苦地）爸，三凤是因为爱我才发疯的呀？

夏阿楼 耕田食谷各人命，她要发花癫干你屁事。你这个民办教师，能娶教办主任的女儿做老婆，你知足吧。

夏锦民 阿爸！（唱）

我不是铁石心肠，
我无法把旧情忘。
忘不了青梅树下骑竹马，
忘不了葡萄架下对歌腔。
只因我做负心汉，
好好妹子逼到狂。
如今听她唱歌心滴血，
负心人怎样入梦乡？

[突然洞房里传来摔破东西的响声和新娘的嚎哭。

夏阿楼 你看，新娘发脾气了。

夏锦民 要发脾气就让她发吧，教办主任的大小姐又怎样？大不了我这民办教师不当了，回家耕田……

夏阿楼 （霸道地）你敢？！给我滚回去——挑盖头，上眠床，种、种瓜秧！

[憋屈的夏锦民被父亲强行推下。

[旺婶家。三凤披头散发地呼喊着“锦民”上。

旺　婶 （一把抱住女儿）三凤——

三　凤 我去找锦民。

旺　婶 三凤，人带面目树带皮，又何苦去惹人笑话呢？

三　凤 笑话……阿姆，我要锦民和我对山歌。

旺　婶 三凤，你想对山歌阿姆同你对。

[旺婶牵着女儿坐下，母女俩抱在一起轻轻地唱起山歌来：

旺　婶 （清唱）霜打岭岗草木黄，
春来花开十里香。
平生不做亏心事，
人前走路亮堂堂。

三　凤　（清唱）　日出东边月落西，
一阵晴天一阵雨，
鲤鱼吃了虾公脚，
几多委屈哥唔知。

旺　婶　（唱）　藤断自有篾来驳，
船到滩头水路开，
情缘好比经霜树，
残冬过尽春会来。

三　凤　（唱）　落雨着屐丢了鞋，
阿哥有双丢了涯，
阿鹊有双树上嬲，
鹧鸪无双日夜啼。

旺　婶　三凤，我苦命的妹子。

三　凤　（号啕大哭）阿姆……

旺　婶　（唱）　好妹子，莫犯傻，
莫把生铁当金娃。
自古有女唔愁嫁，
到处杨梅一样花。（扶三凤下）

［少年秋杏手拿一支香火和一把爆竹来到旺婶家门口。

秋　杏　（轻声地喊）清明哥，清明哥——

王清明　（上）秋杏？你……

秋　杏　清明哥，我捡到有纸炮，送给你放。

王清明　放纸炮？放屁去吧！（一掌把秋杏手中的爆竹拍打在地上）

秋　杏　你……（突然坐地哭起来）哇——你欺负我，你不和我好了、不和我好了……

王清明　好了好了，你听我的话我就和你好。

秋　杏　（起身）我听我听，你说。

王清明　真的？（捡起爆竹交到秋杏手上）把纸炮放到你哥洞房的窗台上去。

秋　杏　洞房窗口放纸炮？这个……我不敢，我爸知道了会打我。

王清明　那就我来，你不准告诉你爸。

秋　杏　（点头）嗯。

［清明取过一粒爆竹点燃后向洞房窗口抛去——一声炸响，洞房内发出凄厉的惊叫声。

夏阿楼　（急上）谁？谁捣蛋？！

［清明急忙藏过一边。

夏阿楼　秋杏，是谁？

秋　杏　我……我不知道。

［秋杏趁夏阿楼转身，拉起清明溜下，被夏阿楼发现。

夏阿楼　王清明，你这兔崽子！

秋　杏　（急忙抱住父亲的大腿）爸，你别——

夏阿楼　王清明，你这有人养无人教的野种！（追打王清明）

旺　婶　（上）夏阿楼，你嘴巴放干净点，打狗还得看主人呢！

夏阿楼　今天晚上他向我家洞房丢纸炮，如果吓到新娘受了风，打还是轻的哪！

旺　婶　（摆起格斗的架势）子不教母之过，有本事你就打我。你打呀？（歇斯底里地冲上前去）你打呀？！

夏阿楼　（步步后退）你，你还讲不讲理呀？

旺　婶　清明是我儿子，要打要罚还轮不到你这各姓旁人！

夏阿楼　那好，你就当场惩罚给我看。

旺　婶　清明，你给我跪下！

王清明　我就不跪，凭什么他们可以这样对我三姐，我就不能……

旺　婶　住口。莫管别人满面灰，自家屁股先擦净来。跪下。

王清明　（不情愿地跪下）阿姆……

旺　婶　你给我听好了！（唱）

　　夏家今日攀高枝，
　　你乱凑热闹胡作为。
　　莫以为爆竹响过云烟散，

有些人就会吓到肾水亏。
生作王家儿，
腰杆要挺直。
做事讲个情与义，
做人不学陈世美。
莫看他人祖上坟头冒青烟，
守好自家竹篱茅舍矮门楣。
从今后两家鸡犬思春唔交配，
子孙见面莫言语！

夏阿楼 你、你…… 指鸭骂鸡呀？

旺　婶 怎么？我训自己的儿子打到你痛脚？

夏阿楼 你……好，好，今日不和你斗，免得冲了我家喜气。（愤愤地拖着秋杏欲下）

旺　婶 清明，你听好了：从今往后，你再敢去寻秋杏玩，阿姆先打断你脚骨！

夏阿楼 （驻足）秋杏，你听好了：从今往后，你屙屎都要和王家隔重岌岗！

[“啪”的一声——两家同时将门关上。

[收光。

[伴唱：“山溪撑船难转弯，
湿柴烧火起浓烟。
蟾蜍拿来垫桌脚，
心头怨气难吞咽。”

2

[十多年后。夏家在村头开了个小酒馆，酒馆外挂着小酒幡。

[当年的村妹子已经成了村嫂子，一个个背着孩子，喜气洋洋地来到小酒馆前。

众村嫂 （唱） 花开花落几度香，

转眼迎来新时光。

当年的村妹成村嫂，

结出了甜瓜头昂昂。

（向内喊）夏老板，买酒喽！

［“来了来了！”夏阿楼内应着上。

夏阿楼 买多少？

众村嫂 五大瓮！

夏阿楼 五大瓮？不年不节，买这么多做什么？

一村嫂 给儿子做满月！

众村嫂 （念） 满月酒，甜又香，

老人吃了满面光，

细崽吃了打咯啄，

后生吃了种瓜秧。

［众村嫂抬着酒瓮嘻嘻哈哈下。

夏阿楼 （长叹一声）唉——（唱）

人家的媳妇有能耐，

放屁的功夫就下崽。

老天亏我夏阿楼，

十多年的媳妇不开怀。

夏阿楼 唉！锦民呀锦民，你怎么播的种？怎么不长苗啊？（摇头）命，都是命……（向内）秋杏，秋杏——

［秋杏应答了一声上。她已经长成大姑娘，虽不算漂亮，却也清纯。

秋　杏 爸。

夏阿楼 店里青菜快没有了，你到圩上再买些来。

秋　杏 爸，十里八乡的人都知道，旺婶种菜是把好手，她种的农家菜又甜又嫩，不如叫她送……

夏阿楼 她就是种出花来我也不要！快，圩上买去！（转身进内）

秋　杏 （提起竹篮）唉——（唱）

小店每日客盈门，
难得一见梦中人。
咫尺犹如天涯远，
两家结怨深。
银河还有鹊桥渡，
谁怜女儿心？

[清明挑着一担青菜从小酒馆门口经过。他已经出落成大小伙子。

[秋杏忙跑出店门追了上去。

秋　杏　（娇羞地）清明哥——

[清明闻声止步，欲言又止，犹豫片刻，转身欲走。

秋　杏　（拦阻）清明哥，你……为什么不理我？

王清明　（一愣）我……唉！让开，你爸看见了又说我想勾引你。（欲走）

秋　杏　（拖住菜担）清明哥，我爸是我爸，我是我。

王清明　你……

夏阿楼　（上，见状，恼怒）王清明，你又发情了，敢跑到我家门口来撒野。

秋　杏　爸，我是想买清明哥的菜……

夏阿楼　我有钱买得天边月，不要他的薯渣饼。王清明，你给我死远点。

王清明　夏阿楼，我的菜就是倒进粪坑也不会卖给你。（转身愤愤而去）

秋　杏　（气恼）阿爸，你——（转身追清明下）清明哥——

夏阿楼　秋杏，你给我回来。（见人已远去）唉，这傻妹子！

[鼻青脸肿的夏锦民踉踉跄跄地来到小酒馆，见了父亲便号啕大哭。

夏阿楼　锦民你怎么啦？又被老婆打了？（气愤地）太没规矩了！妇人家都是贱骨头，你大胆给她两耳光，以后她就会老实。

夏锦民　我打不过她。

夏阿楼　软脚蟹。我怎么就生了你这么一个窝囊废呢？

夏锦民　我要离婚。

夏阿楼　（紧张地）不能，千万不能。你岳父已升官当镇长了，你的命运还掌握在人家的手中。你已经做了十多年的民办教师，马上就要转正了。就算你要离婚，也要等你成了公办教师的时候再考虑。

夏锦民 我受不了啦！

夏阿楼 受不了也要受。锦民，你听爸的准没错。你当前的主要任务是：抓紧努力，给我生出个崽来！

夏锦民 我跟她没感情，无法跟她生。

夏阿楼 有感情没感情有什么关系！晚上睡觉灯一关，衫裤一脱，是女人都一样。我看你呀，还是惦记着那癫麻三凤。

夏锦民 我……

夏阿楼 看你那点出息，那么痴情，将来你也成了疯子，那就后悔都来不及了。

夏锦民 我现在就后悔了，我……我要离婚。

夏阿楼 离婚？你敢……老老实实抓紧给我生崽。

夏锦民 爸……要生你跟她生。

夏阿楼 傻小子！

[切光。山那边飘过三凤的身影。

三　凤 （唱）　门前种条水照梅，
手攀梅树望郎来，
阿姆问俚望什么？
俚望梅花几时开。

[一声惊雷掠过山野长空——

[暗转。

3

[接前场。当夜，大雨滂沱，雷电交加。

[山谷里回荡着旺婶与清明的声声呼喊：

旺　婶 三凤——

王清明 三姐——

旺　婶　一转眼三凤又不见了，清明，快，去找你三姐。

清　明　阿姆，那我们分头找。

旺　婶　（唱）　夜蒙蒙，雨潇潇，
一江河水浪滔滔。
声声唤儿无踪影，
阿姆心头百般焦。

王清明　（唱）　夜蒙蒙，雨潇潇，
声声唤姐泪如潮。
思量阿姐沉噩梦，
熊熊怨火胸中烧。

[旺婶呼喊着女儿下。秋杏打着雨伞追了上来。

秋　杏　清明哥，三凤姐找到了么？

[秋杏上前欲替清明打伞。

王清明　（愤怒地将秋杏一推）滚开！

[秋杏倒地，清明又忙将她牵起。两人无言地对望……

[山崖边，夏锦民对着空谷唱山歌：

因为想妹想得多，
面前有凳唔晓坐，
行路唔知高低坎，
吃饭唔知谷沙多。

秋　杏　我哥又在想三凤姐了。

王清明　他当初就不该……

[山谷里，闪现出三凤湿淋淋的身影。

三　凤　（唱）　因为想哥想到晕，
风声偃话哥拍门，
一日三餐端起饭，
只晓笑来唔晓吞。

王清明　三姐！

旺　婶　三凤！

夏锦明　旺婶，三凤我送你们回家吧。

秋　杏　（紧跟其后）清明哥——

王清明　你还跟着我干什么？

秋　杏　清明哥……其实当年我哥是爱三凤姐的，只是我爸……

王清明　人都被逼疯了，还说什么爱？！

秋　杏　清明哥——（唱）

当年我爸把权迷，

棒打鸳鸯各东西。

秋杏心里明如镜，

夏家亏了理。

王清明　（唱）　寒风已将花摧残，

好话不能当药医。

秋　杏　（唱）　冤家有结终需解，

我替夏家说声对不起。

王清明　（唱）　“对不起”？没意义。

谁赔我姐好身体？

秋　杏　（唱）　回天我无力，

盼只盼两家从此后和和气气再做好邻居。

（白）清明哥，如果你们能谅解，要我做什么都可以。

王清明　要你做什么都可以？我要你陪我睡觉。

秋　杏　（又羞又恼）你——

王清明　（桀骜地转身欲离去）哈……

秋　杏　清明哥——（下意识地将清明抱住）我愿意。

王清明　（惊愕地）秋杏，你——

秋　杏　清明哥。（唱）

只要不嫌弃，

此身属于你。

纵使今生缘分浅，

生也无憾，死也无悔。

王清明 （难于抑制的冲动）秋杏……

秋　杏 清明……

[清明一把抱起秋杏向远处走去——

[天尽头，一丝云彩飘过明月。

[伴唱："一轮云月挂山巅，

剪剪山风拂人面。

剪不断真情孽债，

看不清月缺月圆。"

[云月里，浮现出清明与秋杏共度巫山夜雨后的剪影。

[山谷间，回荡着清明与秋杏的画外音：

[秋杏："清明哥，你爱我吗？"

[清明："不知道。"

[秋杏："……你会娶我吗？"

[清明："不知道。"

[秋杏："这是为什么……"

[清明："不知道。"

[秋杏苦涩地："清明哥……"

[旺婶呼喊着"清明"上。

旺　婶 （喊）清明，你姐找到啦，回家吧。

[清明和秋杏慌乱地从草丛后跑了出来。

王清明 阿姆……

秋　杏 （不知所措地）旺婶……（匆匆下）

旺　婶 （惊愕地）清明，你俩——？

王清明 阿姆，我……秋杏替他哥还债了。

旺　婶 还债？还什么债？

王清明 我姐给了夏锦民什么，秋杏就还给我什么。

旺　婶　什么？你跟秋杏……

王清明　她是自愿的。

旺　婶　（一巴掌）你……你这孽障！（唱）

这一声好比惊雷炸，

这一声好比鞭子打。

亏心来报亏心怨，

眼前好似天要塌、天要塌、天要塌！

王清明　（惊恐地）阿姆……我错了。

旺　婶　你呀！

[收光。

4

[数天后。夜。

[夏阿楼坐在小酒馆的柜台前结账。

[秋杏一边打烊一边不停地向外张望。

秋　杏　（唱）　那一夜暴雨后的疯狂，

那一夜温柔后的冷霜。

晕懵懵理不清心头的凌乱，

颤悠悠猜不透男人的心肠。

若是孽缘无善果，

且作还债替罪羊。

[伴唱：“秋杏用一生幸福作赌注——

为了两家恩怨，为了梦中情郎。”

夏阿楼　（欲抽烟，火机连打不着，一扔）秋杏，给我拿过一个打火机来。

[秋杏应了一声下。

[清明手里提着礼品被旺婶推搡着上。

王清明　（无奈地）阿姆，我真的不想去相亲。

旺　婶　（不容商量）不想去也要去！

王清明　（掉头）要去你自己去。

旺　婶　回来。（心乱如麻）你以为我就愿意去吗？

王清明　阿姆，那我们就别去了。

旺　婶　既然不想娶秋杏，那你为什么要跟她那个……你这么做，不是伤天害理么？

王清明　凭什么夏锦民可以跟我姐那个，我就不能跟他老妹……那个？

旺　婶　混账！夏锦民是夏锦民，夏秋杏是夏秋杏。秋杏多好的一个妹子，你怎么对她也下得了手！

王清明　我……是一时糊涂。

旺　婶　（慈爱地）清明，既然知道自己糊涂，现在就陪阿姆去夏家提亲。

秋　杏　（发现门外来客，失态地）爸，旺婶和清明哥来了。

夏阿楼　他们来了，你这么激动干什么？

秋　杏　（娇羞地）我……

[旺婶与清明走进店里。

旺　婶　（尴尬地）阿楼哥。

夏阿楼　哼！（不理他们）

秋　杏　阿爸，过门都是客。旺婶，清明哥，你们坐。

旺　婶　不用客气，阿楼哥！

夏阿楼　找我有事？

旺　婶　没……没事。

夏阿楼　（逐客）没事，请！——

旺　婶　噢，有事有事。

[旺婶面对夏阿楼坐下，一时无语，异常难堪。

[伴唱："好久唔曾开口笑，
唔知嘴角怎么翘。
往日冤家斗脱角，
今日坐下怎么聊。"

旺　婶　（唱）　好久唔曾共下坐，

夏阿楼　（唱）　各人日子各人过。

旺　婶　（唱）　十几年两家门神都贴错，

夏阿楼　（唱）　当年的教诲我记心窝。

旺　婶　（唱）　洗碗相磕莫计论，

夏阿楼　（唱）　磕烂碗唇你还当作是唱歌？

旺　婶　（唱）　转眼间秋杏长成了花一朵，

夏阿楼　（唱）　再好的花也是赔钱货。

旺　婶　（唱）　莫讲钱财讲缘分，

夏阿楼　（唱）　莫非你来做媒牵红索？

旺　婶　阿楼哥，你看秋杏也不小了，她与清明从小一起长大，关系也不错……

夏阿楼　（气恼地）什么，你是来给你儿子提亲？

旺　婶　我想他们年轻人既然有那个意思，我们做父母的就……

夏阿楼　阿旺嫂，莫忘了你当年的毒誓。

旺　婶　什么毒誓？

夏阿楼　“两家鸡犬思春唔交配”！

旺　婶　那……那不是在气头上嘛。都过去这么多年了……

夏阿楼　（一字一句）阿旺嫂，我告诉你：我女儿就是嫁给大路上的狗牯，也不会嫁到你家去！

清　明　你……（强压怒火）你也欺人太甚了，告诉你，你的女儿就是肯嫁，我还不娶呢！（扭头怒气冲冲地下）

旺　婶　（欲阻）清明，清明……

秋　杏　（欲追）清明哥……

夏阿楼　（断喝）站住，秋杏你就给你爸留点面子吧。（转对旺婶）你们就死了这条心吧。（扭头下）

秋　杏　（痛苦地）阿爸，你……你就别逼我了。（掩脸哭泣）

旺　婶　（心疼地上前安抚）秋杏，别哭，别哭了。

秋　杏　（哭泣地）旺婶，我放不下清明哥，我……我该怎么办。

旺　婶　都是清明这孽障惹的祸，秋杏啊！（唱）

清明捅下大娄子，
大婶想补叹无力。
今朝难还心头债，
唯有一拜赎良知。

秋　杏　（惊骇，急扶住）旺婶！

旺　婶　（紧紧抱住秋杏）秋杏，好妹子，你放心，只要你一天没找到合意的人家，我儿子就是天仙下凡也决不娶。

秋　杏　（感激）旺婶——

[伴唱："无意插柳枝叶繁，
有心折柳人又拦。
这回捅了黄蜂窝，
猫抓糍粑脱爪难。"

[收光。

5

[数月后。旺婶一手挽着行旅，一手拉着清明匆匆上。

旺　婶　走，给我快走，去你大姐二姐家都行，走得越远越好！

王清明　我不走。（反而蹲在地上）

旺　婶　秋杏的肚子被你搞大了，夏阿楼要告你强奸，不走想去坐牢呀？

王清明　秋杏是自愿的，我没有强奸。

旺　婶　你说不是强奸，谁作证？（唱）

你是家中独苗根，
从小被妈娇宠惯，
今日闯下弥天祸，
纵有百口难辩冤。

［河畔，秋杏身穿大红衣衫，微微腆着肚子，怀抱包袱匆匆上。

秋　杏（唱）　爸诬清明是强奸，

秋杏誓死来抗争。

晚风送我去私奔，

明月照我续前缘。

王清明　我走了，我三姐怎么办？我走了，夏阿楼来找你的麻烦怎么办？

旺　婶　天塌下来有阿姆顶着。清明啊！（唱）

王家望你种瓜秧，

祖坟望你烧清香。

此番你做了亏心事，

日后再把情债偿。

［旺婶拉起清明下。

［夏阿楼和夏锦民呼喊着“秋杏”上。

夏阿楼　秋杏，你要去哪里？

秋　杏（坚决地）嫁人，去和清明成亲。

夏阿楼　哎哟！（夸张地打自己的耳光）你这没良心的东西，养你二十几年，还不如养条狗呀！

夏锦民　秋杏，要结婚也要明媒正娶呀，你这么做叫阿爸的脸面哪里放？

夏阿楼　秋杏，听话，找个好人家，阿爸会把你风风光光嫁出去的。

夏锦民　爸，秋杏的肚子都那样了，你还想把她嫁给哪户好人家呀？

夏阿楼　秋杏可以去做人流，做了人流一样还是黄花闺女，想嫁给谁就嫁给谁。

秋　杏　除了王清明我谁也不嫁。

夏阿楼（跳了起来）你嫁谁都不能嫁王清明。

夏锦民　爸，你看这事是不是再商量一下？

夏阿楼　没得商量的。

夏锦民（突然强硬起来）那好，秋杏，走，今夜你与清明拜天地，阿哥做你的娘家证婚人。

夏阿楼　你们……你们两个白眼狼，生了这样子女我活着还有什么意思，不如跳河死

了算了。（转身冲向河边）

秋　杏　（惊恐地）爸——

夏阿楼　你们别拦我。

夏锦明　（拉住妹妹）爸，我们没拦你。

夏阿楼　好，我真的跳了。（上前佯作跳河）

夏锦明　行，爸，我真的不拦你了。

夏阿楼　（把脚缩了回来）我死了你们一定要把我跟你姆葬在一起，我对不起你姆……

夏锦明　爸，这句话十年前逼我和三凤分手的时候你说过了。

夏阿楼　你……没良心的，你们……

夏阿楼　你爸也难呀！（唱）

黄牛生角脚跟硬，
死拖烂打不转颈。
不甘冤家门前本输净，
又怕鸡飞狗跳打碎罂。

［旺婶领着清明出山，两家人狭路相逢。

夏锦民　旺婶，你们要去哪里？

夏阿楼　你们——

旺　婶　（不知所措）我们……

夏阿楼　旺嫂，还是你的算盘精呀！

旺　婶　你说这话什么意思？

夏阿楼　俗话说：懵懵懂懂，未到惊蛰先浸种。我倒是要问问你们这是什么意思？！

旺　婶　阿楼哥，我的意思是，事情都这样了，干脆让他们成亲吧？我们做长辈的再阻拦下去，闹出三长两短来就后悔迟了。

夏阿楼　这……啊，你是逼着我做蚀本生意呀？

夏锦民　爸，你说什么呢……

秋　杏　清明哥会有出头之日的。

夏阿楼　秋杏，你真要往火坑里跳我也没办法。不过我可要提醒你：我是宁可相信日头从西边出来，也别信王清明今生能发财。

王清明 （怒不可遏）夏阿楼——

旺　婶 （制止）清明，没规矩。应该叫阿爸了……

王清明 我爸早就死了。（扭头离去）

夏阿楼 你、你想叫……我还不想应哩！

秋　杏 清明哥、清明哥……（追下）

夏阿楼 秋杏、秋杏，有朝一日你吃到苦头，醒悟了就回来、回来……

旺　婶 亲家……

夏阿楼 冤家！

[切光。

6

[半个月后。

[河畔。王清明与夏锦民坐在河岸边喝得醉醺醺的，各自手中还拎着一个酒瓶。

夏锦民 来，清明，祝贺你——终于结婚了，干。

王清明 锦民哥，也祝贺你——终于离婚了，干。

夏锦民 痛快！

王清明 锦民哥，你离婚，不想教书端铁饭碗了？

夏锦民 听天由命吧！

[两个男人拉开了嗓门在唱山歌，与其说是唱，不如说是喊，歇斯底里地喊——

夏锦民 （唱）　三月天，放花蜂，
一日西来一日东，
采得花多成蜜后，
到头还是一场空。

王清明 （唱）　六月天，学行船，

走了九十九道弯，
今日行到涌水角，
转身又遇水打滩。

夏锦民 （唱） 九月天，钓蛤蟆，
回回拎起狗麻蛇，
人才唔中我的意，
你是龙种也唔惹。

王清明 （唱） 腊月天，着夏衣，
叔公话我好儿戏，
猫捉老鼠灶里睡，
醒来正知火烧须。

夏锦民 哈……火烧须，烧得好。

王清明 锦民哥，今晚咱俩是不是疯了？

夏锦民 疯了疯了，人要发疯了，那才是山歌唱得最好的境界。

王清明 锦民哥，自从你离婚后，我姐的病好多了。过些日子我想进城去打工，我姐还得请你多多照应。

夏锦民 放心去吧，等三凤完全康复后，我就和她结婚。我爱她——过去、现在、将来……一生一世。

王清明 （从地上爬了起来）锦明哥，谢谢！（深鞠一躬）

夏锦民 清明，你与秋杏结婚了，还不打算认你的老丈人呀？

王清明 我……随缘吧。

夏锦民 你呀——（一拳打在清明肩上）

[收光。

7

[又过了十多年，当年的村嫂已被岁月催成了村婶子。

[夕阳下，秋杏与村婶们正在“田头地尾”劳作。

[伴唱：“河水清，河水黄，
流走了岁月带走了时光。
十年风雨恍如梦，
红了樱桃，绿了瓜秧。”

一村婶 秋杏你的脸色那么难看，清明多久没回家了？

秋　杏 我……

一村婶 是啊！秋杏，你结婚后，怎么很少见你老公回来？

秋　杏 ……他忙。

一村婶 秋杏，你老公会不会在城里有了相好，不要你了？

一村婶 嚼你舌头，怎么会呢？这手镯还是清明给她买的呢。

一村婶 秋杏，田地荒久草会生，老公走久心会生呀！你要注意点！

秋　杏 好了好了，不要说了，天色已晚，回家吧，回家吧！

[众人隐去。

[三凤病好了，幸福地抱着襁褓中的孩子坐在村口，对着孩子轻轻地哼唱：
霜打岭岗草木黄，
春来花开十里香。
平生不做亏心事，
人前走路亮堂堂。

[夏阿楼急匆匆四处寻觅着上。

夏阿楼 三凤，你……

三　凤 爸，有事吗？

夏阿楼 村口风大，阿宝抱出来干什么？

三　凤 阿宝喜欢热闹，我带他出来玩。（逗儿子玩，亲昵地将儿子高高举起）宝贝……

夏阿楼 （吓得忙伸出双手欲保护孙子）三凤……

[三凤反复将孩子举起，孩子发出清脆的笑声。

[夏阿楼不断地伸出手来想保护孩子，急得团团转。

夏锦民 （上）爸，你们在这里干什么？

夏阿楼 （将锦民拉到一旁）我担心三凤的脑子还没好完全，万一把我孙子摔坏了怎么办哟！

夏锦民 爸，我看你的脑子才有问题。

夏阿楼 你，万一我孙子有什么三长两短……（顿觉不吉利）呸！呸呸！

[秋杏的儿子小石头搀扶手拄拐杖的旺婶上。旺婶苍老了许多，小石头已长成少年清明的模样。

小石头 三姑，我要抱弟弟。

三　凤 好，小石头抱弟弟。（将儿子递给小石头抱）

夏阿楼 （紧张地）小石头，小心。

旺　婶 亲家，你放心，小石头懂事哪。

夏阿楼 我是怕阿宝会摔倒。

旺　婶 我们乡下的孩子没那么金贵。你呀！怎么人一老比我们女人家还婆婆妈妈的？

夏阿楼 你的孙子小石头都这么大了，可我这么老了才做阿公，你不懂啊！

旺　婶 早知今日，何必当初？要不然你现在快要抱重孙了，活该！呵呵……

夏阿楼 唉，亲家母，别提了！

旺　婶 小石头，弟弟给阿婆抱。呵呵！别把你的夏公吓坏了。（抱过孩子，感慨地）锦民，你与三凤成亲了，阿宝也出世了。阿姆挂在心头的石头也就放下了。阿姆多谢你啊——（唱）

多谢你，不离弃，
有情人终把盖头披。
愿你俩往后日子和为贵，
相亲相爱做夫妻。

夏锦民
三　凤 阿姆。（唱）

阿姆语，如甘雨，
字字句句藏心里。
愿您健健朗朗活百岁，
才是儿女的好福气。

旺　婶　好好，三凤，阿宝还小，山风大，抱回家去吧。

［三凤应了一声，与锦民抱着孩子，拉着小石头下。

夏阿楼　（把旺婶拉到一旁，悄声地）亲家，清明和秋杏最近关系怎样？

旺　婶　唉！我眼皮总在跳，家里恐怕又会出什么事呀！

夏阿楼　（伤感地）唉！怪我当年老糊涂，清明十多年不认丈老我也就认了。可秋杏对他不错吧，他如今虽然发财了，总不能……

旺　婶　亲家，你放心，清明不是忘恩负义的人。

夏阿楼　可他一年回无几次家，秋杏苦啊！

旺　婶　缘分这东西！也许他们真是没缘分啊！

夏阿楼　你说什么？

旺　婶　我是担心他们……亲家呀！（唱）

儿女债，一生缠，
头发累白难偿还。
自从清明秋杏成亲后，
只见花儿开，不见瓜儿甜。
虽说家中日子越来越宽裕，
怎奈蛮牛在外不把妻挂牵。
苦了小秋杏，
有泪肚里咽。
清水作糊贴年画，
两头紧揿也不粘。

夏阿楼　你说什么？你的意思是同意他们离婚？

旺　婶　我不是这意思……

夏阿楼　（暴跳如雷地）那是什么意思？当年你们穷家烂舍，我的秋杏粉嘟嘟的一个黄花闺女甘愿嫁到你们王家去，十几年替你们养儿育女当牛做马，现在你们有几个臭钱了，人也被你们用残了，你们就想不要了。做梦吧，告诉你亲家，嫁出去的女儿泼出去的水，我夏阿楼做生意从来就没退货的。

旺　婶　亲家，你别生气，秋杏这么好的妹子，你想收回去我还不答应哪。

夏阿楼 那清明……

旺　婶 清明我已经跟他立了新规矩。

夏阿楼 什么新规矩？

旺　婶 往后不管他多忙，每个月都必须回家和秋杏团聚一次，月圆人也圆。

[暗转。夜，如银的月光洒满了沉睡的大地。

[山野间，秋杏挥舞着锄头，狠狠地敲打着脚下的菜地。

[伴唱：“月光如水露如霜，
园中种菜铲草秧。
手把锄头赶长夜，
为谁辛苦为谁忙？”

王清明 （心事重重上）秋杏……

秋　杏 你……你来干什么？

王清明 我……我来帮你锄菜地。

秋　杏 就这么点活，我自己能行，你回去陪阿姆吧。

王清明 秋杏，既然就这么点活，你又何苦干起来没日没夜呢？更何况我们现在的日子，也不在乎你……

秋　杏 我知道你不在乎我。

王清明 秋杏，我不是这个意思。

秋　杏 清明，我们还是离婚吧。

王清明 （大愕）什么？离婚！秋杏，别闹了好吗？

秋　杏 我不闹，我们命里无缘，好聚好散吧。

王清明 这……秋杏，还是过下去吧。我知道是我对不起你，其实我也不想伤你的心……

秋　杏 别说了，是我们没有做夫妻的福分！

王清明 离婚了，阿姆不想城里住，她老人家怎么办？

秋　杏 阿姆跟我过。

王清明 乡下的教育条件这么差，我正想把儿子接到城里上最好的学堂，离婚了，小石头怎么办？

秋　杏　儿子跟你过。

王清明　你都三十出头了，离婚了，往后你的日子怎么过？

秋　杏　天亮了起床，天黑了睡觉，该怎么过还是怎么过。

王清明　既然你已经吃了秤砣铁了心，那就离吧。……家产我分给你一半。

秋　杏　（摇摇头）我不要。

王清明　那就全部给你。

秋　杏　（爆发地）我一分钱都不要。

王清明　为什么？你为这个家付出了那么多，家里的财产是我们共同用血汗挣来的，你也应该分一半呀。

秋　杏　因为我夏秋杏分文不值。

王清明　秋杏，你要骂我也可以，你要打我也可以，可你不能这样。

（唱）　我不是青楼薄幸，
我不是无义的人。
难忘你月夜孤身来把银河渡，
违抗父命下嫁不嫌贫。
难忘你含辛茹苦撑起家门户，
养育孩子侍奉老母亲。
桩桩件件使我长相忆，
今日劳燕分飞我心头打碎五味瓶。

［清明抡起锄头，拼命地在菜园里挥舞。

秋　杏　清明，你发癫了！你不锄草锄我的菜干什么？

王清明　家都散了，这些菜还留来干什么？

秋　杏　家都散了，我不种这些菜还能干什么？

王清明　秋杏，如果你不同意收下这笔钱，我不跟你离婚。

秋　杏　（苦笑）清明，我们走到今天，谁也不容易，何苦呢？（唱）
你我婚姻已两清，
秋杏无须你可怜。
自从那夜风雨后，

献出了少女童贞。

为我相思梦，

为我心上人。

经风历雨也甘愿，

吃苦受累也开心。

分手后你也莫牵挂，

我有手有脚能安身。

[旺婶拄着拐杖由小石头引领着来到菜地旁，凝神静听。

秋　杏　我们还是离婚吧。

王清明　（发现母亲威严地站在跟前）阿姆！

旺　婶　（抡起拐杖打清明）打死你这忘恩负义的东西！

小石头　（惊呆）阿婆……（转身匆匆朝夏阿楼家跑去）

王清明　（愧疚地）阿姆——

秋　杏　阿姆，是我提出离婚的。

旺　婶　秋杏，阿姆还不糊涂。（唱）

自从你俩拜了天地入洞房，

秋杏家中千斤重担一肩扛。

田头地尾、针头线尾、灶头锅尾一把手，

日里带子，夜里思夫，长年侍奉老家娘。

这样的好媳妇打着灯笼都难寻，

糟糠之妻不下堂。

清明你手抚心肝问一问：

阿姆的叮嘱你是否还记心上？

秋　杏　（扑在旺婶怀中）阿姆——

王清明　（愧疚地）阿姆……我……

旺　婶　（牵过孩子的手）清明，秋杏，一夜夫妻百日恩呀！答应阿姆：你们一定要白头到老！

[清明与秋杏点了点头。

小石头 （匆匆上，回喊）阿公，快点，我爸跟我妈要离婚了！

夏阿楼 （手里拎着一只铜锣跟上）王清明真敢“退货”，叫我做蚀本生意，没那么容易！

夏锦民 （追上，喊）爸，你拎着铜锣干什么？

夏阿楼 （气哼哼）干什么？我要唱大戏，搞臭王清明。（敲锣）左邻右舍出来看呀，我们村里出了陈世美了。叔婆伯姆听清了，王清明过河拆桥……

夏锦民 （摁住父亲手中的铜锣）还嫌不够丢人是吗？

夏阿楼 （推开儿子）王清明连良心都不要了，我的老面皮还留来干什么？

秋　杏 （又羞又恼）爸，你干什么？

王清明 （冲到夏阿楼跟前，冷冷地）知道我跟秋杏为什么会想离婚吗？因为你——势利小人！（转身离去）

旺　婶 （大喝）清明，跟谁说话哪！

夏阿楼 你……你是瞎眼狗！

[切光。

8

[若干年后，当年的村婶已成了村婆。旺婶坐在榕树下的摇椅上，与众村婆摇着扇子闲聊唱山歌：

[伴唱：“光阴荏苒日月新，
　　　　夕照白头人。
　　　　古榕树下聊旧梦，
　　　　山歌唱年轻。”

一村婆 哎，旺嫂又睡着了。

一村婆 我看看，她没睡，你听，在唱山歌哪。

旺　婶 （断续地哼唱）风停了，雨收了，
　　　　西边的日头下山了。

清明发财了，
孙子成长了。
三凤梦圆了，
家门红旺了。
子贤媳孝无牵无挂了，
死鬼老伴也来到我梦里了……

[旺婶又昏睡过去。

一村婆 又睡着了，唉！旺嫂现在的日子好了，身体却不行了。

一村婆 想当年狼叼走了她家的一只羊，她拎起锄头一口气追过了两座山，硬是从狼嘴里把羊抢回来……如今她恐怕年夜饭都吃不到喽！

一村婆 嚼舌头，清明刚带她去做体检，医生说她没病。

一村婆 我看旺嫂这人呀，就是劳碌命，享不得福。

秋　杏 （上）我妈又睡着了？

一村婆 时醒时睡，懵懵懂懂。

[秋杏坐在婆婆身旁，替她摇扇赶苍蝇。

[一副落魄模样的王清明上。

王清明 （唱）　阿妈久病不见愈，
三餐吃无二粒米。
灵丹妙药不见效，
名医号脉说“当归”。
叫我乔装演“大戏”，
心病且用心药医。

秋　杏 （诧异地）清明，你怎么啦？

王清明 （将秋杏拉到一旁，悄声地）秋杏，我找了一位神医，他说有办法治阿姆的病。

秋　杏 那赶快带阿姆去看……

王清明 医生是看不好的，阿姆的病只有骗她才能好。

秋　杏 骗她？骗她什么？

王清明 骗她说——我落难了。

秋　杏 这……有用吗？

王清明 试试吧。记住，一定要保密。（跪在母亲跟前）阿姆——

旺　婶 （抬头看了儿子一眼，惊愕地）清明，你怎么这个模样？

王清明 我现在已经一无所有了啊！

旺　婶 你到底怎么啦？

王清明 阿姆——（唱）

人行衰运盐生虫，
漏船偏遇龙卷风。
商场棋局如赌博，
一招不慎输到空。
我这腰缠万贯的大老板，
转眼身无分文比乞丐穷。
如今城里难讨一碗饭，
只好回家躲雨避避风。

旺　婶 （焦虑地）你说什么？

王清明 阿姆，我做生意被人骗了，骗到倾家荡产了。

众村婆 （惊愕地）啊——

旺　婶 怎么会这样呢？怎么会这样呢？！

王清明 （作绝望状）阿姆，儿子死门绝路了，我该怎么办啊、怎么办啊！

旺　婶 （挣扎着坐了起来）清明，别这样，是我生的就给我腰板挺直来！

众村婆 旺嫂，莫急莫急。

旺　婶 清明，你现在有什么打算？

王清明 还能有什么办法？回家种菜卖，从头再来呗。

旺　婶 种农家菜卖到城里去？

王清明 （点点头）嗯。

旺　婶 （突然精神抖擞）好！像我的儿子！跌倒了会爬起来。你放心，种菜阿姆有秘诀，我教你们——（唱）

（唱） 日头下山还上山，
风高浪急船抢滩。
车到山前本有路，
最怕屈膝骨头弯。
时衰运败志莫短，
穷鬼也怕肩头烂。
阿姆这把老骨头，
且做你重新起步的垫脚板。
天塌地陷你给我跳过去，
山回水转你给我拼一番！

一村婆 （惊奇地发现）啊！大家看——旺嫂站起来了，我就说了，阎王爷还不收你哪！

旺 婶 是呀，奈何桥上转一圈，我又回来了。儿子有难了，看来我还得和阎王爷斗一斗！

秋 杏 （拉拉清明的衣角）真见效了！

王清明 （做个鬼脸）嘘——保密！

［暗转。夏阿楼家门前，夏阿楼挂起了一串长长的爆竹。

夏阿楼 （唱） 都说是女儿嫁了财神爷，
财神爷从不开口叫我爸。
泥菩萨今日过河落了水，
贱骨头又回乡下背犁铧。
胸口憋着一团气，
心疼秋杏我的娃。
上街买串红纸炮，
解解衰气辟辟邪。

［锦民与三凤手中拎着大包小包的鱼肉上。

三 凤 （奇怪地）爸，不过年不过节的，你挂纸炮干什么？

夏阿楼 辟邪！

夏锦民 爸，清明破产了，你这不是成心挑事吗？

夏阿楼 我在我家门口打纸炮，关你屁事。三凤，爸叫你买的菜买齐了吗？

三 凤 都买了。

夏锦民 （气恼地）原来今天你想开庆功宴是吗？爸，实话告诉你，今生我如果也碰见像你这样的丈老，我也不认。

夏阿楼 你——

旺 婶 （拄着拐杖上）亲家——

夏阿楼 亲家，你身体刚好，怎么就走出来……

旺 婶 我呀闲不得，喉咙痒痒，找亲家对山歌。

夏阿楼 对歌？咱俩牙都没了，说话漏风，唱歌不怕后生人笑话。

旺 婶 怕我了？

夏阿楼 怕你？对歌对得赢我夏阿楼的人还没出生哪！

旺 婶 行，如果今天你对输了，请你把这纸炮收起来。

夏阿楼 如果我赢了呢？

旺 婶 我替你点纸炮。

夏阿楼 好！咱俩斗了一辈子，今天就比个输赢。（唱）

我命犯孤老无人怜，
子唔孝来婿唔贤。
九曲烟筒气唔顺，
我点纸炮问问天。

旺 婶 （唱） 清明天生就硬颈，
我打我骂他唔听。
今日他落深潭水，
亲家莫再言语冷。

夏阿楼 （唱） 荷花出水有高低，
鸡麻生卵鸡公啼。
都说子唔嫌母丑，
心头怨气难释怀。

旺　婶　（唱）　时衰唔怕外人欺，

就怕亲人扯面皮。

养子唔教母之过，

我向亲家来赔礼。（欲向夏阿楼下跪）

夏阿楼　（忙将旺婶扶起）亲家，你干什么？

旺　婶　亲家，我对不起你呀！清明往日对你不孝，我没少骂他打他，可今日他焦头烂额了……我骂不开口，打不下手了啊……

夏阿楼　（激动地）亲家……

［伴唱："啊——

春蚕到死丝不尽，

可怜天下父母心。"

夏阿楼　亲家，这十里八乡，我夏阿楼今生就敬重你！可你看轻我了呀！

旺　婶　亲家，你这话的意思是……

夏阿楼　（伤感地指着自己的胸膛）我这……也是父母心啊！

旺　婶　亲家——

［清明、秋杏和小石头上。

秋　杏　（见眼前阵势，忐忑地）爸，你叫我们来干什么？

王清明　阿姆……？

秋　杏　爸，你挂纸炮干什么？

旺　婶　哈哈，十多年的老女婿了，第一次转外家，不该打纸炮欢迎吗？

夏阿楼　秋杏，爸叫你们回来，是想吃餐团圆饭。清明呀，做生意谁没有赚和蚀本的时候，天塌下来笠麻花。我老了，也帮不了你们多少了。（从口袋中颤巍巍掏出一本存折）这是我一生的积蓄，本想留给阿宝读书的，你就先拿去做本钱吧。

旺　婶　亲家——

王清明　我……（唱）

一本存折虽没多少钱，

捧在手心却是沉甸甸？

这一份暖暖的慈父心，

十八年怎就把它看贱！

王清明 爸——

夏阿楼 （一愣）什么！你说什么？！

旺　婶 亲家，清明叫你了。

王清明 对不起，爸——

夏阿楼 （激动地）唉——

众　人 哈……

[小石头突然将爆竹点响，大地一片欢腾。

[伴唱：“霜打岭岗草木黄，

春来花开十里香。

风雨洒下叶间露，

化作云彩映霞光。”

[剧终。

·客家山歌剧卷·

风从中原来

（曾用名《客魂·家风》）

编剧：林文祥　廖惠玲　刘海燕　蔡辉凌

人　物　表

李广传　　出身官宦之家，早年被迫参加反朝廷的义军，南迁后成为客家一族群的领袖。

孙立秋　　赵水德之嫩娇妻，侠女，外柔内刚，明事理，重大义。

盘阿月　　神婆的女儿，狂野热辣，与广传成亲后，成为典型的客家妇女。

赵水德　　已告老还乡的大宋朝臣，满门忠烈，颇有传统士人风骨。

神　婆　　主族村寨寨主、巫师。

钱守仁　　杏林中人。

王金贵　　清风镇守将。

赵三、一群汉民、主民和义军。

时　间：南宋末年。

地　点：淮水岸边清风镇、南迁途中、岭南深山九龙寨。

1

[主题曲：

“风卷黄河浪，
摇落岭南霜。
月照思乡路，
客民走四方。
问我哪里来？

中原是故乡。”

[南宋末年，淮水岸边——清风镇。

[赵氏庭院张灯结彩，赵水德怀抱婴儿与孙立秋站在门外迎宾客。

赵水德 （唱） 老树新枝喜鹊唱，
老年得子精神爽。
天赐赵门香火种，
高朋满座道吉祥。

钱守仁 水德翁，佩服！佩服！（唱）
告老还乡娶娇娘，
七十老翁添儿郎。

赵水德 （唱） 拜托老弟回春汤，
老夫聊发少年狂。

众　人 （唱） 稗官野史添轶事，
寻常百姓乐断肠。

[婴儿一声啼哭，尿湿了赵水德的衣衫。

[立秋忙将孩子抱下。

[李广传腰挎宝剑手拎一布包，领一群义军上。

李广传 （唱） 山河风雨飘摇，
官家自在逍遥。
李广传率弟兄今日替天行道，
杀父仇深如海难容老贼横刀。

[李广传杀气腾腾冲进宅院。

[众人大愕，忙护住赵水德。

钱守仁 广传，水德翁添新丁，你送什么大礼呀？

李广传 寒门穷舍，备份薄礼，望笑纳！（将包裹一扔）

钱守仁 （打开包裹，大惊）啊！人头！

赵水德 （上前一看）蛮夷首级！（抱拳）广传，中土冤魂多谢你了！赵三，将李大侠的厚礼收下。

赵　三 （走到包裹前，不知所措）这……

钱守仁 （厉声地）拿去喂狗——

赵水德 守仁老弟！蛮夷也是爹娘所养，算了，拿到后山安葬吧。

赵　三 哎。（下）

李广传 （怒眼相对）赵水德，你与家父同朝为官，情同手足，为何杀死他？

赵水德 令尊冒死进谏，触犯龙颜，老朽奉旨监斩，实属无奈！

李广传 奉旨监斩？好，今天我就替天行道。（拔剑直逼赵水德）

孙立秋 （上，挺身护住赵水德）住手！（惊愕地发现）广传！

李广传 （惊讶地）立秋！

赵水德 广传，有什么事冲我来，别为难我的夫人！

李广传 （一愣）夫人？立秋，你嫁给赵水德了？（欲杀赵水德）

孙立秋 广传，不能冤枉好人啊！

李广传 好人？他也算好人？

孙立秋 水德翁的五个儿子都为国捐躯了！你就放过他吧。

李广传 （震惊地）什么？赵水德的五个儿子都为国捐躯了？

钱守仁 是呀，广传，忠门不能绝后呀！

李广传 （愕然）啊！（唱）

登赵门本为那快意恩仇，
可眼前是非曲直把心揪。
赵水德风卷黄沙显忠骨，
绝非庙堂硕鼠。
立秋她鲜花甘为枯木放，
岂是市井俗流。
此仇若了断——
怎能剑指英烈下毒手？
此仇若不报——
怎向家父冤魂说缘由？

［王金贵领着一群士兵惶恐而上。

王金贵 水德翁，出大事了……

赵水德 出什么事了？

王金贵 一群蛮夷兵直奔清风镇来了！你们快逃吧。

李广传 王金贵，你这个缩头乌龟！

王金贵 反贼李广传！（忙拔剑）

赵水德 （劝和）王将军，大兵压境，别再窝里斗了。

王金贵 好，看在水德翁的面子上，今日就放你一马，告辞。（下）

［众人顿时乱成一团："怎么办……"

赵水德 （镇定地）大家安静，听老朽一言：纵观国势，淮南已无宁日！为防蛮夷屠城，大家还是逃吧，南迁去岭南，那边山高皇帝远，可以安身。

李广传 （桀骜地）懦夫！自从靖康之变，中原汉人一路南迁，好不容易清风镇落地生根近百年。除了逃，我们就没有别的本事了吗？

赵水德 多年征战，城中百姓少壮丁，哪能挡得住蛮夷铁蹄呀？

李广传 好，你们都逃吧。（喊）弟兄们，站着屙尿的都给我听好。

（唱） 中土汉子有血性，
誓死不让贼欺凌。
脑袋掉了碗大疤，
到处黄土可埋人。

李广传 走，跟蛮夷拼了。（领众弟兄下）

［立秋从赵三腰间拔出宝剑，欲跟广传奔赴战场。

钱守仁 （阻止）夫人——

赵水德 守仁兄弟，让夫人去吧。

［收光。

2

［寒风呼啸，满天飘雪。

［南迁的难民打着百家姓灯笼，扶老携幼蹒跚前行。

[立秋背着身负重伤的广传在雪地中艰难地跋涉。

众　人　（唱）　风卷黄河浪，

摇落岭南霜。

月照思乡路，

客民走四方。

问我哪里来？

中原是故乡。

[破庙内，立秋和钱守仁等守候着昏迷中的广传。

孙立秋　（喃喃地）广传！（唱）

人走他乡渺渺茫，

日日挑水为等郎。

只见河水东流去，

不见故人转家乡。

原想天边月缺角，

风送桃花飘落江……

李广传　（醒来）我在哪里？弟兄们呢？

一义军　大哥，弟兄们死伤过半……

李广传　（悲愤地）天啊！我要报仇。（倔强地爬了起来）

钱守仁　广传，养好伤再说吧。

李广传　我为什么没死？我还活着干什么！

孙立秋　留得青山在，不怕没柴烧呀。

李广传　（冷冷地）立秋，你走吧，你们都给我走！

[众人无奈地离去。

[立秋走到水井边，替广传洗血衣。

李广传　（唱）　高山顶上一株梅，

经霜挨雪红花开。

原想春来花枝俏，

谁料落红入尘埃。

孙立秋 （唱） 梅开不见竹马人，
风吹梅花过门庭。
手拿担竿挑菩萨，
还望广传多担神（承）。

李广传 （唱） 官作虎狼我作匪，
花出红墙无天理。
红梅本该傲霜雪，
岂容老鸦栖树枝。

孙立秋 （唱） 梅花好看梅子酸，
月老狠心红线断。
流水落花春去了，
莫让残枝挂心肝。

[广传起身出门。

孙立秋 广传，你要去哪？

李广传 既然你已经嫁人了，我是生是死关你什么事！

孙立秋 广传，五年了，你到底去哪啦？（哭）

李广传 当年朝廷降旨，我家满门抄斩，幸好有好心人星夜来报信，逃过一劫，从此我浪迹天涯……

孙立秋 没想到……你还在人世！广传，对不起！（深鞠一躬）

李广传 那好，什么也别说了，（拉立秋）走——

孙立秋 去哪？

李广传 私奔。

孙立秋 （推开广传）你发癫了！

李广传 我不管，你是我的。

孙立秋 广传，我们认命吧！（唱）
莫翻旧历算月圆，
人在咫尺奈何天。
妹子已做他人妇，

流水落花叹流年。
青丝缠了白头婿，
愿同甘苦不食言。
河边折柳成旧梦，
莫让清江再掀澜。
欠你柔情埋心底，
今生难还来生还。

李广传 为什么？难道你就为了赵水德那糟老头子。

孙立秋 糟老头子？广传，当年你遭受灭门之祸，知道是谁派人给你通风报信的么？

李广传 谁？

孙立秋 糟老头子。

李广传 （震惊地）什么？是赵水德救了我！（唱）

本与老贼不共戴天仇，
偏偏鬼门关上把我救。
旧恨尚未雪，
又把情债留。
仇人变恩人，
醋坛装新酒。
造化弄人天作孽，
五味翻滚绕心头。

钱守仁 （端药上）广传，刚熬的跌打药，趁热喝吧。

李广传 不喝，药能治我病，治不好我的命啊！

赵水德 （抱着孩子上）夫人，孩子要吃奶了。

孙立秋 老爷……（抱着孩子走出庙门）

赵水德 广传，你既然不肯吃药，那就喝酒。守仁老弟，去把先皇所赐的老酒拿来！

李广传 怎么，想和我斗酒？

赵水德 广传，按清风镇的规矩，恩恩怨怨，酒后了断，请。

[钱守仁端来一瓮酒。

赵水德 （唱） 知你蒙冤恨皇上，
何苦落草乱朝纲。

李广传 （唱） 皇天无道苍生苦，
你助纣为虐害忠良。

赵水德 （唱） 蚍蜉撼树不自量，
空让生灵遭祸殃！

李广传 （唱） 早让我等清君侧，
岂容蛮夷作虎狼。

赵水德 （唱） 姻缘本是天注定，
何苦拔剑为红妆？

李广传 （唱） 横刀夺爱割我肉，
还有脸面唱高腔。

赵水德 （唱） 冤仇终了断……

李广传 （唱） 无药治我伤……

赵水德 （醉醺醺地）立秋冒死把你从死人堆里救出来，广传，我也是男人呀！

李广传 什么？你说什么？

赵水德 是立秋救的你。

李广传 是立秋救的我？

赵水德 你别胡思乱想……立秋心肠好。

李广传 不，立秋喜欢的人是我。

赵水德 你——（唱）
孙立秋同我明媒正娶入洞房，
癞蛤蟆想吃天鹅白日梦一场。

李广传 （唱） 来来来——
奸贼你横刀夺爱老牛吃嫩草，
广传我雪耻报仇和你算旧账。

[两人大醉，广传拔剑架在赵水德的脖子上。

赵水德 嘿嘿，你要杀我？

李广传 怕不?

赵水德 不怕。(瞪着广传的剑惊叹)哇,好漂亮的剑!借我看看好吗?

李广传 (将剑收回)不准看,凭什么给你看?

赵水德 凭我救过你命。

李广传 你还杀死家父哪。

赵水德 扯平了。

李广传 扯平了?不对,你还娶了我的心上人做夫人……

赵水德 我夫人又救了你一条命,又扯平了。

李广传 又扯平了……不对,立秋本来就……

赵水德 广传,南迁之路,千里迢迢,群龙不可无首呀。岭南是荒蛮之地,扎根立足不容易呀!唉!大宋风雨飘摇,民不聊生。我老了,七十三,八十四,阎王不叫自己去。广传,拜托了,大汉血脉不能断呀!

[收光。

3

[南迁的汉人,一路风尘来到湘水岸边。

众　人 (重唱) 风卷黄河浪,
摇落岭南霜。
月照思乡路,
客民走四方。
问我哪里来?
中原是故乡。

赵　三 (拎着一双鞋急冲冲上)夫人——

孙立秋 赵三,老爷找到了吗?

赵　三 没哪,路上捡到了老爷的鞋……

孙立秋 (大惊)啊!

李广传 立秋，别急。守仁叔，你带大家先走，我去找他。（下）

［突然雷电交加，大雨倾盆。

［立秋领着众乡亲赶忙躲进山洞避雨。

［两个时辰后，广传手缠带血破布怒冲冲上。

孙立秋 广传，老爷呢？

李广传 （没好气地）死啦。

［赵水德怀抱着一部书狼狈地上。

孙立秋 （惊喜地）老爷，你到哪去了？

赵水德 我的《四书集注》半路上掉了，去寻回来。

钱守仁 水德翁，你受伤了？

赵水德 我没事，多亏广传相救，你快去看他的手……

孙立秋 广传的手怎么啦？（上前一看，见广传断了一指，大惊）

赵水德 我路上遇见强盗了，他们想抢我的书……

李广传 抢你的书？大宋重文轻武，你以为强盗也想考功名呀？

赵水德 广传，又何苦呢？几个山贼，凭你的武艺，打不过他们么？

李广传 你是人老眼花，还是装糊涂？没看见一群弓箭手埋在树林里吗？绿林规矩，出门不可空手归，你我身无分文，我不剁根手指给他们，你早就上西天了。

赵水德 广传，多谢了……可我就是死，能换回朱熹的《四书集注》，也值！

李广传 （痛斥）书生误国呀！蛮夷目不识丁，照样打得我们落花流水，大宋如今摇摇欲坠，都是你们这些迂腐书生造的孽！

赵水德 广传，没错，没有武功，江山不固，可没文治，苍生不宁呀！读书是汉人的立身之本呀！

［荒野寒灯，众后生捧着《四书集注》诵读：“故天将降大任于斯人也……”

［收光。

4

[岭南深山——九龙寨。

[广传游离于人群外，独自郁闷地坐在山野间饮酒。(唱)

身似浮萍漂南岭，
心似孤星伴月行。
醉后入梦佳人笑，
醒来难得到五更。

[广传横卧在石板上酣睡。

[盘阿月仿佛从天际间飘来，唱：

寨主女儿也苦恼，
二八芳龄尽妖娆。
主寨后生难如意，
空留爱火胸中烧。

盘阿月 (被广传英武的气质深深吸引) 真好看！(唱)

惊若天神卧云端，
搅翻阿月心和肝。
看一眼江水不流，
看两眼日月不转。

[阿月拔了一根茅草撩弄广传的脸。

[广传打了个喷嚏，翻身又睡。

盘阿月 (想了想，转身爬上石崖喊) 我要死了——

李广传 (被吵醒，忙冲上前去) 你想干什么？

盘阿月 你别救我，我要跳崖了。

李广传 阿妹，你有什么事想不开呀？

盘阿月 (唱) 妹子有了心上人，
一片芳心托终身。

谁知爱了无情汉，
除却巫山不见云。

李广传 唉，傻妹子！（唱）
妹子生得桃花俏，
何须为爱添烦恼？
莫因单恋歪颈树，
忘了天涯有芳草。

盘阿月 我不能死？

李广传 人生在世，谁能没不顺心的时候？想开点吧。

盘阿月 那你抱我下来。

[广传将阿月抱了下来，欲松手，阿月却反将他紧紧抱住。

盘阿月 你……你从哪里来？我好像见过你。

李广传 你认错人了，客民刚从中原来。

盘阿月 你叫什么名？

李广传 客民李广传。

盘阿月 广传哥，你要娶我做老婆吗？

李广传 你……开什么玩笑。

盘阿月 你不娶我，为什么要抱我？（唱）
主家规矩祖上留，
敢抱妹子不松手。
汉子一诺千斤重，
要抱抱到九十九。

李广传 胡闹！（转身匆匆下）

[赵水德在赵三的搀扶下，领难民艰难前行。

赵水德 （唱）半年来颠沛流离，
一路上凄风苦雨。
人困马乏粮草紧，
老吟病痛少哭饥。

岭南荒蛮多瘴气，

十有一二染疟疾。

[远处传来狗吠声，钱守仁惊慌失措上，唱：

治瘴疠上山采草药，

遇黄狗呲牙咧嘴叫。

举木棍吓狗莫挡道，

谁料想反被恶狗咬。

[大黄狗狂吠着追了上来，钱守仁仓皇躲闪。

[赵水德举起拐杖，一棍将狗打死。

[收光。

5

[主族村寨，一个巨大的狗头人身石雕前，嘟角声声，庄严肃穆。

神　婆　（领着主族人虔诚祭拜）儿孙拜龙爷，祖公佑主家——

[主族以狗为图腾，视为始祖，称之“龙爷”。

神　婆　阿月，今年龙爷生日，你还要对歌选郎么？

盘阿月　阿姆……我有心上人了。

神　婆　是谁？

盘阿月　阿姆——（唱）

他是天上五彩云，

眉清目秀好精神。

好比六月狗爪豆，

唔曾浸净会晕人。

族　人　（报）神婆，山下来了一群中原汉人，打死了龙爷。

神　婆　（大惊失色）啊！有多少汉人？

族　人　好多！密密麻麻！

神　婆　汉人现在在哪里？

族　人　在布袋谷。

神　婆　（冷冷一笑）布袋谷！哼哼！火烧布袋口，有脚无路走。乡亲们，操家伙，准备火把，为龙爷报仇。

［主族人手握弓箭刀枪，呼叫着将汉人团团围住。

赵水德　（疑惑地上前施礼）外乡客民拜见寨主。

神　婆　（愤怒地）你——

赵水德　黄狗咬人，被客民失手打死，还望各位主民多多包容。

神　婆　包容？龙爷是主家人的祖宗，杀死龙爷，天理难容！

赵水德　什么？祖宗！（唱）

一方水土一山风，
九龙寨民风更不同。
今日捅了弥天祸，
客民赔礼鞠个躬。

神　婆　（唱）国有国法族有规，
违者必究难放纵。
主家祖上有遗训：
杀了龙爷沉猪笼。

钱守仁　沉猪笼！这就沉猪笼了？（唱）

客民哪至受死罪？
天捅破了一窟窿。
龙爷再大是条狗，
让人偿命理不通。

神　婆　（恼怒地）你！乡亲们，打！

［众汉子冲上前去，棒打钱守仁。

赵水德　且慢。客民打死龙爷错在先，要杀要剐冲我来吧。

神　婆　好，既然龙爷是他打死的，（大喝）把他捆起来——

［众汉子将赵水德摁住。

李广传 （从人群中挺身而出）慢——

神　婆 你是哪路神仙？

李广传 踏浪江湖逍遥郎。

神　婆 你从哪里来？

李广传 从火海刀山来。

神　婆 你来干什么？

李广传 过门是客，刀下留人。

神　婆 他打死龙爷，放人没那么容易。

李广传 你看他老态龙钟，也相信他能打死恶狗？狗是我打死的。

神　婆 （指着广传叫嚣）沉猪笼——

［众主族汉子一拥而上抱住李广传的腿……

［李广传一招“罗汉拔葱”，汉子们纷纷倒地。

盘阿月 （惊赞地）啊！你好身手！

神　婆 （冷笑）哼，阿月，走。（拉着阿月领族人转眼消失在高山密林中）

李广传 （突然大惊失色）不好！凶多吉少！

赵水德 怎么啦？

李广传 这里三面环山是绝路，万一主民放火……

［神婆突然举着火把闪现在山巅，放声大笑。

［汉民顿时乱作一团。

［千钧一发之际，阿月突然回冲到汉人中间，抓起广传的剑横在自己的脖子上。

盘阿月 阿姆，你要放火，先把阿月烧死吧！

神　婆 （大惊）阿月——

赵水德 （唱）　火索命，

神　婆 （唱）　刀无情。

李广传 （唱）　莫胡闹，

盘阿月 （唱）　手抱紧。

憨哥哥，汗淋淋，

心如擂鼓面似红云。
妹是阿姆心头肉，
护你走出火海枪林。

李广传 （唱） 未曾问过名和姓，
虎口相逢你挺身。
葫芦里卖的什么药？
逼我欠你生死情。

神　婆 （唱） 阿月在人尖刀下，
阿姆无计乱了神。
手中火把烧胸口，
只恐误伤自家人。

赵水德 （唱） 广传重义不惜命，
铤而走险逞血性。
想死你还不够格，
黄泉不洗黑发尘。

赵水德 （唱） 莫放火——

众客民 （唱） 莫放火，莫放火。

神　婆 （唱） 快放人——

众主民 （唱） 快放人，快放人。

赵水德 （夺过广传的剑，推开阿月）广传，算了，能用残生了恩怨，不负明月照我心。

李广传 怕什么？我和他们拼了！（欲下）

赵水德 回来，广传！（唱）
没我一声令，
不准把命拼。
强龙难压地头蛇，
你有本事可脱身。
如与主民硬碰硬，

必然殃及众乡亲。

看看这老的老小的小伤的伤病的病——

怎经得刀光剑影？

赵水德 （大喝）来，龙爷是我杀的，一命还一命吧。（引颈自刎）

李广传 赵水德——

赵水德 （弥留之际）广传，《四书集注》……

李广传 （含悲怒斥）赵水德，老滑头！谁不知道寻死比活着容易呀？呵呵！你享福了，千斤重担扔给我！送我几本书什么意思？你真信半部《论语》能治天下呀？想让我学做书呆子？做梦！你不是会委曲求全吗？怎么就五子殉国了？你不是明哲保身吗？怎么连命都不要了？呵呵！你这不是逼我弯腰吗？（接过书）好，这书我收下。（跪下）我拜你这一身铁骨！但从今往后，是我族人，崇文尚武，耕读传家！

[收光。

6

[舞台切割成两个演区：客营和阿月家。

[客营，月夜，立秋身穿孝服痴望月。

李广传 （上）立秋……夫人，春夜露水冷，早点睡吧。

孙立秋 我睡不着。

李广传 夫人，你放心，今后我会照顾好你母子的。

孙立秋 我知道。

李广传 那……我走了。（欲下又顿住脚步）

孙立秋 （旁唱） 好想借他胸膛靠一靠，

让我肆无忌惮放声号。

李广传 （旁唱） 好想伸手将她抱一抱，

任她梨花带雨泪滔滔。

李广传 （旁唱） 好想时光能倒流，

孙立秋 （旁唱） 青梅树下好撒娇。

李广传 （旁唱） 好想化作一团火，

孙立秋 （旁唱） 暖我心房雪融消。

李广传
孙立秋 （重唱） 近在咫尺天涯远，

银河有恨无鹊桥。

纵是心头无他念，

眼前但见英魂飘。

［阿月家。阿月病倒在床，神婆焦急地侍候在床边。

神　婆 （唱） 都说鸡鸭难同巢，

偏偏老鼠爱上猫。

出门撞了桃花鬼，

女儿转来发高烧。

盘阿月 （突然从床上爬起）广传哥——

神　婆 阿月，你怎么啦？

盘阿月 （撒娇）阿姆，我要嫁广传哥。

神　婆 明年歌会，阿姆帮你找个九龙寨最靓的后生。

盘阿月 不要，我就喜欢他。（唱）

小时候汉人是老人故事里的星，

始相逢汉人成了阿月心中的神。

他是龙爷脱胎变王子，

他是神仙转世下凡尘。

我爱他的人品，

我爱他的赤诚。

好想跟他比肩同狩猎，

好想和他月夜歌传情。

［客营。

李广传 夫人，你要多保重。岭南多瘴气，不少乡亲都得了瘴疠，我真怕辜负了水德翁的重托呀！

孙立秋 守仁叔的父亲是朝廷御医，怎会治不好瘴疠呢？

李广传 朝廷御医治的是富贵病，哪见过疑难杂症呀。

钱守仁 （手拿一本书上）广传，找到了，找到了！

李广传 找到药方了？

钱守仁 书上说岭南九龙寨主族人有祖传治瘴疠的秘方。

孙立秋 广传，在人屋檐下，不得不低头呀。

李广传 那好吧，走。

［广传领立秋和钱守仁下。

［阿月家。

神　婆 愣妹子，汉人是借路过的。

盘阿月 把他们留下嘛。

神　婆 不行。

盘阿月 不行我就削发做尼姑。

神　婆 你呀——

族　人 （报）神婆，山下汉人李广传求见。

盘阿月 （兴奋地从床上跳了起来）他来求婚了，快请进来！

神　婆 鬼妹子，莫着急，阿姆还要考考他哪，走！

［收光。

7

［主寨，狗头人身像前，嘟角声声。

［族人引广传、立秋及钱守仁上。

李广传 （施礼）外乡客民拜见神婆。

神　婆 寻我什么事？

李广传 客民初到贵地，不少乡亲染了瘴疠，听说主家有祖传治病秘方，还望神婆慈悲为怀，救客民于水火。

神　婆 这……要秘方容易，不过你要答应我一个条件。

李广传 请讲。

盘阿月 你要和我成亲，娶我做老婆。

李广传 你说些什么?

盘阿月 （唱）　脸红耳赤不说话，

男人害羞像傻瓜。

李广传 （唱）　哪有女子自求嫁，

主家妹子性真野。

盘阿月 难道你?

李广传 对……客民心中有人了。（唱）

一壶难装两样酒，

一树难开两样花。

盘阿月 什么?（指立秋）是她吗?（唱）

我是主寨俏妹子，

体态容貌胜过她。

孙立秋 阿月，你误会了。

李广传 立秋……

孙立秋 （强装笑脸）广传，阿月喜欢你，是你福气啊!

李广传 不行的，我……

神　婆 既然做不成自家人，主家秘方不外传，阿月，送客。

盘阿月 （撒娇）阿姆——

孙立秋 神婆，求你了——

神　婆 （无奈地向女儿妥协）你呀!（对立秋）那好，如果他答应做我女婿，我不但给你治病秘方，客民还可以在九龙寨安身立命。

[众客民顿时一阵狂喜。

孙立秋 （唱）　半年来一路逃亡，

尝尽了苦雨冷霜。
秋水望穿家何处，
走到天边无涯乡。

钱守仁 （唱） 眼前难得安身地，
主家还能送秘方。
妹似春笋刚出土，
身上无花也晓香。

李广传 不行，如能让客民在九龙寨安身，广传情愿当牛做马。

神　婆 主家不缺牛马，我就缺女婿。

李广传 广传……做不到。

盘阿月 （哀求地）广传哥——（唱）
没有你三餐吃饭唔晓香，
没有你半夜睡目发痴狂。
只要娶我做妻子，
为你生子满厅堂。
到了夫家学规矩，
做好贤妻做好娘。

李广传 对不起，客民不敢高攀。

神　婆 既然无缘，秘方无份！

[赵三等一群汉民匆匆上。

赵　三 夫人——

孙立秋 （奇怪地）赵三，你怎么来了？

赵　三 夫人，不好了，好多乡亲也病了。

钱守仁 肯定又是瘴疠。

一老妇 （抱一婴儿）夫人、广传，我儿子被蛮夷杀死了，如今我孙子又得了瘴疠，广传，怎么办呀！如果我的孙子没了，我也不活了！救救我的孙子吧……

李广传 别急……我再想想办法。

钱守仁 广传，人命关天呀，你怎么就铁石心肠呢！

孙立秋 守仁叔，你先带她们回去看看吧。

[钱守仁领众客民下。

李广传 （唱） 岭南瘴疠猛如虎，
众亲惶惶无主张。
耳畔哀鸣如利箭，
刺人心肝揪人肠。
罢罢罢，
姻缘天注定，
不由人主张。

孙立秋 广传，拜托了！（唱）
未亡人冬去春来花难放，
青灯黄卷度余光。
纸鹞上天变风向，
扯断丝线任翱翔。
抹去带血泪，
且把私情藏。
牵过哥和妹，
立秋做红娘。

[立秋将广传和阿月的手牵在一起，转身掩泪下。

[伴唱："一边是泪眼汪汪挂肚肠，
一边是春雨飘江千层浪。
冰火两重天，
魂随云飘荡。"

[收光。

8

[伴唱："花开花落五年期，
流亡汉民得安居。

一河相隔客与主，

乌鹊通巢做邻里。”

[五年后。

[祠堂内，钱守仁领一群主客学子在诵读家训：

离乡背井河洛郎，

日久他乡即故乡。

世代不忘中土俗，

断炊不可断书香。

与邻相处和为贵，

家国兴亡勇担当。

[王金贵领着几个士兵急匆匆上，唱：

瑟瑟寒风黑乌天，

皇皇大宋塌了天。

中土京都已沦陷，

少主仓皇向南迁。

王金贵 （冻得浑身发抖）他娘的，没有想到岭南的天气也这么冷，赶紧喊人。

[一士兵敲锣。

一士兵 有人吗？快来人啊！

王金贵 各位乡亲，国家兴亡，草民有责，有福同享，有难同当。

[众人匆匆上。

李广传 王金贵？！

王金贵 反贼李广传！抓起来。（发现自己片刻间反被村民团团围住）哎呀，广传兄弟，开玩笑的，我正想送你一个将功赎罪的机会……

李广传 朝廷又有难了？

王金贵 （猛觉牛皮无法吹了）哎，这是朝廷机密，你怎么知道的？

李广传 朝廷无难，哪会想起我们草民百姓呀？

王金贵 人才呀！

李广传 快说，到底出什么事了？

王金贵 唉！蛮夷大举南下，京都已沦陷，万岁仓皇南逃，丞相命我火速组织岭南义军，救主勤王。

李广传 啊！（长叹一声）这一天，还是来了！

王金贵 广传兄弟，万岁已逃到九龙寨，快组织乡亲们勤王吧。

神　婆 什么？想叫我们为皇帝老儿卖命？笑话！

王金贵 国家兴亡，草民有责呀！

神　婆 蛮夷都是虎狼兵，山民不想引火烧身。

王金贵 你们敢抗旨！

神　婆 哼！谁当皇帝，关我屁事。

钱守仁 广传，来者不善，善者不来呀！

王金贵 国家兴亡，草民有责。

孙立秋 广传，你想去送死？

李广传 我们毕竟是大宋子民，不能做亡国奴呀！

孙立秋 呵呵！踏碎江湖十年浪，临了回头保帝王？

李广传 覆巢之下无完卵，岂容蛮夷逞猖狂！

孙立秋 草民不是补天匠，空让碧血染斜阳。

李广传 赵门五子殉国难，不枉人间活一场。

孙立秋 我保皇帝万万岁，谁为百姓保安康？

李广传 夫人，你变了，水德翁死不瞑目啊！

孙立秋 不，广传是你变了，变糊涂了。

李广传 好，那你先带众乡亲逃吧。我带众后生去同蛮夷拼命！

孙立秋 （狠打广传一耳光）广传，你可以不要命，九龙寨的血脉不能断呀！

李广传 （一愣）立秋——

王金贵 广传呀，逃也没用，当年清风镇……

李广传 清风镇怎么了？

王金贵 唉，当年你们刚逃离清风镇，蛮夷就开始屠城，一夜之间杀死几千汉民！三岁小孩都不放过呀！

孙立秋 （浑身发抖）什么？清风镇的乡亲都死了！

[一阵北风吹来。

李广传 吹北风了……

孙立秋 吹北风了……

李广传 （心头一震）吹北风了……呵呵呵！好啊！吹北风了！（唱）

腊月天，吹北风，
草民也有亡国痛。
亡国不亡浩然气，
男儿纵死做鬼雄。
腊月天，吹北风，
吹得心头一灵动。
既然逼我入穷境，
叫你自掘坟墓自送终。
来来来——
九村十寨众乡亲，
备好干茅和火种。
躲在半山悬崖下，
藏在密林乱草中。
蛮夷一旦进入布袋谷，
嘟角一响放火烧他个漫山花开天地红。

孙立秋 布火阵？

李广传 对，不怕死的跟我一起诱敌深入，火烧蛮夷。

孙立秋 广传……

李广传 立秋，你带大家快走！

孙立秋 广传——

李广传 生当作人杰，死亦为鬼雄。

孙立秋 （忍痛嘶喊）走！（领众人下）

盘阿月 （拿着披风上）广传哥——

李广传 阿月，贤妻啊，奈何桥上我等你！

盘阿月 （一把抱住广传）（唱）

日沉西山大江去，
好想牵住哥衫尾。
明知难挡英雄气，
魂飘云端泪如雨。

李广传 （唱） 今生有幸妹作妻，
纵死夜夜入梦里。
欠你恩情欠你爱，
来生做奴报答你。
精卫填海知是徒劳，
血脉传承妹要担起。

[收光。

9

[布袋谷周围，主、客乡亲手持火把上。

[伴唱："烈火冲天玉石焚，
铮铮硬骨傲千军。
青山无辜经火烤，
草民怀恨护国魂。"

[广传从山坡上冲了下来。

[立秋突然从广传身后闪出。

孙立秋 广传——

李广传 （大惊）立秋，你来干什么？快走。

孙立秋 广传，要死一块死。

李广传 你糊涂呀！

孙立秋 我们已经没有退路了。你看，蛮夷已经钻入布袋谷了。

李广传 烧——

[远处突然传来嘟角声，布袋谷顿时火光冲天。

李广传 立秋，我们今生无缘，没想到死后化作一堆灰！

孙立秋 不，是二堆灰。广传，眼看你和阿月就要天上人间了，到了天上，如果你感到寂寞难耐，你就来找我和水德翁泡茶。

李广传 好，如果水德翁到外面喝花酒了，我就过去陪你喝茶。

孙立秋 我俩就要死了，定个名分吧，也不枉人世相好一场呀！

李广传 好，做姐弟吧。

孙立秋 哎，做姐弟。

俩　人 （唱）　铁蹄踏碎温柔梦，
遍地落红乱纷纷。
江湖姐弟沙场老，
一缕青烟祭昆仑。

[收光。

10

[数月后，盘阿月等站在村口，送别众后生。

盘阿月 （唱）　江河同悲泣，
大宋王旗改。
七万铁血汉，
毅然投沧海。
数月前众亲殉国火烧布袋谷，
元军损兵折将没少把苦头挨。
蛮夷非良善，
难料他秋后算账屠城洗寨来。
广传哥化作青烟驾鹤去，

阿月我忍悲含泪保血脉。
驱后生走他乡实属无奈，
别故土谋生存避避祸灾。

钱守仁 阿月，跟我们一起走吧。

盘阿月 不，广传哥的尸骨还在九龙寨哪，我要陪他。（将书递给一后生）尚文，这是你爹水德翁留下的《四书集注》，带上吧。

尚 文 娘——（跪下）

盘阿月 （强忍悲伤，喝令）走——

[客家人又一次打着百家姓灯笼上路，继续向外迁徙……

[伴唱："风卷黄河浪，
摇落岭南霜。
月照思乡路，
客民走四方。
问我哪里来？
中原是故乡。"

[剧终。

·客家山歌剧卷·

红婚纱

编剧：林文祥　罗锐曾

人　物　表

立　春　　中年，清河寨妇女，与丈夫刘有田分居后，独自在乡下经营一个私营工厂。

张德水　　中年，曾是“扎根”清河寨的知青，立春的初恋情人，回城多年后，当了环保局局长。

刘有田　　中年，早年家境贫寒，发迹后，在城里开了一家公司。

徐福来　　中年，清河寨村民委员会主任，村民习惯叫他村长。

小　雪　　青年，立春的女儿。

王晓晨　　青年，环保局干部，小雪的男友。

王晓琴　　青年，王晓晨的姐姐。

青年立春、青年有田、青年德水。

村民若干、几对青年男女。

时　间：当代。

地　点：客家山村 ——清河寨。

序　幕

[清河弯，柳丝长。

[伴唱：“清河水，十八弯，

岁岁年年水打滩。

春雨秋风河边柳，

旧梦新歌总相缠。”

[歌声中，一对对青年男女面对清粼粼的河水展示着情恋之舞。

[时空幻化：清水河畔走出一对情爱缠绵的青年男女，他们是相爱中的立春和张德水。

[画外音：“立春，有朝一日我张德水一定会带你进城，给你披上最漂亮的婚纱！”

[“婚纱？我要红婚纱……”立春回应。

[“好！红婚纱！”张德水冲动地一把抱起了立春。

[立春那“红婚纱”的叨念渐弱渐远……

[声音渐渐转换为立春痛苦而凄然的大笑，幻觉消失。

青年立春 （唱）一河清水急湫湫，
难洗心头百般羞。
往日诺言犹在耳，
今朝春梦付江流。

[立春一步一步走向清水河……

[青年刘有田撑着竹排从远处漂来。

青年有田 （惊呼）立春，你这是干什么？

[青年有田呼叫着纵身跳下河去，一把将立春抱住。

青年立春 有田哥，为什么救我、为什么要救我呀？

青年有田 立春，你为什么要做这傻事啊？

青年立春 （哭着，失态地喃喃）张德水他……

青年有田 张德水怎么啦？

青年立春 他消失了，红婚纱飘走了，走了……那只是一个梦……

青年有田 （愤怒）什么？那个知青一进城就抛弃了你？我……我找他去。

青年立春 （一把拖住有田，泪如雨下）不，别去，别去了！他家不会开门的。这都是命，是命啊！（捂脸大恸，一张化验单随之落下）

青年有田 （接住）化验单？（看单震惊）立春，你……你怀孕了？

青年立春 我……我没脸做人了……（哭着向河中冲去）

青年有田 （急冲上前将立春抱住）立春、立春……

青年立春 （挣扎）放开我、放开我！

青年有田 立春！张德水不要你……我娶你！

青年立春 （惊疑地）你？

青年有田 （坚定地）我！

青年立春 有田哥……（瘫软在有田的怀里）

［伴唱："清河水，十八弯，

岁岁年年水打滩。

春雨秋风河边柳，

旧梦新歌总相缠。"

［歌声中光渐收。

一

［二十年后。乾坤巨变，清河寨已是一片繁华。

［伴唱："光阴似箭二十年，

清河一改旧时颜。

花开花谢风吹过，

情长情短在心田。"

［立春家庭院。立春正为女儿缝制红色的婚纱。

立　春 （唱）准女婿今日要来家，

立春我端坐门前缝婚纱。

丝丝牵来长相忆，

针针挑起旧月华。

心肝宝贝好女儿，

你的命运莫像妈。

二十年，妈似青藤缠树虫啮断，

岁月无情心结疤。

阿妈未了的婚纱梦——

但愿化作女儿身上花。

[随着小雪吆喝牲口似的一声“驾！”王晓晨背着小雪上。

小　雪　（唱）　初次相约见双亲，

小雪我装作脚偏筋。

王晓晨　（唱）　晓晨我好像猪八戒，

背着媳妇来登门。

小　雪　呵呵，你这是猪八戒背媳妇，头一回吧。好了，我们到家了，走。

（跳下地，向家门走去）

王晓晨　（喝止）等一下！别动！

小　雪　（不解）怎么了？

王晓晨　（疑惑）你——你不是脚偏筋么？

小　雪　（抑制不住大笑）哈哈哈，我不说脚偏筋，你肯背我？

王晓晨　（醒悟）你——好哇，你骗人。

[晓晨追逐着小雪，与出门的立春撞个满怀。

晓　晨　（尴尬）阿姨，对不起，我……

小　雪　（大笑着）什么阿姨，这可是你未来的丈母娘。

晓　晨　（惊呆）啊！（自语）这么年轻啊。

小　雪　好哇，刚见面就拍马屁了。

晓　晨　（争辩）阿姨是年轻嘛。

立　春　（开心大笑）好，好，好！年轻，年轻。

小　雪　妈，我隆重推出：这是我的男朋友，师范学院的同学、环保干部……

王晓晨　（紧张地）王……王晓晨。

[小雪见状，大笑不止。晓晨愈发地紧张尴尬。

[立春目不转睛地仔细打量着王晓晨，晓晨羞涩得不知如何是好。

小　雪　（替晓晨解围）妈！看清楚了吗？要不要放大镜啊？

立　春　鬼妹子，我就是看不够！

小　雪　（将晓晨拉过身边）那你就再看个够！

（唱）　妈妈先看这身材，

立　春　（唱）　个子不高也不矮。

小　雪　（唱）　再看长得帅不帅？

立　春　（唱）　俊俊朗朗有神采。

小　雪　（唱）　我看他像猪八戒，

立　春　（唱）　我看你才像妖怪。

小　雪　哟，刚进门就偏心婿郎了？哈……

立　春　没正经。晓晨，来，我们进屋。（边走边说）你爸妈还好吧？

王晓晨　我爸妈都去世了。

立　春　哟，对不起。那你……

王晓晨　我只有一个阿姐。

立　春　那谁供你上的大学？

王晓晨　是我阿姐。为让我读书，我姐十六岁就开始到城里打工了。

立　春　不容易呀！晓晨，你有这样的阿姐，福气啊！

小　雪　（发现桌上的婚纱）哟，妈，你这缝的是什么呀？

立　春　啊，是妈给你准备的婚纱。

王晓晨　婚纱？怎么是红色的呀？城里都是白色的。

立　春　乡下人讲究个红红旺旺。

小　雪　妈喜欢红色我就穿红色。来，我试试合不合身。（欲当场解衣）

立　春　进屋去！

［立春推搡着嘻嘻哈哈的小雪与晓晨下。

［西装革履的刘有田春风得意地上。

刘有田　（唱）　时来蛤蟆跳上岸，

运转水鬼升社官。

刘有田往日是山里穷小子，

眨眼间变成了城里大老板。

无奈何与立春长期冷战，

协议分居好几年。

小雪订婚我重把旧家进，

父女情深我要替她终生幸福把把关。

（回头）晓琴，你快点呀。

王晓琴 （上）有田，一进村，我、我就心神不定。

刘有田 怕什么呀？

王晓琴 怕立春姐她……

刘有田 我与立春都分居几年了，我们的事她也早就晓得了，照样是风平浪静。今日小雪的男朋友，我的准女婿上门，大家都见见面，不会有事。

王晓琴 （嘟囔）可我……我算什么啊。

刘有田 （纠结）这……嘿，你既然是我刘有田的女人，那就是小雪的……这个……细姆（小妈），对！细姆。（笑着调侃）细姆，走吧！（拉晓琴进门，喊）立春！

立　春 （上，一怔）有田，你……（指晓琴）这是？

刘有田 （大大咧咧）哦，这就是跟你说过的我的那个女人，（招呼晓琴）这是小雪的妈，还不快叫……

王晓琴 （怯怯地）立春姐。

立　春 （强压妒火，制止）我不是你的立春姐，（压抑着）刘有田你在外怎么乱搞我管不了，可你怎么能将她带进家来？

刘有田 （忙解释）立春，我没别的意思，今天是准女婿上门，我这做父亲的总该为女儿把把关吧。再说一家人总该见见面，省得以后见了面都不认识，所以，就把她……

立　春 （气愤地）别说了……（强压火气）刘有田，这和她没关系！

王晓琴 （胆怯）立春姐，那我……我走……

刘有田 （拖住）别走，我刘有田的女人，见见女儿和准女婿有什么不可以！

立　春 （怒）你……

[徐福来匆匆上。

徐福来 立春、立春，呵，有田也回来了。

刘有田 （酸溜溜地）噢，福来村长，又来找立春啊？

徐福来 （尴尬）我…… 我这找立春有急事。

立　春 （故意亲热地）福来哥，有什么事？

徐福来 唉！你的工厂排污又超标了，环保局刚刚送来的罚单，还说下一步要清理污染企业。

立　春 （愣）这……

刘有田 （关心）立春，这排污是怎么回事？

立　春 不关你的事，村里哪家厂子不排污？（没好气地）村长，我家的污染才长缠哪。

刘有田 （听出话里有话）立春，你……这是什么意思？

立　春 没什么意思，肚痛肚知，心痛心知。

徐福来 （故意调节气氛）哈哈哈，立春，开什么玩笑！这新楼干干净净怎么会有污染呢？有田，你说是不是？

刘有田 （语塞）你……

[小雪穿着婚纱与晓晨打闹着上。

小　雪 啊哈……妈，你看晓晨把婚纱给我穿反了。哈……

刘有田 小雪！

小　雪 啊，爸，你也回来了？

刘有田 准女婿上门，爸能不回来吗？

小　雪 （搂着父亲，撒娇）爸，你真好！介绍一下：这是我男朋友王晓晨。

王晓琴 （惊愕地）晓晨，怎么是你！

王晓晨 （惊讶）阿姐？你……

刘有田 （纠正）不是阿姐，她是我的女人，你该叫细姆。

王晓琴 （有苦难言）有田……

立　春 （气愤）刘有田，你……

刘有田 （改口）哦，叫阿姨，暂时叫阿姨。

王晓晨 不，不！她是我亲阿姐呀？！

[众人震惊——呆立。

[伴唱："线穿豆腐系难提，

亲亲阿姐变作姨。
上扣搭到下扣眼，
谁能解开是与非？”

二

[三束光下：立春、刘有田、小雪在内心独白与心灵交流——

三　人（同唱）心堤断了坝，
只见水打杈。
勾勾挽挽扯心肺，
翻肠搅肚一团麻。

立　春（唱）刘有田，你找月宫嫦娥我不管，
只望你莫要毁了我的家。

刘有田（唱）立春啊，刘有田今生亏得大，
替人养女还把麻烦惹。

小　雪（唱）阿爸呀，世上女人千千万，
为什么偏偏勾上晓晨他阿姐？

立　春（唱）如果你还念着当年的夫妻情分，
就给我留下遮羞护体的半片纱。

刘有田（唱）怪只怪你无能为我生儿女，
我不能断了刘家亲血脉。

小　雪（唱）阿爸呀，他日和你再见面，
该叫你姐夫还是叫阿爸？
天哪！怎么会这样啊！

[伴唱：“清清河水起浑波，
有鱼无鱼打暗摸。
口中念着鲢鲤到，

谁知钩起棘一坨。”

三

[环保局办公室。王晓晨坐立不安，心绪不宁。

王晓晨 （唱） 自从那天上门后，

心头打上死结头。

夜夜醒眼三更过，

日里上班魂也丢。

[小雪上。

小　雪 （唱） 水打鲤鱼上沙滩，

本是成对变成单。

不信只有藤缠树，

小雪偏要树缠藤！（进门）

王晓晨 小雪？你……你怎么到我办公室来了？

小　雪 想你了！

王晓晨 哎哟，你小声点，这是办公室啊。（掩门）

小　雪 晓晨，你为什么一直躲着我？

王晓晨 我……我姐对不住你，我没脸见你了！

小　雪 无脸见人的是他们，关我们什么事？

王晓晨 可我……都这样的局面了，叫我怎么办啊？

小　雪 我爸跟你姐的错，凭什么让我们来承担？

王晓晨 可那毕竟是你亲阿爸，是我的亲阿姐啊？

小　雪 我不管！（唱）

天要下雨让它下，

地要刮风让它刮。

旁人笑话让他笑，

自己主意自己拿。
你可以把我爸叫姐夫，
我可以把你姐当后妈！
只要我俩情不变，
天塌下来也是笠麻花！

王晓晨 （心慌意乱）你……

小　雪 （痛苦）晓晨，我也知道你为难。这段时间，我也一直想忘了你，可是我忘不了！我没办法。晓晨，我爱你！我爱你啊！（失声哭泣）

王晓晨 小雪，别哭！我心里本来就难受，你这一哭，我的心就更乱了！我们还是都冷静点好吗？咱俩的事，以后再说吧。

小　雪 你——

[已经年过半百的张德水上。

张德水 （愕然地）你们——

王晓晨 （忙拭干泪）局长，她……她是我师范学院的同学，叫小雪。

小　雪 （慌乱）你是局长？

张德水 哦，张德水。晓晨，怎么不给客人倒茶？

小　雪 张局长，对不起，打扰你们了，我……我有事先走了。（转身匆匆下）

张德水 （盯望着小雪背影）哎，晓晨，你这同学，我怎么会那么眼熟呀？

王晓晨 局长，你见过她？

张德水 （摇头）没有，（自言自语）怎么那么像我妈年轻时候，晓晨，你这同学是什么地方人呀？

王晓晨 清河寨人。

张德水 （闻言一愣）清河寨……（思忖片刻，摇头）不可能，这不可能。

王晓晨 （不解）局长，什么不可能？

张德水 噢，没什么。晓晨啊，最近有不少群众写信投诉，说清水河工业污染越来越严重。政府决定重点整顿污染企业，责令我们环保局派出工作组做好企业主和群众的思想工作。正巧你的同学是清河寨人，那就你去吧，利用同学情谊，更方便沟通。

王晓晨 这……局长，能派别人去么？

张德水 （意外）嗯？理由？

王晓晨 我……（摇头）没有理由。

张德水 那就服从安排。（感叹）清河寨山清水秀是个好地方哪！如果让那些财迷心窍的人给毁了，是我们的失职啊！

王晓晨 局长，你也到过清河寨？

张德水 何止是到过，我还算半个清河寨人哪！

（唱） 当年我上山下乡插队清河寨，
那里留下我终生萦梦的情怀。
清河绕村走，
牧童骑牛背。
姑娘俏如花，
山歌入夜来……（神情渐渐凝重）

王晓晨 局长，你有心事？

张德水 唉，往事如烟，往事如烟啊！不说了，你准备准备，明天就出发。

王晓晨 是。（欲下）

张德水 （心情复杂地）等等。

王晓晨 局长，还有什么吩咐？

张德水 晓晨啊，去到清河寨帮我打听一个人。

王晓晨 谁？

张德水 一个叫立春的女人！

王晓晨 （惊讶）立春阿姨！

张德水 （疑惑）你……

［收光。

四

［伴唱："麻索断了篾来驳，
船桨断了把稳舵。

挑担行到山风口，

扁担当凳打横坐。”

[工厂办公室。小雪坐在电脑前，神情呆滞。

[立春上，看了女儿一眼，长叹一口气。

立　春　（唱）　劳燕弃巢各自飞，

城门失火殃池鱼。

工厂经营尽管千头万绪，

放得下拿得起我运作自如。

佛争香火人争气，

没有男人照样做得风生水起。

怕只怕看见小雪满面霜，

尴尬情缘囫心里。

立　春　小雪，又想王晓晨了？

小　雪　妈，我……我没想……（转身捂脸抹泪）

立　春　唉，傻丫头，妈是过来人，妈知道你是放不下他呀。

小　雪　（哽咽着，赌气地）有什么放不下的，三只脚的蛤蟆难找，两只脚的男人遍地都是，我凭什么要想他……（情难自禁地失声哭泣）

立　春　（怜爱地）小雪……

徐福来　（上）立春，环保局又来人了。

立　春　不是刚刚才交了罚款吗？

徐福来　这次不是罚款的事，政府要强行关闭污染企业。

立　春　（一愣）什么！关闭企业？！

徐福来　立春，你别紧张，俗话说，兵来将挡，水来土掩。工厂的事也是村里的事，天塌下来我替你顶着。

立　春　福来哥！你……你拿什么去顶啊！

徐福来　我自有办法，（欲下，复转身）立春，你一定别急，别急啊……（叮嘱小雪）小雪，好好照顾你妈妈！（急匆匆下）

立　春　（无力地跌坐，自语）祸不单行啊！

小　雪　妈，会没事的，福来叔会应付过去的。你坐着，我去泡茶。

[小雪入内。王晓晨忐忑地上。

王晓晨　（唱）　公务在身听差遣，
硬着头皮厚着脸。
胸中好似雷击鼓，
行路好像脚弹弦。

（艰难地踏入办公室）阿姨……

立　春　（愕然）晓晨，是你？

王晓晨　阿姨，我、我……

立　春　一回生，二回熟，来来，快坐。（转身呼喊）小雪，小雪，晓晨来了！

王晓晨　阿姨，我这次不是来找小雪的，我是有公务在身。

立　春　公务？（突然醒悟）哦？莫非你……你是来关闭工厂的？

王晓晨　（忙辩解）不！不是的，我……

小　雪　（上，欲将晓晨推出门外）晓晨！你是来找我的吧？走，我们出去谈！

王晓晨　不！小雪，我确实是公务在身，阿姨……

小　雪　（不由分说）王晓晨，别说了！

王晓晨　（无助地）小雪，原谅我，我职责在身，不得不说啊！

小　雪　（气愤）你……

立　春　小雪，让晓晨说吧。

王晓晨　阿姨，谢谢你！我这次来就是要向你们转达，政府准备整顿清水河水系的污染企业……

立　春　噢？也包括我的工厂？

王晓晨　对不起，阿姨，不过……（欲从挎包中掏东西）

[门外突然传乱哄哄的人群呼喊："封厂啦！封厂啦！""谁敢封厂就跟谁拼命！拼命！"

[几位领头的乡亲闹哄哄地上，徐福来佯作阻止着大家的样子追上。

徐福来　站住！你们都给我站住！（回头安抚众人）各位乡亲，全体职工，大家莫冲动，莫冲动啊！我们有我们的难处，政府有政府的道理。既然工厂要关闭了，大家就面对现实，回家耕田去吧。

[门外人群顿时炸开了锅："为什么？为什么？"

徐福来 大家有话好好说！好好说呀！（转对王晓晨）王干部，你看这……这关工厂可是大事，万一引起民愤，怕是要出大事的啊！

王晓晨 （手足无措）我……我……

徐福来 我看这民意不好惹，还是请你跟大家讲讲政府的道理吧。

王晓晨 （结结巴巴地）各位乡亲！乡亲们呀！

（唱） 我们只有一个地球，

月球没有人类的户口。

为了我们的子孙后代，

不能让工业污水向河里流。

[门外一村民："呸！什么月球，地球！我们出汗挣钱，谁也不求！"另一村民："是啊！你砸我们的饭碗，就不怕断子绝孙！乡亲们，你们说是不是啊？"众人起哄："可不是吗！"

一村民 （唱） 工厂关了怎么办？

众　人 （唱） 怎么办？怎么办？

一村民 （唱） 谁管我们吃和穿？

众　人 （唱） 谁管我们吃和穿？

一村民 （唱） 又无阿姐傍大款，

哪来舒舒服服吃软饭？

[众人哄堂大笑。

立　春 （闻言拍案而起，大喝）好啦，你们闹什么闹！

[众乡亲顿时鸦雀无声，一片寂然。

立　春 （将徐福来拉到一旁）你搞什么名堂？

徐福来 这叫上有政策，下有对策。

立　春 （气恼地）你——

徐福来 立春，我，我不能眼睁睁地看着你受委屈。我就是想帮帮你！

立　春 （嗔怪）福来哥，别忘了你可是村长！

徐福来 （无语）我……

立　春 （转身宽慰晓晨）晓晨，对不起！（对村民）大家先回去吧，只要我立春还有一口饭，就绝不会让大家饿着，工厂的事我会解决的，相信我，大家先回去吧！

徐福来 （忙劝大家离去）走吧！都回去吧！

[众人见状议论纷纷地下。

王晓晨 阿姨，别生气！乡亲们的心情我理解。（打开公文包，取出一份材料）为解决污染问题，我们局长特意找人为你草拟了一份污水处理方案，只要投入三百万左右就能安装一套污水处理系统，那时工厂就可以照常生产了。

立　春 （愣怔）三百万？

王晓晨 （深鞠一躬）阿姨，我先回去了。（转对小雪欲语又止，少顷，下）

小　雪 晓晨——（追下）

立　春 唉！（瘫坐在沙发上）

徐福来 （歉疚地）立春……

立　春 福来啊！看来工厂不装污水处理系统，靠打游击生产终究不是长久之计哪，可我目前资金周转还比较困难，到哪去找这三百万呀？

徐福来 立春，要不我替你去找刘有田帮忙？

立　春 （闻言气愤）找他？哼！

（唱）　刘有田纵然打个喷嚏会海啸，
　　　　立春我企在屋檐下面也不摇。
　　　　他上天摘得云中月，
　　　　我冷眼不把贵人瞧。
　　　　他做他的温柔梦，
　　　　我做我的过冬鸟。

徐福来 立春，你们毕竟还没有离婚，眼下又等资金救急，这又是何苦呢？

立　春 我不求他！

徐福来 那……那你现在只剩下一步棋可走。

立　春 什么棋？

徐福来 说出来你可别生气。

立　春 有话你就快说，婆婆妈妈的。

徐福来 我打听过了，新来的环保局局长就是当年在清河寨插队的知青——张德水。

立　春 （闻言一愣）谁？

徐福来 张——德——水！

立　春 （惊呆）是他！

[伴唱：“一只青果吞肚间，
酸酸涩涩几多年。
今日行船逆水走，
河里起浪肚里翻。”

五

[两束聚光投下，现出张德水与刘有田徘徊的身影。

二　人 （唱） 当初离开清河寨，
丝丝柔情绕心怀。

刘有田 （唱） 二十年夫妻梦破碎，
立春她偏偏要隔三岔五入梦来。

张德水 （唱） 二十年后天地变，
张德水如今把环保局局长帽子戴。

二　人 （唱） 立春办厂严重污染，
屡遭投诉难遮难盖。

刘有田 （唱） 我心焦麻乱，

张德水 （唱） 我难剪难裁。

刘有田 （唱） 我怎能眼睁睁看着不伸援手？

张德水 （唱） 念在前情我又该作如何铺排？

[伴唱：“心结总缠绕啊，

旧情抛不开。”

[刘有田手机响起。

刘有田 （接电话）是小雪？……好，好，我马上过去。（下）

张德水 （打手机）是立春吗？……我是张德水。我们能不能见一面，我有话说……老地方，不见不散……

[灯光转换。清水河畔柳树前。云烟弥漫，夜色氤氲。一群青年男女在河边漫步。

[伴唱：“清河水，十八弯，

岁岁年年水打滩。

春雨秋风河边柳，

旧梦新歌总相缠。”

[立春与张德水上。

二　人 （各自喃喃自语）老地方、老地方……

立　春 （唱）　岁月把人催，

张德水 （唱）　又见旧时柳。

立　春 （唱）　往日的山歌成怨曲，

张德水 （唱）　旧情相见愧又羞。

立　春 （唱）　我心中好似浪潮滚，

张德水 （唱）　我脚下好似地皮抖。

立　春 （唱）　忘不了怀春少女恋知青，

张德水 （唱）　那时节春光寂寞开情窦……

立　春 （唱）　远去的诺言耳边绕，

张德水 （唱）　往昔的景象眼前浮——

[河边漫步男女幻化为立春、德水眼中旧时情景。一幕一幕仿佛就在眼前——

[画外音：“结婚时，我一定要给你披上洁白的婚纱！”

[青年立春：“不，我要红色的婚纱！”

[青年德水：“红色婚纱？为什么要红色？”

[青年立春：“乡下人爱红，红色吉利，喜庆！我喜欢红色的感觉。”

[青年德水：“好，那就披红婚纱！”

[二人同声：“红婚纱！”

[两青年笑闹着隐去……

[张德水与立春从追忆中回过神来——俩人不期而遇，一时欲言又止。

张德水 （心情复杂地）立春！

立　春 （抑制着）你……

张德水 我……立春，你还好么？

立　春 我好不好已经和你没有关系了。

张德水 （语塞）这……

立　春 （爱恨交加）二十年，整整二十年啊！你真狠心……（伤感难言）

张德水 立春，对不起，当初是我不好，我不该一走了之，可那时我也是身不由已啊……

立　春 （打断）别说了，我不再想知道原因，没意义了。

张德水 立春，我知道不管我做什么都已无法抚平你的创伤，但是，我还是想尽可能地帮帮你。

立　春 （苦笑）帮我，德水，张局长！多谢你的好心。

张德水 立春，听晓晨说，你与刘有田过得并不好。

立　春 张德水，你无权过问我家的私事！你现在春风得意了，是吗？你是成心要来看我的笑话，是吗？

张德水 立春，不是这样，我……

立　春 （凄然）哈……张德水啊张德水！

（唱）　人一去，音信杳渺，

二十年，梦断情了。

今日何苦假惺惺，

老鼠未死听猫嚎。

脚踩青云任你天上飘，

莫在我的痛处再刺刀。

我过得好？我过得糟？

清河明白！老天知晓！

张德水 立春，我知道你不原谅我，但这二十多年来我心里也苦啊！

（唱） 当年我做了负心事，

德水也不是狠心人。

分手后我整整五年独身过，

听说你好快就与人成了亲。

不敢再扰你平静，

不敢再惹你伤心。

长夜祈祷盼你过得好，

情债心债重千斤。

立　春 别再说了！时过境迁，我们都忘了过去吧！

张德水 是呀，忘了吧！对了！立春，你的企业下一步准备怎么办？

立　春 还能怎么办？你们环保局逼得那么急，不关闭又能怎样？

张德水 你可以安装污水处理系统呀。

立　春 三百万！三百万啊！让我一时到哪去找那么多钱？

张德水 我可以先把治污期限延期，再帮你联系贷款。

立　春 谢了！我自己的事，我自己会处理。

张德水 可你……

[小雪寻找妈妈上。

小　雪 妈，妈！我到处找你。

立　春 什么事？

小　雪 我爸回村来了。

立　春 他回来关我什么事？

小　雪 他要见你。

立　春 告诉他：我不见！

小　雪 这……（负气地）不见也得见！（跑下）

立　春 （欲阻）小雪……

[一直在注视着小雪的张德水突然上前。

张德水 她……是你女儿?

立　春 是。怎么啦?

张德水 我，有句话……不知当不当说。

立　春 有话就说。

张德水 她长得和我妈年轻时候一模一样……

立　春（心虚地）你!

张德水 莫非……莫非是基因遗传?

立　春（暴跳如雷）什么?！张德水你……你放屁!

（唱）　　老娘我长得花一朵，

小雪她长得一朵花。

她与你八丈竹竿都打不着，

你想做梦吞天鹅的癞蛤蟆?

张德水，你听好，

小雪有爸也无爸——

她是天上浮云给我播的种，

她是大地雨露让我结的瓜!

（强忍心头酸痛）你……你走吧。

张德水 对不起。我只不过随便说说，也许是我看错了眼，你怎么、怎么就变了脸，一阵晴一阵雨啊?

立　春 山里人直来直去，没有你们城里人的斯文!

[刘有田上。

刘有田 立春、立春……（见眼前情景顿住）啊，难怪小雪说你不想见我。有贵客啊? 避嫌啊?

立　春 你……

张德水 你……你不是有田哥吗?

刘有田 你? 张德水? 张大局长?

张德水 德水，是德水，二十年前的小兄弟啊。

[刘有田突如其来的出现令立春回不过神来。张德水热情地上前欲与刘有田握手，刘有田错身而过，张德水异常尴尬……

[伴唱："冤家聚了头，
百味漂漂浮。
尴尬又无奈，
鱼骨刺在喉。"

刘有田 （唱） 张德水突然来到清河寨，
莫非是想续前缘下钓钩？

张德水 （唱） 刘有田话中有话不说透，
分明是把我当作冤家死对头。

立　春 （唱） 眼看着两个男人脸色变，
立春我苦酒落肚脚下浮。

刘有田 （唱） 张德水呀张德水——
风月杨柳好怀旧，
你大驾光临真会选时候！

张德水 （唱） 有田哥啊有田哥——
莫把心思来想歪，
我帮立春渡过治污难关做筹谋。

刘有田 （唱） 好一个局长大人有情又有义，
怕只怕筹谋变图谋！

张德水 有田哥，别误会！我是来帮立春的。

刘有田 帮立春？（冷笑）哼，哼哼……你重情重义呀！可当初立春最需要你的时候你死哪去了？现在说来帮忙，帮什么忙？是不是觉得立春现在更有女人味了，还想来帮她生孩子呀？

立　春 （大声制止）刘有田，别胡说！

张德水 立春，我是真心想帮帮你！

立　春 不！我不需要！

刘有田 （得意地）听见没有，不需要！立春家里还有我这只老猫公，用不着野狗来打老鼠。我有钱，安装治污设备我出三百万！

[刘有田高扬支票向张德水示威。

[忍无可忍的立春终于爆发——冲上前去夺过支票撕个粉碎。

立　春　（厉声）你！你！你们——

（唱）　你们的施舍让我蒙羞，

你们的怜悯叫我心寒。

你们是两扇大石磨，

将我作磨心来折腾。

立春不是往昔风前柳，

有苦有难不求野神仙！

灯芯架桥我大步走，

竹叶做船我敢抢滩。

哪怕是治污不成厂关闭，

我也要挺直腰杆站人前！

张德水
刘有田　（心头忐忑）立春……

立　春　（气极）你们统统给我滚！滚！（将支票碎片抛向空中）

[切光。

六

[伴唱："清河水，十八弯，

岁岁年年水打滩。

春雨秋风河边柳，

旧梦新歌总相缠。"

[立春上，心事重重地徘徊在河堤上。

立　春　（唱）　眼看着清水河污水滚翻，

心荡起互联网问责波澜。
工厂急需安装污水处理系统，
山穷水尽立春却无处筹钱。
张德水有心关照，
怕只怕他和徇私牵连；
刘有田送来支票，
可恨他竟然口出狂言。
到山前死了火，
前不着村后无店。
事到如今怎么办？
莫非解套还靠刘有田……
不不不，
想起这个负心汉，
我脚底冒火心起烟！

徐福来 （匆匆上）立春、立春……

立　春 福来哥，这么急，贷款的事有眉目了？

徐福来 正在想办法。我这么急是要告诉你：刘有田遭报应了。

立　春 出什么事了？

徐福来 他被警察抓起来了！

立　春 （惊愕）你说什么？

徐福来 事情是这样的：王晓琴为了离开刘有田，雇了一个年轻人假装是她男朋友和他谈判。没想到刘有田当了真，你知道他那个鬼脾气，谁惹了他不死也会脱层皮，一气之下，一脚就踹到那人的裤裆上去……

立　春 伤得严重吗？

徐福来 会不会变成太监都难说了。

立　春 那刘有田现在怎样了？

徐福来 他还能怎么了？听说在看守所里每日都想撞墙头，警察被他搞到和尚无眠孝子无睡，看死佬一样守着他。

[立春顿时六神无主，跌坐石板上失声哭泣。

[伴唱：“抚着旧伤口，

五味涌心头。

泪如滔滔清河水，

为谁悲歌为谁流？”

徐福来 立春，你怎么了？

立　春 我怕有田他……

徐福来 刘有田有负于你，这是他的报应，你伤心什么啊？

立　春 （掏出一沓钱）福来哥，你帮我买些东西去看一下刘有田，看能不能把他担保出来。也请帮我带给他一句话——是男人，就给我站着撒尿！

徐福来 （五味杂陈）立春你……世上少有的好人啊！

立　春 快去吧。

徐福来 好，我去。

[收光。

七

[夜。王晓晨住地。

王晓晨 （唱）　长夜难眠泪双垂，

衣带渐宽人憔悴。

刀斩乱麻难解结，

相思缠绕心欲碎。

[小雪上。

小　雪 （接唱）阿爸发疯胡作为，

阿妈忍辱负重担保他出了狱。

父辈恩怨比麻乱，

小雪不想再理他们的是与非。

心头存惦记，

晓晨无消息。

莫非他跨不过尴尬坎？

莫非他对小雪有误会？

今夜上门就把爱巢筑，

管它雨打风吹天响雷！（上前敲门）

王晓晨 谁？

小 雪 我！

王晓晨 （一激灵）小雪！（欲开门，突然又止）你……你来干什么？

小 雪 我来只想问你一句话。

王晓晨 这……

小 雪 开门啊！

王晓晨 小雪，夜深了，我怕……你还是先回去吧！

小 雪 （悲戚）回去？晓晨，难道你就这么狠心吗？（失声哭泣）

王晓晨 （再难自抑，开门扑向小雪，突止）小雪，你别哭！你一哭，我的心全乱了！

小 雪 （一把紧紧抱住了晓晨）我不管！我不能没有你！

小 雪 晓晨，我问你，你还爱我么？

王晓晨 小雪，我爱你……（痛苦地）可是爱你又能怎么样？

小 雪 真爱我，我们今夜就成亲！

王晓晨 （惊讶）成亲？

小 雪 对！进洞房！

王晓晨 （推开小雪）小雪，你……你疯了？！

小 雪 疯了？哈哈！（唱）

我没疯，我没狂，

春心荡漾谁能挡？

河水撞滩依旧东流去，

山风百转照样过高墙。

只要我俩成了亲——

生米成饭分外香。
只要我俩成了亲——
世俗烦恼一扫光。
只要我俩成了亲——
海角天涯任飞翔。
找一个美丽圣洁的地方，
找一个寄托心灵的天堂。
让蓝天白云做我们的铺盖，
让高山清流为我们的爱情歌唱！

王晓晨 小雪，你、你怎么还像在学校时一样浪漫呀？

小　雪 浪漫不好吗？

王晓晨 今非昔比，我们要面对现实。

小　雪 我恨这个所谓的现实！

王晓晨 我也恨，可我们却无法回避，小雪，你爸爸的情人是我的姐姐啊！

［王晓琴筋疲力尽地上，闻言惊呆。

王晓琴 （哭泣着）晓晨、小雪，不是了，已经不是了！

小　雪 你……（痛哭着）不是？什么不是？是不是还要等我叫你一声“妈”！

王晓晨 （哀求）小雪，别这样！你别这样好吗！

小　雪 （哭喊着）我还能怎么样？我还能怎么样啊？（哭着跑进了内室）

王晓晨 小雪……

王晓琴 （上前劝慰）晓晨，是姐对不住你们，我也没想到事情会是这样。原谅姐姐吧！晓晨，我要告诉你，我已经和小雪的爸爸分手了，真的！你们又可以在一起了。

王晓晨 （苦笑）在一起？可是我们的心已经滴血了。姐，你跟谁不好，为什么偏偏要跟小雪的爸爸，一个有妇之夫啊！

王晓琴 你以为我一个黄花闺女就心甘情愿跟一个老男人么？

王晓晨 可你……

王晓琴 我不愿意！可是我也没有办法啊，晓晨！（唱）

阿爸临终叫我跪床前，
要我当面发誓言：
再苦也要把你拉扯大，
再穷也要把你送进大学把书念。
你才是阿爸的心头肉，
王家祖坟指望你冒青烟。
阿爸医病家中债台已高筑，
你读书每年费用也上万。
家徒四壁柴米尽，
打工又难赚几个钱。
可怜我一个弱女子，
怎能撑得起这片天？
万般无奈走上这条路，
几多酸泪肚里咽？

王晓晨 姐，别说了！我知道了，你所做的一切都是为了我，可我……

王晓琴 （浑身无力地靠在门上）晓晨，只要你过得好，本来就是姐姐最大的心愿！可如今……我不配做你的姐姐！

王晓晨 不！你是我的好阿姐！是我最亲的亲人！阿姐！

（唱） 阿姐好，阿姐亲，
阿姐如母贴我心。
往事历历犹在目，
利刀难割姐弟情。
忘不了下雨放学阿姐为我送雨伞，
忘不了同学打架阿姐护我把命拼。
忘不了山上放牛同做伴，
忘不了河边割草影随形。
几十年为我受尽千般苦，
到如今却活得鬼不鬼来人不人！

阿姐呀——
我欠下你的债，
我欠下你的情！（痛哭）

王晓琴 （抱住晓晨）晓晨，别哭，别难过！阿姐已决定要远走他乡。

王晓晨 （惊讶）远走他乡？姐，你要去哪里？

王晓琴 去一个你们看不到的地方，姐不能挡了你和小雪相爱的路啊！

王晓晨 不！姐你不要走！这不是你的错，不是……

王晓琴 晓晨，姐谢谢你！可姐没脸见小雪她妈，也没脸见小雪，我……我走了。（掩泣欲下）

[早已上来多时，倚在门外倾听的立春，急忙闪出拦住了晓琴的去路。

立　春 晓琴。

[晓琴姐弟见状惊愕。

王晓琴 立春姐，不！立春阿姨，我……

立　春 你们姐弟的谈话，我在门外都听到了。

王晓琴 阿姨，是我对不起你！对不起了！（猛然跪地，叩头赔罪）

（唱）　原谅侄，原谅侄，
原谅我人在穷途实无奈。
当初误靠刘有田，
无意间把你伤害。
晓琴虽命贱，
做人良心在。
但愿如烟往事你能多担待，
来世当牛做马我再来还债。

立　春 （扶起晓琴，真诚地）晓琴，这也不全是你的错！

（唱）　女人活得都不易，
姐作母时更难为。
过去的事就让它过去，
今后的日子多珍惜。

王晓琴 （感激地）阿姨……

立　春 晓晨，我问你，你还爱小雪吗？

王晓晨 阿姨，爱在心间难出口，我怕小雪日后在人前抬不起头啊！

立　春 不！我们这一代人乱七八糟的事，与你们都没关系。母女连心，我知道小雪爱你，爱得很苦。如果你也爱她，就不该放弃。

王晓晨 可是，我们往后怎么见小雪她爸啊？

立　春 （情急脱口）其实，刘有田与小雪本来就没有血缘关系。

王晓晨 （大感意外）什么？阿姨，你是说小雪不是刘有田的亲生女儿？

立　春 （欲言又止）小雪她……

王晓琴 阿姨，这……这难道都是真的？

[立春痛苦地点头。

王晓晨 （惊愕）那……那谁是小雪的生父？（突然醒悟）莫非是……

[在室内偷听多时的小雪，如雷轰顶，从里屋冲了出来。

小　雪 （愤怒地）你们胡说！你们全部是胡说！

众　人 （惊愕）小雪！

小　雪 我不是野种……（歇斯底里地）不是！（扭头冲下）

[晓晨见状，急忙呼喊着追下。

立　春 （惊愕，欲行难动）小雪！小——雪！

[切光。

[伴唱："风吹竹叶满天飞，
难得落叶转竹枝。
潮起潮落江中水，
谁挽清河流向西？"

八

[光柱下现出小雪与张德水身影。

小　雪 （两眼直瞪着张德水）张德水——

张德水 （心底发虚）小雪，你怎么啦？

小　雪 你是生我的那个人吗？

张德水 这……小雪，这是谁说的？

小　雪 我妈！

张德水 （吃惊地）啊……

（唱）　这一声让我心头涌热血，

这一声让我心肝在碎裂。

二十几年从未给你半点爱，

重逢只叹我这父亲不够格。

小雪，我对不起你，对不起你妈啊！

小　雪 你——（痛苦难以）张德水，你以为一声对不起就能弥补你对我母亲的伤害吗？你以为一声对不起，就能原谅你的罪孽吗？（转身冲下）

张德水 小雪——（隐去）

[伴唱："清河水，十八弯，

岁岁年年水打滩。

春雨秋风河边柳，

旧梦新歌总相缠。"

[伴唱中，另一演区光柱下现出小雪与刘有田身影。

小　雪 （哭泣）爸——

刘有田 小雪，你怎么啦？

小　雪 （猛然跪地）爸，谢谢你养育了我……

刘有田 （心中一惊）小雪，快起来！你这是怎么啦？

小　雪 爸，别再瞒我了，我都知道了！

刘有田 知道什么？

小　雪 我的身世！

刘有田 小雪，你不要听人乱说！那不是真的，一切都不是真的……

小　雪 爸，你不用再瞒了，小雪我多谢你！

（唱）　多谢你大恩大德，

二十几年来为我驱霜赶雪。

多谢你将我养大，

你的恩情今生来世我记得。

小　雪　爸，你多保重，我走了！（匆匆离去）

刘有田　（惊愕地）小雪，小雪——！（隐去）

九

［光柱下，立春面容憔悴地守着圆桌上的电话机。

立　春　（唱）　小雪出走音信杳，

三魂七魄半天飘。

一夜夜守着电话等消息，

只等来窗外寒风过树梢……

［突然一阵电话铃声响起，立春急忙抓起话筒——

立　春　喂喂，是小雪吗？是晓晨吗？

［远处两束灯光投下，分别罩着张德水和刘有田举着手机的身影。

［以下三演区不时转换，立春的心好似被无形的绳索越缠越紧……

张德水　立春立春，我是张德水。

立　春　（决绝地）我不认识你！

刘有田　立春立春，我是刘有田。

二男人　我要见小雪！

立　春　（痛苦地）小雪……（突然声嘶力竭地大吼）小雪失踪了！（将话筒丢在桌上）

二男人　（大惊失色）吓？！不，不，立春立春，你不要骗我！

（唱）　我要见小雪，我要见小雪，

父爱如涛情切切。

张德水　（唱）　我已经知晓了真相，

小雪是我的亲脉血。

刘有田 （唱） 往日怪你不再生养，

医院一查才知是我身子欠缺。

张德水 （唱） 只要小雪喊我一声阿爸，

我心中就升起一轮明月。

刘有田 （唱） 只要立春你答应重新牵手，

三口家就亮起一片春色。

二男人 （唱） 立春啊，立春啊，

我爱小雪，我爱小雪，

答应我吧，答应我吧，

怎忍心眼看着亲情碎裂！

立 春 （唱） 哪来的阴风凛冽，

吹得这天昏地黑？

哪来的声声锤响，

敲得我心头滴血……

二男人 （对着手机）立春……立春。（见无回应）立春啊！

（唱） 立春立春你快把电话接，

我要向你倾吐心中的纠结。

过去都是我的错，

如今想起一肚酸涩。

张德水 （唱） 悔我当初心不坚啊，

今日才知无情罪过造冤孽。

刘有田 （唱） 悔我当初出了轨啊，

今日才知擎伞不如戴竹笠。

二男人 （唱） 原谅我吧，原谅我吧，

我们这代人斑斑点点难自洁。

张德水 （唱） 该长身体的时候，

三年灾害吃的是树根草蕨。

刘有田 （唱） 该求知识的时候，

停课串联闹起了“文化大革命”。

张德水 （唱） 该谈工作的时候，
上山下乡做知青理想破灭。

刘有田 （唱） 该育儿女的时候，
生活富了守不住良知道德。

二男人 （唱） 立春啊立春——
让不幸的记忆都散去，
让我们迈步从头越。
父女情缘是座桥，
我要见小雪，我要见小雪！（隐去）

立 春 （唱） 耳嗡嗡似听见撕锦裂帛，
眼蒙蒙分不清东南西北。
命运总和我玩家家，
真情渺渺何处可寻觅？
婚纱梦已经渐行渐远，
母女情又遇一刀来切。
办厂出污染，
女儿轻离别；
旧人又相逼，
立春路走绝。
我问天啊我问地——
谁人能解我心头结？

［伴唱：“啊……
清河弯弯不回应，
残月挽起浪千叠！”

［立春心疲力竭，神恍意惚，终于伏睡在桌子上……

［徐福来兴冲冲地上。

徐福来 立春立春，三百万贷款到手了，污水处理……（见立春情状，顿住）这是怎么啦……哦，她累了，心累了。立春啊……

（唱） 你经历了太多太多的波折，

身边却少个人儿知冷知热。

我多想伸出这瘦弱的臂膀——

让你靠一靠啊让你歇一歇、歇一歇……

[舞台一片宁静。

[徐福来轻手轻脚，一步一步地退下……

[收光。

尾　声

[清河畔，柳树前。

[伴唱："清河水，十八弯，

岁岁年年水打滩。

春雨秋风河边柳，

旧梦新歌总相缠。"

[歌声中，一对对相爱的男女流连于清水河畔。

[魂不守舍的立春面对眼前情境心头发出声声呼唤："小雪……"

[张德水、刘有田、徐福来上。

三男人 （五味杂陈）立春……小雪还无消息？

立　春 （如疯如傻地对着手机呼喊）小雪，你在哪里……

[突然传来一阵手机铃响——天际间浮现出晓晨与穿着红婚纱的小雪身影。

小　雪 我们在边远山区，这里天蓝草绿，纯净无瑕。

王晓晨 我们在这里支教，小雪已经披上了红色的婚纱。

众　人 红婚纱、红婚纱……

立　春 （遥望）小雪！是我的小雪！（情动呼喊）小雪、晓晨——！

小　雪
王晓晨　（呼喊）妈——妈——！

[这一声山回谷应，这一声激起了清河水的层层波澜……

[天际一袭红云，大地一片霞光，舞台如梦如幻。

众　人　小雪、晓晨——！

[伴唱：“清河水，十八弯，
岁岁年年水打滩。
河边柳树发新芽，
彩云一片挂天边。”

[全剧终。

古寨牛人

编剧：林文祥

人　物　表

王鸣生　　早年失怙，吃百家饭长大，小时因脾气特犟，人称“蛮牛古”。后由乡邻资助读了大学，从政做了副县长，成了九龙寨官当最大的牛人。

丹叔婆　　心慈善而性执拗的百岁婆。苦难年月，因有侨亲帮衬日子过得宽裕，没少接济穷乡亲，视村中娃娃如己出，是九龙寨一言九鼎的牛人。

阿　柳　　王鸣生青梅竹马的初恋情人，鸣生上大学后，要强的她断然分手另嫁他人，生了一双儿女后，丈夫车祸丧命，从此她独撑苦难的家，拒绝救济，是位敢与命运较劲的牛人。

王易明　　王鸣生发小，九龙寨最有钱的牛人，对乡邻颇有关照，重情义，爱面子。每次登场身边都带着一位不同面孔的美女。

王阿德　　本应是九龙寨第一位考上大学的人，阴差阳错，一生为农。有心计，是位谙熟政策法规的牛人。

烂勺麻　　泼辣又善良的中年妇女。

王半仙　　风水先生。

二老人　　一对老山歌师，阿柳的公公和婆婆。

美女甲、乙、丙，一群村民。

时　间：当代。

地　点：客家古村 ——九龙寨。

第一场

［欢快的开场音乐戛然而止，取而代之一阵雷鸣般的呼噜声。

［婆婆推着坐在轮椅上的公公走出围龙屋。

婆　婆　老鬼……又睡着了！喂，老鬼，有细妹唱山歌了。（唱）

紧喊阿哥唔开腔，
做梦又去风流岗。
你想风流心莫急，
家中还有老娇娘。

公　公　（猛醒，唱）

家中还有老娇娘，
家花唔当野花香；
风流场上有讲笑，
老婆一觉到天光。

婆　婆　老鬼，又做梦撩细妹了？

公　公　老婆，我不做梦，这日子没办法过啊！

婆　婆　好啦，日子会好的。你看，月光出来了，接月华去——

［一群孩子在月下嬉闹，唱童谣：

月华姐，月华姑，
八月十五请你聊一晡（晚）。
你要来，早点来，
不要半路玩溜苔。
你要归，早点归，
不要半路玩囊呢（蜻蜓）。
天上的事情不知道，
请你下来话我知。

［圆月鲜活了九龙寨，众人围聚在明月塘畔“接月光”。

[伴唱："年年古寨中秋夜，
家家糕饼接月华。
今夜不见嫦娥面，
人人都唱财神爷。"

王阿德 （唱） 拆迁合同签哩么？大齐家——

众村人 （唱） 有钱不签是傻瓜。

王阿德 （唱） 拆迁合同签哩么？烂勺麻——

烂勺麻 （唱） 听说等下会涨价。

王阿德 （唱） 拆迁喜事到我家，
天上银子头上砸。
羊崽会哭有奶喝，
蚯蚓无泪吃泥巴。

烂勺麻 拆迁的事，大家听王阿德的没错，他的十三梗算盘最精算，当年他考大学，听说数学考了满分，可惜姓名忘记写了，结果考了个大鸭蛋，要不然呀，他早就当县长了。

王阿德 烂勺麻，骂人不用打草稿呀。

[阿柳搀扶着满头白发的丹叔婆上。

[众人忙迎了上去。

丹叔婆 这么热闹聊什么呢？

王阿德 政府开发旅游，保护性改造九龙寨，新屋要拆，老屋要留。

丹叔婆 开发九龙寨是好事，阿德，别太难为政府。

王阿德 叔婆，我有分寸。

王半仙 （匆匆上）丹叔婆，死啦！死啦！

烂勺麻 狗血泼你。

王阿德 半仙，火烧裤裆似的，出什么事了？

王半仙 听说政府准备填了明月塘，要做停车场！

丹叔婆 （大惊）啊！

王阿德 这有什么可大惊小怪的？

丹叔婆 你们不懂，祖宗在九龙寨开基，相传就是看中这美人梳妆的风水，明月塘一填，美人无镜懒起床，屋场就会打瞌睡。

众　人 那怎么办好？

[王易明未见其人先闻其声："放心吧，咱县里有人。"

众　人 易明回来了！

[易明上，身后跟着美女甲。

王阿德 （把易明拉到一旁）大老板，又换了一个？

王易明 （得意地）牛吧？

王阿德 妹子，你叫什么名呀？

美女甲 （讲普通话）哥哥，我叫美美。

王阿德 噢，我知道了，你姓……

美女甲 我不姓郭。

[众人大笑。

王半仙 大老板，刚才你说县上有人，什么意思？

王易明 蛮牛古昨天荣升当副县长了，听说叫他主持开发九龙寨的工作。

丹叔婆 （激动地）啊！鸣生真的当县长了！

众　人 （欢呼）我们县上有人了！

丹叔婆 快，快打电话给蛮牛古。

阿　柳 叔婆，你放心，鸣生他今晚一定会回来的。

丹叔婆 你怎么知道？

阿　柳 鸣生是你一手带大的，过中秋他敢不回来看你吗？

烂勺麻 哎哟喂，阿柳私下与蛮牛古肯定还有联系！（唱）

清泉酿酒酒唔酸，
利刀切藕丝唔断。

阿　柳 （唱） 无风你莫空作浪，
乱点鸳鸯舌麻软。

王半仙 （唱） 好马也吃回头草，
只因旧情挂心肝。

阿　柳　（唱）　去年红花秋后谢，

人走茶凉不相干。

王阿德　（唱）　明月塘边你和谁偷亲嘴？

鸣生走后你为谁眼望穿？

丹叔婆　（唱）　哪条扁担不曾做过嫩竹笋？

鸣生阿柳清清白白走得端。

众　人　（唱）　惊蛰浸种莫怕旱，

清明莳田莫怕寒。

总爱两人感情好，

眼拐一打忘三餐。

丹叔婆　好了，好了，莫笑阿柳了。

一村民　（远眺，惊喜地）哎，阿柳说对了，蛮牛古真的回来了！

［王鸣生风尘仆仆归来，唱：

“身负重担抓拆迁，

赶鸭上架脚打偏。

老家出了难通户，

情不领法不惧尽拖延。

停车场筹建要填明月塘，

一池清水让人梦绕魂牵，

新手剃头碰见胡须古，

乱麻缠颈难裁剪。”

王鸣生　叔婆——

丹叔婆　（激动地迎上去，脱口而出）县长——

王鸣生　（一愣）县长？（忙跪下）叔婆——

丹叔婆　县长，起来！你做了县长，哪有官拜百姓的道理！

王鸣生　叔婆，你叫我县长，我不敢不跪呀！

丹叔婆　那叫……副县长？

王鸣生　叫蛮牛古。

王易明 叫蛮牛古好！叫蛮牛古亲！十岁那年他和我到斩溪村玩，半路上被一条大黄狗追，当时我吓得都尿裤子了，眼看会被狗咬着了，没想到蛮牛古对黄狗大喝一声，大黄狗吓得跌落山坑去了……

丹叔婆 （满意地）好，我的蛮牛古从小就不怕恶。

王阿德 （大大咧咧地）蛮牛古……

丹叔婆 阿德，蛮牛古也是你叫的？

众　人 为什么？

丹叔婆 我们村好不容易出个大官，大官就要有大官的样。按旧时规矩，县长出门要戴乌纱帽的，谁不守规矩是要打屁股的，怎能叫他蛮牛古呢？

阿　柳 叔婆，如今都什么年代了？政府敢不为百姓办实事，只有老百姓打县长的屁股了。

王阿德 阿柳，你才敢打县长的屁股，你还敢摸哪。

阿　柳 王阿德，你——（追打阿德）

王鸣生 哈哈，大家愿意叫蛮牛古就叫蛮牛古吧，叫蛮牛古亲切。

王易明 蛮牛古，你回来过中秋，给叔婆带什么礼物呀？

王鸣生 嘿嘿！（掏出一红包）叔婆健康长寿。

烂勺麻 丹叔婆说过，今年过节不收礼，要听山歌。

王鸣生 烂勺麻，都是山里人，以为你才会唱山歌呀？（唱）

噢嘿——
高山流泉出海洋，
叔婆恩情比水长。
菩萨心肠观音面，
越活越嫩像姑娘。

丹叔婆 （唱）
像姑娘，不敢当，
老无老样喉咙痒。
叔婆夸你没忘本，
做了县长无官腔。

王鸣生 （唱）
打官腔，难开腔，

从小吃的百家粮。
叔婆带大乖孙子，
你喊我下不敢上。

丹叔婆 （唱） 不敢上，你转乡，
叔婆求你事一桩。
飞炮将军麻烦仕（事），
老鼠游桁望上梁（商量）。

众　人 （唱） 望商量，好商量，
今日县长转家乡。
朝中有人无难事，
钝刀切菜有缸帮（相帮）。

王鸣生 叔婆，什么事？

丹叔婆 听说政府开发九龙寨，要填明月塘做停车场？

王鸣生 有这事。

丹叔婆 停车场能不能在别处建呀？

王鸣生 为什么？

王半仙 明月塘是九龙寨的风水塘，没老祖宗的庇荫，你哪能当副县长呀？

王鸣生 一派胡言，停车场选址是规划部门研究决定的。

丹叔婆 你当副县长，说话也不响？

王鸣生 叔婆，不是这样的，我……

丹叔婆 （话语陡然变味）蛮牛古！（唱）
莫怪我硬脾气，
莫怪我认死理。
今日你春风得意，
不求你造福乡里。
政府要填明月塘，
叔婆撕下老面皮。
祖宗有灵不同意，

我替众亲求求你。（鞠一躬）

王鸣生 （惶恐地）叔婆，你别这样！（唱）

鸣生没把家乡忘，

感念乡亲恩情长。

六岁爹猝死，

八岁改嫁娘。

没有众亲同抚养，

哪有今日副县长？

叔婆莫生气，

听我慢慢讲。

九龙寨改造规划讲科学，

封建迷信太荒唐……

丹叔婆 明月塘一定要填？

王鸣生 这……规划方案已经通过了。

王半仙 如果我们都不同意呢？

王阿德 后果很严重！

王鸣生 明月塘是国有山塘，反对也没用。

丹叔婆 （气愤地）你——

阿　柳 （打圆场）叔婆，我们唱山歌吧？

丹叔婆 听山歌不如听狗吠！

［收光。婆婆推着公公上，长唉一声。

婆　婆 （唱）　三月耕田打赤脚，

犁柄拗断牛挂角。

叔婆一句关门话，

鸣生从头冷到脚。

公　公 （唱）　鸣生从头冷到脚，

菜刀脱柄无把握；

对面吹笛莫斗气，

酒壶上台慢斟酌。

婆　婆　阿柳，听说叔婆为了明月塘的事，不理鸣生了？

阿　柳　是有这回事。

公　公　阿柳，丹叔婆最疼你，去跟她说说，别难为鸣生了。

阿　柳　叔婆也不是存心想难为鸣生的。爸，我推你回去吧。

［收光。

第二场

［易明的别墅前栽满了桃树，一对对情侣在树下留影。

［美女乙骑在王易明背上，数着桃树嬉闹着上。

美女乙　……27、28、29，29 棵桃树！你跟 29 个女人好过？

王易明　丽丽，吃醋了？

美女乙　没有。说明你有魅力嘛！

王易明　来，亲一下。

美女乙　（献了个飞吻）哎，我俩种的这棵树政府补了多少钱？

王易明　这是拆迁办统计后再种的，一分钱都没补。

美女乙　我俩的感情一文不值？

王易明　调皮。

美女乙　你不是有门路吗？这棵树如果你能让拆迁办按大树补钱，（媚眼勾魂）我有重赏的哟……你懂的。

王易明　（兴奋地）一言为定，二分钟搞定。（打电话）喂，刘阿谦，拆迁合同我准备签了，只有一个条件，我那棵新种的桃树要按大树补钱。不开玩笑，什么？按法规办？（气恼地）小人得志！

王鸣生　（上）怎么，易明，吃了火药啦？

王易明　（气冲冲）蛮牛古，告诉你手下刘阿谦，我这棵树必须按大树补钱。

王鸣生　呵呵，大老板，你还在乎这点蝇头小利吗？按法规办嘛。

王易明 别提法规这二字，我不想听！当年刘阿谦大学毕业找不到工作，在我公司打工，我对他比亲兄弟还好，如今考上了公务员，体面死了，敢这样跟我说话！

王鸣生 （笑了笑）好，我答应你，这棵树就按大树补钱。

[易明回头得意地朝美女乙打了个飞眼。

王鸣生 （低声）易明，恋爱中人弱智呀！我托你办的事没忘吧？

王易明 阿德、半仙和烂勺麻马上就来。

王鸣生 大老板的面子比县长大呀！我登门找他们，人影都见不到。

王易明 堂堂一个副县长，拆迁的事也要你亲自办？

王鸣生 （伤感地）这是生我养我的家呀！（唱）

开发九龙寨本是百年计，
搞得我像猪八戒照镜子。
阿德哥为利放长钓，
呼天价签约总延迟。
半仙哥生出荒唐事，
扇阴风纯属欺无知。
叔婆受骗骂忤逆，
鸣生无语心如刺。

王易明 九龙寨的都是牛人，那么好对付呀？慢慢来吧。进屋喝茶。（与鸣生下）

[王阿德与烂勺麻、王半仙上。

三　人 （唱） 大老板突然召唤，
到桃园饮茶抽烟。

烂勺麻 （唱） 莫非又有红包发，

王半仙 （唱） 可能遇事请高参。

王阿德 （唱） 蛮牛古今日回乡了，
我看问题不简单。

王半仙 （唱） 原来摆的鸿门宴，

烂勺麻 （唱） 酒杯端起讲拆迁。

王阿德 （唱） 二位听我劝，

时机不熟合同打死都不签。

任他说破天，

雷响鸟兽散。

王鸣生 （上）商量什么呢？有话好说，进屋饮茶。

王半仙 我要上山帮人看风水。（欲走）

烂勺麻 （抚肚子蹲下）朝晨吃什么了？肚子疼。（欲走）

王阿德 我……我的猪婆发情了。（欲走）

王易明 （上）回来！猪婆发情猪公会打算，你还想亲自配种吗？

王阿德 嘿，我去请猪公。（欲走）

王易明 （霸气地）你们敢走，往后你们有事别来找我。

王阿德 （顿时脚像灌了铅）不走，不走……

王鸣生 今天不谈拆迁的事，大家聊聊世情总可以吧？

王阿德 你做你的官，我打我的砖，不相干。

王鸣生 蛮牛古还是当年的蛮牛古，难道德哥不是当年的德哥了？记得我十岁那年得了阑尾炎，你和叔婆星夜背我去医院。医生说，如果再迟送来两个小时，可能就有生命危险呀！德哥，你还记得么？

王阿德 古时候的事了，谁还记得呀……当时，你住院的挂号费还是我出的哪。

王鸣生 知道，你的恩情，兄弟记在心哪。岁月是把杀猪刀，弹指一挥人已老啊！记得当年你去二凤嫂娘家相亲时，还是我同伴去的，你老丈人嫌你穷，把我俩赶出门……

烂勺麻 哈！他老丈人夏阿楼是财迷，当时听说斩溪村人嫁女儿彩礼开始涨价了，就说他二凤还小不嫁……

王半仙 还是阿德有本事，三刨两刮就把二凤的肚子搞大了。

王易明 结果夏阿楼不但一只水果糖都没得到，还倒贴嫁妆。

王鸣生 俗话说得好呀，铁筋（太精）难免会捅炭火。

王阿德 （猛悟）蛮牛古，你绕弯骂我哪！这拆迁合同我就不签，有本事去撞墙头。

烂勺麻 要签也可以，按我出的补偿价。

王鸣生 斩溪村开发也是这个补偿价呀。

烂勺麻 谁叫你当了县长。

王鸣生 这……和我当县长有什么关系？

王阿德 蛮牛古，做人要有良心！

（唱） 没有我免费辅导几多年，

哪有你金榜题名大学生？

王半仙 （唱） 你爸归天家如洗，

我赠棺木才安殓。

烂勺麻 （唱） 送你上学那一日，

我还给你五块钱。

三　人 （唱） 做人要仁义，

饮水要思源。

王阿德 （唱） 当官不是祖宗业，

一纸公文可升贬。

王半仙 （唱） 点火要照身后路，

风水兴衰晓轮番。

烂勺麻 （唱） 养大老鼠啮米袋，

养狗反把狗麻奸。

王鸣生 （苦笑）三位兄嫂，骂够了么？蛮牛古也讲几句？（唱）

不是我知恩不报，

不是我过河拆桥。

乡亲进城办点事，

但凡合法不辞劳。

上邻下舍生了病，

寻医问药垫腰包。

不为行善积德，

只念恩比天高。

做县长人前显贵台上笑，

殊不知也有委屈和烦恼。

“当官就该走正道，”
此话好像还是当年德哥教。
青山依旧人未老，
话犹在耳事忘了？
国有国法家有规，
越过雷池如火烤。
拆迁补偿政策已经亮底线，
再吵再闹也徒劳。

王阿德 你骗谁呀？（非常利索地）根据国务院第 590 号文第 23 条规定：“对因征收房屋造成停产停业损失的补偿，根据房屋被征收前的效益、停产停业期限等因素确定。”拆迁闹得我猪婆不产崽，鸡婆不生卵，这些损失你们都要补偿。

王鸣生 （气恼地）你这不是胡搅蛮缠断章取义吗！

王易明 （电话响，接电话）阿柳，什么事？噢，好的。（挂电话）蛮牛古，阿柳来电说，丹叔婆病了，叫你过去。

[收光。

公　公 （唱）　着袜不知脚下暖，
脱袜才知脚下寒。
交情不知情义好，
断情才知割心肝。

婆　婆 （唱）　断情才知割心肝，
再好老酒也变酸；
石狮看到出目汁，
铁像看到心也寒。

[鸣生急匆匆上。

婆　婆 哎，蛮牛古，你心急火燎的要去哪？

王鸣生 叔婆病了，阿柳叫我过去。

公　公 丹叔婆肯见你了？好事呀！

王鸣生 因为明月塘的事，叔婆一直还生我气哪。

婆　婆 丹叔婆是刀子嘴，豆腐心，放心去吧。

［收光。

第三场

［阿柳替丹叔婆穿绣花针，却总穿不过。

丹叔婆 你呀，枉后生，我来。（接过针线，很快就将线穿了过去）呵呵……你看，过了。

阿　柳 （惊讶地）叔婆，你都快一百岁了……返老还童了！

丹叔婆 我就没老花过。阿柳，你的眼珠是哭坏的，自从芋头车祸走后，家里老老小小要照顾，公公又瘫痪，不容易呀！

阿　柳 人活一世，哪有一帆风顺的！

丹叔婆 阿柳你这人呀，太硬气了！哎，蛮牛古怎还没来？

阿　柳 刚打完电话，他又没生翅膀，哪有这么快就到呀？

丹叔婆 他不会不来吧？

阿　柳 肯定来的，听说你病了，他会好紧张的。

丹叔婆 那是，有时我想，九龙寨好多后生都是我带大的，有一天我走了，谁会最伤心，算来算去，肯定是你和蛮牛古。

阿　柳 叔婆，你别胡思乱想了，你是好人，不会死的。

丹叔婆 不会死的是妖怪！

阿　柳 叔婆，你叫鸣生来，是同意填明月塘么？

丹叔婆 （气恼地）做梦！我叫他来，是想告诉他，曾有一位世界上最好的女人喜欢他，是他不识货！

阿　柳 叔婆，你……过去的事都过去了，还提它干什么？

丹叔婆 阿柳，叔婆心疼你呀！（唱）

　　　　叔婆已将日沉西，

纵死为你讨个理。

状告阎君枉做鬼，

为何偏将好人欺。

阿　柳　（唱）　多谢叔婆常怜惜，

活着哪能无风雨。

人生在世争口气，

自有春暖花上枝。

王鸣生　（上，着急地）叔婆——

丹叔婆　（冷冷地）哟，县长来视察了。

王鸣生　叔婆，你身体怎么啦？

丹叔婆　感谢政府感谢党，我夏阿丹身强体壮。

王鸣生　（难过地）叔婆，你要打要骂都行，别生气好么？

丹叔婆　别叫叔婆，不敢当。（掏出一红包）这是你给的红包，我一分钱都没用，拿回去。

王鸣生　叔婆——

丹叔婆　我要睡觉了，阿柳，送客！

[阿柳忙将鸣生推出门外。

[鸣生无奈地坐在石阶上。

阿　柳　（不解地）叔婆，是你让我叫鸣生来的，怎么又赶他走？

丹叔婆　你不懂的。去，你把这衣服拿给他。

阿　柳　鸣生不是让你赶走了吗？

丹叔婆　他不会走的。阿柳，去和蛮牛古多聊聊，告诉他我没事。

阿　柳　（奇怪地）叔婆，你……

丹叔婆　你还年轻，有些事你不懂！（唱）

鸣生自小重情义，

叔婆今日不讲理。

明月塘事关风水忌，

无奈使出苦肉计。

破釜沉舟将他逼，
其实投鼠也忌器。
怕他为此心事重，
思虑多了伤身体。

阿 柳 （唱） 逐客出门反挂记，
一阵晴天一阵雨
婆孙唱起对台戏，
阿柳夹缝难言语。

王鸣生 （唱） 苦年月她有侨亲家宽裕，
济乡邻倾囊而出不吝啬。
九龙寨一言九鼎，
咳二声叶落花飞。
小时候我虽孤怜也淘气，
撩鸡打狗她从未骂半句。
谁料人老怪脾气，
只认鲫鱼不认鲤（理）！

[丹叔婆佯装入睡。

[阿柳悄悄地出门。

王鸣生 （焦急地）阿柳，叔婆怎样了？

阿 柳 你真的没走？

王鸣生 我不知道叔婆什么病，哪里敢走？

阿 柳 她没事，不发烧不咳嗽，是心疼你，叫我拿衣服给你。

王鸣生 （松了一口气）谢天谢地！我知道叔婆为明月塘的事生气，但我知她还是疼我的。

阿 柳 拆迁的事不要急，慢慢来，叔婆会想通的。

王鸣生 阿柳，其实叔婆讲的也有道理，填了明月塘，九龙寨好像少了点什么，我已经请了省城专家再来论证一下。

阿 柳 那我代表叔婆和九龙寨的乡亲多谢你。

王鸣生 （握住阿柳的手）阿柳，应该说多谢的人是我……

[两人突然意识到物是人非，赶忙将手缩了回来。

[丹叔婆从门里探出头来，见状转身端出两张竹椅，放在两个年轻人的身后。

[两人回头见身边小竹椅，异口同声说："谢谢！"

王鸣生 阿柳，你如今过得好么?

阿 柳 有什么好不好的。

王鸣生 阿柳，要我帮你什么吗?

阿 柳 你是不是觉得我现在特别可怜?

王鸣生 阿柳，你这脾气呀！自从芋头车祸走后，你一个人承担起一个苦难的家，上有老，下有小，公公又瘫痪！政府低保你不要，乡亲接济你也不收，电视媒体评道德模范，你把记者赶出门去……

阿 柳 （悲愤地）我是愣麻，行了吧。

王鸣生 （苦笑）愣麻？我读大学时，你问我大学里有没有外国人，外国人的鼻公是不是都那么大，我顺嘴说你一句"愣麻"，你却记挂于心，断然与我分手，半年后就和芋头结婚！

阿 柳 我……你以为一句"愣麻"是你随口说的么？（唱）

一句愣麻惊醒梦中人，
说者无意听者能无心?
你上了大学眼界阔，
我久居深山见识贫。
相逢难觅旧时语，
你说风来我说云。
纵使富贵人不淫，
牵手也能守终身。
只可惜真爱不能靠施舍，
阿柳不愿让人怜。

王鸣生 阿柳，你又何苦呢?

丹叔婆 （坐在门槛上许久，突然开口）是呀，何苦呢?

阿 柳 （吓一跳）叔婆，你没睡呀?

丹叔婆 鸣生，你怎么就不明白，当年阿柳离开你，是为了成全你一生的幸福！（唱）

好好鸳鸯各西东，
好好姻缘一场空。
自从你回乡抓拆迁，
阿柳她带头签合同。
挨家挨户上门劝姑嫂，
冷言冷语当作耳边风。

阿　柳 叔婆，我这么做，与他无关。（唱）

我不是存私心，
我不是念旧情。
我也想发家致富日子变宽裕，
我也想洗脚上田学念生意经。
这是我多年渴求幸福梦，
终盼来风吹柳絮见花明。
春雨飘落九龙寨，
千年古寨天地新。
何苦为了蝇头利，
错失良机甘为贫。
山里人也能商海踏大浪，
贫贱富贵不是天注定。
初三烧香送穷鬼，
有志者勒紧腰带做赢人。

王鸣生 阿柳——（感慨地唱）

一席话醍醐灌顶，
糊涂汉耳聪目明。
分手后见你屋漏偏遭连夜雨，
多少年心债难了总觉我欠情。
原以为苦难折磨心变态，

谁又知烈火炼出真牛人。
你甘作红梅傲霜雪，
我三分无奈七分敬。

王鸣生 阿柳，我都明白了，向你鞠个躬吧！（深鞠一躬）

[收光。

公　公（唱）　还小一起搞泥沙，
我就学走你学爬，
十三四岁还一起睡，
一出花园嫁别侪。

婆　婆（唱）　一出花园嫁别侪，
缘分再好不是伢（我的），
你就出门闯世界，
我就在家驶犁耙。

[鸣生与阿柳上。

阿　柳 阿爸，阿妈，鸣生来看你们了。

婆　婆 蛮牛古——

阿　柳 阿爸，鸣生从省城请了一名老中医，想带你去县城看病。

公　公（感动地）蛮牛古……多谢你！

[收光。

第四场

[石拱桥上，王阿德召来烂勺麻和王半仙。

王阿德 好消息！好消息！

王半仙 什么好消息？

王阿德 明天有不少媒体要来采访报道九龙寨了。

王半仙（失望地）阿德我说你什么好呢？当年考不上大学你就要认命，媒体是来宣传

九龙寨的，就算采访你，你靠养猪婆种果树也出不了名的。（欲下）

王阿德 回来，鼠目寸光。（抖出一横幅）你看——

烂勺麻 （念）地土我还！

王半仙 没文化，是“还我土地”！

烂勺麻 （笑）哈哈！你真想演戏呀？

王阿德 没错，明天就演一出《王三姐告状》。（唱）

拆迁补偿想要提，
必须借助众媒体。
告他政府不仁义，
强行改造争民利。

王半仙 （唱） 媒体还属政府管，
哪肯听你放臭屁？

烂勺麻 （唱） 万一县长一反悔，
煮熟鸭子也晓飞。

王阿德 愚蠢！（唱）

媒体卖的是话题，
看客买的是刺激。
记者出门寻蛇打，
就盼有人生是非。

王半仙 （唱） 一闹腾，网络风云起？

烂勺麻 （唱） 一喊冤，晴天都下雨？

王阿德 聪明！到那时——（唱）

政府为让事平息，
讲价筹码我手里。
如敢不顺网民意，
蛮牛古摘下乌纱回家种稻米。

烂勺麻 高！实在是高！

王半仙 我同意上访，但我的意愿跟你们不一样，我关心的是如何保护明月塘，那是风水塘，三年前，我就曾经下过结论，不久将来，九龙寨肯定会出县长……

烂勺麻 果然被你猜中了！

王半仙 什么叫猜？是风水学！自从蛮牛古当了县长，我的名声也立马传遍了十里八乡，我的事业正开始起步哪！

王阿德 半仙，你的鬼话骗烂勺麻还行。九龙寨是大乡，几十年才出了个副县长很稀奇么？明天你两个人不准关机，随时听我指挥。

[暗转。王易明坐在客厅里边弹吉他边唱“叠字歌”，一群时髦女郎嬉闹着走“猫步”。

王易明 （唱） 山中山谷起山坡，
山前山后树山多。
山间山溪流山水，
山人山上唱山歌。

众女郎 （唱） 斜风斜雨落斜河，
斜竹斜篾织斜箩。
斜针斜线安斜纽，
斜妹斜眼割邪哥。

[电话铃响。

王易明 （接电话）喂，刘阿谦？

[画外音：“大老板，告诉你，你那棵新树按老树补钱了。

王易明 什么，我那棵新种的桃树按老树补钱了？

[画外音：“对。哎，大老板，你跟王县长什么关系呀？”

王易明 哈！不好意思，鸣生是我兄弟。

[画外音：“哦，难怪他把补偿他家老树的钱补到你新种的桃树上了。”

王易明 （意外，愤怒地）什么？王鸣生把补偿他家老树的钱算到我那棵新种的桃树上了？奇耻大辱！

王鸣生 （上）易明……（发现易明怒目相对，奇怪地）眼珠瞪那么大干吗？想打架呀？

王易明 蛮牛古，我问你，你是不是吩咐过刘阿谦，把补偿你家老树的钱算到我那棵新种的桃树上了？

王鸣生 哈哈！小事，兄弟嘛，补给谁不一样？

王易明 （*怒发冲冠*）蛮牛古，王鸣生，从今往后，兄弟别做了。

王鸣生 几十年情同手足的兄弟，你说不做就不做了？我不同意！

王易明 情同手足的兄弟？作为分管拆迁的副县长，我一棵新种的树该不该补偿，不是一句话的事么？还情同手足哪！

王鸣生 易明，再好的兄弟，做人也要有原则呀！

王易明 原则？你这么做，叫我的面子往哪放？

王鸣生 面子？没错，人带面目树带皮，谁不要面子！可易明呀！

（唱） 丹叔婆曾经夸过我哥俩：
好子弟顶天立地亮堂堂。
蛮牛古一向将你敬，
敬你正直仗义心善良。
我今当了副县长，
手中有权话也响。
存心给人小鞋穿，
刘阿谦估计有冤也不敢讲。
能够为你出口气，
可我转身就会挨骂指脊梁：
人后讲交易，
人前唱高腔。
说得好光鲜，
做得好肮脏。
台上台下各一套，
叫我国家公务员的脸面又将哪里放？

王易明 蛮牛古，是我错怪你了。

王鸣生 易明，理解万岁！

阿　柳 （*匆匆上*）鸣生——

王鸣生 阿柳，什么事？

阿　柳 听说明天有媒体会来九龙寨，王阿德、王半仙和烂勺麻想趁机闹事。

王鸣生　（大愣）明月塘的事，我已请省城专家重新论证了，他们这一闹，事情就变得复杂了。

阿　柳　那你快想办法吧！

王鸣生　这三个活宝都不是省油的灯，能有什么办法？

王易明　我有办法。

王鸣生　什么办法？

王易明　投其所好，调虎离山。

鸣　生
阿　柳　调虎离山？

王易明　（耳语）明天一早，阿柳你把半仙带进城里去，鸣生你再想办法把阿德灌醉，我负责对付烂勺麻。

王鸣生　（赞赏地）易明，你牛！牛人！

[收光。

婆　婆　（唱）　牛牯相斗角打角，
鸡公相打脚对脚。
阿哥你有上天梯，
阿妹我有落地索。

公　公　（唱）　阿妹你有落地索，
麻雀细细咀恁恶；
阿哥我是打鸟客，
专门打你细麻雀。

公　公　九龙寨有好戏看了！

婆　婆　啊？有好戏看？你怎么知道？

公　公　呵呵，我闻到的。你看——

[收光。

第五场

［伴唱：“古寨一盘棋，
忙坏马和车。
你捅过河卒，
我调炮跟尾。”

［汽车鸣笛闹醒了沉睡中的九龙寨。

［司机开着豪车载着阿柳上。

阿　柳　（唱）　易明怪人支怪招，
调虎离山出山坳。
对症下药投其好，
且用偏方止胡闹。

［一群村民上，围着奔驰车惊叹。

一村民　哇！好靓的车呀！什么牌子的？

司　机　奔驰。

一村民　奔驰！好像听过，肯定比两头牛都值钱！

司　机　二头牛？二百头牛还差不多。

一村民　啊！那够盖易明那样的一幢别墅了？

司　机　那当然。

一村民　这么豪华的车，接谁的？

王半仙　（上，握住司机的手）董事长，你好！

司　机　（说广州话）你好！

阿　柳　半仙哥，他不是董事长，是我表哥的司机。

王半仙　（尴尬地）啊？司机？

阿　柳　我表哥从深圳回县城来投资，厂房今日奠基剪彩，没想到他养的风水先生突然中风嘴歪了，只好劳驾请你出山了。

王半仙　请我出山！（转念犹豫）阿柳，不行，今天我有重要的事要做……

阿　柳　既然王半仙没空，（对司机）走，我们去斩溪村请张半仙。

王半仙　等一下，行行。你用这奔驰车载我村子里转一圈……我先把事办完就跟你进城去！

阿　柳　没问题！

［三人上车，半仙兴奋地唱：

清晨喜鹊唱高枝，
行运接到大生意。
东家奔驰来侍候，
风光无限行地理。

王半仙　（看见远处熟人，大声打招呼）喂，阿三妹，赴圩呀！

阿　柳　半仙哥，我手机没电了，借用一下好么？

王半仙　没问题。（将手机递给阿柳）

阿　柳　（故意将手机掉到车外）呀，手机——

王半仙　啊！快停车，我的手机……

阿　柳　时间来不及了，我表哥会赔你一个新的。

王半仙　那好，那好。

［一群后生和小孩追赶在车后，凑热闹。

众　人　（唱）　豪华轿车游乡里，
老嫩大细看稀奇。
看得阿妹眯眯笑，
吓得狗吠鸡鸭飞。

王半仙　（唱）　深圳富商不是搞儿戏，
请我出山肯定价不菲。
赚多赚少另码事，
传我声名满天飞。

王半仙　（又见远处来人）喂，阿四古，有闲来饮茶呀！

阿　柳　（唱）　借来名车牌粤 B，
半仙坐车心欢喜，

按下车窗说吸鲜空气，

见了熟人不停把手挥。

[奔驰车开出了九龙寨。

[伴唱：“生活一场戏，

众口说是非。

我唱大花脸，

你演小青衣。”

[城里易明公司内，众人围聚着听烂勺麻唱山歌。

[一美女端着装满红包的托盘站在一旁。

烂勺麻 易明，我有事，我要先走了。（欲走）

王易明 烂勺麻，你莫心急回家，山歌唱好了我有重赏哟。

烂勺麻 （高兴地）真的？有奖？我唱我唱！（唱）

易明邀我搭歌台，

蛇见鹞婆不出来。

老鼠你敢撩花猫，

要先骨头生硬来。

王易明 好！赏！（唱）

背后看去一朵花，

以为仙女来我家。

行前看清吓一跳，

原来是只烂勺麻。

烂勺麻 （唱） 对歌不是比好看，

细鸟学飞心先乱。

三斤辣姜泡碗水，

尝了正知出冷汗。

王易明 （唱） 你莫逞你山歌高，

蝙蝠会飞不算鸟。

不信你看九龙嶂，

一山自有一山高。

[烂勺麻的手机铃声突然响起……

王易明 说好今天不开手机的，扫兴，该罚！（唱）

唱没两首响手机，

估计契哥（奸夫）来寻你。

露水夫妻不长久，

小心老公剥你皮。

[烂勺麻赶忙关掉手机，唱：

我把老公当知己，

不比易明大花鬼，

隔三岔五换细妹，

不吃补药肾会亏。

[众员工大笑欢呼。

[伴唱："相聚席间酒，

举杯醉方休。

只谈花间事，

不思烦与忧。"

[暗转。王阿德和王鸣生已喝得有几分醉意。

[阿德心神不宁，不时向外张望。

王鸣生 德哥，看什么看，喝点酒都心神不宁的，要和情人约会呀？

王阿德 （举杯）喝就喝！东风吹，战鼓雷，说起喝酒谁怕谁。

王鸣生 宁可胃上烂个洞，不让感情裂条缝。干！

王阿德 蛮牛古，这些年酒量见长了呀！

王鸣生 我真的不行了。

王阿德 不行你敢邀我来喝酒？

王鸣生 我邀你喝的不是酒，是感情。

王阿德 好，只要感情深，不怕打吊针。来，干。

王鸣生 我不行了……

王阿德　蛮牛古，你邀我喝酒，是围魏救赵吧？

王鸣生　（一愣）什么意思？

王阿德　什么意思？（指着大醉的鸣生数数）一、二、三……

[鸣生醉趴在桌上。

王阿德　嘿！蛮牛古，外面混了那么多年，骗人都还不会！别忘了，出计谋设圈套，我才是师父。你还差得远哪，我喝的是白开水。

[王阿德掏出手机拨打，打不通……

[远处一阵喧闹，一群记者进村来了，到处拍照采访。

王阿德　记者来了！（急得团团转，唱）

不怕对手猛如虎，

就怕队友蠢如猪。

关键时候掉链子，

一招不慎满盘输。

手机打不通，

久等鬼影无。

机不可失须抓住，

少了铙钹也打鼓。

[王阿德拿起横幅准备出门。

[丹叔婆拄着拐杖上，将阿德堵在门内。

王阿德　（意外）丹叔婆，你怎么来了？

丹叔婆　听说你和蛮牛古在家斗酒，有酒喝怎不叫我呀？

王阿德　你不是身体不好吗？

丹叔婆　蛮牛古老实，哪是你的对手，你有酒量冲我来呀。

王阿德　丹叔婆，改日再请你喝酒吧，我有事，先出去一下。

丹叔婆　（怒喝）阿德，九龙寨几十年才出了一个县长，你想搞掉他么？（唱）

都是王家同宗亲，

打断骨头连着筋。

鸣生做官也是不容易，

不帮家乡定有难言隐。
纵使他有千般错，
少忘恩义老念情。
家丑不外传，
莫被人看轻。
今日你敢窝里斗，
莫怪叔婆翻脸不认人。

王阿德 （瘪了）丹叔婆，何苦呢！

丹叔婆 即使蛮牛古有什么错，我们也不能无情呀！

王阿德 丹叔婆，你这是养大老鼠啮米袋呀！

丹叔婆 蛮牛古人是变了，但我相信他的心不会变。

王阿德 人心难测水难量！

[忽传外面嘈杂的声音："记者来了……"

丹叔婆 记者都来了，还愣着干什么？赶快把鸣生扶进去，难道还等着出丑吗？快点！

[阿德无奈地扶鸣生下。

公　公 （唱）　庵庙拆来做茶亭，
害我废了几多神。
柑树拿来刻佛像，
紧想紧真桔（激）死人。

婆　婆 （唱）　紧想紧真桔（激）死人，
恰似秀才遇到兵；
清官难判家务事，
判得清楚得罪人。

丹叔婆 （上）等一下记者如果采访你们，要凭良心讲话呀！不能什么屎尿都往人家头上屙，蛮牛古也是一片好心，不容易！

婆　婆 丹叔姆，我知道。

[收光。

第六场

［欢快的音乐中，明月塘畔，一群工程技术人员在测量绘图。

［王阿德领着烂勺麻和王半仙上。

三　人　（唱）　山下集结好多推土机，

明月塘眼看危在旦夕。

王阿德　（唱）　半年前都怨你俩贪小利，

王半仙　（唱）　鬼知道奸人调虎离山计。

王阿德　（唱）　今日里飞相过河头难回，

烂勺麻　（唱）　我保证一切行动听指挥。

三　人　（唱）　政府做事不仁义，

莫怪我们不讲理。

王阿德　烂勺麻，（指工程人员）等下你先去撩他们，只要他敢碰你一下，你立马就倒下，半仙，你马上用手机录像……

烂勺麻　录像干什么？又演戏呀？

王阿德　愣麻，录像挂到网上去。

王半仙　这叫制造新闻。

烂勺麻　（似懂非懂）噢……好，看我的。（上前推搡工程人员）你想干什么？为什么要填我们的明月塘？

［烂勺麻逼得工程技术人员连连后退，不小心碰了她一下。

烂勺麻　（倒地呼怆）打人啦——

王阿德　（朝村里大呼）打人啦！出事啦！公务员打人啦——

［不少村民围了上来。

王阿德　乡亲们，公务员强行拆迁还打人，不把老百姓当人看。走，去政府上访，讨个公道。

［不少不明真相的村民准备跟着上访。

［阿柳搀扶着丹叔婆上。

丹叔婆 阿德，你们想干什么？

王阿德 这……丹叔婆，你就别管闲事了。

丹叔婆 有什么事，不能好好说吗？

王阿德 叔婆，推土机都开到山下了，讲道理还有用吗？走，上访。

丹叔婆 阿德，你们不能这样为难鸣生！

王阿德 叔婆，俗话说得好：黑猫白猫，能抓到老鼠的就是好猫。

王半仙 能抓一个是一个。走！

丹叔婆 气死我了……气死我了……（灵机一动，与阿柳耳语）

阿　柳 这……

[丹叔婆突然倒在地上。

阿　柳 不好啦，叔婆晕倒了——

[众人忙回身围了上来。

阿　柳 （佯摸丹叔婆的气口）啊！有气出没气入了！

烂勺麻 啊！（大喊）丹叔婆死了——

[伴唱："丹叔婆受激倒在地，
手脚冰凉无出气。
王鸣生闻讯雷炸耳，
三魂七魄难附体。"

[丹叔婆直挺挺躺在高台上。

[王鸣生失魂落魄上，一步一步走过人群来到丹叔婆跟前。

[众人冷眼相对，一片寂静。

王鸣生 阿柳，叔婆她怎么了？

[王鸣生欲哭无泪跪在丹叔婆跟前，（唱）

心头默唤丹叔婆——
为何闭眼牙关锁？
养育恩情还未报，
万不可丢下鸣生过奈何。

王阿德 （念）　狐狸同鸡来悼孝，

猫哭老鼠像唱歌。

烂勺麻 （念） 今日膝头出目汁，

只因亏心有罪过。

王半仙 （念） 当官怕丢乌纱帽，

过河拆桥心眼多。

众　人 （念） 早知今日思当日，

三岁就该扔落河。

王鸣生 乡亲们，现在多说也没用，快送丹叔婆去医院。

阿　柳 老人家不能乱动，已经打了120了。

［鸣生起身默默地朝众人深鞠一躬，无人理他。

王易明 （拿一酒瓶怒冲冲上）王鸣生，我劈死你——

［丹叔婆吓得坐了起来，被阿柳摁了回去，众人由于都盯着鸣生与易明，没发现。

王鸣生 （痛苦地）易明，你劈吧！我死了，黄泉路上好与叔婆做伴！

王易明 你以为我不敢呀？

阿　柳 易明，你疯了！（夺过酒瓶）

王易明 （愤愤地）王鸣生，你这白眼狼、瞎眼狗！

王鸣生 （凄然而笑）白眼狼？白眼狼！（唱）

我不是白眼狼，

我也是父母养。

只缘生在深冬霜雪降，

朔风呼啸摧瘦嫩瓜秧。

穿的百家衣，

吃的百家粮。

年少不知悲何在，

众人拾柴驱风凉。

虽然离乡二十载，

不忘乡亲恩情长。

[阿柳将易明拉到一旁，告知丹叔婆是装死。

王易明 （怒斥阿德等）你们这些猪狗——

王阿德 不关我们的事，叔婆是被蛮牛古气死的。叔婆死前一边骂一边哭呀！（唱）

叔婆骂得好心伤，

声声痛骂白眼狼。

[半仙和烂勺麻赶忙附和：“对对对！”（唱）

气得浑身都发抖，

哭得泪比江水长。

阿　柳 你们闹够了么？

（唱）　何必信口雌黄反栽赃？

是非曲直众人心中亮堂堂。

政府改造九龙寨本可公事公办，

鸣生为何甘为众矢之的转家乡？

想必是乡亲见面好讲话，

想必是结草衔环乡情长。

世人都说当官好，

有谁知三十行唯独好人难做官难当！

王阿德 阿柳，我知道，你与蛮牛古是老感情。

王鸣生 阿德哥，各位乡亲！我问心无愧！

（唱）　不是硬颈不低头，

鸣生不是背义狗。

总盼作鸦能反哺，

长夜思恩月上楼。

牵挂故土还落后，

甘为春雨润山沟。

终等来山区发展拳路改，

绿色经济推旅游。

怎料想抓拆迁把众亲得罪，

晓之理动之情我婆心苦口。

[丹叔婆起身激动地走到鸣生身后。

王鸣生 （吓一跳）叔婆，你没事啊？

[众人惊愕。

丹叔婆 叔婆没事。你还是我的蛮牛古啊！（唱）

一觉睡到日西沉，

鸣生哭醒懵懂人。

难得好子弟，

一片赤子心。

山里孩子骨头硬，

岁月不改真性情。

叔婆心里明如镜，

九龙寨的明天山更青、水更清……

烂勺麻 丹叔婆，原来你是诈死的？

丹叔婆 我不诈死，你们还不知要闹到什么时候！

王阿德 （喃喃地）老滑头！

刘阿谦 （手里拿着一卷图纸上）王县长——

王阿德 刘阿谦，你来干什么？

刘阿谦 为了明月塘的事……

王阿德 想填明月塘？你们敢填明月塘，（仰面躺在地上）推土机先从我身上碾过去。

刘阿谦 懒得跟你说。（转对鸣生）县长，省专家的建议，县规划组论证会通过了。

王鸣生 真的！

王易明 什么意思？

王鸣生 丹叔婆，乡亲们，告诉大家一个好消息，明月塘不填了，停车场搬到山下去了。

丹叔婆 你说什么？

王鸣生 叔婆，我觉得你上次说得有道理，所以我请省城专家重新论证九龙寨规划方案，专家认为古老风水学，也有一定的道理，填了明月塘，会影响九龙寨的神韵和气温……

丹叔婆 蛮牛古，政府也听老百姓的？

王鸣生 政府是人民政府，老百姓只要讲得有理，政府哪敢不听。政府已经决定在山下建一个既传统又现代的住宅区，专门用来安置拆迁户的。

[众人顿时欢呼雀跃。

王鸣生 村口的推土机就是等待奠基仪式，准备破土动工的。

王半仙 王阿德，天屙银了，快起来抢吧。

王阿德 我……腰闪了，起不了身了。

阿　柳 是不好意思起来吧？

烂勺麻 那我唱首山歌给你补补腰骨？

丹叔波 我来唱，阿德啊——（唱）

唱首山歌做补药，
配方知足搭常乐。
你搬石头演大戏，
差点砸到自己脚 。

王阿德 （唱）

差点砸到自己脚，
叔婆唱歌我难驳。
斧头打凿凿打树，
专邀鸣生角对角。

阿　柳 （唱）

母羊相打难对角，
讲唱山歌你无啄（比）。
拆迁合同签落去，
日后不愁吃和着（穿）。

王鸣生 来，阿德哥，起来吧，我扶你一把！

王阿德 （将鸣生反拉跌坐在地上）鸣生，蛮牛古！

王鸣生 阿德哥，你——哈哈……

[阿德与鸣生斗起了充满野性的山歌号子：“噢嘿——”

[千年古寨沸腾了，幸福的山歌飘向山外，飘上云端……

[剧终。

·客家山歌剧卷·

围屋月光光

编剧：林文祥　陈双媚

文明伟大之处在于束缚了人的兽性，文学伟大之处在于解放了人的天性。文明涵盖文学，人的兽性源自天性，二者同体共存，相生相克。

——题记

人　物　表

惊蛰嫂　出身书香门第，早年闹灾丈夫下了南洋，逼于生计，做挑盐担的苦力。看似没心没肺，其实颇是睿智。

王执中　惊蛰嫂的儿子，秀才。

问　竹　孙道斋之女，漂亮，聪慧。

阿　鹊　鬼点灯之女，刁蛮却善良。

孙道斋　读书人，后经科举为官，能文能武，品正重情。

鬼点灯　义军首领。

呱鸟麻　农妇，偶也兼职为媒及挑盐担。

水客、师爷、书生、一群村民、一群衙役、一群义军。

时　间：明末。

地　点：客家山乡——九龙寨。

1

[引歌：“衣冠南渡入梅乡，
熬过风雨熬过霜。
兴亡多少事，
围屋月光光。”

[远处传来呼喊声：“水客船来喽——”

[九龙寨的女人们匆匆赶向码头。

[惊蛰嫂牵着幼年问竹上。

惊蛰嫂 （唱） 新婚闹灾年，
男人去过番（下南洋）。
一别十几载，
温柔在梦间。
熬孤单，盼团圆，
等来客船心又颤。
一回回，船儿缓缓靠了岸，
一次次，心肝悬在胸口边……

[水客牵着少年执中的手，走到惊蛰嫂跟前。

水　客 （叮嘱执中）叫阿姆。

[执中怯生，躲到水客身后。

水　客 惊蛰嫂，你老公死了！这是他在南洋生的孩子。

[人群顿时炸开了锅。

[伴唱：“晴空响雷噩耗传，
天旋地转水打滩。”

惊蛰嫂 （唱） 花儿谢，月光残，
盼团圆，十几年。
日里忙活累半死，
夜里孤枕总难眠。
公婆归天后，
更觉五更寒。
虽说年久已记不清他模样，
惊闻噩讯依然刺心肝。
痴心女，负心汉，
水中月，镜花缘。
从今后无等无盼无悲无喜无冬无夏日子怎么过，
欲哭无泪，欲骂无言。

王执中 （怯生生）阿姆——

[惊蛰嫂心头一颤。

惊蛰嫂 （唱） 耳畔忽闻一声唤，

恰似清泉润心田。

回头看一眼，

小乖乖——

让人爱让人疼让人心酸让人怜……

眼前阴云顿觉散，

似见明月出东山。

惊蛰嫂 （变得淡定）大哥，我知道了。

众　人 （惊讶地）你知道了？

惊蛰嫂 前几天，死鬼托梦给我了，他说今日会托人送香火回来。

水　客 惊蛰嫂，你要节哀！

惊蛰嫂 （没回应水客，蹲下问执中）你叫什么名呀？

王执中 执中。

惊蛰嫂 （牵着执中的手）走，跟阿姆回家。

呱鸟麻 （没看到热闹，有点失落）惊蛰嫂，你老公都另寻新欢了，你还肯帮他养儿子？

惊蛰嫂 呱鸟麻，女人生子百般难，十月怀胎鬼门关。我老公请人帮我生子，是心疼我。

呱鸟麻 这……真是大愣麻！

[众人隐去。

[月光照在花台岌上，小孩自然熟。

王执中 你叫什么名？

问　竹 问竹。

王执中 你多大了？

问　竹 五岁。你多大了？

王执中 十岁。你是我妹妹吗？

[问竹摇摇头。

王执中 你爹娘呢？

问　竹 我阿姆死了，我爹赴京赶考了。

[孙道斋失魂落魄地上。

孙道斋 （唱）满腹经纶成炭灰，

蟾宫折桂我无梯。

问　竹 （见父亲归来，惊喜地扑了过去）阿爹——

[孙道斋一把抱住女儿，悲泣。

惊蛰嫂 （上，关心地）道斋兄弟，又落榜了？

孙道斋 惊蛰嫂，我……唉！（唱）

科场深似海，

举子无后台。

笔底明珠无处卖，

名落孙山返乡来。

别后小女承蒙你照应，

结草衔环言谢口难开。

[孙道斋心怀感激与失落，热泪奔涌。

惊蛰嫂 （见对方熊样，笑了起来）哈哈！多大的事呀？名落孙山又不是日落西山，进士没考上，人不还活着吗？（唱）

人有六旺三衰，

四季花谢花开。

兄弟文韬武略，

定是栋梁之材。

不信且看过冬草，

春雨一淋头就抬。

求官不到举人在，

柳暗花明鹊登梅。

孙道斋 我……还能再考？

惊蛰嫂 是金子总会发光的。三年之后，我再帮你带问竹。

王执中 （上前）阿姆——

孙道斋 阿姆？惊蛰嫂，他是……？

惊蛰嫂 我的儿子。

孙道斋 （惊诧地）儿子？！哪来的儿子？

惊蛰嫂 （没有直接回答）道斋兄弟，人活着总得有个盼头啊！

[伴唱：“莺飞嫩草长，
雁过菊花黄。
十年守孤子。
围屋月光光。”

[收光。

2

[十年后，粤赣崇山峻岭的交界处——鹞婆坳。

[一身戎装的阿鹊领着女兵巡山。

阿　鹊 （唱） 少未裹足性子野，
天塌下来当笠麻。
自小拜师学武艺，
有货不卖帝王家。
走出深闺舞刀剑，
随父揭竿，戎马天涯。
阿鹊不是真汉子，
也羡三春蝶恋花。（下）

[惊蛰嫂与成年执中领着一群人，喊着山歌号子挑着担子推着车缓缓走来。

众　人 （唱） 挑盐上江西，
口渴肚又饥。

日里逃风雨，

夜里躲土匪。

惊蛰嫂　执中，日头这么辣，叫大家歇歇脚吧。

王执中　阿姆，前面鹞婆坳是叛军出没的地方……

惊蛰嫂　怕什么，叛军又不是土匪，不抢民财。

王执中　好吧。（回喊）大家歇歇脚吧。

[众人放下担子休息。

惊蛰嫂　执中，这笔买卖做完，你不准再跟来了。

王执中　为什么？

惊蛰嫂　你白皮嫩肉，哪受得了这个罪啊！在家好好读书吧。

王执中　我没事。古人讲，读万卷书，行万里路……

惊蛰嫂　古人还讲，万般皆下品，唯有读书高。

王执中　我都长大了，总不能还让阿姆靠挑盐担来养活我吧。

惊蛰嫂　这事阿姆讲了算。

[阿鹊站在山崖上唱山歌：

阿哥辛苦妹思量，

放下担子对歌腔。

都讲过门就是客，

妹泡山茶请你尝。

呱鸟麻　执中，有细妹唱山歌撩你哪。

王执中　（唱）　阿哥挑担过山崖，

腰酸背疼脚打摆。

口干舌燥日头晒，

难得妹子思量偓（我）。

[突然，鬼点灯领着一群兵丁挡住了执中等人的去路。

王执中　（镇定地）你是义军大统领鬼点灯？

鬼点灯　好眼力！

王执中　大统领，放我过去，交个朋友。

鬼点灯 哈哈，后生哥，你做梦娶老婆吧？

王执中 大统领是义军，不是土匪，怎会强抢民财呢？

鬼点灯 没错，但奸商除外。（唱）

这世道无官不贪，
这年头无商不奸。
世风日下，黑乌暗天，
灾荒连年，民不聊生。
举义旗反朝廷一呼百应，
杀贪官除污吏惩恶除奸。

王执中 我这是卖苦力的小本生意，怎能算奸商呢？

鬼点灯 （蛮横地）我说是就是。

惊蛰嫂 大统领，你吃粮么？

鬼点灯 这……吃。

惊蛰嫂 你吃盐么？

鬼点灯 当然。

惊蛰嫂 你种粮么？

鬼点灯 从前种，现在不种了。

惊蛰嫂 你晒盐么？

鬼点灯 这……晒什么盐？

惊蛰嫂 大统领既然不种粮不晒盐，世上如果没商贩，你吃什么？

鬼点灯 大胆刁妇。（恼怒地举刀指向惊蛰嫂）

王执中 （大惊，扑上前去欲救母亲）阿姆——

惊蛰嫂 （伸手拦住儿子）执中。（转而冷眼看着鬼点灯）

鬼点灯 杀你就跟踩死一只蚂蚁一样。

惊蛰嫂 （突然狂笑）哈……

鬼点灯 你笑什么？

惊蛰嫂 堂堂义军大统领，欺负乡间一妇人，英雄！

鬼点灯 这……气死我了！（大喝）货物留下，人，滚——

阿　鹊　（上）慢。你们中间有识文断字的人么？

惊蛰嫂　（一愣）你问这个干什么？

阿　鹊　（狡黠地）如有读书人，立马就放行。

呱鸟麻　（嘴快，指执中）他是秀才……

惊蛰嫂　（欲喝止）呱鸟麻！

鬼点灯　阿鹊，你这是……

阿　鹊　阿爹想成大事，身边少不了读书人呀！

鬼点灯　鬼妹子，高明！（端详执中）把他留下，货物挑走。

惊蛰嫂　（大惊）不行啊！大统领。

鬼点灯　（举刀）你再啰唆，宰了你。

王执中　住手——

鬼点灯　住手？想保你阿姆的命，就乖乖跟我走。

阿　鹊　（走到执中身边）我们不是土匪，是替天行道的义军。

惊蛰嫂　（急了）做婊子树牌坊，还不如土匪哪！

鬼点灯　（暴跳如雷地举起刀）你——

王执中　慢——

[伴唱：“刀在半空悬，
人近鬼门关。”

母/子　（唱）　魂似风筝断了线，
飘飘忽忽到天边。
怕儿失足入贼伙/怕娘倔强遭伤害，
叫我怎样对祖先/羊欲跪乳难报恩。

父/女　（唱）　眼前这母子/男子，
确实不一般。
沙场杀戮我不眨眼/潇洒英俊气不凡，
人才难得爱意生/顶天立地铁骨铮。

鬼点灯　（唱）　跟我走——

惊蛰嫂　（唱）　断不能。

阿　鹊（唱）　跟我走——

王执中（唱）　发疯癫。

父/女（唱）　劫富济贫打天下——

惊蛰嫂（唱）　家国兴亡百姓艰。

围龙子弟诗书种，

岂能造反害苍生。

王执中（唱）　叛军抓壮丁，

儿把娘累牵。

为让阿姆能脱险，

哪管前面是刀山。

是福不是祸，

杀头碗大圈。

进狼窝，权宜计，

出虎穴，再周旋。

纵在曹营心在汉，

月照围屋入梦间。

王执中　好，你放了我阿姆，我跟你走。

惊蛰嫂　执中——

[收光。

3

[一年后。围龙屋前的半月塘畔，一镰弯月。

[伴唱："弯月水上浮，

夜夜映围楼。

总勾离人泪，

不见照归舟。"

[惊蛰嫂提着洗衣篮向半月塘走来，唱：

一年受怕且担惊，
夜夜青眼到五更。
只听狗吠过路客，
不闻我儿敲门声。

[问竹兴冲冲上，唱：

江水流向西，
喜鹊上高枝。
阿爹会试及了第，
近日衣锦还故里。
闻讯疑是梦，
报给亲人知。
三步并作两步走，
化她心霜，展她愁眉。

问　竹　伯姆——

惊蛰嫂　（未察问竹的喜悦，平常地）问竹，你来了。

问　竹　伯姆，我爹中进士了。

惊蛰嫂　（疑是听错）什么？你说什么？

问　竹　有人来报，我爹中进士了，近日会回来。

惊蛰嫂　真的？！（确认后，仰天大笑）

问　竹　（不知所措）伯姆——

惊蛰嫂　（莫名地）哎，你说你爹穿官服戴乌纱帽，好看么？

问　竹　不知道。

惊蛰嫂　你变小姐了，往后伯姆见了你，是不是也要跟戏台上一样行礼呀？

问　竹　（娇嗔地）伯姆，你说些什么！

惊蛰嫂　问竹，你爹这次回来，见了你还会哭吗？

问　竹　欢欢喜喜的，哭什么呀？

惊蛰嫂　你爹呀，品正多才，谙熟兵法，带兵打仗就是威风八面的大将军呀，他怎就那么爱哭呢？

问　竹　伯姆你呀，风风雨雨历尽坎坷，换了别人早就想哭也流不出眼泪了，你怎就那么爱笑呢？

[两人相视，放声大笑。

惊蛰嫂　爱笑好啊！人生不如意十有八九，笑比哭容易过，唉！

[惊蛰嫂的一声长叹，夜，陡然变得寂静。

问　竹　（掏出一只梨递给惊蛰嫂）伯姆，我家的梨子熟了，给你尝尝鲜。

惊蛰嫂　蜂叼梨？

问　竹　蜂叼梨最甜的。

惊蛰嫂　我不吃。

问　竹　为什么？

惊蛰嫂　怕梨（离）呀！（轻声哼唱）

吃梨唔吃蜂叼梨，
心中有病无人知，
因为分梨（离）故亲切，
谁知亲切更伤梨。

问　竹　我爹讲过，执中哥文武双全鬼灵精，他不欺负人是因家教好，谁敢欺负他，被他卖了还会帮他数钱哪。你不用愁。

惊蛰嫂　愁也没用呀！你与执中自小就定了亲，等他和你爹回来，就为你俩成亲，我还等揽孙子哪。

问　竹　（娇嗔地）伯姆——

惊蛰嫂　怎么？不乐意？嫌贫爱富了？

问　竹　（急了）不，不是。伯姆！（唱）

问竹自小遭不幸，
伯姆待我如亲生。
纵使你狠心将我赶，
针行三步线会跟。
贫贱富贵不相弃，

侍奉你老到百年。

惊蛰嫂 （老顽童似的）和你开玩笑哪，这么认真干什么？哈……

问　竹 你——

4

［次日，王执中风尘仆仆回到了九龙寨。

王执中 （唱） 刀尖舔血胆包天，

身陷贼窝做神仙。

思娘亲一年三百六十日，

假东床金蝉脱壳归故园。

呱鸟麻 （激动地）执中回来了！执中，你没跟鬼点灯去造反呀？

王执中 我是人中龙凤，哪能做大逆不道的事！

［众乡邻围了上来。

呱鸟麻 回来就好，你受苦了！

王执中 嘿，我哪会受苦！你看我白皮嫩肉的，鬼点灯每天都把我当祖宗供奉哪。

呱鸟麻 鬼点灯那阎王脾气，我不信。

王执中 我也不信！无奈我姆一生积德行善，我福大命大，鬼点灯的女儿还想嫁给我哪。

［惊蛰嫂从屋里出来，母子重逢，悲喜交集。

［执中叫声“阿姆”跪在母亲跟前。

［伴唱：“魂牵梦挂日月长，

想碎心肝哭断肠。

今日重逢疑似梦，

泪如春水漂大江。”

惊蛰嫂 执中，你怎么回来的？

王执中 阿姆，我比泥鳅还滑，鬼点灯哪能捉稳我？溜转来的。

惊蛰嫂 转来就好！鬼点灯没难为你吧？

呱鸟麻 鬼点灯每天好酒好肉供奉他哪。

惊蛰嫂 你没跟他去杀人放火吧？

王执中 当然，冷饭菜可以吃，缺德事不能做，阿姆教的。

呱鸟麻 鬼点灯想招执中做女婿哪。

惊蛰嫂 （惊愕地）这到底是怎么回事？

王执中 阿姆……（唱）

鬼点灯，真荒唐，
妄想招我做东床。
我本是诗书人家忠良后，
岂能与黥髡盗贩对门当。
阿鹊自小缺教养，
阴阳颠倒妹追郎。
糊涂爹，拉郎配，
软硬兼施设花堂。
好汉不吃眼前亏，
逢场作戏演一场。
留贼窝本是缓兵计，
择机离虎穴，回家侍奉娘。

惊蛰嫂 （狠狠地打了执中一耳光）你——

王执中 （吓蒙了）阿姆！

呱鸟麻 惊蛰嫂，鬼点灯是叛贼，执中和他女儿欢喜一下算什么？为民除害，报仇雪恨，呵，过瘾！

惊蛰嫂 孽障——（唱）

好男儿坐要端庄行要正，
怎能够花枝乱灿留孽情。
女子清白如生命，
岂肯轻易托付人？

世间几多事，
有果总有因。
顶恶拗命莫欺善，
输钱蚀米莫亏心。
拈花惹草湿了脚，
门前古井水难清。
我家不留薄幸子，
从今后你卷好铺盖出门庭。

王执中 阿姆，我不敢带她回来，就是怕惹你生气！

惊蛰嫂 （悲楚地）你好孝顺啊！滚——

[惊蛰嫂气冲冲入屋，转身将大门紧闩。

[执中愧疚地唤了声“阿姆”，长跪门外。

呱乌麻 执中，你姆是愣麻，别理她，起来吧。

王执中 （不领情）不关你事。

[伴唱：“衣冠南渡入梅乡，
熬过风雨熬过霜。
兴亡多少事，
围屋月光光。”

问　竹 执中哥……

王执中 问竹！

问　竹 阿鹊靓么？

王执中 这……（点点头）

问　竹 你喜欢她？

王执中 （摇头）我也不想娶她呀。

问　竹 那你为什么要跟她成亲？

王执中 我不跟她成亲，哪里回得来呀！阿姆一个人在家……

[孙道斋一身便服带着一随从春风得意上。

孙道斋 （唱）　孙道斋时来运转蟾宫折桂，

蒙圣恩走马上任荣归故里。

穷途曾沐善人雨，

寸心难报寒春晖。

[问竹激动地叫了声“阿爹”扑到父亲跟前。

王执中 （依然跪着）道斋叔。

孙道斋 执中，又惹你姆生气了？呵，一物降一物，你这操缸狗，只有你姆才能收拾你呀。

惊蛰嫂 （上）道斋兄弟，你回来了！

孙道斋 回来了！回来了！惊蛰嫂，多谢你了！（感激涕零）

[惊蛰嫂诡异地看了问竹一眼，忍俊不禁。

[孙道斋被笑得摸不着头脑。

问　竹 阿爹，别哭了，惊蛰姆笑话你哪。

孙道斋 （忙抹泪）见笑了，见笑了！

随　从 无情未必真豪杰，老爷金榜题名中进士，做了县太爷了！

惊蛰嫂 县太爷？民妇失敬了！（夸张地欲跪）

孙道斋 （忙扶）折我寿了！当不起呀！惊蛰嫂，给我一份薄面，让执中起来行么？

惊蛰嫂 （突然又变得威严）孽障！还不起来！

[执义乖乖地站了起来。

孙道斋 惊蛰嫂，执中的事我听说了，鬼点灯盘踞鹞婆坳犯上作乱，我已奏请上峰，不久将亲自带兵围剿鹞婆坳。

惊蛰嫂 这是真的？！

孙道斋 真的。

惊蛰嫂 （唱）　一年来盼星盼月盼剿匪，

到今朝惩恶扬善心难喜。

鬼点灯罪有应得遭报应，

怕只怕兵燹累及无辜女。

执中捅出荒唐事，

为人处世输了理。

恨孽缘阿姆牙咬碎，
愿我儿做人莫心亏。
雪中送红炭，
且赠春一枝。

惊蛰嫂 道斋兄弟，能不能求你一件事？

孙道斋 什么事？

惊蛰嫂 兵剿鹞婆坳，能不能刀下留人？

孙道斋 你要保鬼点灯？

惊蛰嫂 鬼点灯任你千刀万剐，但他女儿阿鹊还望兄弟手下留情。

[收光。

5

[半月后，鹞婆坳。

[官兵突然来袭，山寨里杀声震天。

鬼点灯 （唱）狗打老鼠孙道斋，
领兵越境偷袭亻厓（我）。
众兄弟还在睡梦中，
转眼间兵营成火海。
慌乱中父女被冲散，
泥菩萨过河水中栽。

阿　鹊 （唱）魂魄飘到九霄外，
险些上了断头台。
承蒙官爷发慈悲，
放条生路赠钱财。
匆匆逃离鹞婆坳，
举目无亲百般哀。

鬼点灯 （唱） 乖妹子生死未卜，
糊涂爹火烧胸怀。
山重水复要雪恨，
此恨且在心中埋。
等我东山再起日，
油烹孙道斋，火烧狗奴才。（下）

阿　鹊 （唱） 阿爹凶多吉少难脱险，
阿鹊身如柳絮随风吹。
屋漏偏遭连夜雨，
枯草又遇雪成堆。
执中一走无踪影，
撇下荒岭一寒梅。
花前月下曾相约，
天长地久不分开。
曾听他枕边哭喊九龙寨，
定是故乡入梦来。（下）

[九龙寨。惊蛰嫂坐在门槛上做针线活。

惊蛰嫂 （唱） 花望天边月一轮，
人望膝前绕儿孙。
执中归家虽团聚，
总怕三更风打门。

王执中 （走到母亲跟前，虔诚地问候）阿姆——

[惊蛰嫂佯作没听见，不理儿子。

[执中讪讪地退下。

[问竹站在一旁暗笑。

王执中 （唱） 阿姆生气满脸云，
一言不发将我训。

问　竹 （唱） 慈母孝子也较劲，

问竹想笑又强忍。

[执中使了个眼色，问竹心领神会，两人演起了双簧。

问　竹　执中哥，后年开科，你还去参加科举考试么？

王执中　不考了。朝堂昏暗，宦官干政，大臣结党，考科举不如在家烤番薯哪。

问　竹　不考科举，你读书干什么？

王执中　中了状元又有什么用！唉！这年头，兵荒马乱四处闹民变，大明王朝恐怕要垮台了。

惊蛰嫂　（终于忍不住，厉声喝道）莫谈国事！你惹的祸还少么！

王执中　（夸张地舒了一气）阿姆，你终于说话了！

惊蛰嫂　你——

王执中　（嬉皮笑脸）大明垮台不可怕，就怕阿姆不讲话。

惊蛰嫂　（哭笑不得）你——逆子！

王执中　阿姆笑了就好，我去读书了。（看了一眼问竹，下）

问　竹　伯姆，我回去了。（下）

[惊蛰嫂望着一对年轻人，说不出的滋味，唱：

执中有福气，
问竹真贤惠。
愿今后晴空无雨，
有情人花开连理。

阿　鹊　（上）请问……这是王执中的家么？

惊蛰嫂　（没认出来）是呀，你是……

王执中　（上，惊愕地）阿鹊！

惊蛰嫂　阿鹊？！

[执中欲逃，阿鹊上前一脚将执中踹翻。

[执中一个鲤鱼打挺迅速站了起来。

[阿鹊上去又一掌，两人打得不可开交。

惊蛰嫂　（怒喝）住手！

阿　鹊　（一愣，赶忙跪下）阿鹊拜见家娘。

惊蛰嫂 家娘？不敢当。

阿　鹊 我与执中哥已经拜过天地。

惊蛰嫂 拜过天地？父母之命呢？媒妁之言呢？

阿　鹊 我爹是媒人，媒人是我爹。

惊蛰嫂 笑话，我儿子娶老婆，我怎么不知道？

阿　鹊 求你老开恩，丑媳妇今日拜见公婆。

惊蛰嫂 执中从小定了娃娃亲，不敢收留半路杀来的程咬金。

阿　鹊 就算他已成亲，做妾我都愿意。

惊蛰嫂 你愿意我不愿意！你……你为什么要嫁我儿子？

阿　鹊 我喜欢他。

惊蛰嫂 我家一贫如洗……

阿　鹊 我也喜欢他。

惊蛰嫂 世间好男人千千万……

阿　鹊 我就喜欢他。

[阿鹊突然欲呕吐。

惊蛰嫂 你怎么了？

阿　鹊 我已经有了……

惊蛰嫂 （大惊）什么？你怀上了？！

阿　鹊 我……（唱）

我已数月无汛期，
三餐吃无二合米。
闻腥都反胃，
瓜秧落了地。
执中回家后，
官府来剿围。
我阿爹生死不明，
阿鹊难寻安身地。
求你老，莫嫌弃，

阿鹊哪里都不去。

生是王家人，

死是王家鬼。

惊蛰嫂 执中，阿鹊怀孕的事，你知道么？

王执中 知道。

惊蛰嫂 畜牲！（气得浑身发抖）你……你明知她怀孕了，也迈得开脚，怎就那么狠心啊！

阿　鹊 阿姆，不怨他，他做梦都喊阿姆，他想家呀！

惊蛰嫂 造孽啊！（唱）

生米变熟米，

瓜熟要落蒂。

乱麻纺纱千重结，

难剪难裁难主意。

狠心赶出门，

做人不仗义。

虎毒不食子，

心疼腹中儿。

将错就错来相认，

阎王脱裤笑死鬼。

家门结了叛贼亲，

走路头低抬不起。

断了我儿功名路，

城门失火池鱼死。

执中捅错一粒子，

毁了今生满盘棋。

思前想后难舍取，

船搁浅滩施无计。

6

[数日后。

[孙道斋家。

孙道斋 （唱） 平叛大功成，

除暴安良民。

忙罢国事忙家事，

半生风雨半生尘。

惊蛰嫂 （上，唱）见惯阴云遮日头，

一笑解千愁。

今日为儿姻缘事，

想笑泪先流。

孙道斋 （迎上）惊蛰嫂，今日专程请你来，有些话不便你家说呀。

惊蛰嫂 道斋兄弟……

孙道斋 执中与问竹从小定了亲，俗话讲男大当婚，女大当嫁……

惊蛰嫂 可执中他现在……

孙道斋 我知道，执中是被逼成亲的，那不是事。

惊蛰嫂 可阿鹊她……

孙道斋 阿鹊是叛匪的女儿，我看在你的情面上，官兵围剿鹞婆坳时，才把她放了。我能放了她，按大明律也随时可以抓她。

惊蛰嫂 可阿鹊已怀了执中的孩子！

孙道斋 可以等她生了孩子再抓她。

惊蛰嫂 （很陌生地看着孙道斋）你们男人的心怎么就那么狠啊！

孙道斋 （不满地）你……想退婚？叫执中娶那个叛匪的女儿？

惊蛰嫂 不是想，是没办法呀！

孙道斋 你——糊涂啊！（唱）

惊蛰嫂，欠开明，

书香门第认了叛匪亲。

惊蛰嫂 （唱） 姻缘天注定，

是非难分清。

孙道斋 （唱） 门不当，户不对，

捆绑夫妻怎共眠？

惊蛰嫂 （唱） 琴瑟和鸣世人盼，

生米熟饭不由人。

孙道斋 （唱） 无媒无证无婚聘，

鬼点灯乱点鸳鸯一厢情。

善恶到头终须报，

苦酒自酿怨谁人。

惊蛰嫂 （唱） 只怨执中没福气，

野狗终难配麒麟。

婚姻大事当儿戏，

一朝失足误终身。

孙道斋 执中和问竹自小一起搞泥沙长大的，郎有情，妹有意，你就忍心将他们拆散？！

惊蛰嫂 道斋兄弟，事到如今，我难啊！（唱）

问竹好闺女，

知书达理好贤惠。

有缘做婆媳，

笑到嘴都合唔眯。

无奈石壁种菜园（缘）分浅，

家无梧桐凤难栖。

执中自家造了孽，

马落九宫难悔棋。

阿鹊虽是出身贱，

也是莲花出污泥。

纵使我有百个千个不中意，

怕伤无辜悖天理。

惊蛰嫂 道斋兄弟，我教子无方，对不起你孙家了！（跪下）

孙道斋 惊蛰嫂——唉！（唱）

我家小女初长成，

媒婆门槛都踩平。

惊蛰嫂无意攀富贵，

只缘守初心。

滚滚红尘多名士，

不及乡野一衩裙。

[伴唱：“儿重情，娘重理，

银河恨水泪长成。”

7

[荒野溪流边，执中与问竹相对无语。

问　竹 执中哥，我爹公务在身，明天要走了，我也要跟他走。

王执中 ……你什么时候回来？

问　竹 （摇摇头）不知道。

王执中 问竹……我姆她也苦啊！

问　竹 我懂，不怨伯姆，也不怨你，怨命！（掏出一只梨强颜笑了笑）梨子熟了，你尝尝？

王执中 （震颤地）梨——（唱）

平生种梨不吃梨，

只为阳春燕双栖。

木匠造枷砍梨树，

肝肠寸断因伤梨（离）。

问　竹（唱）　平生种梨不吃梨，
只盼春来花满枝。
如今风吹花落地，
流水漂红各东西。

王执中（唱）　惜别离，终伤离。
梨花带雨草萋萋。

问　竹（唱）　怕伤梨，终别离，
流水无言孤雁飞。

王执中（唱）　满山杜鹃一片血，
天涯远隔鸟空啼。

问　竹（唱）　月圆满天乌云起，
此恨绵绵无尽期。

问　竹　我走了！（转身掩泪匆匆下）

王执中　问竹——

［伴唱：“惜别离，终伤离，
遍地落花似雪飞。”

［收光。

8

［两年后，惊蛰嫂领着一群妇女上江西贩盐。

惊蛰嫂（唱）　问竹离乡整两年，
日夜好挂牵。
都说宁拆一座庙，
不拆好姻缘。
哑子吞了生猪胆，
再苦肚里咽。

儿是阿姆心头肉，
叫人百般怜，
日子难过还得过，
代儿江西贩粮盐。
走过山路百十里，
两脚无力似踩棉。

[惊蛰嫂等人来到县城，众人停下来歇脚。

[一群人围在檐下看告示，议论纷纷。

呱鸟麻 （挤上前去）哎，出什么事了？

一书生 又改朝换代了！大明朝垮台了！新朝知县告示安民哪。

呱鸟麻 告示上还说了什么？

书　生 前朝知县孙道斋父女抓起来了，大家有仇报仇，有冤申冤。

惊蛰嫂 报什么仇？申什么冤？

书　生 揭发孙道斋一条罪状，奖纹银一银哪。

不少人 啊！有这样的好事？

一妇女 孙道斋不是有口皆碑的清官吗？

书　生 大明朝还有清官吗？

一后生 听说新朝知县是土匪出身，难怪能想出这阴招……

一老者 哎，英雄莫问出处，县官不如现管，言多有失。

后　生 对对，言多有失。

[远处传来锣声和人群的喧哗声。

一妇女 看——孙道斋游街了！

一老者 他女儿有什么罪，也抓来游街，真没天理！

[戴着枷锁的孙道斋父女被衙役押了上来。

[群情雀跃。

众　人 （唱）　当官出风头，
丢官丧家狗。
皇帝轮流做，

江水东西流。

孙道斋（唱）朝堂易了主，

国破碎金瓯。

问　竹（唱）昨日堂上客，

今日阶下囚。

孙道斋（唱）成王败寇千古事，

青史后人修。

问　竹（唱）黑白颠倒口难辩，

此心万念休。

父　女（唱）游街示众当小丑，

忍辱含恨满面羞。

只缘父女情难舍，

苟且人间留。

[收光。

9

[公堂内，摆着公案，庭前放着包公戏中常见的狗头铡，鬼点灯穿着官袍威风八面坐在椅子上，衙役站在两旁。

[伴唱："你唱罢，他装扮，

又见沐猴冠。"

鬼点灯（唱）风水轮流转，

鬼点灯造反功成做知县。

当官就是爽，

难怪科场举子削尖脑袋往里钻。

冤家今日栽我手，

苍天开了眼。

想起生死不明的亲闺女，
将他千刀万剐难雪冤。
只因弟兄们歃血为盟发过誓，
改了王朝要做包青天。
奇了！怪了！
孙道斋二载知县清名在，
我不信大明还能有好官。

鬼点灯 （问师爷）本官上任已三天，怎么还没一个人来告状呀？悬赏揭发孙道斋罪行的告示都贴出去了？

师　爷 贴出去了。

鬼点灯 （胸有成竹）嗯，再过半日，这衙门就将跟猪崽场一样，生意兴隆。

师　爷 老爷，落雨天打孩子，闲着也闲着，你为什么不先审问孙道斋呢？

鬼点灯 你懂什么？孙道斋进士出身，伶牙俐齿，博古通今，如果没有他贪污受贿的铁证在手，就把他带上公堂，到底是我审他呢还是他审我？

师　爷 （恍然大悟）老爷高明！

[衙门外突然传来催命般的鼓声。

师　爷 老爷，告状的来了！

鬼点灯 （得意地）好，生意开张，把击鼓人带进来——

[惊蛰嫂匆匆上，唱：

地无情，天不公，
问竹父女陷牢笼。
心如火烤衙门赶，
飞蛾扑火探吉凶。

惊蛰嫂 民妇叩见青天大老爷。

鬼点灯 （唱戏似的）因何击鼓？有何冤情，抬起头来说话。

[惊蛰嫂与鬼点灯一照面，双方都一愣。

二　人 （唱）　猛然间心头一激灵，
似曾相识眼前人。

鬼点灯 （唱） 莫非是眠花宿柳的老相好，

惊蛰嫂 （唱） 莫非是梦里见过的凶煞神。

鬼点灯 （唱） 莫非她来讨风流债，

惊蛰嫂 （唱） 莫非他恶鬼显人形。

鬼点灯 （唱） 当知县高高在上讲体面，

千万别揭我老底难为情。

惊蛰嫂 （唱） 管他是人还是鬼，

天塌不过一身尘。

师　爷 （小声提醒鬼点灯）老爷，问话呀。

鬼点灯 对对对，问话。（拍惊堂木）你是谁？

惊蛰嫂 民妇惊蛰嫂，是前朝知县孙道斋的同乡。

鬼点灯 （对师爷）我去过孙道斋老家吗？

惊蛰嫂 应该没有。老爷问这干什么？

鬼点灯 随便问问，随便问问。

惊蛰嫂 请问大老爷，告孙道斋一条罪状赏一两银子，是真的么？

鬼点灯 这……你是来告状的？

惊蛰嫂 不告状来公堂干什么？

鬼点灯 （松了一口气）告状好！好呀！你要告谁？

惊蛰嫂 孙道斋，民妇要状告他十条大罪。

师　爷 老爷，大生意！

鬼点灯 （兴奋地）一一讲来。

惊蛰嫂 孙道斋他——（唱）

一告他狠心挖人祖上坟，

二告他半夜敲过寡妇门。

三告他占山为王当强盗，

四告他杀人放火真残忍。

五告他偷鸡摸狗过街鼠，

六告他逗媳扒灰绝人伦。

七告他父母高堂不孝敬，
八告他花街柳巷留子孙。
九告他为官二载欺百姓，
十告他买官卖官赚白银。

鬼点灯　痛快！继续说，继续说。

惊蛰嫂　说完了。我告了他十条罪状，十两银子拿来。

鬼点灯　（一愣）这……

师　爷　你告孙道斋十大罪状，有证据么？

惊蛰嫂　证据？我只管告状领赏，要什么证据？

鬼点灯　这……对呀，你没证据告什么状？

惊蛰嫂　你告示上没写要证据呀。

鬼点灯　呵呵，本老爷的衙门新开张，这刁妇是来踢馆的？

惊蛰嫂　不敢，民妇是来领赏的。

鬼点灯　嘿，跟我来横的，也不打听打听，本官原来是干什么的。

惊蛰嫂　听过，土匪。

鬼点灯　大胆刁妇！来人呀——

师　爷　老爷莫冲动，来者不善，善者不来，她敢跟你横，肯定有后台。

鬼点灯　这……做官真麻烦！（赔笑）老人家今日来做搅屎棍，我几时打屁砸到你脚了，下官愿意……

师　爷　面聆尊教。

鬼点灯　对对，面聆尊教。

惊蛰嫂　老爷，既然新王朝当政，不知新官府讲理么？

鬼点灯　讲呀！有理走遍天下，无理寸步难行。

惊蛰嫂　那好，民妇就斗胆同大老爷论论理。（唱）

如今新朝换旧朝，
怎向无辜血染刀？

鬼点灯　（唱）　人心藏有秋后账，
狗官一个不能饶。

惊蛰嫂 （唱） 孙道斋科举正途登皇榜，
两载官声比月皎。

鬼点灯 （唱） 婊子也有竖牌坊，
大明官场无好鸟。

惊蛰嫂 （唱） 冤有头，债可销，
他犯王法哪一条？

鬼点灯 （唱） 本官告示慰民怨，
群情激愤齐声讨。

惊蛰嫂 （唱） 楚王好细腰，
上行必下效。
用钱买正义，
门前石狮笑弯腰。
有钱能使鬼推磨，
更使世道变浊了。
大老爷浓眉大眼不像糊涂汉，
是谁替你出损招？

鬼点灯 你……刁妇！你敢嘲笑本官，不怕我灭你九族么？

惊蛰嫂 （冷冷一笑）呵呵，悉听尊便。

鬼点灯 （气急败坏）把她的儿女都抓起来——

惊蛰嫂 我的儿女早被我赶出家门了。

鬼点灯 赶出家门了？

惊蛰嫂 没错，我让他们当土匪造反了。

鬼点灯 大胆刁妇，纵子成匪，该当何罪？

［惊蛰嫂突然又一根筋地笑了起来。

鬼点灯 你笑什么？

惊蛰嫂 当土匪有什么不好？（唱）
老爷好记性，
坐公堂，忘出身。

孙道斋，不聪明，
十年寒窗白了鬓。
熬个小知县，
落个戴罪身。
大老爷绝顶精明，
石刻字识无半斤。
枪杆终比笔杆硬，
转眼做了人上人。
人比人，气死人，
教子孙，学聪明。
做土匪，反朝廷，
反朝廷，杀县令，
杀县令，当县令。
子子孙孙杀下去，
一朝天子一朝臣。
只要刀枪在手，
管它涂炭生灵。
等到人杀尽，
天下终太平。

鬼点灯 你——（唱）
初学剃头遇到癞痢疮，
初学做官遇到闹公堂。
几句话说得我如梦初醒，
脊背阵阵凉。
这种奇女子实罕见，
当年鹞婆坳曾遇一人与她旗鼓当……（猛省）

鬼点灯 你是王执中的阿姆？！

惊蛰嫂 正是。

鬼点灯 好啊！来人啊！把她拖下去砍了，为我女儿报仇——

[衙门外突然一阵喧哗，执中与阿鹊持剑杀了进来。

[鬼点灯与阿鹊重逢，双方大愕。

鬼点灯 阿鹊？！王执中？！

阿　鹊 阿爹？！

鬼点灯 （失态地冲了上去）我的女儿，你还活着啊！

阿　鹊 （扶起惊蛰嫂）阿姆——

鬼点灯 阿姆？你们……？

阿　鹊 阿爹，我家娘对我像亲娘哪。

鬼点灯 （猛悟）呀呀！大水冲了龙王庙，一家人不识一家人。

惊蛰嫂 恳请老爷放了道斋兄弟父女吧。（唱）

日出日落西，
花落花上枝。
红尘多风雨，
莫把善良欺。

鬼点灯 好，听你的。（命手下）把孙道斋父女带上来，不，把他父女俩请上来。

[孙道斋和问竹上。

孙道斋 （惊讶地）惊蛰嫂？！

问　竹 伯姆？！（如受惊的小鹿一头扎进惊蛰嫂怀中）

惊蛰嫂 问竹！乖，莫怕！莫哭！

鬼点灯 （讪讪地）孙大人，孙姑娘，得罪了！亲家，误会！误会！

惊蛰嫂 亲家？老爷，官府灭我九族，我的亲家要杀头么？

鬼点灯 这……亲家，别笑话我了，我知错了。我平生天不怕地不怕，但怕你呀！

惊蛰嫂 哈哈哈……

鬼点灯 （不知所措地）你笑什么？亲家。

惊蛰嫂 大老爷，怕我你做不好官，天地良心才是你靠山！

鬼点灯 这……哈哈！

[伴唱："衣冠南渡入梅乡，
熬过风雨熬过霜。
兴亡多少事，
围屋月光光。"
[剧终。

·客家山歌剧卷·

围屋旧梦

编剧：林文祥

人　物　表

长山公　　九龙寨族长，12 世孙。

玖　叔　　曾经浪迹南洋发迹归来的乡绅，13 世孙。

红鼻子　　九龙寨村民，14 世孙。

赤　古　　孤儿，城里读书的学生，14 世孙。

秋　芬　　十岁死了丈夫的童养媳，15 世媳。

时　间：“民国”初年。

地　点：客家山乡——九龙寨。

序

[一曲苍凉的笛声从天际间飘来……

[迷蒙的夜色笼罩着九龙寨的古围屋。

[字幕：“一个古老而又熟悉的故事，越过岁月长河，走进了民国初年，再一次在客家山村九龙寨的围屋里上演……”

[天幕上，凝固着一幅紫色的巨幡，上书：

人物表

（按王氏族规：依辈分和长幼为序）

长山公——九龙寨族长，12 世孙。

玖　叔——曾经浪迹南洋发迹归来的乡绅，13 世孙。

红鼻子——九龙寨村民，14 世孙。

赤　古——孤儿，城里读书的学生，14世孙。

秋　芬——十岁死了丈夫的童养媳，15世媳。

[缓缓升光。女人们拖着疲惫的躯体走进卧房……

[似声声叹息的无词伴唱：“哎哟……”

[远处飘来沧桑古朴的山歌：

“温柔梦里看见郎，
竹叶撑船转家乡，
心急想做风流事，
揽起阿妹上眠床，
唉！鸡公又啼天又光。”

[明月如盘，年少的赤古和秋芬灿烂地生活在童话世界里，如痴如醉，如梦如幻。

[一盏烛火不知从谁家的窗口先亮起，紧接着二盏、三盏……

[烛光映照着女人们的脸庞，或春光乍现，或风韵犹存……

“穿上红兜兜，
梳起招郎毛。
嚼一口香唇草，
抹一点雪花膏。
铜镜面前照一照，
哎哟！
鲤鱼咀，黄蜂腰，
乳姑鼓得像山包。
细仔问俚做脉介，
哎呀嘞！哎呀嘞！
俚要梦中渡鹊桥、渡鹊桥。
哎哟！哎哟……”

[女人们在“哎哟”声中走进梦乡，似呻吟，似梦呓，似爱语……

[伴唱：“日出日落又一天，

花开花落又一年，
元宵等到七月七，
不见牵牛只见星。”

[收光。

第一场

[一束追光打在祠堂门口的告示上。

[长山公话外音：“‘两耳不闻窗外事，一心只向圣贤书’乃我先祖遗训。今有本寨第十四孙赤古，在城读书期间，竟公然目无师长，罢课滋事。按族规，理当严惩不贷。”

[红鼻子端着一只大海碗坐在门槛上正在大快朵颐地享受人生美味。

[祠堂的大门紧闭。

[透过窗口，映出飞舞的皮鞭和赤古扭曲的身影。

[赤古一边呻吟一边吟背：

“书中自有千钟粟，
书中自有黄金屋。
男儿欲遂平生志，
五经勤向窗前读……”

[秋芬上，躲在窗口下。

红鼻子 赤古呀赤古，不读书闹罢课！族里出钱供你读书，唔得饭变屎的。

[祠堂里的阵阵鞭打都宛如抽在秋芬的心上，她终于忍不住，低声而泣……

[红鼻子循声而觅，秋芬见了忙起身欲离去，慌乱中与红鼻子撞了个满怀，“咣当”一声把大海碗打碎了。

红鼻子 （心痛地斥责）秋芬，瞎眼了？

秋　芬 ……我不是有意的。

红鼻子 你还有理了？（上前狠狠给秋芬一耳光）

秋　芬　你打人……

红鼻子　打你怎么啦？寡妇麻！衰货！呸！呸呸！

秋　芬　……恶鬼会遭报应的。

红鼻子　你敢咒我！（冲上前去还想打秋芬）

［玖叔上，他腰间挽着一把手枪。

玖　叔　（似轻却重地）红鼻子，神气呀！

红鼻子　（恭敬且畏惧）玖叔，她……把我的饭碗打烂了。

玖　叔　你的饭碗值多少钱？我赔。

红鼻子　我不是这意思……打烂我的饭碗无相干，她是寡妇也敢跑到祖宗祠堂来……

玖　叔　红鼻子，现在是什么年月了？“中华民国”了！不准歧视妇女了。（掏出手枪，玩弄着）你听好了：从今往后，谁再敢欺负秋芬，就别怪我不客气。

红鼻子　（吓得跪在地上）玖叔，我再也不敢了！

玖　叔　滚。

红鼻子　哎。（远远地缩到门槛上蹲着）

秋　芬　（委屈地）玖叔公……

玖　叔　（仁厚地）秋芬，别怕，有玖叔公在，这九龙寨的天，迟早要变。（唱）

玖叔公曾在南洋浪迹江湖，
向往大洋彼岸有自由民主。
我恨这千年礼教根深蒂固，
我恨这族法王权残害无辜。
披着温柔的面纱，
遮着世俗的冷酷。
秋芬呀——
我衣锦还乡不是为了光宗耀祖，
只为把这吃人的地狱闹它个天翻地覆。

［长山公的怒斥：“养子不教如养驴，养女不教如养猪。”

［祠堂里的皮鞭又响……

秋　芬　（惶恐且无奈地）玖叔公——

玖　叔　秋芬，怎么啦？别哭了。（不理会祠堂发生的事，怜爱地替秋芬抹泪）

[秋芬忙躲开，自己擦干眼泪。

玖　叔　（赞赏地）唉！像你这样可爱的妹子，一辈子窝在九龙寨，可惜了！可惜了！

秋　芬　我们女人就这命！

玖　叔　我送你到城里读书怎么样？现在城里有女子学堂……

秋　芬　不，不，读书是男人的事。

玖　叔　秋芬，你真傻……

[长山公怒冲冲地推开大门，拄着拐杖走了出来。

长山公　红鼻子，去，寻一服草药给赤古。

红鼻子　哎。（下）

玖　叔　长山公，赤古他干什么了？

长山公　（瞪了玖叔和秋芬一眼）我管他干什么了？九龙寨的子弟不好好读书就该打。（愤愤地欲离去）

玖　叔　长山公——

长山公　（突然回过头来，恨恨地）秋芬，女人要有女人样。

玖　叔　长山公，你什么意思嘛？

长山公　什么意思？（上前猛地给了秋芬一耳光，唱）

我教子，我教孙，
裤头带，要系稳。
女人有三从四德，
男人有五伦古训。
这年头人心不古，
莫把野鬼当灶君。
半夜要防狗吠客，
黄昏要防猫叫春。

玖　叔　（恼怒地）长山公，我作为县参事会的参事，必须郑重劝告你：滥用私刑是犯法的。

长山公　我就滥用私刑了怎么样？你去官府告呀。要坐监要杀头，悉听尊便。

玖　叔　长山公，你有本事冲我来呀。

长山公　哼！赶虎不如关猪。

玖　叔　哼！老顽固——（下）

[秋芬向四围逡巡了一遍，飞身上前推开祠堂大门。

[昏暗的烛光下，赤古趴在板凳上，痛苦地呻吟着……

赤　古　（见秋芬进来，突然有点兴奋）秋芬——

秋　芬　赤古叔，你……疼么？

赤　古　不疼……哎哟！

秋　芬　伤哪啦？我看看……

赤　古　别看……是屁股。

秋　芬　（退得远远的）赤古叔，你在城里不好好读书，罢什么课呀？

赤　古　（顽皮地）你不懂，支援革命，哪能不流血牺牲？

秋　芬　革命！什么叫革命？

赤　古　革命……就是造反。

秋　芬　……那不就当土匪了？

赤　古　这……唉！跟你说你也不明白。

秋　芬　我是不明白，可我只想看到你平平安安的。（唱）

黄连树上挽猪胆，
莫惹苦瓜再来缠。
命里要住矮檐下，
出门莫把头来探。

赤　古　（唱）　偃偏要把头来探，
偃偏要把天来翻。
赤脚上山行崎路，
管它前面十八弯。

秋　芬　（唱）　赤脚难行十八弯，
神仙难移五指山。
鸡卵怎比石头硬？

竹叶撑船难过滩。

赤　古（唱）竹叶撑船过险滩，

打声噢嗨乌云散。

祖宗面前发下誓：

我要和你好……

好上一百年。

秋　芬（佯恼）赤古叔——

赤　古秋芬——

秋　芬
赤　古（旁唱）一百年，一百年，

无奈不怕人近天涯远。

今生有缘心相应，手牵手，

不枉人世走一圈。

[红鼻子手里拿着草药上。

[秋芬赶忙跪在祖宗牌前，擎香叩拜。

[苍劲哀婉的山歌号子：“咦溜啊老妹嘞……溜啄……

[收光。

第二场

[一束追光打在祠堂门口的告示上。

[长山公画外音：“灾年动荡，百业皆废，兵来如篦，官来如剃，族中积蓄，难于维持孤儿的学费。大年大计，何从何去？敬请各房兄弟，前来祠堂一议。”

[祠堂里，长山公与众长者神情凝重地端坐着。

[红鼻子在一旁侍候着。

长山公唉！这年头呀——（唱）

东山龙落地，

西山虎发威，

众长老 （唱） 烽火连三月，

狼烟四处起。

长山公 （唱） 你说我是匪，

我说你是匪。

众长老 （唱） 分不清啰！

到底谁是谁非。

长山公 （唱） 苛捐杂税又翻倍，

官府不怕逼人死。

众长老 （唱） 民不聊生，

岂有此理！

长山公 唉！各房兄弟还是表个态吧：山背的祖宗田到底卖不卖？

一长老 我想还是别卖好……

一长老 不卖？拿什么给赤古这些没爹没娘的孤儿做学费？

红鼻子 没钱读……就别读了呗。

一长老 （气恼）放屁！九龙寨的子孙不读书，那我们百年之后还有什么脸面去见列祖列宗！

一长老 唉！还是由长山公拿主意吧。

长山公 好，那我就做主了：卖！

玖 叔 （上，高声大喊）败家子，一群败家子。为了几个学生的学费就去卖祖宗田，传出去也不怕外人笑话！

长山公 哼！王阿玖，我们是败家子，你有能耐，大番客，乡贤嘛！

玖 叔 那是那是，只要我王阿玖打个喷嚏，县里的知事老爷都以为是有钦差大臣驾到。

长山公 那当然，你支持孙大炮闹革命，花了那么多钱，知事大人敢不听你的？玖古，你如果帮我把族里的孤儿的学费问题解决了，从今往后，你在九龙寨这一亩三分地上跺一下脚，我都会跟大家说，天上打雷了。

玖 叔 没问题，我番背还带回一些老本，从今往后，赤古这些孤儿的学费我全包了。

长山公 （喜悦地）真的？！

玖 叔 长山公，我敢在您面前讲假话吗？当年如果没有你施舍的番薯芋卵，我恐怕早就饿死了！当年如果不是你把我逐出山门，哪有我今日的死咸鱼翻生呀？如果我这一辈子都窝在九龙寨，混到现在这日子估计和红鼻子也差不多呀！

红鼻子 你！跟我差不多又怎么啦？

长山公 好，玖古，我代表九龙寨的父老乡亲谢你了。红鼻子，去告知赤古那些孤儿，人人见了玖古都要叩头。

[切光。

[围屋一角。赤古蹑手蹑脚走到屋檐下。

赤 古 （学狗吠）汪、汪汪——

[片刻，屋里传来两声猫叫：“喵、喵喵——”

[秋芬边学猫叫边开门。

赤 古 （激动地）秋芬——

秋 芬 小声点，我家娘还没睡着哪。

赤 古 （向屋里探望）没事。（上前拉着秋芬的手）秋芬——

秋 芬 （挣脱）别碰我……

赤 古 为什么？

秋 芬 我家娘说女人的手被男人摸了……肚子会大的。

赤 古 （哭笑不得）愣麻。怕什么，你如果肚子大了，就嫁给我做老婆。

秋 芬 ……可我叫你阿叔，嫁给你不就乱伦了吗！

赤 古 我算什么阿叔呀，你三岁就做了人家的童养媳，十岁就死了老公，又没跟你老公拜过堂睡过觉。

秋 芬 长山公说我是寡妇……生是王家人，死是王家鬼了。

赤 古 这老八股！那山外的世道早就变了！秋芬呀——（唱）

山外春风吹，

革命的号角早把皇权摧。

百姓见官不跪拜，

富人穷人谁怕谁？
男女相好叫恋爱，
女人也可以把男人追。
感情不好就离婚，
好聚好散不流泪。
夫妻出门搂搂抱抱，
打情骂俏鸳鸯戏水。
我在公园里面还见过西洋境：
我的娘嘞——
一男一女、一女一男……

秋　芬　一男一女怎么啦？

赤　古　（唱）　一男一女嘴对嘴。

秋　芬　（脱口而出）亲嘴！（佯恼地）你讨厌。（捶打赤古）

［俩人嬉闹着。

秋　芬　（发现赤古身上藏有“异物”）莫动。

赤　古　（举起双手）怎么啦？

秋　芬　（奇怪）你身上什么东西那么硬？（手欲伸进赤古的口袋）

赤　古　（躲开）别摸。我阿公说男人的口袋不能随便让女人摸的。

秋　芬　赤古叔，人家想看嘛。

赤　古　那好，你先闭着眼睛。

［秋芬捂上眼睛。

赤　古　（从口袋里掏出一面玻璃镜子）你看——

秋　芬　（紧张地睁开眼睛，兴奋地）玻璃镜子！哪来的？

赤　古　（神气地）城里带回来的。

秋　芬　（景仰地）城里！

赤　古　那当然——城里什么都有呀！

秋　芬　城里真好？赤古叔，你给我讲讲城里的事好么？

赤　古　好嘞！（唱）

城里好地方，
简直像天堂。
蟾蜍街边走，
跑下又跑上。
行路快过飞毛腿，
打屁好比雷公响。

秋　芬　那我听说过，不是大蟾蜍，是汽车。

赤　古　我知道是汽车，我不是怕你没见过世面，听不懂吗？

秋　芬　我听得懂，你快讲。

赤　古　（唱）　城里好风光，
简直像天堂。
不用请戏班，
照样把戏唱。
一个木匣子，
只要在它的乳姑乸上轻轻一摁——
它就咿咿呀呀呀呀咿咿开了腔。

秋　芬　那木匣子畏痒呀？

赤　古　（得意地）这你就不懂了吧？那叫留声机？

秋　芬　留声机！

赤　古　对，留声机。（唱）
城里好舒畅，
简直像天堂。
富人不摇扇，
风扇习习凉。
夜晚电灯火，
像日头赛月光照得人心里阵阵痒。

秋　芬　城里真好！哎！赤古叔，电灯是怎么着火的？

赤　古　电灯电灯，一听也知道，肯定是要用电才点得着的。

秋　芬　那……你说说，那电长得什么模样？

赤　古　哈哈……

秋　芬　你笑什么？

赤　古　我刚进城的时候，也跟你那么傻，我也想看看这电到底长得什么模样。那电有两条绳子，一条红的，一条青的。我还用手去摸，那电呀跑得真快，我的手才刚碰到那条红绳子，我的娘嘞！它马上就跑到我的脚后跟去了……

秋　芬　那电有脚的呀？

赤　古　不是。后来我才明白，我是触电了。

秋　芬　什么叫触电？

赤　古　触电就是那电一跑到你身上，就会觉得一身软绵绵的……

秋　芬　那电会咬人？

赤　古　不是咬人，就是一种怪怪的感觉……

秋　芬　什么感觉？

赤　古　我也说不清楚，就好像……那种……那种……感觉。

秋　芬　哪种感觉？

赤　古　就好像……你一不小心……手摸到我脸的感觉。

秋　芬　（好奇地用手摸赤古的脸）是不是这种感觉。

赤　古　（一身顿时麻苏了，眯着双眼）对对对！就是这种感觉……就是这种感觉。

秋　芬　（渐渐地，自己也似触了电）赤古叔，你也来摸摸我的脸……我也试试……是什么感觉……

赤　古　（一把将秋芬搂在怀里）秋芬，你……你现在知道是什么感觉了吗？

秋　芬　（感叹地）触电的感觉……真好！

［红鼻子上，听见屋里有动静，探头一看。

红鼻子　（捂脸）哎哟——（匆匆下）

赤　古　秋芬，你现在不怕你家娘说的那事了？

秋　芬　我家娘说什么了？

赤　古　手被男人摸了，肚子会大的。

秋　芬　……你摸的是我的身子……又没有摸我的手……

赤　古　（一把抱起秋芬）秋芬——

[月光里，青春的烈火熊熊燃烧，痴男怨女携手踏入巫山爱河。

[天际间飘来古朴野性的山歌：

“入山看见藤缠树，
出山看见树缠藤，
藤死树生缠到死，
树死藤生死也缠。”

[光渐收。

[半月塘边，长山公领着众长者从祠堂出来。

一长者　王阿玖是什么东西，有两个刮痧银就神神气气。

一长者　看他那鼻公好插香的样……

长山公　不要食人碗前，讲人碗后。难得人家有这份心。

[红鼻子追上。

红鼻子　长山公，长山公——

长山公　红鼻子？

红鼻子　大吉利是！大吉利是！你要煮两个红卵给我吃。

长山公　红鼻子，又来耍古耍怪了。红卵没有，打个烧屁卵给你吃。

红鼻子　真的，长山公，我看见狗驳家（客家土语，意为狗交配）了！

长山公　你说什么？

红鼻子　我亲眼看见赤古和秋芬在房间里……

长山公　（怒吼）胡说。

红鼻子　我发誓：有半句假话，雷打火烧。

[众长者气得团团转：“无法无天了，无法无天了”“乱伦了！乱伦了”“族法难容，族法难容”……

长山公　这年头什么风气？（唱）

秆索变蛇人变鬼。
没了方圆，
坏了规矩。

发情的人伦无序，
发财的目无长辈。
窝囊的寻思偷鸡摸狗，
成器的谋划改天换地。
罢罢罢——
乱世如不用重典，
人会咬狗日出西。

[长山公一个踉跄，险些瘫软在地。

一长者 （忙扶住长山公）长山公，你别生气，赤古是你一手带大的养孙，他可能是一时糊涂，我看就教训教训他算了吧。

长山公 不。当年我还曾经冒死从洪水中救过王阿玖的命哪！

一长者 那你的意思……

长山公 红鼻子，搬族法，准备猪笼。

[切光。

第三场

[一束追光打在祠堂门口的告示上。

[长山公画外音："家门不幸，伤风败俗。今有本寨第十四世孙赤古与第十五世媳秋芬乱伦私通，捉奸在床。为了维护祖宗尊严，以儆效尤。定于明日三更，施族法……"

[阴森森的祠堂，香烟缭绕。

[两只巨大的樊笼紧紧地罩着魂不附体的赤古和秋芬。

[透过窗口的剪影：看守赤古和秋芬的红鼻子与一村民在旁若无人地打纸牌。

[伴唱："啊——

祠堂香烟绕，
杜鹃声声叫。

惊雷吓醒温柔梦，

魂魄跌落奈何桥。”

赤　古
秋　芬（唱）　祠堂香火笑，

四周静悄悄。

一阵山风吹，

从头冷到脚。

阎王要我三更死，

五更脚踩黄泉道。

村　民　抓紧出牌。

红鼻子　那么急干吗？你也要赶着去投胎啊？

[一更钟鼓响。

赤　古　（困兽般地敲打门窗）放我出去……放我出去……

秋　芬　（隔房寻觅着）赤古！赤古。别喊了，没用的。

赤　古　秋芬，你会怕么？

秋　芬　怕又有什么用！一朝落地命安排。

赤　古　秋芬，你别怕。你听，窗外什么东西在唱歌？

秋　芬　（唱）　蝉儿高歌唱“知了”，

赤　古　（唱）　怕是孤单寻伴嫐。

秋　芬　（唱）　窗外缘何好喧闹？

赤　古　（唱）　谁家的牛麻生仔了。

赤　古
秋　芬（唱）　畜牲还能惹人惜，

谁来怜我命两条。

[远处传来几声牛叫。

红鼻子　哎，谁的牛麻生仔了？

村　民　三哥的。

红鼻子　嘿，不用看，他的牛麻生的肯定是牛牯。

村　民　你怎么知道？

红鼻子　三哥天生苦命，娶的老婆生的全部女儿，养的牛麻生的全部牛牯。

[二更钟鼓响。

秋　芬　赤古，二更天了，我们在人世的时间不多了！

赤　古　是呀！干革命总会流血牺牲的！

秋　芬　革命？我们也……革命不是很光彩的事么？

赤　古　这……我们现在也没做亏心事。

秋　芬　赤古……你真的不怕死么？

赤　古　怕什么，就是化作厉鬼，我也要闹它个九龙河水向西流。（唱）

生敢爱来死敢恋，
唔怕事情闹上天。
杀头好比风吹帽，
沉江化作出水莲。

秋　芬　赤古，可是……你这样为我死不值呀——（唱）

男儿生在乱世间，
若死沙场无怨言。
谁料今生为情死，
哪有脸面见祖先！

赤　古　秋芬，你怎能这样想呢？

秋　芬　赤古，其实能跟你一块死，我好知足！可是……

赤　古　你什么都别说了……

秋　芬　不，赤古，你是好人，是我害了你，我该死，可你不该死呀！（唱）

我不怨，我不愁，
我是薄命野鬼把胎投。
人间的日子早过够。
只等铁笔判官画红钩。
你是七尺男子汉，
人前走路不低头。

十年寒窗苦熬尽，
本该摘桂登高楼。
只因一夜风流梦，
毁了一生恨悠悠。
但愿差鬼睁睁眼，
留条生路让你走。
刀山火海我忍受，
十八层地狱哟——
夜夜还把山歌吼……

赤　古　（五味翻腾地）秋芬，你别说了。

红鼻子　（抻了一个懒腰）他娘的，人家偷情共被盖，害偓一夜无目睡。

[三更催命鼓响。

[一帮村民打着火把引路，长山公领着众长者走到祖公牌前。

长山公　（神情庄重地叩首行大礼）列祖列宗啊——

红鼻子　（突然长长地打了个呵欠）啊……啊——

[长山公狠狠地瞪了红鼻子一眼。

长山公　（唱）　国不治，乱纷纷，
家不治，乱人伦。
圣明先贤留祖训，
族法难容不肖孙。

长山公　红鼻子，族法拿出来。

秋　芬　（跪下）长山公——

赤　古　（怒吼）秋芬，是我的女人就给我把腰板站直了。

长山公　你——好，脚踭筋硬了！白眼狼。（给赤古狠狠一耳光）

赤　古　阿公，我这条命是你捡来的，你想怎么处置我无怨言。你可以让我死，但我不认为我该死。

秋　芬　（哀求地）长山公，千错万错都是我的错，是我勾引的赤古，是我害了他，你就放过赤古吧！

长山公 放肆！你这骚货，不要脸皮的东西。

秋　芬 （凄然）哈……命我都不要了，我还要脸皮干什么？

赤　古 秋芬，别求我阿公。（唱）

江水送我们游东海，
龙王为我们来做媒，
活着不能共被盖，
死了也要共棺材。

长山公 （气得浑身发抖）好，好，我成全你们，成全你们！来呀，把这两个辱没门风的东西投落河去——

［众人七手八脚地将赤古和秋芬抬出祠堂大门，下。

［幕后歌："啊——"

［随着一声轰响，祠堂侧门被人踢开。

［玖叔腰间挽着一支手枪，手中摇着一把纸扇，悠然而上，身后跟着两个身穿黑衣的魁梧大汉。

玖　叔 慢。（朝大门外）等等。

长山公 阿玖古！你——

玖　叔 （深鞠一躬）长山公，九龙寨第十四世侄王阿玖有礼了。

长山公 莫客气。你来干什么？

玖　叔 穿衣戴帽，各有所好。长山公喜欢杀人，我喜欢看热闹。（转身坐在祠堂的大交椅上）

长山公 （气恼地）你！我喜欢杀人？我是替天行道。

玖　叔 噢，替天杀人，那也还是杀人嘛，替谁杀不是杀呀？

长山公 你什么意思？

玖　叔 秋芬是我六房头的人。长山公，小侄作为本县参事会的参事，秋芬的共房叔公……她和赤古到底犯了什么罪要沉猪笼？我是不是也该过问一下呀？

长山公 他们一男一女搂在一起还能干什么？奸淫作乱。

玖　叔 噢，糟了。我娶的二房姨太太都是死了老公的二手货，长山公，下一个沉猪笼的是不是该轮到本参事了呀？

长山公 你……你是番鬼……九龙寨没有你这样的不肖子孙。

玖　叔 噢？看来我连被人沉猪笼的资格都没有呀！可是这王家子孙牌上明明写着我王阿玖的名字嘛。

长山公 （气急失口）那是祖宗瞎了眼，才会传下你这么一个……

玖　叔 （拍案而起）放肆！长山公，你竟敢辱骂祖先，该当何罪？红鼻子，搬族法。

红鼻子 这——

长山公 （又羞又恼）我……我……

玖　叔 长山公，你别紧张，既然是你犯了族法，族法可以改嘛。你是九龙寨的掌门人，这族法你说怎么改就怎么改。

长山公 不行，能卖祖宗田，不忘祖宗言。这百年祖训改不得。

玖　叔 这大清王朝都阿弥陀佛了，难道我们的族法还要万寿无疆？

长山公 不行。按族法：我失口骂祖先，责打二十鞭。（跪在祖公牌前大喊）红鼻子，施族法——

[红鼻子战战兢兢地拿着皮鞭上。

玖　叔 你——好，好！我来替祖先施族法。（夺过皮鞭，先狠抽一鞭长山公，然后边打边唱）

老顽固，用心扪，
为何打你二十鞭？

长山公 （唱） 家门不幸出逆子，
情急失口骂祖先。

玖　叔 （唱） 乞丐登门赏口饭，
初一十五要放生。

长山公 （唱） 祖公仁厚成佳话，
儿孙传承记心田。

玖　叔 （唱） 男欢女爱寻常事，
为何草把人命菅？

长山公 （唱） 三纲五常传千古，
不是后人心太狠。

玖　叔　（唱）　放了那痴男怨女，

长山公　（唱）　除非我死落阴间。

玖　叔　（唱）　改了族规祖制，

长山公　（唱）　谁敢无法无天。

玖　叔　（唱）　祖制要改，

长山公　（唱）　族法不变。

玖　叔　（唱）　即刻要改，

长山公　（唱）　万年不变……

[玖叔疯狂地抽打长山公。

红鼻子　（阻止）玖叔，行了，行了。

玖　叔　（瞪起血红眼）滚开——

红鼻子　（怯生生地提示）玖叔……二十鞭。

[玖叔狠狠地把鞭子扔在地上。

长山公　（艰难地从地上爬起来，喊）把那两个不要脸的东西投落河去——

众村民　是。

玖　叔　慢，放了他们。

长山公　投落河去——

玖　叔　放了他们——

长山公　王阿玖，这九龙寨到底谁说了算？

玖　叔　（蛮横地掏出手枪，朝天放了一枪）枪杆子说了算。

长山公　你——你……（突然紧捂着胸口，瘫倒在地）

[切光。

第四场

[一束追光打在祠堂门口的告示上。

[玖叔画外音：“存天理，灭人欲，千年礼教，腐朽蒙昧。玖叔我要一石击破

千重浪，今年中秋九龙寨将举办玉女会，热情欢迎十里八乡的寡妇前来参与。哈……”

[红鼻子依然端着大海碗坐在门槛上享受人生。

[红鼻子站起来远远眺望，羡慕不已。

红鼻子 唉——（唱）

番背好风气，
男人娶四妻。
民主自由守法纪，
这样日子有滋味。
玖叔了不起——
见过大蛇屙屎放响屁，
出口是新词，
见人行新礼。
嘻嘻！嘻嘻……
明明想娶小寡妇，
偏偏要说玉女会。

[秋芬端着一只红托盘匆匆上，不慎再次与红鼻子相撞，又把大海碗打碎了。

红鼻子 （气恼地）你睰……

秋　芬 我……

红鼻子 （突然地又换了笑脸）无相干，无相干。一只破碗，我早就想把它扔落河去的。

秋　芬 对不起！

赤　古 （上）秋芬，你干什么呢？

秋　芬 玖叔公搞玉女会，叫我去帮忙。

赤　古 玉女会！哼！明明是鸡公想寻鸡麻嬲，哪用你蹦蹦跳。

秋　芬 没有玖叔公，我们早就变水浸鬼了！你怎能这么说他呢？玖叔说他搞玉女会，就是想在九龙寨闹革命。

赤　古 哼，如果搞玉女会也是革命，我宁可当反革命。秋芬，听我一声劝：别去凑这个热闹。

秋　芬　不去玖叔公会生气的，我不是忘恩负义的人。（下）

赤　古　秋芬——

［鼓乐声里突然跳出唢呐的谐趣领奏。

［一群媒婆各自领着一个村妇上。

众媒婆　（唱）　稀奇稀奇真稀奇，

龙眼树上结番梨。

从前小寡妇，

今日身价贵。

穿衣戴帽各有趣，

萝卜白菜各有味。

嘻嘻！哈哈！哈哈！嘻嘻……

只要红包大，

你要什么都可以。

玖　叔　（上）哈……（唱）

百姓无知，

乡风愚昧。

九龙寨太多规规矩矩，

我偏要换一换新空气。

俊男靓女哪个不中意？

凭什么要装清心寡欲。

今日举办玉女会，

就是要和长山公唱一唱对台戏。

自从盘古开天地，

哪一个功成男人不是四妾三妻？

［秋芬端着一只红托盘礼仪小姐般默默地站在一旁。

玖　叔　好，秋芬，妇女解放了，莫畏羞，莫畏羞。

［红鼻子手里拿着一只铜锣，兴奋地叫唤："玉女会开锣啰——"

玖　叔　慢，主角还没登场哪。

[两个黑衣壮汉用轿椅将长山公强行抬上，长山公明显苍老了许多，孱弱得骨瘦如柴，举止说话都变得异常的艰难。

玖　叔　（迎上前去）长山公，欢迎你亲临指导玉女会，小侄有失远迎了。

长山公　（气得浑身发抖）王阿玖，你——

玖　叔　（不理会）扶长山公上座。

[长山公被二壮汉强行抱入座。

长山公　王阿玖，你这大逆不道的杂种——

玖　叔　秋芬，给长山公上茶。

[长山公咳嗽不止。

玖　叔　好，本次玉女会有严格的规定：参会的女性必须是寡妇，我就是要让寡妇过上幸福的日子。各位是不是有过婚史呀？

众媒婆　绝对是二手货。

玖　叔　不错，不错。好，我宣布：参加本次玉女会的各位寡妇，日后如果择偶再嫁，学会了追求幸福生活，本玖叔每人奖赏你们十块大洋。长山公，你看这么做行么？

长山公　王阿玖——

玖　叔　好，玉女会正式开始。

[随着红鼻子的一句重锣，众媒婆领着村妇一拥而上。争相向玖叔引荐自己领来的村妇。

一媒婆　（唱）　她是苗条女，

玖　叔　（唱）　没有女人味。

一媒婆　（唱）　地道学生妹，

玖　叔　（唱）　眉头有点低。

一媒婆　（唱）　有名歌仙子，

玖　叔　（唱）　长得太土气。

一媒婆　（唱）　名门望族后，

玖　叔　（唱）　可惜没三围。

一媒婆 （唱） 典型贤淑妇，

玖 叔 （唱） 傻得无药医。

众媒婆 （唱） 哎呀嘞——

今日烧香惹到鬼，

菩萨嫌瘦又怕肥。

[一句重锣煞住了闹乐，全场寂静。

玖 叔 长山公，这些女人还有些风情吧？哎，大家鼓掌欢迎长山公点评点评。

长山公 王阿玖，你——（悲愤地唱）

江河日下，

世风浇薄。

人心不古，

招鬼惹魔。

列祖列宗睁睁眼，

不孝子孙无奈何。

战兢兢难御歪风四起，

眼睁睁难劝人情交恶。

玖 叔 哈哈哈！长山公说的话有意思！有意思！（一扬手）秋芬——

[秋芬端着托盘上，托盘上放着三块红盖头。

玖 叔 好。（走到二位村妇跟前）你是探花，你是榜眼……（从秋芬手中拿过红盖头，一一披到村妇头上）大家说，谁应该是状元呢？

[众媒婆争相为自己的人呼吁。

玖 叔 本玖叔宣布：秋芬是状元。（一把将红盖头盖在秋芬头上）

秋 芬 （着魔似的受了惊吓）玖叔公，你——

长山公 王阿玖——

[赤古突然冲了上来，怒眼瞪着秋芬。

秋 芬 赤古，我……

玖 叔 哈……赤古，开个玩笑嘛，何必眼瞪瞪呢？

[赤古上前狠狠地抽了秋芬一耳光。

秋　芬　（傻了）我——（转身掩泪跑下）

［长山公艰难地从椅子上站了起来，举起拐杖……

长山公　王阿玖，逆子——（突然拐杖掉在地上，气绝身亡）

玖　叔　长山公——（上前扶起长山公）

［压光。众人隐去。

［无词伴唱："咦溜啊……溜啄……"

［赤古上前，一声不吭地推开玖叔，背起长山公，走进围屋纵深处……

［收光。

第五场

［夜雾绕山寨，围屋披轻纱。

［熟悉的歌谣化作群声重唱：

"温柔梦里看见郎，
竹叶撑船转家乡，
心急想做风流事，
揽起阿妹上眠床，
唉！鸡公又啼天又光。"

［一束追光打在祠堂门口的告示上。

［玖叔画外音："军阀割据，国之大患，九龙寨今又有山贼祸乱，公然破坏'民国'政府。本玖叔敬告各房兄弟，管好自家儿女，切莫误上贼船。"

［一群黑衣人压着赤古上。

［喧闹声惊醒了窗口的烛火。

赤　古　你们凭什么抓我?

黑衣人　私通匪寇，作乱犯上。

赤　古　你们冤枉好人——

黑衣人　有冤到公堂上去喊，我们扛轿管扛轿，不管新娘有尿无尿。走。

[黑衣人压赤古下。

[秋芬披头散发地冲出大门，追至半月塘。

秋　芬　（绝望地）赤古——

[悲怆的胡弦远远飘来。

秋　芬　（突然如觅到了一根救命的稻草）玖叔公，玖叔公……（冲下）

[玖叔宅院的大门徐徐打开。

[玖叔悠然自得地一边喝着小酒一边拉二胡，旁边的茶几桌上，依然摆放着一只茶壶和几个茶杯。

[秋芬上。

秋　芬　（"咚"的一声跪在地上）玖叔公——

玖　叔　秋芬，快起来，快起来，天塌下来有玖叔替你扛着嘛。

秋　芬　玖叔公，你救救赤古吧。

玖　叔　哎呀秋芬，不是我不想救赤古呀，怨只怨赤古自己把天都捅破了。

秋　芬　玖叔公，你能救他的，你不是常说知事大人都要听你的吗？

玖　叔　那是前任知事，可现任知事是个二百五，有钱都不要的，不好说话。

秋　芬　（魂不守舍）要是赤古有个三长两短的，我怎么办？

玖　叔　秋芬，你真傻，世上的好男人千千万……你又何苦呢？

秋　芬　赤古如果死了，我也不活了。

玖　叔　（气恼地）你——好，好。各人有各人的活法，各人也有各人的死法。行了，这九龙寨的人情世故我也看透了，唉！我也该走了。

秋　芬　（惊讶地）玖叔公，你也要走，去哪？

玖　叔　浪迹天涯，继续漂泊海外。

秋　芬　玖叔公，你不能走——（唱）

你是我挡雨的伞，
你是我依靠的山。
你是我心中的佛，
你是我再生的缘。
你走了——

九龙寨的天会更暗。

你走了——

赤古的生死谁来管?

玖　叔　人生难觅一知己呀!这九龙寨也只有你秋芬不希望我走的了。行,你跟我走吧。

秋　芬　这……不行。玖叔公,你的大恩大德我来生当牛做马……

玖　叔　不,我不要你当牛做马,我要你嫁给我,跟我到番背同享荣华富贵。

秋　芬　(惊愕)……玖叔公,你是不是喝醉了。

玖　叔　没错,我醉了。(唱)

九龙寨的妹子你最美,

男人见了都会有醉意。

我一直将爱埋藏心底,

只是我的心事你不知。

因为爱——

我不能容忍别人将你欺。

因为爱——

鬼门关上我把你强抢回。

你是不是寡妇无所谓,

只待明日与你比翼飞。

秋　芬　玖叔公,你已经有五个老婆了,怎么还能这么想呢?

玖　叔　男人娶五个老婆有什么稀奇的?

秋　芬　玖叔公,这也是新思想?

玖　叔　这……没错。(指着自己纸扇中写的几个大字)你看:自由、民主、博爱。博爱,就是说男人要多爱几个女人嘛。新思想主张个性解放,恋爱自由。既然我喜欢你,就应该大胆地表白——

秋　芬　(突然神经质地大笑)哈……

玖　叔　你笑什么?

秋　芬　玖叔公,按你说的男女平等,自由博爱。既然一个男人可以娶五个老婆,那一个女人也可以嫁五个老公了？

玖　叔　这……秋芬，你的嘴也学刁了！一个女人当然不能嫁五个老公，你看，一个茶壶可以配三个茶杯，你听过有一个茶杯配三个茶壶的事么？

秋　芬　玖叔公，九龙寨不会有人喜欢你了。

玖　叔　哈哈，难道你也不喜欢我了？

秋　芬　我心中只有赤古，一生一世。

玖　叔　秋芬，你真傻，赤古这次恐怕……

秋　芬　玖叔公！（唱）

赤古纵然有意外，
望乡台上会等匪。
人虽远隔真情在，
夜夜他会入梦来。
玖叔公呀——
感谢你往日鬼门关上将我救，
感谢你今日敢说敢爱来告白。
原谅匪，原谅匪，
原谅匪无法接受你的爱，
你的爱让我一身汗毛竖起来。
匪是溪边三月青，
难登大堂在你瓶中栽。
愿你好心有好报，
一生富贵命安排。

[秋芬朝玖叔深鞠一躬，转身欲去。

玖　叔　（拉住秋芬）秋芬，你听我说——

[赤古上，气冲冲踢门进来。

玖　叔　（惊愕地）赤古？……你怎么回来了！

赤　古　是你到官府告的状？

玖　叔　怎么可能……

赤　古　你还想装好人？

玖　叔　你——（见瞒不过，转脸冷冷地）是我告的状又怎么样？你私通匪寇难道我冤枉你了吗？

赤　古　好，既然你无情，也别怪我无义了。我揍死你——（扑向玖叔）

玖　叔　你反啦！（拔枪）

[赤古跃身扑去，夺玖叔的枪，两人扭打在一起……

[“啪”的一声枪响，手枪走火，玖叔倒在血泊中……

[赤古手里拎着枪傻了，秋芬也傻了。

[玖叔的几位姨太太闻声而上，见状“哇”的一声惨叫。

众姨太　（尖叫）杀人啦——

赤　古　我……不是有意的……

众姨太　（扑向赤古，七嘴八舌地）你赔我老公……杀人偿命……见官去……

赤　古　（一咬牙）滚开——（朝天开了一枪）

众姨太　（吓晕在地）啊——

[切光。

[追光下。秋芬紧紧拉着赤古的手。

秋　芬　赤古，你要去哪里？

赤　古　投身革命。

秋　芬　革命……在哪里？

赤　古　我也不知道。

秋　芬　你能带我走么？

赤　古　不，我不能连累你呀。

秋　芬　那你什么时候回来？

赤　古　我也不知道。（唱）

男儿生在天地间，
战死沙场也体面。
今生不把功名显，
侧目不看故土天。

[赤古扭头前行几步，突然又回过身来，从口袋里掏出镜子塞给秋芬，然后匆匆而去。

秋　芬　（撕心裂肺地）赤古——

[光渐收，秋芬一个人孤零零地蹲在半月塘边哭泣。

[伴唱：“凄风冷雨催梦断，
无奈世上行路难，
低头看见哥脚迹，
目汁双双好行船，
镜花水月梦中缘。”

尾　声

[围屋、弯月、烛火和照镜子的女人。
“穿上红睡袍，
任它长发飘。
刷洗白玉牙，
抹点红唇膏。
哎哟！哎哟……”

[秋芬拿出玻璃镜子，一脸灿烂地融入女人行列。

秋　芬　（唱）　镜子面前照一照，
佴要梦中渡鹊桥、渡鹊桥。
哎哟！哎哟……

[秋芬等女人们在“哎哟”声中走进梦乡……

[剧终。